Allan Massie

ICH AUGUSTUS

Roman

Aus dem Englischen von
Rainer Schmidt

Schneekluth

CIP-Titelaufnahme der Deutschen Bibliothek
Massie, Allan:
Ich, Augustus: Roman / Allan Massie.
Aus d. Engl. übertr. von Rainer Schmidt.–
1. – 6. Auflage
München: Schneekluth, 1990
Einheitssacht.: Augustus ‹dt.›
ISBN 3-7951-1125-0

Die englische Originalausgabe erschien unter dem Titel
AUGUSTUS
THE MEMOIRS OF THE EMPEROR

ISBN 3-7951-1125-0

Satz: SatzStudio Pfeifer, Gräfelfing
Gesetzt aus der 10/12.5 Punkt Garamond Mediäval
Druck und Bindung:
Mohndruck Graphische Betriebe GmbH, Gütersloh
Printed in Germany 1990

Für Allison

ZEITTAFEL

VOR CHRISTI GEBURT

Geburt des Augustus 63
Ermordung Caesars im März 44
Augustus wird Konsul im August 43
Einsetzung des Triumvirats im November 43
Schlacht bei Philippi 42
Belagerung von Perusia (Perugia) 41
Marcus Antonius heiratet Octavia 39
Augustus heiratet Livia 38
Niederlage und Tod des Pompejus, Lepidus abgesetzt 36
Schlacht bei Actium 31
Tod des Antonius und der Kleopatra 30
Augustus feiert seinen Triumph 29
Verfassungsreform, Verleihung des Namens Augustus 27
Verschwörung des Murena, Revision der Verfassungsreform, Tod des Marcellus 27
Krieg in Armenien, Vertrag mit den Parthern 20
Tod des Vergil 19
Ludi saeculares (Jahrhundertspiele) 17
Tod des Agrippa, Tiberius zur Scheidung von Vipsania und zur Hochzeit mit Julia gezwungen 12
Tod des Maecenas 8
Tiberius zieht sich nach Rhodos zurück 5

Augustus erhält vom Senat den Titel »Pater Patriae« (Vater des Vaterlandes), Skandal um Julia, Julia in Ungnade 2

NACH CHRISTI GEBURT

Tod des Lucius, Tiberius darf nach Rom zurückkehren 2

Tod des Gajus, Augustus adoptiert Tiberius 4

Pannonischer Aufstand, von Tiberius niedergeschlagen 6-8

Drei Legionen unter P. Quintilius Varus im Teutoburger Wald von den Germanen vernichtet 9

Tod des Augustus 14

WICHTIGE PERSONEN UM AUGUSTUS

geboren als GAJUS OCTAVIUS THURINUS, später GAJUS JULIUS CAESAR OCTAVIANUS, später AUGUSTUS

SEINE FAMILIE

JULIUS CAESAR
Großonkel und Adoptivvater

PHILIPPUS
Stiefvater

CLAUDIA
erste Frau

SCRIBONIA
zweite Frau

LIVIA
dritte Frau

OCTAVIA
Schwester

MARCELLUS
Neffe, später Schwiegersohn, Octavias Sohn aus ihrer Ehe mit Gajus Marcellus

JULIA
Tochter

TIBERIUS
Stiefsohn, später Adoptivsohn

DRUSUS
Stiefsohn, Tiberius' Bruder

GAJUS und LUCIUS
Enkel, später adoptiert; Julias Söhne aus ihrer Ehe mit Agrippa (siehe dort)

AGRIPPA POSTUMUS
Enkel, Bruder von Gajus und Lucius

ANTONIA
Nichte, Tochter von Marcus Antonius (siehe dort) und Octavia, verheiratet mit Drusus

GERMANICUS und CLAUDIUS
Stiefenkel und Großneffen, Söhne von Drusus und Antonia

SEINE FREUNDE

MARCUS VIPSANIUS AGRIPPA
sein größter Feldherr, später mit Julia verheiratet, daher sein Schwiegersohn

GAJUS CILNIUS MAECENAS
sein engster Berater

PUBLIUS VERGILIUS MARO (VERGIL)
Dichter und Mentor

QUINTUS HORATIUS FLACCUS (HORAZ)
Dichter

SEINE RIVALEN

MARCUS TULLIUS CICERO
Redner und Staatsmann

MARCUS ANTONIUS
Triumvir, später sein Gegner im Bürgerkrieg

MARCUS AEMILIUS LEPIDUS
Triumvir, später Rivale

Marcus Junius Brutus
Mörder Caesars

Gajus Longinus Cassius
Mörder Caesars

Sextus Pompejanus (Pompejus)
Sohn Pompejus des Großen, verstockter Republikaner

Kleopatra
Königin von Ägypten

WEITERE FIGUREN

Maco
ein Centurio

Septimus
ein Soldat

Timotheus
Lustknabe und Geheimagent

Antonius Musa
Arzt

Terentius Varro Murena
Konsul

Gnaeus Calpurnius Piso
Konsul

Lucius Antonius
Feldherr, Bruder von Marcus Antonius

Fulvia
ein schreckliches Weib, verheiratet mit Marcus Antonius

Terentia
Murenas Schwester, verheiratet mit Maecenas

Vipsania
Agrippas Tochter, verheitatet mit Tiberius

ERSTES BUCH

VORWORT

Nichts hat in den letzten Jahren intensivere Spekulation und größeres Interesse hervorgerufen als die Entdeckung der verschollenen Autobiographie des Kaisers Augustus in dem mazedonischen Kloster St. Cyrill Methodius im Jahr 1984, denn dieses Buch, das bei Sueton und anderen antiken Autoren Erwähnung findet, hatte als unwiederbringlich verloren gegolten. Die Abschrift, die bei Restaurierungsarbeiten im Kloster gefunden wurde, scheint zu Anfang des dreizehnten Jahrhunderts angefertigt worden zu sein, möglicherweise für einen fränkischen Fürsten während der kurzen und schändlichen Periode des Lateinischen Reiches, das nach dem Vierten Kreuzzug im Jahr 1204 begründet wurde. Jedenfalls bekräftigen die Umstände seiner Entdeckung diese Theorie, denn die Abschrift ist lateinisch, wie das Original, nicht in griechischer Sprache, in die es, wie man erwarten möchte, übersetzt wurde. Überdies wurde es in einem Raum gefunden, der augenscheinlich als Gefängniszelle, vielleicht sogar als Henkerskammer (denn man entdeckte hier auch das Skelett eines gerade in mittlerem Alter befindlichen Mannes) benutzt wurde, zugemauert und so von der Außenwelt abgeschlossen. Es wurde die Vermutung ausgesprochen, daß die Abschrift zu dieser Zeit angefertigt wurde, um die lateinisch/fränkische Besetzung zu rechtfertigen, und daß ein boshafter byzantinischer Humor in der griechischen Entscheidung liege, das Buch zusammen mit dem Fürsten, der es beschafft hatte, einzukerkern, ja einzumauern. Alles dies aber muß Spekulation bleiben und ist irrelevant sowohl für meine gegenwärtigen Absichten als auch für den Inhalt des Manuskripts.*

Zuerst jedoch war es notwendig, seine Authentizität zu belegen. Dies geschah durch eine Gruppe von internationalen Wissenschaftlern und – bemerkenswerterweise – ohne eine Gegenstimme. Britischer Vertreter war jener vorzügliche Historiker, der als Rektor des Michaelhouse College, Cambridge, amtiert. Seine Versicherung war kategorisch: »Schon die kürzeste Betrachtung der Photokopie des Manuskripts muß sämtliche Zweifel an seiner Echtheit beseitigen. Es ist sicher das Werk des Kaisers Augustus und als solches ein einzigartiger Beitrag zu unserem Wissen über die antike Welt.« Die internationale Reputation des Rektors gestattet keinerlei Zweifel an seiner Autorität. Der Leser mag daher beruhigt sein. Dies sind in der Tat die authentischen Memoiren des Augustus, auf Bitten des Editorenausschusses nunmehr ins Englische übertragen durch den Schriftsteller und Historiker Allan Massie, Verfasser der fundierten, wenn auch nicht ganz originellen Studie *Die Cäsaren* (Secker & Warburg, 1983).

Einige haben hinsichtlich der Auswahl eines Romanciers für die Aufgabe des Übersetzens ihre Zweifel geäußert, und dies aus Gründen, deren Stichhaltigkeit das zureichende Maß nur knapp verfehlt. Die Entscheidung basierte indessen auf der Natur der Memoiren selbst; sie sind voller

* Eine gründliche Untersuchung der Herkunft und Bedeutung des Manuskripts findet sich bei A. Fraser-Graham: ›Augustus – Ein Versuch zu spätbyzantinischen Ermittlungen‹ im *Journal of the Institute of Classical Strategies*, Bd. VII.

Dialoge, dramatischer Szenen und dramatischer Charakterdarstellungen. Mancher mag auch meinen, daß Mr. Massies Version alles in allem zu flott ausgefallen ist, zu sehr angefüllt mit modernem Jargon (oder vielleicht dem Slang aus der Zeit vor zwei oder drei Jahrzehnten), und daß sie unter der schriftstellerischen Entschlossenheit leidet, die Sprache des Kaisers entsprechend lebendig zu gestalten. Ich muß gestehen, daß ich solchen Kritiken mein wohlwollendes Verständnis nicht verweigern kann; zur Verteidigung unseres Übersetzers kann ich nur sagen, daß das Lateinische des Augustus selbst voller Ausdrücke steckt, die in der klassischen Prosa sonst noch nirgends gefunden wurden, und daß der Stil der Memoiren zwischen den Extremen umgangssprachlicher Prägung und erhabener formaler Schönheit schwankt.

Diejenigen, denen an größerer Nüchternheit, Wissenschaftlichkeit und (so fürchte ich) Genauigkeit der Wiedergabe gelegen ist, müssen die Vollendung der großen kritischen Ausgabe abwarten, die – ebenfalls unter meiner Leitung – von Wissenschaftlern dreizehn amerikanischer Universitäten besorgt wird, oder aber die noch ambitioniertere viersprachige Edition (mit Annotationen in eben den vier Sprachen: Latein, Griechisch, Deutsch und Englisch), die ein Team unter der Leitung von Prof. Otto Friedrichstraße jetzt in Angriff genommen hat; das Erscheinen beider Ausgaben, krönender Gipfel zeitgenössischer Gelehrsamkeit, ist ehrgeizig und couragiert für einen Zeitpunkt noch vor dem Ende dieses Jahrhunderts geplant. Einstweilen muß der Leser, der des Lateinischen nicht kundig ist (und ach! wie wenige verstehen sich in diesen degenerierten Zeiten noch darauf!), sich mit Mr. Massies Version begnügen, ihrer Mängel ungeachtet.

Daß die Memoiren ungewöhnlich interessant sind, versteht sich von selbst. Meine Absicht hier ist es lediglich, demjenigen Leser Anleitung zu geben, der des Labyrinths der römischen Geschichte unkundig ist oder dessen Wissen darüber sich allein aus den unangemessenen, häufig lächerlichen Darstellungen der Großartigkeit Roms herleitet, wie sie das Kino oder die BBC zu bieten haben.

Die Memoiren bestehen aus zwei Büchern, geschrieben in verschiedenen Perioden des Lebens Augustus'. Zusammengenommen bieten sie eine einigermaßen kohärente Chronologie insofern, als Buch II annähernd dort seinen Anfang nimmt, wo Buch I endet. In ihrer Stimmung indessen, so muß man den Leser wohl vorsorglich warnen, unterscheiden sie sich. Buch I ist selbstbewußt, überschwenglich, eine Geschichte des Triumphs, Buch II hingegen viel dunkler. Es ist kaum zu bestreiten, daß Buch I lebendigere Unterhaltung bietet; es ist farbig und aufregend. Gleichwohl muß ich gestehen, daß der zweite Teil der Memoiren, in welchem der Kaiser nachdenklich über dem Lauf seines Lebens brütet, nach seinem Sinn forscht und den Versuch unternimmt, seine Philosophie in eine Ordnung zu bringen – daß dieser zweite Teil auf mich die intensivere Anziehung ausübt. Wir wissen von Sueton, daß Augustus auf dem Sterbebett fragte: »Wie habe ich meine Rolle in dieser Komödie des Lebens gespielt?« Wir sehen jetzt, daß dies keine letzte Grille war, sondern daß eben diese Frage ihn in den letzten Lebensjahren quälte, und es muß uns allen als ernste Warnung dienen, daß dieser größte aller Römer sich selbst in so vieler Hinsicht als unerfüllt, ja als gescheitert empfand. Alle, die sich für den Sinn und für die Wirkung der Macht auf den Charakter interessieren, werden diese feinsinnig und desillusioniert geschriebenen Seiten begierig verschlingen!

Das erste Buch richtet sich an die Enkel des Kaisers, Gajus und Lucius, Kinder seiner Tochter Julia und des großen Feldherrn M. Vipsanius Agrippa. Diese Knaben hatte er adoptiert und zu *Principes Iuventutis* (»Prinzen der Jugend«) ernannt; er wollte, daß sie seine Thronfolge antraten. Das Buch ist daher auf dieses auserlesene Publikum zugeschnitten. Genau datieren läßt es sich nicht, aber Duktus und Inhalt legen die Annahme nahe, daß es um 7 oder 6 v.Chr. geschrieben (genau gesagt, Sklaven oder vielleicht Freigelassenen diktiert) wurde: Gajus, der ältere der beiden Knaben, wäre im früheren dieser beiden Jahre dreizehn Jahre alt gewesen. Es enthält jedoch einige Seiten – auf denen davon die Rede ist, wie er die Nachricht von der Ermordung Julius Caesars aufnahm –, die anscheinend zu einem früheren Zeitpunkt geschrieben wurden. Es ist außerdem bekannt – und er bestätigt es im Text –, daß Augustus während eines Spanienfeldzugs im Jahre 24 v.Chr. ein autobiographisches Fragment verfaßte; Teile dieses früheren Buches wurden anscheinend dem Text der späteren, für seine Enkel geschriebenen Memoiren einverleibt. Jedenfalls finden sich Passagen, in denen ihm offenbar nicht so sehr bewußt ist, daß sie sein Publikum bilden. Unwahrscheinlich ist wohl auch, daß der eine oder andere Teil der Memoiren von Augustus selbst umfassend überarbeitet worden ist. Die Form, in der sie uns vorliegen, haben wir zweifellos nicht zuletzt seinen Sekretären oder seinen literarischen Vermächtnisverwaltern zu verdanken.

Buch I beginnt mit der Ermordung Caesars und endet vierzehn Jahre später mit dem Tode des Antonius und der Kleopatra. Es erzählt folglich die Geschichte vom Aufstieg des Knaben Gajus Octavius Thurinus (wie er im Jahre 44 noch genannt wurde) zur höchsten Autorität der römischen Welt. Es ist eine Geschichte von glitzernden Großtaten. Noch zwei Jahrtausende danach bleibt sie erstaunlich, denn als sein Onkel ermordet wurde, war er erst neunzehn, Rom war von Zwietracht und Bürgerkrieg zerrissen, und niemand konnte vorhersagen – und in der Tat hat es auch niemand vorhergesagt –, daß dieser schlanke Jüngling die Republik mit seiner Persönlichkeit prägen, daß er Erfolg haben würde, wo Caesar, Pompejus, Sulla und Marius nicht vermocht hatten, in einer zerrütteten Welt Frieden und Ordnung wiederherzustellen. Daß er es getan hat, ist immer noch bemerkenswert, und sein eigener Bericht ist ergreifend und – innerhalb der Grenzen politischer Sprache – überraschend ehrlich: Er scheut sich nicht, die Grausamkeiten und Betrügereien zu bekennen, die bei seinem Aufstieg zur Macht unvermeidlich waren; vor allem sein Bericht über die Proskriptionen des Jahres 43 und über die Art und Weise, mit der er den vestalischen Jungfrauen das Testament des Antonius entriß, um es zu seinem eigenen politischen Vorteil zu veröffentlichen, ist von erstaunlicher Offenheit. Sein Entzücken über die eigene Intelligenz, sein politisches Geschick und seinen Erfolg ist anstekend; unwillkürlich fragt man sich, ob seine Enkel, an denen er solche Freude hatte, irgendwann tatsächlich in den Genuß des Vergnügens kamen, dieses zu ihrer Erbauung geschriebene Buch zu lesen.

Vielleicht nicht, denn es bricht abrupt ab; es gab keinen guten Grund, Buch I mit der Niederlage des Antonius zu beschließen. In der Tat wäre es passender erschienen, es mit der Feier seines Triumphes im Jahre 29 enden zu lassen; die aber harrt ihrer Schilderung bis zum zweiten Kapitel des zweiten Buches. Man vermutet daher, daß der Grund für die nicht erfolgte Fortsetzung im Ansturm der familiären Katastrophen zu suchen ist, die Augustus vom Jahre 5 v.Chr. an heimsuchten und deren bewegende Chronik sich in den letzten Kapiteln von Buch II findet. Es erscheint mir daher angebracht, meine Bemerkungen hier zu begrenzen und sie in einem herausgeberischen Vorwort zu jenem zweiten Buch wieder aufzunehmen, wenn der Leser Gelegenheit genommen hat, die beschwingte Fröhlichkeit des kaiserlichen Briefes an seine geliebten Enkel zu genießen; just diese nämlich hat uns Buch I im wesentlichen zu bieten: Die Gelegenheit, zu hören, wie Augustus sich an diese beiden Knaben wendet. Dementsprechend ist dies auch die Einladung zu einer Vertraulichkeit, wie sie in unserer Lektüre zur antiken Welt selten, ja nahezu einmalig ist.

Eine letzte Anmerkung: Datumsangaben richten sich in dieser Einleitung wie auch im Text nach unserem modernen Datierungssystem. Dies ist unwissenschaftlich. Augustus datierte die Ereignisse selbstverständlich a.u.c. (*ab urbe condita*, d.h. seit Gründung der Stadt). Mr. Massie hat jedoch darauf gedrängt, das System der Datierung »v.Chr.« und »n.Chr.« zu verwenden, und zwar mit der frivolen Begründung, »das versteht jeder, und es wirkt weniger fern«. Ich protestierte gegen solche Absurdität, fügte mich indessen widerstrebend, als der Verleger seine Bitten denen des Übersetzers hinzustellte.

Einstweilen: *Princeps ipse loquatur*! Mag der Kaiser selbst sprechen!

A. F.-G.

I

Ich fürchte, der Bericht meines Vaters über seine gallischen Kriege gehört zu den langweiligsten Büchern, die je geschrieben wurden. Ich entsinne mich, Gajus, wie dein Tutor einmal seiner Empörung Ausdruck gab, als du dich über diese Ödnis beklagtest. Aber du hattest ganz recht, wenngleich es mir in dem Augenblick nicht ratsam erschien, dies zuzugeben; so legte ich dem Tutor lediglich nahe, die Hitzigkeit der Jugend gebührend in Rechnung zu stellen. Einer der Gründe, weshalb das Buch nicht zufriedenstellt, besteht in Caesars aufgeblasenem Tonfall; dieser wiederum gründet sich großenteils in seiner unglückseligen Entscheidung, von sich selbst in der dritten Person zu schreiben: »Caesar tat dies, Caesar tat jenes, Caesar rettete die Situation, indem er...« – es wird ermüdender und wirkt noch selbstgefälliger als das ewige »Ich« der Autobiographen.

Dann jener vielgepriesene erste Satz: »Gallien in seiner Gesamtheit ist in drei Teile geteilt.« Eigentlich ist sein einziger Vorzug die Klarheit. Er ist alles andere als zutreffend, denn die Einteilungen Galliens sind zahlreicher und tiefergehender, als er nahelegt.

Tatsächlich ist das Buch von fundamentaler Unwahrheit. Das überrascht nicht; es wurde zu einem unmittelbar politischen Zweck geschrieben – und wann hätte ein Manifest je die Wahrheit gesagt? Das Triumvirat, das Caesar, Pompejus und Crassus gebildet hatten, war zerbrochen. Caesars Feinde in Rom heulten nach seinem Blute und verlangten, daß man ihn zurückrufe. Mit seinem eitlen Bericht über seine gallischen Eroberungen appellierte er an die öffentliche Meinung: Er wollte ihnen zeigen, was er für Rom getan hatte. Das klappte. Selbst die Langweiligkeit, über die du dich beklagtest, war beabsichtigt: Viele hatten Caesar für protzig gehalten, und nun sollte die beeindruckende Nüchternheit seiner Prosa sie beschwichtigen.

Daher, mein lieber Gajus, und auch Lucius (denn ich kann mir nicht vorstellen, daß deine zarte Phantasie sich durch Caesars Prosa angesprochen fühlte, wenngleich du zu sanft und manierlich sein dürftest, als daß du dich beklagtest), war diese frühe Kritik gerechtfertigt, »den Nagel auf den Kopf treffend«, wie ihr selber sagen würdet. Ich habe es immer als Beispiel dafür empfunden, wie man seine Memoiren nicht schreiben soll. Es hat keine persönliche Stimme. Was man hört, ist ein Schauspieler. Natürlich stimmt es auch, daß Julius Caesar stets schauspielerte: Der wahre Caesar, falls er noch existierte, als ich ihn kennenlernte, war tief vergraben unter Schichten von Künstlichkeit. Dennoch waren die meisten der Rollen, die er zu spielen beliebte, lebendiger und witziger als diejenige, die er sich in seinem »Gallischen Krieg« schrieb.

Gleichwohl: nun, da ich mich selbst darangebe, den Bericht meines Lebens für euch aufzuschreiben – zu eurer Unterweisung und hoffentlich auch zu eurem Vergnügen –, muß ich bekennen, daß es schwer ist, einen aufgeblasenen Tonfall zu vermeiden. Die Autobiographie unternimmt es, Erfahrungen wieder einzufangen, aber das Geschäft des

Schreibens erfordert, daß der Autor sich von dem Ich, welches diese Erfahrungen durchlebte, abstrahiere und eine Gestalt konstruiere, die kaum anders als sozusagen theatralisch sein kann. Um es anders auszudrücken: Das Ich, von dem man schreibt, ist nie ganz das Ich, das gelebt hat. (Hoffentlich findet ihr diese Vorstellung nicht zu schwierig. Es ist natürlich eine moderne Idee, die ihr bei den Autoren, die ihr studiert habt, gewiß nirgends finden werdet, und die Unzulänglichkeit meiner Versuche philosophischer Exposition ist mir in betrüblicher Weise bewußt). Mir jedenfalls kam diese Einsicht in den Sinn, als ich vor zwanzig Jahren eine erste Skizze meines Lebens niederschrieb, als ich in einer Kleinstadt in den Pyrenäen festsaß und mich von einer Erkrankung erholte. Ich fand es äußerst mühselig, das kann ich euch versichern. Es begann, wenn ich mich recht erinnere, mit einem genealogischen Kapitel. Jedermann interessiert sich natürlich für seine Ahnen, aber ich konnte die meinen nicht zum Leben erwecken. Es war zutiefst unbefriedigend.

Wenn ich nun also dieses Buch für euch, meine Knaben, beginne, gedenke ich, Homer nachzuahmen oder doch wenigstens seinem Ratschlag zu folgen. Er empfiehlt, mitten in der Handlung zu beginnen.

Also, hier sind wir: Griechenland, Ende März, windig und kalt, Schnee auf den Bergen, und ich bin im neunzehnten Jahr.

Als wir nach dem Bade im Ruheraum lagen, strich mir Maecenas mit der Hand über den Schenkel.

»Du siehst, mein Lieber, ich hatte ganz recht. Glühend heiße Walnußschalen sind absolut das Beste. Du hast so hübsche Beine, mein Entchen, daß es eine Schande wäre, sie mit Flaum zu verderben.«

Und dann – immer noch streichelte seine Hand mich knapp oberhalb des Knies, und Agrippa schnaubte etwas von verdammtem weibischen Mist von der Nachbarcouch – dann – ich sehe die Szene so klar wie ein Vasengemälde vor mir – wurde der Vorhang beiseite gerissen, und ein Sklave stürzte herein, ganz ohne irgendwelche feierlichen Umstände.

»Wer von euch ist Gajus Octavius Thurinus?« rief er.

»Dieser hier«, sagte Maecenas, ohne seine Hand wegzunehmen. Aber ich richtete mich auf und schüttelte ihn ab. Wenn Sklaven ihre Manieren vergessen, haben wir um so mehr Grund, uns anständig zu benehmen. Der Mann drückte mir einen Brief in die ausgestreckte Hand und verschwand, ohne auf eine Belohnung zu warten. (Ich weiß, warum er das tat; es war ihm bewußt, daß er ein Überbringer schlechter Nachrichten war – Sklaven wissen immer, was ihre Sendungen enthalten; ich vermute, sie erkundigen sich bei den Sekretären, und die Information wird von einem zum anderen weitergegeben – aber in diesem Fall konnte er wohl kaum vermeiden zu wissen, wovon die ganze Welt erdröhnen würde – und ihn erfüllte die ganze abergläubische Furcht der Griechen vor dem Schicksal, das den Überbringer einer schlechten Nachricht erwartet.)

Ich drehte den Brief um. »Er ist von meiner Mutter«, sagte ich.

»O Gott«, sagte Maecenas. »Mütter.«

»So redet man nicht«, sagte Agrippa.

»Na, wer ist jetzt das musterhafte Töchterchen?«

Ihr Gezänk ist meiner Erinnerung saure Begleitmusik zum Solo des mütterlichen Briefes. Er war recht kurz für eine Sache, die die Welt erschütterte.

Mein Sohn, dein Onkel Julius wurde heutigen Tags im Hause des Senats von seinen Feinden ermordet. Ich schreibe dies unumwunden, weil es keine Möglichkeit gibt, eine solche Nachricht vorzubereiten. Und ich sage nur ›seine Feinde‹, weil hier alles im Ungewissen schwebt. Niemand weiß, was geschehen kann und ob dies der Anfang neuer Kriege sein wird. Deshalb, mein Kind, sieh dich vor. Nichtsdestoweniger ist die Zeit gekommen, da du den Mann spielen, Entscheidungen treffen und handeln mußt, denn niemand weiß oder könnte sagen, was für Dinge nun zum Vorschein kommen werden.

Ich ließ den Brief fallen. (Einer der anderen hob ihn auf, und was sie lasen, brachte sie zum Schweigen.) Ich ließ die Finger über meine glatten Beine und mein blankes Kinn spielen und fragte mich, ob ich nun weinen würde. Ich habe immer leicht geweint, aber für Julius Caesar hatte ich keine Tränen, weder damals noch später.

Sehr bald erhob sich draußen ein Getöse. Hastig und mit einiger Besorgnis zogen wir uns an. Man tut das unter solchen Umständen. Niemand läßt sich gern nackt ertappen, wenn Schwerterklirren droht. Mein Kopf war voll von all dem, was ich über die Ächtungen im Kampf zwischen Sulla und Marius gehört und gelesen hatte, und darüber, wie Julius selbst damals beinahe sein Leben eingebüßt hätte, weil, wie Sulla sagte, »in diesem jungen Mann viele Mariusse stecken«. Ich konnte nicht sicher sein, daß der Sklave, der mir den Brief gebracht hatte, nicht ein Vorläufer derer gewesen war, die sich zu meinen Feinden ebenso wie zu denen Julius' aufgeschwungen hatten. Ich war sein nächster Anverwandter; es wäre naheliegend, sich meiner gleichfalls zu entledigen. Es war in der Tat klug von mir, solche

Befürchtungen zu hegen, denn meine Ermordung wäre durchaus ein Akt der Klugheit ihrerseits gewesen.

Sie hätten mich töten sollen. Ich frage mich, wann ihnen das klargeworden ist. Bekanntlich reute es sie, daß sie Antonius nicht gleichzeitig mit meinem Onkel zum Tode beförderten. Cassius, ein weiser Mann, hatte es gewollt. Der prahlerisch tugendsame Marcus Brutus setzte sich über ihn hinweg. Die Wahrheit ist, daß diese Verschwörung von beispielloser Gedankenlosigkeit war. Sie bildeten sich ein, diese selbsternannten Befreier, diese berauschten Idealisten, diese unzufriedenen Dummköpfe, daß sie nur Julius zu töten brauchten, und die Republik werde schon von allein zu ihrer alten Stabilität zurückfinden. Sie waren oberflächliche Männer ohne jede Voraussicht.

In jener Nacht in Illyrien organisierte Agrippa im Bewußtsein der drohenden Gefahr meine Bewachung. Ich war vor die Menge hinausgetreten und hatte den Tumult beendet. Meiner Trauer um Julius verlieh ich Ausdruck, indem ich meine Gewänder zerriß (nicht ohne daß Maecenas zuvor umsichtig mit einem Messer an den Nähten entlanggefahren war). Ich bat die Menge, deren Schmerz, wie ich wußte, ebensogroß war wie der meine – diese Versicherung gefiel ihnen gut –, nach Hause zu gehen und mich meiner Trauer zu überlassen. Zu meiner Überraschung funktionierte es. Es war eine arme Meute, verwirrter noch als ich selbst.

»Tja«, sagte ich zu Maecenas, als wir allein waren.

Er hörte auf, sich die Brauen zu zupfen – eine Verrichtung, die er normalerweise einem Sklaven überlassen hätte.

»Tja«, sagte ich, »ich bin das Oberhaupt der Familie. Julius hatte sonst keinen Erben. Ich bin so gut wie sein Adoptivsohn.«

»Du bist erst achtzehn«, sagte er. »Da sind noch andere Führer der Volkspartei. Marcus Antonius und sein Bruder Lucius.«

»Antonius haben sie vielleicht auch umgebracht«, gab ich zu bedenken. »Warum sollten sie nicht? Es ist fünf Tage her, daß Julius ermordet wurde. Inzwischen kann alles mögliche passiert sein. Meine Mutter sagt, ich soll handeln wie ein Mann. Aber wie?«

»Wir müssen nach Italien«, sagte er. »Du bist dort nicht stärker gefährdet als hier. Und was immer du tust, niemand wird glauben, daß du gar nichts planst. Also kannst du ebenso gut mit Entschlossenheit handeln. Die Götter« – seine Zunge zuckte über seine Lippen – »haben die Würfel für dich geworfen. Du mußt sie aufheben und noch einmal werfen. Sag Agrippa, er soll ein Schiff auftreiben und sein gewaltiges Organisationstalent nutzbar machen. Was mich angeht – nun, Nikos sagt, er habe eine neue Lieferung aus Asien. Er hat mir einen phrygischen Knaben versprochen, mit einem Hintern wie ein Pfirsich. Es wäre eine Schande, den nicht zu pflücken, ehe wir in See stechen. Nichts, mein Lieber, ist betrüblicher als die Erinnerung an einen versäumten Fick.«

Ihr werdet euch gewiß fragen, weshalb ich Maecenas ertrug; er ist ja kaum der Typ, den ihr heutzutage in meiner Umgebung finden würdet, nicht wahr? Natürlich bin ich mit den Jahren gesetzt und respektabel geworden, aber schon damals war es eurem leiblichen Vater Agrippa unbegreiflich. Oft tadelte er mich wegen dieser Freundschaft und schmähte Maecenas, auf den er zutiefst eifersüchtig war und den er einen »tuckenhaften Hurenmeister« nannte. Auch werdet ihr euch fragen, weshalb ich den leichtfertigen Unsinn seiner frivolen Konversation hier wiedergebe, diese Bemerkung über meine Beine zum Beispiel. Um die Wahrheit zu sagen, es überrascht mich selbst, daß ich es tue. Ich kann nur sagen, daß nichts diese letzten Augenblicke knabenhafter Verantwortungslosigkeit so lebhaft wiedererweckt wie das Echo dieses affektierten Genäsels in meiner Erinnerung.

Und um die erste Frage zu beantworten: In meinem ganzen Leben hat mich niemand zuverlässiger gut beraten.

Dies zu wissen, konnte Agrippa auch nicht ausstehen.

Und der Gemahl meiner Mutter, Philippus, schon gar nicht.

Wir waren eines frühen Morgens im April in Brundisium gelandet. Die Sonne berührte eben die Gipfel der Basilicata. Aber trotz der frühen Stunde gärte es im Hafen. Es wimmelte von entlassenen oder versprengten Legionären – wir erfuhren, daß ein Schiff mit einem kleinen Rest von Pompejus' Männern am Tag zuvor angekommen war, und nun drängten sich diese Veteranen in den Straßen rings um den Fischmarkt und wußten nicht, was sie anfangen sollten. Unsere Ankunft schien unheilvoll zu sein.

Dann – so schnell spricht sich eine Neuigkeit herum – schwenkte eine Hundertschaft Legionäre in guter Marschordnung beim Haus der Hafenbehörde um die Ecke, und die Menge wich zurück. Der Centurio ließ sie am Kai Aufstellung nehmen, als bildeten sie eine Ehrengarde – möglicherweise auch, wie ich Maecenas gegenüber bemerkte, eine Gefangeneneskorte.

Der Centurio kam an Bord unseres Schiffes, gefolgt von zweien seiner Männer. Er rief mit lauter Stimme: »Ich habe erfahren, daß Gajus Octavius Thurinus an Bord ist.«

Ich sah, wie der Kapitän des Schiffes zögerte. Da zog ich den Mantel herunter, der mein Gesicht bedeckte.

»Ich bin es.«

Der Centurio salutierte mit ausladendem Schwung.

»Publius Clodius Maco, Centurio der Fünften Kohorte der Zwölften Legion, gedient in Gallien, gekämpft bei Pharsalus und Munda, verwundet und ausgezeichnet in letzterer Schlacht, zu deinen Diensten, Herr. Ich habe meine Zenturie hergebracht, um dir Geleit zu geben, Herr.«

Ich trat auf ihn zu.

»Willkommen, mein Freund. Ich bin froh, dich zu sehen.« Dann erhob ich die Stimme, damit die Soldaten am Kai mich ebenfalls hören konnten. »Ihr alle seid Soldaten und Gefährten Caesars. Ich bin Caesars Adoptivsohn. Euer Wunsch ist es, euren General zu rächen, ich trachte meinen Vater zu rächen. Ihr bietet mir euren Schutz auf der Straße nach Rom. Ich biete euch meinen Namen und den Namen meines Vaters als Talisman, und ich gewähre euch meinen Schutz bei allem, was ihr tut. Caesars Leben hat uns zusammengeführt. Caesars Blut, vergossen im abscheulichsten Meuchelmord, hat uns vereinigt zu Tod oder Sieg...«

Sie brachen in großen Jubel aus, ohne sich zu rühren – ein gutes Zeichen. Die beiden Soldaten, die hinter Maco an Bord gekommen waren, hoben mich auf ihre Schultern und trugen mich zum Kai hinunter. Ich bat sie, mich abzusetzen, und ging das Wagnis ein, zu verkünden, daß ich die Garde nun inspizieren würde. Es war mein erster Befehl und ein Risiko, das sich lohnte. Hätten sie vor dieser Bekräftigung meiner Autorität zurückgescheut, wären sie für meine Zwecke unbrauchbar gewesen. Aber sie taten es nicht. Sie strafften sich, drückten die Schultern zurück. Ich war erleichtert und beeindruckt. Sie waren ernste Männer, ihr Leder war poliert, und Messing und Waffen blinkten. Maco war ein guter Centurio, denn er hatte dafür gesorgt, daß seine Männer in einem so prächtigen Zustande waren, während ringsumher die Welt in Unsicherheit zerfiel.

»Wohin jetzt?« fragte Agrippa.

»Zum Magistrat«, sagte ich. »Es ist wichtig, daß ihnen klar ist, warum wir hier sind.«

»Was soll das Gerede, du seist der Adoptivsohn Caesars?« Agrippa war voll naiver Fragen, als wir jung waren. »Das höre ich zum ersten Mal.«

»Es muß im Testament stehen. Wenn ich es nicht bin, sind wir erledigt.«

»Mein lieber Junge, niemand bewundert deinen Mut mehr als ich.« In seiner Laube mit Blick über Campanien lehnte mein Stiefvater sich zurück und spielte mit einem Becher seines selbstgezogenen gelben Weines; die Finger seiner linken Hand schlugen einen leisen Trommelwirbel auf seinem vorquellenden Bauch. Der Becher verschwand fast im Fett seines Gesichtes. »Niemand, nicht einmal deine liebe Mutter, die dich anbetet und die in Tränen aufgelöst ist – in wahren Fluten, wie ich dir versichern kann –, seit es geschehen ist. Aber, mein lieber Junge, bedenke die Fakten. Sieh dich an. Du bist kaum mehr als ein Kind. Ich will nicht grob sein, aber es gibt einfach Zeiten, da muß man einander die Wahrheit sagen. Wie alt bist du? Sechzehn?«

»Achtzehn«, sagte ich.

»Schön, achtzehn, achtzehn, und da willst du dich gegen Burschen wie Gajus Cassius stellen. Von Marcus Antonius gar nicht zu reden. Oh, ich weiß, er soll Caesarianer sein, aber Caesar ist tot, mein Lieber. Und ich weiß, du hältst mich für einen alten Schnarchsack, aber auch du mußt zugeben, daß selbst ein alter Schnarchsack das eine oder andere gesehen hat. Und ich kenne Antonius, ich kenne ihn gut. Er frißt bartlose Knaben zum Frühstück. Und ich gebe dir mein Wort, Antonius ist heute Antonianer, nichts anderes... nein.« Er seufzte tief, bevor er den ermüdenden, unermüdlichen Strom seiner Ratschläge weiterfließen ließ. »Nimm das Geld, das der alte Jul dir hinterlassen hat. Greif zu wie der Blitz, natürlich, aber verzichte auf das politische Erbe. Sag einfach, du bist zu jung und unerfahren. Sie sollen sich anderswo umsehen. Höchstwahrscheinlich werden sie erleichtert sein. Ich kann mir nicht denken, daß Cassius oder Antonius dir wirklich die Kehle durchschneiden will.«

»Die Gefahr besteht«, sagte ich. »Ich bin nicht so unerfahren, daß ich das nicht erkenne. Man hat eine Kohorte nach Süden geschickt, die mich verhaften sollte, weißt du. Ich habe sie umgedreht, und jetzt steht sie auf meiner Seite...«

»Bloß« – er seufzte – »weil du beharrlich fortfährst, Aufmerksamkeit auf dich zu ziehen. Du brauchst nur einmal zu verkünden, daß du nichts weiter willst als ein ruhiges Leben, und niemand wird dich mehr behelligen. Zu mir kommen die Burschen ja auch nicht, um mich in Eisen zu legen, weißt du... Außerdem mußt du zugeben, daß deine ganze julianische Verbindung etwas Zufälliges hat. Ein bißchen dünn, was? Ich meine, wenn der Vater deiner Mutter nicht seine Schwester Julia geheiratet hätte, was wäret ihr dann? Nichts. Nichts Bedeutendes jedenfalls. Anständige Leute, sicher, aber Landadel. Weiter nichts. Dein eigener Papa war der erste Senator in deiner Familie, weißt du, und das nur durch diese Verbindung. Was glaubst du, was die wirklichen Spitzenfamilien davon halten? Du weißt, sie verachten Cicero als Parvenu, und der ist ein Genie. Du bist nur ein Knabe, und dein Großvater war ein Geldverleiher.«

»Sagen wir, Bankier.« Ich ließ ein Lächeln in meiner Stimme anklingen. »Glaubst du, mein Bankiersblut ist mächtig genug, mich zu überreden, das Geld zu nehmen und nichts anderes zu tun? Meinst du, irgend jemand würde mir glauben, daß ich damit zufrieden bin? Was, glaubst du, würden meine eigenen Soldaten da sagen?«

»Deine eigenen Soldaten?« Er seufzte und schenkte sich noch etwas Wein ein. »Das ist eine Phantasie, Junge, ein Kinderspiel, aber es wird blutig enden, blutig für dich, fürchte ich. Nun, deine Mutter kann nicht behaupten, ich hätte nicht versucht, es dir auszureden.«

Es ist schwierig, euch, meine geliebten Knaben, die ihr in friedlichen und geordneten Zeiten aufgewachsen seid, die Stimmung in einem zerfallenden Staat, einer beginnenden Revolution verständlich zu machen. Wenn ich von Angst und Unsicherheit spreche – was kann das für euch Kinder des Sonnenscheins anderes sein als Worte? Genauso gilt, daß ihr mich als einen alten Mann kennt; und an euren leiblichen Vater Agrippa erinnert ihr euch kaum. Du, Gajus, warst erst acht, als er starb, und du mein lieber Lucius, ein Knäblein von fünf Jahren. Ich selbst konnte mir Julius niemals jung vorstellen, und doch habe ich ihn in gefährlicher Aktion gesehen. Und ihr seid aufgewachsen in der Republik, die ich wiederhergestellt habe; wie könnt ihr euch da eine Welt vorstellen, die auseinanderbricht und in der kein Mensch weiß, wer sein Freund ist?

Agrippa und Maecenas vertraute ich natürlich. Von der Zuneigung einmal abgesehen, hätten sie sonst auch nirgends hingehen können. Aber von ihnen abgesehen traute ich niemandem, der mehr war als ein Centurio, und denen traute ich auch nicht immer. Sogar Maco sagte zu mir: »Weißt du, Herr, mein Bruder ist bei Antonius. Von ihm könnte ich erfahren, wie die Stimmung in seinem Lager ist...« Natürlich war ich einverstanden, aber wie konnte ich sicher sein, daß eine Auskunft, die ich erhielt, ehrlich war? Und eigentlich stimmte es auch nicht, daß Agrippa und Maecenas an mich gebunden waren; Verräter sind überall willkommen, eine Zeitlang zumindest. Aber ich mußte so tun, als werde ihre Zuneigung, deren ich mir sicher war, auch fürderhin ihre Interessen bestimmen. Was mehr als zweifelhaft war.

Es gab mindestens fünf Parteien oder Fraktionen im Staat, meine eigene eingeschlossen.

Antonius hatte einen Teil von Caesars Gefolgschaft geerbt. Als Konsul war ihm das unmittelbare Kommando über wenigstens fünf Legionen sicher; und was noch wichtiger war: Das Amt verlieh ihm rechtmäßige Autorität.

Die Anführer der selbsternannten Liberatoren, Marcus Brutus und Gajus Cassius, die sich noch immer als wahre Freunde der Republik ausgaben, hatten sich in Panik aus der Stadt zurückgezogen, als diese aufbrüllend ihr Blutgeschenk zurückwies. Obgleich sie erst bei den letzten Wahlen die unbedeutenden Provinzen Kreta und Cyrene zugewiesen bekommen hatten, wußte man doch schon nach wenigen Wochen, daß Brutus nach Mazedonien und Cassius nach Syrien gegangen war, wo sie im Namen von Freiheit und republikanischer Tugend rebellische Armeen aufstellten.

In Sizilien lauerte Sextus Pompejus, der unwürdige Sohn eines überschätzten Vaters. Pompejus der Große hatte die

See von Piraten gesäubert; Sextus war selber kaum besser als ein Pirat. Gleichwohl war es ihm gelungen, die unversöhnlichsten unter den Überresten der alten Optimaten-Partei um sich zu scharen, die, anders als die Liberatoren, niemals ihren Frieden mit Caesar gemacht hatten.

In Rom selbst fand man die Konstitutionalisten; ihr Anführer war Cicero. Er war zumindest eine Stimme, ein wunderbares und fruchtbares Organ.

Und dann ich selbst. Ich hatte den Kern einer Armee. Die Soldaten brannten auf Rache für Caesar, und sie würden weiterbrennen, solange ich sie bezahlen konnte.

»Geld«, sagte Maecenas. »Mit Geld macht man so was.«

Agrippa schnaubte, aber ich wußte, Maecenas hatte recht. In einem gewissen Maß jedenfalls: Ohne Geld machte man so was nicht.

Marcus Antonius war gewachsen. Das war die erste Überraschung. Ich habe seither gesehen, wie andere Männer in einem Amt zusammenschrumpften, als offenbare ihnen der Besitz von Autorität ihre eigenen Mängel. Auch sein Benehmen war verändert. Früher hatte er mich wie einen jüngeren Bruder behandelt. Mir hatte seine angemaßte Vertraulichkeit mißfallen; er hatte die Gewohnheit gehabt, mir seinen Arm um die Schultern zu legen und mich an sich zu drücken, eine Gebärde, an der ich besonderen Anstoß genommen hatte. Jetzt lag er auf einem Sofa, neben sich zwei Windhunde, und als er die Sklaven hinausgeschickt hatte, sah er mir gerade ins Gesicht.

»Du machst Ärger«, sagte er. Er sprach, als sei ich ein Delinquent, und bat mich nicht, Platz zu nehmen. Gleichwohl ließ ich mich auf dem anderen Sofa nieder. (Vielleicht bereute er jetzt, daß er es nicht hatte wegschaffen lassen.) In der Stille hallte das Geplapper vom morgendlichen Forum zu uns herauf.

»Ich will dir zugestehen«, sagte er – und ich spürte, daß ich die erste Runde gewonnen hatte, indem ich ihn zwang, das Gespräch zu eröffnen –, »daß du dir den Süden gesichert hast. Ich will dir sogar zugestehen, daß du es gut gemacht hast. Aber die Geschichte, die du in Umlauf zu bringen gestattest, können nur für unsere Feinde von Nutzen sein.«

»Unsere Feinde?«

»Ja«, sagte er. »Ich will die Soldaten, die du hast. Wie viele sind es? Eine Legion? Eine halbe Legion? Dir ist natürlich klar, daß ich als Konsul das Recht habe, über sie zu verfügen, und daß du als privater Bürger illegal handelst. Du hast keine offizielle Position, und mit deinen achtzehn Jahren kannst du auch keine haben. Und eine Armee kannst du sowieso nicht führen; du hast keine Erfahrung, und ich brauche die Truppen. Decimus Brutus treibt sich in Gallia Cisalpina herum, und die übrigen Saukerle heben auf der anderen Seite des Adriatischen Meeres Armeen aus. Ich brauche diese Truppen.«

»Und was hast du mir zu bieten?« fragte ich.

»Eine Stelle in meinem Stab. Ein Konsulat, Jahre bevor du dazu qualifiziert bist. Sicherheit. Denn schließlich, mein Junge – wenn ich scheitere, kannst du einpacken.«

Vielleicht sprach er sogar offen. Bestimmt, denn Antonius gehörte zu jenen Optimisten, die glauben, daß das bloße Aussprechen eines Wunsches sich auf wunderbare Weise in dessen Erfüllung verwandelt, und anscheinend hielt er mein Schweigen für Zustimmung. Jedenfalls rief er jetzt einen Sklaven und ließ uns Wein bringen, trank selbst einen Becher und machte sich daran, mir einen Überblick über die strategische Lage zu geben. Julius hatte mich einst davor gewarnt, Antonius zu unterschätzen: Bei all seinem Gepränge war er ein guter Stabsoffizier mit einer Hand fürs Detail, wie man sie bei Trunkenbolden nicht oft findet.

»Da ist noch etwas«, sagte ich. »Mein Erbe. Caesars Testament...«

Er verstummte und ging zum Fenster, und in diesem Augenblick wußte ich, daß ich gegen ihn würde kämpfen müssen, wenn ich irgend etwas werden wollte. Antonius war chronisch verschuldet. Ein Vermögen wie dasjenige Caesars zur Verfügung zu haben, war für ihn eine neue und erhebende Erfahrung. Selbst wenn er das Geld, das Caesar mir hinterlassen hatte, nicht gebraucht hätte, um seine Soldaten zu bezahlen und sich Popularität zu kaufen, hätte er es niemals über sich bringen können, etwas so Neuartiges und Köstliches wieder aufzugeben.

»Du hast recht«, sagte ich an diesem Abend zu Maecenas. »So was macht man mit Geld. Ich werde meine Soldaten aus eigenen Mitteln bezahlen müssen. Sieh zu, was du dabei tun kannst. Und inzwischen kannst du mir einen Termin mit Balbus besorgen. Er hat meinen Vater finanziert; soll er mich auch finanzieren.«

»Ich weiß nicht, ob es klug von dir war, sein Angebot abzulehnen«, sagte Agrippa. »Schließlich sind wir alle Caesarianer. Wir haben gemeinsame Feinde. Wenn wir mit denen fertig sind, können wir uns immer noch einigen. Und Antonius ist Konsul. Er hat das Recht, zu befehlen.«

»Du verstehst nicht«, sagte ich. »Es gibt keine Caesarianer. Dieses Wort hat keine Bedeutung mehr seit den Iden des März.«

Ich konnte es Agrippa nicht verdenken. Er war nicht der einzige, der das nicht zu begreifen vermochte. Aber in diesem allgemeinen Unvermögen, diesem konfusen Unverständnis der wirklichen Situation lag die Stärke meiner Position, und hieraus bezog ich meinen Bewegungsspielraum. Ich entsandte Agrippa nach Campanien, um weitere Truppen zu rekrutieren – er war ein genialer Anwerber, und ich wußte, es würden ordentliche Soldaten kommen. Unterdessen veranlaßte ich Maecenas, mit all dem beträchtlichen Getue, zu dem er fähig war, Caesars Verbindlichkeiten aus meinen privaten Vermögens- und Kreditmitteln zu begleichen (die Leute machen sich über eine Bankiersherkunft lustig, aber sie ist von unschätzbarem Wert, wenn man in Eile Geld auftreiben muß). Und ich beschloß, Cicero zu umwerben.

Cicero ist bestenfalls ein Name für euch, meine Söhne, weil ich euch nicht erlaubt habe, seine Schriften zu studieren. Mag sein, daß euch im Laufe dieser Erzählung verständlich wird, warum nicht. Aber wenn euch das, was ich über die nächsten paar Monate zu berichten habe, sinnvoll erscheinen soll, muß ich euch etwas über diesen Mann erzählen, der von größter Begabung war – für eine andere Zeit und eine andere Stadt.

Marcus Tullius Cicero war der gerissenste Mensch, den ich je gekannt habe, und dennoch überlistete ich ihn bei jeder neuen Wendung. Er war im Jahr 106 v.Chr. in der Gemeinde Aroinum zur Welt gekommen, und so war er mittlerweile ein alter Mann. Die Ereignisse dieses schrecklichen Jahres zeigen jedoch, daß ihn allenfalls seine Urteilskraft im Stich ließ, nicht aber seine geistige oder körperliche Energie. Ich hegte Sympathie und Achtung für Cicero, ja sogar Zuneigung. Wir waren schließlich beide von gleicher Herkunft, und auch er war kraft seines eigenen Genius aufgestiegen. Er war Konsul im Jahr 63, dem Jahr der catilinarischen Verschwörung, die er niederschlug, mit Tatkraft und, wie man sagen muß, unter hübscher Mißachtung der Legalität, die aufrechtzuerhalten er für den Rest seines Lebens unermüdlich behauptete. Für diese Heldentat gewährte man ihm den Titel »Vater des Vaterlandes«, den die Herren des Senats, wie ihr wißt, auch mir zu verleihen geruhten. Gleichwohl erlernte er selbst nie die Lektion seines eigenen Konsulats: daß nämlich die Macht ihre eigenen Regeln schafft. Niemandem war der Verfall der Republik klarer bewußt als Cicero, niemand auch analysierte ihn scharfsinniger. Er sah, daß die außerordentliche Befehlsgewalt, die den Generälen der Republik anvertraut war, ihnen ermöglichte, sich Armeen zu schaffen, die wohl ihnen, aber nicht der Republik loyal ergeben waren; aber er sah nie, wie es dazu gekommen war. Was er zur Heilung des Übels vorschlug, war lachhaft: Er glaubte, daß nur alle »guten Männer« sich zusammentun und kooperieren müßten, und schon ließen sich die alten Tugenden der Republik wiederherstellen, wie sie in den Tagen Scipios bestanden hatten – wenn nicht gar zur Zeit jenes stämmigen alten Bauern Cincinnatus. Er sah nicht, daß die Struktur in sich verrottet war. Dabei hatte er es zu seinen eigenen Lebzeiten bewiesen: Um gegen Caesar zu kämpfen, hatte er notgedrungen vorschlagen müssen, daß dem Pompejus eines jener außergewöhnlichen Kommandos übertragen werde, mit denen zerstört wurde, was Cicero liebte. Verrückt.

Ich beneidete ihn um seine Liebe zur Idee der Republik; er war blind vernarrt in die Tugend. (Aber, meine Söhne, ihr merkt wohl, daß ich schreibe, »blind« vernarrt? Euch ist klar, daß ich dieses Wort mit äußerster Präzision auswähle, um die Wirkung des Vernarrtseins auf diesen genialen Mann zu beschreiben.) Wunderschöne Manieren hatte er außerdem. Nachdem ich die Angelegenheit mit Maecenas erörtert hatte, besuchte ich Cicero, und ich nahm bescheidene, biedere Geschenke mit – einen Topf Honig aus den Albaner Bergen, einen Cacciocavallo-Käse, die ersten (sehr frühen – es war ein wunderbar milder Frühling) Walderdbeeren aus Nemi. Er empfing mich mit einer Würde, die uns beiden zur Ehre gereichte.

Er begann damit, daß er von Caesar sprach. »Du darfst nicht denken, daß ich ihn nicht geachtet hätte«, sagte er. »Ich habe ihn sogar geliebt. Wer könnte auch verfehlen, seine Fähigkeiten zu bewundern? Welch machtvoller Verstand, welch ein Gedächtnis, welche Klarheit, welches literarische Talent, welche Genauigkeit und welche Tiefgründigkeit des Denkens und der Tatkraft! Seine Eroberung Galliens! Wiewohl ich diese, wie du verstehen wirst, in ihren Konsequenzen nur als katastrophal für die Republik empfinden kann – nichtsdestoweniger: Was für eine Leistung! Sein Genie war groß, nahezu beispiellos in seiner Art; gleichwohl, mein Junge, und ich sage dies mit Tränen in den Augen, bedenke die Folgen dieser ruhmreichen Laufbahn: Er brachte dieser freien Stadt, die wir beide lieben – nicht wahr? –, die Gewohnheit der Sklaverei. Deshalb habe ich mich gegen ihn gestellt. Deshalb begrüßte ich seinen Tod. Es ist schmerzlich für mich, dies zu sagen, und es ist schmerzlich für dich, es zu hören. Aber ich muß ehrlich sein, wenn wir zusammenarbeiten sollen, wie wir es hoffentlich vielleicht tun können.«

»Auch meine Hoffnung ist es, Herr«, sagte ich.

»Die Geschenke, die du mir mitgebracht hast, so passend

und vielsagend ausgewählt, geben mir Zuversicht, daß diese Hoffnung nicht vergeblich sein möchte. Es liegt Maß und Zurückhaltung in ihrer Auswahl, eine gerechte Strenge des Urteils.«

»Sie sind nichts«, sagte ich. »Ich hoffte nur, sie möchten dem Vater unseres Vaterlandes Freude machen, ihm, der Rom vor dem rasenden Wolf Catilina errettete.«

Sein Benehmen, das auf Publikum bedacht, zierlich, rhetorisch und unaufrichtig gewesen war, änderte sich.

»Ah«, sagte er. »Du weißt davon. Ich kann nie glauben, daß sie heute noch Geschichte lehren. Meine eigenen Söhne und mein Neffe wüßten nichts darüber, wenn ich sie nicht selbst unterwiesen hätte. Und in der Tat hast du erkannt, was Catilina in Wirklichkeit war... Aber was ist Antonius anderes?«

Ich war erstaunt über so viel Kühnheit, denn ich war es gewohnt, daß man sich über seine Schüchternheit lustig machte. Bis dahin hatte ich nicht gewußt, daß manch einer kecker wird, wenn seine Zukunft schrumpft.

»Weißt du, was Rom ist?« fragte er. »Ah, wie könntest du, mein Kind. Aber komm.«

Er faßte mich beim Ärmel und führte mich an eine Stelle, wo wir auf die Stadt hinunterblicken konnten. Der Himmel war von tiefstem Blau; die Tempel auf dem Kapitol glitzerten. Vom Fuße des Hügels stieg das Gesumm der Stadt herauf, ständige Bewegung, ein Kommen und Gehen, drängende Lebhaftigkeit; in Gerichtshöfen wurde geschnattert, in Bädern wimmelte es, in Bibliotheken ging man umher, in Kochbuden und Tavernen brutzelte es. Wir zogen uns in die Kühle des Atriums zurück.

»Es ist eine Stadt freier Menschen«, sagte Cicero, »mit der Freiheit der Diskussion und Debatte, in der niemand rechtmäßig Waffen oder Rüstung trägt; eine Stadt der edlen

Gleichen – und dieser tolle Hund, den ich mit Catilinas Namen Wolf nicht ehren will, dieser betrunkene Pirat droht, uns mit den Schwertern seiner Legionäre den Mund zu stopfen.«

»Ich habe auch Legionen, Herr.«

Zum erstenmal erhellte ein Lächeln sein Gesicht; er gluckste.

»Freilich hast du welche, mein Junge; deshalb bist du ja hier, Kind. Die Frage ist, was willst du mit ihnen anfangen?«

»Meine Legionen stehen der Republik zu Diensten«, sagte ich.

Das lange Schweigen skeptischer Erinnerungen erfüllte die Luft.

»Aber«, fuhr ich fort, »welche Absichten hegt die Republik gegen mich?«

»Ich bin nicht sicher«, antwortete er, »ob man im Augenblick davon sprechen kann, daß die Republik Absichten hegt. Sie ist ihres Willens ebenso beraubt wie ihrer Legionen. Das, mein lieber Junge, ist die Crux dieser Angelegenheit.«

Als Antonius mir Sicherheit versprach, wenn ich ihm meine Legionen überantwortete, klang Spott in seiner Stimme. Und ein noch harscherer Unterton: Verachtung. Er glaubte mich in der Tat bereit, Sicherheit zu kaufen. »Du, Junge«, sagte er wohl, »mit deinem Bankiersblut, der du alles nur einem Namen verdankst...« Eine solche Vermutung seinerseits gab mir kaum Anlaß, seine Intelligenz zu respektieren: Sah er denn wirklich nicht, daß auch ich mit hohem Einsatz in dieses Spiel eingestiegen war, als ich mich entschieden hatte, Julius Erbe anzutreten und Macos Salut in Brundisium entgegengenommen hatte?

Cicero pries mich im Senat. Seine Worte hätten mich überwältigt, wenn meine Eitelkeit der seinen gleichgekommen wäre. Agrippa war mächtig beeindruckt. Wieder und wieder erklärte er, daß wir unser Ziel wirklich erreicht hätten. »Ich wüßte nicht, wie sie dir die legitime Macht jetzt noch streitig machen sollten. Nicht nach solcher Fürsprache.«

Ich sah, wie Maecenas spöttisch die Braue hob. »Du bist nicht dieser Meinung, wie?« fragte ich.

»Oh, wer bin ich, daß ich mich dazu äußerte?« entgegnete er. »Vergiß nicht, ich bin kein echter Römer. Ich verstehe nichts von euren Senaten und Ratsversammlungen. Meine Vorfahren waren Könige in Etrurien. Deshalb ist es schwer für mich, die Wirkung der Redekunst auf eine Körperschaft wie den Senat abzuschätzen. Aber in unserer Familie gibt es eine Redensart: Hüte dich vor dem, der gut von dir spricht. Außerdem – hast du die Geschichte nicht gehört, die zur Zeit die Runde macht? Jemand fragte Cicero: ›Warum um alles in der Welt lobst du diesen jungen Mann?‹ Der alte Knabe vergewisserte sich nach rechts und links, daß niemand hörte, was er sagte, und gab zur Antwort: ›Der junge Mann muß gelobt werden.‹ ›Muß?‹ fragt sein Kumpel. ›Muß‹, sagt Cicero. ›Gelobt, geehrt... und beseitigt...‹ Was wir nicht vergessen dürfen, meine Lieben: Cicero hat schon Schlangen über den Tisch gezogen, als unsere Väter noch an der Mutterbrust lagen.« Ich sah Maecenas an. »Wir dürfen Cicero niemals ahnen lassen, daß wir wissen, was er vorhat. Er ist unser teuerster Freund und ein notwendiger Verbündeter.«

Es war ein Frühling von äußerster Delikatesse. Das wilde Märzwetter, das Julius' Ermordung begleitet hatte, wurde vertrieben von einer Sonne, die mehr verhieß, als wir in der verfügbaren Zeit genießen konnten. Ich hatte mir eine Armee beschafft, aber ich war unschlüssig, ob ich sie einsetzen oder vorläufig auflösen sollte. Antonius kehrte um den 20. Mai herum nach Rom zurück, begleitet von einer Leibwache, deren Gorillas bereit waren, jede Abstimmung in der Volksversammlung zu manipulieren. Mit Geld, das rechtmäßig mir gehörte, kaufte er sich Ciceros Schwiegersohn Dolabella zum Bundesgenossen. Anfang Juni inszenierte er einen Plebiszit, mit dem er seine Provinzherrschaft um weitere drei Jahre verlängerte.

Wir trafen uns noch einmal, in einem Haus, das früher Pompejus gehört hatte; ob dieser oder Antonius für die vulgäre Einrichtung verantwortlich war, konnte ich nicht sagen. Aber ich hatte Zeit genug, sie ausgiebig zu betrachten, denn Antonius hatte die Dreistigkeit, mich warten zu lassen. Zweifellos wollte er mich beunruhigen. Als er mir schließlich eine Audienz gewährte, hielt seine Dreistigkeit an. Er weigerte sich wiederum kategorisch, Julius' Geld auszuspucken.

Ich nahm seine Unverschämtheit schweigend hin. Unterschätzet niemals, meine Kinder, den Wert des Schweigens. Es verwirrt den, der sich aufplustert, und verzerrt sein Urteilsvermögen.

Als ich ihn verließ, gab ich bekannt, daß ich für Julius' Verbindlichkeiten aufkommen würde. »Und wenn es mich meinen letzten Pfennig kostet«, bekräftigte ich. Meinen Freunden in den in Mazedonien stationierten Legionen schrieb ich, Antonius weigere sich, Caesar zu rächen.

Strenggenommen entsprach dies nicht der Wahrheit, denn zur Mittsommerzeit war Antonius tatsächlich dabei, Decimus Brutus in Mutina zu belagern. Agrippa sah es mit Sorge. »Es scheint mir falsch zu sein, daß wir nicht mit Antonius arbeiten«, sagte er immer wieder. »Ich sage dir, unsere Centurione begreifen nicht, was du vorhast. Es gefällt ihnen nicht. Sie haben sich uns angeschlossen, um Caesar zu rächen, und jetzt fackelst du hier mit dem Senat und mit Cicero, diesem alten Weib, herum.«

»Lauf zu und spiel mit deinem Schwert, mein Entchen«, sagte Maecenas. »Wir haben durchaus einen Kopf zwischen den Ohren. Wir tappen nicht blindlings durch die Gegend.«

»Na« – Agrippa starrte mich finster an –, »sieht aber verdammt so aus. Wenn du einen Plan hast, könntest du vielleicht die Güte haben, ihn mir zu erzählen?«

Ich dachte darüber nach.

»Da haben wir's wieder«, beklagte er. »Du sitzt da wie eine kleine Eule und läßt zu, daß er mich verarscht. Mir erzählst du überhaupt nichts, aber ich bin derjenige, der losziehen und dir Soldaten besorgen muß, und ich muß auch versuchen, sie bei Laune zu halten. Aber die sind nicht bei Laune, verflucht, sie sind es ganz und gar nicht. Was also ist dein blöder Plan?«

»Ich habe keinen«, sagte ich. »Jedenfalls keinen von der Sorte, die man schwarz auf weiß niederschreiben könnte.«

Und das stimmte. Ich habe schon mit euch darüber gesprochen, Gajus und Lucius, aber niedergeschrieben habe ich es noch nie. Der Wert des Planens schwindet mit zunehmender Komplexität der Lage. Glaubt mir, es ist wahr. Es mag paradox erscheinen. Vielleicht denkt ihr: Je komplizierter eine Situation ist, desto notwendiger ist ein Plan, der sich damit befaßt. Theoretisch will ich euch recht geben. Aber in der Praxis ist es anders. Kein Plan kann an die Komplexitäten und Zufälligkeiten des politischen Lebens heranreichen. Infolge dessen beraubt das Festhalten an einem Plan euch der Flexibilität, die ihr braucht, um beim Lauf der Ereignisse mitzuhalten; wenn ihr nur einen Augenblick nachdenkt, solltet ihr einsehen, daß es (selbst mit Hilfe der weisesten Wahrsager und Mathematiker) unmöglich ist, vorherzusagen, was geschehen wird; und es ist töricht, so zu tun, als könnte man die Handlungen anderer Menschen mit irgendeiner Art von Gewißheit lenken. Ein Plan eignet sich deshalb nur für die simplen Operationen des Lebens: Man kann eine Reise in sein Landhaus planen, aber die Details einer Schlacht oder einer politischen Kampagne kann man nicht planen. Man muß ein Ziel haben, meine Söhne, aber wenn man es erreichen will, ist nichts so wichtig wie flüssiges Denken. Improvisation ist das Geheimnis des politischen Erfolgs, denn politische Aktion ist in Wahrheit und aus Notwendigkeit zumeist Reaktion.

Und so sagte ich nun zu Agrippa: »Ich habe keinen Plan, aber ich habe Absichten. Ich gedenke, Caesar zu rächen und die Republik wiederherzustellen. Und zuallererst bedenke ich, unsere Position abzusichern. All mein Manövrieren richtet sich auf diese Ziele. Du fragst nach Antonius? Du rufst nach der Wiedervereinigung der Caesarianer? Nun, ich auch. Aber auch Antonius? Was ihn betrifft: Caesar ist tot, und Antonius ist sein Nachfolger. Man muß ihn davon überzeugen, daß dem nicht so ist und daß er, Antonius, weniger als die Hälfte unserer Partei ist.«

Einstweilen tat Antonius, wie Maecenas sich beeilte mir zu erzählen, was er konnte, um meinen Ruf zu zerstören. Er verbreitete zahllose Gerüchte über mich. Ich werde sie hier niederschreiben, denn ich schäme mich nicht, verleumdet worden zu sein.

Er machte bekannt, daß ich Caesar bei sodomitischen Akten zu Willen gewesen sei, um ihn dazu zu bringen, daß er mich adoptierte. Später, so setzte er hinzu, hätte ich mich den Gelüsten des Aulus Hirtius, des Procurators von Spanien, gefügig gezeigt und dafür dreitausend Goldstücke kassiert. »Der Junge verleiht seinen Körper gegen Zinsen«, behauptete er. »Es liegt am Bankiersblut, kein Zweifel.« Er bezichtigte mich eines weibischen Charakters und sandte Agenten unter meine Soldaten, die sie befragten, warum sie sich von einer Knabenhure befehligen ließen.

Diese Anschuldigungen waren natürlich falsch; es war lächerlich, anzunehmen, daß Caesar einen Knaben, der sich so abscheulich benähme, auf diese Weise belohnt hätte. Was Aulus Hirtius betraf, so war er dermaßen abstoßend, daß einer seiner jungen Sklaven sich lieber erhängte, als seine Umarmungen zu ertragen. (Und dieser Junge war ein Gallier – wo doch jeder weiß, daß gallische Knaben es nicht für schändlich halten, sich erwachsenen Männern hinzugeben. Die Druiden-Religion ermuntert die Jünglinge, sich den Priestern zu prostituieren, und die gallischen Soldaten sind es gewohnt, die Burschen, die ihre Pferde zu versorgen haben, nach ihrem guten Aussehen auszusuchen.) Davon abgesehen, war es absurd, anzunehmen, daß ein junger Mann mit meinem Vermögen sich von dreitausend Goldstücken derart möchte verlocken lassen.

Kurioserweise schadeten diese Behauptungen mir bei meinen Soldaten nicht. Sie glaubten sie nicht. Und selbst wenn sie sie geglaubt hätten, so hätte Antonius wissen müssen, daß Soldaten an den Lastern ihrer Befehlshaber Freude haben. Caesars Legionäre hatten mit Entzücken von der Verführung ihres Generals durch König Nicomedes gehört. Sie hatten sogar ein schmutziges Lied darüber gesungen, welches ich euch aber nicht wiederholen werde.

Agrippa tobte freilich vor Wut. Er meinte, ich müsse damit rechnen, daß immer wieder solche Geschichten über mich in Umlauf gebracht würden, solange ich die Gesellschaft eines Schwulen wie Maecenas pflegte. Selbst wenn meine Männer, fuhr er fort, nicht daran glaubten, würde es doch den Senatoren, deren Unterstützung ich suchte, kaum behagen, wenn man ihnen Verbindungen zu einer Tunte nachsagte.

»Sei nicht albern«, sagte ich. »Es gibt keinen Grund zur Sorge. Jedermann weiß, daß Antonius ein Lügner ist.«

Gleichwohl war ich verstimmt, obschon sich mein Mißfallen mit Befriedigung mischte, denn die Verbreitung solcher absurden und boshaften Gerüchte zeigte ja, daß Antonius mich als Rivalen ernst nahm. Nichtsdestominder hielt ich es für angebracht, zu tun, was in meiner Macht stand, um die Lügen zu widerlegen. Zum einen hörte ich auf, mir die Beine zu rasieren, und ließ mir einen Bart wachsen; auch sah ich darauf, daß in meinem Quartier stets hübsche Sklavenmädchen anzutreffen waren. Maecenas machte mich mit einem gewissen Toranius bekannt, einem Händler, der mich mit den köstlichsten Früchten dieses Marktes versorgen konnte.

Ich erzähle euch, meine Söhne, diese Dinge nicht, weil ich bei der Erinnerung daran Behagen empfinde – um die Wahrheit zu sagen: Wenn ich darauf zurückschaue, tue ich es mit einer Mischung aus Belustigung und Abscheu –, sondern aus zwei Gründen: Erstens, damit ihr aus meinem eigenen Munde erfahret, was für ein Mann ich war, und somit in der Lage seid, die boshaften und verleumderischen Gerüchte, mit denen man euch zweifellos füttern wird, zu übergehen; und zweitens, weil ihr so vielleicht begreift, wieviel Umsicht, Selbstbeherrschung und Entscheidungskraft nötig sind, wenn man die öffentliche Meinung manipulieren möchte. Mit Sorgfalt arrangierte ich, daß Maco sah, wie ein circassisches Mädchen auf ungeschickte Weise aus meinem Zelt entschlüpfte, während er auf eine Unterredung wartete. Ich wußte, er würde bei seiner Rückkehr sagen: »Er ist schon ein rechter Bursche, unser General; ihr hättet das Häschen sehen sollen, das er gestern nacht hatte...«

Antonius kämpfte nur für sich selbst; ich aber hatte eine Vision von Rom. Niemand weiß, wie Ideen sich formen, welche Einflüsse auf den Geist wirken, in welchem Maß man sich die Weltsicht selber schafft. Dies sind tiefgründige Fragen, die ich mit Philosophen erörtert habe – wie der Dichter sagt: »Heraus kam immer mehr, zur selben Tür, durch die es eingegangen« –, und auch mit Vergil, der etwas Profunderes war als ein Philosoph: ein wahrer Poet. Hier will ich doch ein Wort über Poeten einflechten. Die meisten sind nichts als Verseschmiede. Jeder Edelmann sollte natürlich in der Lage sein, einen Vers zu drechseln; du, Lucius, hast Elegien geschrieben, die mir gefallen. Darüber hinaus indes, und wenn es zur Profession gerät, ist zu oft etwas Verächtliches in diesem Handwerk. Es ermuntert zu Heuchelei und extravagantem Benehmen – Affenkunststückchen. Wahre Dichtung hat einen moralischen Wert; die meisten Verse haben ihn nicht, und einige sind unverhohlen unmoralisch. Gelegentlich aber findet man einen Dichter, der sogar noch mehr zu bieten hat. Er ist ein Mann von Einsicht, ein Mann, durch den die Götter zu sprechen geruhen. (Übrigens bin ich froh, daß ich nie gehört habe, wie ihr euch über die Götter lustiggemacht hättet; das tun nur solche, die ohne Ruder treiben und die selbstgefällig auf ihren eigenen, natürlichen Auftrieb vertrauen. Ich fürchte den Mann, der die Götter nicht fürchtet, denn es mangelt ihm an Ebenmaß.) Ich kann mich glücklich preisen, einen solchen Dichter gekannt zu haben: Vergil. Der Geist Roms wohnte ihm inne; er sah, was anderen verborgen war. Es gibt keinen, den ich tiefer verehrt habe. Manchmal fühle ich mich versucht, zu glauben, der Kern meines politischen Denkens stamme von Vergil. Dennoch ist dies nicht richtig. Ich bewegte mich in diese Richtung, noch ehe ich mit ihm sprach. Ist es möglich, daß Ideen, sozusagen, in der Luft existieren können?

Caesar war natürlich eine Inspiration. Dennoch, flüsternd will ich euch, meine Söhne, gestehen, daß ich für Julius nie etwas übrig hatte. Er hatte etwas dirnenhaft Hohles, etwas Verrottetes. Er enthüllte die ganze Dekadenz der Republik; als er an jenem frühen Wintermorgen seine Legionen über den Rubikon führte, da war es, als reiße er den Schleier von einem Schrein und offenbare der ganzen Welt, daß der Gott ihn verlassen hatte. Er war ein großer General; seine Eroberung Galliens und sein Sieg über Pompejus waren unvergängliche Leistungen. Aber was tat er dann? Die Monarchie lockte ihn – ich habe es aus verläßlicher Quelle, daß sowohl Caesar als auch Antonius, als letzterer ihm beim Lupercalischen Feste dreimal eine Königskrone darbot, erwarteten, daß die Menge ihm als König zujubeln und ihm so gestatten werde, die Krone anzunehmen. Unfähige Politiker! Nicht zuvor dafür zu sorgen, daß der Wind in die entsprechende Richtung weht! Er war von gewisser Eitelkeit; er trug die hohen roten Stiefel der alten Könige von Alba Longa – könnt ihr euch vorstellen, daß ich mich so absurd benehme? Aber es gab Raum für solche Eitelkeit – sie füllte eine Leere im Herzen seiner Phantasie aus. Als er zu höchster Macht gelangt war, sah er nicht, daß dies erst der Anfang seiner Mühen war.

Oft sprach ich in diesem langen Sommer mit Cicero über Julius. Als er spürte – oh, er hatte die scharfe Intuition des großen Kreuzverhörspezialisten, der er war –, daß auch ich meine Zweifel an meinem Vater hegte, da ließ er den Mantel der Diskretion, den er stets trug, herabgleiten, als kratze er ihn. Er fuhr sich mit der Hand durch das graue Haar, beugte sich vor und streckte mir den faltigen Hals entgegen.

»Die Wahrheit ist«, sagte er, »daß er ein Abenteurer war, ein Spieler. Er hatte kein Ziel jenseits des unmittelbaren. Er hatte keinen Sinn für Geschichte, keinen Sinn für die Beziehung, die zwischen der Vergangenheit, der Gegenwart und der Zukunft bestehen muß. Er hatte die Gründe für seinen eigenen Aufstieg nie analysiert, weil er glaubte, er habe ihn durch Glück und eigenes Verdienst vollbracht – durch seinen Genius, kurz gesagt. Welch ein Unfug!«

»Glaubst du denn« – ich hatte es mir zur Gewohnheit gemacht, Cicero auch dann nach seiner Meinung zu befragen, wenn ich sie nicht brauchte – »glaubst du denn, daß er einen tieferen Zweck verfolgte, als er die Gallier in den Senat ließ?«

Cicero lief rot an. »Gewiß verfolgte er einen Zweck, aber lediglich den, die Senatoren zu beleidigen, indem er uns zwang, uns mit Barbaren gemeinzumachen. Kannst du dir eine größere Geringschätzung vorstellen?«

»Nein.« Ich schüttelte den Kopf und ließ mir nichts anmerken. »Aber sag mir, wie sich nach deiner Ansicht, die sich aus dem reichen Schatz deiner Lebensernte nährt, der Freie Staat wiedererrichten läßt.«

Cicero seufzte. »Fast hatte ich schon geglaubt, es sei unmöglich. Vielleicht, mein lieber Junge, haben die Götter dich gesandt, um es möglich zu machen. Was dazu gebraucht wird, ist Entschlossenheit und die Bereitschaft aller guten Männer aus der gesamten Gesellschaft, zusammenzuarbeiten und die Gesetze zu befolgen. Unsere Gesetze sind ohne Fehler. Der Fehler, Octavius, liegt in unserer Natur. Ich will dir zwei Beispiele geben. Hast du schon einmal von Verres gehört?«

»Wer könnte nach deiner unvergleichlichen Rede noch sagen, er habe nichts von Verres gehört?«

»Nun, ja, meine Anklage hat seinerzeit einiges Aufsehen erregt. Es freut mich, daß man sie immer noch liest. Du weißt noch, was ich sagte? Laß mich dennoch dein Gedächtnis auffrischen. Ungern zitiere ich mich selbst, aber ich weiß nicht, wie ich mein Anliegen sonst zum Ausdruck bringen kann...«

Und er tat es; es dauerte eine halbe Stunde (selbstverständlich alles aus dem Gedächtnis), und er war (wie ich erwartet hatte) kaum zur Hälfte fertig, als ihn plötzlich eine Altmännerschwäche überkam und er mich verlassen mußte, um seine Blase zu entleeren. Ich werde euch mit seiner Rede nicht ermüden; es mag genügen, wenn ich sage, daß Verres ein unehrlicher und erpresserischer Statthalter von Sizilien war, gegen den Cicero ganz ordnungsgemäß Anklage erhoben hatte (ein moderner Verres wäre heutzutage natürlich außerstande, mehr als ein Viertel der Straftaten des alten Verres zu begehen, und wir haben auch wirksamere Methoden, mit solchen üblen Praktiken fertigzuwerden, als ein öffentlicher Prozeß es ist).

Ich hatte geglaubt, durch diese Unterbrechung würde mir der Rest der Rede erspart bleiben. Aber nichts da; er war in vollem Schwunge, noch ehe er ganz hereingekommen war – zweifellos, weil er befürchtete, ich könnte sonst das Thema wechseln.

Endlich hielt er für einen Augenblick inne. »Meine abschließende Zusammenfassung«, erklärte er, »hat man als erhaben bezeichnet.« Und er lieferte sie mir, in voller Ausarbeitung und fortissimo. (Ich würde niemandem raten, seinen großartigen, exzessiv dargebotenen Redestil zu kopieren. Vermutlich war er erhaben und elegant, wenn man so will, aber auch weitschweifig und allzu sorgsam präpariert, als daß er überzeugend gewesen wäre. Nicht übel in seiner Zeit, möchte ich behaupten, aber schrecklich antiquiert und für meinen Geschmack abscheulich überladen. Jedoch applaudierte ich, wie es die Höflichkeit gebot.)

Dann sagte er: »Und nun wirf einen Blick auf die andere Seite. Ich selbst bin ja auch einmal Gouverneur gewesen. In Cicilien, einer von meinen Vorgängern in beklagenswerter Weise ausgeplünderten Provinz. Ich weigerte mich, ihrem Beispiel zu folgen. Während meiner Statthalterschaft wurde den bedauernswerten Provinzlern keine Abgabe auferlegt, und wenn ich sage, keine Abgabe, dann spreche ich nicht hyperbolisch. Ich meine: Keine. Kein Pfennig. Stell dir das vor. Ich lehnte es ab, meine Truppen bei ihnen einzuquartieren. Ich ließ meine Soldaten unter Zeltleinwänden schlafen. Ich wies alle Bestechungsangebote zurück. Mein lieber Junge, die Einheimischen betrachteten meine Haltung sprachlos vor Bewunderung und Staunen. Ich sage dir, mit knapper Not nur konnte ich sie daran hindern, mir zu Ehren Tempel zu errichten. Zahllose Kinder wurden auf den Namen Marcus getauft; dagegen konnte ich kaum etwas einwenden. Als mir bei meinen Feldzügen Sklaven in die Hände fielen, deponierte ich die zwölf Millionen Sesterzen, die ich beim Verkauf erlöste, im Schatzamt. So regiert man; so sollte man es tun. Nicht wie Verres, nicht wie Marcus Brutus.« Er unterbrach sich und kicherte. »Weißt du, mein Junge, welchen Zins er den bedauerlichen Zyprioten unter seiner Obhut abverlangte? Nein? Du wirst es nicht glauben. Achtundvierzig Prozent. Ja, es ist wahr. Achtundvierzig Prozent. Stell dir vor. Aber, mein lieber Junge, siehst du, was ich meine? Der Republik fehlt nichts, was sich durch eine Sinnesänderung und durch die Rückkehr zur strengen Moralität unserer Ahnen nicht würde beheben lassen. Vorläufig aber haben wir uns um diese wilde Bestie Antonius zu kümmern. Die Geschichte, die er über dich verbreitet hat! Es ist schändlich. Ein alter Mann wie ich kann Verleumdung ertragen; aber die Jugend muß so etwas immer verletzen.«

Solcher Optimismus, solche Naivität bei jemandem, der doch so viel gesehen hatte!

II

Im Spätsommer war Antonius seinem Ziel, den Staat zu beherrschen, kaum nähergekommen. Im August kehrte Cicero von der See zurück, gekräftigt vom freundlichen Klima und von anderen Freuden, die der Golf von Neapel zu bieten hat, und attackierte Antonius im Senat. Ich hörte seine Rede natürlich nicht. Mein Schwager Gajus Marcellus erzählte mir, es sei »das Übliche« gewesen: »Wind, Wind, Wind«. Trotzdem ärgerte sich Antonius. Er hatte sich in der Rolle des Prokonsuls gesehen, und es ärgerte ihn, daß der Alte nun jeden an seine bunte Vergangenheit und sein moralische Unzulänglichkeit erinnerte. Mag sein, daß sich der Senat während Ciceros Rede wirklich leerte (»die jungen Männer nennen ihn den ›Essensgong‹, mußt du wissen«, sagte Marcellus), aber die Rede wurde abgeschrieben und machte auf dem Forum die Runde. Und sie machte Eindruck. Die Leute sahen, daß man Antonius nicht vertrauen konnte. Sie suchten jemanden, auf den sie sich verlassen konnten. Cicero war zu alt, die Konsuln Pansa und Hirtius zu obskur, die selbsternannten Liberatoren konnten niemals darauf hoffen, die Antipathien, die Caesars Legionen ihnen entgegenbrachten, zu überwinden: Der Weg war frei für mich.

Antonius beging Fehler. Anfang September kam Agrippa zu mir, schwitzend vor Aufregung.

»Wir sind erledigt«, sagte er. »Laß uns lieber packen.«
»Was gibt's?« fragte ich.

Ich setzte mich und forderte Agrippa auf, desgleichen zu tun. Dies ist unfehlbar die klügste und wirkungsvollste Reaktion auf Anzeichen einer beginnenden Panik: Entweder man setzt sich selbst, oder man fordert die anderen auf, sich zu setzen, oder beides. Ja, einmal habe ich die Meuterei einer ganzen Kohorte im Keim erstickt, indem ich den Befehl zum Hinsetzen brüllte. Solange ihr das nicht gesehen habt, könnt ihr euch nicht vorstellen, wie wirkungsvoll dieses Kommando sein kann. Eine Menschenmenge, die auf den Beinen steht, fühlt ihre gemeinschaftliche Kraft. Laßt sie sich hinsetzen, und ihr gebt ihnen das Gefühl zurück, daß sie Individuen sind. Ihr gebt ihnen das Bewußtsein ihrer selbst.

»Antonius hat einen Brief an den Pontifex Maximus geschickt.«

»Das wird ihm viel nützen. Lepidus ist nichts als ein Windbeutel.«

»Du verstehst nicht. Er hat den Brief veröffentlicht, und er bezichtigt dich, seine Ermordung zu planen. Er verlangt, daß du verhaftet und unverzüglich vor Gericht gestellt wirst.«

Ich läutete nach einem Sklaven.

»Suche Maecenas und bitte ihn, herzukommen. Und bring uns Wein. Du siehst aus, als könntest du ein Gläschen gebrauchen, Grippa«, sagte ich.

»So«, sagte ich, als Maecenas erschien. »Haben wir in letzter Zeit viele Morde geplant?«

»Nicht viele, nein.«

»Nicht einmal den Mord am Konsul?«

»Nicht, daß ich wüßte. Ich hoffe, du hast mich nicht von einer hochinteressanten Couch gerissen, um mich hier zum Narren zu halten. Was gibt es?«

»Erzähl's ihm, Grippa.«

»Nein«, sagte Agrippa; er fürchtete jetzt, ausgelacht zu werden. »Erzähle du es ihm.«

»Aber das ist wundervoll«, sagte Maecenas, als er es gehört hatte. »Ich bereue nicht, daß die Couch nun warten muß. Das ist der erste Punkt, den er wirklich gegen uns verliert.«

»Genau. Wie nutzen wir es aus?«

»Mit Gelächter.«

»Meine ich auch. Aber es zeigt, daß er uns ernstnimmt.«

Ich ging zu meinem Schreibtisch und schrieb eine Weile.

»Wie wär's damit?« sagte ich dann und las ihnen das Folgende vor:

»Freunde, Römer, Landsleute: Ihr alle werdet euch erinnern, wie der Konsul Marcus Antonius vor nicht weniger als sechs Monaten seiner Eloge an meinen verstorbenen Vater eben diese Worte voranstellte. In jener noblen und bewegenden Rede, die seine Sekretäre ihm geschrieben hatten, pries er die edle Großzügigkeit meines Vaters und entlarvte mit hübscher Ironie die Ehrlosigkeit seiner Mörder. Schön und gut, meine Freunde: Meine Dankbarkeit für diese Rede ist noch warm. Ironie jedoch ist eine verderbliche Gewohnheit, in ihrer Wirkung dem Weine nicht unähnlich. Ein Trinker beginnt das Trinken ebenso wählerisch wie ein gewöhnlicher Mann, der ein Glas Wein zu schätzen weiß. Aber derweil der gewöhnliche Mann sich vom Wein, den er klug mit Wasser verdünnt hat, mäßig belebt und bestärkt fühlt, wird der Trinker von ihm entflammt, und seine Urteilskraft geht dabei zugrunde. So ist es auch, wenn die Ironie zur Gewohnheit wird. Sie kann von einem Mann Besitz ergreifen. Ich kann nur annehmen, daß dies auch unserem edlen und ehrbaren Konsul widerfahren ist. (Es muß ja Ironie sein, denn Wein könnte es doch nicht sein, oder?)

Warum, so fragt ihr, sage ich dies? Nun, es ist mir eine Geschichte zur Kenntnis gebracht worden, von der es heißt, der Konsul verbreite sie. Wie es scheint, bezichtigt er mich der Verschwörung zum Zwecke seiner Ermordung.

Die Anklage ist so lächerlich, daß ich nicht die Absicht habe, dagegen etwas zu meiner Verteidigung vorzubringen. Ich werde die vorübergehende Verirrung des Konsuls nicht dadurch beleidigen, daß ich so tue, als nähme ich sie ernst. Käme der Vorwurf von irgendeinem anderen, ich hätte ihn für trunken gehalten. Daß der Konsul zu tief ins Glas geschaut haben soll, kann freilich nicht sein. Niemand, der die Geschäfte der Republik in diesem schrecklichen Jahr zu führen hat, könnte so unbesonnen und verantwortungslos sein, sich dem Rausche anheimzugeben. Wir alle kennen des Konsuls Pflichttreue und die Nüchternheit seines Urteils. Ich kann deshalb nur annehmen, daß er der Gewohnheit der Ironie zum Opfer gefallen und daß sein Vorwurf ein verzwickter Scherz für Eingeweihte ist. Auszusetzen habe ich daran nur, daß es ein unfreundlicher Scherz ist. Nicht jeder wird ihn verstehen, denn nicht jeder teilt des Konsuls köstlichen Sinn für Humor.

Ich widerspreche ihm nur, weil es mir mißfallen würde, wollten die Freunde meines Vaters denken, daß meine Gefühle für einen seiner vertrauten Untergebenen etwas anderes seien als warmherzig. Natürlich mache ich dem Konsul keinen Vorwurf, zumal da mir einfällt, daß er womöglich einen Scherz seiner Gemahlin Fulvia ernstgenommen haben könnte. Und wir alle wissen, wer deren erster Mann war, welches Maß an öffentlichem Mut und privater Ehre er stets zur Schau trug, mit welch entzücktem Witz er und Fulvia ähnliche Anklagen zusammenbrauten, wie geübt ihre Hand in diesen Dingen ist, und wie klug und entschlossen sie den Konsul leitet.

Das«, endete ich, »dürfte ihn erledigen.«

»Schön.« Maecenas sprang auf und umarmte mich. »Damit hast du ihn beim Schlafitt. Ganz Italien wird darüber lachen. Nur, mein Lieber, hast du da vielleicht die Intelligenz des Publikums überschätzt. Dabei kannst du pleite gehen, wie jeder Theaterdirektor dir bestätigen wird. Laß mich nur am letzten Teil ein wenig flicken... da-da-da- di... wie klingt es jetzt? Fang da an, wo du Fulvia ins Spiel bringst, und fahre fort: ›Und wir alle wissen, daß Fulvia früher mit dem einstigen Adeligen Clodius verheiratet war, dessen religiöser Eifer so groß war, daß er sich sogar in Frauenkleider hüllte, um am heiligen Fest der Guten Göttin teilzunehmen. Dessen Wahrheitstreue ihm Anlaß gab, vor tausend Gerichten als Zeuge zu erscheinen. Dessen Liebe zur Republik so stark war, daß er zum Plebejer wurde, um sich für die Wahl zum Tribun zu qualifizieren. Dessen Gefühl für Lächerliches so scharf ausgeprägt war, daß er sich von einem Mann adoptieren ließ, der jung genug war, um sein eigener Sohn zu sein. Kein Wunder daher, daß Fulvia eine geübte Hand hat‹ – der Ausdruck gefällt mir; ist er von dir? Ich habe ihn noch nie gehört – ›wenn es darum geht, einen solchen Vorwurf auszukochen. Freilich, da ich einmal nicht der Konsul bin und folglich keine umfassende Kenntnis von Dingen habe, über die ich im Gegenteil gar nichts weiß, kann ich nicht mit Entschiedenheit sagen, daß diese Anklage Fulvias Werk ist. Und leider bin ich zu jung, um mich persönlich an ihren vorigen Gemahl zu erinnern. Aber nach allem, was ich über ihn gehört habe, liegt ein Hauch von Clodius über dieser Sache. Und ein Hauch von Weiberröcken. Jedenfalls wissen wir ja alle, wie klug und entschlossen Fulvia den ehrenwerten Konsul dirigiert – ich sage nicht, regiert – und berät.‹ Du mußt es ihnen buchstabieren, sie mit der Nase darauf stoßen, mein Lieber. Aber ich schätze, das Gelächter hierüber wird sie zur Tür hinaustreiben.«

»Herrlich«, sagte ich. »Eine Verfeinerung noch. Hier könnte sich eine Gelegenheit für einen meiner diplomatischen Versprecher bieten. ›Wir alle wissen, daß Fulvia früher mit dem Plebejer – verzeiht, ich wollte sagen, mit dem ehemaligen Adeligen Clodius verheiratet war‹. Wie findet ihr das?«

»Oh, ihr seid beide sehr clever«, sagte Agrippa. »Bedauerlich, daß ihr niemals ernst sein könnt.«

»Es gibt nichts Ernsteres«, sagte ich, »als die richtige Sorte Witz in der Politik.«

»Na, vielleicht bin ich schwer von Begriff, aber ich verstehe das nicht.«

Er war natürlich schwer von Begriff, aber ich beschwichtigte ihn. Ich konnte meinen Agrippa nicht in dieser Bärenlaune abziehen lassen.

Er war in guter Gesellschaft. Cicero verstand es auch nicht. Er hatte geglaubt, daß Antonius' Anschuldigung der Wahrheit entsprach, und nur bedauert, daß es mir »an Zuversicht oder Fähigkeit zur Ausführung einer so würdigen Absicht ermangelt« habe. Meine Reaktion nahm er sprachlos zur Kenntnis. Vermutlich war sie zu modern für ihn. Er fand den leichtfertigen Ton unangemessen. Gleichwohl konnte er sich ein leises Kichern über unsere Breitseite gegen Fulvia nicht verkneifen. Niemanden haßte er mehr als Clodius, und sein Haß dehnte sich auch auf Fulvia aus: »eine schreckliche Frau, eine Harpye, sein stymphalischer Vogel, rasend vor Machtgier«. Sein Urteil war hier durchaus vernünftig.

Was mich anging, so brauchte ich Cicero unversehens mehr denn je. Meine Erwiderung hatte ihren Stachel in Antonius' Glaubwürdigkeit hinterlassen, und dieser spornte ihn auch zur Tat. Er begann rasch, Soldaten um sich zu scharen. Zu Suessa säuberte er in jenem Herbst seine eigene Armee und marschierte dann nach Brundisium, um sich dort drei Legionen zu sichern, die II., die IV. und die Martianische, die gerade aus dem Osten zurückkehrten; er war so schnell, daß er meinen eigenen Agenten zuvorkam. Auf dem Rückweg nach Norden nahm er Julius' eigene Lieblingslegion mit, die »Lerche«. Nun war er bereit, mit Entschlossenheit und einer furchterregenden Streitmacht gegen Decimus Brutus in Mutina zu ziehen. Trotz allem, was ich zuwege gebracht hatte, stand er dicht davor, Herr über ganz Italien zu werden, und das innerhalb weniger Wochen. Es war notwendig, daß ich mir bei den traditionellen Republikanern, die Antonius fürchteten und haßten, Kredit verschaffte. Daher schrieb ich in leidenschaftlichem Ton an Cicero und bat ihn, mich zu beraten und die Republik zu retten, wie er es in seiner Jugend schon einmal getan habe.

Wie weit hielt ich ihn zum Narren? In gewissem Sinne waren wir aneinander gebunden. Ich brauchte Cicero, weil er allein die Traditionalisten dazu bringen konnte, sich mit mir anzufreunden, aber er brauchte mein Schwert und die Befehlsgewalt, die ich über Julius' Veteranen ausübte. Es gibt Ehen, die wie unsere Beziehung sind, begründet auf gemeinsamen Interessen und beiderseitigem Mißtrauen. Ich konnte seine spöttischen Worte nicht vergessen – daß man viel Aufhebens um mich machen, mich auszeichnen und dann vernichten müsse. Briefe, die er an seinen Freund Atticus geschrieben hatte – Briefe, die ich lesen sollte, als ich seine Privatpapiere beschlagnahmte –, zeigten, wie gut ich mit meiner Vorsicht beraten war: Ich sei ein bloßer Knabe, sagte er da; jawohl, meiner Gegnerschaft zu Antonius sei er sicher, nicht indessen meiner Absichten, soweit es die

Republik betraf; er sehe Kriegswolken über dem Appenin aufziehen. Es verlange ihn nach Brutus und Cassius, deren Absichten zuverlässig seien.

Ja, ich hatte recht, ihm zu mißtrauen, aber er irrte in seinem Urteil. Auch ich verehrte die Republik, wie sich in meinen späteren Handlungen erwies, als ich sie wiederherstellte und auf meine Macht verzichtete. Aber ich hatte ein anderes Gefühl für das, was durchführbar war. Ich wußte schon damals, daß die Dinge sich ändern müßten, wenn wir wollten, daß sie blieben, wie sie waren; daß man Rom vor dem Despotismus nur würde bewahren können, wenn der Adel eine Regierung akzeptierte.

In jenem November lag ein dichter Nebel über der Stadt, wie man ihn sonst nur am Fuße der Alpen findet. Zu Anfang des Monats war ich wieder dort, und ich stationierte dreitausend Mann außerhalb Roms in dem Bergstädtchen Alba Longa. Im Hause meines Stiefvaters auf dem Aventin hielten wir Rat. Marcellus sprach als erster, dann mein Stiefvater. Beide brachten vor, daß wir seit dem Frühjahr keine wirklichen Fortschritte gemacht hätten, während Antonius immer stärker geworden sei.

»Du bist in Gefahr«, sagte Marcellus, »zwischen zwei Stühlen auf den Hintern zu fallen.«

»Ich habe schon immer gesagt«, erklärte Philippus beharrlich, »du kannst nicht mit dem Hasen rennen und zugleich mit den Hunden hetzen. Das ist jenseits aller Natur.« Er sprach mit all der Autorität eines Mannes, der den Rücken an den Zaun preßt. »Du hast eigentlich nur zwei Möglichkeiten«, sagte er. »Entweder tust du dich mit Antonius zusammen und nimmst, was immer er dir zu gewähren bereit ist, oder du tust, was ich dir schon immer geraten habe: Du gibst das ganze Spiel auf und ziehst dich in deine Weinberge und deine Bohnenfelder zurück. Ich weiß, welche Entscheidung deiner Mutter gefallen würde.«

Der Rat blieb ergebnislos. Maecenas gähnte die ganze Zeit, Agrippa machte ein finsteres Gesicht. Er hatte sich damit abgefunden, daß wir gegen Antonius in Opposition standen, denn der Mordvorwurf hatte ihn schockiert, und Schmähreden über das »Bürschchen mit dem Klempnergesellen und der Tunte« hatten seinen Zorn erregt. Er bedrängte mich jetzt, eine öffentliche Versammlung einzuberufen und dem Volk meinen Fall darzutun. »Das ist römische Art«, sagte er dauernd.

Ich fand es plausibel. Infolgedessen ließen wir am 10. November im Castor-Tempel eine Versammlung stattfinden. Die Stimmung der Massen war schwer einzuschätzen. Ein Tribun, Titus Cannutius, sprach als erster; er attackierte Antonius und bekam aufgeregten Applaus. Einer Eingebung des Augenblicks folgend, verwarf ich meine vorbereitete Rede. Ich war die ganze Nacht aufgewesen und hatte daran gearbeitet, und überdies spürte ich, daß ein Fieber im Anzuge war. Mag sein, daß meine Urteilskraft dadurch beeinträchtigt war. Jedenfalls hatte ich kaum begonnen, als ich schon wußte, daß ich die Stimmung nicht getroffen hatte. Die Kunst der öffentlichen Rede besteht darin, daß man die Stimmung des Publikums spürt, gleichsam eine schweigende Übereinkunft erzielt, auf daß man sodann sagen kann, was die Menge in ihrem tiefsten Unbewußten zu hören wünscht. Ich scheiterte. Natürlich attackierte ich Antonius, aber ich tat es zu leichthin, zu spöttisch. Ich hatte nicht gemerkt, wie intensiv die Angst der Menschen war. Sie witterten Krieg und Proskription im kühlen Tramontana, der vom nördlich gelegenen Lager des Antonius herüberwehte. Mein Spott tat nichts, um ihre bangen Sorgen zu vertreiben. Eher gab er ihnen Anlaß, mir zu mißtrauen: Es schien, daß es mir an der Würde und Zielstrebigkeit mangelte, die notwendig waren, um die Katastrophe abzuwenden. Während ich noch redete, wußte ich es schon. Ich litt wie ein Schauspieler, der merkt, daß er die falsche Rolle spielt. Was war schiefgegangen? Später begriff ich, daß ich mich an Maecenas und nicht an Agrippa gewandt hatte. Es war eine Lektion, die ich nie vergessen würde. Vorläufig aber geriet ich immer tiefer in die Patsche. Ich hörte mich Lobreden über Julius schwingen. Das rettete die Situation nicht, denn statt mich auf eine Aufzählung dessen zu beschränken, was er für Rom getan hatte, und seine Großzügigkeit gegen das Volk in Erinnerung zu rufen, hörte ich, wie meine Zunge meine eigene Absicht kundtat, »zu den gleichen Ehren zu gelangen wie mein Vater«. Die Worte traten aus dem Nebel hervor und hingen in ihrem nackten Ehrgeiz über der Menge. Ich suchte die Lage zu retten, indem ich mich über die Schmähungen verbreitete, die ich von Antonius hatte erleiden müssen. »Er hat Verleumdungen über mich verbreitet, hat mich schändlicher Laster bezichtigt, er hat sogar behauptet, ich plante seine Ermordung.« Es nutzte nichts; es klang alles schrill. Ich fühlte, wie meine Statur in der Vorstellung derer, die mich hörten, schrumpfte, und hier und da gingen sogar welche davon. Ich brach mitten im Satz ab. Agrippa zog mich nieder und stand selbst auf.

»Schaut her«, sagte er, »es ist ganz einfach. Ihr alle wißt, was für einer Antonius ist. Ich bin selbst ein einfacher Mann. Ich weiß, daß Antonius nicht zu trauen ist. Der würde seiner armen Oma noch die letzte Sau klauen. Das wißt ihr genau. Keiner von euch wird sich mehr sicher fühlen, wenn er gewinnt. Darum geht's bei dieser Versammlung hier. Nun kenne ich Octavianus besser als irgendeiner von euch. Ihr denkt vielleicht, er ist ein bißchen jung. Aber fragt euch bloß mal, in was für einen Schlamassel die Älteren uns alle gebracht haben. Ich sage euch, sogar ein Schwein in der Mistkuhle würde finden, daß es hier stinkt. Was für 'ne Art Zukunft werden sie euch und euren Kindern spendieren? Vielleicht ist es ja mal an der Zeit, daß sie beiseiterücken und der Jugend 'ne Chance geben. Zumindest sind wir nicht vorbestraft. Wir sind keine Säufer, und wir haben nicht unseren Wohltäter ermordet. Octavian hier ist ein braver Kerl. Schön, er ist jung, aber er bietet euch allen die Chance zu einer anständigen Zukunft. Darüber denkt bloß mal nach. Wenn ihr nur eine Spur von Mumm habt, und wenn in eurem Oberstübchen noch was anderes als Sägemehl ist, dann steht ihr hinter uns. Und zwar mit Pauken und Trompeten, verdammt, wenn ihr eure sieben Zwetschgen beisammen habt.«

Vielleicht überzeugte es sie nicht völlig, aber der Tag war gerettet. Maecenas' Wangen nahmen wieder ein wenig Farbe an. Er hatte wirklich Angst gehabt. Es war seine Art, jeder Menschenmenge zu mißtrauen. Beständig fürchtete er, daß sie uns beim ersten falschen Wort zerreißen würden.

Ich habe an diesem Tag viel gelernt. Ciceros Reaktion war charakteristisch: »Was für eine Rede«, schrieb er an Atticus. »Habe ich die Fähigkeiten des Jungen überschätzt und unterschätzt, was er von Julius geerbt?«

Nach dem zehnten November hatte ich einiges wieder aufzuholen.

Zum Glück zeigt sich, wenn man selbst versagt, oftmals, daß der Feind Fehler begeht, die es einem gestatten, selbst wieder auf die Beine zu kommen.

Überstürzt verließen wir in dieser Nacht die Stadt in einem Tohuwabohu von Gepäck, gegenseitigen Vorwürfen,

Verwirrung und Panik. Philippus empfing uns zitternd wie ein Fieberkranker in seiner sabinischen Villa.

»Du hast einen schrecklichen Patzer begangen«, erklärte er. »Was hast du dir nur gedacht? Warst du irrwitzig genug, einen Staatsstreich anzuzetteln? Damit hast du dich selbst geächtet und außerhalb der Gesetze gestellt. Kein achtbarer Mann wird es noch wagen, mit dir zusammenzuarbeiten. Sogar Publius Servilius Isauricus, dein bester Freund unter den Konsularen, hat kalte Füße bekommen.«

»Er hat uns Titus Cannutius ausgeborgt«, sagte ich. »Der Tribun ist sein Mann, und es geschah mit Publius Servilius' Einwilligung, daß er die Attacke gegen Antonius führte.«

»Ganz recht, aber sie ist gescheitert. Und Publius Servilius will nun nichts mehr mit dir zu schaffen haben. Schau, hier ist ein Brief, der dies besagt. Ja, er drängt mich sogar dazu, um meiner eigenen Sicherheit willen mein Haus vor dir zu verschließen. Was wird deine Mutter sagen? Warum, oh, warum nur hast du nicht auf mich gehört? Dies ist der Preis, den du zahlen mußt, weil du meinen Rat mißachtet hast...«

Ich sah mir sein unedles, unjugendliches Entsetzen an und wandte mich an Agrippa.

»Es war klug«, sagte ich, »was du der Menge sagtest. Wir sind gestolpert, aber nicht gefallen. Stiefvater, glaube mir, das Spiel ist nicht verloren. Aber jetzt muß ich wissen, wo Balbus zu finden ist.«

»Der wird dir jetzt auch nicht mehr helfen.«

»Ich denke doch«, sagte ich, »und wir brauchen Geld. Geld. Wenn Balbus noch eine halbe Million für mich auftreiben kann, dann, denke ich, werden wir's schaffen.«

Von Balbus habe ich kaum je gesprochen. Vielleicht hoffte ich in jener Eitelkeit, die uns niemals ganz verläßt, ich könnte euch meine Geschichte erzählen, ohne Bezug auf ihn zu nehmen. Doch wenn ich euch unterweisen (und euch die Wahrheit sagen) will, dann kann ich es nicht vermeiden.

Balbus war ein Phänomen, ein Bürger der Stadt Gades in Spanien, den Julius bei seinem ersten Feldzug in jenes Land kennengelernt hatte. Sein Reichtum basierte auf Silberminen, großen Latifundien und einem Bankgeschäft und war enorm; schon früh vermehrte sich sein Reichtum von allein. Das werdet ihr kaum verstehen, meine Söhne; in der Tat weiß ja auch ich, meinem Bankiersblut zum Trotz, nicht, wie es dazu kommt. Es gibt, so scheint es, ein Gesetz der Göttin Moneta: Wer sich ihrem Dienste widmet, entdeckt das Geheimnis ewiger Fruchtbarkeit. Jenseits eines unbestimmbaren Punktes bringt Geld neues Geld hervor. Balbus erreichte schon früh das Stadium, da er die Zinsen seiner Investitionen nicht mehr verzehren konnte; nicht lange, und er konnte auch die Zinsen der Zinsen, die er gegen Zinsen verlieh, nicht mehr verzehren. Solange er bei seinen Investitionen Umsicht walten ließ, schien die Göttin ihm die Lizenz zum Prägen eigener Münzen verliehen zu haben.

Als ich gegen Ende März in Brundisium eingetroffen war, hatte ich einen Brief von ihm vorgefunden. »Laß dir durch den Griechen Anaxagoras unter dem Zeichen des Fisches in dieser Stadt von meinem Konto auszahlen, was immer du brauchst«, hatte es darin geheißen. Ich ließ meinen Freund Publius Salvidienus Rufus mit dem Brief dorthin gehen, um mich der Echtheit des Siegels zu vergewissern. Dann schlich ich mich im Schutze der Nacht, begleitet von Rufus und Agrippa, in einen Kapuzenmantel gehüllt, auf glitschigem Pflaster durch die dunkle Stadt zum Hause des Griechen. Er hatte seine eigenen Anweisungen erhalten. Hier erlebte ich zum erstenmal, wovon kein geborener Edelmann etwas ahnt: den okkulten Handel mit Geld. Truhen erwarteten uns, randvoll mit Goldstücken. Woher sie gekommen waren, weiß ich nicht. Es ist ein religiöses Mysterium. Ich brauchte das Gold nur durch meine Unterschrift zu quittieren. Dann schickte ich Agrippa aus, Maco und seine Legionäre mit Karren zu holen. Mit diesem Gold hatte ich meinen ersten Marsch auf Rom finanziert.

Jetzt sagte ich in meiner Bedrängnis zu Philippus: »Ich gehe nach Arretium in Etrurien. Wenn Balbus noch eine halbe Million herbeischafft, kommen wir durch. Fürchte nichts.«

Ich nannte die Summe aus dem Stegreif; ich hatte keine Ahnung, wieviel wir wirklich brauchen würden.

Balbus sagte mir später: »Ich habe auf dich gesetzt, wie ich Weizen horte, wenn meinen Agenten die ersten Gerüchte von einer Mißernte zu Ohren kommen.«

So trägt es sich zu, daß Geld, wie alle Mysterien, durch seine eingeweihten Jünger wirkt.

Aber nicht nur Balbus rettete mich aus dieser Krise, indem er magischen Kredit bereitstellte, wodurch Agrippa befähigt wurde, weitere Truppen anzuwerben und ich Scharen von Agenten in Antonius' Lager entsenden konnte; Antonius selbst spielte die falsche Karte aus.

Er war zwei Wochen nach meiner Abreise aus der Stadt in Rom. Den größten Teil seiner Truppen ließ er in Tibur zurück, aber seine Leibgarde war immer noch stark genug, den Unruhigen Ehrfurcht und Angst einzuflößen. Er war bester Laune; als er ankam, war er berauscht, und er blieb vier Tage lang halb betrunken. Für den 24. berief er eine Senatsversammlung ein, tauchte dort aber selber nicht auf. Cicero (und andere) verbreiteten die Kunde, daß der Konsul zu betrunken sei, als daß er sich in der Öffentlichkeit sehen lassen könne. Als ob Antonius sich davon je hätte stören lassen! Ich wußte besser, was ihn hinderte. Am selben Tag, da er Rom betrat, verteilten meine Agenten Flugblätter unter den Soldaten der Martianischen Legion – und, wie ihr euch denken könnt, noch etwas mehr als nur Flugblätter. Maco selbst hatte sich ins Feldlager begeben und alte Kameraden unter Antonius' Centurionen aufgesucht. Er verteilte Gold und goldene Verheißungen. Würden sie gegen Caesars Sohn kämpfen? fragte er die Veteranen aus dem Gallischen Krieg. Würden sie mit dem Gedanken weiterleben können, den Erben ihres Herrn vernichtet zu haben? Er rührte ihre Herzen an und stillte auch ihren Appetit. Die Martianische Legion rief mich zu ihrem Führer aus und igelte sich in Alba Fucens ein. Mit einem Streich, derweil Antonius in Rom dinierte, hatte ich zurückerobert, was nicht einmal zwei Wochen zuvor anscheinend verloren gewesen war.

Meine Position war immer noch gefährlich. Das ganze Jahr über würfelte ich mit dem Tod und der Ehrlosigkeit – und letztere war schlimmer. (Denkt daran, meine Söhne, stets so zu handeln, daß ihr mit Selbstachtung weiterleben könnt.) Antonius ließ alle Welt wissen – er brüllte es bis zu den Dächern hinauf –, daß ich mich durch eigenes Verschulden in etwas begeben hätte, das er Illegalität zu nennen beliebte. Ich war aber unschuldig, denn Legalität war in jenem Jahr nirgends zu finden. Legalität ruht auf der Spitze des Schwertes; wenn Schwerter sich gegeneinander erheben, schwebt die Legalität zum Himmel hinauf und erwartet die Entscheidung der Götter. Wenn niemand dafür Sorge tragen kann, daß die Gesetze eingehalten werden, nimmt sich jeder starke Mann das Recht heraus, es zu tun. Das ist unvermeidlich. Antonius aber spielte mit hohem Einsatz; ich bewunderte ihn deshalb. Am 28. trat der Senat endlich zusammen. Seine Kreatur Q. Rufius Calenus hielt eine Vorlage bereit, in der ich zum Staatsfeind erklärt wurde. Caesar selbst war das gleiche widerfahren – und er hatte seine Ankläger zerstieben lassen. Im Bewußtsein der wiedergewonnenen Loyalität meiner martianischen Legion sowie des Erfolges, den Agrippa bei seiner Rekrutierungstätigkeit erzielte, konnte ich mir leisten, dieser Drohung mit Gleichmut entgegenzusehen.

Dann verließen Antonius die Nerven. Er wagte nicht, seine Vorwürfe gegen mich durchzufechten. Das war klug von ihm, denn meine Agenten taten ihre Arbeit bei seinen Legionen und setzten auf deren natürliches Widerstreben, die Waffen gegen mich zu erheben. Caesar, Caesar, Caesar... das Zauberwort ging im Lager um und um, bis Antonius sich die Ohren zuhielt, um es nicht mehr zu hören. Aber auch er war davon gefangen; auch er strebte danach, Caesars Erbe anzutreten; er war ja selbst abhängig vom Ruhme meines Vaters. Wir waren aneinandergebunden im Tanz zu einer gespenstischen Melodie.

So zog er gegen Decimus Brutus, entschlossen, ihn aus seinen Stellungen in Gallia Cisalpina zu verjagen. Ich seufzte erleichtert: Hatte er sich endlich seiner eigentlichen Arbeit zugewandt. Unterdessen folgte die IV. Legion dem Beispiel der martianischen und lief zu mir über. Jetzt hatte ich die furchtbarste Armee in ganz Italien: fünf Legionen. Zwei davon bestanden aus campanischen Veteranen, eine hatte Agrippa in Etrurien angeworben, und dazu kamen die IV. und die martianische. Nunmehr marschierte ich mit Bedacht nordwärts, hinter Antonius drein – in der

Hoffnung, eine Schlacht vermeiden zu können, und bereit, ein großes Spektakel zu veranstalten.

Blaue Kälte war in den Bergen, und es ging ein beißender Nordwind. Einige Tage lang war mir, als hätte ich keine Kontrolle über die Macht, die ich ins Dasein gerufen hatte und die mit jedem Tag noch wuchs. (Zwei weitere Legionen waren auf dem Weg von Mazedonien herüber, um sich mir anzuschließen.) Ich bekam eine Erkältung, verfiel in ein Fieber, wurde zwei Tage lang in einer Sänfte durch das Gebirge getragen, lag schwitzend und fröstelnd in einer Berghütte, derweil mein in Unordnung geratener Geist die Ereignisse des vergangenen halben Jahres noch einmal abspulen ließ. Doch selbst in der Verwirrung wilder Phantasien und fieberhafter Träume zweifelte ich niemals an meiner Zukunft. Der Stern, den ich über den Bergen Illyriens hatte aufgehen sehen, winkte mich weiter. Niemand kann hoffen, zu triumphieren, wenn er nicht willens ist, sich den göttlichen Mächten, die diese Welt formen, zum Werkzeug zu geben. Julius erschien mir im Delirium, angetan mit einer blutigen und zerrissenen Toga. Er drängte mich, weiterzugehen, lobte, was ich schon erreicht hatte, und äußerte sich beifällig über meinen (von Agrippa so heftig bekämpften) Entschluß, der Wahl des verworfensten seiner Meuchelmörder, Casca, ins Tribunat zuzustimmen. »Rache ist eine Speise, die man kalt genießt.« Cascas Stündlein würde schlagen, wenn er sich sicherer fühlte.

Als ein Jahr ins andere überging, sprach Cicero in Rom vor dem Senat. Der Hauptteil seiner Rede war meinem Lob gewidmet. Der Honig, mit dem ich seine Eitelkeit bestrichen hatte, war den Preis wert, den ich bezahlt hatte.

»Ich bin auf das engste vertraut mit jeglichem Gefühl dieses jungen Mannes«, log er. »Nichts ist ihm teurer als der freie Staat, nichts hat bei ihm größeres Gewicht als euer Einfluß, nichts verlangt er mehr, als die günstige Meinung tugendhafter Männer, nichts ist ihm köstlicher, als wahrer Ruhm... Ich will so weit gehen, mein Wort darauf zu verpfänden, daß Gajus Caesar stets ein so loyaler Bürger sein wird, wie er es heute ist und wie wir es in unseren inbrünstigsten Wünschen und Gebeten ersehnen.«

Mitten in seinen Selbsttäuschungen steckte die Wahrheit. Ich bin stets ein loyaler Bürger gewesen.

Cicero hatte all das Augenmaß verloren, mit dem er seine Person in den letzten fünfzehn Jahren zu schützen gewußt hatte. Er maßregelte Antonius mit Worten, die nur ein Sieg rechtfertigen konnte. Er sprach warmherzig von mir, aber seine Lobreden waren so unaufrichtig, wie seine Schmähungen von Herzen kamen. Mein eigenes Herz geriet darob weniger in Wallung, als es dies heute täte – die Jugend ist unempfindlicher für das Lob, welches es zu verdienen glaubt, als das Alter –, und mein Geist stand unbeteiligt abseits. Aber was Cicero sagte, hatte Wirkung. Der Senat bewarb sich lautstark um die Erlaubnis, mich zu ehren. Sie plapperten wie ein Echo Ciceros: »Welch gottähnlicher Jüngling ist gekommen, die Republik zu retten!« Maecenas sagte zu mir: »Dabei ist keiner unter ihnen, der dir nicht lächelnd die Kehle durchschneiden würde.« Ich spielte meine Karte aus. Sie stimmten dafür, mich zum Senator zu ernennen. (Somit, meine Söhne, ist es nun vierzig Jahre her, daß ich Mitglied der Patres Conscripti wurde, der vornehmsten Versammlung in der Geschichte der Welt, selbst wenn deren Benehmen und kollektive Weisheit gelegentlich nicht ganz so vollkommen ausfällt, wie sie sollte; versäumt es niemals, den Senat zu ehren.) Sie gaben mir im Verband mit den Konsuln Hirtius und Pansa den Auftrag, die Armee gegen Antonius zu führen; sie gewährten mir die Befehlsgewalt eines Proprätors.

»So weit, so gut«, sagte Maecenas. »Jetzt sind wir keine Abenteurer mehr, mein Lieber.« Er schenkte mir einen Becher Wein ein; ich gab Wasser hinzu. »Laß uns trinken auf das, was wir waren.«

»Trinken wir lieber auf das, was wir geworden sind«, entgegnete ich.

Agrippa hob seinen Becher. »Auf die Zukunft.«

(»Du liebe Güte«, seufzte Maecenas. »Krähenfüße. Das Versagen der Kräfte, eh das Verlangen gestorben – ja, Entchen: Auf die Zukunft.«)

»Auf unseren glorreichen Führer«, rief P. Salvidenius Rufus. Ist es nur das Wissen des rückwärts Schauenden, das mich glauben macht, ich hätte ihm einen Blick zugeworfen, der schwanger war von Skepsis und Ironie?

Antonius schrieb mir einen Brief:

Octavius: Was treibst du da für Narretei? Ich weiß nicht, worüber ich mehr staunen soll – über deine tollkühne Torheit oder über deine Fähigkeit, diese gefoppten, halbgescheiten Soldaten dazu zu überreden, dir zu folgen. Ich verlange ja keine Dankbarkeit, aber ich muß dich doch darauf hinweisen, daß du geruht hast, dich mit denen, die Julius (den du inzwischen deinen Vater nennst) auf die widerwärtigste nur vorstellbare Art ermordet haben, gegen mich zu verbünden – gegen mich, der ich Julius loyal gedient habe und der ich seinem Andenken und seiner Sache immer noch diene. Ist dir nicht klar, du armer Junge, daß deine neuen Busenfreunde tückisch und verschlagen sind wie die Schlangen? Sie nahten sich Caesar und taten, als seien sie Freunde; ich habe seine blutbefleckte Toga in der Hand gehalten. Etliche von ihnen hatten alles, sogar ihr Leben, Caesar zu verdanken. Und dennoch taten sie ihm solches an. Dir verdanken sie gar nichts. Was für ein Schicksal, glaubst du, werden sie für dich zusammenbrauen? Hast du nicht gehört, was der alte Wortballon Cicero überall herumkräht? Man muß dem Bürschlein schöntun, es auszeichnen... und abmurksen! Und wie ich höre, nennst du diesen alten Ziegenbock ebenfalls Vater; du mußt den Verstand verloren haben. Wenn du nicht verflucht zusiehst, daß du schleunigst rauskommst aus dieser Kiste, dann werde ich glauben müssen, daß du selber nicht ganz gescheit bist, und ich werde Mars und Bacchus ein Dankopfer bringen, weil ich so viel Verstand hatte, mich nicht mit dir einzulassen. Solltest du aber doch gelegentlich von denen die Nase voll haben und mir deine Legionen zurückbringen, dann will ich dafür sorgen, daß es dein Schaden nicht ist. Wie die Dinge jetzt liegen, mein Jungchen, sitzt du in der Minestrone, und sie fängt an zu blubbern.

»Typisch«, sagte ich. »Verworren, bombastisch und nervös.«

»Was wirst du ihm sagen?«

»Oh, ich antworte gar nicht.«

Der Krieg beansprucht sämtliche Sinne des Menschen, aber in der Erinnerung erstehen nur vereinzelte, unzusammenhängende Augenblicke. Von jenem harten, ungeordneten

Feldzug, den die Historiker mit dem Namen Mutina verbinden, habe ich nur sehr wenig in Erinnerung. Decimus Brutus war in der Stadt eingeschlossen. Er sandte uns per Brieftaube die Nachricht, daß seine Garnisonsvorräte nahezu erschöpft seien... es war daher erforderlich, daß wir die Zugänge zu ihm freikämpften, um ihm Entsatz zu geben. Hirtius und Pansa kamen zu mir, um mir strategische Anweisungen zu geben; ich hörte ihnen zu, aber sie beeindruckten mich beide nicht. Ich hatte nur eine Befürchtung, und die konnten mir Generäle nicht vertreiben. Ich ließ deshalb Maco in mein Zelt rufen. Ich gab ihm Wein, um ihn gelassen zu stimmen und um ihn dazu zu überreden, daß er mir die Wahrheit sagte, nicht das, was ich vielleicht gern hören würde.

»Wir haben es weit gebracht«, sagte ich, »und das in kurzer Zeit. Vermutlich hat keiner von uns beiden geglaubt, daß es dahin kommen würde.«

»Nein, Herr, ich kann nicht sagen, daß ich es mir so gedacht hätte, Herr.«

»Dieses Heer, diese Bundesgenossen – einem Veteranen wie dir muß die Mischung doch wunderlich vorkommen. Damit kannst du nicht gerechnet haben.«

»Na ja, eigentlich nicht.«

Ich zog meinen pelzgefütterten Mantel um mich. Die Kerze blakte in einem Windstoß. Ein Eulenschrei hallte; der Vogel strich jagend durch das Tal.

»Dieser Mantel, Herr«, sagte Maco. »Entschuldige, daß ich frage, aber gehörte der...?«

»Ja«, sagte ich.

Er streckte die Hand aus und berührte ihn. »Erlaubst du, Herr? Ich weiß noch, daß er ihn trug, damals im Morgengrauen, als wir den Fluß nach Italien überschritten. Bestimmt hast du die Geschichten über diesen Morgen gehört – wie wir von dieser Gestalt zum Flußufer hinuntergezogen wurden, die da stand und flötete. Manche haben ja gesagt, das war der Gott Pan; ich kann das nicht sagen. Ich weiß bloß, daß wir... na, irgendwie fühlten wir uns verpflichtet, Herr.«

Seine Hand ruhte auf dem Mantel. »Setz dich«, sagte ich, »und nimm dir noch etwas Wein... Sag mir, Maco, was halten die Männer von unseren Freunden... und von unserem Feind?«

»Einige haben Vertrauen zu dir, Herr. Besonders glücklich ist keiner von uns, aber das hat eigentlich weniger damit zu tun, daß alle sind, wer sie eben sind. Tatsache ist, Herr, daß keiner von uns gern gegen seine Mitbürger kämpft. Na, man weiß ja schließlich nie, welcher alte Kumpel in den Reihen auf der anderen Seite gerade auf einen zielt. Wohlgemerkt, wenn es mein Schwager wäre, hätte ich nichts dagegen, ihm ein paar zu semmeln. Ein ziemlicher kleiner Scheißer ist er, wenn ich das mal so sagen darf – entschuldige die harten Worte, Herr. Aber allgemein gesehen, Herr, ist es doch eine heikle Sache, und es macht den Männern Unbehagen. Er selbst, er hat das begriffen. Er wußte, es war nicht so, wie wenn er uns gegen ein paar Gallier aufmarschieren ließ. Je mehr von diesen angemalten Scheißern man abstechen kann, um so besser, aber so ’n Mitbürger, das ist schon was anderes.«

»Und wenn die Legionen meines Vaters auf beiden Seiten stehen?«

»Na ja, Herr, gefallen tut’s uns nicht. Andererseits, weißt du, hat die Medaille noch eine Rückseite. Revers heißt sie, nicht? Antonius’ Jungs werden es genauso sehen. Die werden auch nicht gerade vor Freude in die zarten Händchen klatschen, weil sie gegen uns aufmarschieren müssen. Und vergiß nicht, Herr: Die wissen, wer du bist. Die wissen, daß du sein Sohn bist.«

»Daran hatte ich noch nicht gedacht«, sagte ich. »Was empfiehlst du also?«

»Nun, Zurückhaltung, Herr, aber keine Verzweiflung, und verdammt gründlich dafür sorgen, daß die anderen Kerls immer wissen, wer wir sind. Sollen sie deine Verbündeten abmurksen, diese ganze Bande von verräterischen und degenerierten Halunken, wenn ich das mal so sagen darf. Wir möchten am liebsten 'ne ruhige Kugel schieben und nachher die Früchte des Sieges genießen.«

Und so sorgte ich dafür, daß es genau so kam. Infolgedessen konnte ich mit absolutem Gleichmut die Berichte ertragen, die etliche alten Pompejaner später verbreiteten: Ich hätte in den Kämpfen das Hasenpanier gezeigt. Meine Leute und ich wußten genau, welches Panier wir gezeigt hatten. Maco erzählte mir, was sie so redeten: »Der Junge führt den Laden goldrichtig, und der Apfel fällt eben nicht weit vom Stamm, Herr.« Sogar Agrippa gab zu, daß ich einen guten Eindruck auf die Soldaten gemacht hatte. Antonius wurde über die Alpen getrieben. Ich war Herr über Italien, denn die Götter wollten es, daß sowohl Hirtius als auch Pansa in der Schlacht gefallen waren. Keiner der beiden war besonders bedeutend gewesen, aber ihr Hinscheiden klärte jedenfalls die Luft und eröffnete mir die Straße zur Macht.

Ich sandte ein förmliches Schreiben an den Senat, in dem ich verlangte, anstelle von Hirtius oder Pansa zum Konsul ernannt zu werden. Ich gab ihnen zur Kenntnis, was ich für die Republik vollbracht hatte. Mit besonderer Sorgfalt wies ich darauf hin, daß ich nunmehr über die einzige Armee südlich der Alpen gebot.

Sie antworteten mir nicht direkt, aber ihre Maßnahmen boten manchen Hinweis auf ihre wankelmütige, doch stets gleichmäßig verräterische Stimmung. Sie beschieden, daß Decimus Brutus einen Triumphzug bekommen solle. »Ihr Götter«, sagte Agrippa, »der hat doch bloß auf seinem Arsch gesessen und gebetet, daß wir rechtzeitig kommen möchten, um seine Rübe zu retten...« Sie beriefen den Seeräuber Sextus Pompejus zum Befehlshaber über die Marine der Republik. Sie bestätigten die Caesarmörder, den eitlen Brutus und den falschen Cassius, als Statthalter der Provinzen, deren sie sich auf illegale Weise bemächtigt hatten. Mit der Unverschämtheit, die aus Torheit und Vorurteilen entspringt, befahlen sie mir, Pansas Legionen, die begeistert zu meiner Standarte geeilt waren, an Decimus Brutus zu übergeben; sie besaßen sogar die Kühnheit, zu verlangen, daß ich auch die IV. und die martianische Legion an ihn abtrete. In ihrer Dankesnote an die Armee wurde mein Name nicht erwähnt. Ich hatte keinen Sitz in dem Ausschuß, der die von Antonius erlassenen Verfügungen revidieren sollte. Man verweigerte mir einen Triumphzug und jegliche Ovation.

Es war klar, daß hier Ciceros Epigramm verwirklicht werden sollte. Sie waren zu dem Schluß gekommen, daß sie sich meiner nunmehr gefahrlos entledigen könnten.

Ich berief eine Ratsversammlung ein: Maecenas und Agrippa natürlich, dann meinen Schwager Marcellus, P. Salvidienus Rufus, heißblütig, eitel, empfindlich und scharfsinnig, und meinen Stiefvater Philippus. Wie es bei solchen Anlässen meine Gewohnheit ist, sagte ich selbst nur wenig. Ich bat aber jeden, seine Einschätzung der Situation vorzutragen.

Philippus behauptete stöhnend, wir seien verloren, und rang die Hände. »Du hast zu hoch gespielt«, schluchzte er. »Fortuna ist beleidigt, und die Götter entziehen dir ihre Rocksäume.«

»Wozu würdest du mir raten, Stiefvater?« Meine Stimme troff von allem Honig der Albaner Berge.

»Du mußt tun, was sie verlangen. Du mußt dich demütig und respektvoll zeigen. Du mußt sie wissen lassen, daß du keine andere Absicht, keinen anderen Wunsch hast, als den Willen des Senats zu erfüllen. Du mußt dort erscheinen und höflich und unterwürfig sprechen. Vielleicht ist noch nicht alles verloren. Du hast immer noch den Rang eines Propraetors; du mußt bekennen, daß du dir der außergewöhnlichen Ehren bewußt bist, mit denen der Senat dich in seiner Gnade überhäuft hat, einen so jungen Menschen. Auf diese Weise kannst du vielleicht noch etwas retten.«

»Mit anderen Worten«, ergänzte Maecenas, »du mußt Dreck fressen und sagen, daß es dir geschmeckt hat, und derweilen legst du ein Spiel aus der Hand, das erst halb beendet ist.«

»Marcellus«, sagte ich, »du weißt, wie sehr ich deine Erfahrung und deine Fähigkeiten schätze.«

»Was Philippus da rät, ist absurd. Der Senat würde dir nur Verachtung entgegenbringen. Schlimmer noch, die Soldaten, die dir vertraut haben, würden es nie wieder tun. Freilich, in Gefahr wärest du nicht. Du wärest nicht in Gefahr, weil du nicht weiter wichtig wärest. Du hättest dich deiner Position als Caesars Erbe begeben und würdest deinen Platz im Senat als Philippus' Stiefsohn einnehmen.«

Er hatte sich während dieser Worte erhoben, und als er von den Soldaten sprach, schlug er die Zeltklappe zurück. Wir konnten die Zelte sehen, die sich draußen in abendliche Fernen erstreckten, und den Rauch, der von den Lagerfeuern aufstieg und sich im Nebel über dem Fluß verlor. Wir konnten die dunkle Nacht sehen, die sich auf uns herabsenkte.

P. Salvidienus Rufus erhob sich ebenfalls und legte Marcellus die Hand auf die Schulter.

»Was Marcellus da sagt, ist absolut richtig. Ich schließe mich ihm vorbehaltlos an. Es wird dich nicht überraschen, zu hören, daß wir den Stand der Dinge erörtert haben. Und wir haben uns geeinigt. Du hältst hier die Stellung und schickst inzwischen eine Gesandtschaft an Antonius – ich bin bereit, selbst als dein Gesandter hinzureisen. Schlag ihm ein Bündnis vor; er wird jetzt bereit sein, es nach deinen Bedingungen einzugehen oder sich wenigstens verdammt eng an deine Bedingungen zu halten. Dann marschiert ihr beide auf Rom. So mußt du es anfangen. Du hast dich auf das falsche Pferd gesetzt. Das habe ich immer gesagt. Jetzt wird es Zeit, das Pferd zu wechseln.«

»Ich danke dir, mein Freund«, sagte ich. »Wie immer trifft dein Rat den Nagel auf den Kopf – und er ist nahezu zwingend. Indessen wollen wir doch erst noch unsere übrigen Freunde hören. Maecenas?« sagte ich, obschon ich sehen konnte, daß Agrippa darauf brannte, seine Meinung zum besten zu geben.

»Was kann ich sagen? Marcellus und Rufus haben die Lage bereits mit gewohntem Scharfsinn analysiert, und sie sind in römischer Politik so bewandert, wie ich es niemals sein werde. Ich bedaure« – er verbeugte sich gegen Philippus – »aber dem, was du sagst, kann ich mich leider nicht anschließen. Dein Rat ist, meiner bescheidenen Meinung nach, die köstliche und zarte Frucht deiner väterlichen Fürsorge und Zuneigung zu Octavius, aber mir scheint, du unternimmst den Versuch, die Privatperson, die dein geliebter Stiefsohn ist, von der politischen

Macht zu trennen, zu der er geworden ist. Und solche Chirurgie erscheint mir denn doch, meiner bescheidenen Meinung nach, unmöglich. Zu sein, was er ist – nämlich Caesars Erbe –, verleiht ihm die Bedeutung, die er hat; und das politische Geschick, das er in diesem vergangenen Jahr an den Tag gelegt hat, angeleitet natürlich von der Weisheit seiner Freunde, und fruchtbar gemacht durch seine eigene Bereitschaft, auf ihren Rat zu hören – dieses Geschick hat ihn... furchterregend werden lassen. Von solchen Vorzügen, solchen Leistungen kann man sich nicht zurückziehen; und wenn ich das schon weiß, halb ausländischer Ästhet, der ich bin, ein bloßer Dilettant in den trüben Wassern der Politik, um wieviel besser wissen es dann unsere freundlichen Feinde! So muß ich mich statt dessen vor dem umsichtigen Rat verneigen, den Marcellus und Rufus zum Vortrag gebracht haben. Gleichwohl darf ich vielleicht – nur versuchsweise natürlich – zu bedenken geben, daß ihre meisterliche Analyse zwei Faktoren unberücksichtigt läßt. Erstens, Octavius besitzt jetzt Macht, aber keine wirkliche Autorität. Die aber braucht er, wenn er einen Vertrag mit Antonius schließen soll. Zweitens: Es stehen Armeen in Gallia Narbonensis, im keltischen Gallien und in Spanien, jeweils unter dem Kommando – korrigiere mich einer, wenn ich mich irre – von Lepidus, Plancus und Pollio. Ich weiß natürlich nicht, wie viele Legionen sie haben – gewiß kann Agrippa uns hier Aufklärung geben –, aber ich weiß, wie die eigentliche Frage lauten muß: Auf wessen Seite stehen sie? Ich selbst würde zu der Vermutung neigen, daß sie, ob sie nun wollen oder nicht, zu Antonius neigen werden... und wenn sie es tun, wird er uns jedenfalls überlegen sein. Überdies werden wir Bedingungen stellen, sie aber zweifellos nicht. Oder könnt ihr euch vorstellen, wie der arme Lepidus eine Bedingung durchsetzt? Nun, und wenn ich zu dieser Vermutung gelangen kann, dann kann es auch Antonius. Folglich ist unsere Allianz mit Antonius, zu der es – da stimme ich selbstverständlich zu – letzten Endes kommen muß, eine Frucht, die noch nicht reif zum Pflücken ist. Wir müssen mehr bieten können, als wir jetzt haben.«

Ich nickte würdevoll. Mit überzeugender Vollkommenheit hatte Maecenas die Rede gehalten, die wir in den frühen Morgenstunden der vergangenen Nacht geprobt hatten.

Agrippa stand auf. »Zuviel Gerede«, befand er. »Zuviele verdammte Spitzfindigkeiten von euch allen hier. Schau dir die Jungs da draußen an. Vielleicht kenne ich mich in den Feinheiten der Politik nicht besonders gut aus, aber ich kenne sie. Die ziehen dir das Fell über die Ohren, wenn du tust, was Philippus vorschlägt. Das steht mal fest. Und es würde dir verdammt recht geschehen. Was Antonius angeht, sollten wir ihm doch erst mal den Schwanz noch ein bißchen strammer verzwirbeln...«

Wir marschierten auf Rom. Ich blieb bei der Armee, ließ aber Maecenas und Marcellus rasch vorausreisen. Natürlich war ich versucht, sie zu begleiten, denn es gab viel zu tun; hier mußte ein Arm umgedreht, dort ein Ohr mit Honig beträufelt werden. Aber der Unterton dessen, was Agrippa gesagt hatte, war mir nicht entgangen. Deshalb blieb ich bei den Legionen, als wir auf der großen Straße nach Rom zogen, durch Olivenhaine und Weinberge, vorbei an weidenden Rindern und Schafherden, an schwerleibigen Ochsen, die süßduftendes Heu auf schwankenden Karren beförderten. Etwas Rauschendes, Erhebendes hatte dieser Marsch. Italiens Jungfrauen kamen aus den Häusern und überschütteten uns mit Rosen. Die Ältesten in jeder Gemeinde begrüßten mich mit einer Rede. Das alles hielt uns, wie Agrippa gereizt vermerkte, schrecklich auf, aber ich empfahl ihm, doch einmal die Augen zu öffnen: Italien, so sagte ich, jubelte uns zu, gelobte uns Treue, erkannte, daß wir allein dem Land Frieden und Fruchtbarkeit zurückgeben konnten. »Man wird dem Senat berichten, wie wir überall aufgenommen werden, und die moralische Wirkung dieser Berichte wird alle Verzögerung aufwiegen. Außerdem«, fügte ich hinzu, »ist es gut für die Moral unserer Truppen. Soldaten, gute jedenfalls, wissen sich gern geliebt; nur die heruntergekommenen haben Spaß daran, Furcht zu verbreiten.«

Dann schickte ich Agrippa voraus. »Drei Legionen, darunter zwei aus Afrika, versperren die Via Flaminia. Wir wollen nicht kämpfen. Eine Schlacht in Hörweite der Mauern Roms würde alles verändern. Ich erschiene als Eroberer auf einer Bühne des Entsetzens.«

Agrippa galoppierte in den heraufziehenden Morgen. Zwei Tage später kehrte ein Bote zurück. Agrippa erwartete mich an der Straßenkreuzung zehn Meilen weit nördlich von Tivoli. Ich sollte nur eine Handvoll Männer als Eskorte mitbringen. Philippus, der mit einem anderen Brief in der Hand stammelnd in mein Zelt kam, nahm diesen auf. Ich vermute, er wurde bleich. Jedenfalls stammelte er noch heftiger. Ich würde übers Ohr gehauen, behauptete er. Agrippa sei von mir abgefallen; man habe ihn bestochen; wie hatte es mir auch einfallen können, einem Mann zu vertrauen, der sich weder durch Herkunft noch durch Bildung auszeichnete; in eine Falle würde ich tappen – und noch vieles mehr von solch frauenhaftem Gerede. (Nein, das ist ungerecht, meine Söhne; Livia hat mich in den vielen Jahren unserer Ehe niemals schwächlich beraten.)

Ich sagte zu Philippus: »Stiefvater, ich verstehe natürlich, daß du dich vor meiner Mutter fürchtest und daß du ihr versprochen hast, dafür zu sorgen, daß mir kein Unheil widerfährt; ich begreife auch, daß du als alter Pompejaner ein Snob bist, der von demokratischer Politik nichts versteht – aber hast du keine Nase? Spürst du nicht, aus welcher Richtung der Wind weht? Ich bitte dich nicht, meine Meinung über Agrippa zu teilen, der zufolge er (um es beiläufig zu sagen) der vertrauenswürdigste Mann ist, den ich kenne; aber ich bitte dich sehr wohl, endlich einzusehen, daß er über einige Intelligenz verfügt, selbst wenn seine Vokale lang und provinziell klingen. Selbst wenn ich dir hinsichtlich seines Charakters beipflichtete, würde ich dir also immer noch entgegenhalten, daß deine Befürchtungen unbegründet sind. Ich meine, hast du je von einer Ratte gehört, die ein Schiff unter vollen Segeln verläßt? Was hast du denn da wieder in der Hand?«

»Das? Oh, das ist noch ein Grund zur Sorge, der dich vielleicht aus deinem Wohlbehagen aufstören wird, das du jetzt zur Schau trägst. Höre, was mein Korrespondent mir mitteilt. Cicero hat Kontakt mit Lepidus aufgenommen. Er hat ihm das Amt des Diktators angeboten. Was sagst du jetzt?«

»Wie großzügig von ihm, etwas anzubieten, das zu geben nicht in seiner Macht steht.«

Ich nahm Maco und ein halbes Dutzend Männer, und wir ritten der Sonne entgegen. Etwa zwei Stunden ritten wir so und sahen keine Soldaten – nichts als stille Dörfer und Bauern, die auf ihren Feldern arbeiteten. Dann berührte Maco mich beim Ärmel. »Im Eichenwäldchen drüben blinkt Metall. Soll ich hinreiten und nachsehen?«

»Nein«, sagte ich, »das wird Agrippa sein.«

»Kann man nie wissen.«

»Es wird Agrippa sein. Fürchte nichts, Maco. Ich bin nicht tollkühn, weißt du. Unser heutiges Geschäft ist keine Glückssache. Die Würfel sind schon gefallen. Wir brauchen nur noch unseren Gewinn einzustreichen.«

(Wieviel davon, so fragt ihr, war Schauspielerei? Wieviel Überzeugung? Eine solche Frage wäre schon damals so gut wie bedeutungslos gewesen. Ich mußte mich benehmen, wie ich es tat. Meine Männer mußten wissen, daß ich meine Bestimmung niemals in Frage stellte; und bei dieser Gelegenheit tat ich es auch nicht. Ich behaupte nicht, es sei immer so gewesen; ich habe auch Nächte des Zweifels gekannt, da die Decken mich wie Leichentücher umhüllten, derweil mir der erfrischende Schlummer versagt blieb; Nächte, in denen ich das Gefühl hatte, daß die Götter mich verlassen hatten und ich durch leere, vom Wind durchwehte Räume wanderte. Aber jetzt verspürte ich die ganze Gewißheit des großen Künstlers, der sieht, wie ein Werk, das er lange geplant, über dem er viel gebrütet hat, vor seinen Augen mählich seine vollkommene, noch kaum verstandene Form annimmt – ein Augenblick der Magie, wie Vergil ihn mir einst beschrieb: »Wenn alles, was du je gekannt und je geträumt hast, eine nie gekannte, nie erträumte Realität und Richtigkeit annimmt.« So war es in jenen Tagen des August.)

Agrippa saß inmitten eines runden Dutzends Männer, trank Wein und aß Pecorino-Käse und Äpfel. Sie hatten ihre Pferde im Schatten unter den Eichen angebunden. »Siehst du«, hatte ich im Näherreiten zu Maco gesagt, »nicht einmal Wachen. Das zeigt, wie groß unser Sieg ist, wie zuversichtlich und entspannt wir sein können.«

»Nichtsdestoweniger«, sagte er und unternahm es unverzüglich, zu tun, was Agrippa für unnötig gehalten hatte.

Dieses »nichtsdestoweniger« war der Grund dafür, daß Maco ein so prächtiger Feldwebel war – er begnügte sich nie mit dem Anschein –, und weshalb er Feldwebel blieb – denn es gibt Gelegenheiten, da ist wirklich Gold, was glänzt.

»Nun?« sagte ich.

»Nun. Hast du gegessen?«

»Nein, ich glaube nicht.«

»Na, das solltest du aber, verdammt. Das hab ich dir schon oft gesagt. Du reibst dich auf, Krabbe, wenn du nicht ißt. Kriegst Magengeschwüre. Hab ich dir schon viel zu oft gesagt; du hörst einfach nicht zu, verdammt, wie? Du fütterst doch auch dein Pferd, oder? Läßt es doch nicht ohne Futter laufen, he? Na, dann sei nicht so verdammt dämlich. Das hier ist guter Käse. He, du!« rief er. »Bring dem General Brot und Käse und Wein. Und zwar ein bißchen flott.«

»Schon gut, schon gut«, sagte ich. »Es reicht ja. Ich habe nichts gegen das Essen, weißt du.«

»Na, hoffentlich nicht. Bloß die verdammten Reichen können sich leisten, Essen zu verachten.«

»Nun, ich bin reich«, versetzte ich. »Verdammt reich, wenn du unbedingt willst. Also, was gibt es Neues?«

Agrippa fing an zu lachen.

»Also schön«, sagte ich, »ich gebe mich geschlagen. Diesmal hast du mich gezwungen, zu fragen.« Ich nahm ein Stück Brot. »Schau«, sagte ich. »Ich esse. Also, was gibt es?«

»Sie werden alle desertieren, mit Ausnahme einer Handvoll verstockter Offiziere. Aber unter einer Bedingung. Du selbst mußt ihnen entgegenkommen, vor deiner Armee, begleitet von einer Eskorte, die nicht größer sein darf als diese hier. Sie wollen, daß es spontan aussieht, nicht so, als hätte man sie herübergelockt.« Er schwieg und sah mich mit schiefem Grinsen an. »Kaufst du ihnen das ab?«

»Warum nicht? Was ich hier kaufe, ist ja nicht ihr Vorschlag, sondern deine Urteilskraft. Und die habe ich schon vor langer Zeit gekauft; ich sehe keinen Grund, den Handel neu zu überdenken. Du hältst das Angebot offenbar für gut, denn sonst würdest du nicht dieses Brot essen – das übrigens ein wenig altbacken ist; und der Wein ist sauer – und hier auf deinem Hintern sitzen. Du wärest auf dem Weg zurück ins Heerlager, und zwar recht flott, möchte ich meinen.«

»Da hast du verdammt recht, das wäre ich«, gab er zu. »Es ist okay; sie gehören dir. Es gibt keine feindlichen Truppen von hier bis Rom.«

In den nächsten paar Tagen war es sehr heiß. Agrippa trank fässerweise Bier, das er fast so schnell ausschwitzte, wie er es durch die Kehle rinnen ließ. Was mich betrifft, so begnügte ich mich damit, Zitronen und Granatäpfel zu lutschen und in kleinen Schlucken weißen Wein zu trinken, in dem man einen Block Schnee hatte schmelzen lassen, der mit einer Maultierkarawane vom Hochapennin heruntergebracht worden war. Wir könnten von Glück sagen, gab man uns zu verstehen, daß wir so spät im Jahr noch Schnee bekamen, um unseren Wein zu kühlen.

Unaufhörlich kamen und gingen Sekretäre. Fluten von Briefen strömten herein, von den Gemeindeverwaltungen, von Priesterkollegien, von einzelnen Senatoren, Handwerksgilden und Reiterverbänden. »Wenn wir gewußt hätten, daß du so beliebt bist, mein Kleiner«, sagte Maecenas, »dann hätten wir nicht all die öden Monate gesäumt. Ich kann es nicht erwarten, wieder in der Stadt zu sein. Die Bäder zu besuchen, das Theater. Ich habe gehört, es gibt einen sensationellen neuen Tänzer aus Spanien, ein wahres Leckerchen, gerade sechzehn, kein Gramm Babyspeck am Leib und so hart wie eine Feldpritsche (um es einmal so zu sagen). Gib mir noch ein Glas von dieser Brühe, Entchen; ich kann's kaum erwarten...«

»Worauf zum Teufel warten wir eigentlich überhaupt?« wollte Agrippa wissen.

»Man muß ordnungsgemäß verfahren«, erklärte Marcellus. »Wir kommen nicht als Eroberer in die Stadt. Wir müssen einen entsprechenden Empfang vorbereiten. So etwas kostet Zeit.«

Ich war von einem wunderlichen Frieden erfüllt, als ich ihn reden hörte, von einem Frieden, wie ich ihn wirklich noch nie verspürt hatte. Es war, als hätten wir das ganze mühselige Jahr, das hinter uns lag, zu einer kleinen Kugel zusammengerollt, die nun wie in einem Murmelspiel am Rande der Kuhle verharrte. Für den Augenblick mußte keine Entscheidung getroffen, kein Kampf ausgefochten werden. Ich habe das Gefühl noch öfter erlebt; es stellt sich ein, wenn die Flut der Ereignisse einem die Zügel des eigenen Lebens aus der Hand nimmt. Bestimmt kann die Verzweiflung sich ähnlich auswirken. Ich war nie verzweifelt.

Jetzt sagte ich nur: »Außerdem muß ich erst nachschauen, ob es meiner Mutter und meiner Schwester gutgeht.«

Octavia war verwirrt.

»Du siehst aus wie immer«, sagte sie, »wenn ich dich richtig anschaue. Aber ich hätte dich kaum wiedererkannt. Wieso hast du Marcellus nicht mitgebracht?«

»Stabsdienst«, sagte ich.

»Schwein.«

»Außerdem«, fuhr ich fort, »wenn du findest, ich sei verändert – nun, mir scheint, die Ehe hat dich auch verändert. Ich habe wirklich nicht das Gefühl, daß du meine Schwester bist, wenn ich sehe, wie du seine Gattin spielst. Deshalb habe ich ihn in Wahrheit heute zum Stabsdienst eingeteilt: Ich bin eifersüchtig. Was macht Mutter?«

»Bereitet das Bankett vor.«

»Du hättest sie hindern sollen. Bankettessen kriege ich nicht herunter, das weißt du. Ich habe auch gar keine Zeit.«

»Versuche du nur selbst, sie zu hindern. Was gibt's Neues von unserem Stiefvater?«

»Der ist prosaisch, ängstlich und verdammt langweilig. Morgen um diese Zeit bin ich Konsul. Das weißt du, oder? Aber er hat immer noch Angst, daß man uns allen die Kehle durchschneidet. Es ist unglaublich. Trotzdem, er war schon sehr nützlich; das muß man sagen.«

»Der und nützlich? Da kann ich nur eine unanständige Handbewegung machen.«

»Nein, es stimmt schon, Schwesterchen. Weißt du, im Rat ist er von unschätzbarem Wert. Keiner will etwas mit ihm zu tun haben; deshalb brauche ich ihn nur aufzufordern, als erster zu sprechen, was ich natürlich auch stets tue, aus Respekt vor unserer verwandtschaftlichen Bindung und seinen grauen Haaren...«

»Und vor seinem dicken Bauch.«

»Ja, freilich, und vor seinem dicken Bauch – wie konnte ich den famosen Bauch vergessen –; nun, weiter ist jedenfalls nichts nötig, um sicherzustellen, daß alle anderen mehr oder minder das vorschlagen, was ich will, denn das wird unbedingt das genaue Gegenteil dessen sein, was der alte Flatterfinger vertritt. O ja, ich werde Mamma sagen können, daß ihr Mann von unschätzbarem Wert gewesen ist.«

»Das wird sie nicht interessieren; sie wird wissen, daß du dich über ihn lustig machst und sie auf den Arm nehmen willst, aber es wird ihr einerlei sein. Sie ist wirklich stolz, weißt du. Sie sagt dauernd, du hättest dich als echter Julianer erwiesen.«

Ich schaute hinauf in den Sommerhimmel; ein Falke verharrte rüttelnd an Ort und Stelle und stieß dann steil auf seine Beute herunter.

»Nein«, sagte ich, »da irrt sie sich. Ein echter Julianer werde ich niemals sein.«

Dem Bankett konnte ich mich nicht entziehen, aber es gelang mir, zu vermeiden, von den Süßwasserfischen zu essen, indem ich vorgab, bei der Hitze würde ich davon Verdauungsbeschwerden bekommen. Bevor ich ging, sagte meine Mutter zu mir: »Vergiß nicht, Brutus und Cassius leben noch.«

Cicero begrüßte mich vor den Toren der Stadt. Zuerst war dort eine Schar Senatoren erschienen, von denen ich nur wenige auch nur von Ansehen kannte. Die meisten bemühten sich, zu lächeln, aber Verstocktheit und Angst schimmerten doch allenthalben durch. Ich beauftragte Philippus und Marcellus, sich unter sie zu mischen. »Zeigt euch leutselig«, sagte ich. Dann zupfte ich Salvidienus am Ärmel. »Es sind Leute aus deiner Familie da, nicht wahr?«

»Meine Brüder« – er errötete, als lasse meine Frage darauf schließen, daß ich seiner absoluten Loyalität mißtraute.

»Ich bitte dich, stelle mich ihnen vor«, bat ich. Er gehorchte mißmutig, und seine Brüder blickten betreten, wie man es tut, wenn man auf das falsche Pferd gesetzt hat. Ich drängte sie, mich als ihren Freund zu betrachten, aber ich sah doch, daß sie neidvoll die Jahre zählten, die zwischen uns lagen.

Stille senkte sich über die Versammlung, durchbrochen nur von einem schrillen Gekicher – Maecenas natürlich. Ich sah mich erklärungheischend um. Eine schmuckvolle Sänfte mit purpurnem Baldachin kam aus dem Schatten eines schmalen Sträßleins in den hellen Sonnenschein der Piazza. Getragen wurde sie von einem halben Dutzend Sklaven, Bergbewohnern aus Anatolien, dem Anschein nach. Sie hielt vor der Estrade, auf der ich stand. Die Vorhänge wurden beiseitegezogen, und hervor kam Cicero.

Man hat mich – sowohl gleich darauf als auch später – wegen des Folgenden vielfach kritisiert. Ich kann nur sagen, mir erschien es als die natürlichste Sache der Welt. Ich sprang von der Estrade und schritt auf die Sänfte zu. Einen Moment lang dachte ich, der Alte werde dort liegenbleiben, mir gar die Hand entgegenstrecken, als sei ich ein Klient oder ein Bittsteller. Ich bin sicher, ihm kam der Gedanke in den Sinn. Er muß sich indessen ausgerechnet haben, daß die Befriedigung, die eine solche Geste ihm verschafft hätte, nicht mehr als einen Augenblick gewährt hätte, denn mit sichtlicher Anstrengung und arthritischem Ächzen streckte er den runzligen Hals heraus, wuchtete die Beine herum und entstieg seiner Trage. Ich ging ihm weiter entgegen und umarmte ihn (er roch nach altem Papyrus) mit den Worten: »Ah, der letzte von all meinen Freunden.« Ich schäme mich dieser Worte nicht; sie waren gut und mit Bedacht gewählt. Wäre er in seiner Freundschaft von größerer Vorzüglichkeit und Beständigkeit gewesen, es wäre dieser Punkt nie erreicht worden. Gleichwohl fühlte ich, wie er bei meinen Worten erstarrte. Er küßte mich auf die Wange, und seine Hände umklammerten mich für einen Augenblick wie die Klauen eines Geiers.

Am Tag darauf wurde ich zum Konsul gewählt. Als Kollegen erkor ich mir einen obskuren Cousin, Quintus Pedius, den meine Mutter mir als einen Mann empfahl, der mir nirgends hinderlich sein würde. (Leider übertrieb sie, was seine Liebenswürdigkeit betraf; er war verdammt lästig.) Als ich zum erstenmal die Auspizien einholte, hielt ich in diesem Akt inne und richtete meinen Blick gen Himmel. Naturgemäß tat die Menge es mir nach; für einen Moment herrschte ehrfurchtsvolle Stille, und dann erhob sich lautes Hurra beim Anblick eines halben Dutzends Geier, die flügelschlagend in Richtung des Janiculums flogen. Natürlich hatte ich gewußt, was mich erwartete; Marcellus hatte mich daran erinnert, daß Romulus von einem ähnlichen Schwarm begrüßt worden war, als er diese Zeremonie das erstemal vollzogen hatte, und Maecenas hatte es unternommen, die Vögel über seine Beziehungen zum Theater zu beschaffen (»Bussarde würden's wohl nicht tun? Sind ja soviel billiger!«). Aber ich war doch beeindruckt von seiner Stabsarbeit, mit der er dafür gesorgt hatte, daß hinreichend vielen in der Menge das Präzedenzbeispiel bekannt war. Eine derartige Manipulation der Publikumsemotionen mag euch zynisch vorkommen, und in der Tat kann ich diesen Vorwurf kaum entkräften. Nichtsdestominder gibt es Zeiten, da solche Manipulation notwendig ist. Es war poetisch richtig, daß Geier erschienen und mich mit Romulus in Verbindung brachten, dem ersten Vater des Vaterlandes, aber das Walten der Natur neigt nun einmal zur Launenhaftigkeit. Zudem sind Geier heutzutage sehr viel rarer in Italien als zu seiner Zeit – »Ich wage zu behaupten, damals waren sie so verbreitet wie Krähen«, wie Maecenas sagte; da ist es verzeihlich, wenn man dem Schicksal hie und da einen kleinen Schubs versetzt. Ich muß euch indessen auch sagen, daß die gelegentliche Verfertigung eines Omens in keiner Weise denjenigen ihre Gültigkeit nimmt, die spontan erscheinen. Ich war natürlich nicht beeindruckt von den Vögeln, aber die Menge war es. Das war das Großartige: Sie akzeptierten den Geierflug als Bestätigung meiner Autorität. Es gab nur ein kurzes Unbehagen: Zwei der Vögel verloren plötzlich an Höhe, und einen gräßlichen Moment lang sah es aus, als wollten sie in den Tiber stürzen. Ich hielt den Atem an und fragte mich, ob wir nicht um eine Idee zu gerissen gewesen waren. Aber – und hier zeigt sich handfest, wie schwer es ist, das Göttliche und das Menschliche zu entflechten – sie fingen sich jäher, als ihr Sturz begonnen hatte, und verschwanden alsbald hinter den Pinien des Janiculums. Ihr Sturzflug hatte die Menge verstummen lassen, und Maecenas ergriff die Gelegenheit, die Situation weiter zu befördern. »Seht, wie die Götter dem Konsul günstig gesonnen sind«, rief er. »Wenn er stolpert, so hebt Jupiter selbst ihn zu sicherem Triumph.« Die Menge brach in neuerlichen Jubel aus. Später sagte er zu mir: »Blöde Vögel. Ich wäre fast gestorben, mein Lieber. Ich lasse dem Vogelhändler die Haut abziehen. Er hat mir geschworen, er habe sie alle in der Campagna einen ausgiebigen Probeflug absolvieren lassen.«

»Ach«, sagte ich, »laß ihn in Ruhe. Deine Intervention hat alles nur noch besser gemacht, meinst du nicht auch?«

Am nächsten Tag ließ ich meine Adoption durch Julius als seinen Erben gerichtlich bestätigen. Fortan war ich Caesar: Gajus Julius Octavianus Caesar. Als dies geschehen war, zahlte ich meinen Soldaten, die schon die ersten Schritte zur Wiederherstellung der Ordnung und der Herrschaft des Gesetzes in der Republik unternommen hatten, ihre versprochenen Prämien aus dem Staatsschatz. Ich ließ das Gesetz, das Caesars Mördern die Amnestie gewährt hatte, für ungültig erklären, und zwar mit der hochmoralischen

Begründung, daß der Ermordung des Oberhauptes der Republik, des Diktators für alle Zeit und Pontifex Maximus niemals gesetzlich Pardon gewährt werden könne. Ich berief ein Sondergericht ein, um die Mörder, die sich selbst zu Liberatoren ernannt hatten, zu Vogelfreien zu erklären.

Zwei Tage später verließ Cicero Rom. Er schrieb mir einen Brief, in dem er mich um die Erlaubnis bat. Seine Gesundheit lasse zu wünschen übrig, erklärte er; er brauche Seeluft. Und er dankte mir – wofür, wußte ich nicht mit Sicherheit zu sagen. Er bat um Vergebung für die Vergangenheit und um Nachsicht für die Zukunft. Ich antwortete, ich hätte ihm nichts zu vergeben; sein Rat werde mir stets teuer sein, wie er mir stets teuer gewesen sei; ich betrachtete ihn, wie ich ihn immer betrachtet hätte, mit Hochachtung und Dankbarkeit, und ich hoffte, daß die Seeluft seine Beschwerden lindern werde. Ich habe ihn nie wiedergesehen. Er war der bedauernswerteste aller Menschen – einer, der die Größe hatte winken sehen und dann nicht vermocht hatte, die dargebotene Hand des Gottes zu ergreifen. Er scheiterte, weil er die wahre Quelle und Natur der Macht verachtete und glaubte, Gerissenheit sei ein Ersatz für eine Vision; und am Ende hatte er kein Vertrauen in seine eigene Bestimmung.

III

Agrippa war nie einen einzigen Tag lang krank (bis er starb). Im Gegensatz dazu verbrachte ich, wie er es erzählte, meine Jugend beständig niesend und krächzend, hustend und ächzend wie ein durchlöcherter Blasebalg, zitternd vor Schüttelfrost, schwitzend vor Fieber, gepeinigt von Migräne, bedrückt von Verdauungsstörungen, nicht selten unfähig, zu Pferde zu sitzen oder ein Gespräch zu führen, das nicht von Nasenputzen, Nasenbluten oder Übelkeit unterbrochen wurde. Er übertrieb, aber gar zu weit war er von der Wahrheit nicht entfernt. Die ersten drei Wochen als Konsul und Caesar verbrachte ich mit wundem Hals und laufender Nase, mit Flecken vor den Augen und hoher Temperatur. Dabei arbeitete ich achtzehn Stunden täglich. Es ist nicht leicht, sich zu konzentrieren, wenn einem die Schultern vor Mattigkeit schwer sind und man am ganzen Leibe zittert. Aber diese Arbeit konnte ich nicht meinen Sekretären überlassen.

Langsam, Schritt für Schritt, drangen wir nach Norden vor. Über weite Strecken des Marsches mußte ich in einer Sänfte getragen werden, und diese Erfahrung lehrte mich etwas über mein Verhältnis zu den Legionen, was ich nie wieder vergessen habe. Wäre ich Julius oder auch nur Antonius gewesen, so hätten sie wüste Lieder über meinen Zustand oder über die Art und Weise meiner Beförderung gesungen. So aber marschierten sie in respektvollem Schweigen an der Sänfte vorbei. Ich wußte, sie vertrauten mir, bewunderten mich gar, waren belustigt über das, was sie als meine Gerissenheit betrachteten – »Er ist 'n raffinierter Hund, unser General«, sagten sie wohl –, aber sie liebten mich nicht. Kaum einer mit Ausnahme derer, die ich im Hauptquartier in meiner unmittelbaren Umgebung hatte, wäre für mich gestorben. Der Magnetismus meiner Persönlichkeit wirkt nicht über die Distanz, wie es bei Julius der Fall war. Ich erwähne dies, weil der Erfolg bei großen Unternehmungen in so hohem Maße davon abhängt, daß man seine Vorzüge und Mängel richtig einzuschätzen versteht. Keiner von euch beiden, meine lieben Knaben, hat an Ähnlichem zu leiden. Aber ihr habt andere, euch eigentümliche Probleme und Schwächen; und seid ihr euch ihrer bewußt? »Erkenne dich selbst« ist der weiseste aller philosophischen Ratschläge.

Aber – es gibt immer ein »aber«, ein »nichtsdestoweniger« – solche Selbstkenntnis kann auch hinderlich sein. Der Mann, der seinen eigenen Geist und seine Seele nie geprüft hat, handelt mit einer Spontaneität, die mir verwehrt ist.

(Andererseits pflegte Maecenas zu sagen, daß ich andere zu täuschen vermöchte, weil ich mich selbst zuerst getäuscht hätte. Ich glaube nicht, daß er recht hatte. Ich verzeichne seine Ansicht hier nur zum Beleg für die Vielfalt der Interpretationen, die es so schwierig macht, unsere Mitmenschen richtig zu beurteilen.)

Wir hielten in einer Ebene am Südufer des Po. Murrend schlugen die Soldaten das Lager auf; ein unbehaglicher Nieselregen wehte von den Bergen herunter. Gegen Abend legte sich der Wind, und der Nebel vom Fluß kroch durch das Lager. Ich saß in Pelze gewickelt und trank heißen Wein, mit Muskat aromatisiert; trotzdem fröstelte mich. Ein

Sklave las mir Homer vor, bis ich ihn fortschickte. Das kühle Treiben im Lager ringsum ließ die Stille in meinem Zelt um so spürbarer werden.

Ich rief Maco zu mir. »Sieht man Licht am anderen Ufer?«

»Kann man nicht sagen bei dem Nebel, Herr.«

»Wie ist die Stimmung unter den Männern?«

»Nicht gut, Herr. Irgendwie ratlos und besorgt. Sie haben Angst, Herr, das ist es, Angst vor einer Schlacht, Angst davor, daß alles wieder von vorn anfangen könnte.«

»Es ist mein Wille, daß es keine Schlacht geben wird.«

»Ach, weißt du, Wille... Viele Schlachten fangen durch einen Zufall an... Du solltest zu Bett gehen, Herr, wirklich...«

»Ich kann nicht schlafen...«

Das Warten ist immer das Schlimmste. Beim ersten Hahnenschrei erscholl ein Ruf: Ein Prahm komme über den Fluß. Um diese Zeit waren nur wenige Stimmen im Lager zu hören – nur der gelegentliche Anruf eines Wachtpostens oder der Aufschrei eines Mannes, dessen Schlaf von Angst gestört war. Ich hörte das Schmatzen von Stiefeln im nassen Gras; dann wurde die Zeltklappe zurückgeschlagen, und Marcellus und Agrippa kamen herein.

»Junge«, sagte Agrippa, »ich bin müde, und morgen früh habe ich einen dicken Kopf. Aber es ist gutgegangen. Das Zusammentreffen findet statt. Wir haben die Insel als Tagungsort durchsetzen können. Nachgeben mußten wir nur in einem Punkt: Er besteht darauf, daß Lepidus dabei ist; ein Nein läßt er nicht gelten.«

»Verstehe. Mit Lepidus wird er fertig, und zu zweit werden sie mich immer überstimmen. Gleichviel – wir nehmen an. Um welche Zeit?«

»Übermorgen. Na ja, also morgen, inzwischen. Zum Frühstück. Das war 'n Hammer für Antonius – zum Frühstück. Aber dann war er einverstanden.«

»Was Lepidus betrifft«, sagte Marcellus, »ist deine Interpretation offensichtlich zutreffend. Aber es gibt noch einen zweiten Faktor: Antonius ist nicht scharf darauf, mit dir allein zu sein. Das solltest du bedenken, Schwager.«

»Danke«, sagte ich. »Das hatte ich schon getan. Ihr habt eure Sache gut gemacht, alle beide. Jetzt können wir schlafen.«

Fast sagte ich die Zusammenkunft ab. Schließlich war mir der Schlaf versagt geblieben, und mein Fieber hatte sich verschlimmert. Der Arzt gab mir einen Becher mit irgendeinem Kräutergebräu, welches unverzüglich Übelkeit in mir aufsteigen ließ; dann aber beruhigte es zu meiner Überraschung meinen Pulsschlag und dämpfte meine Kopfschmerzen. Ich fühlte mich allerdings immer noch schwach wie ein krankes Kätzchen, wie meine alte Amme zu sagen pflegte. »Halb ersäufte matte Ratte«, nannte sie mich wohl auch.

Als es anfing, hell zu werden, meldete Maco sich in meinem Zelt und fand mich noch im Morgenmantel vor. Er drängte mich, ein wenig Brot zu essen, doch einer der Sklaven brachte mir eine Art Grütze, einen dünnen Haferbrei mit Honig, der mich hinreichend belebte, so daß ich mich ankleiden konnte.

Der Prahm wurde von zwei gallischen Bergbewohnern hinausgestakt, die es in der rauhen Morgenkälte nicht störte, daß sie halb nackt waren. In der Strommitte lag immer noch dichter Nebel, und der Bug hatte das Ufer der Insel fast berührt, ehe ich das Land wahrnahm. Maco und die halbdutzendköpfige Gardeeskorte, auf die wir uns geeinigt hatten, gingen als erste an Land. Ich folgte mit Agrippa,

Maecenas, Marcellus und Rufus; Philippus hatten wir zurückgelassen. Mein Stiefvater hatte seine Dienste getan. Wenn sich die Führer von Caesars Partei zu einer Konferenz trafen, hatte er keinen Platz dabei.

Antonius war noch nicht da – »Welch eine Überraschung«, seufzte Maecenas –, aber Lepidus wartete schon in dem Zelt, das als Empfangsraum und Vorzimmer zu jenem kleineren diente, in dem wir drei Obersten verhandeln würden. Ich war Lepidus, wie der Zufall es wollte, noch nie zuvor begegnet, aber ich erkannte ihn leicht. Er sah bemerkenswert gut aus mit seinen glatten, ganz und gar regelmäßigen Zügen und seinem dunklen, kaum merklich grau überschatteten Haar, das an den Schläfen gelockt war, als sei es so für einen Bildhauer zum Zwecke des Kopierens arrangiert. Er begrüßte uns mit zeremonieller Liebenswürdigkeit.

»Dies also«, sagte er zu Marcellus, mit dem er gut bekannt war, »ist der Wunderknabe, der uns alle überrascht hat.«

Seine Stimme war hell, trillernd und einschmeichelnd; sie erregte mein intensives Mißfallen, und das nicht nur wegen ihres herablassenden Untertons. Ich entsann mich, daß Cicero ihn als über die Maßen niederträchtig und mies beschrieben hatte: »Er faßt dich beim Ellbogen und murmelt dir unaussprechlichen Schmutz ins Ohr.« Das glaubte ich gern, und mit Freude bemerkte ich, daß die Milde, die er zu zeigen bemüht war, nur unvollkommen den Mangel an wahrer Gelassenheit verdecken konnte. Er konnte nicht aufhören, zu reden, und seine Hände flatterten von einem zum anderen, faßten hier, drückten da, berührten bittend dort eine Schulter.

»Wir können unseren großen Antonius nicht zur rechten Zeit erwarten, das steht fest«, sagte er. »Ich frage mich, mit wem er letzte Nacht gebumst hat... Fulvia nicht, das steht fest... obgleich er eine Heidenangst vor ihr hat; das weiß ich aus erstklassiger Quelle... und wie hast du Rom verlassen, mein lieber Caesar... weißt du, daß es mehr als zwei Jahre her ist, daß ich die Stadt zuletzt gesehen... ich sehne mich schmerzlich danach, das steht fest... aber ich will dir was sagen, alter Junge...« Er beugte sich zu mir und verströmte dabei einen wenig anziehenden Moschusgeruch. »... ich sehne mich nicht halb so schmerzlich, wie unser Markie Brutus sich sehnen muß. Siehst du, alter Junge – ich weiß, ich werde bald wieder auf dem Palatin schmausen. Aber er muß allmählich fürchten, daß es ihm nie wieder vergönnt sein wird, und das geschieht ihm ganz recht, dem armen Hund.«

Ja – ihr seht, meine Söhne, er war ein schrecklicher Mann, und ich schäme mich, daß ich so viele Jahre lang mit ihm zu tun hatte.

Ich war selbst nervös und fragte mich wie schon während der Nacht, wie Antonius mich wohl begrüßen würde. Würde er eingedenk gewisser spanischer Erinnerungen und wegen der Beleidigungen, die wir wegen des vergangenen Jahres gewechselt hatten, verlegen sein (wie ich)? In Rom hatte er freilich keine Verlegenheit erkennen lassen. Aber hier war es doch etwas anderes. Ob er wieder in den Tonfall des älteren Bruders verfallen würde, dessen er sich zunächst bedient hatte, als ich in Caesars Stab eingetreten war? Oder würde er es darauf anlegen, kühl und staatsmännisch zu wirken?

Er erschien in einem Wirbel von Purpur und ohne jede Entschuldigung für seine Verspätung. Nachdem er Lepidus umarmt hatte, wandte er sich an mich. »Du siehst krank aus«, stellte er fest. »Nicht wie der hübsche Knabe, den ich in Spanien kannte. Nun, den Unfug des vergangenen Jahres haben wir hinter uns, und bald werden wir deinen Bäckchen ihre rosige Farbe zurückgegeben haben. Du hast dich bemerkenswert geschlagen... ich hätte nicht gedacht, daß du dazu imstande bist.«

Er hatte vor, mich aus dem Gleichgewicht zu bringen. Ich lächelte und pflichtete seinem Vorschlag bei, daß wir die Präliminarien abkürzen und gleich zum Geschäft kommen sollten. Man hatte, wie ich schon sagte, abseits ein kleines Zelt für uns drei aufgestellt. Zunächst wollten wir uns vertraulich besprechen, und dann würden wir Sklaven herbeirufen, denen wir eine Verlautbarung diktieren würden. Unsere Adjutanten hatten zwar eine Tagesordnung vorbereitet, aber Antonius und ich hatten fest darauf beharrt, daß die Verhandlungen vertraulich von den drei Generälen geführt und so informell wie möglich gehalten werden sollten. Meine bereitwillige Zustimmung zu diesem Punkt hatte ihn überrascht.

In so vielen Versionen hat man unsere Inselgespräche so dargestellt, daß die Verhandlung von einer Wolke aus Übertreibung, Falschmeldungen, Parteigeist, Privatrache und der allzu menschlichen Neigung, von zwei Geschichten die grellere zu bevorzugen, vernebelt ist. Bis heute habe ich nirgends zu Protokoll gegeben, was gesprochen wurde, und niemals habe ich den Verlauf der Konferenz mit irgend jemandem außer Livia erörtert, und auch mit ihr erst Jahre später. Natürlich analysierten meine Freunde und ich die getroffenen Entscheidungen, vor allem nach dem ersten Tag der Verhandlungen, damit ich mich nicht auf irgend etwas einließ, das mir vielleicht zum Nachteil gereichen könnte. Aber das ist alles. Lepidus hat natürlich geschwatzt. Antonius verbreitete später seine eigene Version – besser gesagt (denn ich möchte fair bleiben), die unerträgliche Fulvia veröffentlichte einen Bericht, von dem sie behauptete, er stamme von Antonius. In beiden Versionen zeichne ich mich als derjenige aus, der am kühlsten und unversöhnlichsten auftrat, am meisten auf Rache erpicht. Das ist offenkundig absurd. Ich hatte keine privaten Rachegelüste.

Das Gesetz, das ich in Rom erlassen hatte, befriedigte mein legitimes Verlangen nach Bestrafung der Mörder meines Vaters. Ansonsten gab es keinen privaten Impetus, der mich antrieb. Meine politische Laufbahn war noch zu kurz, als daß sich Berge von Rechnungen hätten auftürmen können, die zu begleichen gewesen wären. Ich will dies einmal restlos klarstellen. Bei den Beschlüssen, die wir auf jener Flußinsel faßten, war ich völlig unpersönlich, getrieben nur von dem reinen Motiv, welches ich als »Staatsraison« bezeichnet habe.

Nach allgemeiner Übereinkunft agierte Antonius als Vorsitzender (ich scheue mich nicht, das zu bekennen; es wäre aber auch anmaßend von mir gewesen, hätte ich diese Rolle übernommen). Er besaß eine natürliche Autorität; bei all seinen Charaktermängeln ist es mir doch unmöglich, dies zu leugnen, wie ich mich auch trotz seiner Hinterlist, Selbstsucht und Unzuverlässigkeit nicht ohne Zärtlichkeit an ihn erinnern kann. Und wenn er seine Gedanken auf eine Sache konzentrierte, offenbarte er einen brillanten Scharfsinn und erwies sich als Meister der politischen Struktur und der militärischen Strategie. Niemals möchte ich dies von der Erinnerung an ihn trennen.

Er begann mit einer Zusammenfassung der Situation – einer funkelnden *tour d'horizon*. Sein Urteil über meine eigenen Leistungen war großzügig. »Du hast es mir schwer gemacht, Kleiner«, sagte er, »und es gab ein paar Augenblicke, da dachte ich, dein Seiltanz würde für dich ein katastrophales Ende nehmen. Aber du hast es geschafft – schließlich ist ja nichts so erfolgreich wie der Erfolg. Da bist du nun – nicht mehr ›Kleiner‹, sondern Caesar, auch wenn du für mich« – er stand auf, kam um den Tisch herum und drückte meine Schulter – »auch wenn du für mich irgendwo immer der ›Kleine‹ sein wirst. Weißt du noch, wie sie ihm zuriefen, er plane, sich zum König aufzuschwingen? Er fauchte zurück: ›Mein Name ist nicht König, sondern Caesar!‹«

Bei mir dachte ich: Bevor ich fertig bin, wird Caesar mehr als bloß ein Name sein. Ein seltsam ungereimter Gedanke: Vielleicht wird es mehr als König sein?

»Na, jedenfalls«, sagte er, »um es zusammenzufassen: Der Westen gehört uns. Ich will nicht sagen, daß niemand mehr Abneigung hegt, vor allem in Italien, aber das bewegt sich alles auf einer Ebene, die wir im Griff haben. Die hochmütigen Stinktiere sind auf der Flucht. Sie sind unser nächstes Problem...«

»Pompejus?« vermutete ich.

»Pompejus kann warten. Darin sind die Pompejusse alle gut, diese unentschlossenen So-und-sos. Unsere Aufgabe ist es, mit Marcus Brutus aufzuräumen.«

»Nach meinen Informationen«, warf Lepidus ein, »haben Brutus und Cassius zusammen mehr als vierzig Legionen, und sie beabsichtigen, im Frühjahr in Brindisi zu landen.«

»Werden sie nicht«, sagte Antonius.

»Wenn sie sich mit Pompejus verbünden, haben sie eine Flotte.«

»So schnell sind sie nicht. Die sind ein Komitee.«

»An den Iden des März waren sie schnell genug«, gab ich zu bedenken.

»Mord ist ein Kurzstreckenlauf«, erklärte Antonius. »Für einen Krieg brauchst du Stehvermögen.«

Er lehnte sich zurück; tiefe Falten hatten sich im vergangenen Jahr in sein Gesicht gegraben, und das ließ ihn stärker aussehen. Er hatte das playboyhafte Aussehen verloren. Der große Mund war jetzt an den Mundwinkeln herabgekrümmt, und die Augen waren ein wenig blutunterlaufen. Er hatte einiges durchgemacht; Zuneigung durchfuhr mich wie ein Stich. Seine tiefe Stimme erwärmte das Zelt.

»Du kommst gerade aus der Stadt, Kleiner«, sagte er mit einem mächtigen und möglicherweise genau kalkulierten Strecken und Gähnen. »Wie stehen die Staatskonten?«

»Ich habe meine Soldaten daraus bezahlt«, sagte ich und sah ihm dabei in die Augen. »Als Konsul«, fügte ich hinzu; er senkte den Blick nicht, sondern schwenkte ihn hinüber zu Lepidus.

»Völlig korrekt«, winselte der Ehrenwerte. Er war außen vor geblieben und drängte sich nun zappelnd ins Spiel. »Völlig korrekt... Ich frage mich nur, ob du wohl auch dein Einverständnis zu einer Zahlung an...«

Antonius fiel ihm ins Wort. »Niemand, Kleiner, zweifelt an deiner Korrektheit. Es sollte auch keine Stichelei sein. Weißt du, nach meinen Berechnungen – die mir zu einem Teil, wie ich dir gern verrate, meine Agenten in deinem Lager geliefert haben – da guck nicht wie eine Graugans, Lepidus; wenn du keine Agenten in meinem Lager hast, dann solltest du dir aber verdammt nochmal welche anschaffen – Caesar hier hat ganze Kompanien, nicht wahr, Kleiner? – also, wie ich sagte, bevor ich von unserem Freund mit dem trockenen Keuchhusten unterbrochen wurde – apropos trocken: Das ist aber 'ne verdammt lange Zeit zwischen zwei Drinks, wie der eine Prokonsul zum anderen sagte – Lepidus, bevor ich den Faden wieder aufnehme, hättest du was dagegen, mal die Bimmel zu läuten, damit wir uns ein Gläschen bringen lassen können? Ah, Junge, eine Flasche Weißen für die Generäle.«

Er schwieg. Lepidus hustete und pustete und keuchte und trommelte mit den Fingern, bis der Junge mit dem Wein zurückkam.

»Schenk ein, ja? Und dann ab mit dir, und versuch ja nicht zu lauschen. Wir reden hier über hohe Politik, und davon verstehst du nichts, Kind. Also, wo war ich? Jawoll. Ich schätze, wir haben zusammen dreiundvierzig Legionen. Ich nehme mal an, eure sind wie meine ein bißchen unterbesetzt – sagen wir also, wir haben eine Truppe von insgesamt zweihunderttausend Mann. Nun, die Jungs mögen uns lieben, aber sie werden auch Kohle sehen wollen. Ich frage also nochmal: Wie stehen die Staatskonten, Kleiner?«

»Sie werden eine solche Streitmacht nicht länger als ein paar Monate finanzieren. Überdies«, sagte ich, »erhalten wir keinerlei Steuereinkünfte aus Asien, solange unsere Feinde Griechenland und die See beherrschen...«

»Die ägyptische Nutte Seiner Durchlaucht wird auch nichts ausspucken. Kürzlich noch hab ich einen Brief von ihr gekriegt: So gern sie ihren Verpflichtungen nachkommen würde, bla-bla-blah, aber sie könnte dem Meer keine Steuergelder anvertrauen, solange Pompejus es beherrscht. Eine verflucht gute Ausrede natürlich. Hast du sie schon mal gesehen, Kleiner?«

»Nur kurz.«

»Seine Durchlaucht war ja verrückt nach ihr. Meistens war es andersrum, aber ihretwegen war er reinweg blöde. Die Jungs glaubten, sie hätte ihn verhext. Hatte sie vielleicht auch. Ich würde nicht sagen, daß es der Nutte nicht zuzutrauen wäre. Seinetwegen hätten sie uns jedenfalls in Alexandria beinahe die Kehle durchgeschnitten, während sie ihm am Schwanz spielte.«

Dies waren exakt Antonius' Worte, als ich ihn das erstemal von Kleopatra sprechen hörte. Wie alle Freunde meines Vaters hatte er den Einfluß, den sie womöglich auf ihn ausübte, beklagt und gefürchtet.

»Also«, sagte er, »wird es mit dem Geld ein bißchen problematisch werden. Wie gesagt, meine Jungs sind vernarrt in mich, aber für Luft und Liebe werden sie nicht kämpfen.«

Er fischte nach einer Antwort, die zu geben mir arg widerstrebte. Mochte er nur selbst damit herausrücken, dachte ich, und dann schämte ich mich. Schließlich mußte ich bereit sein, die Verantwortung für die Taten zu übernehmen, zu denen wir genötigt sein würden.

»Andere waren in der gleichen Lage«, sagte ich.

»Zum Beispiel?«

»Sulla.«

Der Name fiel in das Gespräch wie ein Stein in einen Teich. Ich wußte, daß er diese Wirkung haben würde. Da ich eure Tutoren bislang angewiesen habe, eure Studien grundsätzlich auf das heroische Zeitalter republikanischer Tugend zu beschränken, wißt ihr vielleicht nicht, weshalb Sulla ein so beunruhigender Name war.

L. Cornelius Sulla, ein Mann aus höchst achtbarer Familie, war noch der erste Römer, der die Stadt mit Waffengewalt übernahm. Er tat dies, so will ich nicht säumen hinzuzufügen, mit der lobenswerten Absicht, sie von dem tyrannischen Chaos zu befreien, mit dem Cinna und die Volkspartei sie überzogen hatten. Nachdem er Rom besetzt hatte, ließ er sich vom Senat zum Diktator ernennen. Wiewohl nicht knapp an Geld – er war immerhin eben von einem Krieg in Asien zurückgekehrt –, machte er sich daran, die Habe seiner Gegner zu konfiszieren und einige von ihnen töten zu lassen; dies tat er teils, um die übrigen zu entmutigen, an dem festzuhalten, was sie für ihren rechtmäßigen Besitz hielten. Sulla ging sogar so weit, Listen derer, die er zu ächten beschlossen hatte, auf dem Forum auszuhängen; dies machte es manchen Leuten leichter, sich

Verdienste zu erwerben, indem sie dem Diktator behilflich waren. Da überrascht es nicht, daß der Name Sulla in vielen Familien noch heute besonderes Entsetzen hervorruft. Tatsächlich galt dies auch für meine eigene Familie. Ja, Julius selbst fand seinen Namen ebenfalls auf den Todeslisten. Der Diktator ließ sich nur höchst widerstrebend und durch das Einschreiten einer eurer Tanten bereden, den Namen von den Listen zu streichen und den Knaben zu verschonen. Ein wunderlicher Gedanke: Wäre sie gescheitert, hätte ich mein Leben vermutlich als Kleinstadtbankier gefristet.

Nichtsdestominder schäme ich mich nicht, zuzugeben, daß ich Sullas Namen in unsere Konferenz einführte.

Antonius Lächeln war mir Lohn. Lepidus freilich fing gleich an zu zittern. Sicher, sein Vater, gleichfalls ein M. Aemilius Lepidus, war ein Gegner Sullas gewesen; er hätte indessen Manns genug sein müssen, zu wissen, daß es keinen Sinn hat, Fehden über das Grab hinaus zu pflegen. Sullas Gedächtnis war ein wertvolles Ding.

»Julius«, sagte Antonius, »hat immer geschworen, er werde es Sulla niemals nachtun; Sullas Benehmen habe jedermann als abscheulich und beklagenswert empfunden, und in einem Bürgerkrieg sei Milde gegen die Besiegten von wesentlicher Bedeutung.«

»Worte, die man ihm zugutehalten muß«, zirpte Lepidus – wahrhaftig, die Diskrepanz zwischen Erscheinung und Stimme war bemerkenswert und bestürzend – »ich entsinne mich, daß ich ihn oft so sprechen hörte. Wir sollten das jetzt nicht vergessen, nicht wahr?«

Antonius sah mich an. »Und, Kleiner?«

Ich sagte: »Sulla starb in seinem Bett. Du selbst hast Caesars blutige Toga in der Hand gehabt.«

Antonius brüllte nach einem Offizier seines Stabes.

»Ich habe eine Liste«, sagte er. »Eine Liste mit den dreißig reichsten Senatoren und den hundertfünfzig reichsten Rittern, die öffentlich ihre Freundschaft zu Brutus erklärt haben. Hole diese Liste.«

»Wir wünschen keinen Feldzug in Italien«, sagte ich. »Wir möchten nicht, daß Groll zurückbleibt.«

»Wir verstehen uns, Kleiner«, sagte Antonius.

Ich hoffe, damit ist klar, daß ich die volle Verantwortung für die Proskriptionen übernehme; sie waren ein Gebot der Staatsraison. Die Pflicht kann eine harsche Zuchtmeisterin sein.

Am zweiten Tag begannen wir, Namen zu nennen.

Zunächst hielt uns eine Verfahrensfrage auf, die von Lepidus ins Spiel gebracht wurde. Ich weiß nicht, welcher seiner Berater ihn darauf gebracht hatte. Einige von ihnen waren ziemlich gerissen.

»Eines macht mir Sorgen«, sagte er. »Es ist unklar, in welcher Eigenschaft wir vorzugehen gedenken. Freilich, unser lieber Octavian ist Konsul, aber nur bis zum Ende des Jahres – also noch zwei Monate. Wir beide haben prokonsulare Vollmachten, aber die geben uns keine Befehlsgewalt außerhalb unserer Provinzen. Und das ist alles. Ist es genug, um uns mit Autorität vorgehen zu lassen?«

»Wir haben mehr als vierzig Legionen«, sagte Antonius. »Nur ein altes Weib würde da nach weiterer Autorität fragen.«

Ich konnte dem nicht beipflichten. Die Legionen gaben uns Macht, aber keine Autorität. Was Lepidus da vorbrachte, hatte Substanz. Häufig ist es in der Politik nötig, sich von den Regeln zu lösen, aber tollkühn ist es, den Anschein zu erwecken, man löse sich von Formalitäten, Präzedenzfällen, von der Legalität.

»Leider«, sagte ich, »hat Antonius das Amt des Diktators abgeschafft. Sonst hätte ich vorgeschlagen, daß er diesen Titel übernehme, wie mein Vater und wie Sulla.«

»Hättest du?« fragte Antonius. »Ich glaube dir, klar. Aber Tausende würden dir nicht glauben.« Ein Lächeln durchbrach die Maske der eingefleischten Skepsis, wie ich es bei Männern der Tat gesehen habe, wenn sie den Debatten der Philosophen lauschten.

»Aber freilich«, entgegnete ich.

»Formalitäten!« sagte Antonius. »Ich bin alt genug, mich zu erinnern, wie Seine Durchlaucht und Pompejus und der Großeunuch Marcus Crassus den Staat zu Lucca in Streifen schnitten. Ist das nicht Präzedenzfall genug?«

»Aber alle braven Männer haben das als schieres Gangstertum verurteilt.«

»War es ja auch! Und?«

»Moment mal«, sagte ich. »Ich denke, uns bietet sich da ein Modell, aber eines, das wir weiter verfeinern sollten. Laßt uns tatsächlich ein Triumvirat errichten, ein zweites Triumvirat, aber laßt es uns in einem legalen Verfahren tun. Wir lassen einen Tribun in der Versammlung eine Gesetzesvorlage einbringen, die uns drei für einen Zeitraum von, sagen wir, fünf Jahren zur Führung der Republik ermächtigt. Er kann eine Menge hochgestochenes Zeug vortragen, damit die Leute nachher guten Gewissens für etwas stimmen können, das sie vielleicht nicht mögen, aber dessen Notwendigkeit sie einsehen. Ein solches

Gesetz würde uns volle Befehlsgewalt übertragen; es würde bedeuten, daß die Legalität unserer Maßnahmen nachher nicht in Frage gestellt werden könnte, und es würde uns ermöglichen, sämtliche Wahlen zu kontrollieren: Wir könnten einfach auf Jahre im voraus Alleinkandidaten ernennen. Wäre eine solche Regelung nicht nützlich?«

(Ich wußte, sie wäre es. Marcellus, Maecenas und ich hatten den Plan am Abend zuvor bei Bier und Sandwiches geschmiedet. Maecenas war dann selbst zu Antonius' Lager hinübergefahren, um ihn mit Antonius' Stabschef Asinius Pollio zu besprechen. Ich riskierte deshalb kaum viel mit diesem Vorschlag, obgleich es den Anschein hatte, daß Pollio keine Zeit mehr gefunden hatte, seinen General zu unterrichten; vielleicht auch hatte er ihn in einem Zustand vorgefunden, der jegliches Unterrichten unmöglich gemacht hatte.)

Bevor Antonius antworten konnte, fügte ich hinzu: »Obgleich es sein mag, daß es zu irgendeinem Zeitpunkt ratsam erscheint, daß einer von uns während der Zeit unserer... Regierung die Konsulswürde innehabe, halte ich es doch nicht für eine gute Idee, wenn es von Anfang an so ist. Ich mache mich daher erbötig, vom Amt des Konsuls zurückzutreten, sobald wir unsere Übereinkunft ratifiziert haben.«

Man verbreitete später, Antonius habe mich gezwungen, mein Amt aufzugeben; ich bin froh über diese Gelegenheit, dem zu widersprechen und einmal die Tatsachen wiederzugeben.

Mein Angebot lockerte die Atmosphäre. Wir alle fühlten uns jetzt behaglich aufgehoben in der Legalität, denn wir zweifelten natürlich nicht daran, daß ein solcher Schritt die Versammlung passieren werde. So konnten wir unsere Aufmerksamkeit denjenigen zuwenden, die wir zu ächten gedachten.

Zu Anfang war es einfach. Unsere jeweiligen Stäbe hatten uns mit Listen versehen; darauf standen die Senatoren, von denen bekannt war, daß sie den »Liberatoren« zuneigten, und in ähnlicher Weise unzufriedene (und reiche) Ritter. Mancher Name stand auf allen drei Listen. Wir hakten sie gleichmütig ab; es waren Männer, die sich aus freien Stücken für eine Seite entschieden hatten und wußten, was für sie auf dem Spiel stand. Unsere Menschlichkeit wurde davon nicht berührt; viele von ihnen hatten Italien schon verlassen, viele weitere würden es tun, sobald sie hörten, daß sie auf unseren Listen aufgeführt waren. Wir hatten es auf ihr Vermögen abgesehen; wenige waren persönlich so bedeutend, daß ihr Tod wünschenswert gewesen wäre.

Aber als die Listen länger wurden, drang Mißtrauen und Rivalität in unsere Herzen. Jeder von uns brachte sich in eine Lage, die sich unvorteilhaft für ihn auswirken würde; unsere Proskriptionen würden Haß und Furcht wecken. Jeder Tod würde eine Vendetta nach sich ziehen. Es war daher ratsam, daß jeder von uns erkennbar in gleichem Maße beteiligt sei.

Antonius trank mehr und mehr Wein, als die Debatte ihren Fortgang nahm. Ich sah es mit Verachtung. Für mich war es der erste Hinweis auf jene Schwäche des Charakters, die ihn beizeiten vernichten würde; er scheute zurück vor der Realität seines Handelns und wurde überlaut und maßlos.

»Lepidus«, schrie er, »dein Bruder Paullus muß weg.«

»Paullus! Mein Bruder?«

»Guck dir seinen Reichtum an, guck dir seine Vergangenheit an! Seine Durchlaucht hat ihn verschont. Seine Durchlaucht hat ihn gekauft, nicht wahr. Und hat er die Unterstützung gekriegt, für die er bezahlt hatte? Abhaken, Kleiner.«

»Einverstanden, Lepidus?«

Er zuckte die Achseln. »Ich habe getan, was ich kann. Also gut. Unter der Bedingung, daß Antonius den Bruder seiner Mutter opfert, L. Julius Caesar. Er steht mit euch beiden in Beziehung, und er ist Pompejaner. Ihr müßt gleichermaßen in Blutschuld mit mir verbunden sein.«

Antonius verbarg seinen Mund im Weinglas. Der Mann war alt und ohne Schuld (glaubte ich); er hatte sich gegen Ciceros Forderung gestellt, daß der Senat Antonius zum Staatsfeind erkläre. Das Glas senkte sich wieder.

»Also gut. Er hat sowieso nicht mehr lange zu leben. Und er hat, wie du sagst, eine Vergangenheit als unbeirrbarer Republikaner. Streicht ihn an... einen Julier und einen Caesar zu opfern...« Er brach ab und nahm einen Schluck Wein.

»Das wird jeden Zweifler davon überzeugen«, sagte ich, »daß wir es ernst und ehrlich meinen. Bei den Proskriptionen gibt es kein Zurück.«

»Atticus«, sagte Lepidus und züngelte wie eine Schlange. »Niemand wird mehr Gold ausspucken als dieser fette Bankier.«

Er lief allmählich warm. Ich lernte dabei, daß ein schwacher Mann wilderen Blutdurst entwickelt als ein starker. Indem er diese Liste vervollständigte, vergalt er der Welt sein eigenes Empfinden, daß er weniger sei als sein Name.

Antonius ließ sich nichts anmerken. Er hatte in letzter Zeit von Atticus bemerkenswerte Freundlichkeiten empfangen, die von den Granden des Senats mißbilligt worden waren. Jetzt schwieg er. Die Großzügigkeit seines Geistes endete vor der Zurückzahlung seiner Schulden. Das merkte ich mir und sagte selbst:« Es gibt viele Gründe, Atticus auf die Liste zu setzen, wie unser Kollege es vorschlägt. Sein Reichtum zunächst einmal; die Protektion, die er Brutus'

Mutter gewährt; die Wirkung, die es auf andere hätte, wenn er auf der Liste stände. Dennoch denke ich, wir sollten die Sache eingehender betrachten. Es kann sein, daß wir uns auf einen langen Krieg gefaßt machen müssen. Nicht nur gegen Brutus und Cassius müssen wir vorgehen. Da ist auch noch Sextus Pompejus. Wer weiß, wie viele Jahre wir brauchen werden? Nun kann man Proskriptionen dieses Ausmaßes nicht wiederholen. Wir müssen sie als einmalige Kapitalbeschaffungsmaßnahme betrachten. Wenn wir indessen die damit erzielten Einkünfte erst aufgebraucht haben, werden wir immer noch Geld brauchen, und es wird oft eilig sein. Wer wüßte besser, wie man Geld auftreibt oder Kredit einräumt, als Atticus oder sein Bankierskollege Balbus? Sie sind Leute, die wir in Zukunft noch brauchen werden. Klug wäre es jetzt, wenn wir sie durch handfeste Verpflichtung an uns fesselten. Ich stimme deshalb dafür, ihre Namen von unserer Liste zu streichen. Langfristig bringt es uns mehr ein…«

Ich argumentierte schlicht, um auch Lepidus zu überzeugen. Dennoch wölbten sich seine Lippen zu einem unzufriedenen Schmollmund vor; wieder fühlte er sich von Mißachtung umhüllt wie von einem schlechten Geruch.

Antonius schob seinen Stift hin und her und brummte: »Ich stimme zu. Zwei zu eins. Atticus bleibt am Leben.«

»Und Balbus.«

»O ja, Balbus auch.«

Die Lampe ging aus. Wir saßen in einem dünnen Zwielicht und froren. Ich zog mir die Schafpelze fester um die Schultern, doch mich fröstelte noch immer. Das Kohlenbecken, das allein für Wärme im Zelt zu sorgen hatte, war fast ausgebrannt.

Antonius ergriff das Wort. Wir hatten darauf gewartet. »Cicero muß sterben.«

Niemand antwortete.

»Seine Angriffe gegen mich haben alles, alles überstiegen. Seine Durchlaucht hat ihn verschont – oh, der alte Cicero ist eine Zierde unserer Kultur, sagte er –, und weniger als einen Monat nach seiner Ermordung tönte dieser zierliche Mund: ›Gibt es irgend jemanden außer Antonius und denen, die froh waren, von Caesar regiert zu werden, der sich seinen Tod nicht gewünscht hätte oder nun billigte, was geschehen ist? Alle waren verantwortlich, denn alle guten Männer haben sich zusammengetan, um Caesar zu ermorden. Manche wußten nichts von der Verschwörung, anderen mangelte es an Mut, wieder anderen an Gelegenheit. Niemanden mangelte es am Willen.‹ Genau das waren seine Worte, sie sind in mein Gedächtnis eingemeißelt. Eine feine Zierde, eine feine Kultur. Diese Worte allein müßten genügen, um diesen hinterhältigsten unserer Feinde zu verurteilen. Wir haben die Gelegenheit; gewiß mangelt es uns doch nicht am Willen?«

Antonius' Hände zitterten auf dem Tisch. Ich dachte an den alten Mann – wie er mir schmeichelte, wie er seine Zähne in eine Feige grub, wie er die Deklamation seiner Rede gegen Verres unterbrach, um dem Ruf der Natur zu folgen, und sie dann genau da wieder aufnahm, wo er abgebrochen hatte; ich fühlte den Druck seiner alten, rachitischen Hände auf meiner Schulter.

Ich sagte: »Wie du es wünschst, Antonius.«

Er wandte mir sein Gesicht zu, ein verwundertes Mondgesicht. Lepidus stieß einen zischenden Laut der Erregung aus. Ich wiederholte: »Wie du es wünschst, Antonius. ›Man muß dem Knaben schmeicheln‹«, zitierte ich, »›ihn auszeichnen und ihn beseitigen.‹ Cicero hat zeit seines Lebens genug Schmeichelei genossen; er wird geehrt werden von Generationen, die uns längst vergessen haben. Das soll als Epitaph genügen. Mag er dahingehen.«

Ich habe nicht vor, meine Entscheidung jetzt mit anderen Worten zu verteidigen als denen, die ich damals benutzte. An diesem Abend bedrängte Marcellus mich, dem Alten eine Warnung vor dem ihm zugedachten Schicksal zukommen zu lassen. Ich erwiderte, daß die Veröffentlichung der Proskriptionslisten ihm hinreichend Warnung sein werde. Wie alle Welt weiß, zögerte er, etwas zu unternehmen – aus Eitelkeit oder aus Unschlüssigkeit. Die Art seines Todes beweist seine Mannestugend; sie ist zu bekannt, als daß ich sie hier wiederholen müßte.

IV

Cassius starb zu Philippi, in der ersten Schlacht; er stürzte sich, Cato imitierend, in sein Schwert. Brutus flüchtete sich drei Tage später ins Gebirge; es widerstrebte ihm, sich selbst den Tod zu geben, und er beschwor den Freigelassenen, der als letzter Gefährte bei ihm war, diese Arbeit für ihn zu übernehmen. Diese Schlachten waren Antonius' Triumphe, nicht die meinen. Mein Gesundheitszustand war während des ganzen Feldzugs schlecht, aber das war nicht der einzige Grund. Bürgerkrieg ist ein schreckliches Geschäft; ich konnte nie vergessen, daß die Legionen, die uns entgegenstanden, sich aus Landsleuten zusammensetzten wie die unseren. Aber nach der Schlacht, wenn uns die Besiegten vorgeführt wurden, jubelten sie Antonius als »Imperator« zu; mich schmähten sie. Ich stand auf der Estrade, krank im Herzen und im Bauch, während sie mich verfluchten. Den Leichnam des Brutus' hatte man aus dem Hochgebirge zum Forum heruntergebracht; mit der Gebärde eines Schauspielers bedeckte Antonius ihn mit seinem eigenen Purpurmantel. Mit steinerner Miene akzeptierte ich das Urteil der Besiegten, in welchem erkannt wurde, daß es meine Entschlossenheit, für meinen Vater Rache zu nehmen, gewesen war, was die Armee geschaffen hatte, an der sie gescheitert waren.

An diesem Abend wurde Antonius rührselig. Liebevoll sprach er von Brutus und von ihrer Freundschaft in Jugendtagen. »Er war der Vornehmste von uns«, sagte er immer wieder. »Die anderen beneideten Caesar. Er allein handelte aus wahrem Staatsgeist, ehrlich und stets treu seinem Begriff von der Republik. Er hatte Grundsätze; er starb für sie. Was immer man über ihn sagen mag – er war ein Mann.«

Ich behielt meine Einwände für mich und beschwichtigte ihn. Antonius versank im Schuldbewußtsein des Siegers. Damals erkannte ich es nicht. Sein eigener Tod, mehr als zehn Jahre später, war notwendig, damit ich es fühlte; eine gewonnene Schlacht kann in einem Bürgerkrieg grausamer und bitterer sein als eine verlorene Schlacht. Das Recht kann niemals ganz und gar auf einer Seite versammelt sein. Die Leichen der Bürger sind eine Anklage gegen die Lebenden. Betet, meine Söhne, daß ihr niemals dergleichen erfahren müßt.

Ich bin froh, daß ich ihn tröstete. Meine wahren Gefühle indessen waren ganz andere. Ich hatte keine zärtlichen Erinnerungen an Brutus. Für mich war er ein unehrlicher Rhetoriker. Ich sah den Mann, den Caesar verschont und mit seiner Liebe geehrt hatte, und der dann den Dolch wider ihn gezückt hatte. Gibt es irgendwo in der Literatur oder in der Geschichte etwas Schrecklicheres als jenen Augenblick in der Todesqual meines Vaters, da er unter seinen Meuchelmördern das Gesicht des Brutus entdeckte und mit klarer Stimme rief: »Auch du, mein Sohn?«, worauf er sein Antlitz bedeckte und allen Widerstand fahren ließ? Nur einer, der unnatürlichster Selbsttäuschung fähig ist, könnte mit einer solchen Erinnerung weiterleben; Brutus hat es gekonnt. Er war von Wichtigkeit aufgeblasen wie der Frosch bei Aesop, und das Bewußtsein seiner eigenen Tugend ließ ihn Verrat, Unehrlichkeit und Verbrechen unbeschadet überstehen. Ich bin froh, daß ich seinen Kopf nach Rom schicken und Caesars Statue vor die Füße werfen ließ.

Brutus' Selbstgerechtigkeit wurde von seinen Kollegen geteilt; einer der Mordbuben, Quintus Ligarius, besaß die Unverfrorenheit, mir in die Augen zu schauen und zu verlangen, daß man ihm ein ehrenwertes Begräbnis zukommen lasse. »Das ist eine Aufgabe für Krähen und Aasgeier«, versetzte ich. Meine jähzornige Antwort war unwürdig; hoffentlich haltet ihr sie nicht für überflüssig. Die Geschichte andererseits, ich hätte einem Vater und einem Sohn, die mich baten, wenigstens einen von ihnen zu schonen, erwidert, sie sollten darüber nur selbst entscheiden, indem sie das Los zogen oder würfelten – diese Geschichte ist eine Verleumdung. (Ihr werdet bemerken, daß bei ihrer Erzählung niemals Namen genannt werden; mißtraut stets der Anekdote, die von anonymen Subjekten berichtet.) Es war indessen dieses Gerücht, was Marcus Pavenius Anlaß gab, mich mit den schmutzigsten Beiwörtern zu beschimpfen; noch heute erinnere ich mich daran mit Grauen. Solche Beleidigungen von einem Mann, der zu sterben im Begriff steht, sind wie die Berührung eines eisigen Fingers; welchen Bericht wird er den Unsterblichen geben?

Antonius und ich waren einander nach der Begegnung auf der Insel nahegekommen. Es war wieder wie in unseren frühen Tagen in Spanien, bevor die Schatten sich zwischen uns legten. Ich erwärmte mich für seine sonnige Art, seine spontane Zuneigung. Antonius hatte einen großen Bedarf nach Liebe, und dies machte ihn liebenswert, wo immer er sein Strahlen aufscheinen ließ. So war ich glücklich gewesen, die Verbindung zwischen uns zu besiegeln, indem ich mich bereit erklärte, seine Stieftochter Claudia zu heiraten; die Freude, die Antonius und die Legionen darüber empfanden, überwog meine natürliche Abneigung gegen jede Beziehung zur Mutter des Mädchens, Fulvia. Aber jetzt, nach Philippi, spürte ich, daß Antonius, stets leichte Beute für jedes Gerücht (und etwas anderes ist Tratsch ja meist nicht), sich von mir zurückzog. Daß ich unfähig war, seine besäuselte Sentimentalität in der Erinnerung an Brutus zu teilen, betrübte ihn; er sah darin eine Herzenskälte, die ihn beunruhigte. Beinahe über Nacht hörte er auf, mich »Kleiner« zu nennen, und nur ein- oder zweimal in späteren Jahren nahm er die alte Gewohnheit wieder auf. Noch lange war er zu distanzierter Freundlichkeit fähig; seine Briefe an mich waren lebhaft und liebevoll, aber in meiner Gegenwart gefror er: Es war, als hätten sich Krähen und Aasgeier auf dem Tisch zwischen uns niedergelassen.

Ich fuhr zu Schiff zurück nach Italien, seekrank wie gewöhnlich, um Maßnahmen zur Demobilisierung von hunderttausend Mann einzuleiten. Antonius wandte sich unterdessen gen Sonnenaufgang, um den langerwogenen Krieg meines Vaters gegen das Reich der Parther zu führen. Agrippa murrte während der gesamten Adria-Überquerung: Antonius habe den Ruhmesbecher ganz geleert und uns den Bodensatz übriggelassen; aber Agrippa war, anders als ich, von Herzen Soldat, auch wenn ich wußte, daß seine wahre Begabung sich in der Verwaltung zeigte. (Die indessen, daran will ich euch erinnern, meine lieben Knaben, ist das notwendige Fundament alles militärischen Erfolges: Derjenige General trägt den Sieg davon, der seinen Nachschub am besten organisiert. Betrachtet die Geschichte von Alexanders Feldzügen, wenn ihr einen Beweis für diese Behauptung sucht.)

»Außerdem«, sagte ich zu Agrippa, »zieht Antonius an die Grenze, und dort ist alles möglich. Denke nur an Crassus.« (Der dicke Trottel Marcus Crassus ließ seine Armee im Wüstensand umzingeln. Das war das Ende für Crassus. Seinen Kopf warfen sie dem Partherkönig vor die Füße, als der sich gerade irgendeine griechische Tragödie anschaute. Nach anderen Versionen der Geschichte trug man den Kopf tatsächlich auf die Bühne.)

»Wir dagegen«, sagte ich, »bekommen so die Gelegenheit, uns auf dem Sitz der Macht zu etablieren.«

»Na klar«, sagte Agrippa. »Du meinst, man wird uns die Kehle durchschneiden, von einem Ohr zum anderen. Wir kriegen nie genug Land – oder Land, das gut genug wäre –, um die Veteranen zufriedenzustellen. Aber jede Gemeinde, jeden Grundbesitzer, den wir enteignen, werden wir uns zum Feind fürs Leben machen.«

»Wir werden bezahlen, wo es möglich ist.«

»Aber klar. Bloß hat dieser Feldzug die Staatskasse geleert. Und glaube nur nicht, daß wir irgendwelche Hilfe von Fulvia oder von Antonius' Bruder Lucius zu gewärtigen haben, welcher übrigens – wenn ich dich daran erinnern darf – für nächstes Jahr als Konsul gebucht ist.«

Diese Erinnerung war nicht nötig, denn ich sah, welche Schwierigkeiten uns da erwarteten. Gleichwohl blieb ich bei der mir zugewiesenen Aufgabe. Regierungsgeschäfte bestehen hauptsächlich aus langwieriger Arbeit und sorgfältigster Beschäftigung mit Details; die einzige Befriedigung, die man daraus ziehen kann, ist das Bewußtsein, eine gute Arbeit geleistet zu haben. Daraus bestand der größte Teil meines Lebens. Kaum Stoff für eine Geschichte, aber ohne solche Arbeit, ohne die hingebungsvoll genaue Beschäftigung mit den Einzelheiten von Verwaltung und Rechtsprechung, würde dieses große römische Reich zerfallen. Ich bin nicht sicher, ob euch das klar ist; der Gemahl eurer Mutter, mein Stiefsohn Tiberius – bei all seinen Charaktermängeln und seinem unangenehmen Verhalten – weiß dies so gut, wie ich es weiß und wie euer leiblicher Vater Agrippa es wußte. Ihr könntet schlechter fahren, als wenn ihr euch Tiberius zum Vorbild nehmt.

Ganz selten wird das mühselige Einerlei dieser Verwaltungsarbeit von der Gelegenheit erhellt, irgendwo eine bemerkbare Wohltat zu erweisen. Eine solche Gelegenheit erhielt ich in diesem schweren Jahr. Maecenas kam eines Morgens mit einer Petition. Er habe da – um zu straffen, was ich als seine »myrrhedestillierenden Redelöckchen« bezeichnete – einen jungen Protegé, einen Dichter namens Vergil, von dem ich nun jedenfalls noch nichts gehört haben dürfte, dessen Familie einen Bauernhof in der Gegend von Mantua besitze, der auf die Beschlagnahmeliste geraten sei. Könnte ich, um Maecenas einen Gefallen zu tun, ein Auge zudrücken und den Bauernhof, den der junge Poet mit Hingabe liebe, zurückgeben? Nun war solch landwirtschaftlicher Enthusiasmus nicht eben typisch für Maecenas' junge Schützlinge, und so erwachte meine Neugier. »Ist er ein guter Dichter?« fragte ich. »Ich bezweifle, daß es in Italien einen vielversprechenderen gibt«, sagte Maecenas; überrascht hörte ich aus seinem Munde einen so unaffektierten, schlichten Satz. »Also gut«, sagte ich. »Das Anwesen wird rückerstattet, vorausgesetzt, du versprichst mir, daß du mir diesen Dichter vorstellst.«

Es war nichts Dichterhaftes an dem jungen Mann, den man zu mir hereinführte; ich wußte bereits genug über Dichter, um das erfreulich und anziehend zu finden. Er war schlank und dunkelhaarig und hatte einen sanften Mund und blaugraue Augen. Er war zwar nur ein paar Jahre älter als ich, aber sein dunkles Haar war an den Schläfen bereits grau überhaucht; langes Studium hatte seine Stirn gerunzelt und Falten zu seinen Mundwinkeln gegraben. Als er sprach, tat er es ohne Zögern, aber langsam, mit breiten Vokalen und schwer gerolltem R. Seine Rede hatte nichts Gekünsteltes; allerdings lag der singende Tonfall des Gallischen in seiner leisen Stimme. Zunächst dankte er mir für die Gewährung einer Audienz. Ich erzählte ihm, in welch hohen Tönen Maecenas von seiner Dichtung spreche, und er antwortete, Maecenas sei zu freundlich. »Ich habe noch wenig zustandegebracht.«

Ich kam rasch zur Sache, denn mir schwante schon, daß der Anlaß unserer Begegnung für mich nur ein Vorwand gewesen war. Ich kann nicht sagen, was mich dazu brachte, seine Qualität so rasch zu spüren; ich weiß nur, daß ich in Vergil vom ersten Augenblick an eine Autorität erkannte, wie ich sie bei keinem anderen Mann je gesehen habe. Es war nicht die Autorität, die einer verströmt, der es gewohnt ist, zu befehlen. Natürlich besaß mein Vater solche Autorität; die Menschen sprangen, sein Geheiß zu erfüllen, und sie wären auf ein Wort von ihm gestorben. Ich kannte solche Autorität; ich hatte sie selbst. Vergil hatte eine ganz andere; sie rührte aus der Meisterung geheimer Wahrheiten, vom Eindringen ins innerste Herz der Dinge. Ich habe mich Platos Philosophie nie anschließen können. Mir erscheint es als eine wilde und in der Tat poetische Übertreibung, unsere Welt als bloßen Schatten der Realität zu deuten. Die Theorie der Formen verfliegt im Angesicht des Wissens, das wir aus der Erfahrung gewinnen; wer die Realität der materiellen Welt bestreitet, verdreht lediglich Wörter. Und dennoch – merket wohl, meine Söhne, daß ich nur von »Übertreibung«

spreche, nicht von Absurdität. Zwar bin ich eingeführt in die Eleusischen Mysterien, aber ich bin doch zu sehr ein Mann der Praxis (wie ich es habe sein müssen), als daß ich mich für einen Mystiker halten oder überhaupt viel auf irgendeines der unzähligen Mysterien und Mystizismen geben könnte, die sich lautstark bemüht haben, meine Aufmerksamkeit zu erregen. Nichtsdestoweniger kann ich mich mit der materiellen Welt nicht zufriedengeben: Sie ist in der Tat, metaphorisch gesprochen, der Schatten einer tieferen Wahrheit; vielleicht – um mich von der platonischen Ausdrucksweise zu lösen – sollte ich sagen, sie ist für die wirkliche Wahrheit das, was unsere Haut für unser Herz ist. (Der Himmel weiß, Haut ist real genug, lebendig genug, köstlich genug, und doch...) Es gibt, verloren im Nebel des Unbewußten, etwas, das wir »Seele« nennen müssen; und es gibt eine Seele in den Dingen wie im Menschen. Unsere Väter erkannten dies, als sie die Geister von Hainen und Bächen ehrten und Schutzgottheiten ihre Opfer darbrachten. Solche Wahrheiten sind rasch verdunkelt durch das geschäftige Treiben des Daseins und durch den unvermeidlichen Zynismus, den ein politisches Leben erzeugt. Vergil brachte sie mir zum Bewußtsein. Sein ganzes Werk, dessen Patron ich zu meinem Stolz gewesen bin, spricht mit raunender Autorität von erhabenen Freuden und Schmerzen.

An jenem Tag brachten wir das Geschäft, dessentwegen er gekommen war, rasch zu Ende. Er bat darum, nicht nur den Hof seiner Familie, sondern das gesamte zu Mantua gehörige Land von der Beschlagnahme auszunehmen; Mantua, erklärte er, liege leider zu dicht bei der armen Stadt Cremona, die ich als eine von denen erwählt hatte, die verstockt der Partei der Besiegten anhingen und daher reif zur Plünderung seien. In Mantua, sagte er, gebe es nur

Bauern, die kein Interesse an Politik hätten. Könnte ich nicht gnädig sein und Mantua ausnehmen?

Ich beschloß sofort, ihm zu willfahren; vorher aber, und damit er begriff, wie wertvoll mein Zugeständnis war, verbreitete ich mich über die Probleme, mit denen ich es zu tun hatte.

»Meine Aufgabe«, sagte ich, »ist es, Frieden und Ordnung in einem Lande wiederherzustellen, welches beides seit fast einhundert Jahren nicht mehr kennt. In dieser Zeit hat man den Kleinbauern ihren Besitz geraubt und sie von ihm vertrieben, so daß sie ein städtisches Proletariat bilden mußten, derweil Großgrundbesitz geschaffen wurde, der von Sklaven beackert werden muß. Du weißt, wieviel Elend und Unruhe dadurch hervorgerufen wurde. Unterdessen«, fuhr ich fort, »hat man für den Einsatz in diesen verfluchten Bürgerkriegen Armeen von nie dagewesener Größe ins Leben gerufen. Sie können und dürfen nicht unter Waffen bleiben. Das wirst du natürlich einsehen. Deshalb muß für die Veteranen Land gefunden werden. Eine solche Maßnahme dient einem zweifachen Zweck: Sie befriedigt ihren natürlichen Ehrgeiz, und sie bringt neues Leben aufs Land. Ich hoffe, meine Maßnahmen werden zur Wiederbelebung der Landwirtschaft in Italien und zu einer erstrebenswerten Rückkehr zu alten Formen des Landbesitzes führen. Leider müssen bei einer Landbesitzreform dieses Ausmaßes immer auch Unschuldige leiden.«

»Oh, das sehe ich ein«, sagte Vergil. »Man kann kein Omelett machen, ohne ein paar Eier zu zerbrechen.« Er sah mein verblüfftes Gesicht. »Ein mantovanisches Sprichwort«, erläuterte er. »Ein Omelett ist eine leckere Eierspeise, wie wir Landleute sie mögen – äußerst schmackhaft; du solltest sie versuchen, Caesar, wenn du das nächstemal im Norden bist.«

Ich versprach es (er hatte übrigens ganz recht; Omeletts sind ganz köstlich, was immer Livia dazu sagt), und dann fragte ich ihn nach der Landwirtschaft. Seine Antworten waren aufschlußreich und tiefempfunden. Er sprach mit Ehrerbietung von der Partnerschaft mit der Natur, die das Los des Bauern ist, und wie dieser nach Herrschaft und Einklang zugleich streben müsse, die ja nicht, wie ein vulgärer oder ignoranter Mensch wohl glauben möchte, Gegenpole seien: »Sie gehen in Wahrheit unter einem Joch wie ein Gespann Ochsen. Die Natur muß beherrscht werden, und gleichzeitig ist Harmonie das Ziel, wie wenn man etwa einen Hund abrichtet oder ein Pferd zureitet. Auch deren wahre Beherrschung ist unmöglich ohne das Verständnis, welches tiefempfundener Sympathie entspringt.«

Was ist das anderes als eine Definition von Regierung?

Jetzt erkenne ich, was er mir an jenem Morgen sagte, was die Essenz seiner bäuerlichen Darlegungen war. Er entwickelte mein Thema: Italien, »irdisches Paradies, Mutter der Feldfrüchte, Mutter der Menschen«, wie er unser Land in einer seiner vornehmsten Zeilen nannte. In seinen Worten hörte ich eine tiefe Verwandtschaft zwischen ihm und mir. Er dachte über Italien und über Roms Mission genau wie ich; ich war dazu geboren, seine Worte Fleisch werden zu lassen. Später, im großen Epos Roms, welches zu schreiben ich ihn drängte, erzählte er, wie die Götter dem Aeneas ein »grenzenloses Reich« versprachen, noch als er dem brennenden Troja entfloh. Und ich habe euch schon einmal daran erinnert, daß er mein Werk mit den Worten interpretierte, ich brächte »ein Goldenes Zeitalter zurück zu den Feldern, auf denen Saturn das Szepter geführt«.

Laster, Torheit und Eifersucht störten meine Arbeit. Antonius hatte sich im Sande Arabiens verlaufen. Seine Frau Fulvia und sein Bruder Lucius ernannten sich zu Wahrern seiner Interessen und bezichtigten mich, meine Veteranen auf Kosten der seinen zu begünstigen. Eine absurde Anschuldigung, ein bloßer Vorwand für Aufruhr. Lucius hoffte, das Triumvirat zu zerschlagen und sich seinem Bruder als Partner, gleich an Größe, aufzuzwingen. Die widerwärtige Fulvia wußte, daß Antonius ihres amazonenhaften Wütens müde war (wie er mir in Griechenland oft genug gesagt hatte); sie versuchte, ihn mit ihrer Unentbehrlichkeit zu beeindrucken.

Eine Getreideknappheit verschlimmerte die Situation. Sextus Pompejus betrieb seine Blockadepolitik mit größerem Geschick, als ich ihm zugetraut hatte. Einige Wochen lang sah es so aus, als wollte zerrinnen, was ich erreicht hatte. Philippus flatterte wieder in meinem Quartier herum wie eine wohlgenährte Cassandra. Sogar Marcellus sprach von Kompromissen mit den Resten der alten Senatorialpartei, die den Getreidemangel nutzten, um Unruhe unter dem gemeinen Volk zu stiften – und selbstverständlich, um meine Reformen zu durchkreuzen. In Rom erhob sich der Pöbel, und mit dem selbstzerstörerischen Wahnsinn, wie er für einen gewalttätigen Mob typisch ist, brannte er die Kornspeicher nieder, in denen die letzten Überreste der kostbaren Ernte verwahrt wurden. Ich befahl Agrippa, die Agenten ausfindig zu machen, die diesen Aufruhr provoziert hatten, und sie vor ein Standgericht zu stellen.

Unterdessen bemühte ich mich natürlich, Lucius und sogar Fulvia zu beschwichtigen. (»Zeitverschwendung, Entchen«, sagte Maecenas. »Schütte einen Eimer Eiswasser über sie aus – das einzige Mittel gegen eine läufige Hündin.«) Ich sage »natürlich«, denn ich hatte ja nicht den

Wunsch, mit den Verwandten meines Kollegen zu zanken; bestürzt sah ich die Möglichkeit eines neuen Krieges in Italien heraufziehen, während ich doch so sehr bemüht war, Ruhe einkehren zu lassen. Auch die bange Sorge meiner eigenen Leute konnte mir nicht entgehen. Ich versicherte Lucius und Fulvia also, daß ich gegen Antonius völlig loyal sei, daß seine Interessen die meinen (und meine die seinen) seien; ich erbot mich sogar, jegliche strittige Frage dem Urteil des Senats oder sonst einem unabhängigen Gericht zu unterwerfen.

Als Antwort gürtete Fulvia sich mit einem Schwert, gewandete sich wie ein General und besetzte Praeneste. Ich lud sie ein, zu Gabii mit mir zu konferieren – sie lehnten ab. Sie wollten nicht, so sagten sie, »zu einem Senat in Uniform« kommen. Was konnte ich tun? Sie waren entschlossen, es auf eine bewaffnete Auseinandersetzung ankommen zu lassen. Ich entsandte eine Legion nach Brindisi, um mich gegen Pompejus oder seine Handlanger abzusichern, mit denen sie, wie ich fürchtete, in Verbindung standen. Ich ließ Lepidus mit zwei Legionen in Rom. Ich schickte Agrippa mit zwei weiteren Legionen gegen Lucius. Als der Herbst kam, hatten die Rebellen sich in Perusia festgesetzt. Agrippa blockierte die Stadt und errichtete Belagerungsanlagen. Mein Herz war voll Bitterkeit.

Perusia ist eine natürliche Festung am Rand des Apennins. Der Winter brachte tiefen Schnee, harte Nachtfröste, beißende Winde, die die Lippen spröde machten. In der Stadt erklärte Fulvia sich – wie meine Agenten mir berichteten – zur neuen Wölfin Roms und die Männer zu ihren Welpen. Sie zögerte nicht, noch wilder zu beißen als jeder Wolf: Einer meiner Agenten, ein ehemaliger Centurio der martianischen Legion, wurde entlarvt. Sie legten ihn in Ketten, und Fulvia selbst übernahm es, ihn zu foltern. Der wackere Mann bewahrte sein Schweigen und starb den Tod der tausend Schnitte. Sie, die ihm den ersten zugefügt hatte, befahl sodann, ihn auszuweiden, stieß beide Hände in die stinkenden Gedärme und schrie, sie lese dort meinen Untergang. Ihre eigenen Legionen wichen entsetzt zurück und spuckten auf den Boden, den ihr Schatten im Weggehen bedeckte.

Die Belagerung dauerte den ganzen Winter; als dann der Schnee zu schmelzen anfing, konnten wir die Quellen, welche die Brunnen der Stadt speisten, ausfindig machen und verstopfen. Damit verdoppelten sich die Plagen für Bürger und Soldaten. Sie flehten Fulvia an, sich zu ergeben. Sie knüpfte die beiden Anführer der Bittgesandtschaft auf. Lucius, der seine furchtbare Schwägerin ebenso sehr fürchtete wie irgendein Sklave, schickte heimlich einen Boten zu Agrippa. Er begriff, daß das Ende nahe war, und rief mich herbei, damit ich die Kapitulation entgegennähme.

Auch jetzt wollte Fulvias Blutdurst noch nicht ermatten. Sie ließ die städtischen Gebäude von ihren Sklaven in Brand setzen. Von unseren Belagerungsanlagen aus sahen wir, wie die Flammen zum mondlosen Himmel schlugen und vor den höheren Bergen gespenstische Formen annahmen; wir hörten das Kreischen der Frauen und die wilden Schreie der plündernden Soldaten – einigen gelang es, sich in der Verwirrung dieser Nacht ins Gebirge zu schlagen; andere versuchten, sich einen Weg durch unser Lager zu bahnen, und starben bei dem Versuch.

Im grauen Licht des Morgens, vom Märzwind geschüttelt – die unerbittliche Ironie des Schicksals hatte es gefügt, daß uns noch ein Tag von den Iden des März trennte, dem Jahrestag der Ermordung meines Vaters –, ritt ich durch die niedergerissenen Verteidigungsanlagen; Asche wirbelte durch die Luft, die schwer war vom beißenden Geruch von Feuer, Blut, vergossenem Wein und Tod.

Lucius raffte die Fetzen des Soldaten zusammen, der er einmal gewesen war; er hatte die Reste seiner Legion zusammengetrommelt, um eine formelle Übergabe vollziehen zu können. Auch sein Atem stank nach Wein; seine Tunica war befleckt mit Blut, Schweiß und Ruß. Er war immer geringer als Antonius gewesen; jetzt sah er aus wie der Geist seines Bruders, ein Gespenst, aus dem alle Vornehmheit, alle Wesenheit verschwunden war – ein Mann, den die Götter des Krieges aufgegeben hatten.

Agrippa drängte mich, Lucius und Fulvia hinrichten zu lassen. »Sie haben Krieg gegen das Triumvirat geführt«, sagte er, und es war nur zu wahr. Von Lepidus kam die gleiche Botschaft, nur noch eifriger. Ich leugne nicht, daß ich mich versucht fühlte. Was sie getan hatten, war unverzeihlich; sie hatten versucht, meine Beruhigungsmaßnahmen zu durchkreuzen und mich zu vernichten. Fulvia hatte überdies die gemeinen und grundlosen Skandalgeschichten über mein Privatleben neu belebt.

Dennoch konnte ich mich ihrer natürlich nicht entledigen. Sie waren immer noch Antonius' Verwandte. Ich wußte, er liebte Lucius. Ich wußte auch, daß er Fulvias vielleicht überdrüssig war, gleichwohl aber ihr Tod durch meine Hand eine Beleidigung wäre, die er nicht würde hinnehmen können. Meine Position war absurd, und ich empfand schneidendes Unbehagen. Ich konnte Todesurteile gegen unausrottbare Senatoren fällen, alte Pompejaner, Freunde der »Liberatoren«, deren unversöhnliche Natur unbestreitbar bewiesen worden war und die ihren Teil an Nachsicht längst aufgebraucht hatten. Ich konnte ihr Vermögen beschlagnahmen und unter meinen Veteranen verteilen (wenn das während der Proskription nicht schon geschehen war), und alles das konnte ich völlig rechtmäßig und gleichmütig vornehmen. Aber die, denen zu folgen sie erkoren hatten, konnte ich nicht anrühren.

Wen man nicht strafen kann, muß man sich gewogen machen. Ich einigte mich mit Lucius. Ich ließ ihn zu mir kommen, allein. Er erschien, gedemütigt und noch immer besudelt von der Schlacht, denn ich hatte Anweisung gegeben, daß er weder baden noch sich umkleiden dürfe. Zumindest in dieser nachteiligen Lage konnte ich ihn belassen, zwei Wochen lang, in einer Zelle, aus dem Fels gegraben, auf den Perusia erbaut ist. Ich konnte ihm ein waches Gefühl für die Gnade geben, die ihm sodann gewährt werden sollte.

Die Audienz war unangenehm. Er erniedrigte sich vor mir. Er gab alle Schuld Fulvia – »dieser schrecklichen Frau« – und flehte mich an, sein Leben zu schonen. Das alles war mir anstößig; ich bevorzugte die Unverschämtheit, mit der ich nach Philippi begrüßt worden war. Lucius versprach mir, künftig loyal zu sein. Die Niederlage hatte seinen Verstand in alle Winde zerstreut. Seine Versprechungen waren wertlos, und er hätte wissen können, wie unmöglich es für mich war, ihn zu behandeln, wie er es verdient hatte. Aber ich hob ihn auf, umarmte ihn, ließ einen Sklaven ein Bad bereiten und saubere Gewänder herauslegen und versprach ihm, daß wir miteinander speisen und dann reden würden. Es war ein Theaterstück, aber es stellte seinen Mut wieder her.

An diesem Abend bot ich ihm den Posten des Statthalters in Hispania Ulterior an, verbunden mit dem Oberbefehl über zwei Legionen. Meine Freude an dieser Großmut wurde noch gesteigert durch das Wissen um den Ärger, den Lepidus darob empfinden würde.

Was Fulvia betraf, so weigerte ich mich, sie zu empfangen.

Es hätte ein Element meiner Natur angerührt, dem zu mißtrauen ich gelernt hatte, wenn ich ihr eine Unterredung gewährt hätte. Ich schickte ihr den brieflichen Befehl, sich bereitzumachen, unter Bewachung nach Rom zu reisen, wo sie im Tempel der Vesta werde Wohnung nehmen müssen, bis ich ihren Gemahl mit einer zusammenfassenden Aufzeichnung ihrer Verbrechen bekanntgemacht hätte. »Es liegt bei Antonius, dich zu bestrafen«, schrieb ich. »Es schickt sich nicht für mich, dein Ankläger und Richter zu sein.« »Das dürfte die Bestie ins Schwitzen bringen«, sagte ich. Einstweilen schrieb ich auch an Antonius und berichtete ihm, was ich für seinen Bruder getan hatte. Ich riet ihm, sich Fulvias zu entledigen. »Sie ist ein unüberwindliches Hindernis für unsere gemeinsamen Bemühungen«, erklärte ich. Vermutlich leistete ich ihm einen Dienst.

Ich nutzte die Gelegenheit, mich von Claudia scheiden zu lassen. Der Abschluß des sogenannten Krieges von Perusia war somit ein glücklicher.

V

Ich war dreimal verheiratet. Die Ehe mit Claudia konnte man kaum als solche bezeichnen, denn sie wurde nie vollzogen – ich konnte sie nicht anschauen, ohne dabei an Fulvia zu denken; dies aber kühlte jedes Verlangen, das ihr kätzchenhafter Charme weckte: Ich wußte, was für eine Wildkatze aus ihr werden würde. (Ich irrte mich übrigens; sie versank schließlich in melancholischen Wahnsinn, den die griechischen Ärzte »Depression« nennen, und ertränkte sich in einem Fischweiher.)

Kurz nach dem Ende des Perusianischen Krieges heiratete ich zu Maecenas' Belustigung eure Großmutter Scribonia. Seine Heiterkeit war gerechtfertigt. Sie war zwanzig Jahre älter als ich und schon zweimal verheiratet gewesen. Ihre beiden ersten Gatten waren Konsuln gewesen, allerdings Männer ohne persönliche Bedeutung. Ich heiratete sie, weil ihre Tochter die Gemahlin des Sextus Pompejus war; das schien mir eine weise und potentiell wertvolle Verbindung zu sein. Trotzdem hätte ich mich kaum auf diese Ehe eingelassen – die mein Stiefvater in die Wege leitete –, wenn ich die Dame vorher gesehen hätte.

Die Winkelzüge der Vererbung hören nicht auf, mich zu verblüffen. Wie, so frage ich mich, konnte diese Xanthippe mit ihren Zahnlücken und großen Brüsten die Mutter meiner angebeteten und wunderschönen Julia sein? Scribonia selbst spürte, wie absurd unsere Verbindung war – zum einen schon, weil ich um einige Zoll kleiner als sie und außerdem jünger als ihre Tochter war. Gleichwohl war die Ehe Nahrung für ihren Ehrgeiz.

Am Abend unserer Hochzeit sagte sie zu mir: »Du hast großes Glück, mein Junge, daß du eine Frau mit meiner Erfahrung heiraten kannst, und ich erwarte, mit Respekt behandelt zu werden. Ich weiß, du bezeichnest dich jetzt als Julius' Sohn und hast einen Gott aus ihm gemacht. Nun, das hat etwas für sich. Es zeigt, daß du einen Kopf auf den Schultern hast. Aber es ist ein junger Kopf, mein Freund. Und mehr noch: Ich will dich darauf aufmerksam machen, daß ich deinen leiblichen Vater kannte, und er war ein ganz gemeiner Mann. Sein Großvater, so höre ich, war ein Seiler. Das überrascht mich nicht. Gewiß, der alte Philippus ist ein Edelmann, aber er ist nicht blutsverwandt mit dir. Nun also, du mußt einsehen, daß ich mich mit dieser Ehe erniedrige. Wir haben sieben Konsuln in der Familie, und einer von ihnen kämpfte Seit' an Seite mit Koriolan. Meine beiden ersten Gatten waren ebenfalls Konsuln, so daß du alles in allem eine bemerkenswert gute Partie machst. Nun gibt es aber noch etwas anderes, das ich dir sagen muß. Deine Genossen gefallen mir nicht. Marcellus ist natürlich in Ordnung, aber der Rest ist schlecht erzogen oder degeneriert oder beides. Niemand, das muß ich dir sagen, kann sich solche Genossen leisten, wenn seine eigene Familie nicht über allen Zweifel erhaben ist. Echte Aristokraten können sich mit Gesindel gemeinmachen, ohne das Gesicht zu verlieren, aber wenn jemand mit deiner Herkunft es tut, ist es lediglich ein Zeichen für einen vulgären Geschmack. Ich sehe schon, daß ich dich werde erziehen müssen. Einstweilen wirst du diese Freunde auf einen angemessen entlegenen Posten abkommandieren.

Noch etwas. Ich habe Geschichten über dich vernommen, die dir nicht zum Vorteil gereichen. Jedermann weiß, in welcher Beziehung du zu deinem Onkel Julius gestanden hast. Nun, du bist natürlich ein hübscher Knabe, und Julius war durchaus... na, eben Julius. Ich mache dir daraus keinen Vorwurf. Er hatte eine furchtbar charmante Persönlichkeit. Ich selbst bin eine moralisch denkende Frau, aber wenn Julius mich gefragt hätte – nun, da hätte ich wohl ja sagen müssen. Aber ich höre, du habest dich auch diesem gräßlichen Aulus Hirtius prostituiert. Und von diesen Walnußschalen habe ich auch gehört – jetzt bist du überrascht, he? Ich werde dergleichen nicht dulden. Mein erster Mann pflegte zu sagen, daß Knaben mit solchen Vorlieben nicht besser sind als Griechen. Oder Asiaten. Syrer, von mir aus. Ich habe es gern, wenn ein Mann stolz auf sein Aussehen ist, aber weibisches Gehabe kann ich nicht ertragen. Wenn ich dich also bei solchen Mätzchen erwische, kannst du dich auf ein ordentliches Donnerwetter gefaßt machen, mein Junge. Ich bin eine einfache Frau...« (mein Gott, das war sie wirklich) »... und rede nicht um den heißen Brei. Was ich bewundere, ist die alte römische Tugend. Was den Sex angeht, so ist er in einer Ehe wichtig, aber er wird nach meinen Bedingungen vollzogen. Bei deinem Ruf und deinen Erfahrungen wirst du nicht wissen, was eine Frau erfreut. Nun, ich will offen sprechen: Wenn du mich im Ehebett nicht zufriedenstellen kannst, werde ich es die Welt wissen lassen. Mit einem Schmusebubi und Sodomitenknäblein bleibe ich nicht verheiratet. Ich weiß sehr wohl, daß du mich aus politischen Gründen geheiratet hast und daß es in meinem eigenen Interesse ist, deine politische Karriere weiter zu befördern. Ich werde dafür sorgen, daß mein kostbarer Schwiegersohn Pompejus nicht aus der Reihe tanzt – das heißt, sofern du mich im Bett glücklich machst. Ich bin eine kräftige Frau in der Blüte meiner Jahre, und ich brauche es dreimal die Woche. Noch klarer kann ich mich nicht ausdrücken. Wohlgemerkt, ich erwarte auch im Bett mit Respekt behandelt zu werden. Du brauchst nicht darauf zu hoffen, mich nackt zu sehen« – (mich schauderte). »Ich möchte meinen, wir werden schon miteinander auskommen, wenn du erst gelernt hast, was ich will.«

Ich habe ihren Diskurs natürlich zusammengefaßt. Sie redete und redete drei Stunden lang in diesen Tönen. Dann entließ sie mich mit der Anweisung, in einer halben Stunde zurückzukommen. Agrippa erwartete mich mit einem Krug Wein. »Ich schätze, den wirst du brauchen, Junge«, sagte er. Er hatte, wie so oft, ganz recht. Als ich, so gewappnet, zurückkehrte, saß sie im Bett, eine Nachtmütze auf dem Kopf. »Ich habe meinen Frauen gesagt, daß wir unter keinen Umständen gestört werden dürfen«, erklärte sie und blies die Kerze aus. Dann packte sie mich schwungvoll und energisch wie eine, die zu lange gewartet hatte. Ich richtete meine Gedanken auf andere Phantasien. Aber nicht einmal die Bilder verschlungener Gliedmaßen schlanker Sklavinnen halfen mir viel.

Sie war eine gräßliche Frau, aber sie gab mir Julia. Wenn ich darüber nachdenke, komme ich zu der Vermutung, daß sie von Geburt an unglücklich gewesen sein mag. Ich kannte sie jedenfalls nie anders als unzufrieden. Als es zur Scheidung kam, erklärte ich, der Grund sei, daß ich ihr ständiges Genörgel nicht ertragen könne.

Von allen vornehmen Familien in Rom ist keine so bemerkenswert wie die Claudier. Einem populären Lied zufolge gleicht der Stammbaum der Claudier einem Apfelbaum, der zwei Arten von Früchten trägt: Süße Äpfel, die köstlich zu essen und von großem kulinarischen Wert sind, und Holzäpfel, sauer und von üblem Geschmack. Jedenfalls teilt die populäre Geschichtsschreibung sie in gute und schlechte Claudier ein. Noch immer erzählen die Leute mit großem Wohlgefallen von jenem Claudius Pulcher, der vor einer Seeschlacht die Auspizien befragte und feststellen mußte, daß die heiligen Hühner nicht fressen wollten. »Wenn sie nicht fressen wollen«, schrie er, »dann sollen sie trinken.« Und er warf sie ins Meer, wo sie gleich ertranken. (Es überrascht nicht, daß er die darauf folgende Schlacht verlor.) Publius Clodius, der Gangster, mit dem Fulvia zuerst verheiratet war, zählte auch zu den wilden; ihr kennt einige seiner unerhörten Taten. Unter anderem verbrannte er eine seiner Mätressen im Bett. Ich habe immer das Gefühl gehabt, daß Fulvias halb wahnsinnige Gewalttätigkeit ein Abglanz der seinen war. Dann war da noch Appius Claudius Superbus, der in den frühen Tagen Roms ein freigeborenes Mädchen namens Virginia, das er bereits vergewaltigt hatte, zu versklaven trachtete. Andererseits gab es große Staatsdiener wie Claudius Claudex, der die Karthager aus Sizilien vertrieb, und jenen Claudius Nero (ich habe gehört, daß »Nero« im alten sabinischen Dialekt »stark« bedeute, wenn auch manche behaupten, es heiße »schwarz«), der Hasdrubal besiegte. Die Frauen der Claudier stehen gleichfalls in dem Rufe, zu diesen zwei Typen zu gehören.

Keine Familie war wichtiger für mich, aber ich glaube, jemand, der behauptet, einen Claudier zu verstehen, ist ein Dummkopf. Ein Grund, weshalb meine Liebe zu Livia niemals kleiner geworden ist, sondern in den langen Jahren unserer Ehe stets an Tiefe und Durchdringungskraft zugenommen hat, besteht in ihrer unergründlichen Claudier-

Natur. Der Mann, der sein Weib ganz und gar versteht, ist bald am Ende seiner Ehe angelangt.

Nichts ist schwerer zu verstehen als der Zustand des Verheiratetseins. Politik, jenes tiefe Mysterium, ist ein Kinderspiel im Vergleich dazu. Leichthin gehen wir die Ehe ein, und sie wird zum Allertiefsten, das wir im Leben kennen. Das ist vielleicht ein Paradox; in gewissem Sinne werden meine Memoiren einen stetigen Kommentar dazu geben.

Ich sage »leichthin«, denn meistens heiraten wir aus politischen oder familiären Gründen. Die Frau selbst ist das am wenigsten wichtige Element dabei; wir erwählen sie, weil sie unsere politischen Verbindungen festigen wird, oder einfach, weil sie uns einen angestrebten Besitz einbringt. Die meisten Ehen also beginnen so. Viele gelangen auch niemals über diesen Punkt hinaus. Sie bleiben eine Einrichtung der praktischen Bequemlichkeit. Selbst euch, meine lieben Knaben, kann nicht entgangen sein, wie wenige Ehemänner und Frauen in und für einander leben. Mancher, der sich für besonders schlau hält, betrachtet die Ehe in der Tat als einen Witz, das Band der Ehe schlicht als ein Gewürz, das ihm den Ehebruch schmackhafter macht. Ich finde das schockierend, aber leicht zu verstehen. Die meisten Ehen sind eine leere Angelegenheit. Aber es gibt einige – und ich denke, ich habe es dem Segen der Götter zu danken, daß ich meine eigene dazuzählen darf –, die sowohl dem Mann wie der Frau Nahrung und nie versiegende Freuden spenden, und die sowohl den Mann wie auch die Frau dazu befähigen, in Sympathie und Verständnis zu wachsen. Die Ehe ist zuvörderst ein juristischer Vertrag, aber einige wenige haben das Glück, im Ehestand zu profunder Gemeinsamkeit zu kommen, die, um noch einmal zu platonischen Theorien zurückzukehren, eher die Substanz als den Schatten einer unübertrefflichen, gottgegebenen Realität darzustellen scheint. Wir spotten über den seinem Weibe allzu sehr ergebenen Mann; doch nur der, dessen Ehe tief und wahr ist, kann auch das tiefste Glück erfahren, zu dem ein Mensch fähig ist. Sofern das philosophische Konzept einzelner Seelen überhaupt eine Bedeutung hat, kann seine Auflösung sich nur in der Ehe finden. Nichtsdestoweniger ruht dieses tiefe Verstehen auf einem Rest von Mysterium. Die geliebte Ehefrau steht im Herzen des Daseins, die Einheit ist vollkommen, und doch kann man sie niemals ganz kennen oder dem Bewußtsein entrinnen, daß sie ein anderes, separates Wesen ist.

Livia selbst stammt von jenem Appius Claudius Pulcher ab, der dem Senat davon abriet, ein Bündnis zwischen der Republik und dem König Pyrrhus von Epirus zu schließen, und sich so den Ruf der Weisheit erwarb. Als ich sie kennenlernte, war sie mit einem Vetter verheiratet, mit Tiberius Claudius Nero, und sie waren mir feind. Ihr Mann, der von ihrer Natur nichts wußte, war ein unbegabter Bursche, der die Bürgerkriege überstanden hatte wie ein Würfelspiel. Er hatte meinen Vater erst unterstützt, dann verlassen. Er hatte den Senat bedrängt, Caesars Mörder zu ehren, und war dann in Antonius' Lager übergelaufen. Zu Bononia hatten wir ihn zum Praetor für das Jahr 42 ernannt. Er hatte Lucius und Fulvia angehangen und die furchtbare Belagerung von Perusia überlebt, als euer Stiefvater Tiberius noch ein Kleinkind war. Er floh dann nach Sizilien und einigte sich mit Sextus Pompejus, diesem wahllosen Mann. Im Jahre 39 schlossen wir zu Misenum Frieden mit Pompejus, und nach einem kurzen Scharmützel in Campania erschien Tiberius Claudius Nero in meinem Lager.

Dieser Wankelmütige, beständig nur in seinem Versagen, zeigte sich immer noch hochfahrend. Warum? Weil er ein Claudier war. Da das so war, war ihm alles erlaubt. Claudier überleben jede Schande; sie sind nicht nur besser geboren, sondern ihrer eigenen Meinung nach die geborenen Besseren. Seine junge Frau war da nicht anders. Sie trat mir entgegen, wie vielleicht eine große Dame ihrem Klienten begegnete, nicht als Gemahlin eines geschlagenen und in Mißkredit geratenen Mannes.

Sie trat mir entgegen, und mir blieb das Herz stehen. Sie ist, wie ihr wißt, genauso groß wie ich, vielleicht noch um einen Zoll größer. Sie trug nun ein weißes, rosarot gefranstes Gewand und keinen Schmuck; seit je her verschmäht sie alle Juwelen und begnügt sich mit ihren Augen. So, sagte ich zu mir, muß Helena ausgesehen haben, als Paris ihrer im Hause des Menelaus ansichtig wurde. Und dann sah ich, daß sie zornig war. Diese wasserklaren Augen, die in meinen zärtlichen Phantasien – an fernen Lagerfeuern, an kalten, unfreundlichen Gestaden – immer liebevoll schauen, blickten hart und verachtungsvoll. Galt die Verachtung mir oder ihrem Gemahl? Ich wußte es nicht zu sagen, aber ich hatte unversehens ein schlechtes Gewissen. Diese Macht hat sie nie verloren – zu bewirken, daß ich mich schuldig fühle, daß ich mich schäme.

Sie wollte nicht sprechen. Sie stand ein wenig abseits, in einer Haltung, die, einfach weil sie nicht provokant war, eine überaus furchtbare Lust in mir erweckte, wie ich sie nie zuvor verspürt hatte. Ich sage »einfach«, aber in Wirklichkeit konnte man nichts im Zusammenhang mit Livia je wirklich als »einfach« bezeichnen. Ich glaube, wenn sie mir nur für einen Augenblick ein Zeichen des Verlangens gegeben hätte, wenn sie nur für diesen Augenblick die Kokette gespielt hätte, wäre meine Lust verebbt, und ich hätte hören können, was ihr Mann zu sagen hatte. Es hätte mir vielleicht die Freiheit zum Zürnen gegeben, denn er zeigte, obgleich ich seinen schwachen Charakter kannte, wie sie eine Haltung von Überlegenheit, zu der ihn nichts als sein Claudier-Bewußtsein berechtigte. Aber ich konnte ihm nicht zuhören; Livias Zurückhaltung hatte mich erobert.

VI

Meine Schwester Octavia war eine Perle unter den Frauen: Keusch, intelligent, demütig, liebevoll, treu; grauäugig, bescheiden und lieblich wie eine Apfelblüte. Ihr Glück opferte ich den Bedürfnissen der Republik (denn es fügte sich, daß Marcellus gestorben war; auch wenn Octavia um ihn trauerte, konnte ich die Gelegenheit, die sich durch diese Fügung ergab, nicht bedauern...).

Fulvia starb fauchend. Noch mit ihrem letzten Atemzug zischte sie Antonius Gift ins Ohr: Ich hätte ihn, so sagte sie, wie Pompejus meinem Caesar vorgeworfen.

»Antonius wird nicht zugehört haben«, beruhigte Salvidienus Rufus mich. »Er hat andere Interessen.«

»Andere Interessen?«

»Kleopatra.«

»Politik«, erwiderte ich. »Die Kooperation der Königin von Ägypten ist notwendig, wenn ihm erfolgreiche Invasion des Partherreiches gelingen soll. Wie du weißt, bin ich aber dagegen. Ich denke, die erste Regel für einen römischen General sollte sein: Falle nicht in Parthien ein.« (Merkt euch das, meine Söhne; ich bin davon heute noch fester überzeugt als damals.) »Aber Antonius ist mit der Politik verheiratet.

Ich kann es ihm nicht ausreden. Und er braucht Ägyptens Hilfe. Er braucht Ägyptens Unterstützung. Politik.«

»Klingt das nach Politik?« fragte Rufus. »Antonius erwartete sie, als sie den Cydnus heraufgefahren kam. Sie reiste in einer Barke, wie du sie noch nie gesehen hast. Ganz in Purpur und Gold und mit parfümierten Segeln. Sie ruhte auf einem Thron und trug einen einfachen Goldreif um die Stirn und eine einzelne goldene Kette um den Hals – keine Juwelen außer ihren Augen. Ihre Wangen waren von blassestem Rosa überhaucht, und ihr Mund – hast du von ihrem Mund gehört? Er ist unvergleichlich, der Traumkuß der Ewigkeit. Und ihre Augen waren violett und leicht feucht. Flöten spielten einlullende, langsame Melodien, und vier Cupidos, wunderschöne halbblütige Knaben, teils griechischer, teils syrischer Abkunft, schwenkten Fächer über ihr. Antonius sah, wie diese Vision auf ihn zuglitt, und Fulvia war vergessen. Er liebt Kleopatra; er hat den Winter über bei ihr gewohnt. Und du sprichst von Politik. Wie jung bist du, Octavian, daß du nichts von der Liebe weißt?«

Das war im Winter zuvor gewesen, bevor ich Livia begegnete. Meine Gedanken fliegen über diese Monate wie Schwalben, hin und her.

Antonius erhob Einwände dagegen, daß ich Gallien konfiszierte. Er schrieb mir in erbosten Worten; vermutlich gibt es den Brief noch irgendwo, aber ich habe keine Lust, ihn auszugraben. Was folgte, war indes gefährlich.

Er handelte mit seiner gewohnten Unbesonnenheit und Skrupellosigkeit. Statt meine Antwort abzuwarten, zimmerte er ein Abkommen mit Pompejus und Ahenobarbus (einem der Mörder Caesars, der eine Piratenflotte hatte), und zu dritt segelten sie gen Italien. Natürlich befahl ich meiner Garnison in Brindisi, ihnen die Einfahrt in den Hafen zu verwehren. Daraufhin blockierte Antonius den

Hafen und landete seine Legionen bei Sipontium, ein paar Meilen weiter nördlich. Hastig begab ich mich nach Süden, und das Herz war mir schwer bei dem Gedanken, daß Antonius mit seiner Torheit Italien einmal mehr einem Krieg preisgeben sollte.

Maco sagte: »Den Leuten gefällt das nicht. Kommt es zu einer Schlacht, werden sie nicht mit dem Herzen dabei sein.«

»Ich auch nicht. Mir gefällt es ebenso wenig.«

In dieser Nacht wanderte ich durch das Lager. Der Sommermond leuchtete strohgelb; die Berge von Apulien ragten vor uns auf wie wütende, zottige Bären. Ich hatte mir einen rauhen Wollmantel über die Schultern gelegt und halb über den Kopf gezogen, und als ich mich neben eine Gruppe von Legionären niederhockte (im Schatten, am Rande des Feuerscheins), da erkannte mich keiner. Sie waren verdrossen und nervös.

Einer sagte: »Du, Gajus, bist genau wie alle anderen Soldaten des alten Caesar; ihr könnt an nichts anderes denken als an die nächste verfluchte Schlacht. Ihr seid süchtig danach, berauscht vom Krieg...«

»Das denkst du dir so«, war die Antwort, »aber du hast keine Ahnung. Alte Landser wie ich lieben den Krieg am allerwenigsten. Gallier verhauen ist eine Sache; darin liegt Sinn und Befriedigung. Aber ich bin jetzt seit zwanzig Jahren Soldat und zehnmal dekoriert worden, ich habe in mehr als fünfzig Schlachten und Scharmützeln gekämpft und kann dir die Narben zeigen, die es beweisen, und ich habe noch nie erlebt, daß etwas Gutes dabei herausgekommen wäre, daß man gegen andere Römer kämpfte.«

»Warum tun wir's dann? Warum lassen wir uns von den Bonzen in die Patsche reiten? Wieso sagen wir ihnen nicht, sie sollen es selber ausfechten, Mann gegen Mann, wenn sie so beschissen scharf darauf sind?«

Das brachte alle zum Lachen.

»Kannst du dir unseren kleinen General vorstellen, wie er mit Antonius in die Arena steigt?«

»Das wäre...« Der Sprecher ließ das Resultat im unklaren, ohne daß indes ein Zweifel blieb.

»Dafür ist er zu schmächtig, unser kleiner Caesar.«

»Na«, sagte ich, »was glaubt ihr denn wohl, was er will? Nichts als Macht und Blut, oder?«

»Freundchen«, sagte der Veteran namens Gajus, »ich habe keine verdammte Ahnung, wer du bist, aber du weißt einen Scheißdreck von der Welt.«

»Hör doch auf«, entgegnete ich. »Diese Politiker sind alle gleich. Denen ist es doch egal, was aus ihren Leuten wird, solange es ihnen hilft, an der Macht zu bleiben. Und wenn du mich fragst: Der junge Octavian ist der schlimmste.«

»Freundchen«, sagte Gajus, »möchtest du gern mein Schwert zum Frühstück schmecken?«

»Ich sage bloß, was ich denke«, antwortete ich. »Sag du mir, wieso ich mich irre.«

»Zunächst mal«, sagte Gajus, »hast du eine Ahnung, wieviel Land er schon unter den Jungs verteilt hat?«

»Ach, das«, erwiderte ich, »das hat für mich gar nichts zu sagen. Das heißt nur, daß ein Politiker sich eben einen Haufen Klienten anschafft, wenn du mich fragst.«

»Dich fragt aber keiner. Du bist so beschissen blöd, daß man dich gar nicht fragen kann. Ich sage dir, was Sache ist«, versetzte Gajus.

»Wenn du so schlau bist«, sagte ich, »dann erzähle mir doch, warum wir deiner Meinung nach hier sind. Sag mir, weshalb wir hier zum Kampf gegen Antonius antreten, wenn wir noch vor ein paar Monaten lauter Busenfreunde im gemeinschaftlichen Gemetzel waren. Sag mir das, du graubärtiger Alleswisser.«

»Hör zu, du Scheißkopf«, sagte er. »Wir wollen nicht gegen Antonius kämpfen.«

»Verdammt richtig«, rief ein anderer. »Das wollen wir nicht.«

»Hört, hört. Ich habe zwei Brüder bei Antonius.«

»Ich kämpfe nur dann gern, wenn ich sicher bin, daß ich gewinne«, erklärte ein vierter. »Und wenn es gegen Antonius geht, würde ich niemals auf unseren Jungen setzen.«

»Ach, Generalstalent«, sagte ich. »So wichtig sind Generäle auch nicht. All dieses Gerede von Generalsbegabung ist doch Stuß. Wie uns Soldaten zumute ist, darauf kommt es an. Was sie Moral nennen.«

»Ich weiß wirklich nicht, verflucht, wer du bist«, sagte Gajus, »aber allmählich frage ich mich tatsächlich, ob du nicht ein Spion bist, den Antonius uns in unser Lager geschickt hat; in diesem Fall werde ich dich dem ersten Centurio übergeben und dich freiwillig eigenhändig an ein Kreuz nageln...«

»Ich dachte, ein alter Landser meldet sich niemals freiwillig...«

»In diesem Fall wäre es mir ein Vergnügen. Immerhin, was du da sagst, stimmt natürlich bis zu einem gewissen Grad. Wie den Leuten zumute ist, danach entscheidet sich die Schlacht, entscheidet sich, ob sie die Stellung halten oder weglaufen. Aber, weißt du, eine der Voraussetzungen, nach denen sich entscheidet, was sie tun, ist ihre Einstellung zu ihrem General. Nicht bloß zu ihrem General, sondern auch zu ihrer Legion und zum ganzen Heer. Wenn sie dem nicht vertrauen, dann rennen sie weg. So einfach ist das, und deshalb hat Julius alle seine Schlachten gewonnen... Für ihn haben wir die Stellung immer gehalten...«

»Und wie steht es mit der Sache?« fragte ich.

Bei seiner Rede war seine Stimme sanfter geworden, denn er war ins Nachdenken geraten. Ich habe oft bemerkt, wie die Roheit der spontanen Alltagssprache der Soldaten etwas Bewunderungswürdigeres annimmt, wenn sie anfangen, nachzusinnen.

»Man sagt immer, um die Sache geht's einem nicht«, antwortete er. »Man kämpft fürs Geld, oder weil es einem befohlen wird, weil der Centurio einem das Fell über die Ohren zieht, wenn man es nicht tut, und weil man sich nicht traut, es bleiben zu lassen – und das alles stimmt auch. Und doch, unter all dem verbirgt sich etwas. Die Männer kämpfen besser, wenn sie für etwas kämpfen, an das sie glauben. Ich bin alt genug, um mich an Vercingetorix bei Alesia zu erinnern. Das war die Schlacht aller Schlachten, denn die Gallier kämpften für alles, was ihnen gehörte, damit wir es ihnen nicht wegnehmen und verändern konnten.«

Er senkte die Stimme. Jemand warf einen Ast ins Feuer, und die Flamme loderte auf und beleuchtete sein entschlossenes Narbengesicht. Eine Flasche machte die Runde. Ich gehörte plötzlich zu dem Kreis, als habe der geänderte Tenor des Gesprächs, das Gefühl, daß wir von allem befreit wurden, was Gajus in seinem Soldatenleben kennengelernt hatte, das Mißtrauen vertrieben, mit dem man mich betrachtet hatte, und mich zu einem Teil der Gruppe gemacht.

Gajus winkte ab, als der Wein zu ihm kam. »Die Sache unseres Jungen ist die richtige«, sagte er. »Er steht für Italien, für ein Zuhause, für Ackerland und öffentliche Ordnung.«

»Aber was gibt's diesmal für einen Grund, gegen Antonius zu kämpfen...?« wollte einer wissen.

»Vielleicht keinen«, sagte Gajus, »außer daß er hier ist. Und es muß zu Ende gebracht werden. Wenn Antonius darauf besteht, dürfen wir nicht weichen.«

Ich warf die Kapuze vom Kopf und trat vor, damit sie sehen konnten, wer ich war.

»Du hast ganz recht, Gajus«, sagte ich. »Nein...« Ich lächelte, als ich sah, wie bestürzt er war. »Du brauchst dich nicht dafür zu entschuldigen, daß du mir gedroht hast, mich ans Kreuz zu nageln. Ich habe auch kein Verlangen nach dieser Schlacht, aber wenn sie sein muß, muß sie sein. Du weißt, was mein Vater nach Pharsalus sagte, als er die Gesichter der gefallenen Pompejaner sah. ›Sie haben es so gewollt.‹ Das waren seine Worte. Und recht hast du auch mit dem, was du über mich sagst und über das, wofür ich stehe. Ich stehe für die Republik, für Ackerland für meine Soldaten, für Anstand und Frieden. Wir haben einen weiten Weg hinter uns, und wir können uns vor unserer Bestimmung nicht verbergen...«

»Schon gut, General«, sagte einer, ein schmalgesichtiger Jüngling mit einem Blumenkohlohr. »Aber Bestimmung ist ein großes Wort für uns Burschen. Ich denke, eine Bestimmung gibt es höchstens für dich und deinesgleichen.«

»Wie heißt du?« fragte ich und setzte mich neben ihn.

»Septimus«, sagte er. »Bin der siebente Sohn, verstehst du.«

»Nun, Septimus«, sagte ich, »wenn ein siebenter Sohn nicht weiß, welches seine Bestimmung ist, wer kann es dann wissen? Aber du irrst dich, weißt du; wir alle haben ein Schicksal, das wir meistern müssen. Und ich sage dir: Ich weiß – ob wir nun jetzt oder später oder gar nicht gegen Antonius kämpfen –, mein Stern steht fest. Ich werde für dich und für alle Italiener erreichen, was ich mir, wie Gajus sagte, vorgenommen habe. Da kannst du mir vertrauen. Wir sind hier nicht nur für uns selbst, sondern auch für unsere Kinder.«

»Hab keine«, sagte Septimus.

»Du wirst welche haben.«

»Der nicht, Caesar«, krähte einer. »Der bringt's nicht...« Und die Weinflasche kreiste schneller unter wüsten Reden und guter Laune...

Aber ich war noch wach, als der Morgen aus Asien zu uns herübergekrochen kam, über das noch graue Ionische Meer, über die Binnensee und die noch schweigenden Marschen. Dann riefen die ersten Vögel – Seevögel, Brachvögel, Krammetsvögel –, und dann, sehr langsam, begann das Lager zu erwachen, Pferde traten von einem Bein aufs andere, rasselten mit ihren Ketten und schnaubten, Stimmen waren zu hören, Köche riefen zum Frühstück, und ich weckte einen Sklaven und schickte ihn, Maecenas zu holen.

Er brauchte eine ganze Weile und rieb sich dann immer noch den Schlaf aus den Augen. Er trug einen Morgenmantel aus prachtvollem Taft in Gelb und dunklerem Gold, mit roten Drachen verziert. Ein Sklave begleitete ihn mit einem Tablett voller Frühstücksleckereien – da gab es geräucherte Pfauenbrust, Scampi in einer Sauce aus Zitronen und Safran, kalten gekochten Hummer und einen Krug mit eisgekühltem Wein.

»Ich weiß ja, Caesar«, näselte Maecenas, »daß du für meinen Geschmack allzu spartanisch frühstückst. Höchst affektiert nenne ich es, mein Lieber, wenn einer Soldatenkost zu sich nimmt.« Dann gähnte er. »Was ist es, Entchen, das nicht Zeit hat bis zu einer zivilisierteren Stunde?«

»Es handelt sich«, sagte ich, »um diese Absurdität.«

»Absurdität? Du bist naiv«, erwiderte er. »Du hast diese merkwürdige Vorstellung, Antonius sei ein seriöser Mann wie wir. Aber Antonius ist ein Kaschemmentyp. Er will Macht und Bewunderung. Damit fühlt er sich wohl. Es hat keinen Sinn, mit Antonius über Ideale zu reden. Er weiß dann gar nicht, was du meinst. Trotzdem stimme ich dir in einer Hinsicht zu. Es ist noch zu früh, gegen ihn zu kämpfen. Ich werde sehen, was ich tun kann...«

Den ganzen Tag verbrachte ich in banger Sorge, derweil Maecenas mit Antonius' Abgesandtem, Asinius Pollio, debattierte. Nichts ist verdrießlicher als die Position des Anführers, wenn seine Agenten verhandeln. Es war sehr heiß; dreimal ließ ich meine Sklaven ein Bad für mich bereiten, und jedesmal fand sich irgendeine andere Kleinigkeit, die mich ablenkte. Ich hatte entschieden, was zu tun sei, und mein Gewissen plagte mich. Ich kannte Antonius zu gut, als daß es mich nicht hätte plagen können, und ich machte mich auf die Vorwürfe meiner Mütter gefaßt.

Später sagte auch Livia: »Du behauptest, deine Schwester zu lieben. Sie ist vielleicht die einzige Frau, auf die ich eifersüchtig sein könnte. Und doch hast du sie dieser Ehe unterworfen. Warum?«

»Nicht um meinetwillen«, sagte ich. »Für Rom. Für die ganze Welt.«

Als Antonius mit mir zusammentraf, um das Abkommen zu unterzeichnen, das als Vertrag von Brindisi bekanntwurde, lachte er. Er streckte die Hand aus, um mich auf altgewohnte Weise in die Wange zu kneifen, zögerte einen Moment lang und zwickte dann ziemlich hart. »Deine Schwester heiraten, Kleiner«, krähte er. »Na, damit ist der Kreis geschlossen.«

Ich wich zurück. »Da ist noch etwas«, sagte ich. »Diese Heirat ist zweckdienlich, aber ich liebe meine Schwester.«

»Sie ist eine Schönheit«, antwortete er, »und wie ich höre, Caesar, ebenso tugendhaft wie schön – anders als einige, die ich erwähnen könnte, eh? Und außerdem klug genug, Caesars Schwester zu sein. Was also gibt es noch?«

»Kleopatra«, sagte ich.

»Ach, die Königin? Was ist mit ihr?«

»Man munkelt, ihr zwei seid ein Liebespaar.«

»Gut gemunkelt«, sagte Antonius. »Aber sie ist trotzdem ein furchtbares Weib. Sieht sich selbst als die, der man gehorchen muß. Ich werde froh sein, wenn ich eine gute römische Gemahlin habe, die mich vor der Königin beschützt. Aber dir muß klar sein, daß unsere Beziehung hauptsächlich politischer Natur sein wird. Ich brauche Ägypten.«

»Rom braucht Ägypten«, sagte ich. »Aber braucht Rom Kleopatra...?«

Antonius strahlte.

»Du bist ein stilles Wasser, Caesar«, erklärte er. »Derselbe Gedanke ist mir auch schon gekommen.«

Diese Unterredung erleichterte mein Gewissen, oder sie hätte es doch erleichtern können, wenn mein Gewissen sich von Worten hätte täuschen lassen. Aber ich wußte, daß ich unrecht tat, und doch war es das, was ich tun mußte.

Ich erläuterte dies Octavia selbst. Ich sagte ihr, Antonius und ich müßten zusammenhalten, und dies sei nur möglich, wenn sie einwillige, als Band zu dienen.

»Er muß versprechen«, sagte Octavia, »daß er die Königin von Ägypten nicht mehr allein trifft.«

Antonius versprach es. Es gibt Leute, die von Antonius und Kleopatra als einem großen Liebespaar sprechen. Ich habe diese Neigung bei einigen der aristokratischen Freunde eurer Mutter festgestellt. Sie sollten aber wissen, daß er dieses Versprechen ablegte. Es gab keine tiefe Liebe zwischen ihnen, glaubt mir.

Octavia sagte auch: »Caesar vermählte seine Tochter mit Pompejus, um ihr Bündnis zu besiegeln, und es hatte Bestand, solange sie lebte. Ich weiß, was die Pflicht von mir verlangt, Bruder.«

Octavia hat ein blasses Gesicht, das Gesicht einer Priesterin, und sie sah sehr still und liebreizend aus, wie eine Priesterin vor dem Altar, als sie dies sagte. Und sie sagte noch etwas: »Schließlich habe ich die Liebe ja erlebt, mit Marcellus. Das ist mehr, als viele Frauen sagen können. Aber ich habe eine Bitte, Bruder. Ich möchte nicht, daß mein Sohn, der junge Marcellus, im Haushalt des Antonius zur Mannbarkeit heranwächst. Ich werde ihn nicht abgeben, sondern bei meiner Mutter lassen, und ich werde dich bitten, die Verantwortung für seine Tugend, seine Wohlfahrt und seine Erziehung zu übernehmen.«

»Ich werde ihn lieben«, sagte ich, »wie einen eigenen Sohn oder einen jüngeren Bruder.«

Und so war die Ehe beschlossene Sache, wenngleich meine Mutter in der Tat raste vor Wut und niemals aufhörte, mir Vorwürfe zu machen, weil ich, wie sie sich ausdrückte, meine Schwester »geopfert« hätte. Sie hatte recht, aber das Opfer war notwendig gewesen. Der Vertrag von Brindisi bestätigte mich als Oberherrn Galliens; er ließ mir freie Hand beim Umgang mit Sextus Pompejus, den Antonius mit einer Bereitwilligkeit im Stich ließ, bei der jedem seiner Freunde das Blut in den Adern hätte gefrieren müssen (ich bemerkte dies wohl). Antonius übernahm dafür die

Herrschaft über das ganze Römische Reich vom Ionischen Meer bis zum Euphrat; ich versprach ihm fünf Legionen aus Gallien für den Partherkrieg, auf den er sich offenbar versteift hatte.

»Nun, das kommt mir alles sehr zufriedenstellend vor. Haben wir noch etwas vergessen?«

»Ich glaube nicht.«

Maecenas tippte mir auf die Schulter und beugte sich vor. »Lepidus«, sagte er.

»Oh. Lepidus«, sagte ich.

»Bei Jupiter, jawohl«, sagte Antonius. »Unser nobler Kollege, unser Mit-Triumvir. Wie konnten wir ihn nur vergessen? Was machen wir mit dem edlen Esel?«

»Soll er Afrika behalten«, schlug ich vor.

»Warum nicht?« sagte Antonius, und die Konferenz endete mit einem allgemeinen Kichern.

Es gibt in Germanien dunkle, weglose Wälder. Mächtige Bäume verschränken ihre Äste und wehren der Sonne den Weg zum Boden. Das Unterholz ist dicht, verfilzt und voller Dornen, welche die Beine des Reisenden zerstechen und noch über die schützenden Hosen aus Ochsenleder hinaufreichen, wie Odysseus sie trug, als er auf Ithaka hinter dem Pflug ging. Es sind numinose Wälder, in denen die Dämonen der Täuschung spuken. Mangels irgendwelcher Pfade muß der Reisende seinen Weg markieren, indem er mit seinem Messer Kerben in die Bäume schlägt. Diese Wälder schädigen die Nerven; kein Römer, der einige Zeit dort verbringt, kommt unversehrt zurück, ohne daß er etwa zu nervösen Störungen, Magenbeschwerden und seltsamen Schaudern neigte. Seufzend sehnt er sich nach der Klarheit der mediterranen Welt, nach der lauteren, wahren Landschaft aus Stein und Himmel und Wasser, nach der Sicherheit dieser harten Realität.

Nach Caesars Ermordung lebte ich fünf Jahre lang in einer Welt, die diesem germanischen Walde glich. Zwar kann ich rückblickend einen Plan erkennen, doch damals wanderte ich unablässig von rastlosem Tag zu schlafloser, wachsamer Nacht. Ich ahnte die allgemeine Richtung, aber ich bewegte mich ohne ein präzises Wissen, bang, umsichtig und oft furchtsam.

Livia brachte mich in den Sonnenschein, als sei ich aus dem Wald in eine fruchtbare Ebene zu meinen Füßen hervorgetreten. Ich verliebte mich bei der ersten Begegnung in sie; gleichwohl weigerte sie sich drei Wochen lang, mich zu sehen. Sie betrachtete mich als ihren Feind; ich war der junge Störenfried, Vorreiter derer ohne Besitz und Familie – ihr liebreizender Kopf war vollgestopft mit den verstaubtesten Aristokratenideen, und ihr Mann mit seinem Spatzenhirn und seiner Abneigung gegen mich bestärkte sie darin. Ich schickte ihr Briefe, Blumen, Gebinde von Früchten und Muscheln – ohne Erfolg –, aber ich hatte doch wenigstens Verstand genug, ihr keine Verse zu senden. Dann lud ich sie beide zu einer Dinnerparty ein und beauftragte Maecenas, den hervorragenden Tiberius Nero zu warnen: Diese Einladung sei in Wahrheit ein Befehl. Sie erschien in einem weißen Gewand ohne Juwelen, und ihr Gesicht trug Verachtung zur Schau. Ich nahm mir vor, bezaubernd zu sein, und vermochte sie nicht zu bezaubern. Natürlich hatte ich so gut wie keine Erfahrung mit jungen Damen von hoher Geburt, und offenbar hatte keine meiner Ehen mich auf dergleichen vorbereitet. Ich versuchte, Nonsens zu reden, ohne zu merken, daß Livia keinen Sinn dafür hatte; später erzählte sie mir, sie habe mich für einen enttäuschenden Hanswurst gehalten.

Die Konversation war schwerfällig, kein Zweifel. Ich wußte, Maecenas lachte über mich, und ich hätte doch wissen können, daß just seine Anwesenheit etwas war, das Livia als anstößig empfand. Worüber, so fragte ich mich, zappelnd vor Ungeduld und beinahe stammelnd vor Nervosität, würde die junge Dame wohl gern sprechen? Krieg und Politik kamen nicht in Frage, da würden wir uns nur streiten. Ich versuchte es mit Dichtkunst; sie sagte, sie lese keine Gedichte. Ich fragte sie nach ihrer Familie.

»Ich liebte meinen Vater«, sagte sie, »er war ein ehrenwerter Mann. Er starb zu Philippi. Ich habe gehört, er wurde nach der Schlacht getötet.«

Ihr Kinn hob sich, und sie sah mir geradewegs in die Augen – ohne einen Funken Verständnis, nur herausfordernd.

Ich sagte mir: Sie wird mich verachten, wenn ich mich ducke und ihrem Trotz nicht entgegentrete.

Ich lehnte mich über den Tisch und goß Wein in ihren Becher.

»Es war eine scheußliche Angelegenheit, Philippi«, sagte ich. »Und sie folgte auf eine noch scheußlichere: Auf die Ermordung meines Vaters. Aber es tut mir leid, von deinem Vater zu hören, glaube mir. Nie kann etwas anderes als Schmerz und Trauer entstehen, wenn wir das Blut eines Mitbürgers vergießen.«

»Das ist leicht gesagt, Caesar.«

»Und schwer bewiesen?«

»Unmöglich, möchte ich meinen.«

Sie sah mich unverwandt an.

»Du hast recht«, sagte ich. »Es ist unmöglich. Ich kann dich nur bitten, mir zu glauben und dies zu bedenken: Wäre es bei Philippi anders gegangen, läge ich nun selbst in meinem Grab, und ich glaube nicht, daß man mich ehren würde. Ein Krieg zwischen Römern ist übel, böse und falsch. Wenn ich ein Ziel im Leben habe, so ist es die Beendigung der Bürgerkriege, die seit den Tagen Sullas und Marius' die Republik entstellen und deformieren. Aber um sie zu beenden, genügt es nicht, zu siegen; die sozialen Ursachen des Streits zwischen den Bürgern müssen behandelt werden, denn der politische Leib ist krank. Die wahre Mission eines jeden Römers, der heute ein Gewissen hat, liegt im Heilen; aber soll eine Krankheit geheilt werden, ist zuerst das Messer des Chirurgen vonnöten...«

Ein Lächeln berührte ihren Mundwinkel wie der erste Strahl der Morgensonne auf einer kalten Mauer.

»Ich bin froh, daß du nicht länger mit mir redest, als wäre ich nur ein hübsches Mädchen«, sagte sie. »Ich bin froh, daß du auch ernsthaft mit mir sprechen kannst, Caesar.«

Sie erhob sich von ihrem Sofa. Entweder blieb sie mit dem Fuß im Saum ihres Gewandes hängen, oder sie glitt auf dem Marmor aus – jedenfalls stürzte sie jäh zu Boden. Im nächsten Augenblick war ich an ihrer Seite.

»Mein Knöchel«, sagte sie.

Ich warf einen Blick über die Tafel. Tiberius Nero starrte glasig in seinen Weinbecher und achtete nicht auf seine Frau. Ich hob sie auf.

»Wir werden ihn untersuchen lassen«, sagte ich.

»Autsch«, sagte sie. »Aber du bist stärker, als du aussiehst.«

»Es ist sehr schwierig«, sagte ich, als ich sie im Vorraum auf ein Sofa legte und ihren bereits anschwellenden Knöchel betastete, »zu vergessen, daß du ein hübsches Mädchen bist.«

»Warum trägst du diesen abscheulichen Bart?« murmelte sie.

»Wenn es dir gefällt, werde ich ihn abnehmen.«

Der Knöchel war bös verstaucht. Ich befahl dem Chirurgen, sie anzuweisen, sich möglichst wenig zu bewegen, und konnte ich sie und Tiberius Nero daraufhin einladen, meine Gäste zu sein. So begann es.

»Erzähle mir von dir.«

»Was willst du wissen?«

»Alles.«

»Du kannst nicht alles wissen.«

»Aber ich muß.«

»Muß, Caesar?«

»Muß. Wenn wir unser Leben miteinander verbringen sollen.«

»Ach. Sollen wir das?«

»Ich arbeite daran.« Ich nahm ihre Hand und legte sie auf meine Wange. »Fühle«, sagte ich. »Ich habe schon meinen Bart geopfert. Für dich. Das ist das Ende eines Lebensabschnitts für mich. An dem Tag, da ich von dem Mord an meinem Vater erfuhr, hörte ich auf, mich zu rasieren. Jetzt rasiere ich mich wieder. Du hast diese Gewohnheit geändert.«

»Ich wünschte, du würdest diesen Mann nicht deinen Vater nennen. Du hattest doch einen richtigen Vater, nehme ich an. Wie war er?«

»Ein durchschnittlicher Mann. Nichts Bemerkenswertes. Er angelte gern in Gebirgsbächen.«

»Sehr informativ; das sagt mir viel.«

Sie hatte eine schnelle, abgehackte Art, zu sprechen und eine leicht metallische Stimme. Eine gewisse Nervosität verbarg sich dahinter, ein Gefühl von Unzulänglichkeit. Sie klang knapp und entschlossen, und doch ließ sie ahnen – schon in jenen Anfangstagen, da ein bloßer Blick, wenn sie auf ihren Kissen lag mit ihrem blassen Gesicht, der durchscheinenden Haut und den großen blaugrauen Augen, umrahmt von Locken, deren Farbe die von Buchenblättern im Herbstwald war, mein Blut in Wallung brachte und mich mit einem stechend scharfen, schmerzlichen Verlangen erfüllte (und mit der Befürchtung, daß ich sie vielleicht nie besitzen, daß sie sich am Ende immer verweigern und irgendeinen geheimen, mysteriösen Teil von sich zurückhalten würde) – ihre Stimme, sage ich, ließ schon da ahnen, daß es eine Grenze für ihr Mitgefühl gebe, eine Beschränkung ihres Verstehens; vielleicht war es das, was sie so vollkommen sein ließ, und so vollkommen begehrenswert. Sie war so sicher und zugleich doch so verwundbar, weil die Welt komplizierter war, als sie dachte; und irgendwo in verborgenen Winkeln ihrer Seele fürchtete sie, daß es so sein könne, und bei all ihrem Mut fürchtete sie, dies zu wissen.

»Und der Diktator?« fragte sie. »Wie war der wirklich…?«

Ich wandte den Blick ab, schaute aus dem Fenster. Die Sonne schien auf die Höhen des fernen Aspromonte; in den näher gelegenen Ausläufern des Gebirges glühten die Kastanienwälder in einem tiefen, glänzenden Grün; ein Rosenstrauch reckte rosarote Blüten durch das Fenster herein; purpurfarbene Glyzinien bedeckten die Wand an der Terrasse; eine Eidechse sonnte sich auf rissigem Mauerwerk.

»Er hatte Charme«, sagte ich. »Ich hatte Angst vor ihm. Ich verdanke ihm alles. Ich mochte ihn nicht.«

Sie drückte meine Hand. »Oh«, sagte sie. »Ich bin so froh, zu hören, daß du das sagst.«

Ihre Hand war stark und so groß wie meine (die ja, wie ihr wißt, ziemlich klein ist); ihr Griff war fest und trocken.

»Er war ein Egoist«, sagte ich. »Er benutzte die Menschen schamlos. Noch in seiner Güte war etwas Grausames und Selbstsüchtiges.«

(Und während ich so sprach, fragte ich mich: Beschreibe ich mich selbst?)

»Wie kannst du mich lieben?« fragte Livia. »In meinem Zustand?«

»Er ist das, was die Freundinnen meiner Mutter zurückhaltend als ›interessanten Zustand‹ bezeichnen.«

»Ich bin im sechsten Monat«, stellte sie fest.

»Ach, Livia, als käme es darauf an...«

Ich beugte mich vor, legte den Arm um sie und hob ihren Kopf. Dann küßte ich sie auf die Lippen. Es war, als vergrübe ich mein Gesicht in Rosenblättern. Ich spürte einen leisen Hauch von Moschus. Sie lehnte sich zurück und ließ sich küssen.

»Du gehörst doch nicht zu den Burschen, die einfach ein Faible für schwangere Damen haben, oder?« hauchte sie.

»Willst du mich heiraten?« fragte ich.

»Ist das ein höflicher Befehl, Caesar?«

»Nein, Livia; ich werde dir nie etwas befehlen.« Und ich habe es auch nie getan.

»Du hast eine Frau, ich habe einen Mann.«

»Wir lassen uns scheiden. Die können einander heiraten...«

»Nein«, sagte sie, »so nicht. Immerhin, deinen Bart hast du dir ja abrasiert...«

Ich küßte sie noch einmal. Diesmal erwiderte sie den Kuß. Ihre Arme schlangen sich um meinen Hals. So lagen wir eine Weile voller Freude, sonnten uns in Liebe und Verlangen wie die Eidechse im Sonnenschein.

Ich ließ mich so bald wie möglich von Scribonia scheiden. Der Zeitpunkt erwies sich als unglückselig, denn die Scheidung wurde just an dem Tag wirksam, da eure Mutter Julia zur Welt kam. Ich ließ indes von Anfang an keinen Zweifel daran, daß ich für sie verantwortlich sei, nicht

Scribonia. Tiberius Nero machte keine Schwierigkeiten – im Gegenteil; er sagte: »Um offen zu sein, Caesar, du wirst feststellen, daß sie ihren eigenen Kopf hat. Und ein ziemliches Temperament. Ich kann nicht sagen, es tut mir leid, daß du sie mir vom Halse schaffst. Aber du wirst für den Jungen sorgen, nicht wahr, und für – was immer da unterwegs ist. Wohlgemerkt, ich erwarte natürlich, daß ich von dir auch die eine oder andere Kleinigkeit zu sehen bekomme.«

Livias zweiter Sohn, der arme Drusus, wurde drei Tage nach unserer Hochzeit geboren. Ich weiß, daß manche Leute behaupten, ich sei sein Vater, aber das stimmt nicht.

VII

Der Regen wehte in den horizontalen Windböen heran und erreichte uns, obgleich wir uns in eine flache Höhle kauerten. Septimus, der schmalgesichtige Bursche mit dem Blumenkohlohr, den ich in meinen persönlichen Dienst genommen hatte, bemühte sich, mit seinem Mantel ein blakendes Feuer abzuschirmen. Ich zog den meinen um mich, denn mich fröstelte. Die Schnittwunde in meinem Oberschenkel pochte. Ich legte die Hand auf den Verband; als ich sie wegnahm, war sie feucht und klebrig. Mein Magen krampfte sich zusammen, und ich hatte Kopfschmerzen. Ich legte den Helm beiseite: Eine Delle zog sich von der Krone bis zur linken Schläfe. Ich hatte gar nicht gemerkt, daß der Nubier so hart zugeschlagen hatte; kein Wunder, daß mir der Schädel brummte.

Wir drängten uns zu sechst in die Höhle, eigentlich nur wenig mehr als eine Nische in der Felswand. Draußen in der Bucht wehte ein starker Wind. Das Schiff, das uns hätte fortbringen können, schwankte wie betrunken über dem zerklüfteten Felsen, auf den es aufgelaufen war. In der heranziehenden Düsternis des Oktobernachmittags beobachtete ich lange, wie es hin und her geworfen wurde. Der letzte Vorstoß des Jahres, dachte ich bei mir, und so muß es enden. Es war lange her, daß das letzte verzweifelte Boot, vom Schiff ausgesetzt, vor unseren Augen verschwunden war. Ein anderes war um die Landzunge herumgetrieben worden; möglich, daß es an Land gespült wurde. Aber geraume Zeit hatten wir die Köpfe angestarrt, die da draußen auf dem Wasser dümpelten. Sie waren nicht mehr als sechzig oder siebzig Schritt weit draußen. Wir konnten ihre Schreie deutlich hören, ja, trotz des heulenden Windes sogar die Götter identifizieren, die sie um Hilfe anflehten und die dafür nur taube Ohren hatten. Und dann hörte man keine Stimmen mehr, sondern nur noch die Schreie der Möwen.

Das Licht schwand dahin. Weiter rechts rannte die See noch immer grollend gegen die Felsenklippen, aber unten, wo Dunkelheit über den Strand kroch, war es schwierig, zu erkennen, wo Wasser aufhörte und Sand begann. Eine grauschwarze Bö umhüllte alles. Dann hatte Septimus sein Feuer zum Leben erweckt. Der Flammenschein tanzte auf den streifigen, schreckensstarren Gesichtern der Männer. Augen glitzerten rot. Niemand sprach. Alle kauerten sich ans Feuer, so dicht es ging.

Ich konnte keine Befehle geben. Es war Septimus, der das Kommando übernahm und zwei Mann ins Lager zurückschickte, das wir gezwungenermaßen verlassen hatten; sie sollten dort nach Proviant und Wein suchen. Sie erhoben Einwände, denn sie fürchteten sich: Bestimmt hätten Pompejus' Männer es doch besetzt? »Auf jeden Fall werden wir verhungern, wenn ihr nicht geht«, beharrte Septimus. Lange saßen sie schweigend da. Septimus rückte zu ihnen hinüber und flüsterte ihnen etwas zu. Ich sah, daß dunkle Blicke zu mir herüberflogen; mein Magen bebte, mein Schädel brummte, und mein Mund war trocken und schmeckte sauer. Nichts würde sie daran hindern, Ruhm und Reichtum zu suchen, indem sie nach Pompejus selbst Ausschau hielten. Einen Moment lang dachte ich daran,

Septimus zu befehlen, daß wir alle zusammenzubleiben hätten.

Dann standen die beiden wortlos auf und schlüpften zur Höhle hinaus. Septimus kam zu mir.

»Es ist alles okay, General«, sagte er. »Sie werden's schon schaffen. Das Lager ist bestimmt voller Plünderer. Niemand wird merken, daß sie deine Leute sind.«

»Sind sie es denn?«

Er pfiff ein paar Takte eines Liedchens, zuckte die Achseln und spähte auf die unsichtbare See hinaus.

»Was ist mit deiner Wunde, General?« fragte er.

»Die sitzt im Herzen«, antwortete ich.

»Ich könnte ein Glas Wein vertragen«, sagte er. »Soll ich mir deinen Oberschenkel ansehen?«

Ich schüttelte den Kopf.

»Wir sind verraten worden«, sagte ich. »Die Späher...«

»Kann sein«, meinte er, »wir sind jedenfalls in die Falle spaziert...«

Undurchdringliche Nacht umschloß uns, und tiefe Stille herrschte; nur das Rauschen des Meeres war zu hören.

»Schätze, die haben sich verdrückt«, meinte einer der beiden zurückgebliebenen, mir unbekannten Soldaten.

»Oder ihnen wurde die Kehle durchgeschnitten«, ergänzte sein Kamerad. Im Feuerschein richteten sie ihre Blicke auf mich, aber ich wußte nichts zu sagen.

Die Zeit verging. Ich sehnte mich nach Schlaf. Ich zog mir den Mantel fester um die Schultern, aber die Kopfschmerzen ließen nicht nach, meine Schenkelwunde pochte immer noch, und ich fühlte einen dumpfen, aber beharrlichen Schmerz in meinem Herzen. Mein Mund war trocken, und mit der Zunge berührte ich salzverkrustete, aufgesprungene Lippen. In solchen Augenblicken, sagen die Männer, flieht der Sinn zu glücklicheren Orten. Aber ich verwandte keinen Gedanken an Livia, hatte keine Sehnsucht nach ihr. Ich fühlte mich leer. Die ersterbenden Flammen fesselten meine Aufmerksamkeit, aber es lag keine Regelmäßigkeit in ihnen. Als ich mein Bein bewegte, war es, als hebe ich den Huf eines widerwilligen Pferdes.

Einer der Soldaten begann zu schnarchen. Wie ein Hund hatte er sich ausgestreckt, und wie einen Hund kümmerte ihn, was die Zukunft bringen mochte. Sein Kamerad schob eine Hand unter die Tunika und fing an zu masturbieren. Die pumpende Bewegung nahm meinen Blick gefangen, und ich beneidete die beiden; dann fröstelte mich. Der Schrei einer Jagdeule zerriß die Nacht. Ich kroch zum Höhleneingang. Der Regen hatte endlich aufgehört. Die Wolken brachen auf, und der Mond erschien und legte seine fahlgelbe Hand auf das stille Meer. Hinter uns, irgendwo auf der Insel, schlummerten die Truppen des Pompejus.

Ich spürte eine Hand auf meiner Schulter.

»Kannst du gehen, General?« fragte Septimus.

Ich schüttelte zweifelnd den Kopf. Er warf einen Blick zurück in die Höhle. Unsere Gefährten lagen jetzt beide still. Der eine schnarchte immer noch tief. Der andere hatte sich hingelegt, die Hand noch unter der Tunika, die Beine angezogen, und sein Kopf ruhte auf der Brust seines Kameraden. Septimus schlich leichtfüßig hin und schüttelte ihn sanft. Die einzige Reaktion war ein dumpfes, unverständliches Gebrumm.

»Schätze, das ist in Ordnung«, meinte Septimus. »Aber ich traue diesen beiden nicht mehr. Gefiel mir nicht, wie sie die Köpfe zusammensteckten, als du vorhin eingedöst warst. Am besten, wir verschwinden von hier, General. Kannst du über die Klippe zum Strand hinunterrutschen, wenn ich vorausgehe und dich unten auffange?«

Septimus schnallte sein Schwert ab und warf es hinunter

auf den Strand. Dann ging er noch einmal in die Höhle und holte das meine sowie einen Schild und den Knappsack, den er bei der Flucht als einziger unter uns behalten hatte. Diese Dinge folgten seinem Schwert. Dann ließ er sich selbst in den Sand hinuntergleiten. Es ging um etwa dreifache Mannshöhe in die Tiefe, und ich zauderte, ehe ich mich auf die Kante sinken ließ. Mein Fuß suchte nach einem Halt. Meine Fingernägel gruben sich in lose Erde. Für einen Augenblick fand meine linke Ferse einen Vorsprung. Ich verlagerte die Hand, um einen struppigen Busch zu ergreifen, der aus der Felswand wuchs. Dann ließ ich mich ein Stück weiter hinunter. Als mein rechter Arm ganz ausgestreckt war, begann der Busch sich aus dem Gestein zu lösen. Mein Fuß rutschte von dem Vorsprung herunter. Einen Moment lang baumelte ich in der Luft. Dann riß der Busch heraus, und ich purzelte auf den Strand. Ich fiel ungeschickt und wußte sofort, daß meine Schenkelwunde sich geöffnet hatte und wieder blutete.

Septimus half mir auf die Füße und schlang sich meinen Arm um den Hals. Zusammen humpelten wir am Strand entlang. Jeder Schritt war schmerzhaft. Wir waren kaum mehr als fünfzig Schritt weit gegangen, als ich anfing, mich matt zu fühlen. Er wandte sich mir zu, und sein Gesicht verschwamm vor meinen Augen.

»So wird das nie was«, sagte er. »Ich muß dich auf den Rücken nehmen.«

Er hockte sich vor mir nieder und schlang seine Arme um meine Beine. Meine Arme legte ich ihm schlaff um den Hals. Er richtete sich auf und marschierte, zuerst taumelnd wie ein Betrunkener, den Strand entlang. Allmählich fand er zu seinem Rhythmus, und ich hing an ihm, hilflos und abhängig wie der alte Anchises, als Aeneas ihn aus dem brennenden Troja rettete.

Ich weiß nicht, wie lange er mich trug, oder wie weit, noch, ob er eine Rast einlegte, denn ich wurde ohnmächtig und ward so wie ein Sack voll Fleisch, Gebein und Eingeweide durch die Nacht und in den Morgen hinein geschleppt. Es wurde hell, als ich wieder zu mir kam; ich lag unter einem Dornenbusch, auf dem der Tau glitzerte, und Septimus schlummerte zu meinen Füßen wie ein Hund. Er erwachte auch so jäh wie ein Hund, als er merkte, daß ich mich rührte.

»Ich wollte dich nicht alleinlassen, General«, sagte er. »Ich befürchtete, du könntest aufwachen und denken, ich hätte dich im Stich gelassen. Aber wenn wir hier rauskommen sollen, muß ich jetzt Essen und Trinken für uns auftreiben. Ich denke, vorläufig bist du hier in Sicherheit.«

Er legte mir die Hand auf die Schulter und ließ sie dort für einen Augenblick liegen, ja, er drückte meine Schulter gar, als wäre ich sein Kamerad. Der Wind wehte, und ich sah, wie das Strandgras seine Füße peitschte, als er davonstapfte. Einmal drehte er sich um und winkte. Ich blieb zurück, voller Staunen, Schmerz und Ratlosigkeit.

Ich weiß nicht, wie lange er fortblieb, denn trotz der Gefahr und meiner Entschlossenheit, wachzubleiben, damit ich nicht vom Feind überrascht würde, versank ich wieder in der Bewußtlosigkeit. Ich träumte nicht, aber mein Schlaf mußte unruhig gewesen sein: Als ich erwachte, sah ich, daß ich eine Pflanze, die neben mir wuchs, ausgerissen und zerfetzt hatte, ohne daß ich mich daran erinnern konnte.

Einige Zeit lag ich so da. Das klare Wetter, das der Mond verheißen hatte, war schon wieder vorüber, und der Himmel war tief, grau und schwer. Ein saurer Wind wehte durch Gestrüpp und Binsen einer Welt, die leer war bis auf ein paar Seevögel. Kein Laut, kein Zeichen von Menschen war zu entdecken. Es war, als wären die

Legionen, die gestern aufeinandergetroffen waren, vom Erdboden verschluckt. Es war eine beklagenswerte, heillose Angelegenheit gewesen: Kaum waren unsere Schiffe ans Ufer gelaufen, da waren Pompejus' Leute, eine Legion aus Strauchdieben und nubischen Kavallerietruppen, über uns hergefallen, ehe wir Gelegenheit fanden, unsere Reihen zu ordnen. Eine Schlacht war es kaum gewesen – eher ein Handgemenge, und meine Wunden hatte ich bei dem vergeblichen Versuch davongetragen, eine Schar von Flüchtenden aufzuhalten.

Weit hinten zur Linken, am Rande eines Vorgebirges, konnte ich jetzt die Säulen eines Tempels erkennen. Aber ich konnte nicht glauben, daß die Götter darin wohnen sollten. Dann entdeckte ich unterhalb des Tempels zwei Gestalten, die auf dem gewundenen Pfad herabkamen: Ein Mann und ein Pferd. Sie bewegten sich sehr langsam voran, als sei der Weg holprig, oder als seien sie alt und müde. Als sie am Fuße des Pfades angelangt waren, wandten sie sich mir zu. Ich legte meine Hand locker an das Heft meines Schwertes und wartete, den Blick starr auf die schwarzen Gestalten gerichtet, die sich über den grauen Sand heranbewegten. Dann entspannte ich mich: Das Pferd war nur ein Esel, und es war Septimus, der es führte.

»Anscheinend sind wir aus dem Gröbsten 'raus, General«, sagte er. »Ich habe oben in den Bergen einen Bauernhof gefunden. Wer immer da gewohnt hat, ist weggelaufen, aber ich habe Wein, so 'ne Art Kekse und Oliven gefunden. Hier.« Er zog die Sachen aus einem Beutel, den er um den Hals trug. »Nimm ein Häppchen und einen Schluck. Nicht allzu viel auf leeren Magen.« Er hockte sich neben mich. »Ich habe nirgends eine Menschenseele gesehen«, berichtete er, nahm den Ziegenlederschlauch und reichte ihn mir. Der Wein war dünn und sauer, aber ich brachte doch zwei

Schlucke herunter. Er wischte mit der Handfläche über die Tülle des Schlauches und nahm selbst einen tiefen Zug. »Wird schon wieder werden, General«, meinte er. »Du wirst sehen.«

Der Esel war ein knochiges Reittier mit einem schwerfällig wiegenden Gang. Wir waren noch nicht weit gekommen, als mir schon schwindlig wurde; Septimus mußte mir eine Hand ins Kreuz legen, um mich auf dem Rücken festzuhalten. »So geht das nicht, General«, stellte er fest. »Du bist schwach wie ein kleines Kätzchen.«

Das war ich auch; aber Septimus, dieser Bauer aus den Sabiner Bergen mit seinen langgezogenen Vokalen, war nicht nur stark; er wußte auch, was in einer Krise zu tun war, in der ich verloren war. Freilich, schon während all dies geschah, konnte ich mich mit meiner Verletzung herausreden, mit meinem malträtierten Schädel und dem leichten Fieber, das mich plagte. Aber die alte Redensart stimmt: Wer sich entschuldigt, klagt sich an. Tatsache war: Unsere Katastrophe – das Scheitern unserer Schiffe und die Zerschlagung meiner Legionen durch einen zahlenmäßig unterlegenen Feind – hatte mich zumindest für den Augenblick hilflos gemacht. Ich war unfähig, zu denken, zu entscheiden, zu handeln. Ich war auf den Zustand völliger Abhängigkeit von diesem neunzehnjährigen Bauernburschen zurückgeworfen.

Er brachte mich zu dem Bauernhof und verband meine Wunde, und ich schlief, während er Wache hielt. Im Dunkel der Nacht erwachte ich wieder; da saß er auf einem Faß in der Tür und spähte in die raschelnde Leere der Macchia hinaus.

»Hast du geschlafen?« fragte ich ihn, und er schüttelte den Kopf, abrupt, beinahe verärgert, als hätte ich ihn der Pflichtvergessenheit beschuldigt. Ich legte ihm eine Hand auf die Schulter.

»Wo sind sie nur alle?« fragte ich. »Vielleicht sind wir ganz allein.«

»Wir sind nicht allein. Man hört Geraschel, und mitunter regt sich etwas in der Ferne, und bevor es ganz dunkel wurde, sah ich einen Trupp Reiter, der aus dem Nachbartal herauskam und sich zur Küste wandte. Aber vorläufig sind wir einigermaßen sicher.«

»Sicher?« wiederholte ich. »Man sieht keine Sterne.« Damit meinte ich, daß mein eigener Stern unsichtbar war – zum erstenmal seit Caesars Tod.

»Ich wünschte, es würde regnen«, sagte er. »Du hast auf den letzten paar Meilen Blut verloren. Sie könnten der Blutspur folgen.«

Er verstummte und schlief ein. Der arme Junge. In der Kammer hinter mir regte sich der Esel. Die Worte des Jungen hallten mir in den Ohren. »Sie könnten der Blutspur folgen.« Das könnte wohl jeder tun, der den Werken meiner Laufbahn nachspürte: der Blutspur folgen. Doch kein Tropfen war aus Freude am Töten vergossen worden, sondern immer nur aus Notwendigkeit. Aber, so dachte ich in jener Nacht, die mir schon stygisch erschien, derweil ich mir vorstellte, wie die Kavallerie des Pompejus die Täler auf der Suche nach mir durchkämmte – aber wenn ich hier stürbe, wäre all das Blut sinnlos vergossen. Die Proskriptionen, Philippi, Mutina, – nichts davon hätte den geringsten Nutzen für Rom gehabt, und meine Seele würde blutbefleckt und wertlos in die Unterwelt hinabsteigen. Ich hatte geglaubt, eine Bestimmung zu haben – den Soldaten, unter denen ich Septimus gefunden hatte, als sie sich in banger Erwartung der Schlacht um das Lagerfeuer gedrängt hatten, hatte ich gesagt, daß ich wisse, was ich meiner Bestimmung nach für Rom zu tun hätte –, und hier saß ich nun, verwundet und benommen von der Niederlage, und versteckte mich in einem verlassenen Bauernhaus am Hang eines sizilianischen Berges; meine Flotte war in alle Winde zerstreut, und meine einzigen Gefährten waren ein magerer Junge mit einem Boxerohr und ein lahmer Esel. »Wir müssen zu den Göttern beten, daß Agrippa kommt«, hatte der Junge gesagt, aber vielleicht hatte mein Bote Agrippa nie erreicht.

Gegen Morgen legte sich der Wind. Hähne krähten weiter hinten im Tal, und ich erschrak, denn die Lebenslaute dort hinten konnten die Aufmerksamkeit der pompejanischen Soldaten erregen. Ich humpelte zurück in die Kammer und nahm einen Schluck Wein aus dem Ziegenschlauch. Septimus murmelte und bewegte sich im Schlaf. Ich dachte zum erstenmal seit der Katastrophe sehnsuchtsvoll an Livia. Ließ ich sie im Stich, wie ich Rom im Stich ließ?

Mein Lebtag habe ich viel Zeit zurückgezogen in eigenen Gedanken verbracht. Gleichwohl habe ich Einsamkeit nur selten erfahren. Wir sind ein geselliges Volk; in unseren Haushalten herrscht ein reges Treiben von Sklaven und Verwandten, und unsere Geschäfte führen uns auf das Forum, in die Gerichtshöfe, ins Haus des Senats und auf das Feld. Inmitten schnatternder Ablenkungen folgt man seinen Gedanken. Cicero haßte es, allein zu sein; sein Verstand arbeitete am behendesten unter dem Druck anderer Menschen. Auch Caesar verabscheute die Einsamkeit; dem Einsamen, so pflegte er zu sagen, könne man niemals trauen, denn wer wisse schon, was er gerade brüte? Von allen, die ich kenne, weiß nur Vergil dem langen Schweigen einsamer Orte zu lauschen; und seine Sinne schwingen im Einklang mit dem Numinosen. Ich fand die Stille an diesem sizilianischen Berg jetzt bedrückend, und – denn ich habe mir geschworen, in diesen Bekenntnissen die Wahrheit zu sagen und nichts zu verschweigen, wäre es noch so beschämend – ich fand sie furchterregend. Zu gern hätte ich Septimus geweckt, nur um seine rauhe, anheimelnde Stimme zu hören. Ein Rest Stolz hielt mich zurück; laß den Jungen den nötigen Schlaf genießen, ermahnte ich mich. Aber meine Hände zitterten, und kleine Nadelstiche der Angst oder Unruhe brannten in meinen Armen.

Zwei Tage rasteten wir in dieser Hütte. Am zweiten Morgen hatten die gelegentlichen Blutungen meiner Schenkelwunde aufgehört. Allmählich ließen auch meine Kopfschmerzen nach. Das Gefühl der Übelkeit verging nie ganz, obgleich Septimus noch mehr Wein entdeckte, mit dem wir unsere Mägen beruhigten. Ich konnte seine gefaßte Haltung nur bewundern; mich selbst behelligte noch immer ein leichter Tremor in Händen und Armen. Es war leicht, mir einzureden, er habe nichts zu verlieren als sein Leben, nichts zu fürchten außer dem Tod – wohingegen ich... aber dann brach ich ab: Rom war weit weg.

Am zweiten Tag regnete es mit gleichförmiger, trister Intensität. Nebel hatte sich vom Meer herangewälzt, und der Eingang zum Tal war verhüllt. Am späten Nachmittag konnte man keine fünfzig Schritt weit mehr sehen; nur die allernächsten Olivenbäume ragten in grotesken Windungen aus den dünnen Rändern des Nebels. Am Morgen hatte Septimus zu mir gesagt: »Was wir beide brauchen, General, ist Ruhe. Schlafe jetzt, und dann wechseln wir, eh, und du hältst Wache.« Ich nickte; mir kam es natürlich vor, das Kommando an den Jungen abzutreten.

Am Abend fühlte ich mich erfrischt, aber meine Zuversicht hinsichtlich unseres Entrinnens war nicht gewachsen. Immerhin hatte der lange Schlaf zur Beruhigung meiner Nerven beigetragen. Vielleicht spürte Septimus, daß meine Stimmung sich geändert hatte; jedenfalls sprach er zum erstenmal frei von der Leber weg. Dabei redete er hauptsächlich von seiner Familie. Seines Vaters Ackerland (so erzählte er) war klein; es war unmöglich, damit sieben erwachsene Söhne zu ernähren. Drei der Brüder waren nach Rom gegangen, aber er nicht. Er hatte gesehen, wie sie dort lebten, und das war nichts für ihn. In Rom gab es keine Arbeit für sie. Sie waren auf das Armengetreide angewiesen, und ihre Zeit vertrödelten sie in den Tavernen, wo sie darauf hofften, daß jemand ihnen ein Glas spendierte. Ihr Hauptinteresse galt den Lotterien und den Spielen. Zwei waren verheiratet. »Mit Ausländerinnen, ob du's glaubst oder nicht, General. Nein, das Leben in der Stadt ist nichts für einen Mann. Ich meine, es erniedrigt ihn. Andererseits, das muß ich dir auch sagen, General, ist das Los meines Vaters kaum glücklicher. Sicher, er bebaut seine Äcker, und darin liegt eine gewisse Befriedigung; wir pflanzen unser eigenes Korn zum Brotbacken, und wir machen unseren eigenen Wein aus unseren eigenen Trauben, und der Bruder meiner Mutter beliefert uns mit Öl und Oliven und bekommt dafür Wein, und wir haben auch eine kleine Schafherde, die mein Bruder im Sommer auf die Weide bringt. Das alles mag ganz okay klingen, aber es wird doch von Jahr zu Jahr schwieriger. Siehst du, mein Pappa kann auf dem Markt mit den Großgrundbesitzern und ihren von Sklaven bearbeiteten Großfarmen nicht konkurrieren. Keiner von den Kleinbauern kann das. Immer wieder unterbieten sie unsere Preise. Er wird verkaufen müssen, wenn die Dinge so bleiben. Seine Schulden wachsen von Jahr zu Jahr. Ich sah keine Zukunft mehr und ging zum Militär. Werde Soldat, dann siehst du was von der Welt, heißt es. 'ne feine Welt, die wir jetzt sehen, was?«

Am nächsten Morgen war der Himmel klar, und die Sonne schien auf eine funkelnde Welt. Meine Stimmung hob sich mit dem Nebel. Zum erstenmal hielt ich es für möglich, daß wir davonkommen könnten. Ich humpelte sogar (ich war immer noch ein bißchen lahm) vor die Tür und bis zum Rande des Olivenhaines; von dort aus konnte ich durch den Eingang des Tales und die Küstenstraße hinunterblicken.

Was dann geschah, muß ich unumwunden niederschreiben. Mit neuem Frieden im Herzen spähte ich in der spröden Schönheit dieses Oktobermorgens in die Ebene hinunter, und plötzlich überlief es mich eisig. Ein Reitertrupp bog von der Küstenstraße ab und kam den Talweg heraufgeritten. Es war ausgeschlossen, daß ihnen unser Bauernhaus entginge; es war ausgeschlossen, daß unsere Flucht unbemerkt bliebe. Unsere Sicherheit war trügerisch gewesen. Eines nur war jetzt noch sicher: Ich hatte verloren.

Ich rief Septimus. Er kam herbeigerannt. Ich zeigte ihm, was ich ihm nicht mehr zu zeigen brauchte.

»Bring mir mein Schwert«, sagte ich.

»Es hat keinen Sinn, zu kämpfen«, sagte er.

»Nein, es hat keinen Sinn, zu kämpfen«, bestätigte ich. »Bring mir mein Schwert.«

Er sah mich an und gehorchte nicht. Humpelnd kehrte ich zur Hütte zurück, fluchte über ihn und ergriff mein Schwert. Ich packte es bei der Spitze und hielt es ihm entgegen. Seine Hand schloß sich um den Griff, aber sein Blick ging an mir vorbei. Ich kniete vor ihm nieder und zog mir die Tunika vom Hals...

»Schlag zu«, befahl ich.

Immer noch sah er an mir vorbei, ohne sich zu rühren.

»Schlag zu«, rief ich noch einmal, den Tränen nahe. Mein Herz schlug schnell, und ich merkte, daß ich am ganzen Leibe zu zittern begann. »Schlag zu, im Namen der Götter. Laß mich wenigstens eines römischen Todes sterben. Siehst du nicht ein, daß ich kein Verlangen danach habe, Pompejus in die Hände zu fallen und zum Narren gemacht zu werden, zu einem Gespött für alle Zeit? So schlag zu, wenn du mich liebst...«

Aber er warf das Schwert zu Boden, kniete neben mir nieder und legte die Arme um mich... »General«, sagte er, »du bist außer dir. Hör zu.« Er sprach sehr sanft, und doch mit einer Dringlichkeit, die von Herzen kam. »Ich habe an dich geglaubt. Deshalb habe ich getan, was ich in den vergangenen Tagen getan habe. Als du zu uns an das Lagerfeuer kamst und uns von deinem Stern erzähltest, und was du für Italien tun wolltest, da glaubte ich dir und liebte dich dafür. Willst du mir jetzt sagen, daß alles gelogen war? Daß du mit deinem Stern auch bloß ein Beschiß bist wie alles andere? Ich werd's nicht tun, und wenn du heulst und bettelst« – (und ich weinte wirklich; ich zitterte vor Schluchzen). »Wenn du entschlossen bist, es zu tun, mußt du dich schon selber umbringen, aber ich verspreche dir nicht, dir zu folgen. Mich umzubringen, das überlasse ich anderen. Ich klammere mich an mein Leben« – (und er umarmte mich fester, als sei ich selbst das Leben) – »obwohl sie, wenn sie mich bei deiner Leiche finden, denken werden, daß ich es war, und dann werden sie mich entweder erschlagen, um selbst den Ruhm dafür einzuheimsen, oder – wer weiß? – sie werden mich belohnen. Aber einen Lohn dieser Art will ich nicht. Hörst du?« Er brüllte jetzt. »Sei ein Mann, General. Du sagst, du bist gesandt, Rom zu retten, und das glaube ich dir, auch wenn du dich jetzt benimmst wie ein Kind...«

Wir knieten einen Augenblick so da und hielten uns umarmt. Dann kehrte die Milde in seine Stimme zurück, und er fuhr fort: »Jetzt komm, General, und steh auf. Treten wir dem Schicksal mannhaft entgegen, was immer es bringt, sei es schlecht oder gut. Was nach dem Tod kommt, weiß keiner, aber alle, die ich darüber habe reden hören, waren sich darin einig, daß es besser ist, dem Tod mit frohem Mut entgegenzusehen.«

Seine Worte erneuerten mich. Ich raffte mich auf, nahm das Tuch, das er mir reichte, und wischte mir die Augen.

»Und mit deinem Stern«, sagte er, »überleben wir vielleicht, was immer uns jetzt erwartet.«

»Es ist gut«, sagte ich. »Ich bin jetzt wieder ich selbst. Und ich werde dir nie vergessen, was du heute für mich getan hast.«

Die Reiter waren jetzt so nah, daß wir Hufgetrappel und das Klirren der Geschirre hören konnten. Der Trupp hielt an, als sie uns erblickt hatten. Drei oder vier Reiter trabten noch einmal an und hielten etwa fünfzig Schritt vor uns. Der vorderste drehte sich im Sattel um und rief: »Er ist es, es ist der General selbst.« Die Kolonne löste sich auf, und im nächsten Augenblick hatten mich alle umringt. Ich schaute auf und sah Agrippas Gesicht.

»Wo zum Teufel kommst du plötzlich her?« rief ich. »Wie hast du mich finden können?«

»Soldateninstinkt«, antwortete er selbstzufrieden; oft hatte er mir gesagt, daß er einen solchen besitze und ich nicht. »Ist alles in Ordnung?«

Ich warf einen Blick auf Septimus. »Bei uns ist alles in Ordnung«, sagte ich. »Dank diesem Manne hier...«

Ihr wundert euch vielleicht, meine Söhne, daß ich es über mich bringe, diese Geschichte zu erzählen und sie in all ihren Einzelheiten zu erzählen. Es wäre ein leichtes gewesen, sie zu übergehen. Das Scharmützel, in dem wir geschlagen wurden, war eine unbedeutende Episode in dem

Krieg mit Sextus Pompejus. Es war ein kleiner Rückschlag in dem Kampf, den wir am Ende kaum verlieren konnten. Nichts in dieser Geschichte könnte zu meinem Ruhme beitragen. Ich habe die Nerven verloren; ich habe mich aufgeführt wie eine Memme. Agrippas Anblick machte mich verlegen, und ich konnte ihm nicht in die Augen sehen.

Gleichwohl wäre es unehrlich, wollte ich es unterlassen, zu erwähnen, wie mich Nerven und Entschlossenheit verließen; ich versuche, euch (und der Nachwelt) die Wahrheit über mich zu sagen. Dies war das eine Mal in meinem Leben, da meine Siegesgewißheit verflogen war und ich in mir selbst keinen Schutz vor Angst und Verzweiflung fand. Ich wollte wirklich, daß Septimus mich tötete, und nur das Vertrauen des Bauernjungen in mich errettete mich. Seine Tapferkeit und der glückliche Zufall, der Agrippa unseren Unterschlupf entdecken ließ (und es hätte leicht sein können, daß die Reiter nicht zu Agrippa gehört hätten; in der Tat hätten es Pompejus' Leute sein können, denn dieser hatte noch immer den bei weitem größeren Teil der Insel unter seiner Kontrolle), bestärkten mich zusammen in meinem Glauben, daß die Götter meiner Sache gewogen seien. Fortan hatte ich keine Zweifel mehr.

Was konnte ich mit Septimus anfangen? Ich konnte ihn nicht bei mir behalten, denn er war mir eine beständige Erinnerung an meine Schwäche, und ich fürchtete, daß ich ihn allmählich hassen würde. Zunächst schickte ich ihn zu Livia mit einem Brief, in dem ich schlicht erklärte, er habe mir das Leben gerettet – ich brachte es nicht über mich, Livia zu offenbaren, in welche Lage ich hatte geraten können – und solle entsprechend belohnt werden. Schließlich überschrieben wir ihm Ackerland und Olivenhaine nahe bei der Quelle des Clitumnus. Ein paar Jahre lang schickte er uns jeden Winter eine Lieferung Öl. Dann hörten diese Geschenke auf. Ich zog Erkundigungen ein, erfuhr, daß er in Schulden geraten war, und daß sein Stolz oder seine Scham zu groß gewesen war, als daß er um die Hilfe eingekommen wäre, die ich ihm zweifellos gewährt hätte. Nach ersten Berichten hatte es ihn in die Stadt verschlagen, aber als ich befahl, ihn dort zu suchen, hatte ich keinen Erfolg. Spätere Berichte widersprachen den ersten: Er hatte sich lieber an seinem eigenen Türrahmen erhängt, als daß er mitangesehen hätte, wie sein Land in die Hände seiner Gläubiger fiel. Merkwürdige und beunruhigende Symmetrie des Lebens.

Der Krieg gegen Pompejus war eine ermüdende, lästige Angelegenheit. Nach und nach, dank Agrippas innovativem Genius und der Erfindung einer neuen Maschine namens Harpax – ein vermittels eines Katapults abgeschossener Enterhaken ermöglichte es uns, ein pompejanisches Schiff an eines der unseren zu binden und ihm so den Vorteil der Beweglichkeit zu nehmen, die ihm die überlegene Seemannskunst seiner Piraten bis dahin verschafft hatte – nach und nach also rieben wir ihn auf. Pompejus verließ der Mut; er floh nach Osten und lieferte sich Antonius aus. Ein Brief von Antonius erzählt den Rest:

Caesar: Pompejus kam hier an, blubbernd vor Angst und mit Schaum vor dem Mund vor lauter Empörung über das, was er »deine barbarischen Methoden« nannte. Leider – es wird dir das Herz brechen so etwas zu hören, mein Junge – muß ich dir mitteilen, daß er dich als »hinterfotzig« betrachtet. Ich sage »betrachtet«, aber eigentlich sollte ich die Vergangenheitsform benutzen. Ich hatte die Nase voll von Pompejus. Wir haben alle Arten von Kooperation ausprobiert, und nichts hat funktioniert. Jetzt hast du ihn besiegt, und ich hatte wirklich den Eindruck, daß er die Erde lange genug belastet hat. Also veranlaßte ich, daß man sich seiner annahm – auf höchst zuvorkommende Weise, wohlgemerkt. Aber Tatsache ist, daß jeder Pompejus ein Verlierer ist. Und was gibt es Neues von unserem Kollegen, diesem wahrscheinlich doch nun wirklich überflüssigen Manne?

Kümmere dich um Octavia, und sieh zu, daß das Kind wohlbehalten zur Welt kommt. Das vertraue ich dir an, Bruder.

Mit dem Hinweis auf Octavia werde ich mich beizeiten beschäftigen. Einstweilen kann ich diese Episode vielleicht zum Abschluß bringen.

Über Pompejus' Hinrichtung konnte ich keinen Schmerz empfinden. Wir hatten ihm wirklich ein absurdes Maß an Nachsicht gezeigt.

Es fügte sich indessen, daß sich infolge einer jener Launen militärischer Fortüne viele der pompejanischen Legionen dem Lepidus ergaben, der in den letzten Wochen des Feldzuges nur eine untergeordnete Rolle gespielt hatte. Das hätte mißlich sein können, wäre Lepidus ein anderer gewesen, denn nun hatte er unversehens, wie er glaubte, den Oberbefehl über zweiundzwanzig Legionen, also rund hunderttausend Mann, eine enorme Streitmacht.

In den Jahren des Triumvirats hatte Lepidus nämlich einen gewissen Groll entwickelt; er spürte seine Unterlegenheit, nicht aber die Neigung, sich deren Ursache einzugestehen. Ich saß beim Frühstück in Syrakus, nachdem ich den Göttern in dieser Stadt der tausend Kulte ein Opfer dargebracht hatte, als Agrippa hereingestürmt kam. Sein Gesicht hatte die Farbe eines winterlichen Sonnenuntergangs. Zunächst verstand ich überhaupt nicht, was er sagte, denn in seiner Wut verschluckte er seine Worte. Schließlich indessen nötigte ich ihn, sich zu setzen und sich zu entspannen.

»So«, sagte ich. »Und jetzt fangen wir noch mal von vorn an.«

»Genau das werden wir verflucht nochmal machen müssen«, schrie er. »Dieser Halunke, der Lepidus.«

»Oh, Lepidus«, sagte ich. »Lepidus ist nichts.«

»Nichts ist er? Bloß, daß er versucht, sich zu einem verdammten Pompejus zu machen.«

»Wie meinst du das?«

»Ach, habe ich dein Interesse doch noch geweckt, wie? Na, wenigstens etwas. Ich dachte schon, du wärest so beschäftigt mit diesen griechischen Götzen – oder griechischen Fotzen, was weiß denn ich? –, daß du gar keine Zeit mehr hast für so einfaches Zeug wie Krieg und Politik...«

»Na, komm«, sagte ich. »Ich bin ganz Ohr, wie ein Esel.«

Mein kleiner Scherz blieb ohne Wirkung. Agrippas Miene war düsterer als zuvor. Euer Vater hat leider nie ein Gespür für die Frivolität ernster Augenblicke gehabt. Aber endlich kam er doch zur Sache: Lepidus hatte einen Anfall von Größenwahn erlitten.

»Hier ist der Brief, den der Halunke geschrieben hat«, brüllte Agrippa. »Er erklärt mit blumenreichen Verzierungen ohne Ende, daß er nun, da die pompejanischen Legionen sich ihm ergeben hätten, Sizilien als seine Provinz betrachten müsse; deshalb befiehlt er dir, samt deinen Legionen von der Insel zu verschwinden. Was sagst du zu soviel Rotzigkeit?«

»Wen die Götter vernichten wollen, dem nehmen sie zuerst den Verstand«, sagte ich.

»Was zum Teufel meinst du damit? Was tun wir jetzt?«

»Nichts.«

»Nichts? Willst du es hinnehmen, ohne zu mucken? Um Jupiters willen, laß mich gegen sein Lager marschieren. Ich hänge ihn auf, so hoch, daß er dem Koloß von Rhodos ins Auge blicken kann...«

»Nichts da«, sagte ich. »Wir bleiben sitzen, wo wir sind. Aber sorge dafür, daß Lepidus' Schreiben allgemein bekannt wird. Dann wollen wir sehen, welche Wirkung es hat.«

Agrippa zog die Brauen zusammen. Ich faßte seinen Arm und fühlte, wie er sich unter meiner Hand anspannte.

»Krieg wird nicht nötig sein«, sagte ich. »Wart's nur ab.«

Das Wetter war schön, das weiß ich noch, wenngleich ich es kaum genießen konnte, denn es gab viel Verwaltungsarbeit zu erledigen. Während des ganzen Bürgerkriegs, müßt ihr bedenken, waren wir damit beschäftigt, die römische Regierung im ganzen Reich wiederzubeleben. Gewiß, zu jener Zeit war ich nominell nur für die Westhälfte dieses Reiches zuständig, aber schon das bedeutete eine Menge Arbeit. Gallien zum Beispiel war zwar von meinem Vater erobert, aber noch kaum in unsere administrative Sphäre gezogen worden. In Rom selbst hatte ich bereits mein großes Bauprogramm in Angriff genommen; ich restaurierte beschädigte Tempel und öffentliche Gebäude, errichtete neue und brachte ein wenig Ordnung in die regellose, willkürliche Wohnungsversorgung der Armen. Mein Leben lang bestand ein großer Teil meiner Arbeit aus solchen Dingen. Ich murre nicht. Im Gegenteil, es hat mir immer große Freude gemacht, Ordnung und ordentliche Verfahren einzuführen, und es war mein größter Stolz, meinen Mitbürgern dienen zu können.

Aber in unserem Lager machte sich eine ungewöhnliche Munterkeit bemerkbar, ein Gefühl von unverantwortlich guter Laune. Lepidus' Befehl hatte sich herumgesprochen, und alle empfanden es als erstklassigen Witz, daß der »ausgezeichnete Esel« sich anmaßte, mit Autorität zu sprechen. Von Tag zu Tag verstärkte sich der Strom von seinem Lager zu unserem. Das Heer hatte den Krieg satt. Seit der Ermordung meines Vaters waren jetzt acht Jahre vergangen, und in dieser Zeit hatte niemand von uns Frieden gekannt. Jetzt wollte Lepidus wieder Aufruhr stiften, das zerbrechliche Gleichgewicht zerstören, das wir gefunden hatten – und er fand keinen, der dabei mitmachen wollte. Man lachte ihn regelrecht aus der Rüstung. Innerhalb einer Woche nach seiner »Befehlsergreifung« hatte seine Armee angefangen zu desertieren. Einen prominenten Deserteur ließ ich zu mir kommen. Es war Lepidus' eigener Neffe Paullus. Ich befragte ihn eingehend nach dem Geisteszustand seines Onkels. Lautstark gab er seiner Verachtung Ausdruck. Ich kam zu dem Schluß, daß die Zeit zum Handeln gekommen sei, und lud ihn ein, mich zu begleiten.

Am nächsten Morgen ritt ich, begleitet nur von einer persönlichen Garde von einem Dutzend Mann, zum Lager hinaus, flankiert von Agrippa und Paullus. In morgendlicher Kühle, bevor die Sonne hoch am Himmel stand, durchquerten wir die Ebene. Tau funkelte auf dem jungen Korn, und eine Brise von Südwesten liebkoste sanft unsere Gesichter.

Ohne Zwischenfall legten wir die fünf Meilen zwischen den beiden Lagern zurück, und niemand hielt uns an, bis wir Lepidus' Außenposten erreichten. Auch hier wurden wir recht halbherzig angerufen. Die Wache war nachlässig gekleidet, der Centurio ein bißchen betrunken und unsicher auf den Beinen.

»Seit ihr gekommen, um mit dem General zu sprechen?«

rief er; als er aber erkannte, wer wir waren, unternahm er sichtbare Anstrengungen, seinen Verstand zu sortieren.

»Rühren, Mann«, sagte ich. »Deine Disziplin läßt anscheinend einiges zu wünschen übrig.«

»Jawoll.« Er versuchte, strammzustehen und zu salutieren. Selten habe ich etwas Schlampigeres gesehen. Wir nickten und ritten an ihm vorbei ins Herz des Lagers.

Es war offensichtlich, daß die Truppen demoralisiert waren. Man hätte nicht glauben mögen, daß sie noch wenige Wochen zuvor an einem großen Sieg teilgehabt hatten. Allenthalben sah man Soldaten in verschiedenen Stadien der Entkleidung, und auch Weiber waren da. Ein afrikanisches Mädchen entblößte die Brüste und rief uns zu, wir könnten sie umsonst haben, jederzeit, wer immer wir seien. »Solange ihr bloß nicht Lepidus selber seid«, krähte sie. »Den würde ich bezahlen lassen, durch seine aufgeblasene Nase.« Die umstehenden Soldaten lachten, als sie hörten, wie ihr General beleidigt wurde.

Wir blieben, obgleich ich keine Gefahr fürchtete, dicht beieinander und ritten auf den Paradeplatz. Ein Trupp – eine Strafkompanie vielleicht – wurde von einem gelangweilten Centurio einem oberflächlichen Drill unterzogen. Sie blieben – ohne daß es jemand befohlen hätte – stehen, als sie uns gewahrten, und ich erstieg das Rostrum. Agrippa brüllte den Centurio an, er solle die übrigen Centurionen zusammenrufen. Das geschah schneller, als ich erwartet hatte, und schon bald war der Exerzierplatz voller Männer – gemeine Soldaten wie Centurione –, und auch ein paar Offiziere waren dabei. Agrippa hieß sie schweigen, und ich trat vor.

»Römische Mitbürger«, rief ich aus, »viele von euch werden wissen, wer ich bin. Für die, die es nicht wissen: Ich bin Caesar.« Als dieser Name genannt wurde, erhob sich ein großes Geschrei, und die Menge drängte nach vorn. »Wenn ich zu euch komme«, fuhr ich fort, »verschmähe ich jegliches schützende Gewand.« Und mit diesen Worten riß ich mir den Brustpanzer herunter und stand mit entblößter Brust.

»Hebt jemand hier die Hand gegen Caesar?« rief ich. Einen Augenblick lang lag Stille über der Menge, alsbald zerrissen von vielstimmigem Jubel. Ich hob die rechte Hand. »Nun, so seid ihr besser als Senatoren.« Sie lachten zustimmend. »Aber«, fügte ich hinzu, »ich muß euch leider sagen, daß euer General anderer Ansicht ist.« Ich zog den Brief hervor und schwenkte ihn über dem Kopf. »Seht her. Ich habe einen Brief von ihm. Er sagt, ich soll Sizilien verlassen. Es ist kein freundlicher Brief, obgleich Lepidus keinen Anlaß hat, sich über mich zu beklagen. Daher bin ich gekommen, um euch um Rat zu bitten. Soll ich eurem General gehorchen?«

Soldaten mögen Ironie. Sie ist ihre natürliche Ausdrucksform, und es freut sie, wenn Leute wie wir sie auf Kosten uns Gleichrangiger benutzen. Das ist nicht verwunderlich. Ironie ist schließlich die Einladung zu einer Verschwörung mit dem Redner.

»Ich gestehe«, sprach ich weiter, »daß ich in einem traurigen Zustand geriet, als ich diesen Brief bekam. Da ich Lepidus kenne, war ich wirklich erschrocken. Ebenso erging es meinem ganzen Stab. Agrippa hier – ihr werdet's nicht glauben – war gleich dafür, alles zu packen und spornstreichs nach Rom zurückzukehren. Aber dann kamen uns zweifache Bedenken. Zum einen: Was, wenn Lepidus uns nach Rom folgt und uns befiehlt, auch aus der Stadt zu verschwinden? Und zum zweiten: Ich fragte mich, ob seine Soldaten, diese tapferen Legionen, die selbst unter Lepidus' Befehl noch glorreiche Siege errungen haben, mit ihrem edlen General übereinstimmen. (Wo steckt er übrigens?) Da bin ich hergekommen, um euch zu fragen...«

Nun, ihr könnt euch die Reaktion vorstellen. Ich wußte, ich lief keine Gefahr. Es hat nie einen einzigen römischen Legionär gegeben, der Lepidus mir vorgezogen hätte (ich behaupte nicht, daß ich das gleiche Spiel mit den Truppen des Antonius – oder auch nur des Pompejus – hätte spielen können). Ich war also völlig sicher, und ich hatte mich nicht verrechnet. Sie jubelten mir zu und brüllten vor Lachen, und sie drängten sich um das Rostrum und streckten die Hände aus, um die meinen zu drücken oder mich zu berühren. Ich wartete ab, damit die Euphorie sich entwickeln könne, trat dann zurück und hob wiederum die Hand...

»Dank euch, Soldaten, danke, Kameraden. Dies ist ein großer Tag für uns alle. Wir haben Frieden in der römischen Welt. Die Republik wird nicht länger zermartert von Bürgerkriegen, die nun währten seit jenem Tag, da Caesar durch die Drohungen des Senats gegen sein Leben und seine Freiheit genötigt war, seine Truppen über den Rubikon zu führen. Es freut mich, zu wissen, daß ihr diesen Frieden durch Lepidus' kleinen Ehrgeiz nicht stören lassen werdet. Ihr habt edel gehandelt. Es ist jetzt Zeit, euch zu belohnen. Alle diejenigen, die in den nächsten Monaten aus dem Militärdienst ausscheiden möchten, werden mit Ackerland und einer Ruhestandsprämie entlohnt werden. Wer es vorzieht, unter Waffen zu bleiben, wird einen Bonus in bar erhalten – sobald ich die Schatzbeamten dazu bringen kann, das nötige Geld auszuspucken. Sollte das zu lange dauern – und ihr wißt alle, wozu sie imstande sind, wenn sie den Amtsschimmel reiten und dabei fest im Sattel sitzen – nun, dann werde ich das Geld aus eigener Tasche vorschießen, werde es mir von meinen eigenen Bankiers borgen, wenn es sein muß. Und dann versuche ich eben, es dem Schatzamt aus den Rippen zu leiern, um es zurückzubekommen. Nun aber laßt mich euch in aller Form und endgültig danken für das, was ihr für Rom getan habt, für den Frieden und für die Wohlfahrt der Republik und eurer Mitbürger...«

Unterdessen war von Lepidus keine Spur. Ich beriet mich einen Moment lang mit Agrippa und ließ ihn zurück, damit er im Lager Ordnung und Disziplin wiederherstellte. Wir kamen überein, daß es am späten Nachmittag eine Parade geben sollte.

»Dazu wirst du Lepidus herbeischaffen, nicht wahr«, sagte Agrippa. Es lag kein fragender Ton in seinen Worten.

Der Triumvir hatte sich in eine Villa an der Flanke des Hügels zurückgezogen, von wo er einen Blick über das Lager hatte; dorthin folgte ich ihm. Es war ein bezauberndes Fleckchen, ein Gebäude von hellem, sahnefarbenem Stein, geschmückt mit Girlanden aus Rosen, Glyzinien und Clematis – der rechte Ort, so fand ich, für einen idyllischen Ruhesitz. Er paßte zu meiner ruhigen Stimmung.

Lepidus hatte sich um Fassung bemüht, ehe er mich empfing. Er war so hübsch wie eh und je, und seine Selbstachtung und sein Selbstbewußtsein hatten ihn noch nicht restlos verlassen. In seinen ersten Sätzen trachtete er nach dem alten Tonfall der Herablassung, aber ein Zittern in seiner Stimme verriet ihn. Ich bat alle Bediensteten, uns zu verlassen, und führte ihn hinaus auf die Terrasse.

Das Gesumm des Lagers stieg zu uns herauf. Dahinter erstreckten sich die weiten Kornfelder der sizilianischen Ebene bis zu den Bergen. Drehte man sich halb zur Seite, sah man das funkelnde Meer, so friedfertig, wie ich es während des Krieges nur selten gesehen hatte. Als wir allein waren, zerbarst Lepidus' Fassung; er fiel sogar vor mir auf die Knie und nestelte am Saum meiner Tunika. Ich befahl ihm, aufzustehen und sich daran zu erinnern, daß er ein römischer Edelmann sei, ein Konsul und mein Kollege.

»Allerdings außerdem«, fügte ich hinzu, während ich mich setzte, »ein Trottel.«

Es war nichts Erfreuliches an diesem Zusammentreffen. Nie habe ich den Anblick der Demütigung anders als peinlich empfunden. Jener Tag zu Philippi, als die Besiegten mich verfluchten, als sie an mir vorüberzogen, vernichtete alle Siegesfreude, die ich vielleicht empfunden haben möchte. Aber solche Angelegenheiten müssen zum Abschluß gebracht werden.

»Ich könnte dich wegen Hochverrats vor Gericht bringen«, sagte ich. »Ich könnte dich zum Feind der Republik stempeln lassen, zum Staatsfeind und Vogelfreien. Das wäre kein Problem. Antonius würde mich unterstützen, und ich bezweifle, daß du jemanden finden würdest, der für dich spräche. Sogar dein eigener Neffe, Paullus, drängt mich, so zu verfahren.«

Winselnd brachte er Entschuldigungen vor. Er sei schlecht beraten worden. Ich hätte seinen Brief mißverstanden. Er habe lediglich seinen Anspruch auf die sizilianische Statthalterschaft vorgetragen. Es war eine lange, brüchige Rede, und die Reste jener einschmeichelnden Öligkeit irritierten mich. Ich schnitt ihm das Wort ab und sagte ihm, was ich verlangte, wenn ich mich gnädig zeigen sollte.

Der letzte Akt wurde vor dem Heer aufgeführt. Agrippa hatte die Parade organisiert, und die Soldaten sahen unerwartet adrett aus. Manch Gewiener und Polieren hatte stattgefunden. Sie hatten es darauf abgesehen, mir und sich selbst Ehre zu machen, nach Soldatenart zu beweisen, daß sie Respekt verdienten, und gleichzeitig ihrer Dankbarkeit und Loyalität gegen mich Ausdruck zu geben. Es kann auch sein, daß sie außerdem Lepidus beschämen wollten.

Ich inspizierte die Truppen und blieb wie üblich vor einzelnen Soldaten stehen, die von ihren Centurionen meiner besonderen Aufmerksamkeit empfohlen worden waren.

Dann warteten wir auf Lepidus. Er ritt auf einem grauen Pferd heran. Das war ein Fehler; sein Sitz war nie besonders gut gewesen, und in seiner derzeitigen Erregung hüpfte er haltlos herum. Es gelang ihm indes, ohne allzu große Unbeholfenheit abzusteigen, und er stolperte nur einmal. Dann starrte er wilden Blicks in die Runde; allzu sehr war er damit beschäftigt gewesen, sein Pferd zu lenken (das im übrigen ein absolut friedfertiges Tier war), als daß er sich hätte orientieren können, ehe er abstieg. Beunruhigt sah er, daß ich ihn auf einer Estrade etwa zehn Fuß hoch über dem Boden erwartete, so daß er eine Treppe erklimmen mußte, um zu mir zu gelangen. Unauffällig hielt meine Garde seine Bediensteten zurück, und er mußte allein heraufkommen. Ich blieb auf einem goldenen Stuhl sitzen. Freilich drängte mich die Höflichkeit, mich zu erheben, aber ich war zu dem Schluß gekommen, daß meine Überlegenheit sich wirkungsvoller würde kennzeichnen lassen, wenn ich sitzenbliebe.

Lepidus schwitzte. Vor mir blieb er stehen. Ich sah ihm wortlos in die Augen. Stille bebte in der Luft. Ich spürte, wie intensiv die Soldaten uns anschauten. Ich wartete.

Von meinem stummen Blick genötigt, sank Lepidus vor mir auf die Knie. Er hob beide Hände zu mir, die Handgelenke zusammengepreßt, die Finger ausgestreckt.

»Caesar«, sagte er.

Die Gardesoldaten hinter mir legten die Hände auf ihre Schwertgriffe. Lepidus schluckte.

»Caesar«, sagte er noch einmal, »ich bin gekommen, um dich um Gnade zu bitten...«

»Lepidus«, sagte ich, »wir sind zusammen mit Marcus Antonius angetreten, um die Republik wiederherzustellen, um meinen ermordeten Vater zu rächen, und um dem Reich den Frieden zu bringen. Du aber hast versucht, mir meinen Ruhm und meinen Sieg zu stehlen. Du hast Kriegspläne gegen mich geschmiedet. Mein Groll ist tief, und es ist nicht nur der meine. Ich bin bereit, dir zu verzeihen, wo du gegen mich gefehlt hast. Aber dein Frevel gegen die Republik schreit zum Himmel...«

Ich hielt inne und hob dann die Stimme, um sicherzugehen, daß alle Soldaten hörten, was ich sagte.

»Gleichviel«, sagte ich, »da die Soldaten, die du für die deinen hieltest, dich zurückgewiesen und statt dessen ihre höhere Loyalität gegen die Republik anerkannt und befolgt haben, werde ich die nämliche Milde gegen dich üben, die stets das Losungswort meines Vaters war. Man wird dich deiner Würden entkleiden. Das Triumvirat ist aufgelöst. Ein Amt aber sollst du behalten, und noch dazu das höchste von allen. Du bist meinem Vater im Amt des Pontifex Maximus gefolgt. Zwar hast du es unwürdig ausgeübt, doch ist meine Ehrfurcht vor den Göttern so groß, daß ich mir nicht anmaßen werde, ihren unwerten Priester zu entlassen. Bleibe daher, was du gewesen bist; doch von nun an mußt du deine Pflichten von einem Stellvertreter ausführen lassen, denn du selbst bist verbannt aus Rom und verurteilt zu ewigem Exil.«

Ob ihr es glaubt oder nicht, das abstoßende Subjekt kroch heran und umfing meine Knie. In seiner jammervollen Erleichterung leckte er mir sogar den Staub von den Füßen. Ich wich zurück und befahl, ihn abzuführen. Die Truppen teilten sich und sahen ihm schweigend nach. Zu meinem

Bedauern muß ich sagen, daß einige der Männer auf seinen Schatten spuckten.

»Zum erstenmal hat niemand über ihn gelacht«, stellte Agrippa später fest.

Lepidus' Benehmen verdüsterte unsere Stimmung. Wir hätten nicht gedacht, daß ein römischer Aristokrat zu solcher Erniedrigung fähig wäre. Auch die Soldaten schämten sich, ihn als Befehlshaber akzeptiert zu haben.

Daß ich das Exil über ihn verhängt hatte, war juristisch gesehen strenggenommen natürlich nicht einwandfrei. Aber es war notwendig. Auf alle Fälle ließ ich es von den Gerichten bestätigen und ratifizieren, sobald ich wieder in Rom war.

Meine Entscheidung, ihn im Amt des Pontifex Maximus zu belassen, war ehrlich gewesen. Es kam mir nicht zu, mich in religiöse Formalitäten einzumischen.

VIII

Es gibt kaum einen Augenblick im politischen Leben, wo man sich entspannen und das Erreichte genießen kann. (In dieser Hinsicht ähnelt die Politik der Ehe.) Ich hatte die Ordnung im Westen wiederhergestellt, den Samen der Fruchtbarkeit über Italien ausgestreut und mich an die langwierige Aufgabe der Verschönerung Roms gemacht. Vergil hatte bereits die Verheißung eines neuen Goldenen Zeitalters besungen, und eine gütige Sonne ließ die Kornfelder reifen und färbte die Trauben der Fülle purpurn. Aber Antonius...

Drei Jahre lang, derweil Athen sein Hauptquartier war, lebte er harmonisch mit meiner Schwester zusammen. Außer gelegentlicher Trunkenheit hatte sie sich über nichts zu beklagen. Natürlich gab es da auch eine gewisse Absurdität; es ziemte sich nicht für einen römischen Aristokraten, öffentlichen Erklärungen die Worte »Antonius der Große und Unnachahmliche« voranzustellen, und für uns andere machte ihn dies zu einer komischen Figur. Auch war er politisch nicht gut beraten, wenn er sich öffentlich rühmte, sich der Gunst des Gottes Dionysus zu erfreuen, wenn doch allen klar war, daß er der Sklave des Gottes war; vielleicht war es auch kein Zeichen für allerbesten Geschmack, wenn er behauptete, von Herkules abzustammen – kaum ein beispielhafter Gatte oder Vater, wenn ihr euch erinnern wollt. Aber solche Exzesse waren leicht zu verzeihen; schließlich weiß ja jeder, daß die Griechen und die Orientalen hochfliegende Reden schätzen und in der Tat einen Kult aus der Unaufrichtigkeit machen. (Deshalb fällt es Römern so schwer, die Menschen des Ostens richtig einzuschätzen; uns ist nicht klar, daß ihnen die Rhetorik Zweck und Vergnügen in sich ist, häufig ganz ohne Beziehung zu dem, was sie tun, niemals über eine rein verbale Bedeutung hinausreichend – ich glaube nicht, daß Antonius selbst dies begriff; ich glaube, daß er sich von seiner eigenen Propaganda verführen ließ.)

Gleichwohl kam es dazu, daß Octavia ihn in gewisser Weise zu lieben begann (wie wir es ja alle irgendwie taten). Sie sagte zu mir: »Er ist ein großes Kind, und dies ruft ein zärtliches Gefühl hervor; es ist schmerzlich, mitanzusehen, wie er unter den Folgen von Taten zu leiden hat, die, das versichere ich dir, ganz und gar der Laune des Augenblicks entspringen.« Überdies war ihre Tochter Antonia ihnen beiden eine Freude, und Octavia, ebenso gutherzig und taktvoll wie sittsam und keusch, unterließ es wohlweislich, das Zwillingspaar zur Sprache zu bringen, welches Kleopatra geboren und welchem sie die lächerlichen Namen Alexander Helios und Kleopatra Selene gegeben hatte – Sonne und Mond: Ich frage euch, und fragte mich schon damals auch selbst, ob Antonius diesen Namen wohl zugestimmt hatte; wundern würde es mich nicht, denn sein Geschmack war beklagenswert.

In Athen gelang es ihnen – dank Octavia – auch, trotz seiner gewohnheitsmäßigen Exzesse ein einigermaßen schickliches und zurückhaltendes Leben zu führen. Ja, Antonius verbrachte sogar einige Zeit in den Schulen und studierte die Philosophie; allerdings war er doch, wie Maecenas sagte, wahrscheinlich der letzte Römer, der in der Lage gewesen wäre, einen Nutzen aus ihren subtilen Disquisitionen zu ziehen.

Dann aber schickte Antonius, wie ich euch schon berichtet habe, Octavia aus heiterem Himmel nach Rom zurück – aus gesundheitlichen Gründen, erklärte er. Ich befragte meine Schwester eingehend. Sie war außerstande, mir eine andere Erklärung zu geben, vielleicht auch noch zu loyal gegen ihren Gemahl, als daß sie mir eine hätte anbieten mögen. War er unfreundlich zu dir? fragte ich. Sie wies den Vorwurf zurück. Antonius, behauptete sie beharrlich, war von komplizierterem Wesen, als ich mir vorstellte. Ich hörte ihr mit großer Geduld zu und suchte sie zu verstehen, wenngleich im Grunde niemand die Widersprüche, die Antonius in sich barg, besser verstand als ich. Er war kein schlichter Mann der Tat; das wußte ich. Und ich wußte mehr als das: Ich wußte, daß Männer der Tat, denen es schwerfällt, ihre Gedanken zu artikulieren oder zu ordnen, in Wahrheit viel komplizierter sind als Intellektuelle und Dichter, die stets ohne Mühe die rechten Worte finden. Es mangelt ihnen an der Fähigkeit, sich selbst zu erklären, denn sie haben nicht die Macht, nach innen zu schauen. (Aus diesem Grunde war Pompejus der Große allen ein Rätsel: Er verstand sich selber nicht. Aus demselben Grunde war es auch stets schwieriger, euren Vater Agrippa zu kennen, als etwa Maecenas.)

»Habt ihr euch gestritten?« fragte ich.

Sie schüttelte den Kopf. Zum erstenmal in meinem Leben sah ich mich außerstande, frei mit meiner Schwester zu sprechen. Es störte mich, daß Antonius noch immer solchen Einfluß ausübte.

Ich bat Livia, mit Octavia zu sprechen; ich hoffte, sie möchte mit einer anderen Frau vielleicht offener sprechen. Aber auch Livia scheiterte. Es gab irgendeine Barriere zwischen meiner Frau und meiner Schwester. Vielleicht war Octavia eifersüchtig auf den Einfluß, den Livia auf mich ausübte, wie ich auf Antonius eifersüchtig war. Ich befragte meine Mutter. Sie erinnerte mich lediglich daran, daß sie immer gegen diese Ehe gewesen sei. Ich war enttäuscht von meinen Frauen. Es war eine Erleichterung für mich, als Octavia ein eigenes Haus auf dem Palatin bezog.

Natürlich hatte ich Agenten im Haushalt des Antonius wie er in dem meinen. Daß Pompejus und Lepidus eliminiert waren, machte das Verhältnis zwischen uns schwieriger. Aber was wichtiger war: Der lange Aufenthalt im Orient korrumpierte Antonius' Intellekt; er begann zu vergessen, daß er ein römischer Edelmann war. Verführt durch die absurden Schmeicheleien der Bewohner seiner Provinzen, sah er sich allmählich als König. Und als Gott.

Er brach das Wort, das er mir gegeben hatte. Wenige Monate nach Octavias Abreise war er wieder bei Kleopatra.

Ich unternahm noch einen Versuch, ihn wieder auf den rechten Weg zurückzurufen.

Gegen meinen Rat begann er mit seinem langerträumten Feldzug gegen die Parther. Er war ein besserer Soldat als der elende Millionär Marcus Crassus, dessen Legionen in der Wüste zu Klump gehauen worden waren, und so nahm er die Nordroute durch Armenien. Sein Feldmarschall, P. Canidius Crassus, ein Mann von ausgezeichneten Fähigkeiten und verachtenswertem Charakter, hatte im Norden bis hinauf zum sagenumwobenen Kaukasus die Stämme unterworfen. Am Fuße der Berge von Erzerum hob er eine große Armee von sechzehn Legionen aus, mit zehntausend gallischen und spanischen Reitersoldaten (die ich meinem Kollegen geschickt hatte) und armenischer Kavallerie unter Führung des eingeborenen Fürsten Artavasdes.

Prachtvoller war keine römische Streitmacht je versammelt, und ich hatte meine eigenen Mittel erschöpft, um meinen Kollegen mit dem zu versorgen, was er brauchte.

In den ersten Berichten, die uns in Rom erreichten, war von Triumphen die Rede. Antonius war ungehindert über die Grenze nach Phraspa, der medischen Hauptstadt, vorgedrungen. In der Stadt schwirrten Gerüchte von fabelhaften Schätzen und beispiellosen Großtaten umher. Octavias Haus war jeden Morgen von Senatoren umlagert, die darauf brannten, eindrucksvoll klarzumachen, wie ergeben sie ihrem Gemahl waren. Agrippa war hin und her gerissen zwischen Eifersucht und Sorge. Er sehnte sich danach, selber solche Großtaten zu vollbringen; seine eigenen, kürzlich durchgeführten Feldzüge an unsere Nordgrenze erschienen neben denen, die Antonius jetzt unternahm, wie bloße Polizeiarbeit. Gleichzeitig aber sagte er zu mir: »Es ist dir doch klar, nicht wahr, daß wir das Spiel verloren haben, wenn Antonius dieses Ding durchzieht? Wenn er Parthien erobert und die Schätze dieses Reiches annektiert hat, und wenn er Gelegenheit hatte, sich dort als Herrscher zu etablieren, dann ist er absolut unbesiegbar. Ja, ich sage dir, Sullas Heimkehr aus dem Krieg mit Mithridates – ich habe davon gelesen – wird absolut nichts sein, verglichen damit. Und du weißt, wie Sulla damals Marius und die Volkspartei vernichtete. Er hat uns tatsächlich überlistet, und du warst noch blöd genug, ihm Hilfe zu schicken. Du hast dir dein eigenes Grab gegraben, und meines dazu. Oh«, fuhr er fort, schneller und schneller, je größer seine Erregung wurde, »da brauchst du gar nicht wieder dein Miezekätzchengesicht aufzusetzen oder mir zu erklären, wie du es offensichtlich soeben beabsichtigst, daß Italien deiner Ansicht nach der Schlüssel zur Macht ist. Am Arsch! Marius hatte Italien auch, und du siehst, was es ihm eingebracht hat. Asien ist der wahre Schlüssel. Wer Asien hat, beherrscht Rom. Bei Pompejus war es auch so, erinnere dich. Na, wir haben vielleicht ein Jahr Zeit zur Vorbereitung. Ich sage dir, wenn Antonius im Triumph zurückkehrt, wendet er sich gegen uns. Darauf kannst du Gift nehmen. Ja, die Schweinekerle im Senat wissen schon, woher der Wind weht. Sieh dir doch nur an, wie sie sich um Octavia drängeln und schwören, daß sie immer auf Antonius' Seite gestanden haben.« Und in diesem Tenor, mit wachsender Erregung, ging es weiter.

Schließlich sagte ich: »Es ist ein weiter Weg durch die Wüste bis Phraspa. Und ich behaupte immer noch, Italien ist der Fels, auf dem die Macht ruht. Einstweilen – verstehe mich wohl, Marcus – sind wir alle hocherfreut über den Erfolg deines Kollegen auf seinem Feldzug. Er gewinnt Ruhm und Land für Rom. Ich werde ihn im Senat preisen.«

Es war in der Tat ein weiter Weg bis Phraspa. Zudem hing der Erfolg von Antonius' Strategie von dem Vertrauen ab, das er in Artavasdes gesetzt hatte. Was für ein Dummkopf! In einen Orientalen sollte man nicht mehr Vertrauen setzen als darin, daß der Wind so weht, wie es einem gerade paßt. Natürlich desertierte er und verriet Antonius. Zwei Legionen unter Oppius Statianus wurden zerschlagen. Ein großer Teil des Nachschubs für Antonius wurde vernichtet. Zwar konnte er sich gegen Ende des Jahres bis Phraspa durchschlagen, aber dann fehlten ihm die Mittel zur Eroberung der Stadt, und er war gezwungen, sich zurückzuziehen. Während des ganzen schrecklichen Rückzuges, der nun folgte, schnappte die parthische Kavallerie wie ein Wolfsrudel nach seinen Flanken. Selbst Armenien galt nicht mehr als sicher; dankbar rettete Antonius sich nach Syrien. Viel erzählte man später von dem, was er auf diesem Marsch geleistet habe, und ich sehe keinen Grund, solchen

Berichten keinen Glauben zu schenken, denn er war immer noch ein tapferer und erfindungsreicher Feldherr. Andere aber haben mir versichert, die Armee sei in Wirklichkeit nur durch die Geschicklichkeit und den Mut des Canidius gerettet worden. Ich wußte es nicht zu sagen, denn Antonius ließ nie eine umfassende Geschichte dieses Feldzuges veröffentlichen; aber vielleicht war das auch wirklich unmöglich, denn das Material dazu war in der sandigen Einöde verloren, zusammen mit den Legionen, die ich gesandt hatte.

Selbstverständlich betonten die Berichte, die in Rom kursierten, eine Zeitlang die positive Seite der Kampagne. Wir hörten viel von dem großen Erfolg seines Durchmarsches bis Phraspa. Dieser erregte enormes Staunen. Erst nach und nach sickerte die Wahrheit über das weite Meer, und dann beobachtete ich belustigt, wie die morgendlichen Versammlungen vor Octavias Haus dünner wurden.

Antonius schrieb mir und bat dringend um Nachschub. »Nur noch ein einziger Stoß ist nötig«, schrieb er, »und der Krieg ist gewonnen.« »Um der Götter willen, Kleiner« – (für einen Augenblick der Not war ich noch einmal der »Kleine« für ihn) – »erinnere dich dessen, was ich gegen Pompejus für dich tat, erinnere dich der Liebe, die ich dir entgegengebracht habe, erinnere dich an Philippi und an unsere gemeinsame Treue zu deinem Vater, erinnere dich des Bandes, das unsere geliebte Octavia zwischen uns bildet, und schicke mir sofort zwanzigtausend Mann.«

In meiner Antwort beschwor ich ihn, von seinen parthischen Plänen abzulassen. »Es liegt«, so schrieb ich, »eine große Wüste zwischen den beiden Reichen, wie du wohl unter großen Opfern entdeckt hast, mein lieber Kollege und Bruder. Diese Wüste stellt sicher, daß Parthien die wahren Interessen Roms niemals gefährden wird. Die Republik braucht Frieden. Den Göttern sei es gedankt, daß du nicht das Schicksal des Crassus hast erleiden müssen (was mich persönlich geschmerzt, Octavia das Herz zerrissen und Rom seines größten Generals beraubt hätte). Nimm die ehrenhafte Niederlage als eine Warnung der Götter, solche Tollkühnheit niemals zu wiederholen.«

Darauf schickte er mir einen unzusammenhängenden Ausbruch voller Beleidigungen und Drohungen (»er muß betrunken gewesen sein, als er diesen Unfug schrieb«, sagte ich zu Maecenas). Noch einmal verlangte er zwanzigtausend Mann.

Agrippa explodierte vor Wut. »Wenn wir die übrig hätten«, schrie er, »würde er sie trotzdem nicht kriegen. Aber wir brauchen sie in Gallien und in Illyrien, an der Grenze zu den Julianischen Alpen. Caesar, du wirst diesem Wahnsinn nicht stattgeben.«

»Friede, Marcus«, antwortete ich.

Statt dessen, und da es mir widerstrebte, ihm die knappe Absage zu erteilen, die seine wahnsinnige und selbstsüchtige Forderung verdient hatte, entsandte ich siebzig Schiffe als Unterpfand meines guten Willens, und dazu brachte ich zweitausend erstklassige Soldaten auf den Weg, Veteranen aus meinem Krieg gegen Sextus Pompejus. Octavia begleitete diese Männer, und ich bedrängte sie, ihren Mann zur Vernunft zu bringen.

Ihre Augen füllten sich mit Tränen. »Weißt du, was du mir da antust?« fragte sie. »Ist dir klar, in welche Lage du deine Schwester bringst?«

Ich tat, als verstünde ich sie nicht, aber als ich ihr den Abschiedskuß geben wollte, verriet die Zärtlichkeit meiner Umarmung, ob ich es wollte oder nicht, das Mitleid und das schlechte Gewissen, das ich empfand.

Ihr Gatte bereitete ihr einen brutalen Empfang. Er war

eher wie ein orientalischer Potentat denn wie ein römischer General gekleidet, und er weigerte sich, allein mit ihr zu sprechen. Statt dessen thronte er auf einem Sessel von geschnitztem Elfenbein, verziert mit Amethysten, Topasen und Rubinen, und überschüttete sie mit weitschweifigen Klagereden, in denen er meine Undankbarkeit und Treulosigkeit anprangerte.

»In unserer Ehe«, erklärte er, »warst du das Zeichen meiner Freundschaft mit Caesar. Aber er selbst hat diesen Vertrag zerrissen. Kehre du nur nach Rom zurück, auf daß alle Welt sehe, wie schamlos er mich behandelt.«

Gab es je ein so verächtliches Verhalten?

»Unsere Ehe«, verkündete er, »muß als beendet gelten.«

Octavia weinte, aber Tränen, die noch das kälteste Herz zum Schmelzen gebracht hätten, vermochten nichts gegen das Eis seiner umnachteten Arroganz.

Als ich die Kunde bekam, weinte auch ich: Einmal um Octavias Schande, und dann wegen der Bedeutung dessen, was Antonius getan hatte. Ich schaute über die Stadt hin und sah von neuem Krieg und Pestilenz. Mein Herz war erfüllt von dem Schmerz, den man spürt, wenn man ein Schiff sieht, das einen geliebten Menschen auf die Einöde des grauen Meeres hinausführt.

IX

Jetzt ist es an der Zeit, von Kleopatra zu sprechen, und es fällt mir schwer, dies zu tun. Ebenso leicht könnte ich von Schlangen sprechen.

Als ich Antonius schrieb und ihm Vorwürfe machte, weil er seine Affäre mit ihr wieder aufgenommen und damit das Versprechen gebrochen hatte, das er mir im Vertrag von Brindisi gegeben hatte, antwortete er mir mit einem Rest seiner alten, scherzhaften Unaufrichtigkeit. Dies waren seine Worte:

Was in aller Welt ist denn in dich gefahren? Und wenn ich mit der Königin schlafe – na und? Sie ist meine Frau. Außerdem ist das nichts Neues. Die Geschichte hat doch schon vor Jahren angefangen, wie du weißt, vor neun oder zehn Jahren, möchte ich meinen. Was ist denn mit dir? Du bist doch Livia nicht wirklich treu, oder? Ich wette, du bist es nicht. Meinen Glückwunsch – oder mein Beileid –, wenn du zwischen dem Augenblick, da ich dies schreibe, und dem, da du es bekommst, nicht mit Tertullia oder Terentia oder Rufilla oder Salvia Titisenia oder mit der ganzen verdammten Meute im Bett gewesen bist. Um Himmels willen, ausgerechnet dich muß ich fragen: Ändert es etwas am Eid eines Legionärs (und was der wert ist, wissen wir beide, oder?), mit wem oder was oder wo oder wann oder wie oft er es treibt? Sex, mein lieber Junge, kann man auch überschätzen, das laß dir von mir sagen...

Eine solche Verteidigung war kaum eine Verteidigung. Aber daß er in dieser Form an den Bruder seiner Frau schrieb, zeigt, in welcher Geistesverfassung er sich befand. Solche Wirkung hatte Kleopatra.

Sie hatte meinen Vater verführt, als sie kaum mehr als ein Kind gewesen war. Er weigerte sich, sie zu empfangen, als er Ägypten besetzte, weil seine Pläne für das Königreich die Ptolemäer-Familie nicht einschlossen. So ließ sie sich in einen Teppich gewickelt zu ihm bringen. Er wurde in seiner Gegenwart entrollt, und ihr ganzer Zauber trat zutage, weil ihr karges Gewand natürlicherweise, wenngleich auch einigermaßen kunstvoll, in ansprechende Unordnung geraten war: So lag sie kichernd vor ihm, boshaft wie ein Kätzchen. (Er nannte sie »Kätzchen«.) Nun mögt ihr vielleicht sagen – und ihr hättet recht –, daß es ebenso schwierig war, Caesar zu verführen, wie es Mühe bereitet, die ersten Erdbeeren des Jahres zu verspeisen. Gleichwohl betrachtet, was folgte. Nicht nur glitt sie schneller in sein Bett als ein gekochter Spargel – er ließ sie von dort auch schnurstracks auf den ägyptischen Thron weitergleiten und ihren Bruder (mit dem sie das Königreich hätte teilen müssen) auf ihren Wunsch hin beseitigen. Was war das für ein Mädchen, das mit vierzehn den eigenen Bruder opfert – um der Macht willen? Das finde ich viel bemerkenswerter als ihr Talent, meinen Vater zu faszinieren.

Ihre Schönheit war es nicht. Oh, als junges Mädchen war sie hübsch, sehr hübsch: Klein, sehnig, mit tanzenden Augen, beweglichen Gesichtszügen und einer Stimme, die immer klang, als unterdrücke sie ein Lachen. Sie sprachen natürlich Griechisch miteinander – ihr wißt doch, daß die ägyptische Königsfamilie griechisch ist und nicht ägyptischer als, nun, euer Vater Marcus Agrippa, nicht wahr? Ihr Griechisch klang wunderlich und provinziell.

Die alexandrinischen Griechen verschlucken ihre Konsonanten und hängen ihre Worte aneinander, so daß ihre Rede klingt wie das Gezwitscher der Spatzen unter den Dachrinnen. Auch machte sie grammatische Fehler in beträchtlicher Zahl. Wie ihr wißt, schreibt korrektes Griechisch vor, daß der Plural des Neutrums als Subjekt ein Verbum in der dritten Person Singularis nach sich zieht; Kleopatra ignorierte dies. Natürlich kümmert sich nur ein Pedant um grammatische Kleinigkeiten, und es ist für einen vornehmen Herrn durchaus statthaft, gelegentlich einen kleinen Fehler zu begehen. Aber unsere römischen Damen halten sich doch etwas darauf zugute, daß sie korrektes Latein sprechen. Kleopatra aber war das gleichgültig; sie mißachtete zum Beispiel den Konjunktiv, wann immer sie Lust dazu hatte. Übrigens machte sie sich auch nie die Mühe, wenigstens ein bißchen Latein zu lernen; es besteht kein Zweifel daran, daß ihr Haß und ihre Abneigung gegen Rom, ihren Affären mit meinem Vater und mit Antonius zum Trotz, von Anfang an tief gründeten.

Nichts kann mit mehr Vorbedacht unternommen worden sein als ihr Angriff gegen Antonius. In seiner Unverfrorenheit übertraf er noch ihre erste Zusammenkunft mit Julius, die sich noch als kindliche Posse erklären ließe und jedenfalls einen gewissen kindlichen Charme aufwies. (Wie er ja selbst sagte: »Nun, das letzte, was man von einem Teppich erwartet, ist, daß er ein prächtiges Stück von solchem Musselin entrollt.«) Aus einem Bericht über diese Begegnung habe ich euch, glaube ich, schon zitiert – von wem stammte er noch gleich? Von Salvidienus, wenn ich nicht irre. Vermutlich war er einigermaßen zutreffend. Ihre Ankunft in der Barke machte gewaltigen Eindruck, und sonderbarerweise stimmen die meisten Versionen, die ich gehört habe, darin überein. Jedenfalls hat niemand, der dabei war, es vergessen. Kleopatra war eigentlich nicht schön – ihre Beine zum Beispiel waren zu kurz (Livia pflegte immer darauf hinzuweisen und hinzuzufügen, daß Kleopatra ihren Informationen zufolge auch ziemlich dicke Fesseln habe). Aber sie war ganz erstaunlich herausgeputzt; als sie auszog, Antonius gefangenzunehmen, war ihr Aussehen ein superber Triumph der Kunst, wenn auch nicht der Natur. Darin sind sich alle einig. Was man oftmals ignoriert, ist die außerordentliche Vulgarität dieses Schauspiels. Ich bin selbst ein Bewunderer des Theaters, und mir ist klar, daß das Theater ein unentbehrlicher Teil der Politik ist. Aber im Privatleben sollte man alles Theatralische meiden, und überhaupt sollten alle Dinge in Maßen bleiben. Mir ist es im Grunde unmöglich, einen Unterschied zwischen Kleopatras vulgärem Exhibitionismus und jenen widerwärtigen Spektakeln zu sehen, wie man sie im Bordellviertel von Korinth für die Touristen veranstaltet – allenfalls vielleicht den, daß ihre Show mehr gekostet hat. Moralisch gesehen, war es eine Hurenschau von gleicher Art.

Antonius fiel freilich darauf herein, denn an Geschmack hatte es ihm schon immer gemangelt. Die essentielle Komik dieses Spektakels konnte er nicht erkennen – und es war um so komischer, als Kleopatras höchst reale Intelligenz ein gewisses Maß der Selbstparodie zuließ. Sie spielte eine Rolle. Sie wußte es. Und sie genoß es. Sie war eine Frau von der Sorte, die nicht anders kann, als die Männer zu verachten, die sie täuscht, und von jener ersten Begegnung an hegte sie stets eine gewisse Geringschätzung für Antonius. Julius hatte sie nicht verachtet, denn sie hatte gesehen, daß er dem Sex in dem gleichen ironischen Geist gegenüberstand wie sie selbst. Zudem war sie damals ein Kind, und er war der größte Mann der Welt: So ist es möglich, daß selbst Kleopatra damals von ihm geblendet war. Geliebt hat sie ihn nicht, denn das entsprach nicht ihrer Natur. Sie war unfähig zu jener Abhängigkeit, ohne die wirkliche Liebe unmöglich ist; sie konnte nichts von sich in einem anderen verlieren.

Mit Antonius war die Sache anders. Gewiß, zunächst wahrte er eine gewisse Distanz. Als er mir in Brindisi erzählte, es gehe um Politik – »Politik und Sex, Junge – sie ist Spitze im Bett, die Königin« –, da sagte er, glaube ich, die Wahrheit. In den ersten Tagen war er überwältigt, aber seine Intelligenz und sein Wille gewannen noch einmal die Oberhand. Dies zeigt sich daran, daß er drei Jahre lang fähig war, sich an unsere Übereinkunft zu halten; nicht ein einziges Mal sah er Kleopatra in dieser Zeit allein.

Sie störte das nicht. Warum auch? Sie war eitel (drei Stunden pflegte sie täglich vor dem Spiegel zu verbringen) und ging in sich selber auf; aber ihr fehlte jene eigentümlich feminine emotionale Eitelkeit, die von einem Manne die bedingungslose Kapitulation verlangt und pikiert ist, wenn diese verweigert wird. Das überrascht euch vielleicht, aber ich glaube, daß es stimmt. Mit der ersten Affäre hatte sie ihr Ziel erreicht; sie hatte sich die fortgesetzte Herrschaft über Ägypten gesichert, und Antonius stand in ihrer Schuld. Der Macht galt ihr Hauptinteresse, nicht der Liebe.

Aber ganz entrann Antonius ihr nie. Ich habe darüber mit Octavia gesprochen. »Natürlich«, sagte sie, »habe ich Antonius nie wirklich geliebt. Ich habe ihn geheiratet, weil du mich darum gebeten hast. Ich konnte ihn nicht lieben, weil ich ihn nicht respektieren konnte. Vieles an ihm bewunderte ich, und wem wäre das nicht so gegangen? Die Großartigkeit seiner Gesten sprach mich an. Ich war, das will ich gestehen, nahe daran, den kleinen Jungen in ihm zu lieben; das ist etwas, was wir Frauen an einem Manne reizvoll finden – bis es uns eines Tages, ganz unverhofft, abstößt. Er war freundlich zu mir, rücksichtsvoll und sanft;

in der Liebe zeigte er sich unerwartet zärtlich, und er genoß es, zu tun, was ich genoß. Aber die ganze Zeit über wußte ich, daß ich sein Herz nie besaß. Einen Teil seiner selbst gelüstete es stets nach Kleopatra. Natürlich gab es einen anderen Teil, der mir dafür dankbar war, daß ich ihn vor der Königin beschützte, denn mir ist klar, daß er sie tief in seinem Inneren fürchtete. Wie sagte er noch? ›Kein Römer kann ohne Rom bestehen.‹ Er wußte, daß Kleopatra ihn in die Katastrophe locken würde. Er wußte auch, daß diese Aussicht einem Teil seiner selbst willkommen war. Davor fürchtete er sich. Er konnte es nie ganz leugnen. Weißt du, Antonius war weit komplizierter, als die Leute ahnten. Sie sahen den rauhen Soldaten; aber der war nur ein Teil von ihm, vielleicht nur die Fassade.«

Ich habe indessen nie bestritten, daß Antonius von komplizierter Natur war. Ich hatte schließlich guten Grund, darüber Bescheid zu wissen.

Als Antonius meiner Schwester Octavia den Rücken kehrte und sich wieder dem Osten zuwandte, um seine Blicke auf der Königin ruhen zu lassen, da ergab er sich allem, was seine Natur an Selbstzerstörungsdrang barg.

Sie pflegten zusammen gewaltig zu trinken. Die Geschichten von ihren Trinkorgien sind Legion. Sie soffen die ganze Nacht hindurch und wankten morgens auf die Straße, wo Antonius dann Prügeleien mit Gemüsehändlern und den Inhabern der Dörrfischstände vom Zaune brach; Kleopatra hielt seinen Mantel, derweil er mit ihnen Hiebe wechselte. Zuweilen auch lagen sie tagelang hingestreckt auf Kissen und Rosenblättern und leerten Flasche um Flasche, während Sklaven Palmwedel über ihnen schwenkten. In Rom erreichten uns Berichte, denen zufolge Antonius weibisch wurde: Er habe Frauenkleider angelegt und Kleopatras Toilette besorgt. Solchen Geschichten schenkte ich natürlich keinen Glauben, aber die Tatsache, daß sie so frei die Runde machten, war nicht nur beunruhigend (und politisch gefährlich); sie zeigte auch, wie weit Antonius sich von alten römischen Maßstäben entfernt hatte. »Wo Rauch ist, ist auch Feuer«, sagte man.

Kleopatra erhob sich nach solchen Ausschweifungen mit klaren Augen und scharfem Verstand. »Wenn alles stimmt, was man sich so erzählt«, grummelte Agrippa, »dann muß diese Königin eine Leber haben wie ein alter Centurio.« Antonius indessen, so hieß es, lag nach diesen Gelagen von Übelkeit geplagt darnieder und brauchte mitunter vier oder gar fünf Tage, um davon zu genesen. Zweifellos war dies, wie Agrippa sagte, großenteils eine Frage unterschiedlicher Leberbeschaffenheit. Aber ich wußte, es steckte noch mehr dahinter. Selber Abstinenzler – ihr habt nie erlebt, daß ich Wein getrunken hätte, ohne ihm etwas Wasser beizugeben, eine Praxis, der ich schon anhing, als ich noch keine dreißig Jahre alt war –, habe ich dennoch eingehende Beobachtungen über die anstellen können, die dem Wein verfallen sind. Es steckt darin stets ein gewisses Maß an Selbsthaß. Ein solcher Mann kapituliert vor den schwächeren und schlechteren Elementen in seiner Natur. Schon während er darin schwelgt und sich dem Bacchus mit allen Ausdrucksformen des Wohlbehagens ergibt, richtet sich sein Wille – in der willentlich herbeigeführten Selbsterniedrigung – auf die Selbsttötung. Dieser Mann wird stets schlimm unter dem Wein zu leiden haben, denn solches Leiden, solche Strafe ist das, was er unbewußt sucht. Indem er sich Kleopatra zuwandte und Octavia abschwor, richtete Antonius sein Trachten darauf, zu töten, was immer an Gutem in seiner Natur lag; er öffnete seinen dunklen Dämonen die Tür. Er winkte seinem Untergang. Nie vergesse ich, wie ich einen gemeinen Soldaten sagen hörte: »Den Beherrscher der gottverdammten Welt nennt ihr ihn – der Hampelmann einer Nutte ist er, nichts weiter, diese arme versoffene Mißgeburt von einem Lumpenhund.«

Ich habe angefangen, von Kleopatra zu sprechen, und am Ende, ohne es zu wollen, Antonius erörtert. Ihn habe ich gut im Griff, aber die Königin ist wie Quecksilber. Ich will nur noch eines sagen: Sie war lasterhaft, aber nicht böse; meine Feindin, doch dies in ihrem eigenen Lichte zu Recht; eine Zauberin, aber eine, die wie Circe die Männer in Schweine verwandelte.

Außerdem war sie Roms gefährlichste und unversöhnlichste Widersacherin.

X

Ich konnte inzwischen auf ein Jahrzehnt des Erfolgs zurückblicken: In dem Teil der Republik, der meinem unmittelbaren Einfluß unterlag, hatte ich die Ordnung wieder hergestellt; ich hatte meinen Vater gerächt; keiner der selbsternannten »Liberatoren« hatte in öffentlichem Amt überlebt, wenngleich Antonius noch immer den jungen Domitius Ahenobarbus duldete, dessen Vater zu ihnen gehört hatte; ich hatte eine loyale Partei von Freunden aufgebaut, die der Tugend und der Stadt hingebungsvoll dienten; mit der tüchtigen und fleißigen Unterstützung Agrippas hatte ich die Schäden behoben, die jahrelange Vernachlässigung an unseren öffentlichen Gebäuden hinterlassen hatte; meine Politik hatte mir die Dankbarkeit meiner Mitbürger gesichert; im Verein mit meinem Freund Maecenas hatte ich die Künste ermuntert und gefördert; unter meinem Patronat hatte Vergil, im sicheren Besitz der Ländereien seiner Ahnen, sein großes Gedicht zum Lobe Italiens, die sublimen »Georgica«, beinahe vollendet, und in den tiefen Mysterien des poetischen Geistes brütete er bereits über seiner Hymne auf Roms Bestimmung (»Was, Caesar«, so fragte er mich, »ist Roms Mission?« »Ordnung und Güte«, antwortete ich, ein Urteil, dem er lapidaren Ausdruck in einem hallenden Vers verlieh: »Sie schont die Demut, unterwirft den Stolz.«); zu Ehren meiner Erfolge hatten meine Mitbürger aus eigenem Antrieb eine goldene Statue von mir auf dem Forum aufgestellt.

Einen privaten Kummer hatte ich. Ungeachtet unseres strahlenden, tief verwurzelten häuslichen Glücks hatten Livia und ich keine eigenen Kinder. Unsere Zärtlichkeit ergoß sich weiterhin über meine Tochter Julia und über Livias Söhne Drusus und Tiberius wie auch über meinen Neffen Marcellus, aber das Fehlen eines aus unseren Lenden geborenen Kindes war gleichwohl ein betrüblicher Mangel. Vergebens zelebrierte Livia die Mysterien der Großen Mutter, besuchte vergebens die Tempel, die man in allen ländlichen Bezirken Italiens findet –, zu denen die Dorfjungfern pilgern, auf daß die Götter ihre Fruchtbarkeit segnen. Da ich mit euch spreche, meine geliebten Enkelkinder und Adoptivsöhne, wäre es unschicklich, die traulichen Beratungen über die Gründe unserer Unfruchtbarkeit, wie sie uns in nächtlichen Stunden plagten, hier zu wiederholen. Ich will hier nur sagen, daß eure glückliche Gegenwart uns längst über das hinweggetröstet hat, was vielleicht hätte sein können.

Aber in jenem Sommer meines einunddreißigsten Jahres quälte mich dieser private Schmerz, zog sich wie ein Jucken durch einen Muskel, der von tieferer Pein geplagt wurde. Wann immer ich den Blick zum Osten hob, war mir, als sehe ich dunkle Wolken über den Bergen dräuen. Ich fand keine müßige Freude an der Eidechse, die in der Sonne badete; der gespielte Krieg in der Arena beunruhigte mich. Ich war müde, denn zehn Jahre hatte ich gekämpft, und das Wissen um das, was kommen würde, bedrückte mich.

Ich suchte Zuflucht bei Livia und fand sie unerbittlich. »Rom kann nicht zwei Herren haben«, erklärte sie. Als ich widersprach und einwandte, ich sei nicht der »Herr« Roms, und als echtem Römer sei mir die Bezeichnung »Herr«

zuwider, da entwand sie sich meiner Umarmung, stützte sich auf den rechten Ellbogen und sah mich an, ohne zu lächeln. »Vor der Wahrheit kannst du dich ebensowenig verstecken«, befand sie, »wie man durch ein Gewitter laufen und dabei trocken bleiben kann.«

»Der Herr ist im Bett«, sagte der bemalte Sklavenjunge, der Maecenas Kammer bewachte.

»Das macht nichts.«

»Er ist nicht allein«, fügte der Junge verschmitzt hinzu.

»Das macht nichts. Ich muß ihn sprechen.« Ich drängte mich an ihm vorbei.

Es war dunkel in dem Zimmer. Ich rief nach Kerzen. Da lag Maecenas in enger Umschlingung mit einem blonden, hellhäutigen Knaben, einem Gallier vermutlich, dessen Gesicht einen fluchtbereiten Ausdruck annahm, als er, von mir geweckt, aufschrak. Maecenas streckte sich.

»Caesar.« Er gähnte ausführlich. »Meine Güte. Im günstigsten Moment wie immer. Ein Stündchen früher, und ich wäre ernstlich erbost gewesen. Lauf zu, mein Entchen«, sagte er zu dem Knaben, der sich mit mürrischer Miene aus dem Bett entfernte. Einen Moment lang blieb er noch auf der Kante sitzen, das Haar zerzaust, die Augen vom Schlaf verquollen, die Lippen schlaff. Dann erhob er sich. Maecenas tätschelte ihm zärtlich die Hinterbacken, und er ließ uns allein.

»Toll, nicht?« fragte er. »Ich weiß auch nicht, wieso, aber ich habe plötzlich eine Vorliebe für diese männlichen Blonden – eine so köstliche Kombination von Stärke und Zartheit, Eifer und Scham. Weißt du, er macht...«

»Ach, hör schon auf«, sagte ich. »Meinetwegen brauchst du dieses Theater nicht zu spielen.«

»Na, dann reiche mir meinen Hausmantel, sei ein Schatz. Du siehst besorgt aus.«

»Wäre ich mitten in der Nacht hier, wenn es nicht so wäre? Mein Magen ist in Aufruhr, ich habe bestialische Kopfschmerzen, und meine Nerven sind zerfranst.«

»Und Livia ist kein Trost, wie?«

»Das habe ich nicht gesagt.«

»Nein?«

»Es gibt Dinge, die man einer Frau nicht sagen, Aspekte, die man ihr nicht offenbaren kann, Zweifel, die man ungern mit ihr teilen möchte.«

»Als ob ich das nicht wüßte. Ich liebe meine Frau, weißt du. Aber sie ist nichts für alle Tage. Was gibt's denn?«

»Ich weiß nicht, was ich tun soll«, bekannte ich. Ich setzte mich auf das Bett. »Hilf mir«, sagte ich, und dann: »Ich sage nicht die Wahrheit. Ich weiß, was zu tun ist. Aber ich bin nervös. Ich bin besorgt. Es ist so viel zu tun. Ich weiß nicht, ob wir es schaffen. Ich weiß nicht, ob sie mitmachen werden.«

Maecenas legte mir eine Hand auf die Schulter. »Entspanne dich«, sagte er. »Seit den Iden des März haben wir es weit gebracht.«

»Caesar«, sagte ich, »hatte einen weiten Weg hinter sich, als die Iden anbrachen.«

»Dein Stern scheint hell«, antwortete er.

Wir redeten die ganze Nacht, erörterten die Möglichkeiten, die uns offenstanden. Lange Gespräche mit Maecenas haben mich immer beruhigt. Ich sah die subtilen Verflechtungen der Dinge, die komplizierte Beziehung der Ereignisse zueinander; ich weiß niemanden, der mit größerer Sicherheit die Muster erkennen konnte, die das Leben wirkt, um den Teppich der Geschichte zu weben. Wenn ich ihn verließ, wußte ich stets mit größerer Zuversicht, wohin ich gehen und was ich tun mußte. Und doch schmeckte ich diesmal, wiewohl mein Intellekt seinen Argumenten beipflichtete, den sauren Speichel des Zweifels und der Angst.

Agrippa war brüsk. »Hör mal, mein Freund«, sagte er, »es ist verdammtnochmal längst nicht so kompliziert, wie du glaubst.«

»Nehmen wir mal an«, fuhr er fort, »der Feind hat dich in einem Engpaß eingekesselt und blockiert jetzt beide Ausgänge. Na, und zum Abwarten hast du verdammt keine Zeit. Dir bleibt nichts anderes übrig, als dir deinen Weg freizuhauen. So sehe ich die Lage. Betrachten wir doch mal die Fakten. Das vergißt du nämlich immer: Die Fakten mußt du dir ansehen, nicht deine Befürchtungen. Antonius ist Antonius. Das ist schon schlimm genug. Aber jetzt ist er Antonius-und-Kleopatra, verflucht. Rom braucht Ägypten. Wir können die Stadt ohne Ägypten nicht ernähren. Wir können die Truppen ohne Ägypten und die Steuern aus dem Ostreich nicht besolden. Alles, wofür wir in Italien gearbeitet haben, hängt davon ab, daß wir die Kontrolle über Ägypten und den Osten behalten. Umgekehrt kann Antonius, solange wir Rom, Italien und den Westen haben, sich seiner Macht nie ganz sicher sein. Ich weiß nicht, was er will. Vielleicht will er sich zum König machen. Wenn interessiert's? Das ist so wichtig wie ein Fliegenschiß. Es gibt eben widerstreitende Kräfte, die sich nicht versöhnen lassen. Daher, mein Junge, gibt es nur einen Ausweg: Wir müssen ihn wegputzen, ehe er uns wegputzt.«

»Antonius hat Freunde, Verwandte, Anhänger in Rom. Unsere Macht hier ist keineswegs unangefochten.«

»Na, dann putzt du die zuerst weg. Das haben wir schon mal gemacht.«

Ich schüttelte den Kopf. Mit Agrippa zu diskutieren war, als wollte der Ochse mit dem Schlachter diskutieren: Er hatte den Vorschlaghammer stets griffbereit. Aber diesmal schüttelte ich den Kopf.

»Wir können keine Proskriptionen mehr erlassen. Die Zeit dafür ist vorüber.«

Ich lud Vergil ein, mich in meinem Landhaus in den Albaner Bergen zu besuchen. Wir speisten auf einer Terrasse mit Blick auf die heilige Stille des Albaner Sees. Olivenbäume und Weinranken reichten hinunter bis zum Seeufer, und der Himmel darüber war von tiefstem Blau. Die träge Hitze des Sommers umspülte uns. Wir aßen Barsch, frisch aus dem See, und Erdbeeren aus dem nahen Nemi, und dazu tranken wir meinen eigenen strohgelben Wein. Blüten schlossen sich in der Hitze, rot, gelb und purpurn mit weißen Streifen. Als wir gegessen hatten, ließen die Sklaven uns allein.

Während des Mahles hatten wir über Lyrik und Landwirtschaft geplaudert, und wie immer hatte Vergils ruhiges Wissen mich erfrischt; als wir aber allein waren, sagte er mit seiner ruhigen Stimme und seinem nördlichen Dialekt, der nie ertönte, ohne bäuerlichen Trost zu bieten: »Dein Geist ist beunruhigt, Caesar.«

Mit einer unbestimmten, fächerhaften Geste deutete ich auf die Landschaft, die uns zu Füßen lag, alles menschlichen Treibens jetzt bar, da die Bauern sich zur Mittagsruhe zurückgezogen hatten und warteten, bis die Sonne zur Neige ging, ehe sie ihre Arbeit wieder aufnahmen.

»Ja«, sagte Vergil, »du hast recht. Es ist gut. Es ist Leben. Nichtsdestoweniger...«

»Ich will nicht gegen Antonius kämpfen«, sagte ich. »Es ist sehr einfach, nicht wahr?«

»Oh, einfach... Wenn wir Komplikationen gesehen haben, können wir ihnen nicht entgehen, indem wir rasch zur Einfachheit zurückkehren. Für Bauern, die Felder und Furchen beackern, ist das Leben von roher Einfachheit. Sie müssen auf die Stimmungen, den Rhythmus der Natur hören, müssen nach den Jahreszeiten schauen. Aber du kannst den Frieden nicht finden, Caesar, wie ein Bauer es kann. Ich wußte schon, weshalb du mich heute hergebeten hast, und ich habe mir überlegt, was ich sagen soll.«

Er nahm eine Erdbeere, hielt sie für einen Augenblick zwischen Daumen und Zeigefinger gegen das Licht und legte sie wieder hin.

»Die Geschichte des Cincinnatus«, sagte er, »ist das Ideal eines jeden echten Römers. In Harmonie seinen Acker bestellen; von dieser würdigen Arbeit, einem jeden guten Mann geziemend und außerdem unser rechtmäßiges Erbe, abberufen werden, um den Staat zu retten; das Angebot der höchsten Macht als Diktator bekommen; die Staatstoga anlegen, um seine Pflicht zu erfüllen, die Feinde der Republik besiegen und den dankbaren Beifall der Mitbürger in Empfang nehmen; dann von seinem Amt zurücktreten, die Toga beiseitelegen und an seinen Platz hinter dem Pflug zurückkehren, um den Boden Italiens zu bereichern und zu zähmen – ist dies nicht das vollkommene Leben, wie es eine vollkommene Geschichte ist, die jeder echte Römer fast schon mit der Muttermilch aufgesogen hat?«

Ich nickte, aber ich konnte nicht sprechen, denn das Herz war mir voll.

Er nahm die Erdbeere wieder in die Hand.

»Die vollkommenste, köstlichste Frucht der Erde«, sagte er. »Sie kommt aus Nemi, nicht wahr? Von wohltätigen Feldern am Rande des Wassers? Aber in den Wäldern von Nemi wohnt eine Geschichte, die düsterer ist. Es steht ein Tempel der Diana dort, bewacht von einem einzigen Priester, einem Manne, der nie beruhigt schlafen kann, sondern Nacht für Nacht um den schattendunklen Tempel streifen muß, das gezückte Schwert in der Hand. Er ist ja, wie du weißt, Caesar, ein Priester und ein Mörder, ein entlaufener Sklave, der sich das Recht erwarb, den heiligen Ort der Göttin zu bewachen, indem er den erschlug, der vor ihm dort Priester war. Wie ein Mensch für diesen grausamen, mühseligen, heiligen Dienst erwählt wird, wissen wir nicht. Daß er durch Götterwillen erkoren wird, können wir nicht bezweifeln. Daß seine Mission heilig ist, und sei sie noch so grausam und befrachtet mit Angst, Schrecken und Schmerz, das ist sicher. Er vollzieht, was die Göttin befiehlt, und folgt dabei einer Notwendigkeit, die menschliches Verstehen hinter sich läßt. Sein Leben ist vielleicht Symbol für den Verfall und die Verderbnis der Welt, für die Verzeihung nur aus der Huld der Götter und aus der Liebe kommen kann. Ohne Diana gibt es keine Fruchtbarkeit, ohne Fruchtbarkeit weder Freude noch Leben. Gleichwohl bleibt dies Paradox bestehen: Dieser Tempel der Diana, Heimstatt der großen Göttin, die das Leben bringt, wird bewacht durch das Schwert eines Mörders, und der Priester selbst mußte sterben, ruhmlos und vielleicht ohne zu ahnen, wie vornehm und wichtig war, was er vollbrachte. Wir können das Mysterium nicht ergründen, aber wir können seine Wahrheit anerkennen.«

Er schwieg und warf mir einen Blick von äußerster Zärtlichkeit zu, in dem sich Liebe, Mitleid und Achtung mischten, wie ich es nirgends sonst jemals gesehen. Ich schaute in dieses traurige, edle Gesicht, in dem die feine Delikatesse der Züge die Kraft nicht verdeckte, die aus seiner vollkommenen Ehrlichkeit entsprang, und ich fühlte, wie mein Mut zurückkehrte.

»Caesar«, sagte er, »ich verstehe wenig von Geschichte und weniger noch von Politik. Doch höre: Cincinnatus ist eine Legende; er gehört in eine junge Welt, als alles noch geradeheraus und ein ruhiges Herz der Lohn für Rechtschaffenheit war. Eine Legende aber ist für Kinder; sie ist ein Ideal, das man ihnen vorstellt, damit sie aufwachsen in Kenntnis und Bewunderung dessen, was gut und wahr ist. Der Diana-Priester indessen, der den Goldenen Zweig und den Tempel zu Nemi bewacht, ist keine Legende, sondern ein Mythos, in dem sich erwachsenen Menschen die Wahrheit dunkel offenbart. Die Welt ist über Cincinnatus hinausgewachsen; du kannst deine Toga nicht beiseitelegen und hinter den Pflug zurückkehren. Du bist dein Leben lang dazu verurteilt, mit nacktem, unverhülltem Schwert um den Tempel zu streifen, welcher Rom ist. Vergib mir.« Er lächelte betrübt und legte verständnisvoll und mitleidig seine Hand auf die meine.

So ging ich mit Sorge im Herzen zu den vier Menschen, die ich liebte und bei denen ich um Rat nachsuchen konnte; zwar wiesen mir alle denselben Pfad, aber es war der Dichter, der mich bei der Hand nahm und unversehrt durch das Dornendickicht führte, das den Zugang verbarg, vorbei an den Fängen der wilden Bestien, die meinen Weg bedrohten.

XI

Die großen Wagenräder des Mars und der Bellona setzten sich in Bewegung. Rom siedete in fieberhafter Hitze, wie es dies im Sommer nach dem Mord an meinem Vater getan hatte. Wieder ergriff man Partei, drängte sich nach Positionen (wie es die Wagenlenker im Circus tun), beäugte dunkel alte Bekannte. Wieder war echter gesellschaftlicher Verkehr zerstört.

Die furchtbarsten Geschichten erreichten uns aus dem Osten. Antonius – lag es nun am Trunk, an seiner Verblendung oder an jenem seltsamen Machtwahn, mit dem die Götter noch die größten Männer schlagen und sie die Nemesis vergessen lassen – verlor alles Gefühl für Proportionen, jeden Sinn für den Zusammenhang der Dinge. Er feierte einen Triumph für seinen Partherkrieg – in Alexandria. Muß ich euch im einzelnen erklären, wie ungeheuerlich diese Geste war? Ein Triumph, das brauche ich euch sicher nicht zu sagen, ist eine Ehre, die einem römischen General durch die Patres Conscripti des Senats gewährt wird; er darf nur in Rom begangen werden, denn es handelt sich dabei nicht nur um eine persönliche Ehrung, sondern auch um eine Proklamation der Größe und Besonderheit der Stadt. Sich arrogant der Befugnis zu bemächtigen, selber sich das Anrecht auf einen Triumph zuzusprechen, ist blanker Wahnsinn, ein Akt der Hybris, menschlicher Vergebung nicht mehr zugänglich, zweifellos anheimgegeben der Bestrafung durch die Götter von Rom.

Aber damit ließ er es nicht genug sein. Die Umstände des Triumphes waren nicht minder unerhört als die Sache selbst. Es war nichts Ehrendes dabei; die ganze Veranstaltung war ein Vorwand zur Glorifizierung Kleopatras. Sie saß auf einer erhöhten Estrade auf einem aus Gold geformten Thron; dort ließ sie sich Gefangene präsentieren, die eigentlich Jupiter, dem höchsten und mächtigsten aller Götter, hätten geopfert werden müssen. Am nächsten Tag teilte sie, angetan als Isis, die Göttin der Schlammebenen des Nil, einen Thron mit Antonius; ihre Kinder, Kleopatra und Alexander, saßen zu ihren Füßen. Bei ihnen war ein schlanker Knabe von dreizehn oder vierzehn Jahren, ebenfalls Kleopatras Sohn – daran war nicht zu zweifeln, aber sie besaß die Frechheit, ihn Ptolemaeus Caesar oder Caesarion zu nennen und zu behaupten, er sei meines Vaters Sohn – eine Lüge, die durch den ganz und gar unrömischen Schnitt seines Gesichtes sogleich unübersehbar entlarvt war. Nun aber erhob sich Antonius mit puterrotem Gesicht und wäßrigen Augen schwankend von seinem Sitz, winkte den Knaben zu sich, umarmte ihn und zeigte ihn den Legionen und den Eunuchen und Sklaven Ägyptens mit den Worten, dies sei wahrlich Caesars Sohn: »König der Könige«, rief er, »Sohn des göttlichen Julius und der Kleopatra, der Mutter der Könige, der Königin der Könige.«

»Das ist eine direkte Beleidigung gegen dich als Sohn dieses Mannes«, stellte Livia fest.

»Er ist verrückt«, seufzte Octavia. »Diese Frau hat seinen Verstand durcheinandergebracht und seine Urteilskraft zerstört. Ich könnte fast weinen, wäre ich nicht so zornig.«

»Wahrscheinlich liegt's eher an der Sauferei«, meinte Agrippa.

»Wartet«, sagte Maecenas. »Es kommt noch mehr. Sprich weiter, Junge.«

Mein Agent, ein junger Grieche namens Nicias, zuckte die Achseln. »Ich muß euch warnen«, sagte er. »Es wird immer bizarrer. Ich hoffe nur, Caesar, du wirst mich nicht behandeln, wie meine Landsleute in ihren heroischen Zeiten den Überbringer schlechter Nachrichten behandelten. Nun, Caesarion – du mußt mir erlauben, ihn so zu nennen, denn vorläufig hat er keinen anderen Namen – brachte Antonius mit einiger Mühe zurück auf seinen Thron, und da hockte er lange Zeit schweigend, so daß alle sehr verlegen wurden und sich fragten, ob er wohl gleich umkippen würde. Inzwischen konnte man nicht mehr bezweifeln, daß er entschieden betrunken war, verstehst du, und alles spekulierte nervös über das, was passieren würde, wenn... aber da gab Kleopatra ihm einen kleinen Schubs mit dem Stab, den sie als Symbol für irgend was in der Hand hielt – ich kenne mich nicht besonders gut aus im ägyptischen Symbolismus, was ich zu verzeihen bitte; mir als Griechen kommt er ziemlich albern vor und auch ein bißchen komisch –, und er hob seinen mächtigen Kopf – es ist ein wunderbarer Kopf, jetzt in seinem Niedergang, weißt du, wie der eines verwundeten Löwen oder der eines alten Bullen, der knietief im Sumpf steht und sich dem letzten Ansturm eines Feindes entgegenstellt, der ihn eigentlich schon vernichtet hat. Nun, jedenfalls hob er den Kopf, und für einen Augenblick zog ein Ausdruck von unbezwingbarem Selbsthaß über sein Antlitz, und er warf Kleopatra einen Blick zu, der unbedingt giftig zu nennen war – wie Perseus, der das Gorgonenhaupt in die Höhe hält –, und er ergriff von neuem das Wort, diesmal indessen ohne jene Großspurigkeit, die in seiner ersten Rede enthalten gewesen war. Und – du wirst es kaum glauben – er fing an, das Reich zu parzellieren und unter den Kindern zu verteilen: Alexander, ein kleiner Steppke von neun oder zehn Jahren mit einem Schielauge, ein typischer kleiner Ägypterbengel, bekam Armenien und alles Land östlich des Euphrat, und das Mädchen Kleopatra erhielt Libyen und die Cyrenaica. Kannst du das glauben? Und...«

»Was ist mit Caesarion?«

»Für den gab es noch nichts. Es heißt, er soll eines Tages Herr über Asien werden.«

»Dir ist klar, was das bedeutet«, sagte Agrippa.

Es war uns allen klar.

»Und dann«, berichtete Nicias, »fing die ganze Versammlung mit Ausnahme der Legionäre an zu jubeln und Antonius als Dionysus und Osiris zu preisen, den Gefährten der Gottkönigin von Ägypten, und was es an orientalischem Unfug sonst noch gibt.«

(Griechen sind zu dem gleichen Unfug fähig, wißt ihr, aber Nicias hatte sich mit Rom identifiziert und war römischer als die Römer in seinem Abscheu gegen solche emotionalen und intellektuellen Extravaganzen.)

»Antonius«, schloß er, »sah ein bißchen betreten aus, aber er konnte ihnen kaum widersprechen.«

Es war nicht notwendig, besondere Maßnahmen zu ergreifen, damit sichergestellt wäre, daß Berichte über diese Feierlichkeit in der Stadt die Runde machten. Die Neuigkeit verbreitete sich schnell und rief Angst und Entsetzen hervor. Allen war klar, was sich unausgesprochen darin verbarg: Kleopatra hatte Antonius nicht nur verführt, sie hatte auch seinen Verstand in die Irre geleitet. Alexandria wollte Rom verdrängen. Die Legionen würden von der

Zauberin vom Nil befehligt werden. Die Republik würde vernichtet werden. Man hat mich einen Meister der Propaganda genannt; jetzt hatte ich solche Fertigkeiten nicht nötig. Die Fakten sprachen für sich.

Dennoch hatte Antonius weiterhin Parteigänger in der Stadt. Ich mußte immer noch Vorsicht walten lassen. So schickte ich Antonius einen freundlichen, aber in starke Worte gekleideten Protest, in dem ich darauf hinwies, daß er nicht befugt sei, über römische Provinzen zu verfügen, wie er es den Berichten zufolge getan habe. Seine Antwort war unverschämt: Er verlangte die Zustimmung des Senats für das, was er in Ägypten getan habe. Seine Büttel im Senat, die Konsuln Gajus Sosius und Domitius Ahenobarbus, wagten nicht, diese Botschaft vorzutragen; statt dessen verbreiteten sie die Kunde, Antonius betrachtete das Triumvirat als abgelaufen und seine Machtbefugnisse als obsolet. Implizit bedeutete dies, ich hätte hinfort keine Befehlsgewalt mehr, kein Imperium.

Ich erschien im Senat, und in einer äußerst maßvollen Rede umriß ich den Lauf dessen, was Antonius im zurückliegenden Jahr unternommen hatte. »Habt ihr den Wunsch, Patres Conscripti«, so fragte ich dann, »Rom in die Hände Kleopatras zu legen?« Es war eine Frage, die Antonius' Freunde nicht beantworten konnten; statt dessen versuchte daher Sosius, ein Mann, der sich weder durch Verdienste noch durch Leistungen auszeichnete, die Auseinandersetzung zu verlagern, indem er mich attackierte. Er ging sogar so weit, zu beantragen, daß man mich zum Staatsfeind erklären möge. Ein Tribun legte sein Veto ein – freundlich, aber überflüssig, denn der Antrag wäre auch so niemals angenommen worden. Gleichwohl bewahrte mich sein Veto vor einer vorübergehenden Peinlichkeit, und dafür war ich ihm dankbar.

Die Debatte überzeugte mich indessen davon, daß der Augenblick für einen kühnen Streich gekommen war. Zunächst bat ich Maecenas, die Konsuln aufzusuchen.

»Gib ihnen auf deine seidigste und sinisterste Weise zu verstehen«, sagte ich, »daß ich verstimmt bin. Gib ihnen zu verstehen, daß ich solches Verhalten nicht dulden werde. Frage sie – höflich –, wieviele Legionen sie haben. Gib ihnen zu bedenken, daß ihre Freunde in Ägypten sicher ihre Abwesenheit beklagen werden. Erinnere sie daran, wie kurz die Amtszeit eines Konsuls ist. Frage sie, ob sie sich vorstellen können, daß der Mob Kleopatras Freunde respektieren wird. Kurz, mein lieber Maecenas: Ich vertraue darauf, daß du den beiden eine Todesangst einjagen wirst.«

»Keine Sorge, Entchen«, versicherte Maecenas. »Wenn ich mit ihnen fertig bin, werden sie sich nicht mal mehr trauen, zu scheißen.«

»Aber sie müssen sich noch trauen, zu fliehen.«

Sie flohen. Daraufhin verkündete ich, daß jeder, der sich als einen Freund oder Klienten des Antonius betrachte, Italien vielleicht lieber verlassen solle. Etwa ein Drittel des Senats reiste ab.

Aber der Verkehr strömte in beide Richtungen. Viele Römer, die sich zu Antonius hingezogen gefühlt hatten, konnten seine exotische und irregeleitete und abstoßende Erniedrigung nicht ertragen. Einer von ihnen war L. Munatius Plancus.

Ein Wort über ihn, dessen Ankunft ich mit großer Freude begrüßte. Plancus entstammte einer guten Bürgerfamilie aus Tibur. Er hatte im Stab meines Vaters in den Gallischen Kriegen und bei Pharsalus gedient, aber mir hatte er bis jetzt – bei allem Kommen und Gehen des vergangenen Jahrzehnts – noch nichts angehangen. Im Gegenteil, im Krieg von Perusia hatte er sogar gegen mich gekämpft, denn er war ein enger Freund von Antonius' Bruder Lucius gewesen. Später hatte er sich Antonius selbst angeschlossen und war kurz zuvor noch Prokonsul von Asien und von Syrien gewesen. Niemand war erfahrener, niemand kundiger, was den Stand der Dinge in Antonius' Partei betraf. Seltsamerweise hatte ich ihn erst einmal gesehen – als er zur Zeit der Proskriptionen seinen Eifer für die Republik unter Beweis gestellt hatte, indem er seine Zustimmung dazu erteilt hatte, seinen eigenen Bruder auf die Liste zu setzen, aber auch ein Auge für seinen eigenen Vorteil gezeigt hatte, indem er dafür gesorgt hatte, daß auch die Coponii aus Tibur, alte Rivalen seiner Familie, notiert wurden.

Ich hätte den dünnen, grauhaarigen Mann, der da hereingeführt wurde, nicht wiedererkannt. In ruheloser Manier blickte er unablässig über die Schulter und zuckte mit den Fingern, ein Verhalten, das meiner häufigen Beobachtung nach von langem Aufenthalt in der Politik herbeigeführt wird. Auch seine Rede war nervös und ruckartig.

Ich entschuldigte mich dafür, daß man ihn einer Visitation unterzogen habe, ehe er eingelassen worden sei.

»Ich bin beschämt darüber«, sagte ich. »Gleichwohl ist es eine Tatsache, daß vor nur zwei Monaten jemand den Dolch gegen mich zog... Deshalb bestehen meine Freunde darauf, daß ich mit niemandem unter vier Augen spreche, der nicht zuvor durchsucht worden ist, und, mein lieber Plancus, mir lag sehr daran, dich unter vier Augen zu sehen.«

Wir plauderten ein wenig über die Veränderungen, die er in der Stadt vorgefunden hatte; er war ja seit dem Jahr nach Caesars Ermordung nicht mehr hier gewesen. »Vielleicht«, sagte er, »fällt es mir deshalb leichter, dir für dein restauratives Werk Beifall zu spenden; vielleicht hat es mir überdies ermöglicht, ein ideales Rom im Herzen zu behalten. Und es war, Caesar, meine Vision von einem idealen Rom, was mich bewogen hat, die alten Bande meiner Freundschaft zu Marcus Antonius zu durchtrennen. Die Perversionen, die er jetzt zur Schau trägt, waren zuviel für mich.«

Ich war sicher, daß dies hochgestochener Unfug war. Plancus war in meinen Augen ein geriebener alter Mietling, der rasch witterte, aus welcher Richtung der vorherrschende Wind wehte, und gleich bereit war, davor – falls dies der richtige nautische Ausdruck ist – zu kreuzen. Aus eben diesem Grunde hatte ich seine Ankunft begrüßt, aber natürlich auch wegen der Neuigkeiten, die er mir bringen konnte...

Dennoch blieb ich auf der Hut für den Fall, daß Antonius ihn geschickt hatte, um mich zu täuschen. Nicht lange, und er hatte mich von dieser Befürchtung befreit.

»Ich kann einfach nicht schlucken«, erklärte er, »was passiert ist und was dort drüben immer noch passiert. Ich sage dir, kein Römer kann das. Der Tropfen, der das Faß zum Überlaufen brachte, war der Anblick von Antonius in ägyptischen Gewändern, wie er zwischen den Eunuchen dieses Weibes einherwandelte. Er steht im Begriff, sich von deiner Schwester scheiden zu lassen, weißt du, und eine öffentliche Vermählung mit diesem Weib zu inszenieren. Nicht, daß das viel bedeutete – in meinen Augen sind die seit Jahren Mann und Frau. Er ist halb verblendet und halb blind für jede andere Möglichkeit, sein Glück zu wenden... Aber, Caesar, ich bin gekommen, um dir unter gewissen Bedingungen das Wild schußfertig zu liefern...«

»Bedingungen?« fragte ich.

»Bedingungen, die du mit deiner natürlichen Dankbarkeit und Würde nur allzu gern erfüllen wirst.« Er fuhr sich rasch mit spitzer Zunge über die Lippen. »Caesar, ich habe der Republik mein Leben lang gedient. Ich habe so ehrenhaft gelebt, wie man es in diesen letzten, schrecklichen zwei Jahrzehnten nur konnte. Ich sehe wohl, was du getan hast, um den Staat zu stützen, aber ich habe selbst wohl auch ein wenig dazu getan, auch wenn wir in unseren Ansichten nicht immer übereingestimmt haben. Aber Schwamm darüber. Ich bin zu einigen Ehren gelangt, möchte ich sagen – wußtest du, daß es in Mylyssa in Karien, wo ich Prokonsul war, einen mir zu Ehren geweihten Priester gibt? – schrecklich, diese Orientalen, nicht wahr? Aber Ehre ist die eine Sache; leben kann man davon im Alter nicht.«

»Was«, fragte ich, »hast du denn zu...« Ich zauderte, das Wort »verkaufen« auszusprechen; es hätte ja kaum zu all seinem Gerede von »Ehre« gepaßt. »... zu berichten? Ich bin sicher, wir werden dich zufriedenstellen können.«

»Antonius hat ein Testament gemacht«, sagte er. »Ich war Zeuge, und ich kenne seine Verfügungen... Was mich betrifft, enthält es diverse Ehrungen und Annehmlichkeiten – eine Jupiter-Priesterschaft, ein Anwesen in der Bucht von Neapel, auf welches ich ein Auge geworfen habe... Ich möchte einen Vertrag, Caesar... die Vorkehrungen in diesem Testament sind skandalös...«

»Würde man es für echt halten?«

»Auf mein Wort...« sagte er.

»Worte«, widersprach ich, »gelten wenig heutzutage. Die Währung der Sprache ist abgewertet. Nimm nur die Beleidigungen, mit denen Antonius mich überschüttet hat. Sie bedeuten nichts, haben keine Wirkung.«

Plancus lächelte. »Aber hier wäre es doch etwas anderes.

Ich will dir sagen, was im Testament steht. Er bekräftigt noch einmal, daß Ptolemaeus Caesar wirklich Caesars Sohn ist, und vermacht ihm und Kleopatras anderen Gören ein gewaltiges Erbe. Für Octavia oder ihre Tochter Antonia bleibt nichts. Er verfügt, daß sein Leichnam im königlichen Mausoleum zu Alexandria bestattet werde. Ich brauche dir nicht auseinanderzulegen, was dieses Testament impliziert, Caesar, oder?«

Das brauchte er nicht. In meinem Kopf drehte sich alles vor lauter Aufregung. Plancus hatte mir präsentiert, was ich benötigte, um aus einem persönlichen Streit (den manche noch immer in dieser Auseinandersetzung sahen) eine Sache zu machen, die Rom und ganz Italien anging.

»Aber Worte...« gab ich zu bedenken.

»Ich kann alles beweisen... aber zuerst mein Vertrag...«

Ich rief nach einem Sklaven, unterschrieb, was immer er diktierte. (Es war nicht wichtig.)

»Das Testament«, erklärte er, »ist deponiert im Tempel der Vesta.«

Livia blieb unerbittlich: Es konnte, es durfte nicht geschehen. Es war unrecht – ein Sakrileg. Was immer im Tempel der Vesta lag, war der Göttin geheiligt und anvertraut. Kein Mann durfte den Schrein betreten, keiner durfte die Jungfrauen zwingen, ihm auszuhändigen, was ihrer Obhut anheimgegeben war. Ihre Augen blitzten, als sie dieses sagte, und Liebe, Angst und Zorn mischten sich in meinem Herzen. Wenn kein Mann... ob sie es vielleicht selbst tun könnte? »Man hat dich geblendet, Caesar«, sagte sie. »Du bist in Gefahr, das Gefühl für Recht und Unrecht zu verlieren. Ich flehe dich an, davon abzulassen, die boshafte Versuchung zu vergessen und zu verwerfen, die dieser Plancus in deinem Herzen ausgesät hat. Und ich warne dich: Wenn du dieses Sakrileg begehst, wird unsere Ehe zu ewiger Unfruchtbarkeit verdammt sein...«

Was kann man sagen, wenn man von seiner Ehefrau derart beschworen wird? Es gibt keine Worte. Kein Argument kann ein bebendes Herz beruhigen, wie Livia es offenbarte. Ich nahm sie in den Arm, doch sie wandte den Kopf ab und widerstrebte meinem Kuß. Auch erwiderte sie meine Umarmung nicht.

»Du wirst töten«, sagte sie, »was immer Gutes und Wahres in dir und in uns lebt...«

Ein Schatten zog über das Antlitz der Sonne, und es war kalt im Zimmer.

Auch Maecenas zögerte. Über der Neuigkeit vergaß er alles Affektierte. Seine Hand flog zu dem geschnitzten Frosch, den er an einer Kette um den Hals trug. Eine Weile brachte er kein Wort hervor.

Dann trat er ans Fenster und schaute hinaus zu den Bergen.

»Ich habe Angst«, bekannte er. »Ich hätte Angst, es selbst zu tun, und ich habe Angst um dich, mein Lieber. Du magst mich für einen düsteren und abergläubischen alten Etrusker halten, aber... Dein Stern, ja, und die Götter haben mit Wohlgefallen herabgeblickt auf dich und auf uns. Aber werden sie es noch tun, wenn du begangen hast, was du vorhast... diesen Frevel?«

»Vielleicht können wir auf dem Meer gegen Antonius kämpfen. Ich glaube, daß Neptun sich einen Dreck für den Tempel der Vesta interessiert.«

»Die Götter bestrafen Gottlosigkeit, gleich welche Form sie annimmt. Mein Lieber, wenn du es tust, wirst du dafür büßen, irgendwann, ich weiß nicht, wann, aber der Tag wird kommen...«

Ich dachte an das, was Vergil über den Tempel der Diana erzählt hatte, und wußte, daß Maecenas die Wahrheit sagte.

Was mich erschreckte, war, daß Maecenas und Livia, die einander nicht leiden konnte, beide den gleichen Rat, die gleiche Warnung aussprachen.

Es erschreckte mich, aber umkehren konnte ich nicht. Plancus hatte mir präparierte Würfel verschafft. Wenn ich sie auf den Tisch warf, würden sie unweigerlich zu meinem Vorteil fallen. Meine Hand, die den Würfelbecher hielt, fühlte sich kalt und knochig an, und mein Mund füllte sich mit Übelkeit, während ich noch zögerte. Noch einmal wandte ich mich an Livia und bat sie, mich von der Schuld zu befreien. Sie als Frau konnte als Mittlerin eintreten. Sie durfte den Tempel betreten, und war die Hohepriesterin nicht eine Schwester ihrer Mutter?

»Du bittest mich, etwas zu tun, von dem ich weiß, daß es unrecht ist«, antwortete Livia. »Ich soll meine Tante bitten, das Vertrauen zu verraten, das in den Jahrhunderten der römischen Geschichte in ihren Orden gesetzt wurde.«

Ich merkte, daß ich bockige Miene machte wie ein kleiner Junge.

»Du hast noch nicht verstanden«, sagte ich. »Einen Krieg können wir nicht vermeiden, und du verweigerst mir, was allein meinen Sieg sicherstellen könnte. Antonius hat alle Reichtümer des Orients hinter sich. Ich muß gegen ihn ziehen, denn einen Krieg in Italien kann ich nicht dulden. Aber ich wage nicht, Unmut zu hinterlassen. Dies nun wird Antonius den Garaus machen. Wenn du mir nicht hilfst«, schloß ich, »werde ich Octavia bitten.«

»Tu das«, sagte sie. »Tu es nur. Wir werden sehen, ob sie ein Sakrileg begeht, um ihrem geliebten Bruder zu helfen.«

Und mit diesen Worten und einem Gesicht, welches so voller Gattinnenliebe war wie das der Klytaemnestra, rauschte sie aus dem Zimmer.

Es fügte sich, daß ich nicht wagte, Octavia anzusprechen. Ich redete mir ein, ich könne nicht von ihr verlangen, daß sie eine solche Bürde auf sich nehme. Aber das war nicht der wahre Grund. Ich fürchtete ihren Zorn und ihre Verachtung.

Sogar Agrippa graute vor einer solchen Tat. Als ich ihm von dem Testament erzählte, rasselte er eine Serie von Militärstatistiken herunter, die allesamt bewiesen, daß Antonius verloren sei, was immer in Rom und Italien geschähe. Nur der Umstand, daß er sich weigerte, mir ins Auge zu blicken, zeigte mir seine Angst, verriet mir, daß er log. Ich konnte mich nicht entsinnen, daß er mich je zuvor belogen hatte.

Und so mußte ich am Ende die ganze Verantwortung selbst tragen. Selbst Plancus verdrückte sich ins Dunkel, und ich schrieb der Hohepriesterin und bat um eine Unterredung. Sie lehnte höflich ab. Zweifellos waren ihr Gerüchte über meine Absichten zu Ohren gekommen; es war unwahrscheinlich, daß Plancus den Mund gehalten hatte. Die Alternative... aber eine Beschäftigung mit der Alternative war nicht gut für meine Selbstachtung.

Dann veranstaltete einer der Tribune, seinen Namen habe ich vergessen, eine pro-antonionische Demonstration auf dem Forum. Es gab einigen Aufruhr, ein paar Häuser wurden niedergebrannt, und Agrippas Polizei mußte die Straßen räumen. Wildes Gerede erhob sich unter den Leuten – wie es das in den Zeiten bürgerlicher Unruhe bei den Leuten immer tut. Diesmal munkelte man, wir würden bald wieder zu den Tagen von Clodius und Milo zurückgekehrt sein, diesen beiden Gangstern, deren Rabauken vor ungefähr zwanzig Jahren einmal alles politische Leben für eine Weile unmöglich gemacht hatten. Dieses Gerede versetzte Agrippa in Alarmstimmung. Euer Vater war ein großer Mann, ein großer Soldat und ein noch besserer Administrator; aber im Grunde seines Herzens war er Polizist. Er fürchtete nichts außer der Unordnung.

Jetzt kam er zu mir wie ein ratloser Stier, um mir zu sagen, ich hätte recht und er unrecht gehabt. »Die Frage ist nicht mehr, was zu tun ist«, sagte er, »sondern, wie es zu tun ist.«

»Freut mich, daß du es auch so siehst«, antwortete ich. »Hast du irgendwelche Ideen? Ich darf vielleicht noch sagen«, setzte ich hinzu, »daß wir von den Vestalinnen keine Kooperation zu erwarten haben.«

»In diesem Fall«, sagte er, »haben wir die Wahl zwischen Gewalt und Betrug.«

»Das ist keine Wahl«, erwiderte ich. »Kann ich dir die Sache überlassen?«

Er verpatzte es. Wir saßen spät zu Tisch (wie es Livia immer gefiel – an sich schon eine Überraschung für diejenigen, die sie für eine konventionelle römische Dame der alten Schule hielten, ohne sich darüber klar zu sein, daß Livia, wo sie sich an Konventionen hielt, dies tat, weil sie Gefallen an ihnen hatte, dabei aber stets bereit war, sich sogleich über sie hinwegzusetzen, wenn sie zufällig mit ihren unmittelbaren Vorlieben oder Neigungen in Konflikt gerieten). Wir saßen also, wie ich sagte, spät zu Tisch, als mein Stiefvater geschäftig hereinkam, voll von jener vorgeblichen Bestürzung, mit der er üblicherweise die letzten Neuigkeiten zu verkünden pflegte; nachdem er mit seinem Husten und Pusten und seinem Gehüpfe von einem Bein aufs andere die allgemeine Aufmerksamkeit auf sich gelenkt hatte, rief er aus: »Ihr werdet nie glauben, was für eine gräßliche Neuigkeit mir soeben zu Ohren gekommen ist. Man hat versucht, den Tempel der Vesta zu berauben.«

»Versucht?«

»Zu berauben?«

Livia hob den Kopf wie eine erschrockene Stute.

»Wer waren die Diebe? Worauf hatten sie es abgesehen?«

Philippus, befriedigt über die Aufmerksamkeit, die er erregt hatte, ließ sich auf einer Couch nieder und klatschte in die Hände nach einem Sklavenjungen. »Gib mir Wein«, befahl er. »Ich bin ganz außer Atem, weil ich mich so sehr beeilt habe, herzukommen. Genaues weiß niemand. Es waren natürlich Sklaven. Griechen, sagen die Leute. Wem sie gehörten, ist noch nicht klar. Worauf sie es abgesehen hatten, auch nicht. Aber ich höre, wir haben demnächst Enthüllungen zu gewärtigen. Man wird sie natürlich verhören. Du siehst blaß aus, mein Junge«, sagte er zu mir. »Du übertreibst alles, das habe ich dir schon einmal gesagt. Was sagst du zu meiner Neuigkeit? Es ist schrecklich, nicht wahr, sich vorzustellen, daß so etwas passieren kann. Ich weiß nicht, was aus der Welt noch werden soll...« Und er trank seinen Wein – nicht, wohlgemerkt, als ob die Antwort auf diese Frage in seinem Becher läge...

Livia verweigerte sich mir. Ich erkannte ihren Entschluß dazu an der Art, wie sie sich weigerte, mich anzusehen; als ich ins Bett kam, hatte sie das Gesicht zur Wand gedreht und stellte sich schlafend.

Vorher aber hatte ich mit Agrippa gesprochen, den ich durch einen Sklaven vom Spieltisch hatte holen lassen. Als ich den Schock einmal hinter mir hatte, war ich ganz ruhig.

»Es waren deine Leute, nehme ich an«, sagte ich.

Er nickte. Alle Farbe war aus seinen Wangen gewichen, und seine gewohnte Fassung war dahin.

»Man darf nicht zulassen, daß sie aussagen«, sagte ich. »Vermutlich kann man nicht darauf vertrauen, daß sie Stillschweigen bewahren werden. Es sind Griechen, nicht wahr?«

»Es sind Griechen. Zum Teufel, es mußten doch welche sein. Analphabeten konnte ich ja nicht gut nehmen.«

»Das ist schon recht«, sagte ich, »aber man muß ihnen den Mund stopfen. Das weißt du. Du hast dich doch für die Aquädukte der Stadt interessiert. Du weißt, was passiert, wenn ein Aquädukt ein Leck bekommt. Genau. Nun, deine Leitungsbauer haben die Reparatur nicht vollbringen können. Sie sind selber gleichsam undicht. Sie dürfen nicht reden. Ich habe veranlaßt, daß der Prätorianerpräfekt die Verantwortung übernimmt. Die Frage ist: Würde einer von ihnen vielleicht das richtige Liedchen singen, um seine Haut zu retten? Finde es heraus, ehe er bei einem Fluchtversuch getötet wird. Und wenn es ihn gibt, sollte er Folgendes singen...«

Ich betrachtete Livia im Dämmerlicht. ich wußte, sie schlief nicht. Die Luft in unserem Zimmer war schwer und bedrohlich von ihrem Groll und ihrer Mißbilligung. Als ich ihr die Hand auf den Schenkel legte, fühlte ich, wie ihre Muskeln sich anspannten. »Es wird alles gut werden«, sagte ich. Ohne ihren Körper zu verlagern, schuf sie eine Kluft zwischen sich und mir. Ich war ausgeschlossen von allem, was ich jetzt am unmittelbarsten ersehnte, und ich wagte nicht, mich ihr zu nähern.

Der Knabe wurde mir am Morgen vorgeführt. Ich hatte dafür gesorgt, daß ein Dutzend Senatoren versammelt war;

mindestens drei von ihnen, wußte ich, waren mit Antonius befreundet gewesen. Der Grieche war noch sehr jung, vielleicht sechzehn, mit geölten Locken und einem glatten, geölten Körper. Seine Lippe war geschwollen, und ein Bluterguß zog sich über seinen Wangenknochen. Er sah verängstigt aus, wie ein Hündchen, das damit rechnet, ausgepeitscht zu werden. Es wunderte mich, daß er so jung war, aber Agrippa erklärte, er habe Wache gestanden. »Ich nehme an, Democritus« – (ein Ex-Gladiator, der die Bande angeführt hatte) – »hatte ein Auge auf ihn geworfen«, sagte Agrippa. »Daß er ein verfluchter kleiner Sodomit ist, kann man ja sehen. Typisch Grieche, weißt du.«

Der Junge flatterte mit langen Wimpern über großen braunen Rehaugen. Ich schaute ihn streng an und wies das schüchterne Lächeln zurück, das er zustandezubringen suchte. Agrippa fragte ich: »Wie ist sein Name, und welches seine Abkunft?«

»Timotheus. Ein Sklavensohn. Er war Angehöriger einer Tanztruppe. Der Gladiator Democritus hat ihn zu sich genommen.«

»Ist er verhört worden?«

»War nicht nötig. Beim Anblick der Instrumente fing er ganz von selbst an zu plappern.«

Ich wandte mich der Gruppe der Konsularen zu, die ich eingeladen hatte, bei der Untersuchung zugegen zu sein.

»Möchte einer von euch ihn gern befragen?« fragte ich. »Du vielleicht?« Es war M. Cocceius Nerva, dem ich die Rolle anbot; er war drei oder vier Jahre zuvor Konsul gewesen, hatte unter Antonius gedient, war aber, wie auch seine ganze Familie, mit Plancus eng befreundet. Ich traf diese Wahl sorgfältig. Cocceius Nerva, führendes Mitglied einer Aufsteigerfamilie, schwankte auf einem Drahtseil der Unentschlossenheit; er tanzte in luftiger Höhe und wußte nicht zu entscheiden, welche Seite seiner Karriere wohl förderlicher sein möchte. Jetzt sah er einen Moment lang aus, als würde er meine Einladung lieber ablehnen, erwog dann die Konsequenzen, die dies haben würde, und nickte zustimmend mit dem Kopf. Er begann, den Knaben mit seinem rauhen, gutturalen Akzent zu befragen. Bei seinen ersten Antworten stammelte der Junge. (Er hat ein gewisses schauspielerisches Talent, dachte ich bei mir; eine gute Wahl, Agrippa.) Als er die Angst sah, erwärmte Nerva sich immer mehr für seine Aufgabe. Knurrend brachte er seine Fragen vor, und gehorsam wimmernd antwortete der Junge. Endlich, als füge er sich einem unerträglichen Druck, fing er an, seine Geschichte zu erzählen.

Er sei selbst nicht verantwortlich gewesen; aber er müsse doch gestehen, daß er von Anfang an dabeigewesen sei.

»Ich trank«, berichtete er, »mit Democritus – das ist mein Freund, mein spezieller Freund, wenn ihr versteht –, in einer Weinschänke in der Suburra. Wir hatten kein Geld; die Geschäfte gingen in letzter Zeit schlecht, da so viele Patrone nicht mehr in der Stadt sind, und wir klagten darüber. Democritus klagte immer, das muß ich dazu sagen. Na, und als wir so tranken, kam ein großer Kerl mit einer Hakennase an unseren Tisch und setzte sich. Mir gefiel von Anfang an nicht, wie er aussah. Er sprach mit Democritus, als ob sie miteinander bekannt wären, aber bald stellte sich heraus, daß er ihm nur empfohlen worden war. Mich sah er zweifelnd an. ›Vor dem Jungen kannst du alles sagen‹, erklärte Democritus. Da nickte der Mann und sagte, es gebe da einen Job. ›Was für'n Job?‹ fragte Democritus. ›Eine große Sache‹, sagt der Mann. ›Kannst du lesen?‹ fragt er. ›Nicht so gut‹, sagt Democritus. ›Mist‹, sagt der Mann. ›Aber ich hab Freunde, die können‹, sagt Democritus; er ist nicht erpicht darauf, sich diesen Job durch die Lappen gehen zu lassen. ›Na gut‹, sagt der Kerl. ›Ist sowieso kein Ein-Mann-Job.‹ ›Was ist es denn?‹ ›Na‹, sagt der Mann, ›kennst du den Tempel der Vesta?‹ ›Wer kennt ihn nicht? Nicht, daß je ein Mann drin gewesen wäre‹, sagt Democritus; er lacht, aber jetzt hat es ihn wirklich gepackt, denn das klingt tatsächlich nach einer großen Sache. ›Nun, ich kenne ihn nicht‹, sagt der Mann. ›Ich bin zwar römischer Bürger, aber ich bin in einer Kolonie geboren und habe nie in Rom gewohnt. Ich bin Soldat‹, erzählt er. ›Aus dem Osten, und ich kenne mich in der Stadt nicht aus, sonst würde ich die Sache selber erledigen.‹ ›Also schön‹, sagt Democritus, ›worum geht es denn?‹ Da rückt der Mann damit heraus: ›Der General Marcus Antonius hat sein Testament bei den Vestalinnen hinterlegt, und wir sollen es klauen.‹ ›Wieso?‹ fragte Democritus und stellt sich dumm. ›Wieso, und was springt für uns dabei raus?‹ Na, um es kurz zu machen: Was für uns dabei rausspringen sollte, klang nicht schlecht, aber ich weiß, ihr Herren wollt lieber wissen, wieso. Nach dem, was ich verstanden habe, scheint es so zu sein, daß dieses Testament sich höchstwahrscheinlich als peinlich erweisen würde, und deshalb meinten ein paar Freunde des Generals, vielleicht sogar der General selbst, es sei am besten, wenn man es beiseiteschafft...«

»Also gut«, sagte Nerva. »Das haben wir verstanden. Aber ist euch nicht eingefallen, daß er es sich dann nur hätte zurückgeben lassen müssen? Wieso dieser ausgeklügelte Einbruch...?«

Der Junge sah Nerva zum erstenmal in die Augen.

»Natürlich ist uns das eingefallen«, erklärte er. »Wir sind ja nicht blöd, Herr. Genau die Frage haben wir ihm auch gestellt. Und er hatte eine Antwort darauf. Man hätte sich für diesen Weg entschieden, weil man so einen Einbruch auf jeden Fall Caesar in die Schuhe schieben würde, und deshalb...«

O nein, dachte ich, jetzt hat Agrippa übertrieben. Das ist eine Finesse zuviel. Bestimmt wird jetzt jemand darauf kommen, daß ich, wenn der Einbruch geklappt hätte, in der Lage hätte sein müssen, auch irgendein Testament vorzuweisen... mein Magen rumorte... aber natürlich betrachtete ich die Angelegenheit aus einem anderen Blickwinkel; anscheinend kam niemand sonst auf diese Möglichkeit. Gleichwohl war es eine Möglichkeit, die nicht weiter schwären durfte. Jemand würde den schwachen Punkt in der Geschichte entdecken.

»Das ist jedenfalls Unfug«, sagte ich. »Ich bitte um Vergebung dafür, Nerva, daß ich mich in dein Verhör einschalte, das du so kundig führst und das bereits hochinteressante Informationen erbracht hat – aber dies kann so nicht stimmen. Die Geschichte des Jungen hat einen fundamentalen Makel. Hätte dieser Einbruch erfolgreich beendet werden können, und hätte man diesen Einbruch mir zu Last gelegt – was...« Ich zauderte. »... was ein gottloser und mir zutiefst anstößiger Gedanke ist – so hätte eine solche Zuschreibung nur dann überzeugend sein können, wenn ich auch in der Lage gewesen wäre, irgendein Testament vorzuweisen. Sonst wäre die Geschichte nicht wasserdicht.«

Stirnrunzelnd starrten die Konsularen in den schlammigen Teich. Der Knabe richtete seine großen Augen auf mich.

»Das dachte ich mir auch, General«, sagte er. »und weil ich mir dachte, daß mein Freund da in Schwierigkeiten kommen würde, brachte ich den Punkt sogar zur Sprache. Der Agent lächelte und antwortete mir auf eine Weise, die keinen Zweifel daran ließ, daß er in der Tat dein Feind war, und er versah uns mit einer Erklärung. Du solltest nach dem Einbruch tatsächlich ein Testament erhalten – von einem wohlmeinenden Freund. Und es sollte so beschaffen sein, daß du der Veröffentlichung nicht würdest widerstehen können. Aber Antonius würde das echte Testament bekommen, mit dem Siegel der Vestalinnen versehen, und das echte Testament würde sehr viel »harmloser« sein – das war das Wort, das er benutzte –, als jenes, das du veröffentlicht hättest. Und dann, verstehst du, hätte er dem Senat das echte Testament geschickt oder führende Senatoren eingeladen, es zu begutachten. Seht ihr, meine Herren, der ganze Sinn dieser Verschwörung bestand überhaupt nicht darin, das Testament zu bekommen, denn nach unseren Informationen ist es tatsächlich harmlos. Die Verschwörung richtete sich gegen Caesar hier. Beabsichtigt war, ihn zu diskreditieren. Man hätte den Anschein erweckt, daß er zuerst ein Sakrileg begangen hätte, indem er den Befehl zu diesem Einbruch gab, und nachdem er dann entdeckt hätte, daß das gestohlene Testament für seine Zwecke nichts taugte, hätte er ein zweites Verbrechen begangen: Fälschung...«

Ich bewunderte das Talent des Jungen. Mehr noch, er hatte inzwischen offensichtlich Spaß an seiner Rolle gefunden; er spielte einen Mann, der in der Erleichterung schwelgt, die der Selbsterniedrigung in einer Beichte entspringt. Zudem sah ich mit Staunen, welche Wirkung seine letzten Worte hervorbrachten. Es war klar, daß die Konsularen von ihrer Wahrheit überzeugt waren. Insofern konnte ich gefahrlos mein Entsetzen über die Ungeheuerlichkeit dieser Enthüllungen bekennen und zeigen, daß ich ratlos sei und nicht wisse, wie darauf angemessen zu reagieren sei. Das tat ich auch, und ringsum erhob sich großes Kopfschütteln.

Nur ein Konsular, Appius Claudius Pulcher, der Vetter meiner Frau, schien immer noch zu zweifeln. Er erklärte, daß er sich das alles gern von weiteren Mitgliedern der Bande würde bestätigen lassen.

»Wurden getötet, als sie sich gegen die Festnahme wehrten«, sagte Agrippa. »Meine Polizisten berichten, daß es eine verzweifelte Meute gewesen sei. Nur diese kleine Ratte hier ergab sich sofort, unter Tränen und ohne Widerstand.«

»Wir können dankbar sein, daß er es getan hat«, sagte Nerva. »Wer weiß, was für üble Schlußfolgerungen sonst zum Schaden der Republik gezogen worden wären?«

Das Ergebnis war zufriedenstellend. Man beschloß, im Senat den Antrag zu stellen, die Vestalinnen seien im Namen des Senats und des römischen Volkes aufzufordern, sich über die Konvention hinwegzusetzen und das von Antonius bei ihnen hinterlegte Testament auszuhändigen, in anbetracht dessen, daß der Senat Grund zu der Annahme habe, besagtes Testament enthalte Verfügungen, die geeignet seien, die Sicherheit und Souveränität des Senats und des römischen Volkes zu beeinträchtigen. Sogar die Vestalinnen sahen sich bemüßigt, einer solchen Aufforderung nachzukommen, und das taten sie auch, wenngleich sie eine Zusatzklausel beifügten, in der sie ausdrücklich auf die Ehrfurcht hinwiesen, die ihrer Obhut anvertrauten testamentarischen Dokumenten gebührend entgegenzubringen sei – eine Ehrfurcht, das muß ich euch wohl kaum sagen, die zu empfinden ich niemals aufgehört habe.

Die Veröffentlichung des Testamentes hatte den erwarteten Effekt. Sie erweckte Angst und Unruhe, und bald machten Gerüchte die Runde, denen zufolge Antonius die Absicht hatte, die Hauptstadt des Reiches von Rom nach Alexandria zu verlegen. Es kam zu spontanen Ausbrüchen des Volksunwillens gegen Antonius, der doch einst der Liebling des Volkes gewesen war. Jetzt steckte der Mob sein Haus auf dem Aventin in Brand. Allenthalben hörte man Geschichten über seine jämmerliche Unterwerfung durch Kleopatra. Er sei, so hieß es, im Gefolge ihrer Eunuchen mitgeschritten, selbst in ägyptische Gewänder gehüllt, und er habe an den frevelhaften Ritualen teilgenommen, mit denen die verderbten und dekadenten Bewohner des Niltales ihre abscheulichen Götter feierten.

Niemand wagte, die Stimme zu seiner Verteidigung zu erheben, nicht einmal im Senat. Im Gegenteil, die Stimmung gegen ihn schlug – ohne daß es irgendeines Ansporns von mir bedurft hätte – solche Wellen, daß er seines Imperiums entkleidet und des Konsulsamtes, das ihm für das folgende Jahr bereits zuerkannt worden war, enthoben wurde. Es wurde sogar der Vorschlag laut, ihn zum Staatsfeind zu erklären, aber hier hielt ich es doch für ratsam, einzuschreiten. Ich hatte nicht das Verlangen, den Groll gegen Antonius weiter zu entfachen – nicht, weil er, abgesehen von den Resten der alten Zuneigung, die er stets in mir hervorgerufen hatte, mochte es mir noch so sehr widerstreben, etwa neue Liebe in mir erweckt hätte, sondern aus einem politischeren Grunde. Vier Jahre zuvor, nach dem Sieg über Pompejus, hatte ich die Ära des Bürgerkriegs formell für beendet erklärt. Nun lag mir nicht daran, die Vermutung aufkommen zu lassen, daß sie wieder beginnen könne. Im Gegenteil, der Krieg, zu dem jetzt gerüstet wurde, richtete sich gegen einen Feind Roms, nicht gegen einen Mitbürger, der den Staat unterwandern wollte. Unsere Widersacherin war Kleopatra. Ich rief ganz Italien zu einer unvergleichlichen Anstrengung auf, zu einem Großen Vaterländischen Krieg.

Dementsprechend bereitete ich mich auf meinen Meisterstreich vor. Ich rief ganz Italien, ja, die ganze westliche Welt, Senatoren, Militärs und Zivilisten dazu auf, mir Treue im Kampfe Roms gegen das tückische Ägypten zu schwören. Niemand war zu diesem Schwur gezwungen. Im Gegenteil, eingedenk des Umstandes, daß Antonius in den Reihen des

Feindes zu finden war, und eingedenk auch der ernsten Natur persönlicher Verpflichtungen, ließ ich keinen Zweifel daran, daß die, welche sich durch nämliche Treue dem Antonius verbunden fühlten, dies in keiner Weise als Bedrängnis empfinden sollten; die Stadt Bologna, die in einem alten Klientenverhältnis zu Antonius stand, nahm ich sogar ausdrücklich von diesem Treueschwur aus und gab kund, daß ich ihre Loyalität gegen ihren alten Patron nicht als einen Ausdruck der Unfreundlichkeit gegen mich oder gegen Rom betrachten würde. Es hieß, daß solche Milde und Güte alles übertreffe, was Julius in dieser Hinsicht je gezeigt habe.

Weil der Schwur freiwillig, und weil meine Sache die Sache Roms und Italiens und somit gerecht war, strömte das ganze Land spontan in die Ämter, die von jeder Gemeinde eigens eingerichtet wurden, um mich ihres Vertrauens zu versichern. Nichts in meinem Leben hat in mir so dauerhaften Stolz erweckt wie dieses. Sogar die Kolonien der Veteranen, die unter Antonius gedient hatten, leisteten den Eid. Ich darf vielleicht noch hinzufügen, daß alles dies geschah, obwohl es notwendig war, Rom und Italien einer der härtesten Besteuerungen zu unterziehen, die es je gegeben hatte; da uns die Mittel aus dem Orient verwehrt waren, konnten wir nicht vermeiden, eine fünfundzwanzigprozentige Einkommensteuer zu erheben, um den Krieg zu finanzieren. Weil aber alle wußten, daß es ein gerechter Krieg war, und hofften, daß er durch gemeinsame, frohe Anstrengung zu einem schleunigen Ende zu bringen sei, wurde auch diese Steuer bezahlt, obschon es, ehe ihr Zweck von jedem begriffen worden war, und bevor der Schwur dazu beigetragen hatte, die Masse unserer Landsleute für die Sache zu begeistern, in einigen Provinzstädten sporadisch zu Aufruhr und Unruhen kam. Das konnte ich verstehen und verzeihen; kein vernünftiger Mensch zahlt gern Steuern. Bald sah man indessen ein, daß diese Steuer notwendig sei, und um so bereitwilliger wurde sie aufgebracht, als die Menschen sich an die gewaltigen Beiträge zu den Staatsfinanzen erinnerten, die ich aus eigenen Mitteln geleistet hatte und noch immer leistete. Überdies wußte jedermann, daß ich ein einfaches Leben führte und wenig Geld für mich selbst ausgab.

Das Triumvirat war abgeschafft, und der Senat reagierte darauf, indem er mir die Befehlsgewalt ohne jede Begrenzung in Funktion oder Zuständigkeit gewährte. Auch der Titel des Diktators war abgeschafft, und ich hatte nicht den Wunsch, ihn wieder zum Leben zu erwecken, denn er war nicht mehr mit der Erinnerung an die heroischen Zeiten der Republik verknüpft; de facto aber besaß ich jetzt für einen unbegrenzten Zeitraum alle Vollmachten eines Diktators. Aber es war wichtig, daß sie mir nicht allein vom Senat, sondern in spontanem Vertrauen von ganz Italien übertragen worden waren.

Ein einziger Schatten nur lag über meiner Heiterkeit. Livia, in einem mir unverständlichen Maße bestürzt über die Affäre mit den vestalischen Jungfrauen, verweigerte sich immer noch im Ehebett. Meine Liebe war so tief, daß ich weiterhin in der Lage war, ihre Gefühle zu respektieren; aber ihre Zurückgezogenheit schmerzte mich. Mein Körper und meine Sinne fanden leicht Trost, wie ein Mann ihn braucht (oder zu brauchen glaubt), doch in meinem Herzen fühlte ich kalte Leere.

Ich war jetzt über dreißig, und meine Jugend starb in jenem Winter, da wir uns zum Kriege rüsteten gegen Kleopatra.

XII

War Antonius von aller Mannestugend verlassen? Diese Frage stellte ich mir, als wir zu Mikilitsi in den Bergen an der Nordseite der Bucht von Actium lagerten. Er hatte jetzt so viele Fehler begangen, daß ich mich unwillkürlich fragte, ob er wirklich mit dem Herzen bei diesem Kriege war. Niemals hätte er zulassen dürfen, daß wir unbehelligt nach Griechenland übersetzten. Dann hatte er uns eine starke Position in den Bergen beziehen lassen. Zunächst fürchtete ich eine Falle, doch als er über die Meerenge setzte, sein Lager zwei Meilen weit südlich des unseren aufschlug und seine Reiterei nach Norden schickte, auf daß sie versuche, uns den Wassernachschub abzuschneiden, da waren seine Unternehmungen, ehedem so sicher und oft überraschend, dermaßen unschlüssig und lethargisch, daß mir klar wurde: Hier gab es keine Falle. Antonius hatte das Vertrauen in seinen eigenen Genius verloren.

Agrippa nahm jetzt Patrae und Leucas ein und konnte daraufhin mit seiner Flotte Antonius' Verkehrswege sperren. Jetzt würde er sich den Rückweg nach Ägypten freikämpfen müssen, und einstweilen konnten wir seinen Nachschub abfangen.

Ich brauchte nur noch zu warten. Wir hatten uns eine Position geschaffen, die wir nur verlieren konnten, wenn wir eine falsche Bewegung unternähmen. Ich war entschlossen, einfach abzuwarten und Antonius zum ersten Schlag zu zwingen.

Nur zwei Wolken verfinsterten mir den Himmel. Zum einen ließ meine Gesundheit während des ganzen Sommers zu wünschen übrig, obgleich ich auf den Bergeshöhen zweifellos weniger zu leiden hatte als Antonius' bedauernswerte Armee unten in der Ebene, von Fliegen und Fieber geplagt und auf Hungerrationen gesetzt. Jeden Tag konnten wir Arbeitstrupps sehen, die hinter die Linien zurückgeschickt wurden, um Massengräber für die Fieberopfer auszuheben. Ich selbst aber litt an einer hartnäkig wunden Kehle. Meine Haut war trocken und heiß. Ich schlief nachts schlecht. Meine Verdauung war nicht gut, und ich war bereits Sklave jener Nierenkrankheit, die mich, wie ihr ja wißt, zur Einhaltung einer strikten Diät nötigt.

Und dann Livia. Sie war in Rom zurückgeblieben (wo ich Maecenas die Verantwortung überlassen hatte), um für die Kinder zu sorgen. Ich vermißte sie, denn sie war die Gefährtin meiner glücklichsten Feldzüge gewesen. Aber schlimmer waren ihre Briefe. Sie konnte die Affäre um das Testament nicht vergeben noch vergessen. Kalt und schroff schrieb sie mir von der Gesundheit der Kinder. Dies ist ein solcher Brief:

Morgen reisen wir ab, erst in unser Landhaus nach Velletri, dann weiter in das Haus, das mein Vater uns in der Bucht von Neapel hinterlassen hat. Ich werde froh sein, wenn die Stadt hinter uns liegt, denn es ist dort jetzt unangenehm heiß. Den Kindern geht es gut; sie schicken dir respektvolle Grüße. Drusus, das sage ich mit Freude, entwickelt anscheinend athletische Fähigkeiten. Er reitet jetzt wirklich sehr gut. Tiberius ist schweigsam und in sich gekehrt. Ich will darum beten, daß er nicht ein Opfer jener angeborenen Krankheit der Niedergeschlagenheit wird, von der die Claudier so leicht befallen werden. Unwillkürlich muß ich daran denken, wie sein Vater in träge Depression zu versinken pflegte. Zu oft ist es das Schicksal stolzer und empfindsamer Naturen, denen es an der Fähigkeit, sich selbst zu billigen, ermangelt, einer Fähigkeit, die es vielen weit geringer Geborenen ermöglicht, mehr zu erreichen, weil ihr Gleichmut ihnen erlaubt, etwas auch dann zu tun, wenn sie wissen, daß es unrecht ist, ohne daß sie sich hernach selbst Vorwürfe machen müßten. Tiberius ist nicht so. Wenn er fehlgeht (wie es alle Kinder tun) und dafür verdienten Tadel auf sich zieht, so ist seine Selbstachtung davon schmerzlich beeinträchtigt, und höchstwahrscheinlich wird er dann von jeder weiteren Bemühung Abstand nehmen. Dies ist die dunkle Seite jenes Claudier-Stolzes, der andererseits so viele aus seiner Familie zu großartigen Diensten für die Republik angespornt hat. Julia freilich kennt solche Hemmungen nicht. Es mißfällt ihr, getadelt zu werden (was indessen, wie ich zu meinem Bedauern hinzufügen muß, häufig notwendig ist), aber ihr Stolz wird bei solcher Gelegenheit nicht verletzt. Sie hat, so fürchte ich, nur wenig natürliches Gespür für Moralität, was zu bedauern ist, selbst wenn es mich inzwischen kaum mehr überrascht. Ihre Abneigung gegen jeden Tadel ist vielmehr Ausdruck ihrer gekränkten Eitelkeit – welche etwas ganz anderes ist als Stolz, so wie sich in der Tat echter Büffelmilchkäse aus Campania von den billigen Imitationen unterscheidet, die man in Rom kaufen kann. Es beleidigt sie, daß jemand es wagen sollte, sie nicht für vollkommen zu halten – ich fürchte, sie ist verwöhnt –, aber statt sich zu überlegen, ob der Tadel womöglich verdient ist, und ihr eigenes Gewissen zu erforschen – wozu sie in der Tat kaum fähig sein dürfte, denn auch Octavia pflichtet mir darin bei, daß sie nichts dergleichen besitzt –, nimmt sie Anstoß und überhäuft bereitwillig jeden mit Vorwürfen, der sie korrigiert – zumeist, muß ich leider sagen, mich. Sagen muß ich indessen auch, daß sie und Tiberius einander sehr nahestehen. Er ist äußerst liebevoll und geduldig, wenngleich sie ihn ohne Ende neckt; es mag daher noch sein, daß sein vornehmer Charakter einigen Einfluß auf den ihren nimmt und ein wenig dazu beiträgt, ihre Selbstsucht und ihren Mutwillen, ihre Eitelkeit und ihre Launenhaftigkeit, welches ihre Hauptschwächen sind, zu mildern. Gleichwohl muß ich gestehen, daß ich daran zweifle. Julia ist von ihrer eigenen Vollkommenheit so sehr überzeugt, daß es schwerfällt, zu glauben, sie könnte für irgendeinen Einfluß empfänglich sein. Es betrübt mich, zu hören, daß du schlechter Gesundheit bist, aber deine allgemeine Verfassung ist ja so, daß du nicht damit rechnen kannst, jemals ganz frei von Leiden oder Gebrechen zu sein. Überdies höre ich, daß das griechische Klima nur allzu oft entkräftend wirkt. Ich selbst bin wohlauf, wiewohl ich, wie gesagt, froh sein werde, wenn die Stadt hinter uns liegt. Deine gehorsame Frau Livia.

Autsch, könnte man da sagen – was für ein Brief: Kein Wort der Liebe, und ein Stachel in jedem Satz. Alles, was sie über die arme kleine Julia sagte, galt offensichtlich mir. In meiner Antwort suchte ich sie zu besänftigen.

Livia, ich weiß, du glaubst, daß du allen Grund hast, mir im kalten und lieblosen Tonfall deiner Briefe zu schreiben. Glaube mir, wenn ich sage, daß Ton und Worte mir zwar schmerzlich sind, die Liebe und die Achtung, die ich für dich empfinde, jedoch nur vergrößern können. Ich weiß den Grund, und ich respektiere ihn. Willst du, daß ich meine Taten verteidige? Vielleicht sollte ich es tun. Vielleicht kann ich es auch nur tun, wenn das Meer zwischen uns liegt und ich hier auf den Bergen über dem Lager des Antonius' sitze und warte und ein Hauch von Fieber meine Seele wie meinen Körper durchzieht – denn diese Schlacht wird bestimmen, ob mein Leben für Rom von Nutzen gewesen ist oder nur als bittere Komödie von trivialem Anspruch in Erinnerung bleiben wird. Du siehst, mein liebes und einziges Mädchen, in welchem Zustand ich mich befinde. Nimm, ich bitte dich, keinen Anstoß daran, daß ich dich trotz deiner Kälte und des Zornes, welcher unter dieser Kälte pocht und sie inspiriert, in dieser Weise anrede. Du bist die einzige Frau, die ich je geliebt habe, so umfassend, wie ein Mann eine Frau nur lieben kann – ganz und gar also: Wenn du mir diese Liebe entziehst, gibt es in meinem Privatleben nur noch wenig, was mich trösten, was mich vor den Verwüstungen schützen könnte, die das öffentliche Leben mit großer Gewißheit in einem Manne hinterläßt. Du bist meine Kraft und meine Zuflucht. Weise mich nicht ab. Du bist nicht nur die eine Frau, die ich je in dieser Weise geliebt habe, nein, im Grunde meines Herzens weiß ich auch, daß es eine andere niemals mehr geben wird.

Ich kann diese Worte schreiben, wenn ich sie dir auch nicht sagen könnte. Und dies ist vielleicht der einzige Makel in unserer Ehe, der Fels, an dem das zerbrechliche kleine Floß zerschellen könnte, auf welchem wir den Fluß des Lebens hinunterfahren. In einer Hinsicht – vielleicht in mehr als einer, doch in dieser einen jedenfalls sind wir einander zu ähnlich. Wir sind beide zurückhaltend. Es fällt uns beiden schwer, über das zu sprechen, was wir empfinden. Geraten wir in einen Zwist, ziehen wir uns beide in ein Schweigen zurück, das immer bitterer und unversöhnlicher wird, je länger es dauert. Und dieses Schweigen ist es, was unsere Liebe verderben und abtöten könnte. Nicht eine einzelne Handlung, sondern ein langes Brüten, in dem der Groll schwärt. Ich weiß nicht, ob ich das überleben könnte. Du bist in vieler Hinsicht stärker als ich, aber wenn es dazu käme, wenn die Liebe, die wir für einander entwickelt haben, eine Liebe, die in den Jahren unserer Ehe nur gereift ist, so vergiftet würde, dann würde auch in dir etwas sterben. Du würdest, glaube ich, erstarren in den Fesseln einer engstirnigen und unnachsichtigen Rechtschaffenheit. Dir eignet, wenn du mir erlauben willst, dies zu sagen (und versuche zu bedenken, daß ich aus Liebe spreche), eine gewisse Schüchternheit, die ihren Ausdruck in dem Widerstreben dagegen findet, in Betracht zu ziehen, wie andere leben und denken. Vielleicht ist dies die Form, die der Claudier-Stolz in dir annimmt. Ja, ich bin sicher, daß es so ist. Was ich dir geben kann, ist echte Zuversicht und Munterkeit. Versperre dich nicht selbst vor dem, was ich dir bieten kann.

Um zu der fraglichen Sache zu kommen, jener Tat, die ich begangen, die du so entschieden mißbilligst und die dich wahrhaftig mit Abscheu, ja, mit Haß erfüllt: Was kann ich sagen? Ich habe große Achtung vor dem, was sakrosankt ist, und in meinem Privatleben als Bürger würde ich niemals gegen einen heiligen Ort oder gegen heilige Verpflichtungen freveln. Aber in meiner Eigenschaft als Mann des Staates muß ich die Dinge eben manchmal anders sehen. Wer ein öffentliches Amt bekleidet, muß zuweilen des Notwendigen innewerden. Er muß bereit sein, selbst ein Unrecht zu begehen, sofern es im öffentlichen Interesse ist. Diese Einsicht beseelte die Handlungen, die ich als Triumvir beging. Denkst du denn, in privater Eigenschaft hätte ich Maßnahmen zugestimmt, die dem moralischen Empfinden so widerwärtig sind wie die Proskriptionen? Aber Rom erforderte sie. Und so verhielt es sich auch im Falle des Testaments. Ich bat die Vestalinnen, es mir auszuhändigen, nachdem ich ihnen sorgfältig erklärt hatte, weshalb ich dies für nötig hielt. Sie wiesen meine Bitte zurück. Je nun. Was konnte ich tun? Sollte ich mir sagen, Rom erfordert zwar, daß dieses Vermächtnis veröffentlicht werde, auf daß Rom und ganz Italien begreifen, in welcher Gefahr wir schweben, doch ungeachtet dieser Erfordernis werde ich darauf verzichten, etwas zu unternehmen, denn ich darf nichts tun, wovon ich als privater Bürger weiß, daß es unrecht ist? Dann hätte ich doch in der Tat meine Pflicht vernachlässigt.

Ich kann nicht mein privates Gewissen über meine Pflicht gegen Rom stellen.

Ich habe dir erzählt, was Vergil über Cincinnatus und den Priester zu Nemi sagt. Ich bitte dich, brüte über seinen Worten und versuche, meinen Standpunkt zu verstehen.

Danke für alles, was du mir über die Kinder berichtet hast. Julia hat freilich so viel Charme und Schönheit, daß sie glaubt, ihr müsse stets alles verziehen werden. Du hast recht, wenn du sie tadelst, aber sie ist jung und wird sicher einmal ein Einsehen haben. Ich hoffe, unser lieber Tiberius, der mit seiner Intelligenz und seinem Charakter längst meinen Respekt errungen hat, wird nicht der Melancholie verfallen. Du tust recht darin, ein wachsames Auge auf sein Erbe zu haben. Dein dich stets liebender Gemahl Octavianus.

Mit dem letzten Absatz war ich vielleicht nicht gut beraten, aber ich mußte ihr ja zeigen, daß ich ihren Brief gelesen hatte. Ihre Antwort kam schnell und war unnachgiebig:

Dieser Brief war absolut typisch. Ich weiß nicht, wie du auf den Gedanken kommst, ich könnte mich fürchten oder scheuen, zu sagen, was ich empfinde, aber ich will dein Spiel einmal mitspielen und es schriftlich niederlegen.

Unsere Ehe ist immer dann bedroht, wenn du dich unter das moralische Niveau begibst, welches ich mit Fug und Recht von dir erwarten kann, denn wenn du das tust, verabscheue ich dich wirklich. So, nun habe ich es gesagt, und ich wünschte nur, du würdest klar verstehen, daß ich es genau so auch meine. Ich verabscheue dich auch, wenn du sodann haarspalterisch daherredest und vieldeutige Erläuterungen für etwas findest, von dem du genau weißt, daß es unrecht war. Es ist wirklich zu einfach, dich mit dem zu trösten, was Vergil sagt; ich weiß nicht, wie du auf die Idee kommst, daß mich das beeindrucken könnte. Der Mann ist ein Dichter, und jeder weiß, daß Dichter gerissene Lügner sind, geschickt darin, das Gute schlecht erscheinen zu lassen und vice versa. Sie sind um keinen Deut besser als Rechtsanwälte, und deine Argumente sind die eines Rechtsanwalts.

Was du über meinen Charakter sagst, zeigt nur, daß du dir nie die Mühe gemacht hast, auch nur zu versuchen, mich zu verstehen. Ich erkenne mich in deiner Beschreibung jedenfalls nicht wieder, aber eines sehe ich sehr wohl: Da du selbst im Unrecht bist, wie du mit deiner wortreichen und sophistischen Verteidigung stillschweigend zugibst, hast du versucht, mir die Schuld zu geben, und mir auch die Schuld daran zu geben, daß es zwischen uns nicht stimmt – mir, meiner Einstellung, meinem Claudier-Stolz und so fort. Dies ist geradezu unehrlich und unwürdig eines jeden Ehemannes, erst recht eines Mannes von deinem Rang, einem Rang, zu dem dir, wenn ich das hinzufügen darf, nicht zuletzt die Beziehungen meiner Familie verholfen haben.

Du solltest mir lieber nicht noch einmal in dieser Weise schreiben. Ich werde es nicht hinnehmen. Wenn du dich von mir scheiden lassen willst, wirst du dies natürlich tun. Aber wenn wir verheiratet bleiben sollen – nun, dann muß ich darauf bestehen, daß du dich dieses Tons begibst. Es ist wirklich empörend, daß du versuchst, mich als die Schuldige erscheinen zu lassen.

Julia hat mich heute auf das Schamloseste belogen. Ich war genötigt, sie peitschen zu lassen.

Bitte schreibe mir nicht mehr, wenn du mir nicht in anderer Weise schreiben kannst. Es machen übrigens unersprießliche Geschichten über dich und deinen Neffen Marcellus die Runde. Es ist unklug, einen hübschen Knaben so offenkundig zu favorisieren, und es ist auch nicht recht gegen ihn. Du weißt ja selbst, welcher Schaden deiner Reputation durch die Art widerfuhr, wie du damals Caesar erlaubtest, dich zu hätscheln. Ich sage nicht, du habest damals oder auch jetzt moralisch gefehlt. Aber in beiden Fällen hast du einen Mangel an jener maßvollen Umsicht gezeigt, auf die du dir sonst so viel zugute hältst. Octavia ist verstört und gekränkt wegen der Geschichten, die man sich in Rom über dich und Marcellus erzählt. Ich brauche dir nicht zu sagen, daß dein Freund Maecenas besondere Freude daran hat, sie zu verbreiten.

Was konnte ich darauf antworten? Nur dies:

Livia, ich liebe dich, und so nehme ich deinen Tadel hin, ohne mich weiter an Rechtfertigungen zu versuchen. Ich will dir sogar danken für die Warnung, die du mir im Zusammenhang mit Marcellus zukommen läßt. Es war mir nicht eingefallen, daß meine Zuneigung zu diesem bemerkenswerten und tugendsamen Knaben in dieser Weise aufgefaßt werden könnte. Gewiß liebe ich ihn, aber ich liebe ihn, wie ich Drusus, Tiberius und Julia liebe. Er gehört zur Familie. Maecenas hat natürlich ein boshaftes Mundwerk (und ich glaube, es wird boshafter, je länger er lebt). Ich werde ihm schreiben und ihm befehlen, damit aufzuhören. Trotzdem vergiß bitte nicht, daß Maecenas mir nützlicher gewesen ist als irgend jemand sonst – nützlicher noch als Agrippa... Einstweilen bete für mich... die Abrechnung mit Kleopatra kann nicht mehr lange auf sich warten lassen.

Antonius schickte Boten zu mir. Sie kamen am selben Morgen, da auch die Nachricht von Agrippas großem Sieg zur See über Antonius' Admiral Sosius eintraf. Ich selbst eröffnete Antonius' Abgesandten, M. Junius Silvanus und Quintus Dellius, die Neuigkeit von unserem Triumph.

»Ihr seht«, sagte ich, »eure Sache ist hoffnungslos. Ihr mögt eurem General antworten, daß die einzige Frage, die zur Verhandlung steht, die nach den Bedingungen für eure Kapitulation ist.«

Dellius zog eine Grimasse. »Das wird die Königin niemals zulassen, Caesar«, sagte er. »Wir stehen auf der falschen Seite. Es ist ja kaum statthaft, daß Römer sich von einer Ausländerin Befehle erteilen lassen, und darauf läuft es wohl hinaus...«

Nicht nur Römer ließen Antonius jetzt im Stich. Am nächsten Morgen zog Amyntas, der König von Galatia in Kleinasien, mit seiner Reiterei auf eine Erkundungsmission, führte seine Männer um die Flanke des Berges herum und ergab sich unseren Vorposten. Er wurde zu mir gebracht, ein schlanker, scheel blickender Orientale, bereit, mir Schätze dafür zu bieten, daß er sein Königreich behalten dürfe, und mit Selbsterniedrigung meine Milde zu gewinnen. Obwohl seine Unterwürfigkeit mich anwiderte, hielt ich es für ratsam, ihn in unsere Reihen aufzunehmen.

Als ich durch das Lager ritt, sah ich Dellius vor einem Zelt sitzen; er kaute Schweinebraten und hatte eine Weinflasche vor sich.

»Speise und Trank, Caesar«, rief er mir zu. »Das ist mehr, als der alte Antonius zu bieten hat.«

Unwillkürlich wurde ich nachdenklich: Männer wie Dellius würden meine Sache ebenso fröhlich und mit ebenso wenig Skrupeln im Stich lassen. Und ein Gedanke kam mir in den Sinn: Ich habe mehr gemeinsam mit Antonius als mit irgend jemandem sonst in einem der beiden Lager.

Man meldete, daß Antonius' wackerster General, C. Domitius Ahenobarbus, sich ebenfalls aus dem Lager gestohlen habe. Mit jenem aufgesetzten, theatralischen Edelmut, der ein wesentlicher Bestandteil seines Charakters war und ihn so oft zu Gesten veranlaßte, welche die Phantasie von Adeligen wie Soldaten gleichermaßen anregten, befahl er, daß man ihm seine Ausrüstung, seine Waffen und sein Geld nachsende. Als Marcellus davon hörte, rief er mir zu: »Wie kommt es, daß wir Krieg führen gegen einen solchen Mann?« Was konnte ich antworten?

Laßt mich einen Moment innehalten und hier verharren: nicht bei Antonius' theatralischer Geste, die ihn nichts kostete, aber in der Tat vielleicht für einen kurzen Augenblick das Gefühl seiner eigenen Mannestugend wiederherstellte, sondern bei Ahenobarbus selbst. In seiner Laufbahn verkörpert sich die Verschwendung, die dem Bürgerkrieg innewohnt. Niemand war konsequenter mein Feind als er. Es gab niemanden, den ich lieber für meine Seite gewonnen hätte. Aber er war taub gegen alle Schmeichelei, alle Überredungskunst, schließlich auch gegen alle Vernunft.

Er war ein verstockter und tugendsamer Republikaner, vermählt mit einer verschwundenen und vielleicht schon immer nur in der Phantasie vorhandenen Welt. Sein Vater, Catos Schwager, ebenso streng und selbstgerecht wie Cato selbst, kämpfte und fiel bei Pharsalus. Der Sohn schloß sich Brutus und Cassius an, kämpfte gegen uns bei Philippi und leistete dann jahrelang Widerstand mit einer Flotte, die an der Westküste Griechenlands beheimatet war. Pollio überredete ihn, zu Antonius zu kommen, was wir alle als Versöhnung mit der neuen Ordnung verstanden, die wir zu errichten bemüht waren. Ich schrieb ihm, wie ich mich erinnere, und hieß ihn willkommen. Seine Antwort war kühl: Er habe sich Antonius angeschlossen, nicht mir, denn niemals werde er sich mit dem Erben des Mannes versöhnen können, der es sich zur Lebensaufgabe gemacht habe, den Freien Staat zu zerstören. Verzweifelt zuckte ich die Achseln. Was konnte er unter diesem toten Namen nur verstehen? Drei Generationen lang hatte es keine Freiheit gegeben, keine Freiheit jedenfalls von Angst, Zwang, politischer Unehrlichkeit und Korruption. Aber Ahenobarbus gehörte zu einem toten Zeitalter, in dem persönliche und familiale Loyalität alles und die Idee von Rom nur ein Lippenbekenntnis war. Cato war genauso gewesen. Er hätte das Reich zerstückelt, um einer rein imaginären Politik willen. Wie sollte ich mit solchen Narren Geduld haben?

Und dennoch konnte ich Ahenobarbus nur bewundern, obschon mir klar war, daß sich hinter solcher Bewunderung nur die Sehnsucht nach den Kindertagen Roms verbarg. Wiederum sah ich die Weisheit in Vergils Worten, und ich sah auch, daß die Geschichte von Cincinnatus nicht nur eine Legende, sondern auch eine Versuchung war. Cato, Ahenobarbus und ihresgleichen waren Männer, die spielten, in der Vergangenheit zu leben, und sich dabei eine unmögliche Tugend zu eigen machten, die es ihnen ermöglichte, unter selbstsüchtiger Mißachtung für die wirklichen Interessen des Staates zu handeln. Hüte dich vor Idealisten – mehr konnte ich Marcellus nicht sagen; aber Marcellus mit seinen klaren, dunkelblauen Augen, seiner hohen Gestalt, dem feinen, kurzlockigen Kopf, den er so stolz zu halten wußte, den kräftigen, geraden Beinen, dem offenen Lächeln und sogar jenem stolzen Stirnrunzeln, das seine Schönheit verdunkelte, wenn ihm etwas begegnete, das ihm tadelnswert vorkam – Marcellus war im richtigen Alter für unmögliche Catos. Wie jeder vornehme Jüngling lebte er in einer Welt moralischer Sicherheit.

Und dennoch war die Tugend eines Mannes wie Ahenobarbus niemals gering zu achten. Ich wußte das. Fast als einziger in der Umgebung Antonius' hatte er immer wieder beklagt, daß Kleopatra solche Macht über den General habe. Wenn Antonius nur auf ihn gehört hätte... wenn Ahenobarbus mir nur vertraut hätte. Er weigerte sich sogar, Kleopatra den Titel einer Königin zuzuerkennen. Bei all seinen Fehlern war er ein echter Römer. Als ich ihn das letztemal gesehen hatte, war er als Konsul im Jahre 32 im Begriff gewesen, die Stadt zu verlassen und in das Lager des Antonius hinüberzuwechseln. Ich hatte ihn angefleht, es nicht zu tun. Er hatte mir in die Augen geschaut und gesagt: »Antonius ist kein Despot.« Kein Argument hatte ihn zu bewegen vermocht, und so hatte ich ihn gehen lassen.

Jetzt hatte Antonius sogar diesen vornehmen und irregeleiteten Mann verloren...

Antonius' bester General, Canidius, drängte ihn, wie wir später erfuhren, sich nach Mazedonien zurückzuziehen und zu versuchen, die Angelegenheit dort zu Ende zu bringen, wo sie auf die Unterstützung verbündeter Barbaren hoffen konnten. Das an sich wäre ein gefährlicher und wenig vornehmer Plan gewesen, aber vermutlich führte Canidius dafür ins Feld, daß es auch nicht unvernünftiger oder schmählicher sei, sich auf solche nördlich hausenden Barbaren zu verlassen, als auf die Königin von Ägypten. Uns hätte ein solcher Schachzug jedenfalls in Verlegenheit gebracht. Wir hätten ihm bei einer immer länger sich dehnenden Nachschubstrecke und durch schwieriges Gelände folgen müssen, um uns irgendwann dort, wo es Antonius gefiel, zur Schlacht zu stellen. In der Erwartung, daß sie diese Richtung einschlagen würden, warf ich deshalb den linken Flügel meiner Armee über die Pässe, aber eine starke Streitmacht konnte ich dort nicht in Position bringen, ohne daß ich damit den Hauptteil meiner Armee gefährdet hätte. Dellius jedoch beruhigte mich. Kleopatra, sagte er, werde Antonius niemals erlauben, eine Strategie zu verfolgen, die Ägypten unserer Flotte aussetzen würde. »Du kannst ganz sicher sein, Caesar, daß die Königin jede Auseinandersetzung gewinnt. Antonius kann inzwischen ebensowenig von ihr lassen, wie ein Hund eine läufige Hündin verläßt. Er ist verhext – ein anderes Wort gibt es dafür nicht. Er weiß es und ist machtlos. Es ist ein jämmerliches Bild, zu sehen, wie er seine Schmach in Wein ersäuft.«

Dellius hatte ganz recht. Wir hatten Antonius so weit in die Enge getrieben, daß er sich den Weg freikämpfen mußte.

XIII

Die Unwetter, die gegen Ende August getobt hatten, waren verweht, und der Morgen des 2. September dämmerte hell, frisch und klar. Eine sanfte Brise strich landeinwärts, und die Flotte wiegte sich vor Anker – eine Bewegung, die mir stets unangenehm gewesen ist. Wir waren vielleicht eine Meile vor der Einfahrt zu dem Kanal in Stellung gegangen, wo Antonius' Schiffe festsaßen. Ich war kurz vor Tagesanbruch geweckt und an Deck gerufen worden. Mein Kapitän, ein Grieche mit Namen Melas, deutete zum Land, wo grellrote Strahlen sich durch das graue Licht des Morgens bohrten.

»Was ist?« fragte ich und wischte mir den Schlaf aus den Augen.

»Es fängt an«, sagte er. »Antonius verbrennt die Schiffe, die er nicht braucht. Unsere Informationen waren korrekt. Er plant einen Ausbruch, noch heute.«

Ein kleines Ruderboot näherte sich unserem Schiff. Eine Strickleiter wurde hinabgelassen, und Agrippa kam an Bord geklettert. Sein Gesicht zeigte den Ausdruck eifriger Anspannung, den Augenblicke der Entscheidung bei ihm immer hervorriefen.

»Es ist soweit, Caesar«, rief er. »Dies ist die Stunde, auf die der ganze Feldzug ausgerichtet war. Besser gesagt«, korrigierte er sich und ließ den rhetorischen Tonfall, den er der umstehenden Soldaten wegen angenommen hatte, beiseite, »ein paar Stunden haben wir noch Zeit.«

»Wie kannst du so sicher sein?« fragte ich. (Die See und der Marinekrieg waren mir von jeher verhaßt, ihre Prinzipien stets ein Geheimnis für mich.)

»Hast du es nicht bemerkt?« fragte er. »Oder hast du es vergessen? Der Wind wird sich heute nachmittag wahrscheinlich nach Nordwesten drehen. Dann kann Antonius vor ihm laufen. Er hofft darauf, daß dieser Wind uns von unserer Basis an Land abschneidet und ihm dabei hilft, durch unsere Linien zu brechen... aber wenn er dabei scheitert, wird der Wind seiner Flucht förderlich sein. Er wird gute Fahrt machen können...«

»Das klingt, als setze er alles auf eine Karte«, sagte ich.

»Was bleibt ihm übrig?« sagte Agrippa.

Wir hatten dieses Gespräch schon früher geführt. In Stabsbesprechungen hatten wir die Möglichkeiten analysiert, die Antonius offenstanden, und waren zu dem Schluß gekommen, daß das, was sich ihm heute bot, seine einzige Chance war, der langwierigen und demütigenden Kapitulation zu entgehen, die durch den Zerfall und die Demoralisierung seiner Armee im Klammergriff unserer Blockade sonst unausweichlich werden würde. Ich hätte mir wohl gewünscht, daß ihn der Mut verlassen und er von diesem letzten Versuch Abstand genommen hätte – schon weil es mir immer unheimlich vorgekommen ist, wenn der Gegner genau das tut, was man vorhergesagt hat. Ich neige immer zu der Befürchtung, daß sich das Glück daraufhin wenden wird. Agrippa aber war beschwingt und aufgeregt ob des Erfolges seiner Vorhersagen.

Ein wenig später, als wir alle Vorkehrungen überprüft und einander Glück gewünscht hatten (denn so wohlgefügt alle Pläne auch sein mögen, Schiedsrichter des Krieges ist noch immer das Glück), als wir die Auspizien befragt und den Göttern des Geschicks geopfert hatten, kletterte Agrippa wieder hinunter in sein kleines Boot und wurde fortgerudert. Ich sah ihm nach, bis das Boot ein Punkt auf dem Ozean war und schließlich hinter der Linie der Galeeren zu unserer Linken verschwand.

Gegen Mittag erschien Antonius' Flotte mit stolzen, hohen Segeln hinter der Landzunge, und wie ein Traum, der sich entfaltete, gingen die Schiffe in Aufmarschstellung und verharrten in Schlachtposition etwa eine halbe Meile vor uns. Die Welt hielt den Atem an; nur die sanfte Brise kräuselte die Wellen noch immer landwärts.

Ich tunkte ein Stück Brot in den harzduftenden Wein Griechenlands (der an Bord eines Schiffes besser haltbar ist als unsere zarten italienischen Weine) und begann zu frühstücken.

Zum hundertundersten Male ließ ich mir die Auseinandersetzungen durch den Kopf gehen, die wir geführt hatten. Mein Wunsch war es gewesen, diese Begegnung zu vermeiden. Ich hätte Antonius die Meerenge ungehindert durchfahren und sich nach Ägypten flüchten lassen. Ich war sicher, daß eine solche überstürzte Flucht die Römer und Italiener in seiner Streitmacht entmutigen würde. Sie würden merken, sagte ich, daß Antonius sich vollends auf die Seite Ägyptens geschlagen und alle Hoffnung darauf, den Westen zu erringen, aufgegeben habe, und daß er sich fortan damit begnügen werde, Kleopatras Schoßhündchen zu sein. Wenn sie dies aber spürten, so gab ich zu bedenken, würden viele von ihrem General desertieren, und wir würden kampflos zum Erfolg gelangen. Agrippa hörte sich meine Argumente bis zum Ende an und schlug dann mit der Faust auf den Tisch.

»Nein, nein und abermals nein«, rief er, und ich sah,

daß unsere Offiziere von der Vehemenz seines Tonfalls beeindruckt waren. »Nein«, sagte er noch einmal, leise jetzt, um seiner Aufrichtigkeit Nachdruck zu verleihen. »Das ist nicht mehr als eine Vermutung. Tatsache aber ist folgendes: Antonius' Schiffe sind größer als unsere und unter vollen Segeln viel schneller. Wenn wir der Auseinandersetzung ausweichen und ihn laufenlassen, besteht die Chance, daß er entkommt, ohne daß seine Flotte Schaden nimmt. Dann aber war der ganze Feldzug dieses Sommers umsonst. Alles wird wieder von vorn beginnen müssen. Und kannst du dir vorstellen, Caesar, daß wir Italien noch ein weiteres Jahr so besteuern, wie wir es getan haben? Ich sage dir, aus militärischen wie aus politischen Gründen müssen wir die Sache zur Entscheidung bringen.«

Ich hörte ihm zu und pflichtete ihm bei. Ich bin ja immer bereit, mich von solider Argumentation beeindrucken zu lassen. In der Tat ist ein Grund für meinen Erfolg der, daß ich niemals aus störrischem Stolz auf meinem eigenen Standpunkt beharrt habe. Ich war stets bereit, einzuräumen, daß andere in bestimmten Bereichen mehr wissen als ich.

So hatte ich ihm beigepflichtet, und jetzt sah ich zu, wie Antonius' Flotte sich auf dem Wasser wiegte. Möwen kreischten am Himmel. Die Männer traten von einem Fuß auf den anderen und hielten den Blick starr auf den Feind gerichtet – alle bis auf eine Handvoll alter Kämpfer, die es sich auf den Decksplanken bequem gemacht hatten und miteinander plauderten. Sie hatten an so vielen Schlachten teilgenommen, daß sie längst aufgehört hatten, sich den Kopf über das zu zerbrechen, was vielleicht geschehen würde. Sie hatten den Tod oft genug gesehen, um zu wissen, daß sie den Mond an diesem Abend vielleicht nicht mehr schauen würden; deshalb blieben sie gelassen und bewahrten sich ihre Kräfte. Ich beneidete sie um ihren Fatalismus.

Die Sonne überschritt den Zenith, und noch immer hatte der Wind sich weder aufgefrischt noch gedreht. Das Licht flimmerte in der Mittagshitze. Schweiß rann mir hinten an den Beinen herab. Mein Mund schmeckte trocken und sauer. Die ganze Welt wiegte sich in schwangerem, furchtbarem Schweigen.

Dann, sehr sanft zunächst, brannte der Geruch von Rauch in meiner Nase. Die schwarzen Dämpfe, die sich beinahe senkrecht über den brennenden Schiffen erhoben hatten, ehe sie in dünnen Schleiern über dem Lager davongeweht waren, trieben jetzt auf das offene Meer hinaus.

Melas brüllte seinen Seeleuten Befehle zu, und meine Centurione riefen ihre Männer auf Posten. Die Segel gesetzt, die Ruder schlagend, bewegte sich die Flotte des Antonius in Schlachtordnung auf uns zu. Als sie von uns noch ein paar hundert Schritt weit entfernt waren, hörte ich von links bereits Kampfgeschrei: Für Agrippa hatte die Schlacht begonnen.

Eine literarische Kunst wie die Caesars kann Sinn und Ordnung in Schlachten bringen. Alle die aber, an denen ich in meinem Leben beteiligt gewesen bin, haben nur einen konfusen Wirbel von Impressionen in mir hinterlassen: Ich sehe einen jungen Burschen an meiner Seite mit einem Pfeil im Hals niederstürzen, seine Hände schließen sich um den Schaft und erstarren dort. Im Fallen drehte er sich halb, so daß ihm die Spitze noch tiefer in den Hals gestoßen wurde, ehe der Schaft zersplitterte und er nur noch den hinteren Teil in der Hand hielt, abgebrochen und unnütz, und sein Gesicht war mir zugewandt, als es auf einer Wange zur Ruhe kam; sein unschuldiges Auge überzog sich glasig, und der Ausdruck empörter Überraschung schwand aus seinem Blick... Ich sehe einen Feuerbrand, in weitem Bogen durch die Luft geschleudert, der sodann auf den Segeln eines feindlichen Schiffes landet, und ich höre die Schreie der entsetzten, brennenden Matrosen. Ich höre den dumpfen Schlag der Enterhaken, die unsere Schiffe mit den ihren zusammenschließen, die heiseren Flüche und das Klirren der Schwerter. Und hoch oben auf unserer Brücke sehe ich, wie der ganze Ozean sich in ein mimisches, greuliches Theater verwandelt und das Wasser sich vom Blute purpurn färbt, und ich höre das Klatschen der Leichen und überall die Schreie des Todes.

Caesar hätte einen Sinn in all das bringen oder doch vorgeben können, es zu tun. Ich kann es nicht, und während es geschah, vertrieb mir das Grauen jeden Gedanken des Triumphs.

Dann, für einen Augenblick, trat Stille ein. Einige Schiffe hatten sich ergeben, andere trieben breitseits. Auf unseren Flügeln manövrierten Schiffe, um dem Feind in die Flanken zu fallen. Es war plötzlich dieses geheimnisvolle Innehalten zu spüren, wie es in einer Schlacht stattfindet, wenn die erste Wut, die erste Attacke verraucht ist und die Götter das Schicksal zwischen sich abwägen. Jemand rief: »Sie haben genug, sie nehmen reißaus«, und in ihrer Mitte löste sich eine kleine Galeere von ihrem großen Flaggschiff, flog mit drängenden Rudern dorthin, wo ein anderes Schiff mit purpurnen Segeln abseits an der Spitze des ägyptischen Kontingents lag. Wie es dazu kam, weiß ich nicht, aber ein Schrei erhob sich: »Antonius flieht.« Die Galeere näherte sich dem purpurn aufgetakelten Schiff, man sah, wie Männer an Bord stiegen, und mit einer Geschwindigkeit, die mich erstaunte, segelte das Schiff vor dem Wind davon, und die ganze ägyptische Flotte strömte in seinem Kielwasser hinterdrein. Ich trage ein Bild in meinem Herzen, das Bild eines grauen, verwüsteten Gesichtes im Heck des fliehenden Flaggschiffs, eines Gesichtes, das beredt von eitlem Ehrgeiz sprach, von verbrannten Nächten, verlorener Macht. Ich glaube nicht, daß ich es wirklich sah, außer vor meinem geistigen Auge; aber das ist Antonius, fixiert für die Ewigkeit: Der mächtige Stier entmannt, die Miene verbissen im Angesicht des Ruins, den er über sich gebracht; Tränen rinnen ihm über die Wangen, Ägypten hat er den Rücken zugewandt... die Monate, die ihm noch bleiben, die Scham, die er ertragen muß.

Die ganze Nacht verbrachten wir auf See, inmitten der schreienden und stöhnenden Verwundeten und Sterbenden. Die Nachwehen einer Seeschlacht sind schrecklicher noch als zu Lande, denn die Elemente selbst sind hier feindselig. Das schwarze Wasser leckt grausam an den Schiffen herauf und bedroht sogar den Sieger, sofern der Wind, der an diesem Abend kräftig wehte, zum Sturm anschwillt. Während der dunklen Stunden mühten Männer sich, andere von den brennenden Schiffsrümpfen zu retten, Menschen aus den feindlichen Fluten zu fischen, Sterbende zu trösten und Verwundete zu versorgen. Die Grausamkeit des Krieges kann nur der ganz ermessen, der gesehen hat, wie zartfühlend die Soldaten nach der Schlacht sind.

Am Morgen kehrten wir an Land zurück. Antonius hatte einen Teil seiner Armee unter Canidius zurückgelassen, um das Lager zu halten. Es war eine sinnlose Geste. Sie alle wußten, es gab nichts mehr, für das sie kämpfen konnten, keine Hoffnung auf einen Ausbruch. Ein paar Tage lang verweigerte Canidius die Verhandlungen und lehnte es ab, meinen Botschaften zu antworten. Dann, am fünften Abend, stahl er sich selbst aus dem Lager und gelangte nach einem harten Ritt durch die Berge nach Korinth, wo auch er ein Schiff nach Ägypten bestieg. Seine Leute waren erleichtert, als sie von seiner Abreise erfuhren. Sie ergaben sich sofort. Getreu meinem Versprechen, Milde walten zu lassen, löste ich einige der Legionen auf und schickte die Männer zurück nach Italien, wo sie ihre Ansiedlung erwarten sollten, während ich andere meiner eigenen Armee einverleibte.

Das Stück war zu Ende. Es kam nur noch der Epilog.

XIV

Ägypten stank. Der Nil, in der Trockenzeit von seinen Grenzen zurückgewichen, hinterläßt eine Schicht von grauem Schlamm über dem ganzen Land. Die Bauern bedecken sie mit dem Dung ihrer Rinder, Schafe und Kamele, und aus diesem fetten Boden gewinnen sie zweimal im Jahr eine Weizenernte. Aber es stinkt.

Und der Gestank in Ägypten ist auch moralischer Natur. Alexandria ist eine vornehme Stadt griechischen Ursprungs, wie natürlich auch das Haus der Ptolemäer, dem Kleopatra angehörte, von einem der Generäle Alexanders abstammte. Seine Häfen, bewacht vom Pharos, einem erstaunlichen Bauwerk, vierhundert Fuß hoch, erbaut in drei sich verjüngenden Stockwerken aus Kalkstein, rosarotem Marmor und einem purpurfarbenen Granit aus Oberägypten, sind wahrlich zu den Weltwundern zu zählen. Die Stadt ist, was die öffentlichen Bezirke angeht, mit ausgeklügelter Sorgfalt angelegt. Wer wäre nicht beeindruckt von der großen, einhundert Fuß breiten Straße, die sich quer hindurchzieht? Wer sähe nicht mit Staunen die Universität und die Bibliotheken, die Gräber Alexanders und der Ptolemäer oder auch die zahllosen Werkstätten, wo Goldschmiede, Parfümhersteller, Elfenbeinschnitzer und Glasmacher im Überfluß werken, und die Fabriken, in denen Papyrus produziert wird. Der Reichtum und die Vielfalt der ägyptischen Ökonomie muß für jeden Betrachter schwindelerregend sein. Und doch, wie gesagt, es stinkt.

Es ist nicht bloß der vulgäre Geruch der Menschen in dieser Stadt, wo eine halbe Million in der Sommerhitze dampft, eine heterogene und leicht erregbare Masse von Griechen, Juden und eingeborenen Ägyptern, schnell zum Aufruhr angestachelt, feige und tückisch. Gleichwohl ist ihre Organisation lediglich eine Frage effizienter Administration, wie wir sie bald etablieren konnten. Das Beunruhigende in Ägypten ist eine unterschwellige, bösartige Magie, der seltsame, abstoßende Kult um Tiergottheiten, die grundlegende Annahme, daß die Wahrheit an dunklen und geheimen Orten zu finden sei, und nicht im Licht. Hinter der Stadt, in der Wüste, stehen die gewaltigen, geheimnisvollen Grabstätten alter Pharaonen, monströse Denkmäler einer abscheulichen Religion, den Totenkult. Das alte Ägypten ist ein Land der Sodomie. Man sagt, die Quelle der Macht liege in der Penetration des Anus, vollbracht unter magischen Beschwörungsgesängen. Es heißt, der Beschreibung eines Pharaos zufolge sehe Ägypten aus »wie der Spalt zwischen den Kugeln des Gesäßes«. Der fruchtbare Nilschlamm ähnelt Exkrementen, und einer ihrer mächtigsten Götter, Khepera, ist ein Mistkäfer; er ist der Herr im Lande der Toten.

Wie könnte ein Römer diesen antiken Aberglauben anders als mit Abscheu sehen, wie könnte er nicht das Land verachten, welches ihn hervorgebracht?

War Antonius von der alten Magie Ägyptens unterworfen und unterwandert worden? In gewissem Sinne ja. Freilich war Kleopatra keine Ägypterin, sondern eine Griechin, und da die Ptolemäer nur innerhalb der Familie heirateten, war sie frei von irgendwelcher ererbten ägyptischen Färbung;

da indessen nur wenige bezweifeln, daß sie bei Antonius zu Mitteln der Zauberei griff, die seine römische Tugend vernichteten und ihn zu ihrem verachtungswürdigen Sklaven machten, liegt es nahe zu glauben, daß Antonius den lüsternen, gierigen Göttern Ägyptens zum Opfer fiel.

Er hatte sich mit seiner Armee an den Rand der Wüste zurückgezogen. An einem Tag beschloß er, ein letztes Gefecht zu unternehmen, am nächsten, sich zu unterwerfen und meiner Gnade anheimzugeben. Seine Lage war in der Tat verzweifelt. Seine Legionen in Cyrene hatten ihn verlassen und sich meinem General Cornelius Gallius angeschlossen. Man berichtete, daß Kleopatra versuche, ihn aufzustacheln, und ihm Pläne unterbreitete – wilde Chimären: Sie sollten nach Spanien segeln und die Silberminen in Besitz nehmen; sie sollten Ägypten und der römischen Welt den Rücken kehren und wie Alexander nach Indien ziehen, um dort ein neues Reich zurechtzuhämmern. Antonius hörte sie schweigend an. Sein Blick senkte sich zu Boden. Seine Hand tastete nach der Weinflasche. Er betrachtete Kleopatra mit dem erbitterten Haß eines Mannes, der das Werkzeug seiner Vernichtung vor sich sieht.

Er schrieb mir:

Du hast das Spiel gespielt und gewonnen. Antonius ist kaum noch Antonius. Der Gott Hercules, der mich liebte, kräuselt jetzt verächtlich die Lippen, wenn er sieht, wie tief ich gefallen bin. Dennoch haben wir viel zusammen erreicht, du und ich. Um der alten Freundschaft und Liebe willen, die zwischen uns war, um deiner Schwester Octavia willen, meiner einzigen wahren Gemahlin, erflehe ich Milde. Du wirst ahnen, wie sehr ich gedemütigt bin, wenn ich es über mich bringe, so zu bitten. Warum, Caesar, sollte die römische Welt weiter von Aufruhr gespalten sein? Ich habe noch immer Legionen, die meiner Sache treu sind. Ich kann noch immer kräftig zuschlagen, und verzweifelt, wie ich in meiner Lage bin, kann ich dir garantieren, daß ein solcher Schlag schmerzhaft sein wird. Aber ich bin des Kampfes müde. Ich bin bereit, davon abzulassen. Gewähre mir, Caesar, freies Geleit zu meinen Ländereien, und ich will meine letzten Tage in Ruhe verbringen, mich um meine Weinberge und Olivenhaine in der fruchtbaren Ebene und den sanften Hügeln meines geliebten Bononia kümmern. Ist das zuviel verlangt? Solltest du mir meine Bitte gewähren, werde ich dir die verfluchte Königin ausliefern, die mich behext hat.

Wie konnte ich einen so jämmerlichen Brief beantworten? Ich erbebte vor Scham, als ich ihn las, denn der bittere Selbsthaß, der Verlust aller Tugend, von dem er durchtränkt war, konnte mir beim Lesen nicht verborgen bleiben. Ich konnte nicht antworten. Ich konnte den Brief nicht einmal Agrippa zeigen. Hier veröffentliche ich ihn nur der Vollständigkeit halber, um die Historiker nicht zu täuschen.

Ich wußte, wie heruntergekommen die Moral seiner Legionen war, und sandte meine Reiterei gegen sie. Antonius' Helden in so vielen Schlachten warfen sogleich die Waffen weg. »Wieso sterben für nichts?« schrie ein Centurio. »Für den General!« erwiderte ein Stabsoffizier, blutunterlaufenen Auges und verzweifelt. Der Centurio schaute ihm ins Gesicht. »Der General ist nichts«, sagte er und bohrte sein Schwert mit der Spitze tief in den Sand.

Als Antonius davon erfuhr, verließ ihn der letzte Rest Entschlossenheit. Er zog sich in sein Zelt zurück. Was mag in diesem Augenblick vor seinem Auge vorübergezogen sein? Sah er jenen Morgen, da er mit Caesars blutiger Toga in der Hand vor dem Volk stand und eine feierliche Rede hielt? Entsann er sich des Morgens auf der vom Flußnebel verhangenen Insel, als wir zusammenkamen, um die Welt neu zu ordnen? Oder, so frage ich mich, beneidete er gar Lepidus, dem seine Bedeutungslosigkeit das Leben gerettet hatte? Aber es war unvorstellbar, wie Antonius in ehrlosem Ruhestand hätte leben sollen. Ihn hätte ich nicht behandeln können, wie ich Lepidus behandelte.

Man brachte ihm die Nachricht, daß Kleopatra Selbstmord begangen habe. Sogleich brach er in ein Klagegeheul aus, in dem sich Trauer und Vorwurf, Liebe und Haß merkwürdig mischten. Als er damit fertig war und noch ein wenig geweint hatte, rief er nach einem Becher Wein, trank ihn und faßte sich so weit, daß er schlafen konnte. Gegen Abend wachte er auf. Die Sonne stand tief über der Wüste. Antonius stellte sich in den Eingang seines Zeltes und sah zu, wie die Welt sich in der Dämmerung purpurn färbte. Wieder rief er nach Wein; diesmal aber berührte er nur den Rand des Bechers mit seinen Lippen. In der Ferne hörte er noch immer das Schreien und Stöhnen seiner verwundeten Soldaten, aber in seinem Lager, so zusammengeschrumpft und still, erfüllt von der Stille, mit der Menschen ihr Schicksal erwarten, muß er gespürt haben, wie weit der Weg von den Schlachtfeldern Galliens, Spaniens oder Armeniens bis hierher gewesen war. Der Sand erstreckte sich in alle Himmelsrichtungen, bis er im Abendnebel verschwand.

Er warf den Kopf in den Nacken, berichtet man, rief nach seinem Schwert, befahl seinen Trägern, es fest zu halten, und warf sich dagegen.

Vielleicht scheute der Schwertträger vor der Aufgabe zurück, vielleicht auch wurde Antonius von einem letzten Instinkt gehalten – jedenfalls durchbohrte das Schwert kein lebenswichtiges Organ: Zwar fiel er stark blutend zu Boden, aber tot war er nicht. Er stöhnte vor Schmerz oder Enttäuschung und flehte seinen Diener an, ihm den endgültigen Streich zu versetzen. Aber wieder schreckte der Mann vor solcher Tat zurück, und so senkte sich die Nacht über den blutenden General. Als er nach einer Weile das Bewußtsein verloren hatte, hüllten sie ihn in eine Decke und trugen ihn in ein Zelt. Unterdessen liefen seine Soldaten, als sie die Nachricht gehört hatten, auseinander, wehten aus dem Lager wie Herbstlaub.

Gegen Morgen erwachte Antonius; seine furchtsamen Diener näherten sich und berichteten ihm, die Meldung vom vergangenen Tag sei falsch gewesen. Kleopatra war nicht tot. Statt dessen hatte sie Zuflucht im königlichen Mausoleum, hier und dort auch unter der Bezeichnung »Monument« bekannt, genommen. Er bat, man möge ihn dorthin schaffen, und sehr behutsam, mit einer Hingabe, die ich mir mit Rührung vergegenwärtige, hoben sie ihn auf eine Sänfte und gehorchten seinem letzten Befehl.

Sie brachten ihn hinauf ins Mausoleum. Er war inzwischen sehr schwach, und man weiß nicht, ob er noch einmal zu Bewußtsein kam. Wahrscheinlich starb er in Kleopatras Armen, aber sicher ist es nicht, und die Berichte sind widersprüchlich. Einer Version zufolge beschimpfte sie ihn als den Urheber ihres Untergangs, und die letzten Worte, die Antonius vernahm, troffen von Haß und Vorwürfen. Aber das glaube ich nicht. Auf ihre Art hat Kleopatra ihn ja geliebt, und außerdem hatte sie ein viel zu feines Gefühl für Dramatik, als daß sie ihn so hätte sterben lassen.

Natürlich trauerte ich um Antonius, als ich von seinem Tod hörte. Wie hätte es anders sein können? Ich habe gesehen, wie Gladiatoren im Angesicht des Kameraden, den sie erschlagen hatten, die Arena mit dem Tau ihrer Tränen benetzten, und nie waren Gladiatoren einander so eng verbunden, wie Antonius und ich miteinander verbunden waren.

So starb dieser bemerkenswerteste unter den Menschen. Agrippa bemerkte mit charakteristischer Großzügigkeit, ein vortrefflicherer Geist habe nie die Geschicke der Menschheit gelenkt. Es heißt, Kleopatra sei im Augenblick seines Todes in Ohnmacht gefallen; mir selbst wäre es fast so ergangen: Ich mußte Agrippas Arm ergreifen, um mich in einem augenblicklichen Schwindelanfall zu stützen, als mir die Neuigkeit eröffnet wurde.

»Ich bin sowohl froh wie betrübt«, brachte ich hervor. »Froh um des Antonius' willen, denn das Leben hätte nichts als einen traurigen Niedergang beschert. Froh auch für Rom, denn mit Antonius hat diese alte, unfruchtbare Teilung der Welt ein Ende. Ich habe diesen Krieg nicht gewollt; er hat ihn mir aufgezwungen und den Preis dafür bezahlt. Wie ist er gestorben?«

»Vornehm am eigenen Schwert – ein römischer Tod...«

Ich nickte. »Der Lärm sollte größer sein«, sagte ich. »Man möchte doch meinen, der Tod eines solchen Mannes schickte Löwen durch die Straßen von Alexandria, daß die Bürger sich angstvoll in ihre Hütten drücken... Was hat Kleopatra gesagt?«

Ich weiß nicht, weshalb ich nach einer Pause diese Frage stellte.

»Sie hat gesagt, Herr, daß es nun nichts Nennenswertes unter dem Mond mehr gebe.«

»Weißt du noch, Agrippa, wie er von Brutus sprach? ›Dies war der vornehmste Römer von allen.‹ Das waren seine Worte. Ich ärgerte mich damals darüber, denn ich konnte seine Meinung über Brutus nicht teilen. Aber jetzt? Warum fühle ich so? Warum fühle ich mich wie ein Mann, der einen prachtvollen Vogel, einen Adler, vom Himmel geschossen oder einen edlen Hirsch zur Strecke gebracht hat? Ich hatte keine Wahl, und doch ist mein Herz halb zerrissen. Er war mein Bruder und mein Rivale, meine besondere Liebe, mein Freund und Gefährte auf zahllosen Gebieten, und jetzt – ein Leichnam, den Krähen zum Fraß. War es das Schicksal, das uns auseinanderriß, waren unsere Sterne unversöhnlich? Wo ist die Königin von Ägypten?«

»Sie hat noch immer Zuflucht im Mausoleum, aber sie hat Boten geschickt und läßt nach deinem Willen fragen.«

»Agrippa«, sagte ich. »Hole sie her zu mir. Du zumindest wirst gegen ihren Zauber gefeit sein.«

Wie würde sie erscheinen?

»Wie eine königliche Nutte«, sagte Agrippa. »Sowas hast du noch nicht gesehen. Ich war schon in vielen Städten im Theater, aber eine Schauspielerin wie diese Königin habe ich noch nicht erlebt. Sei lieber auf der Hut, sonst verführt sie dich auch noch. Das wäre denn doch ein bemerkenswerter Fischzug, nicht wahr? Erst Seine Durchlaucht, dann Antonius, und dann du, Octavian. Und fähig wäre sie dazu. Da darfst du dir gar nichts vormachen.«

Sie war schlicht gewandet, im Weiß der Trauer, das Haar offen, und sie trug keine Juwelen. Sie sah älter aus, als sie war; Falten wuchsen wie kleine Gräben aus ihren Augen- und Mundwinkeln. Nur die Augen selbst widersprachen dem Gesamteindruck. Mandelfarben und ziemlich groß, funkelten sie von einer unauslöschlichen Lebendigkeit. Wenn sie sprach, klang ihre Stimme dunkler und rauher als in meiner Erinnerung. Ihre ganze Haltung war gefaßt und selbstsicher.

Sie begann mit Komplimenten. Ihr toter Gebieter habe viel von meinem vornehmen Charakter gesprochen. Der Krieg zwischen uns sei unselig gewesen, das Ergebnis einer Verkettung von Umständen und Mißverständnissen. Natürlich verstehe sie meinen Ärger darüber, daß Antonius meine Schwester verlassen und sie, Kleopatra, ihr vorgezogen habe. Aber wo der Gott Eros zuschlage, seien Sterbliche hilflos. Ägypten habe keinen Streit mit Rom; im Gegenteil, Ägypten sehe ein, daß sein Wohlstand von der Stärke und der Tatkraft Roms abhängig sei. Dies habe sie schon früh gelernt, und zwar von niemand anderem als meinem Vater.

Bis dahin sprach sie, als wolle sie mich durch Vernunft überzeugen. Obgleich mir natürlich bewußt war, wie tief ihre Heuchelei reichte, merkte ich doch, wie der Charme ihres Benehmens und ihrer Persönlichkeit und die Kraft ihres Verstandes auf meinen Verstand und meine Phantasie einwirkten. Jetzt, nachdem sie Julius' Namen ins Spiel gebracht hatte, hielt sie inne.

»Alles, was ich weiß, habe ich von deinem großen und überaus vornehmen Vater gelernt«, sagte sie dann. »Er war mein Lehrer und mein Meister wie auch mein Geliebter. Seine Gegenwart war berauschend. Er kam über mich mit der Frische eines Frühlingsmorgens, und ich erblühte wie eine Sommerblume in den Strahlen seiner Sonne. Du, Caesar, bist, das sehe ich nun, sein würdigster Erbe, Erbe seines Genius und seiner Vision. Er sagte mir, er sehe in Ägypten den Garten und die Kornkammer Roms, und ich sei dort die Gärtnerin und Bäuerin. Eine wenig romantische Rolle für ein junges Mädchen, magst du vielleicht sagen, doch als er mich so nannte, tat er es mit einem Lachen, und ich fand ihn ebenso überzeugend wie unwiderstehlich. Caesar, ich war im Irrtum, als ich mich dir entgegenstellte, und mein Irrtum fußte auf der Bereitwilligkeit, mich von meinem toten Gebieter leiten zu lassen. Antonius war ein großer Mann und ein vornehmer Mann, und es liegt keine Schmach auf seiner Erinnerung. Aber Reue. Reue, weil meine Liebe zu Antonius mich verleitete, von Caesars Vorschriften abzuweichen und Antonius in seinem wahnsinnigen Ehrgeiz zu folgen, der dann zum Krieg gegen Caesars Erben führte. Erst jetzt, da Antonius' Glanz mich nicht mehr blenden kann, sehe ich, daß ich fehlgegangen bin. Und so, Caesar, bin ich gekommen, dir Ägypten vor die königlichen Erobererfüße zu legen, mich deiner großmütigen Gnade anheimzugeben, den Sohn deines Vaters daran zu erinnern, was ich dem Vater bedeutet habe, und dich anzuflehen, daß wir zusammen das Werk wieder aufnehmen, das große Werk der Harmonie zwischen Rom und Ägypten, das wir damals in Angriff nahmen, Caesar und ich. Denn dieses, alleredelster General, will ich dir doch sagen: Rom und Ägypten sind miteinander verbunden, wie Ägypten mit dem Nil und Rom mit dem Mittelmeer; ich aber bin Ägypten, und du, großmächtiger General, bist Rom.« Und indem sie dies sagte, warf sie den Kopf in stolzer Selbstbehauptung in den Nacken und sank zugleich vor mir auf die Knie.

Was für eine Darbietung.

Ich spürte ihre Macht, ihre ganz bemerkenswerte Verführungskraft. Es war, als lauschte ich der tiefsten und allerersehnenswertesten Versuchung, und sie barg Verheißungen von Seligkeit und Macht. Ich begriff, wie Antonius sich hatte gefangen fühlen müssen wie ein Tier im Netz. Ich wandte den Blick ab.

»Große Königin«, sagte ich, »deine Worte rühren mich an. Auch ich habe Antonius geliebt, und ich bedaure, daß unsere Wege sich trennten. Auch ich verehre das Andenken meines Vaters, und ich weiß wohl, daß Ägypten und Rom miteinander verbunden sind. Aber dieser große Krieg hat vieles in Unordnung gebracht, und es ist nun nicht der Augenblick für hastige Entscheidungen über die Natur der zukünftigen Beziehungen zwischen unseren beiden Ländern. Ich werde alles erwägen, was du gesagt hast. Und sei beruhigt: Man wird dich behandeln, wie es deines großen Namens und deiner Natur würdig ist; dein Schicksal wird deinem Verdienst entsprechen.«

Ihr Gesicht wurde bleich. Sie erbebte für einen Moment und erhob sich dann, sehr langsam und schon wieder gefaßt, von ihren Knien. Die Audienz war vorüber.

Ich gab den Befehl, sie zum Palast zu eskortieren und dort mit gebührenden Ehren, aber unter sicherer Bewachung, einzuquartieren.

»Sie soll bei meinem Triumphzug dabei sein«, sagte ich zu Agrippa. »In Ketten, auf daß Rom von langer Bangnis befreit werde. Und dann werden wir sehen, was geschehen soll.«

Man brachte mir einen Brief von Livia:

Vergiß nicht, daß die Königin eine Frau ist und daß du dir selbst zur Ehre gereichst, indem du sie ehrenhaft und maßvoll behandelst. Ich wäre indessen beunruhigt und unglücklich, mein Lieber, wenn du dich ihrem Zauber aussetzen wolltest. Ihr Ruf ängstigt mich...

Octavia schrieb:

Keine Frau – und übrigens auch kein Mann – hat mir so bitteres Unrecht zugefügt wie Kleopatra. Und doch merke ich, daß sie mich dauert. So viel gewagt und so restlos verloren zu haben, das rührt mir das Herz. Ich frohlocke ob deines Sieges, Bruder, aber ich trauere um Antonius als den Vater meiner Kinder... Was gedenkst du mit den Kindern zu tun, die ihm die Königin geboren hat? Mich schaudert bei dem Gedanken an das, was sie bedeuten.

Kleopatras Schicksal war natürlich nicht meine einzige Sorge, ja, nicht einmal die wichtigste. Am dringlichsten war die Frage, wie Ägypten selbst zu behandeln sei. Ich fand, es sei zu reich und zu wichtig, als daß man es in diesem Zustand der halben Abhängigkeit belassen dürfe; Julius hatte jedenfalls einen Fehler begangen, als er beschlossen hatte, dies so zu halten. Ägypten mußte römische Provinz werden, denn von seinen Ernten hing die Lebensmittelversorgung für Rom selbst ab. Überdies hielt ich es für das beste, wenn es wenigstens vorläufig unter meiner direkten Kontrolle verblieb. Ich ernannte daher Cornelius Gallus, einen Mann, in den ich grenzenloses Vertrauen setzte, zum Statthalter.

Antonius' Legionen hatten ohne Ausnahme die Waffen niedergelegt. Einige verleibte ich meiner eigenen Armee ein, aber es lag auf der Hand, daß es mit dem triumphalen Ende der Bürgerkriege sowohl möglich als auch erstrebenswert sei, das militärische Establishment zu reduzieren; daher begann ich mit den Plänen für die Demobilisierung und Ansiedlung des größeren Teils der antonianischen Truppen in den Kolonien. Diese Arbeit der Truppenverringerung und Wiederansiedlung sollte die nächsten drei Jahre beherrschen, und ich darf zu Recht, wenn auch in aller Bescheidenheit, behaupten, daß ich sie mit einem Erfolg vollbrachte, wie ihn keiner der großen Generäle der Republik erreicht hatte, nicht einmal Pompejus.

Unter denen, die versuchten, Widerstand zu leisten, und gefangengenommen wurde, befand sich Antyllus, Antonius' Sohn von Fulvia, sowie der Knabe Caesarion, den Kleopatra zum Sohn Caesars erklärt hatte. Antyllus benahm sich schändlich; er ließ sich, um Gnade schreiend, aus dem Tempel des göttlichen Julius schleifen. Er versuchte tatsächlich, sich an die Statue meines Vaters zu klammern, so daß die Soldaten seine Finger einzeln aufbiegen mußten.

Caesarion wurde von einer Kavalleriestreife gefaßt und nahm sein Schicksal mit einer Würde hin, die seiner putativen Abstammung alle Ehre machte. Ich ließ beide hinrichten; sie waren zu offensichtlich Anziehungspunkte für Unruhestifter, als daß es möglich gewesen wäre, ihr Leben zu schonen.

Kleopatra durchkreuzte meine Absichten. Sie fürchtete den Spott der römischen Massen und begriff, daß ihre Bitte, als regierende Königin behandelt und in ihrem Amt bestätigt zu werden, erfolglos geblieben war, und so brachte sie zuwege, sich eine kleine Natter, Aspis genannt, in einem Feigenkorb in ihr Schlafgemach schmuggeln zu lassen, die sie sich sodann an den Busen legte. Es heißt, sie habe es liebevoll getan und gelächelt, als das Gift seine Wirkung tat. Ich konnte es nicht bedauern; zwar hätte sie bei meinem Triumphzug ein prachtvolles Spektakel abgegeben, aber ich wußte auch, daß ich es nicht über mich gebracht hätte, sie hernach (wie es der Brauch verlangt) zum Tode zu verurteilen, daß auch Livia es mir gar nicht gestattet hätte. Ihr fortgesetztes Dasein indessen hätte mich nur andauernd in Verlegenheit gebracht, und wenn ich so darüber nachdachte, war ich froh, daß sie sich selbst aus dem Weg geräumt hatte.

Ich befahl, sie an Antonius' Seite zu bestatten und ihr Mausoleum zu vollenden. Möge mir, wenn meine Zeit kommt, die gleiche Ehre von denen widerfahren, denen ich Unrecht getan!

Ich brannte darauf, Ägypten zu verlassen, denn mit seiner verderbten Lasterhaftigkeit erregte es nach wie vor meinen Widerwillen, und ich fühlte Böses in der Luft. Nur die rosige Zartheit des frühen Morgens, vor der extremen Hitze des Tages, wenn der Nil im erwachenden Licht schimmerte, machte mir Freude. Aber es haust etwas in Ägypten, das einen Mann gemein machen kann, und ich fühlte mit Furcht und mit Abscheu die brütende Gegenwart seiner uralten, obszönen Götter.

Vor meiner Abreise jedoch erfüllte ich mir einen letzten ehrgeizigen Wunsch. Ich ließ den Sarkophag mit dem einbalsamierten Leichnam des Großen Alexander aus seinem Mausoleum in Alexandria holen und schaute staunend in das Antlitz des edelsten und brillantesten aller Menschen, dessen Großtaten von niemandem je erreicht worden sind und dessen Ruhm kaum zu fassen ist. Ich krönte sein Haupt mit einem goldenen Diadem und bestreute den Leib mit Rosen, Veilchen und süßduftenden Zitronenblüten.

Nachher fragten sie mich, ob ich nun gern das Mausoleum der Ptolemäer besichtigen wolle, und sie fragten dies mit der sykophantischen Genüßlichkeit, welche der Gedanke an den Tod in den Ägyptern erweckt. Ich antwortete: »Ich bin gekommen, einen König zu sehen, nicht eine Reihe von Leichen.« Es ist aber doch passend: Das letzte Wort über Ägypten hat somit der Tod.

ZWEITES
BUCH

VORWORT

Der Leser wird sich, so glaube ich, inzwischen in voller Übereinstimmung mit meinem Urteil befinden, daß das erste Buch dieser Memoiren, angefangen mit der fröhlich frechen Schmährede gegen Caesars *De bello Gallico* bis zu seinem schmerzlichen ägyptischen Finale, mit einem Brio geschrieben ist, wie er in der antiken oder doch wenigstens in der lateinischen Literatur selten ist. Er wird, so glaube ich, mein Vergnügen an dem Genuß teilen, mit dem der Kaiser so offensichtlich schrieb, und mir scheint, es wäre doch ein gemeiner Geist, der da nicht freudig reagierte und dabei einen gewissen Neid gegen die glücklichen Prinzen, für welche diese Aufzeichnungen entrollt wurden, kaum zu unterdrücken vermöchte.

Doch ach! mit diesem zweiten Buch ist es eine andere, finsterere Sache. Auf allem lastet jetzt das traurige Gefühl von Vergeudung und Trostlosigkeit... *»Eheu, eheu, fugaces, postume...«* Nach Belieben mag man sich auch jener noblen Verse erinnern, die Dryden seiner Aurungzebe in den Mund legt: »Wenn ich das Leben recht bedenke, 's ist ein Lug; doch Hoffnung trügt den Menschen, und er schätzt den Trug.« Hier haben wir ein Buch, das grau sich färbt unter dem Wissen des Kaisers, wohin das alles führen werde. Es birgt den Widerhall von Vergils *»lacrimae rerum«* oder, wie Matthew Arnold es mit gut gewählter Düsternis umschrieb, »eine Ahnung von Tränen in sterblichen Dingen«.

Wer will bestreiten, daß Augustus Grund zur Trauer hatte? Die Hoffnungen, die er in seine Enkel gesetzt, wurden durch ihren allzu frühen Tod vernichtet; er konnte nichts weiter für sie tun, als die Girlanden seines liebevollen Lobes auf ihr betrübliches Grab streuen! Überdies beginnt das Buch mit dem Augenblick, da er die Nachricht von der größten militärischen Katastrophe seines Lebens erhält, nachdem Quintilius Varus, der Warnungen des Kaisers nicht achtend, drei Legionen in den germanischen Wäldern unbesonnen in den vollständigen Untergang geführt hat.

Hier hebt das Buch an, und es deckt ein breites Band der Zeit, derweil der rastlose Kaiser in seinen Erinnerungen vor- und zurückschreitet und unablässig danach trachtet, das Leid zu begründen, das ihn in seinen letzten Jahren befiel, den Entzug der Göttergunst, der ihm »das Haar vor Gram ergrauen ließ bis zum Grabe«.

Daß dieses Buch harschere Lektüre bietet als das erste, versteht sich von selbst. Es ist vor allem weniger kompakt. Es ignoriert die strikte Abfolge der Ereignisse. Die Stimmung ist dunkel, gelegentlich nur erhellt von sonnendurchfluteten Passagen häuslichen Glücks oder politischen Erfolgs. Es finden sich auch Passagen voll intensiver Sehnsucht, die ihresgleichen im ersten Buch oder überhaupt in der lateinischen Literatur, von Vergil selbst einmal abgesehen, nicht haben. Es gibt nicht so viele lebhafte Beschreibungen politischer Konflikte, denn Augustus hatte seine Vormachtstellung gefestigt; und einige Stellen – man muß es sagen – mögen den modernen Leser prosaisch anmuten, wenn er nämlich seine Einbindung in die Verfassung beschreibt oder berichtet, wie er in außenpolitischen Angelegenheiten verfahren ist. Doch ohne solches Material wäre das Buch unvollständig. Es ist klar, daß Augustus die Absicht hatte, der Nachwelt ein abgerundetes Bild seiner Arbeit und seiner Errungenschaften zu hinterlassen; das konnte er indes nicht tun, wenn er die dürren Steppen der Politik gänzlich mied. Aber man muß diese Seiten nur lesen und denen zugesellen, auf welchen er sein Privatleben behandelt, und dies dann selbst mit den lebendigsten unter den modernen Politikermemoiren vergleichen, um zu sehen, wie sparsam Augustus mit dem aufgeblasenen Wortreichtum umgeht, in den sich derlei Aufzeichnungen gemeinhin hüllen; wer das tut, wird seine zurückhaltende Menschlichkeit ermessen können.

Ein Unterton von Selbstrechtfertigung zieht sich durch diese Memoiren; es wäre vergeblich, dies zu leugnen. Augustus hatte große Verbrechen begangen, und er wußte es. Es war natürlich, daß er sie vor sich selbst und vor jedem, der immer sein Buch lesen würde, zu erklären suchte. Es liegt Wahrheit in der alten Redensart *Qui s'excuse, s'accuse*, doch wiederum braucht man nur die Memoiren moderner politischer Sünder zu lesen, des Ex-Präsidenten Nixon oder des Ex-Premiers Wilson zum Beispiel, deren Geständnisse niemals über die Selbstrechtfertigung hinauswachsen, um die steingemeißelte Würde zu bewundern, mit der Augustus sich weigert, die Wahrheit zu leugnen. In diesem Zusammenhang muß man hinzufügen, daß sein zweites Buch in der Tat wahrheitsgetreuer ist als das erste. Vor allem verhilft es uns zu einem Verständnis der Beziehung zwischen dem jungen Augustus und Marcus Antonius, wie er es seinen Enkeln nicht zu eröffnen vermochte.

Wie es scheint, ist das zweite Buch mit Unterbrechungen in einem Zeitraum von fünf Jahren geschrieben worden, wobei die letzten Eintragungen am Abend seines Todes vorgenommen wurden. Es finden sich Unstimmigkeiten: So handelt Kapitel I mit bewunderswerter Ehrlichkeit von seinen *Res gestae*, jener Aufzeichnung seiner Verfügungen, die er im ganzen Reich verbreiten ließ, und darin erklärt er, daß er hier in seinem sechsundsiebzigsten Jahr gewesen sei. Indessen hat er aber zu Beginn des Kapitels die Nachricht von der Varus-Katastrophe erhalten. Man kann daher vermuten, daß entweder zu einem früheren Zeitpunkt eine vorläufige Version der *Res gestae* verfaßt wurde und daß dann ein zeitgenössischer Herausgeber die Altersangabe des Kaisers der veröffentlichten Fassung angepaßt hat, oder aber, daß die Passage mit dem Bezug auf die *Res gestae* tatsächlich erst nach den folgenden Kapitel geschrieben und um der dramatischen Wirkung willen vom selben Herausgeber hier eingefügt wurde. Solche Fragen werden jedoch den normalen Leser kaum weiter beunruhigen.

Man muß sagen, daß dies das Buch eines alten Mannes ist. Der Stil ist manchmal locker und verfällt dann wieder in eine müde Förmlichkeit; er ermangelt der Lebendigkeit des früheren autobiographischen Versuchs. Ich selbst finde dies ansprechend. Mancher Leser wird mir aber nicht beipflichten und Gajus' und Lucius' Tod um so mehr bedauern, als er einen literarischen Verlust zur Folge hatte. Jedenfalls wurde dieses Buch niemals überarbeitet, und manchmal ist die Erinnerung des Kaisers lückenhaft: So gerät ihm beispielsweise im vierten Kapitel die Reihenfolge der Gemahlinnen Agrippas durcheinander. Es war nicht Caecilia Attica, von der Agrippa sich scheiden ließ, um Augustus' Tochter Julia zu heiraten, sondern Augustus' Nichte Marcella, die Tochter seiner Schwester Octavia und des G. Claudius Marcellus. Man fragt sich, was diesen Erinnerungsfehler verursacht haben könnte. Rührt er vielleicht aus dem Widerstreben dagegen, sich zu erinnern, daß Marcella sich nachher mit Jullus Antonius vermählte, selbst später Julias berüchtigtster Liebhaber und Handlanger ihrer Schande, der dann dem Zorn des Augustus zum Opfer fiel und wegen Verrats hingerichtet wurde, wie in Kapitel XI berichtet wird? Man weiß es nicht. Vielleicht gibt es keinen so tiefliegenden Grund. Augustus war jedenfalls unglücklich, als er dieses vierte Kapitel schrieb, denn beinahe blindlings eingeschoben findet sich ein Brief von Tiberius, den er am Rhein schrieb und in dem er schildert, wie der jämmerliche Rest der Varus-Legionen im Lager eintrifft – eine wahrhaft schreckliche Geschichte, die für Augustus tiefen Schmerz, Gram und Schande brachte. Solche Fragen zu bedenken, obliegt vielleicht eher dem Psychologen denn dem im klassischen Altertum bewanderten Gelehrten. Es soll hier genügen, anzumerken, daß der Leser stets wachsam den Wanderungen des kaiserlichen Geistes durch die in diesem zweiten Buch umspannten Jahre folgen muß, und ich möchte ihm (oder ihr) dringend raten, gelegentliche Irrtümer und Selbsttäuschungen bereitwillig zu verzeihen. Daß der Mann sich heroisch um Ehrlichkeit bemüht hat, daran zweifle ich nicht!

Es ist kaum Aufgabe des Herausgebers, den Kritiker zu spielen, aber zwei Schönheiten weist das Werk auf, die ich der Aufmerksamkeit des Lesers gern empfehlen möchte. Die erste liegt in der Art und Weise, wie der Kaiser seine Beziehung zu Vergil behandelt. Es ist bewegend (für mich wenigstens), zu sehen, mit welcher Bescheidenheit der Mann der Tat den Dichter betrachtet, und welche Ehrfurcht er vor ihm hegt. Die zweite wohnt der Darstellung seiner Ehe inne. Der ausgezeichnete britische Romancier Mr. Anthony Powell hat bemerkt, wie schwierig – wenn nicht gar unmöglich – es ist, die Ehe, vor allem eine glückliche Ehe, in einem dichterischen Werk zu behandeln. Unbeschwert von allen dichterischen Erfordernissen, wie er nun einmal war, hat der Kaiser, wie mir scheint, einen beachtlichen Versuch unternommen. Zum allermindesten seine nüchterne und liebevolle Darstellung Livias, bei der er doch niemals ihre Fehler verbirgt oder Zwistigkeiten zwischen ihnen beiden verheimlicht, dürfte diese große Dame vor den üblen Verleumdungen erretten, die ihrem Enkel Claudius durch die fruchtbare Phantasie des verstorbenen Robert Graves angedichtet wurden, eine Phantasie, die selber von den skurrilsten unter den Gerüchtekrämern des antiken Rom infiziert war.

In meiner Eigenschaft als Vorsitzender des Herausgeberausschusses kann ich mitteilen, daß Mr. Massie es gern unternommen hat, die Übersetzung dieses zweiten Buches mit größerer Nüchternheit zu verfassen, als er sie in seiner Version des ersten Buches hat erkennen lassen. Er zeigt größeren Respekt vor dem lateinischen Text (manchmal, der Einwand ist erhoben worden, einen übermäßigen Respekt) und ergeht sich weniger in umgangssprachlichen Erscheinungen jenes Typs, von dem er sich durch ein deplaziertes Verlangen nach Lebendigkeit angezogen fühlte – zweifellos einer der unzähligen Flüche des modernen Lebens!

Schließlich kann ich es mir nicht versagen, meiner Dankbarkeit dafür Ausdruck zu geben, daß ich mit diesem großen Werk befaßt sein konnte, so sehr ich vielleicht den Kommerzialismus beklagen möchte, der diese spezielle Ausgabe bemakelt, und sodann in einem rein persönlichen Schlußakkord, in dem selbst der nachsichtige Leser womöglich eine gleichwohl verzeihliche Note der Eitelkeit entdecken möchte, meine bis heute heimliche Freude über die Übereinstimmung meines Vornamens mit dem jenes Helden zu bekennen, welcher der Vater des Römischen

Reiches, Gegenstand des Vergil'schen Epos, Vorbild des Kaiser und, wie man vielleicht sagen kann, sein Prototyp war: AENEAS.

Aeneas Fraser-Graham
vormals Mitglied des Trinity College, Cambridge
Direktor des Instituts für klassische Strategie
Vorsitzender des Internationalen Editorenausschusses zur Überwachung und Leitung des
AUGUSTUS-PROJEKTS

I

Ich inspizierte diese Truppen, bevor sie Arles verließen und zur Grenze marschierten. Es waren erstklassige Legionäre aus der Gegend im Nordosten von Mantua, aus den Abruzzen, aus Kalabrien und Apulien, und eine Legion war sogar in Gallia Transalpina rekrutiert worden. Ein großer Teil der Frauen und Kinder der gallischen Legionäre drängten nach Arles, um dort zu winken oder zu weinen und so ihre Söhne, Geliebten, Gatten und Väter zu verabschieden. Ich betrachtete sie alle mit Stolz und mit einer Liebe, die schon damals die zärtlichen und bereitwilligen Tränen des Alters in meinen Augen brennen ließ. Ich warnte Varus vor den Gefahren, die in den finsteren Tiefen der germanischen Wälder lauerten. Ich sagte zu ihm: »Rücke vorsichtig und hinter einer Kette von Spähern vor; sichere Flanken und Rücken; bedenke stets und vergiß nicht einen Augenblick lang, daß die wertvollsten und wichtigsten Angehörigen deiner Armee die Späher sind; von der Güte deiner Kundschafter hängt die Sicherheit deiner Soldaten ab.« Ich wiederholte die Warnung wieder und wieder, bis er (da bin ich sicher) seufzte ob der Bedrängnis, in die der alte Mann ihn mit seinen ängstlichen Schreckenswarnungen brachte. Das ist der Fluch des Alters: Unversehens findet man seine Erfahrung geringgeschätzt, für nichts geachtet. Ich nahm die Auspizien – sie waren gut – und versicherte die Truppen meiner Liebe und meines Vertrauens.

Heute nacht liegt Ausgangssperre über der Stadt. Ich habe befohlen, daß die Prätorianer bis zum Morgengrauen in den Straßen patrouillieren, daß man Wachen vor dem Haus des Senats und auch vor dem Jupiter-Tempel auf dem Kapitol aufstelle und jedermann den Zutritt verwehre, und daß das Marsfeld von mindestens einer Kohorte besetzt werden. Die Wachen an den Toren sind verdoppelt.

Ich kann nicht schlafen. Ich schlafe jetzt wenig, selten mehr als zwei Stunden hintereinander, und ich habe mir angewöhnt, Sklaven bei der Hand zu haben, die mir vorlesen in der schwarzen Stille der Nacht. Doch jetzt liegt kein Trost in Worten, und seien sie noch so wohlgesetzt.

Soll ich Tiberius den Befehl schicken, nach Rom zurückzukehren? Oder ihn geraden Wegs zum Rhein entsenden? Entscheidungen, die früher durch Instinkt und Intuition hervorgebracht wurden, geleitet vom Ratschlag derer, denen ich vertraute, beunruhigen mich heute. Nur Livia ist noch da... und sie... aber genug von solchen Dingen.

Eine Erkältung sitzt mir im Kopf, und hustend, niesend und prustend habe ich mir meinen Weg durch die Dunkelheit gesucht. Meine Beine sind bleiern, meine Schultern schmerzen. Scharfe, stechende Gichtpein sucht mich heim, und mein Magen ist in Aufruhr. Schließe ich die Augen, so überfallen mich die Alptraumbilder eines Gemetzels: Ich höre römische Stimmen vor Entsetzen und Verzweiflung schreien, daß es durch grenzenlose Wälder hallt; ich rieche Schweiß und Angst und den Gestank von Pferdefleisch und Blut, sauren Sumpfdunst und den Unflat der Panik. Ich bin ein alter Mann, dessen Ende naht, bin gefangen in einer Ecke zwischen den Mauern des Erfolgs und des Todes... und was, so frage ich, hat das zu bedeuten? In manchen Städten in

Asien verehren sie mich, meinem ausdrücklichen Wunsche trotzend, als Gott. Wer hätte je von einem Gott gehört, den das Zipperlein und der Schnupfen plagt?

Diese Katastrophe, die schwerste, die ich je erlebt habe, führt mich zu der Frage, was ich eigentlich erreicht habe. Da war ein kleines blondes Mädchen, sechs oder sieben Jahre alt, das ungefähr fünfzig Schritt weit neben den marschierenden Legionen einherlief, die Hand des Vaters zu erhaschen suchte und dabei weinte: »Papa, Papa«; er indessen wagte nicht, aus dem Tritt zu fallen, und schaute mit einer Miene auf sie herab, in der ich Liebe, Schmerz und Verlegenheit las. Aber wenn ich nun nach diesem kleinen Mädchen schickte – was könnte ich für sie tun, um die Wunde zu heilen, die meine Politik und Varus' verbrecherische Nachlässigkeit gerissen hatten? Durch grausames Schicksal meiner eigenen Kinder beraubt, fühle ich immer größere Zärtlichkeit gegen die anderer Leute. Und wieder die Tränen eines alten Mannes.

Es war Livia, die mir die Nachricht überbrachte. Niemand sonst wagte es. Auch dies ist ein Gedanke, der mich betrübt. Ich fühle mich wie ein Monarch, gar wie ein Tyrann, aber ich rufe die Götter, auf die ich zitternd mein Vertrauen setze, zu Zeugen, daß ich nie ernsthafter getrachtet habe, Erster Bürger Roms zu sein, der Vater meines Vaterlandes – dem Senat hat es gefallen, mir diesen Titel zu gewähren, und ich habe ihn mit Freuden getragen. Doch jetzt wollte nur Livia sich mir mit der Kunde nahen, daß Varus die Legionen in eine Falle geführt habe und daß sie alle verschlungen und vernichtet worden seien. Sie wurden in den Wald gelockt, von Baumstämmen, Sumpf und Gestrüpp am Marschieren gehindert und in einem Regengewitter niedergemacht. Varus, so hieß es in den Berichten, hatte sich den Tod gegeben – jenen Römertod, der nichts besseres ist als die Aufgabe des Glaubens, die letzte Zuflucht kalter Egoisten wie Brutus (und dabei vergesse ich nicht, daß auch ich mich einmal dazu versucht gefühlt habe). Gefangene Legionäre wurden gekreuzigt oder enthauptet und ausgeweidet, um den wilden, unbekannten Göttern dieser nördlichen Waldungen geopfert zu werden. Ich schaute in die vertraute Landschaft von Livias Gesicht und las dort nichts, als sie mir, meiner nicht schonend, die Fakten in kurzen, brutalen Sätzen entgegenspie. Eben ihre Lakonik machte es mir unmöglich, irgendeine Zuflucht vor der Wahrheit zu finden. Aber als ich begann, meine Legionen zu beklagen, fiel sie mir ins Wort.

»Vielleicht ist später Zeit für Tränen. Aber jetzt müssen wir wachsam sein. Eine militärische Katastrophe kann zu einem Saatbeet der Revolution werden. Du kannst ja nicht daran zweifeln, mein Lieber, daß diejenigen, denen dein Regime verhaßt ist, just in diesem Augenblick frohlocken ob des Schicksals, das Rom ereilt hat. Sie werden sagen, deine Stunde sei gekommen. Wenn du meinen Rat annimmst – was dir, wie ich wohl weiß, inzwischen zuwider ist, seit ich dir damals zum erstenmal einen gab, der dir wie bittere Medizin schmeckte –, so wirst du unverzüglich darangehen, Kerle wie Lucius Arruntius, Asinius Gallus und Marcus Lepidus festzunehmen und unter Hausarrest stellen – mindestens...«

Ich nickte; daß ihre Aufforderung Unrechtmäßiges enthielt, kümmerte mich nicht. Ich fügte mich dem, was notwendig war. Ohnehin konnte ich ihr ihre Befürchtungen nachfühlen; sie sah mein Alter und meine Schwäche, und sie hoffte, eine sichere Welt für Tiberius zu schaffen.

Und so lausche ich nun dem Marschtritt der Prätorianer, und mein Herz weint: »Varus, gib mir meine Legionen wieder...«

Livias Schnelligkeit verhinderte jede öffentliche Mißfallenskundgebung. Wir konnten die Arretierten binnen zweier Monate auf freien Fuß setzen. Wohl war ich erleichtert, von der Furcht vor Bürgeraufruhr befreit zu sein, doch sah ich auch mit Bestürzung, wie der römische Adel sich mit der Katastrophe abfand. Ich war tatsächlich der einzige in der Stadt, der sich Bart und Haar nicht mehr scheren ließ, zum Zeichen meiner Trauer um die verlorenen Legionen. Als die Adeligen sahen, daß sich nichts geändert hatte, zuckten sie die Achseln und wandten sich wieder der Jagd und dem Würfelspiel zu, ihren Liebesaffären, Geschäften, Theatern und Spielen – »wie ein Haufen Kapaune«, murmelte ich selbst unversehens. Kümmerte es denn die Römer nicht mehr, wenn Rom Niederlage und Schmach erlitt? Sollte diese Gleichgültigkeit mein Vermächtnis sein?

Gern hätte ich mich mit Tiberius beraten, der bei all seinen Fehlern doch ein Mann vom alten Schlage ist, aber ich hatte ihn zur Abwehr germanischer Übergriffe unverzüglich an den Rhein entsandt. Natürlich versteht kein Mensch die Germanen, aber Tiberius ist von großer Tugend, und das macht ihn zu einem idealen Befehlshaber gegen Barbaren: Er läßt sich niemals von ihnen beeindrucken. Gleichwohl läßt er, weil er der umsichtigste und sorgfältigste Mensch auf der Welt ist, in seiner Wachsamkeit niemals nach, und niemals würde er den Fehler begehen, einen Feind geringzuschätzen. Ich verlasse mich inzwischen auf Tiberius; es liegt Ironie darin, und Livia triumphiert.

Ich habe jetzt meinen Rechenschaftsbericht verfaßt. Der Natur der Dinge nach ist es unwahrscheinlich, daß ich noch viel länger leben werde, und mein Körper ist zu einem Warenlager der Krankheit geworden – einem Arzt zur Freude, wären die Ärzte nicht so ignorant, wie sie sind. Mein Testament habe ich schon vor Jahren bei den Vestalinnen deponiert, und ich habe keinen Grund, etwas daran zu ändern. Es wird demonstrieren, wie sehr ich Livia geliebt und geachtet habe. Es ist ein öffentlicher Tribut an meine Ehe. An unsere Ehe, sollte ich sagen, denn wir sind tatsächlich Partner gewesen. Mein Mausoleum ist im Bau. Es liegt in Sichtweite des Friedensaltars, der für alle Zeit ein Denkmal dessen sein wird, was ich für Rom getan habe. Dennoch fühle ich mich genötigt, etwas Expliziteres zu äußern – nicht wie diese Erinnerungen, die ja ein privates Testament sind, sondern eine öffentliche Erklärung, in der meine Erfolge aufgezählt werden. Ich lasse daher eine Aufzeichnung dessen anfertigen, was ich vollbracht habe, und diese soll auf zwei Bronzepfeiler geschrieben werden, die vor meinem Grabe aufzustellen sind. Diese Erklärung wird eine Herausforderung an die Korruption zukünftiger Geschichtsschreiber sein, denn ich weiß ja nur zu gut, wie die Geschichtsschreiber das Leben eines Menschen verzerren und seiner wahren Bedeutung berauben können.

Und doch – während ich betrachte, was ich für diese Erklärung schreibe, muß ich unversehens zugestehen, daß der Argwohn der Historiker eine gewisse Berechtigung besitzt. Worte sind ebenso irreführend wie mitteilsam; ich kannte schließlich Cicero gut. Was für ein Meister der Rhetorik er war; jeder Satz in seinen Briefen, Essays und Reden schreit nach Deutung; er war göttlich in seiner Eloquenz, und so gewunden wie ein Korkenzieher.

Artikel 1: »Im Alter von neunzehn Jahren hob ich auf eigene Initiative und auf eigene Kosten eine Armee aus, mittels derer ich die Republik von der Unterdrückung durch eine tyrannische Clique befreite. Aus diesem Grunde machte mich der Senat mit ehrenvollen Verfügungen zu einem Mitglied seines Kreises unter der Konsulschaft des Gajus Pansa und des Aulus Hirtius, verlieh mir gleichzeitig konsulares Stimmrecht und gewährte mir das *imperium*. Er beauftragte mich, als Proprätor zusammen mit den Konsuln dafür zu sorgen, daß der Staat nicht beschädigt werde. Außerdem erwählte mich das Volk noch im selben Jahr, nachdem beide Konsuln im Krieg gefallen waren, zum Konsul und zum Triumvir für die Errichtung der Republik.«

Daran ist nichts gelogen. Aber jeder, der das erste Buch dieser Memoiren gelesen hat, weiß, daß es weniger als die ganze Wahrheit ist. Man wird bemerken, daß ich keine Namen nenne – mit Ausnahme derer der Konsuln, um das Jahr zu datieren. Namen in diesem Zusammenhang können nur Zwietracht säen. Mein Leben aber war der Aufgabe gewidmet, den Geist der Zwietracht zum Schweigen zu bringen, es war der Versöhnung gewidmet. Aber hier, in der Abgeschiedenheit meiner geheimen Erinnerungen, darf ich innehalten. Ich bringe es nicht einmal über mich, ehrlich von Antonius zu sprechen, dem Tyrannen, dessen Clique die Republik in jenem Jahr unterstützte. Ein wenig von dieser Wahrheit habe ich in dem ersten Memoirenband berichtet, der im Jahr meines Triumphes abrupt endet. Ich will nun bei dem Wort »Clique« verweilen – nach der Definition der Lexikographen »eine Gemeinschaft von Personen, die einander verbunden sind oder gemeinsam handeln, meist in negativem Sinn so bezeichnet; eine widersetzliche Partei in Staat oder Gesellschaft«. Jedenfalls ließe sich das Wort im letzteren Sinne ebenso gut auf mich und meine Anhänger wie auf Antonius und die seinen anwenden. Werden die Historiker meinen Sieg nur als den Erfolg meiner Clique betrachten? Gewiß, wenn ich mich

– wiederum – an unsere Landung in Brindisi erinnere, wo drei junge Männer, nämlich ich selbst, Maecenas und Agrippa, gekommen waren, mein Erbe zu beanspruchen, bereit, uns der Republik aufzuzwingen und sie bei der Kehle zu packen, kann ich nicht bestreiten, daß das Wort »Clique« gleichermaßen auf uns zutrifft. Waren wir nicht in der Tat junge, skrupellose Gangster? »Auf eigene Kosten« ist unredlich. Letzten Endes stimmt es natürlich, aber wenn ich bedenke, wie ich vor Balbus und Atticus gekrochen bin und um Darlehen gebettelt habe, und wie ich sie bekam, ohne mehr als meinen Namen, meine Glut und meine Entschlossenheit als Sicherheit zu bieten – nun... Aber ich könnte ja kaum sagen, »mit dem Geld der Bankiers«, oder? Manch einer mag auch die Behauptung, das Volk habe mich zum Triumvir gewählt, als etwas üppig empfinden. Wir errichteten das Triumvirat schließlich mit Waffengewalt. Gangstertum auch dies. Nichtsdestoweniger ist der erste Artikel meiner *Res gestae* im Wesentlichen angemessen: Ich habe die Republik von der Herrschaft widerstreitender Cliquen befreit; letzten Endes entsprang alle Macht, die ich ausgeübt habe, dem Willen der Allgemeinheit.

Artikel II: »Die Mörder meines Vaters trieb ich ins Exil, und ihre Verbrechen rächte ich mit gebührenden Gerichtsprozessen; als sie hernach gegen den Staat zu Felde zogen, besiegte ich sie zweimal in der Schlacht.«

Ich sehe Cicero im Senat, mit den Händen flatternd wie eine große Krähe mit den Flügeln, während seine Beredsamkeit sich himmelwärts schwingt, und ich höre seine verführerische Stimme, der die Sprecherzieher mit all ihrem Geschick den arpinischen Akzent nie ganz haben austreiben können: Niemand außer Antonius und einigen wenigen seinesgleichen habe Caesars Tod bedauert. Aber ich habe ihn gerächt und die vernichtet, die sich als »Liberatoren« bezeichneten. Wäre Caesar indes am Leben geblieben, was wäre dann aus mir geworden? Wäre ich sein Erbe geblieben? Angenommen, er hätte seinen Partherkrieg geführt, und angenommen, er hätte gesiegt – und das wäre leicht möglich gewesen, denn nur Caesar war militärisches Genie genug, um dies zu einer Möglichkeit zu machen (ich weiß noch, wie ich diese Ansicht dem wütenden Antonius vortrug, als ich mich bemühte, ihn von seinen parthischen Kriegsplänen abzubringen) – angenommen also, er hätte gesiegt... dann hätte er in Alexandria überwintert, bei Kleopatra. Diktator auf Lebenszeit war er schon gewesen. Der Sieg über die Parther hätte seinen Abschied von der Realität vollendet, den in seinen letzten Lebensmonaten jedermann bemerkt hatte. Hätte er Caesarion dann als seinen Sohn anerkannt? Ich befürchte es. Er hätte die Krone angenommen, die er auf dem Lupercal so widerstrebend zurückgewiesen hatte, und Kleopatra zu seiner Königin gemacht. Außerdem war Caesar in meiner Gegenwart immer unbehaglich zumute. Er argwöhnte Spott; einmal drohte er, mir Maecenas zu rauben: Er werde den »parfümierten Gecken auf die Galeeren schicken«, fauchte er, obgleich – wer war Caesar, daß er etwas gegen Gecken sagte, oder übrigens auch gegen Parfüm? Als er starb, war ich entsetzt; eiskalt überlief es mich vor Angst ob der Art seines Todes. Aber als ich vollends begriffen hatte, daß er nicht mehr da sei, weitete sich mein Herz, Hochgefühl durchströmte mich, ich sah die Welt offen vor mir liegen. Ja, wie Cicero frohlockte auch ich, wenngleich ich Verstand genug hatte, es insgeheim zu tun. Caesar verwirrte mich. Ich habe ihn nie gemocht. Ich hätte ihn gefürchtet, wäre da nicht immer etwas leicht Absurdes, etwas Theatralisches in seinem Benehmen gewesen.

Meine Katze, langhaarig, gelbäugig, meine engste Freundin im Alter, deren Liebe zu mir von keinem Besitzgedanken getrübt ist, und die keine Verpflichtung über Gebühr anerkennt, ist mir soeben auf den Schoß gesprungen; sie bohrt mir die Krallen leicht in die Schulter, drückt ihr Gesicht an meines und schnurrt mit dem tiefen Behagen der traulichen Berührung. Meine Katze, die meinesgleichen ist, wie sie auch göttergleich ist, und die mir weder Furcht noch Abneigung entgegenbringt, fordert nicht mehr, als ich ihr gern gebe. Ich hatte eine solche Katze als Kind. Dann, in den langen mittleren Jahren des Kampfes, der Gewalt und des Strebens nach Macht: Keine Katze. Jetzt, als alter Mann, nehme ich die vollkommene Liebe wieder auf, die man mit einem Tier teilen kann. Wie zart und fein ihre Schönheit, wie edel und unabhängig ihr Geist, wie bemerkenswert ihre Fähigkeit, Freiheit mit bedingter Abhängigkeit zu vereinen. Meine vollkommene Gefährtin hat vier Beine und keine scheltende, klagende Zunge.

Artikel III berichtet von meinen Kriegen, Artikel IV von staubigen Triumphzügen und Ovationen und davon, wie neun Könige oder Königskinder vor meinem Wagen einhergeführt wurden. Es ist so gewagt wie heilsam, Größe derart zu erniedrigen.

Artikel V berichtet, wie ich das Amt des Diktators ablehnte, das Senat und Volk mir antrugen. Das war in dem Jahr, als Lucius Arruntius und Marcus Marcellus Konsuln waren. Ich war in Sizilien gewesen, um dort Kolonien für abgedankte Soldaten zu errichten, als man mir Kunde von Aufständen in Rom brachte. Der Tiber hatte die tiefergelegenen Teile des Marsfeldes überflutet. Die Getreideversorgung war zusammengebrochen. Spekulanten, ein Menschenschlag, den ich verabscheue, horteten das Getreide, das es noch gab, um die Preise in die Höhe zu treiben. Der Pöbel drohte, das Haus des Senats niederzubrennen, wenn man mich nicht zum Diktator machte. Lucius Arruntius hatte mich nie gemocht; er war einer jener Aristokraten, die meinten, daß sie den Staat regieren sollten, und den alten Zeiten vor den Kriegen nachseufzten. Auch durch die Konsulschaft, die ich ihm besorgt hatte, war er nicht zu beschwichtigen. Anders als manche der hochgeborenen Trottel hatte er Verstand genug, um zu begreifen, daß dieses Amt mittlerweile weitgehend zu einem Ehrenamt geworden war. Aber als er hörte, wie der Mob die Kurie umheulte, und spürte, wie ihm die Gliedmaßen locker in den Gelenken baumelten, da quakte er laut genug um meine Hilfe und stimmte in den Ruf ein, man solle mich zum Diktator machen. Er versprach den Leuten mit zitternden Lippen, daß er mich drängen werde, das Amt zu übernehmen, und als ich ablehnte, brach er in ein erniedrigendes Schluchzen aus. Aber ich wollte damit nichts zu tun haben. Ich hatte gesehen, welche Wirkung die dauernde Diktatorschaft auf Julius gehabt hatte, und ich wollte nicht in die gleiche Falle gehen. Statt dessen erklärte ich, es sei nicht nötig. Ich würde jedoch die Aufsicht über die Getreideversorgung übernehmen. Ich machte die Spekulanten namhaft und stellte sie vor eine Wahl, die ihnen nicht gefiel: Sie konnten das Gehortete freiwillig aufgeben, oder sie konnten sich auf die Beschlagnahme und auf einen langen Aufenthalt auf einer einsamen Insel gefaßt machen. Daraufhin zeigten sie sich in beispielhafter Weise gefügig, und die Krise war beendet.

Der Adel versuchte mehrmals, mich zur Übernahme hoher Machtpositionen zu verlocken. Aber ich war allzu sehr auf der Hut. Ich wußte, daß die Erscheinung der Macht auf sehr viel stärkere Abneigung stößt als ihr tatsächliches

Vorhandensein. So erfährt das Volk in *Artikel VI*, daß ich es dreimal ablehnte, mich als »alleiniger Wächter von Gesetz und Moral mit allerhöchster Autorität« bezeichnen zu lassen. Natürlich würde ich niemals in diese Falle tappen. Ich sagte ihnen, ich könne kein Amt übernehmen, das »den Traditionen unserer Ahnen entgegengesetzt« sei. Die Konservativen sind stets zu besiegen, wenn man an die Tradition appelliert.

Artikel VII ist eine Liste meiner Ehrungen und Mitgliedschaften in heiligen Orden. Ich erlaubte Lepidus, das Amt des Pontifex Maximus bis zu seinem Tode zu behalten; danach übernahm ich es selbst. Es hat seine Vorteile.

Die folgenden *Artikel VIII, IX, X, XI* und *XII* berichten von den Ehrungen, die der Senat und das römische Volk mir haben zuteil werden lassen, von meinen Senatsreformen und von den Volkszählungen, die ich durchführte. Beim letzten Census gab es fast fünf Millionen römische Bürger. Anders als Julius hielt ich es nicht für ratsam, diese Auszeichnung zu entwerten, indem ich sie unterschiedslos allerlei Provinzbewohnern verlieh. Von allen Ehrungen erfüllt mich mit dem größten Stolz der Senatsbeschluß, des *Pax Augusta* einen Altar zu weihen.

Artikel XIII mag für sich sprechen: »Der Tempel des Janus Quirinus, der nach dem Willen unserer Vorfahren stets geschlossen werden sollte, wenn im ganzen Reich des Römischen Volkes, zu Wasser und zu Lande, siegreicher Friede herrschte und der vor meiner Geburt und seit Gründung der Stadt nur zweimal geschlossen worden war, wurde während meines Prinzipats auf Anweisung des Senats dreimal geschlossen.«

Von *Artikel XIV* zu schreiben, bringe ich nicht über mich. Er erzählt von meinen Söhnen Gajus und Lucius, für die der erste Band dieser Memoiren geschrieben wurde...

Artikel XV verzeichnet die Summen, die ich der römischen *plebs* gestiftet habe. Niemand hat dem Volk mehr Geld geschenkt als ich.

Artikel XVI verzeichnet, wie ich die Gemeinden für das Land entschädigte, das ich zu Soldatenkolonien machte. Keinem vor mir ist dies eingefallen – nicht Sulla, nicht Pompejus, nicht Julius. Ich wundere mich, daß auch Pompejus nicht daran dachte.

Die *Artikel XVII* und *XVIII* teilen mit, wie ich dem Staatsschatz bei diversen Gelegenheiten mit meinem Privatvermögen zu Hilfe kam. Ich fordere die Historiker heraus: Mögen sie diese Darstellung nur immer anfechten.

Die nun folgenden *Artikel XIX, XX* und *XXI* verzeichnen meine Bauwerke. Ich rühme mich, ein Rom aus Ziegeln vorgefunden und eines aus Marmor hinterlassen zu haben.

Ich bin jedoch nicht stolz auf das, was in den nächsten beiden Artikeln verzeichnet ist: Auf die Gladiatorschauen, die ich präsentierte. Sie sind leider zu einem unvermeidlichen Bestandteil des römischen Lebens geworden. Ein Staatslenker, der es versäumt, sie zu veranstalten, wird Abneigung herausfordern.

Artikel XXIV berichtet, daß ich nach dem Krieg mit Antonius »in den Tempeln aller Gemeinden Asiens den Zierrat ersetzte, den mein Gegner im Kriege zu seiner eigenen Verwendung an sich brachte, nachdem er die Tempel geplündert hatte«. Für Antonius war das freilich typisch; nie konnte er etwas Hübsches oder Kostbares sehen, ohne es gleich in seine Hand bringen zu wollen. Er hatte kein Gespür für die eigene Würde und, was noch schlimmer war, kein Gespür für das, was wir den Menschen in den Provinzen schulden. Das aber läßt sich ganz einfach sagen. Wir schulden ihnen Respekt. Wir müssen ihre Traditionen und Kulte respektieren, wie wir unsere eigenen respektieren. Das ist geziemend und recht in sich, aber es ist auch der einzige Weg, sie mit unserer Herrschaft zu versöhnen. Andererseits standen »achtzig silberne Statuen meiner Person, dargestellt zu Fuß, zu Pferde oder im Wagen, in der Stadt; diese ließ ich selbst entfernen, und mit dem Erlös, den ich damit erzielte, brachte ich im Tempel des Apollo ein Goldopfer in meinem Namen und im Namen derer, die mich mit den Statuen geehrt hatten«. Dieses Unternehmen erschien mir als ein so unübersehbares Gebot der Vernunft, daß es eigentlich keinen Grund gibt, stolz darauf zu sein, daß ich es vollbracht habe. Dennoch wiederum habe ich aus dem beklagenswerten Beispiel gelernt, das Julius mir gab. Es gefiel seiner Eitelkeit, daß die Asiaten ihn als Gott verehrten. Was für ein geziertes Theater! Menschen sind keine Götter; und auch wenn ich stets von ernster Religiosität durchdrungen war, ist mir doch zuweilen der Gedanke gekommen, daß auch Götter vielleicht keine Götter sind. Aber das ist nicht ganz die Wahrheit. Es ist eine Frage, die ich oft mit Vergil diskutiert habe, dem religiösesten Menschen, den ich kenne... Er sagte mir, ich weiß es noch: »Laß dich von Zweifeln und Unstimmigkeiten nicht beunruhigen. Niemand, der klug über diese Fragen nachgesonnen hat, kann bezweifeln, daß die Welt geformt, geführt und auf irgendeine geheimnisvolle Weise regiert wird, und zwar von mächtigen und unsterblichen Geistern. Wir in unserer menschlichen Ignoranz belieben gewisse Elemente dieser Geister zu identifizieren und ihnen Namen, ja, sogar menschliche Attribute zu geben. Vielleicht gibt es keinen Apollo; aber es gibt eine lebenspendende und lebenstärkende Kraft, die unser Apollo nichtsdestominder gut repräsentiert. Es entspricht unserer Natur, den apollonischen oder dianischen Geist mit einer Persönlichkeit auszustatten und Geschichten über die Götter zu erdenken, die wir teils erfunden haben, teils vielleicht aber auch auf trübe, schattenhafte Weise von vergangenen Abenteuern unserer unsterblichen Seele in Erinnerung behalten haben. Wenn du im Zweifel bist, mein Freund« – und liebevoll verweilt meine Erinnerung bei dem zärtlichen Ton, den Vergil dieser simplen Anrede verlieh – »dann kehre zurück zu Plato. Lies den ›Phaidon‹ und bedenke das großartige Argument für die Unsterblichkeit, welches Sokrates dort erhält. Lies auch die ›Republik‹ und vor allem das Höhlengleichnis. Unser Wissen um das Göttliche kann nur schattenhaft sein, nur eine unvollkommene Erinnerung an die Realität.« Wie hätte ich, der ich hörte und glaubte, was mein Dichter mir sagte, zulassen können, daß mein Standbild angebetet wurde? Das wäre Blasphemie gewesen. Überdies war es politisch nicht ratsam. Ein Menschen-Gott ist dem Spott der Weisen wie der Unehrerbietigen ausgesetzt.

Artikel XXV: »Ich brachte dem Meer den Frieden, indem ich die Piraten bezwang. In diesem Krieg übergab ich beinahe dreißigtausend Sklaven, die ihren Herren entlaufen waren und gegen den Staat zu den Waffen gegriffen hatten, ihren Herren zur Bestrafung. Ganz Italien leistete mir freiwillig einen Gefolgschaftseid und verlangte, daß ich es in den Krieg führte, den ich bei Actium siegreich beendete. Den gleichen Eid leisteten die Provinzen beider Gallien, Spaniens, Afrikas, Siziliens und Sardiniens. Mehr als siebenhundert Senatoren dienten zu jener Zeit unter meinem Banner; von diesen erlangten dreiundachtzig das Konsulsamt, und ungefähr einhundertsiebzig wurden entweder vor diesem Zeitpunkt oder danach zu Priestern geweiht bis zu dem Tag, da dieses Dokument geschrieben wurde.«

Nicht einmal die kritischsten Geschichtsschreiber können mir das Verdienst streitig machen, die Piraten überwunden zu haben. Nichts ist für das Wohlergehen Roms so notwendig wie die sichere Befahrbarkeit des Mittelmeeres für alle Kaufleute. Mancher wird vielleicht meine Behauptung in Frage stellen, »ganz Italien« habe mir »freiwillig den Gefolgschaftseid« geleistet; er wird dann vielleicht auf jene Senatoren hinweisen, denen ich freistellte, sich Antonius anzuschließen. Man mag auch andeuten, daß bei einigen Gemeinden die Anwendung von Zwang notwendig war, und man mag die Bedingungen, die in den von mir gesiegelten Schriftstücken enthalten waren, anmaßend finden. Ich gebe zu, daß einiger Druck angewandt wurde, aber ich denke selbst mit Staunen daran, wie maßvoll ich in jenem Jahr der Krise verfuhr. Ich enthob ja nicht nur die Bürger der Stadt Bononia wegen ihrer langen Verbundenheit mit der Familie des Antonius von dem Eid, sondern ich bestrafte auch nur wenige der Familien, die weiter Antonius anhingen. Außerdem ist es eine Tatsache, daß die Reaktion im größten Teil Italiens und der Provinzen wirklich spontan erfolgte. Nach einem halben Jahrhundert des Bürgerkriegs sehnte sich alles nach Frieden, und man erkannte, daß ich, ich allein, imstande war, ihn herbeizuführen. Mir war auch – anders als den meisten römischen Edlen – klar, daß Italien und Rom ein einziges Gemeinwesen darstellten, und daß die

Stärke des Reiches folglich auf der umfassenden und eifrig erteilten Zustimmung Italiens beruhte. Ich war der erste Politiker, der ebenso sehr Italiener wie Römer war. Sogar Cicero, der doch selbst eher Italiener denn Römer war, hat dies nie begriffen; er identifizierte sich vollständig mit der rein römischen Politik des Stadtstaates, über den wir doch hinausgewachsen waren.

Die folgenden acht Artikel handeln von meinen Eroberungen, von den Kolonien, die ich gründete, von den Standarten, die einige meiner Vorgänger verloren und die ich zurückgewann, von den Königen, die ich unterwarf, von den Gesandtschaften aus so fernen Ländern wie Indien, die ich empfing, von den Königen, die ich den Parthern und den Medern gab. Im Herzen war ich immer ein Mann des Friedens. Ich habe nie behauptet, militärisches Talent zu haben, doch einer meiner Vorzüge war die Fähigkeit, Generäle auszuwählen, deren größte Agrippa und mein Stiefsohn (inzwischen mein Adoptivsohn) Tiberius waren. Die Götter verhießen Aeneas und seiner Saat ein grenzenloses Reich. Ich habe dem Reich mehr hinzugefügt als alle Feldherrn der Republik zusammengenommen; Caesars Leistungen verblassen im Vergleich zu meinen, aber ich habe niemals die bestialische Grausamkeit gezeigt, die er in Gallien an den Tag legte, eine Grausamkeit, über die, wie man sich erinnern möchte, selbst Cato so entsetzt war, daß er sich veranlaßt sah, den Senat zu bedrängen, man möge Caesar den Galliern als Kriegsverbrecher ausliefern. Was meine Politik angeht, so bat Vergil mich einmal, Roms Mission zusammenzufassen, wie ich sie sähe. Ich überlegte eine Weile und antwortete dann: »Die Untertanen schonen, und die Stolzen untertan machen.« Nun bin ich selbst stolz darauf, daß er meine Antwort in die »Aeneis« aufgenommen hat.

Die letzten beiden Artikel werde ich vollständig zitieren – ohne jeden Kommentar an dieser Stelle.

Artikel XXXIV: »In meinem sechsten und siebenten Konsulat, nachdem ich den Bürgerkriegen ein Ende gemacht hatte und durch allgemeine Übereinstimmung zu höchster Macht gelangt war, entließ ich den Staat aus meiner eigenen Macht in die Regierung des Senats und des Volkes. Für meinen Dienst empfing ich durch Beschluß des Senats den Titel ›Augustus‹; die Türpfosten meines Hauses wurden öffentlich mit Lorbeer umkränzt, die Staatskrone wurde über meiner Tür befestigt, und ein goldener Schild wurde im julianischen Senatshaus aufgestellt, den mir, wie die Inschrift darauf bezeugt, der Römische Senat und das Volk in Anerkennung meiner Tapferkeit, meiner Güte, meiner Gerechtigkeit und meiner Hingabe schenkte. Von dieser Zeit an übertraf ich alle an Autorität, aber ich besaß nicht mehr Macht als die anderen, die in den jeweiligen Ämtern meine Kollegen waren.«

Artikel XXXV: »Als ich mein dreizehntes Konsulat innehatte, verliehen mir der Senat, die Ritterschaft und das gesamte römische Volk den Titel ›Vater des Vaterlandes‹ und verfügten, daß dieser Titel solle geschrieben werden in das Vestibül meines Hauses, im julianischen Senatshause und auf dem augusteischen Forum an den Sockel des Wagens, der mir zu Ehren dort auf Beschluß des Senats aufgestellt werden solle.« Als ich dieses Dokument verfaßte, war ich im siebenundsiebzigsten Jahr...

Niemand hat mehr Glück gehabt als ich. Das habe ich oft gedacht. Doch nie habe ich das Sprichwort vergessen: »Niemand ist vor seinem Tode glücklich zu nennen.« Und in den Jahren seit dem Tag meines Triumphs, an dem ich den ersten Band meiner Memoiren enden ließ, habe ich bitteres Mißgeschick und grausame Enttäuschung kennengelernt. Ich habe gelernt, daß das Schicksal niemandem je mit beständigem Wohlwollen lächelt. Wir müssen für unser Glück bezahlen, und oft ist der Preis so hoch, daß der Erfolg schmeckt wie kalte Asche und saurer Wein.

O Varus, gib mir meine Legionen wieder!

II

Die glücklichste Erinnerung an meinen Triumph ist immer noch die an Marcellus, meinen Neffen, der auf dem Geleitpferd zur Rechten meines Wagens ritt. Livia war verstimmt, weil ihr Sohn Tiberius auf die linke Seite plaziert worden war. Aber dafür gab es zwei Gründe, und beide waren gut. Erstens war Marcellus der ältere und mir durch Blutsbande verbunden. Zweitens war die Schlacht bei Actium und die Eroberung Ägyptens für mich die Rache für die Beleidigungen, die Marcellus' Mutter, meine liebe Schwester Octavia, von Antonius hatte hinnehmen müssen. Die Kinder von Antonius und Kleopatra liefen in Ketten in der Prozession mit, während Marcellus, den Antonius ausgeraubt hatte, auf einem schwarzen Hengst an meinem Triumphzug teilnahm. Man muß schon ein recht abgestumpftes Gefühl für das Passende haben, wenn man daran keinen Gefallen findet.

Aber es gab noch einen Grund. Im Jahr meines Triumphes erreichte ich das mittlere Alter. Gut, ich war erst sechsunddreißig, aber seit dem Mord an Julius hatte ich siebzehn Jahre des Krieges und der immerwährenden Krise durchlitten. Krieg und Politik hatten die Jugend gefressen, die zu genießen es mir immer an Muße gefehlt hatte. Ich hatte das Gefühl, noch während mein Wagen über die Pflastersteine der Via Sacra rumpelte, während die Menge jubelte und staunte und die Mittagssonne herniederbrannte und der Tritt der Legionen Staubwolken durch die wogende Luft wehen ließ – ich hatte das Gefühl, daß ich meine Jugend nur für diese eitle Zurschaustellung der Macht weggeworfen hatte, und es war, als ziehe eine Wolke über die Sonne hinweg. Ich durchlebte einen schrecklichen Augenblick; ein Gefühl von Vergeudung, Vergeblichkeit, das Gefühl eines Lebens, so unfruchtbar und öde wie die Wüste, wogte über mich hin. Die Stunde des Ruhmes, von der Soldaten träumen, schmeckte wie altbackenes Brot. Ich verspürte plötzlich eine Ahnung von der unermeßlichen und wuchtigen Eitelkeit des Krieges und der Politik. Und dann wandte ich den Kopf und sah Marcellus; seine Blicke tanzten, und sein Lächeln war breit, offen und ganz und gar glücklich, als er das Hurra der Menge entgegennahm und zurückrief, und ich fühlte mich erfrischt. Tiberius ritt auf der anderen Seite, sorgfältig und mit strenger Miene, dem Mob gegenüber schon damals im Alter von – wieviel? dreizehn, vierzehn Jahren, ich weiß es wirklich nicht mehr – ebenso gleichgültig, wie er es immer sein würde. Mit der Zeit habe ich Achtung vor Tiberius' stahlharter Gleichgültigkeit gegenüber der Popularität und sogar vor seiner Verachtung für die Massen gewonnen, ich achte und verstehe sie als Ausdruck seiner Persönlichkeit, während ich doch zugleich die Gefahr sehe, die darin liegt, und selber seiner Claudier-Überlegenheit niemals fähig wäre; damals aber ärgerte es mich, daß ein Knabe so kalt sein konnte, und um so größer war mein Entzücken über das Entzücken des Marcellus.

Und ich liebte Marcellus. Es war nichts Schändliches an meiner Liebe, nichts Perverses; aber sie machte Livia eifersüchtig, und Marcellus war der Grund dafür, daß sie sich weiterhin von mir zurückzog. Ich liebte ihn in der Tat wegen seiner Schönheit, wegen seiner geraden Gliedmaßen (mit fünfzehn überragte er mich um einen Zoll, aber in dem Jahr hörte er auf zu wachsen), wegen des tanzenden Lebens in seinen dunkelblauen Augen, wegen des Schwungs seiner Lippen, wegen der Art, wie sein dunkel goldenes Haar sich im Nacken kräuselte, wegen seines offenen Gesichtes. Ich liebte seine Schönheit, wie man mit Recht alle Schönheit liebt, die uns auf Erden gegeben ist, aber ich tat es auf lautere Weise, wie ich später die Schönheit meiner Enkel Gajus und Lucius lieben würde, die ich als Söhne adoptierte. Ich genoß auch die Unterhaltung mit ihm; sie war ein immerfort sprudelnder Quell von Witz und Phantasie. Ich liebte sein Spekulieren, das weit über die Grenzen seines Intellekts hinausreichte. Ich liebte seine liebevolle Respektlosigkeit, die Art, wie er mich neckte und »Nonkel« nannte. Und, jawohl, ich sah in ihm die Zukunft unseres Hauses. Aber Livia, eifersüchtig auf meine Liebe zu Octavia, wie sie es immer gewesen war, zeigte noch größere Eifersucht angesichts meiner Liebe zu Marcellus. Sie hatte das Gefühl, er stehe zwischen ihren Söhnen und dem Licht. Sie glaubte das Schlimmste, und sie glaubte es weiter, als ich ihr bewiesen hatte, welcher Natur meine Liebe zu dem Jungen war, indem ich ihn mit meiner Tochter Julia vermählte.

Mein ganzes Leben lang habe ich ratlos mitangesehen, mit welcher Perversion andere die Liebe betrachten, als gäbe es nur eine einzige Art von Liebe. Tatsächlich war die sexuelle Liebe nie besonders wichtig für mich. Ich kann den Körper von meinen Gefühlen trennen. Natürlich nahm ich mir Mätressen, als Livia sich von mir zurückzog: Sklavenmädchen, professionelle Kurtisanen, gelegentlich wohl auch eine Ehefrau (niemals aber freigeborene Jungfrauen – das stimmt nicht). Sie bedeuteten mir wenig, waren allenfalls Mittel zur körperlichen Entspannung. Keine von ihnen rührte mein Herz an, das immer noch zuerst Livia gehörte, dann den übrigen Mitgliedern meiner Familie. Nichtsdestoweniger waren diese Jahre nach Actium eine schwere Zeit in meiner Ehe wie auch in anderer Hinsicht.

Die große Frage ließ sich einfach formulieren: Was sollten wir mit der Republik anfangen, nachdem wir sie nun einmal gerettet hatten? Den Bürgerzwist hatten wir eliminiert. Alle unsere Feinde waren tot. In dieser Stimmung, die Anspannung gelöst, meine innere Glut ermattet, saß ich bei Livia, die sich im Schatten der Kolonnade ausgestreckt hatte, und sagte zu ihr: »Ich kann mein Werk als getan betrachten.«

Sie richtete sich unvermittelt auf, aber ich fuhr fort: »Warum soll ich es nicht Sulla nachtun und eine Reihe von Verfassungsreformen durchführen, die möglich machen, daß die Macht innerhalb der Republik reibungslos von einem auf den anderen übergeht, und mich dann auf eines unserer Landgüter zurückziehen? Würde es dir, Livia, nicht gefallen, wenn wir in Ruhe zusammen leben könnten, wie normale Menschen, ohne diese endlosen Mühen, diese Wachsamkeit gegen Krisen, diese abscheulichen, unaufhörlichen Anforderungen? Schließlich«, so setzte ich hinzu, »bin ich lange genug in der Politik, um zu wissen, daß es Lösungen nicht gibt; Lösungen existieren nicht, das Wort ist kein politischer Terminus, es ist einfach eine verdammte Sache nach der anderen. Ich habe meine Jugend verloren, das ist mir neulich klargeworden, und ich bin müde. Ich habe genug von all dem.«

»Du mußt verrückt geworden sein«, sagte sie.

Ich nahm einen Apfel aus einer Obstschale und biß hinein; er schmeckte herb und sauer.

»Oder treibst du Schabernack mit mir?« fragte Livia. »Warum plagt man sich, wie du dich geplagt hast, nur um alles wegzuwerfen, wenn das Spiel gewonnen ist? Glaubst du wirklich, Rom kann zu den alten Zeiten zurückkehren? Bist du ebenso naiv, wie der alte Narr Cicero es war? Ich habe vielleicht nur den Körper eines schwachen Weibes, doch ich würde es verschmähen, auch nur einen solchen Vorschlag zu machen. Mehr noch, ich neige ja kraft meiner Claudier-Geburt naturgemäß viel eher zu den alten Sitten, als man es bei jemandem von deiner Herkunft erwarten kann. In meiner Ahnenreihe finden sich mehr Konsulsmasken, als ich zählen möchte. Meine Familie hat seit der Vertreibung der Könige im Staat eine prominente Stellung inne – und doch weiß ich, daß die alten Zeiten vorbei sind. Was du da redest, ist pure Sentimentaliät. Es ist meines Gatten unwürdig...«

Mir fällt ein, daß diese Memoiren vielleicht von zukünftigen Generationen gelesen werden, die von der Verfassung der Republik nichts wissen und auch hinsichtlich der Gründe für die Krise, die Rom fast ein Jahrhundert lang erschütterte, im Dunkeln tappen. Indes, im Grunde war es ganz einfach. Unsere Institutionen waren für einen Stadtstaat gedacht, regiert von einer Gruppe aristokratischer Familien, deren jede eifersüchtig darüber wachte, daß nicht eine Familie oder ein Einzelner in den Stand gesetzt werde, die oberste Macht an sich zu reißen. Davor schützten sie sich, indem sie sicherstellten, daß niemand die Macht für lange Zeit und daß niemand sie allein innehatte. Ein System von Jahresämtern wurde eingerichtet; die beiden Konsuln, deren Stellung die höchste war, galten beide gleich viel. In Zeiten nationaler Not konnte ein Diktator ernannt werden, der die oberste Gewalt ausübte, aber in den großen Tagen der Republik war seine Amtszeit immer nur von kurzer Dauer. Julius Caesar hatte sich selbst zum Diktator auf Lebenszeit gemacht; nichts von dem, was er sonst tat, weckte mehr Feindseligkeit, denn ein ständiger Diktator war ein König in jeder Hinsicht, nur nicht dem Namen nach, und wir Römer, die wir unsere Freiheit lieben und schätzen, haben die Idee des Königtums stets verachtet und verabscheut. Nur einem Mann von Caesars profunder und grenzenloser Eitelkeit konnte es einfallen, sich zum König zu machen. Aber als das Römische Reich sich ausbreitete, begann unsere uralte Verfassung zu knarren und aus den Nähten zu platzen wie ein altes Sofapolster. Den ersten Schock erlitt sie, als Gajus Marius zur Sicherung gegen eine Barbareninvasion (dabei war er selber ein ungehobelter Barbar) siebenmal hintereinander zum Konsul ernannt wurde. Zu jener Zeit wurde die Bürgerarmee der frühen Republik zu einem Berufsheer, und die neuen Berufssoldaten erwarteten Lohn von ihrem Feldherrn, nicht so sehr von der Republik. Sie gehörten ihm, nicht Rom. Ich hatte selbst davon profitiert, aber die Republik litt darunter. Überdies verlangten die Erfordernisse des Reiches, daß diese Feldherrn ihr Kommando über längere Zeit hinweg innehatten: Caesar bekam die Prokonsulschaft in Gallien gleich beim erstenmal für fünf Jahre verliehen, und nachher wurde seine Amtszeit auf noch einmal fünf Jahre verlängert. Die Jahresämter verblaßten zur Bedeutungslosigkeit neben den Militärdynasten, großen Prokonsuln wie Caesar und Pompejus und, wie ich hinzufügen möchte, Antonius und mir. Nur ein Amt ging dabei nicht unter, und das war das Tribunat. Tribune, die ursprünglich ernannt wurden, um die Interessen der Plebejer zu schützen, hatten keine Exekutivbefugnis, aber sie konnten Gesetze initiieren und mit ihrem Veto verhindern, und sie waren persönlich sakrosankt. Alle

Dynasten fanden es ratsam, dafür zu sorgen, daß einer oder mehrere ihrer Anhänger zu den zehn Tribunen zählten; nur so konnten sie ihre Interessen in Rom absichern. Der ersichtliche Grund für Caesars Schritt über den Rubikon und seinen Einmarsch in Italien war der, daß seine Feinde gegen die Unantastbarkeit des Tribunats verstoßen hatten. Schon früh sah ich, welche Bedeutung dieses Amt hatte, und auch wenn ich kein Plebejer war und mithin nicht selbst zum Tribun gewählt werden konnte, sorgte ich doch dafür, daß man mich mit der Autorität, den Vollmachten und dem Status eines Tribuns ausstattete. Es war die klügste Entscheidung, die ich je getroffen habe. Sie verschaffte mir persönliche Sicherheit und ermöglichte mir, mit dem Volk in Tuchfühlung zu bleiben und seine Interessen gegen die des Adels zu sichern.

Die Entwicklungen, die da stattgefunden hatten, wurden von Traditionalisten bedauert. Ich konnte ihr Bedauern teilen. Ich bezweifle nicht, daß die Republik unserer Ahnen eine feine und ehrenvolle Sache war. Aber anders als der kurzsichtige Cato, anders auch als Cicero, der sentimental war, wußte ich, daß sie nie wieder ins Leben zurückgerufen werden konnte. Wir mußten weiterschreiten, zu etwas Neuem, was immer das sein würde; und nachdem ich Livias Worte verdaut hatte, wußte ich auch, daß sie die Wahrheit gesprochen hatte. Ich begriff, daß ich nunmehr die Aufgabe hatte, dem politischen Leben Roms eine neue Struktur zu geben. Sie mußte die Realitäten widerspiegeln, wie es Ciceros Plan für eine »Übereinkunft der Klassen« niemals tat; aber wenn sie die alten politischen Klassen zufriedenstellen sollte – und da ich von konservativer Natur bin, hatte ich nicht den Wunsch, daß es anders sein möge –, mußte sie die Form und das Erscheinungsbild der alten Republik bewahren, soweit dies möglich war.

Ich entschuldige mich nicht für die Trockenheit in diesem Teil meiner Erinnerungen. Wer mich verstehen will, muß das Werk verstehen, das ich zu leisten hatte. Diejenigen, die Verfassungspolitik langweilig finden, mögen dieses Kapitel überschlagen. Sie sollen nur bedenken, daß dann ihr Urteil über mein Leben und Werk getrübt sein wird, weil sie versäumt haben, zum Herzen der Dinge vorzudringen. Sie werden denen gleichen, die eine Melone nach ihrer Schale beurteilen und das Fleisch nicht kosten.

Ich lud Maecenas und Agrippa ein, bei mir zu speisen, auf daß wir erkundeten, welche Wege sich uns eröffneten. Wir aßen wenig, denn mit vollem Bauch ist nicht tief denken, gerad wie mit leerem nicht vernünftig denken ist.

Agrippa war freilich allgemein ebenso enthaltsam, wie ich es selbst immer war, wenngleich er wie viele, die im Wesen Männer der Tat sind, zu gelegentlichen Anfällen von schwerer Trunksucht neigte. Ich mied ihn dann, denn es betrübte mich, zu sehen, wie mein engster Freund sich viehischer Vulgarität hingab, die in einer so tiefen Bewußtlosigkeit endete, daß eine Revolution hätte ausbrechen können, ohne daß er es gemerkt hätte. Was Maecenas anging, so pflog er der Zecherei mehr und mehr. Ein Schlückchen hier, ein Schlückchen da, den lieben langen Tag, nie ganz betrunken, immer seltener völlig nüchtern. An diesem Abend jedoch war er im Vollbesitz seiner Kräfte.

Ich umriß die Lage, wie ich sie sah.

Agrippa erklärte: »Sie haben Caesar umgebracht, weil er die Republik nicht wiederherstellen wollte. Sie haben ihn im Namen der Freiheit umgebracht. Wir haben gegen die Liberatoren gekämpft, weil es in unserem Interesse lag. Wir wären nichts gewesen, wenn wir es nicht getan hätten. Und wir haben gegen Antonius gekämpft, teils aus dem nämlichen Grunde, teils aber auch, weil er mit all seinem orientalischen Unfug dieselbe verfluchte Richtung einschlug wie Caesar. Er hatte sogar mit derselben Frau angebandelt, und Jupiter allein weiß, mit was für Flausen über orientalische Tyrannei sie ihm den armen Schädel vollgeblasen hat. Deswegen strömte Italien zu unseren Fahnen, unterstützte uns und leistete dir – mit etwas Hilfe von den Jungs – den Gefolgschaftseid. Aber diese Gefolgschaft hatte ihre – wie heißt gleich das verfluchte Wort? – Konditionen, so heißt das, und sie war befristet. Die Leute, nicht nur der Adel, sondern alle guten Römer, wollen die Republik wiederhaben. Sie respektieren dich, sie sind uns allen sogar dankbar, aber sie lieben die alten Formen der Regierung, und ohne sie werden sie nicht glücklich sein. Laß dir da nur keine anderen Ideen in den Kopf setzen, alter Junge. Wenn du denselben Weg einschlägst wie Julius, wirst du enden, wo er geendet hat: Zu Füßen der Pompejus-Statue, mit einem Bauch voller Dolchstiche. Bilde dir ja nicht ein, daß es anders kommen wird.«

Maecenas sagte: »Tja, ihr Lieben, ich bin natürlich nur ein armer etruskischer Außenseiter. Aber das verschafft mir auch einen gewissen Vorteil. Ich kann die Dinge klar erkennen. Nun, ich bin ganz sicher, daß Marcus Agrippa recht hat wie meistens, wenn er sagt, daß die Römer ihre alten Institutionen lieben und ohne sie nicht glücklich sein werden; aber die Dinge ändern sich, und das ist das Problem. Unsere Sache ist es, weniger nach dem Warum als nach dem Wie zu fragen und dann auf Abhilfe zu sinnen. Ich weiß, du willst, daß ich heute abend des Weins entrate, aber jetzt gib mir doch einen kleinen Becher, derweil ich dies darlege. Danke, Schätzchen. Nun, mir scheint – um der langen Rede den sprichwörtlich kurzen Sinn zu geben –, die Ursache unserer Probleme – und nicht einmal Agrippa kann bestreiten, daß wir Probleme haben – ist nicht so sehr die Lasterhaftigkeit und der Ehrgeiz bestimmter Leute, als vielmehr die Komplexität der Situation. Man könnte sagen, sie liegt in der Masse der Bevölkerung und im Umfang des Regierungsgeschäfts. Die alten Bräuche waren gut und schön, als Rom eine Stadt von Bauern und ein paar Händlern war, aber heutzutage... Bedenkt bloß: Die Bevölkerung des Reiches, ja, schon die der Stadt selbst, umfaßt Menschen jeglicher Art, sowohl hinsichtlich ihrer Rasse als auch ihrer Fähigkeiten. Ihre Launen und Wünsche sind so vielfältig, wie man es sich nur denken kann, und die Staatsgeschäfte sind so gewaltig, so kompliziert und anspruchsvoll geworden, daß sie nur unter größten Schwierigkeiten geführt werden können...«

Er ließ eine Pause eintreten. Ich bat ihn, weiterzusprechen.

»Ich will einen Vergleich anstellen«, sagte er. »Unsere Stadt ist wie ein großes Handelsschiff. Seine Besatzung stammt aus aller Herren Länder, und es hat keinen Steuermann. So kommt es, daß es seit vielen Generationen – seit vier, fünf, ich weiß es nicht – auf hoher See rollt und dümpelt wie ein Schiff, dem der Ballast und der Lotse fehlt. Kein Wunder, daß es da auf die Klippen gerauscht ist. Das Wunder ist, daß es nicht gesunken ist. Daß es nicht gesunken ist, genügt fürwahr, um in einem Menschen den Glauben an die Götter und an eine heilige Bestimmung für die Stadt Rom zu erwecken. Aber lange wird es ohne die Lenkung durch einen weisenden Geist nicht mehr weitergehen. Stelle die Republik wieder her, und alles, was wir in den letzten siebzehn Jahren erreicht haben, wird untergehen. Es wird eine gewaltige Vergeudung von Mühe und Anstrengung gewesen sein. Ach ja, und noch etwas: Wenn ich von einem weisenden Geist spreche, so meine ich den weisenden Geist eines einzelnen Mannes – und in anbetracht der Umstände mußt du dieser Mann sein. An so etwas wie ein neues

Triumvirat darfst du nicht einmal denken. Das wäre ein Rezept für den Bürgerkrieg. Zweimal ist es so schon gekommen. Es würde wieder so kommen, und würde das Triumvirat auch von uns dreien hier gebildet, die wir doch schon lange gute Freunde sind. Das liegt in der Natur der Dinge. Ich sage dir, Entchen, du stehst vor einer einfachen Wahl. Übernimm jetzt deine Verantwortung und sorge dafür, daß die Bürgerkriege sich gelohnt haben. Drücke dich davor, und dein ganzes Leben bis heute war ein Mumpitz...«

Als ich bei meiner Rückkehr aus Ägypten in Neapel gelandet war, hatte ich dort Vergil vorgefunden. Er wohnte in einer Villa ein paar Meilen weit außerhalb der Stadt auf der sorrentinischen Halbinsel, wo in alten Zeiten die Sirenen hausten. Er lud mich zu sich zum Essen ein, doch als ich im milden Glanz des Spätnachmittags bei ihm eintraf, fand ich den Dichter blaß, teilnahmslos und unfähig, etwas zu sich zu nehmen. Es war der erste Hinweis auf die Krankheit, die ihn während des nächsten Jahrzehnts plagen und auch seinen Tod herbeiführen sollte, der zu früh kam – für mich, für Rom und für die Dichtkunst. Er spielte mit seinem Essen herum, wischte aber meine Besorgnis beiseite und erkundigte sich selbst fürsorglich nach meinem Befinden.

»Oliven und Brot und ein bißchen Pecorino sowie der weiße Wein von diesen Hügeln, das ist genug für mich. Ich bin kein Mann der Tat. Doch du bist gealtert, Caesar, in Schmerz und Enttäuschung«, stellte er fest.

»Der Tod des Antonius...« gab ich zur Antwort... und überließ es ihm, zu ahnen, was ich damit sagen wollte. Vor diesem Meister der Worte, der das Schweigen verstand, brauchte man niemals lange Reden zu führen. »Und in Ägypten war es gräßlich«, setzte ich hinzu. »Es war mir zuwider. Fliegen und Korruption und unablässig forderndes Geschnatter. Ich bekam ein Fieber, aber der Grund, dessen bin ich sicher, war mein Abscheu gegen das uralte Laster, gegen die Grausamkeit, den Aberglauben und die Habgier Ägyptens.«

Er hatte seine *Georgica* endlich fertiggestellt, und ich bat ihn, mir daraus ein Stück vorzulesen.

Das tat er, mit seiner leisen und sanften Stimme, der gleichwohl alle Autorität des Wissens innewohnte:

»Überglücklich die Bauern, wenn sie ihrer eigensten Güter inne würden! Denn ihnen läßt fern vom Lärm der Waffen
Leben in Fülle gedeihen die allgerechte, die Erde.
Wenn auch kein Prachtbau, stolzen Portals, aus allen Gemächern
morgens die Grußbefliss'nen entläßt in wogendem Strome,
wenn kein staunender Blick an schildpattschimmernden Pfosten
hängt noch an golddurchwirktem Gewand und an kostbaren Vasen,
wenn man auch weiße Wolle nicht färbt mit phönizischem Purpur,
nicht durch Narde verdirbt die Kraft des lauteren Öles:
Aber sorglose Ruhe und Leben in friedlicher Einfalt,
reich an mancherlei Gut, aber Muße in weiten Gefilden,
Grotten und quellfrischen Seen und kühle, waldige Täler,
Kuhgemuhe und Schlummers Genuß im Schatten der Bäume,
das fehlt nicht. Da gibt es Schluchten und Lager des Wildes
und eine anspruchslose, mit Ausdauer schaffende Jugend,
Opfer den Göttern und Ehrfurcht dem Alter! Hier in den Bauern
ließ noch Gerechtigkeit, eh sie entschwand, die äußersten Spuren...«

Er schenkte mir ein zurückhaltendes Lächeln. »Du beneidest meine Bauern, Caesar, die dich niemals beneiden würden. Aber wir sind nicht alle zur selben Arbeit berufen. Höre noch einmal den letzten Vers dieser Passage.« Und er wiederholte ihn langsam und hielt bei jedem Wort wie staunend inne. »Die Gerechtigkeit in ihrer Idealgestalt«, sagte er, »hat die Erde verlassen. Es obliegt nun dir, Caesar, den Schatten der Gerechtigkeit wiederherzustellen.«

Und dann las er mir noch ein Stück vor, eine großartige Lobeshymne auf Italien, die ich aber nicht zitieren werde, da sie mit einem Kompliment für mich endet – welches ich allerdings höher schätze als alle Ehren, die man mir gegeben...

Wir saßen schweigend. Die Luft war noch warm vom Blumenduft, und die rote Glut der ersterbenden Sonne lag wie ein Rosenteppich über der Bucht. Wir hörten nur ein Murmeln von der Stadt zu unseren Füßen. In der Ferne bellte ein Hund, und wenn wir es auch nicht hören konnten, spürte ich doch das stete Malmen der Kühe auf kniehohen Wiesen: Ein Bild des Friedens und der Fülle, hervorgerufen durch die Poesie. Und unversehens wußte ich, daß die Welt zugleich gut und unfruchtbar war; daß das Leben einen tiefen Sinn besaß, der nicht schon deshalb bedeutungslos wurde (wiewohl die Akteure selbst es letzten Endes alle waren), weil er sich nie erfüllen würde.

Als habe er meine Gedanken gelesen, sagte Vergil: »Das fertige Gedicht ist nie so gut wie das Gedicht, das nicht geschrieben wurde; und dennoch muß es zu Papier gebracht werden, als wär's es doch. Jeder Beginn enthält das Saatkorn eines neuen Scheiterns, aber das ist kein Grund, nicht zu beginnen.«

»Ich weiß, was du mir sagen willst«, antwortete ich.

War es an jenem Abend, daß wir zum erstenmal von der *Aeneis* sprachen? Das Gedächtnis flackert im Alter wie eine verlöschende Kerze, und ich kann es nicht mit Sicherheit sagen. Aber ich glaube, es war der Abend. Vielleicht schlossen wir tatsächlich einen Kontrakt, Vergil und ich. Wenn ich die Bürde des Reiches auf mich nähme, würde er das Epos Roms schreiben: Er würde allen erzählen, wie die Götter dem Aeneas ein Reich ohne Grenzen versprachen. Aber so einfach war es nicht. Das ist es nie... Trotzdem, der Kontrakt existierte. Wir wußten es beide. Er hing zwischen uns in der sanften Luft, und wir kannten beide die zwingende Kraft einer Bestimmung, die man anerkennt und akzeptiert.

Einmal fragte ich ihn: »Was ist Bestimmung? Sind wir nicht freie Menschen?«

Vergil sagte: »Überlasse diese Frage den Philosophen. Führe du aus, was du fühlst und was du weißt. Unser Wissen aber ist dies, Caesar: Wir können nur frei sein, wenn wir die Bestimmung erfüllen, die wir als vorgeschrieben wahrnehmen. Wie sich das eine mit dem anderen versöhnen läßt, weiß ich nicht. Ich weiß nur, wie es ist.«

In der Kurie summte es von Gerüchten über ein großes Ereignis. Selbst die faulsten, unaufmerksamsten Senatoren drängten sich auf den Bänken. Mein Stiefvater saß da und preßte sich eine Rose vor die Nase, um den Geruch erhitzten Fleisches abzuwehren. Das Gesumm erstarb, als ich zu sprechen begann.

Der Boden war natürlich sorgsam bereitet. Agrippa, Maecenas und meine übrigen Freunde hatten ihn sondiert. So hatten wir beispielsweise lange über die Frage von Namen und Titeln diskutiert. Die Diktatorschaft hatte ich abgelehnt, desgleichen den Titel »Imperator«, mit dem die Soldaten mir so oft zugejubelt hatten. Er schmeckte zu sehr nach Militärherrschaft. Lange konnten wir nicht zu einer Entscheidung gelangen. Dann schlug jemand – vielleicht war ich es selbst, vielleicht auch Maecenas – den Titel »Princeps« vor: »Der die erste Stelle Einnehmende«. Er symbolisierte keine direkte Macht, sondern war lediglich Anerkenntnis der Autorität. Cicero, entsann ich mich, hatte sowohl Perikles als auch Pompejus so bezeichnet...

Ich begann nun mit einer Aufzählung dessen, was ich für Rom erreicht hatte. »Zum erstenmal seit einer Generation«, verkündete ich, »ist der Bürgerzwist verstummt. Wir haben Frieden.« Man sah den Sonnenschein vor der offenen Tür. Philippus drückte sich seine Blume unter die Nase. Agrippa saß da, angespannt wie ein Kampfstier. Ich erinnerte daran, daß ich bereits sämtliche Verfügungen des Triumvirats aufgehoben hatte: Römer unterlagen nicht mehr der willkürlichen Rechtsprechung, die der Notstand erforderlich gemacht hatte. Der Freie Staat war wieder lebendig. »Demzufolge«, fuhr ich fort, »muß ich euch, Väter und Beigeordnete des Senats, in meiner Eigenschaft als einer der diesjährigen Konsuln und ausgestattet mit der Tribunsgewalt, die mir als Ausdruck der Liebe und des Vertrauens des Römischen Volkes teuer ist, mitteilen, daß die Tage der außergewöhnlichen Vollmachten vorüber sind. Ich werde euch nicht länger führen... Empfangt wieder eure Freiheit und die Republik. Übernehmt die Verantwortung für die Armee und die Provinzen, und regiert euch selbst auf die durch eurer Väter Beispiel geheiligte Weise. Das Schiff der Republik, von Stürmen geschüttelt, an den Klippen des Ehrgeizes beinahe zerschellt, segelt nun wieder frei und gelassen auf offenem Meer.«

Es war schade, daß ich das Meer erwähnte, denn als ich über die versammelten Senatoren hinblickte, sah ich so viele Münder offenstehen wie Fischmäuler, die des Angelhakens harrten, daß ich im Angesicht ihrer Bestürzung beinahe in ein Gekicher ausgebrochen wäre. Aber ich raffte meine Papiere zusammen und verließ den Senat. Die Stille folgte mir auf das Forum hinaus.

Livia war erschrocken, als sie hörte, was ich getan hatte, erschrocken und wütend.

»Es tut mir leid«, sagte ich, »daß ich dich nicht befragt habe, aber da du so wenig bereit warst, dir anzuhören, was ich zu sagen hatte, war es schwierig, es zu tun. Aber keine Sorge, ich widersetze mich ja nicht dem, was du von mir willst. Ich gebe die Macht nicht auf. Ich gebe ihr nur Rechtmäßigkeit.«

»Wenn das nur klappt«, sagte sie. »Ich kann mir denken, was du sagen willst. Es kommt mir allzu clever vor.«

»Nein«, sagte ich. »Wenn du ihre Verblüffung gesehen hättest, würdest du das nicht sagen. Ich habe nichts weiter getan, als ihnen einen kurzen Blick auf das Nichts zu eröffnen. Sie sind entsetzt. Siehst du, meine Liebe, sie wissen nicht mehr, wie freie Menschen handeln, die fähig sind, das Wohl der Allgemeinheit im Auge zu haben. Selbst in diesem geläuterten Senat sind die meisten entweder Bestien oder Memmen. Vertraue mir, Livia. Bitte.«

Ich legte den Arm um sie, zog sie an mich und küßte sie. Ich faßte ihr Kinn und drehte ihr Gesicht herum, damit unsere Lippen einander fänden. Einen Moment lang widerstrebte sie, doch dann erwiderte sie meinen Kuß, wie sie es seit fünf Jahren nicht mehr getan hatte. Ich zog sie auf das Sofa nieder, und ohne an die Möglichkeit einer Störung zu denken, liebten wir uns, wie ausgedörrte, halbverhungerte Menschen wohl über Brot und Wein herfallen mögen. Die Intensität des Anfangs ließ nach, und an ihre Stelle trat jene fügsame Zärtlichkeit, die aus dem Wissen um die vollkommene Einheit erwächst, wie ich sie mit Livia und mit keiner anderen Frau gekannt habe.

»Du hattest recht«, seufzte sie. »Mein verdammter Claudier-Stolz hat uns getrennt, aber ich hatte auch recht mit meiner Revolte. Nichts kann je die Wunde heilen, die du mit deinem Sakrileg gerissen hast. Mag sein, daß wir wieder miteinander verbunden sind – und oh, wir sind es, mein Geliebter –, aber es kann nie wieder sein, wie es war. Du kannst nicht mehr der Liebling aller Götter sein, und es liegt ein Fluch auf unserer Ehe.«

»Nicht, nicht...« Ich versuchte, sie mit Küssen zum Schweigen zu bringen.

»Nein«, sagte sie, nachdem wir uns lange geküßt und dann in einen zweiten, zärtlichen Liebesakt hineingetrieben und wieder hervorgekommen waren, »es ist jetzt anders, weil ich es akzeptiere, wie du akzeptiert hast, was du, wie ich fürchtete, vielleicht zurückweisen oder fortwerfen würdest. Ich liebe dich, ich habe dich immer geliebt, sogar als ich dich haßte.«

»Livia, ich werde dich lieben, und keine andere Frau wie dich, bis ich sterbe. Wenn ich hartherzig oder gleichgültig erschien, dann nur, weil ich fürchtete, ich hätte unsere Liebe getötet...«

»Meine Liebe«, murmelte sie, »ist kein Sklave, der beim ersten zornigen Wort gleich stirbt.«

»Laß uns fortan nie vergessen, was wir einander bedeuten. Ich weiß, wie wenig von mir bleibt, wenn deine Liebe von mir weicht...«

Und diesmal war es Livia, deren Lippen die meinen suchten.

Indem ich dieses schreibe, erlebe ich wieder die Wärme, das Gefühl von Erleichterung und Trost, das wir beide verspürten. Mein Herz wird warm bei dem Wissen, daß wir in jener Stunde die volle Blüte menschlichen Glücks erreichten und etwas schufen, das die Härten, Enttäuschungen, Streitigkeiten und, jawohl, die Bitternis zukünftiger Jahre nie mehr vernichten konnten. Wir erlangten hier, derweil der verdatterte Senat seine Debatte aufnahm, die Kommunion der Seelen, die Plato für den Ausdruck vollkommener Liebe hält und von der er glaubt, daß sie in diesem Leben nicht zu erlangen sei. Seit jener Stunde weiß ich, daß es doch erreichbar ist, und wenn es unserer Natur auch verwehrt ist, in diesem Zustand zu verharren, geht doch das einmal Erreichte nie wieder ganz verloren. Es gibt ein griechisches Wort: Ekstase – oft leichthin gebraucht: Es beschreibt präzise, was ich erfuhr, als ich mit Livia in meinen Armen dalag, während der Nachmittag erstarb und der Winterabend kam und ich auf die Nachricht wartete, die bestimmt kommen würde.

»Sie waren wie Schafe, denen man den Hirten und seine Hütehunde weggenommen hat und die wissen, daß Wölfe in den Wäldern lauern. So was Komisches hast du noch nie gesehen, mein Lieber.«

Maecenas trank Wein und streckte sich auf dem Sofa aus.

»Sie haben sich regelrecht überschlagen, um dir die Ehre zu geben. Wie vereinbart, haben wir sie die volle Wirkung spüren lassen, und dann, gerade als einer oder zwei von den kühneren Geistern – Arruntius zum Beispiel – offenbar im Begriff waren, sich ein Herz zu fassen und deine Gabe anzunehmen, da stand der alte Plancus, dieser zuverlässige Verräter, auf, knarrend von Rheumatismus, das Gesicht vor angeborener Unehrlichkeit verzerrt, und dennoch, vermutlich einfach weil er auf eine so lange Vergangenheit des absolut selbstsüchtigen Überlebens zurückblicken kann, eben auch umgeben von einer Aura der Autorität. Er pries die Republik, wie wir es vereinbart hatten, pries auch die Hingabe, die du der Republik gezeigt habest, und stellte fest, wie unsäglich es wäre, wollte jemand andeuten, daß du jemals von den Idealen der Republik abgewichen seiest – ich fand das ein bißchen dick aufgetragen, aber er bekam dafür starken Beifall. Man sollte dich ehren, sagte er. Sollte doch dein Haus mit Lorbeer bekränzt, deine Tür mit der Staatskrone geziert werden. Nun, dagegen konnte niemand etwas einwenden. Und was deinen Namen angehe – es sei Brauch, erklärte er, solche, die sich um die Republik verdient gemacht hätten, mit einem neuen Namen zu belohnen. Pompejus habe man ›den Großen‹ genannt. Dich, so schlug er vor, solle man ›Augustus‹ nennen. Kein anderer Name wäre eine so vollständige Anerkennung deiner religiösen Verehrung für die Republik. Tja, mein Lieber, ich weiß, dir wäre ›Romulus‹ lieber gewesen, aber das ist eben doch ein Königsname, und Plancus stimmte mit mir überein, daß so etwas unter Umständen, möglicherweise, mißverstanden werden könnte. Begnüge du dich mit Augustus; es ist ein hübscher Name mit lauter vorteilhaften Assoziationen. Anscheinend – was ich nicht wußte – schafft er durchaus eine Verbindung zwischen dir und Romulus, weil man ihn nämlich ›den Augustus der Auguren‹ nannte. Nun, über diesen Vorschlag stimmten sie per Akklamation ab. Und dann ging er ans Eingemachte, und ich muß sagen, man kann von seinem fürchterlichen Charakter halten, was man will, aber er machte seine Sache wirklich gut. Das Problem sei, erklärte er, daß der Senat deinen Rücktritt nicht annehmen könne...«

»Hat niemand geschrien ›Wieso nicht?‹«

»Doch, aber bloß Gajus Rufius, der praktisch schwachsinnig ist – mir ist übrigens nicht klar, wie er deinen Säuberungen hat entkommen können... Plancus brachte ihn mit einem Stirnrunzeln zum Schweigen. Sie hätten jetzt die Aufgabe, sagte er, einen Plan zu entwickeln, mit dem sich bewahren ließe, was du für uns alle zurückerobert hast. Er wisse, du könnest es nicht erwarten, daß der Senat seine alte Autorität zurückerhalte, und er begrüße das. Gleichwohl wisse ein jeder, wie die Republik von den Dynasten in Gefahr gebracht worden sei. Er schlage daher vor, dir prokonsularische Amtsgewalt in allen Grenzprovinzen zu verleihen, in denen es ein stehendes Heer gebe; der Senat aber solle in allen übrigen seine frühere Macht wieder übernehmen.«

»Hat er wirklich von ›stehenden Heeren‹ gesprochen?«

»Ja.«

»Und keiner hatte etwas dagegen? Niemand hat gemerkt, was das bedeutet?«

»Wenn, dann hat es jeder für sich behalten. Nein, mein Junge, wir haben's geschafft. Ich weiß nicht, wie du diese neue Republik nennen willst, die wir da gegründet haben – Dyarchie scheint mir kein übles Wort dafür zu sein, auch wenn es griechisch ist...«

Und so begründete ich einen Rahmen, innerhalb dessen die Regierungsgeschäfte geführt werden konnten. Der Erfolg ist leicht zu ermessen. Man braucht nur den Kontrast zwischen den vorhergegangenen vier Jahrzehnten und den vier folgenden zu betrachten. Ich hatte erreicht, daß der Adel sich mit dem Gepränge der Macht und mit ehrenvollen Konsulschaften zufrieden gab, während nur diejenigen, die mir gegenüber loyal waren, ein militärisches Kommando übertragen bekamen. Gleichwohl beschloß ich schon früh, daß es am besten sei, diese nach Möglichkeit auf die Familie zu beschränken. Deshalb hatte ich dafür gesorgt, daß Agrippa sich von seiner ersten Frau, der Tochter des

Atticus (eine Ehe übrigens, die ihn beneidenswert reich gemacht hatte), scheiden ließ und meine Nichte Marcella heiratete. Agrippa war mir freundschaftlich verbunden, aber ich hielt es doch für wünschenswert, daß er auch Marcellus' Schwager werde.

Es ist eine der Kuriositäten in unserer Natur, daß wir, kaum daß wir etwas zuwegegebracht haben, von banger Sorge erfüllt sind. Was würde, so fragten sich die Menschen, aus dem Staat werden, sollte ich einmal sterben? Ich stellte mir diese Frage auch selbst und machte mir Sorgen, aber bevor ich weiter darauf eingehen kann, ist es an der Zeit, von Familienangelegenheiten zu sprechen.

Unsere eigene Kinderlosigkeit war ein Schmerz, an den ich mich gewöhnt hatte. Julia indessen wuchs mir zur Freude heran, wenngleich Livia an ihrem Benehmen noch immer viel auszusetzen hatte. »Sie läßt Tiberius nicht in Ruhe«, sagte sie. »Das schickt sich nicht. Du verwöhnst sie freilich und merkst gar nicht, wie sie zu einer höchst durchtriebenen Kokettiererin wird.« Aber ich konnte meiner Tochter nichts abschlagen. Obwohl sie schon dreizehn Jahre alt und fast eine Frau war, kletterte sie mir immer noch auf den Schoß und bedeckte mein ganzes Gesicht mit ihren Küssen. Ich konnte nicht glauben, daß dieser köstliche Kobold die Tochter der furchtbaren Scribonia sein sollte. Übrigens bombardierte Scribonia mich mit Briefen, in denen sie verlangte, daß Julia erlaubt werde, sie zu besuchen; aber natürlich war das ganz unmöglich. Zum einen lebte Scribonia jetzt in aller Öffentlichkeit mit einem Spanier mittleren Alters zusammen, der nacheinander Centurio, Steuereintreiber und (wie ich von meinen Agenten erfuhr) Besitzer eines Bordells gewesen war. Ich erklärte Scribonia genau, weshalb ich Julia nicht erlauben könne, sie zu besuchen, und fügte hinzu, daß sie, Scribonia, von Glück sagen könne, daß ihr nicht wegen Erregung öffentlichen Anstoßes der Prozeß gemacht werde. »Außerdem«, sagte ich, »habe ich deine Konversation dergestalt in Erinnerung, daß ich ihr freiwillig niemals irgendein junges Mädchen aussetzen würde, schon gar nicht meine eigene Tochter. Dir ganz allein, Scribonia, hast du den schmutzigen Unrat zuzuschreiben, in den du dein Leben hast münden lassen, aber ich werde dir keinesfalls erlauben, meine Tochter damit zu besudeln. Mehr noch: Da ich nun einmal dabei bin, dir zu schreiben, will ich die Gelegenheit, die ja wahrscheinlich nicht wiederkehren wird, ergreifen und dich darauf hinweisen, daß die Zeiten und die Sitten sich ändern. Ich würde dir raten, bei deinen Ausschweifungen größere Umsicht walten zu lassen.«

»Was für eine abstoßende Frau Scribonia doch ist«, sagte ich zu Octavia, als ich ihr davon erzählte.

»In der Tat«, antwortete sie. »Ich hoffe bloß, daß die liebe Julia nichts von ihren Neigungen geerbt hat.«

»Julia«, sagte ich, »ist vielleicht ein bißchen wild und leichtsinnig, aber sie hat ein gutes Herz.«

In diesem Herbst besuchte ich Gallien; Marcellus und Tiberius nahm ich mit, auf daß sie etwas über die Arbeit des Regierens lernten. Ich bin zu müde, um jetzt ausführlich von den Details meiner Administration und von der niemals endenden Aufgabe, die Ordnung im ganzen gewaltigen Reich aufrechtzuerhalten, zu berichten... Wie alle politische Arbeit ist sie nie vollendet. »Das Geschäft des Regierens«, sagte ich den Knaben, »ist das Dienen. Kümmert euch ums Detail. Vergeßt euch selbst. Die einzige Befriedigung besteht in der Arbeit an sich, der einzige Lohn in der Fähigkeit, die Arbeit fortzusetzen. Es ist unsere Aufgabe, den Barbaren Recht und Zivilisation zu bringen. Die wahren

Helden unseres Reiches sind die zahllosen Administratoren, die der Geschichte ewig unbekannt bleiben werden. Bedenket, daß ihr nur so wirkungsvoll sein könnt wie eure Untergebenen, denn es liegt in der Natur der Dinge, daß vieles an sie delegiert werden muß. Erwählt euch eure Leute daher mit Sorgfalt.« Wann immer wir von diesen Dingen sprachen, schwieg Tiberius. Anfangs glaubte ich ihn gelangweilt oder gleichgültig. Marcellus hingegen war voller Fragen und Vorschläge.

Eines Abends, in Gallien, fragte er etwa: »Caesar landete auf der Insel Britannien, nicht wahr?«

»Das weißt du doch. Du hast seine Erinnerungen gelesen, oder?«

»Nicht viel davon, um ehrlich zu sein, Nonkel; er ist ein pesthaft öder Schreiber.«

Tiberius knabberte an einem Rettich. »Er ist höchst glanzvoll«, befand er, »und die Schilderungen der Schlachten klingen durchaus echt. Nur eines: Er muß immer selbst der Held sein. War er wirklich so?«

»Ja, aber«, unterbrach Marcellus, bevor ich darauf antworten konnte, »mir gefällt, was man da über die Insel Britannien hört. Es gibt Perlen dort, heißt es, und die Krieger malen sich blau an. Warum führen wir Caesars Werk nicht fort und erobern die Insel?«

»Was meinst du dazu, Tiberius?«

Tiberius errötete und fing an zu stammeln. »Ich weiß nicht, Herr, manchmal kommt es mir so vor, als ob unser Reich groß genug wäre, wie es ist. Wäre es nicht am besten, wenn wir es erst mal konsolidieren, bevor wir uns wieder ein Stück abbeißen?«

»Du bist wirklich ein altes Weib«, sagte Marcellus.

Ich achtete Tiberius' Vorsicht und pflichtete ihm bei. Aber mein Herz flog zu Marcellus. Die Jugend muß hitzköpfig sein, ganz wie er es war. Tiberius zog sich, vielleicht weil ich meine Vorliebe nicht verbergen konnte, mehr und mehr in sich selbst zurück. Aber ich sagte auch: »Caesar war ein Abenteurer. Die Eroberung Britanniens wäre wertlos, denn die Insel ist beständig in Nebel gehüllt, und ich hege ernste Zweifel, was den Wert der Perlenfischerei dort angeht...«

»Aber es wäre ein Abenteuer, Nonkel...«

Ein Brief von meiner Schwester Octavia:

's ist schon kurios, Bruder, daß wir es heute anscheinend leichter finden, schriftlich miteinander zu verkehren, wenn ein Abstand zwischen uns liegt, als bei unseren Zusammentreffen. Ich glaube, ich weiß, warum. Antonius' Schatten fällt zwischen uns. Du kannst mich nicht sehen, ohne an Antonius und an das Unrecht zu denken, das du mir angetan hast, indem du mich zwangst, ihn zu heiraten. Ich bedaure es natürlich nicht restlos. Es ist schließlich etwas, die Gemahlin eines Mannes wie Antonius gewesen zu sein, so lasterhaft und lächerlich er in vieler Hinsicht auch war, und so verkommen er geworden ist. Zudem habe ich meine Töchter, die beiden Antonias, und sie sind die Freude und der Trost meines Lebens, da nun meine Kinder aus erster Ehe ihr Heim verlassen haben.

Was mich zu deinem Brief bringt, und zu dem Vorschlag, Marcellus solle deine Tochter Julia heiraten. Als erstes, das muß ich sagen, dachte ich: »Das kommt überhaupt nicht in Frage.« Ich muß zugeben, daß der Anlaß für diese Reaktion natürlich Livia war. Ich sagte mir: »Livia wird toben.« Ich gebe natürlich nicht vor, als bloßes Weib genau zu begreifen, was für eine Verfassung du da begründet hast oder wie sie sich nach deiner Hoffnung entwickeln wird,

aber es ist sogar für mich ganz offenkundig, daß Marcellus, wenn er Julia heiratet, zu einem gewissen Grad dein Erbe sein wird, und ich habe keinen Zweifel daran, daß Livia gern Tiberius oder ihren jüngeren Sohn Drusus in dieser Position sähe. Ich möchte nicht, daß Marcellus zum Anlaß für einen Zwist in deiner Ehe wird. Verstehst du das?
Es gibt noch andere Dinge anzumerken. Zum einen: Marcellus ist sehr jung. Ich meine nicht nur an Jahren, sondern auch, was seine Einstellung angeht. Leider muß ich die Schuld daran zum Teil dir geben, Bruder, denn es gibt keinen Zweifel daran, daß du ihn verwöhnt und verzärtelt hast. Er hat sich noch nie um irgend etwas bemühen müssen. Du hast ihm alles auf einem Silbertablett präsentiert. Ich fürchte, das ist eher schlecht für den Charakter. Ich weiß, du hast es aus den allerbesten Gründen getan, denn du liebst ihn, und vielleicht hast du auch das Gefühl, daß du ihn, indem du mein Leben in eine Form preßtest, irgendwie des Vaters beraubt habest. Dazu kommt natürlich, daß du keinen eigenen Sohn hast, obgleich ich finde, daß du dich damit nun abfinden und Tiberius und Drusus als deine Söhne betrachten solltest. Aber was mir Sorgen macht, ist die Möglichkeit, daß die Ehe mit Julia ihm in den verworrenen, wenn auch hübschen Kopf steigen könnte.

Und dann – was ist mit meinem Schwiegersohn Agrippa? (Oh, es ist lächerlich, einen Schwiegersohn zu haben, der älter ist als ich selbst.) Aber was wird er zu dieser Ehe sagen? Wird er sie nicht in gewisser Weise als eine Bedrohung seiner Position als deine rechte Hand empfinden? Ich weiß, ich bin hilflos in diesen Dingen, aber der Gedanke kommt mir unwillkürlich.

Gewöhnst du dir nicht vielleicht allmählich an, zu glauben, du könntest das Leben anderer Menschen manipulieren? Einfach, um es deinen eigenen Bedürfnissen anzupassen?

Ich hoffe, du achtest auf deine Gesundheit. Du weißt, wie anfällig sie ist. Mir geht es, abgesehen von einigen Wehwehchen, gut. Sag den Jungen einen lieben Gruß von mir. Laß nicht zu, daß Marcellus andauernd Tiberius neckt; er neigt dazu. Du wirst wahrscheinlich immer auf Marcellus' Seite stehen, weil du ihn liebst und weil du Tiberius nicht liebst. Um so mehr Grund hast du, Tiberius zuzuneigen – und versuche, versuche Marcellus nicht zu verwöhnen. Sieh zu, daß er manchmal Dinge tun muß, die er nicht tun will. Das ist gut für ihn.

Sogar Octavia, dachte ich da, versteht mich nicht.

Ein Brief von Livia:

Ich glaube, mehr kann ich nicht ertragen. Ich schlage vor, daß du dich von mir scheiden läßt. Wenn Frauen die Scheidung einreichen dürften, würde ich es tun. Wie würde dir das gefallen? Überhaupt nicht, möchte ich meinen. Aber nur eine solche Tat könnte deinen Hochmut vielleicht durchbrechen.

Jedesmal wenn wir uns wieder geeinigt haben, nimmst du an, daß von diesem Augenblick an alles vergeben ist und du wieder genau das tun kannst, was du willst. Nun, aber diesmal bist du zu weit gegangen. Nur weil ich dir wieder erlaube, mit mir zu schlafen, brauchst du noch nicht zu glauben, daß ich meine Meinung revidiert hätte. Kein bißchen. Sieh das ein.

Was du da vorhast, ist lächerlich und beleidigend. Und du tust es, ohne dich mit mir zu beraten. Dir liegt nicht einmal Julias Interesse am Herzen, denn sonst wäre dir klar, daß Marcellus der denkbar schlechteste Mann für sie ist. Sie sind zwei alberne, hübsche, verantwortungslose Kinder, beide zerfressen – falls du meine Meinung erfahren möchtest, was wahrscheinlich nicht der Fall ist; du erfährst sie aber trotzdem – von Eigenliebe. Was für eine Ehe würde dabei herauskommen? Eine Katastrophe.

Aber das ist nicht alles. Sie – wie wir alle – sind ja keine Privatpersonen. Man sollte meinen, daß dir in deiner Position so etwas klar ist. Anscheinend ist es das aber nicht. Ich weiß es natürlich seit meiner Geburt, und du natürlich nicht, aber ich hätte doch denken mögen, daß du es inzwischen gelernt habest. Andererseits habe ich oft den Eindruck, daß zwei Menschen in dir stecken. Auf der einen Seite haben wir den Staatsmann, und ich muß zugeben, daß du in dieser Rolle ein gutes Bild abgibst, vor allem, wenn du bereit bist, auf einen guten Rat zu hören. Ich bin immer noch stolz auf das, was du für Rom getan hast. Aber jetzt bist du bereit, das alles zu zerreißen, bloß aus Gefälligkeit gegen einen Knaben mit leerem Kopf, in den du vernarrt bist (ich sage, mit leerem Kopf, weil ich niemals irgendein Anzeichen der Intelligenz gesehen habe, die er deinen Behauptungen zufolge besitzt – einen flinken Witz und eine sympathische, wenn auch ziemlich alberne Phantasie, ja, aber keinen tiefen oder durchdringenden Intellekt), und ein verwöhntes Gör von einem Mädchen. Begreifst du nicht, daß jede Heirat innerhalb der Familie von politischer Bedeutung ist? Vermutlich nicht. Du kannst doch sicher nicht dermaßen benebelt sein, daß du dir Marcellus als Princeps vorstellst? Außerdem – was, glaubst du, würde Agrippa dazu sagen? Gar nicht zu reden von meinen Claudier-Vettern und all den Ex-Konsularen, die nur auf einen Fehltritt von dir warten, um von neuem die große Sache ihrer »Freiheit« zu verkünden. Du weißt, was ich von Agrippa halte; er ist ein grobschlächtiger Emporkömmling mit schlechten Manieren, aber er ist zumindest verständig. Er ist ein Soldat und ein Mann, kein alberner Knabe.

Du machst mich wirklich krank. Wie gesagt, lasse dich nur von mir scheiden, wenn du willst. Lieber bin ich geschieden, als daß ich dies verdaue.
Julias Interesse liegt dir nicht am Herzen, so sehr du sie umgurrst und besabberst. Wäre es so, würdest du einsehen, daß sie einen starken Mann braucht, der sie beherrschen und dafür sorgen kann, daß sie sich anständig benimmt, und nicht diesen Pfau von einem Knaben. Tiberius würde vielleicht mit ihr fertig werden, aber meinem eigenen Sohn würde ich sie nicht wünschen.
Ich nehme an, du hast Octavia bereits von deinen Plänen geschrieben, und ich nehme an, sie ist ganz aus dem Häuschen. Nun, sie wird eines anderen belehrt werden. Ich lasse es nicht zu. Das schwöre ich.

Es ist schade, daß mein erster Brief und meine Antworten verschwunden sind. (Sie gingen bei einem Brand in meinem Zelt in Flammen auf, wenn ich mich recht erinnere.) Ich frage mich, war es das Ansinnen an sich, oder war es eher die Art und Weise, wie ich es zum Vortrag brachte, was solchen Zorn hervorrief. Und was konnte ich in meiner Antwort an Livia geäußert haben, um mir eine solche Erwiderung einzuhandeln?

So: Du weigerst dich, mir die Scheidung zu geben.
Typisch.
Du schlägst meinen Rat in den Wind. Du machst dir nicht einmal die Mühe, dich zuvor mit mir zu beraten; du schreibst mir einfach, was du zu tun beabsichtigst.

Du hast wirklich höchst sonderbare Vorstellungen von der Ehe. Ich will dir, geduldig und in aller Ruhe, sagen, wie ich diese Institution verstehe. Da du meinen Wunsch nach Scheidung zu mißachten beliebst, würdest du gut daran tun, mir zuzuhören. Sonst werde ich auf irgendeine Weise bewerkstelligen, daß ich dich verlassen und dieser Komödie ein Ende machen kann.

Wir sind Römer, keine schmierigen, abscheulichen Orientalen. Die Frau und Mutter hat stets einen bedeutenden, geachteten und anerkannten Einfluß in der Familie gehabt. Nach dem Gesetz ist der Mann das Oberhaupt, und ich kann dich nicht zwingen, meinem Rat zu folgen. Gleichwohl ist es Tradition bei uns, daß die Ehefrau in familiären Dingen großen Einfluß hat. Die Ehe ist eine Partnerschaft zwischen Gleichrangigen, und obwohl ich natürlich von besserer Geburt bin als du, habe ich doch nie behauptet, etwa mehr als nur deinesgleichen zu sein. Das muß dir klar sein. Ich verlange nichts Außergewöhnliches, sondern nur das, was mir zusteht: Daß du meinen Rat suchst, daß du ihn wohlerwägst, und daß du, wenn er gut ist (und ich will kühn behaupten, daß du ihn meistens für gut befinden wirst), nicht zu stolz bist, danach zu handeln. Das ist meine Einstellung zu dir. Ich würde in keiner wichtigen Angelegenheit jemals etwas unternehmen, ohne dir vorher alles vorzutragen. Ich habe dich nie belogen oder zu täuschen versucht. Und so sollte es zwischen Mann und Frau auch sein. Es ist aber nicht, wie ich betrübt habe erkennen müssen, deine Art. Du ziehst es vor, alles für dich zu behalten und zum Geheimnis zu machen, deine Pläne in deiner Brust zu verschließen, während sie reifen, und sie mir dann unversehens zu eröffnen, als wären sie längst über den Punkt des Widerspruchs oder der Diskussion hinausgediehen. Du verlangst stets, daß ich deine Vorhaben hinnehme, als wären es vollendete Tatsachen. Nun, deine Geheimniskrämerei und deine Liebe zur Täuschung widern mich an. Und sie bereiten mir Schmerz wie ein Dornengestrüpp, das mein Herz umwuchert, oder wie der giftige Efeu, der sich ans Mauerwerk heftet und es tückisch zerfrißt. Ich kann nicht leben ohne Offenheit und Ehrlichkeit, aber du scheinst zu beidem nicht fähig zu sein. Du redest von deiner Liebe zu mir – oh, mühelos, aber da du mir nicht vertraust, kann mir die Liebe nicht teuer sein, die du mir erklärst. Im Gegenteil, je mehr dein Verhalten deinen Reden widerspricht, desto mehr verabscheue und verachte ich dich.

So: Verstehst du, was ich sagen will? Ich sage dir, du machst unsere Ehe zu einem Hohn.

Und nun will ich insbesondere noch einmal zu dieser absurden und gefährlichen Heirat zurückkehren, die du da vorschlägst. Ich habe dir gesagt, daß du von Marcellus verblendet bist und daß du ihn in hohem Maße überschätzt. Du wirst niemanden finden, der hierin nicht meiner Meinung wäre. Ich weiß, daß du denkst, ich sei eifersüchtig auf den Jungen, aber das ist dein eigenes schlechtes Gewissen, das für dich nach Ausreden sucht. Ich beurteile ihn gerecht, wie ihn die meisten deiner Bekannten auch beurteilen. Du bist verblendet, und deine Urteilskraft, die gesund und scharfsinnig ist, wo deine Gefühle nicht beteiligt sind, übersieht seinen leichtfertigen Charakter und seinen wankelmütigen Verstand. Mehr noch, du schmeichelst ihm die ganze Zeit, und damit leistest du ihm keinen guten Dienst. Ich will noch weiter gehen. Weil du ihn als Jüngling liebst, machst du es ihm um so schwerer, zum Manne zu werden.

So: Verstehst du das?

Zweitens. Deine Verblendung macht dich zum Narren. Es kursieren häßliche Gerüchte aller Art über deine Beziehung zu Marcellus, die gleichen, die man sich über dich und Julius Caesar erzählte. Diesmal freilich ist deine Rolle umgekehrt, doch denkt niemand besser von dir, weil du nun der Verführer bist (für den man dich hält) und nicht der Verführte. Nur wenige denken in unseren degenerierten Zeiten schlecht von einem Mann, der griechischer Moral frönt und Knaben liebt, aber es denkt auch niemand gut von einem solchen Mann. Du hältst dawider, deine Liebe zu Marcellus sei lauter. Ich weiß es nicht; ich habe keinen Grund, dir zu glauben, aber vielleicht ist es so. Nur – es sieht nicht so aus, und nur wenige Leute, falls überhaupt jemand, glauben es dir. Wie ich höre, sind die Geschichten über deine Verblendung Witzthema Nummer eins auf allen Dinnerpartys. Siehst du denn nicht, daß du dich zu einer absurden Gestalt machst? Siehst du nicht, daß diese Beziehung, was immer die Wahrheit darüber sein mag, zu eng ist, als daß sie gut für dich, für Marcellus oder für deinen Ruf sein könnte? Es hat keinen Sinn, zu behaupten, du werdest die verleumderischen Reden verstummen lassen, wenn du den Jungen mit deiner Tochter vermählst. Tatsächlich wirst du sie damit nur ermuntern, um so widerlicher zu sprudeln.

So: Verstehst du das?

Drittens: Mit der Gunst, die du Marcellus zeigst – um es nicht schlimmer zu formulieren –, bist du ungerecht gegen Tiberius und im weiteren auch gegen Drusus. Als du mich heiratetest, übernahmst du die Verantwortung für meine Söhne, auch wenn du sie nie adoptiert hast, wie du es vielleicht hättest tun können. Du bist nicht nur in diesem speziellen Punkt ungerecht gegen Tiberius – indem du deine Vorliebe für deinen Neffen gegenüber deinem Stiefsohn so deutlich erkennen läßt –, sondern du bist allgemein ungerecht gegen ihn, weil du ihn beharrlich unterschätzt. Ich gebe bereitwillig zu, daß Marcellus einen gewissen Charme besitzt, dessen Tiberius ermangelt. Ein welterfahrener Mann wie du sollte sich indessen nicht dem Charme unterwerfen, wie du es tust. Wenn du Marcellus und Tiberius aufmerksam betrachtest, wirst du sehen, daß mein Sohn alle Tugenden hat, auf die es in der Welt wirklich ankommt und die deinem hübschen Neffen fehlen. Diese Tugenden aber sind: Intelligenz, Tapferkeit, Fleiß, regelmäßiges Betragen, Ausgeglichenheit und ein klarer Blick. Marcellus übertreibt, Tiberius nicht; Marcellus gibt auf, wenn etwas schwierig wird, Tiberius bleibt beharrlich; Marcellus ist hitzköpfig, Tiberius ist vorsichtig; Marcellus ist eigensüchtig, Tiberius hat ein Pflichtgefühl, das ihn ermutigt, sein eigenes Interesse in den Hintergrund zu stellen. Wie sollte ich nicht glauben, daß die Liebe dich blind macht, wenn ich sehe, wie du den wahren Charakter der Jungen ignorierst und das Hohle höher schätzt als das Solide?

Eines muß ich bekennen. Ich habe Octavia Unrecht getan. Ich dachte, sie habe gefördert, was du da vorhast; ich war sicher, sie werde es billigen. Aber das tut sie nicht. Als sie mich gestern aufsuchte, war ich zuerst zornig und hielt allerlei Argumente gegen diese Heirat bereit. Stelle dir meine Überraschung vor, als sie ohne Umschweife erklärte, sie hoffe nur, daß ich der Sache Einhalt gebieten könne. Sie sagte, sie habe dir in diesem Sinne geschrieben, und dafür bewunderte ich sie. Ihre Gründe unterscheiden sich freilich geringfügig von meinen, oder sie sind doch wenigstens anders gewichtet, aber im Gespräch stellten wir fest, daß eine sehr allgemeine Übereinstimmung zwischen uns beiden herrschte. Indes spricht sie natürlich als Mutter; es ist geziemend und recht, daß ihre mütterliche Pflicht in ihrem Herzen an erster Stelle steht. Sie ist sicher, wie sie dir auch mitgeteilt hat, daß Marcellus und Julia nicht für einander geeignet sind, eben weil sie einander zu ähnlich sind. Diese Ehe wäre schlecht für sie beide, denn sie würde bestärken, was immer ihre Schwächen sind. Ich weiß, du findest, ich sei ungerecht gegen Julia, und es kann sein, daß deine eigene Haltung gegen Tiberius von diesem Glauben provoziert wird. Aber ich bin nicht ungerecht. Ich beurteile sie gerecht. Ich gebe zu, daß wir von verschiedenem Temperament sind, aber ich habe mich doch immer bemüht, ihr gegenüber meine Pflicht zu erfüllen. Ich verkenne nicht, daß sie schön, charmant und geistreich ist, und bin bereit, sie dafür zu bewundern, aber ihren selbstsüchtigen und leichtfertigen Charakter beklage ich, und ich habe versucht, ihn zu bessern. Du hast diese meine Anstrengungen behindert und unterminiert und warst niemals bereit, anzuerkennen, daß mir immer nur das Beste für das Mädchen am Herzen lag.

Du glaubst natürlich immer, du wüßtest es besser, aber selbst du mußt dich doch bemüßigt sehen, innezuhalten und die Sache neu zu überdenken, wenn du erkennst, daß deine Schwester und deine Frau in ihrer Gegnerschaft vereint stehen.

Ich hoffe, du hast noch nicht mit Marcellus selbst darüber gesprochen, und ich bitte dich, nicht an Julia zu schreiben. Aber wahrscheinlich ist das unnötig. Es würde gut zu dir passen, wenn du das Geschenk dieser Heirat gleichsam aus dem Hut zögest und ihnen präsentiertest. Ich bin übrigens gar nicht so sicher, daß deine kostbare Julia von deinem Plan begeistert wäre. Ich kann mir gar nicht vorstellen, daß ihr ein Mann willkommen wäre, der höchstwahrscheinlich die Aufmerksamkeit so sehr von ihr ablenken würde wie Marcellus.

Aber wenn du klug bist, wird der Beweis dafür nicht erst erbracht werden müssen!

Du sagst, du könntest niemals in Betracht ziehen, dich von mir scheiden zu lassen. Nun gut, dann muß ich mich fügen. Aber ich warne dich: So du willst, daß ich mich weiter wie eine Ehefrau benehme, wenn du wieder in Rom bist, dann mußt du mich auch wie eine Ehefrau behandeln, wie eine Partnerin, die du zu lieben behauptest, und nicht wie einen politischen Rivalen, vor dem du alles verbirgst, bis es in die Tat umgesetzt ist, um ihn so zu überlisten. Andernfalls wird mein Bett dir neuerdings verwehrt sein – und du weißt sehr wohl, daß ich mein Wort halte. Eines will ich dir lassen: Du bist nicht der Mann, der sich mir gegen meinen Willen aufzwingt...

Natürlich war es genau das, was Agrippa mir empfohlen hatte. Und Plancus hatte ebenfalls die Unverschämtheit besessen, mir eines Abends nach dem Essen, als er schon so tief ins Glas geschaut hatte, daß er das Maß seiner Dreistigkeit nicht mehr ermaß, zu sagen: »Ich höre, Caesar, daß Livia Allüren an den Tag legt, wie Frauen das manchmal tun. Nun, wenn du Hilfe brauchst – du weißt, ich bin bereit, dich zum Ersatz mit den verlockendsten Bettgenossinnen zu versorgen; ich habe immer noch Beziehungen nach Phrygien, und du weißt bestimmt, wie reizvoll und wollüstig die phrygischen Mädchen sind. Aber wenn du den Rat eines alten Kämpfers annimmst, der in den Schranken der Venus siegreich geblieben ist, dann wirst du dir diesen Unfug nicht gefallen lassen. Die Weiber schulden uns ihren Körper zum Entgelt für den Schutz und den Luxus, den wir ihnen gewähren. Das weiß jeder, und unsere Ahnen pflegten dieser

Erkenntnis entsprechend zu handeln.« Ich ließ es natürlich hingehen; die beleidigenden Reden Betrunkener sind es nicht wert, daß man sich um sie bekümmert.

Meine liebe Livia – im Zorn entglitt sie mir schneller als ein gekochter Spargel. Mein erster Gedanke war, ihr zu schreiben, sie solle keine solche Runkelrübe sein, aber ich besann mich und antwortete ihr statt dessen, soweit ich mich entsinne, in besänftigendem Ton. Meine Absicht blieb unverändert: Marcellus sollte in der Tat Julia heiraten.

Wie, so wird man vielleicht fragen, brachte ich es zuwege? Es ist schwer, eine genaue und zufriedenstellende Antwort zu geben. Ich ließ die Sache für ein paar Monate auf sich beruhen, ohne indessen Livia oder meiner Schwester zu sagen, daß ich es mir anders überlegt hätte. Dann schrieb ich Livia aus Spanien, wohin wir uns begeben hatten, um einen lästigen Aufstand der Bergstämme niederzuschlagen, einen Brief, in dem ich mich lobend darüber äußerte, wie Tiberius sich entwickelt habe. »Ich habe keinen Zweifel daran«, schrieb ich, wie ich mich erinnere, »daß er ein großer Diener Roms werden wird. Er zeigt eine Bereitwilligkeit, jedes Detail zu meistern, die ganz und gar lobenswert ist, und mit Freuden berichte ich dir, daß er mit seinem bewundernswerten Vorbild Marcellus dermaßen beschämt, daß auch dieser sich mit größerer Aufmerksamkeit den Dingen widmet, die notwendig sind, ihn aber nicht unmittelbar reizen.« Dann, ein paar Wochen später, pries ich Tiberius wiederum, und in denselben Brief fügte ich eine beiläufige Bemerkung über die Aussichten für eine Heirat zwischen Marcellus und Julia. »Natürlich«, fügte ich hinzu, »kommt es angesichts der von dir vorgetragenen Meinung überhaupt nicht in Frage, daß dieses geschieht, ehe alles restlos erörtert worden ist. Um meinetwillen hoffe ich, daß du dich mit dieser Vermählung wirst versöhnen können, aber ich habe nicht die Absicht, die Harmonie der Familie zu stören, indem ich irgendwelche Maßnahmen gegen deinen Wunsch durchsetze.«

Damit begnügte ich mich. Ich hatte das Saatkorn gepflanzt. Es war hartnäckig wie ich selbst, und es würde wachsen. Dabei stimmte, was ich gesagt hatte. Marcellus reifte in der Tat. Der Jüngling, der nach Rom zurückkehren würde, war nicht der manchmal wirrköpfige und unbekümmerte Knabe, der es verlassen hatte. Aus Taktgründen schrieb ich diese Veränderung dem Einfluß des Tiberius zu, aber das war natürlich Unsinn. Ich selbst war es, der Marcellus formte und ihn lehrte, daß nichts Lohnendes auf dieser Welt ohne Fleiß erworben werden kann.

Das Jahr, das ich in Spanien verbrachte, hatte seine bitteren Momente. Die Gesundheit des Reiches hing von seiner finanziellen Stabilität ab. (Dies ist ein Faktum der Art, wie sie die alten Republikaner, die die Provinzen ausbluteten, zu erkennen verschmähten.) Einen großen Teil meiner Zeit in Gallien hatte ich darauf verwandt, das Steuersystem zu ordnen; in Spanien war ich damit befaßt, die Silberminen zu sichern. Mein Feldzug gegen die alpinen Salassi zielte darauf ab, die Kontrolle über die Goldförderung in ihren Bergtälern zu erringen. Aber der Schlüssel zur finanziellen Gesundheit des Reiches lag in Ägypten, dem Land der unerschöpflichen Ressourcen. Eingedenk seiner Bedeutung hatte ich Ägypten unter meiner eigenen Herrschaft belassen und einen alten Freund, Cornelius Gallus, zum Präfekten ernannt. Ich hatte allen Grund, Gallus zu vertrauen, denn er war ein Mann von rarer Intelligenz, der viele Jahre lang an meiner Seite gekämpft und sich als erfindungsreich und zuverlässig erwiesen hatte. Er war auch ein Freund Vergils, und eine bessere Empfehlung wußte ich nicht.

Und doch kann man nie mit Sicherheit sagen, wie ein Mann auf veränderte Umstände reagieren wird. Unter meinen Augen hielt Gallus' Klugheit seine fruchtbare Phantasie im Zaume. Mit einem Kommando betraut, daß ihm nach seiner Deutung größere Unabhängigkeit bot, als tatsächlich der Fall war, kam es zu einer Umkehrung seiner Natur. Jetzt gewann seine Phantasie die Oberhand über die Klugheit. Vielleicht ist diese Interpretation fehlerhaft. Vielleicht war es eher so, daß die Natur sich zu ihrem Recht verhalf, daß hier der wahre Gallus zum Vorschein kam, befreit, wie er geglaubt haben muß, von den Fesseln der Abhängigkeit. Er fing an, sich wie ein Prokonsul der alten Republik aufzuführen, und zog gegen Saba zu Felde. Mit glühenden Worten schrieb er mir (nachdem dieses Unternehmen begonnen hatte), daß er einen mächtigen Schatz an Edelsteinen, Gold und Gewürzen aus dem fernen Herzen Arabiens heimbringen werde. Seine Männer litten qualvollen Durst auf dem langen Marsch durch die Wüste, und er konnte von Glück sagen, daß er sie wieder zurückbrachte, ohne daß es zur Katastrophe kam; aber einen Schatz brachte er nicht mit. Ich schrieb ihm und drängte ihn, mehr Umsicht walten zu lassen. Er schlug meinen Brief in den Wind; ohne auch nur zu antworten, marschierte er südwärts auf Äthiopien und gab bekannt, er werde die Quellen des Nil erforschen. Agrippa versicherte mir in einem Brief, Gallus habe den Verstand verloren, und ein Senator – ich habe vergessen, wer es war – erhob formelle Anklage gegen ihn. Ich war entsetzt und entließ ihn aus seinem Amt, verbot ihm aber – um seiner eigenen Sicherheit willen, für die ich im Angesicht des erzürnten Senats nicht garantieren konnte –, nach Italien zurückzukommen... Der Senat erklärte ihn in meiner Abwesenheit für verbannt und sein Vermögen für beschlagnahmt. Als Gallus das hörte, wartete er meine Reaktion nicht ab, sondern beging Selbstmord. Ich hatte ihm ein solches Schicksal nicht gewünscht. Wie hätte ich es können? Was immer er getan hatte, meine Zuneigung hatte er nicht verwirkt. Ich weinte, als ich die Nachricht bekam; war ich denn der einzige Mensch, auf dessen Stirnrunzeln der Tod folgte? Der die Folgen seines Unmutes über einen Freund nicht begrenzen konnte?

Gallus hatte sich selbst zu Ehren Statuen errichtet, und er hatte prahlerische Inschriften in die Pyramiden Ägyptens meißeln lassen. Er hatte eine hohe Säule aufgestellt und darauf verzeichnet, er sei mit seiner Armee über die Katarakte des Nil hinauf vorgedrungen, wohin bisher weder das römische Volk noch die Könige Ägyptens ein Heer entsandt hätten. Er erwähnte nichts von der Sinnlosigkeit und den Kosten dieser Expedition. Die verfluchte Verdorbenheit Ägyptens, die die Realität verzerrte, hatte vielleicht seinen Verstand zerstieben lassen. Hierauf beschloß ich jedenfalls, daß jenes furchtbare, aber notwendige Land meiner unmittelbaren Regierung unterstehen müsse.

Vielleicht war es meine offenkundige Trauer, was Livias Herz anrührte. Jedenfalls stellte sie plötzlich und zu meiner großen Freude ihren Widerstand gegen eine Heirat zwischen Marcellus und Julia ein. So kam es mir damals vor. Doch leider gab es dunklere Gründe.

Wie man sich über seinen Gang durch das Leben doch täuschen kann. Es ist, als wanderten wir auf einem Pfad, der durch düsteren Wald gebahnt ist. Weil wir auf diesem Pfad bleiben und so vorankommen können, glauben wir unser Geschick in der Hand zu haben. Aber der Wald ringsumher bleibt unbekannt und feindselig, und wir ahnen nicht, welche Gefahren nur wenige Schritte abseits des Pfades lauern.

III

Ich wurde krank in Spanien im Frühjahr 24; es war ein Fieber, das nicht weichen wollte. Ich mußte den Oberbefehl über die Armee dort an meine Legaten übergeben, an C. Antistius Vetus und P. Carisius, vernünftige Männer, die sich an meine Feldzugspläne hielten und die Rebellenstämme unterwarfen. Ich ließ daher die Tür des Janus-Tempels verschließen, um der Stadt zu zeigen, was ich für Rom getan hatte, und um meine Gegner von den beispiellosen Segnungen des Friedens zu überzeugen. Unterdessen kurte ich in den pyrenäischen Bergen und begann, am Fragment einer Autobiographie zu schreiben, die ich Agrippa und Maecenas widmete. Weit kam ich nicht damit, aber ich sollte später bei jenem Buch darauf zurückgreifen, das ich zur Erbauung und, wie ich hoffte, auch zum Vergnügen meiner Söhne Gajus und Lucius schrieb.

Auch nur ihre Namen niederzuschreiben, schmerzt mich. Wie soll ich ihr Leben behandeln? Besser wäre es vielleicht, es bei diesen letzten gemurmelten Worten diesseits des Grabes zu belassen. Doch es ist meine Pflicht vor den Göttern, vor Livia, vor dem Schatten Vergils und schließlich auch vor meinem eigenen Ruf, nicht davon abzulassen.

Eben ist ein Brief von Tiberius gekommen; er versichert mir, am Rhein sei alles ruhig. Das Alter wäre unerträglich, wenn ich ihn nicht hätte. Sollte er sterben, auf wen könnte ich mein Vertrauen dann noch setzen?

Vertrauen... das Wort bedrückt mich. Jagende Eulen schreien vom Aventin; Gestank vom Flusse steigt mir in die Nase. Sklaven sehen meine graue Miene und meinen säuerlichen Blick, und sie drücken sich in käsig bleicher Angst im Palast herum – als würde ich mein Elend und mein Mißbehagen an ihnen austoben. Daß ich das erleben muß! Oh, am Rhein mag alles ruhig sein, ich bin sicher, es ist so, Tiberius würde nicht lügen, nur um mich zu trösten, auch wenn er wohl weiß, wie wenig Trost ich heute noch irgendwo finde... ach, Varus, gib mir meine Legionen wieder! Ich habe nach Gallien geschickt: Man soll das kleine Mädchen suchen, das neben seinem Vater hergelaufen ist. Ich werde sie und ihre Mutter, falls sie noch lebt, in Livias Obhut geben.

Ist es irgendein Urteil, demzufolge die Götter mich im Alter verlassen haben? Sechzig Jahre lang war ich ein Günstling Fortunas, nur um in meinen letzten Tagen allen Glücks beraubt zu sein.

Vertrauen... das Leben ist ein hohler Kürbis ohne Vertrauen, Vertrauen in die Familie, Vertrauen in Freunde, Vertrauen in die eigene Integrität und die Integrität anderer... Vertrauen darauf, daß die eigene Gutwilligkeit Anerkennung finden werde. Aber solches Vertrauen ist Hohn; es verhöhnt den, der es hat, und das, worauf er vertraut. Es verleugnet die scharfen Gelüste des Menschen.

Ich kehrte, müde und immer noch ein wenig fiebrig – eine furchtbare Reise –, im Herbst jenes Jahres nach Rom zurück. Ich wählte Terentius Varro Murena zu meinem Kollegen im Konsulsamt. Seine Schwester Terentia war Maecenas' Frau, und er selbst hatte als Befehlshaber der Legionen, die ich gegen die Salassi entsandt hatte, seine

Sache gut gemacht. Hätte ich ihn jedoch auch zum Konsul gemacht, wenn Terentia mich nicht gebeten hätte, es zu tun? Sie hatte feuchte braune Augen, und ihr Haar hatte die Farbe von Bucheckern, und als ich kam, Maecenas zu besuchen, war sie verzweifelt. Obgleich wir einander kaum kannten, erzählte sie mir von ihrem Unglück. Sie hatte von den Vorlieben ihres Mannes nichts gewußt, als die Ehe in die Wege geleitet worden war; im ersten Jahr hatte sie dann nicht geglaubt, daß diese Vorlieben so ausschließlich sein könnten. Während sie mir davon erzählte, schwammen ihre Augen in Tränen. Sie lag rücklings auf dem Sofa und sah mich an, und ihre Brüste wogten. Ihr Gewand war an der rechten Seite geschlitzt, und sie ließ es herunterfallen, um die lange, geschwungene Linie ihres Schenkels zu enthüllen. Alles in ihrer Haltung schrie mir entgegen: »Komm und vergewaltige mich; siehst du denn nicht, daß ich vor Entbehrung sterben werde, wenn du es nicht tust?« Ich lächelte sie an, und da durchquerte sie das Zimmer und setzte sich auf meinen Schoß und stieß mir die Zunge in den Mund. Sie war braun und warm und eifrig und unkompliziert. Ich spürte die Grausamkeit dessen, was wir den Frauen aufbürden, und ging sanft mit ihr um. Als alles vorbei war – und in ihrem ausgehungerten Zustand war unser erster Liebesakt so kurz wie bei zwei Hunden –, schluchzte sie erleichtert.

»Es hat keinen Sinn«, sagte ich, »zu hoffen, daß Maecenas... Du mußt akzeptieren, daß er Maecenas ist.«

»Diese abscheulichen kleinen gallischen Blondschöpfe«, sagte sie.

Ich küßte ihren Schmollmund und leckte ihr die Tränen von den Wangen. Es war der einzige Tag in jenem Jahr, an dem ich mich wohl fühlte, und wenngleich wir noch öfter miteinander schliefen, war es nie wieder genauso. Unsere

Affäre war kurz. Maecenas gegenüber hatte ich kein schlechtes Gewissen. Später geriet die Kleine, wie man sagt, auf die schiefe Bahn. Sie und Maecenas wurden Freunde, nachdem ich sie befreit hatte; er machte sie mit seinen Freunden im Theater bekannt, und sie ließ sich mit einem griechischen Tänzer namens Nikolides ein, der für seine Unmoral berüchtigt war. Leider errang sie im Laufe der Jahre mit ihrem eigenen Verhalten den gleichen Ruf. Livia und der Kreis ihrer Freundinnen sprachen nur mit Abscheu von ihr; sie sei, sagten sie, inzwischen kaum besser als eine gemeine Prostituierte. Sie fing an, stark zu trinken, und starb zwei Jahre vor Maecenas. Bis dahin hatte sie ihr gutes Aussehen weitgehend eingebüßt, das arme Ding. Ich pflegte von meinen Agenten allerlei schreckliche Berichte über sie zu empfangen, und wegen ihres unmoralischen Lebenswandels hätte man ihr sicher den Prozeß machen können. Das lehnte ich indes ab, und nicht einmal Livia wagte es, mich dazu zu drängen, denn sie fürchtete, ich könnte vermuten, daß ein solches Ansinnen in Wahrheit gegen Maecenas gerichtet sei. Das war natürlich überhaupt nicht der Grund; Maecenas hatte nichts damit zu tun. Ich hatte Mitleid mit dem armen Mädchen, weil ich einsah, daß eine Ehe mit Maecenas jede Frau verstört hätte. Nur einmal hatte ich Anlaß, sie zu tadeln. Das war, als man mir berichtete, sie habe sich einer Affäre mit Augustus gerühmt. Das konnte ich nicht zulassen, und ich sagte es ihr. Sie weinte wieder und erklärte, nicht für sich selbst habe sie Genugtuung gesucht, sondern für ihren Bruder. Das war lächerlich, und ich sagte es ihr in scharfem Ton. Wir waren nie wieder miteinander allein. Es ist eine traurige Geschichte. Ihr nußbraunes Lachen habe ich nie vergessen.

Einmal fragte ich Horaz, weshalb er Gedichte schreibe. »Es gibt zu viele Gründe«, sagte er. »Weil ich muß, ist vielleicht der einfachste. Aber einen Grund gibt es, der mir gefällt: Ich schreibe Gedichte, um zu bewahren, was sonst verlorenginge oder verkäme.« Wenn ich an die nußbraune Terentia denke, verstehe ich, was er meinte.

Ihr Bruder betrog mich.

Die Krise brach aus dem Nichts hervor. Der Prokonsul von Mazedonien, Marcus Primus, litt wie mein armer Gallus unter Irrungen, die jemanden, der nicht an die Macht gewöhnt ist, befallen können, wenn man sie ihm unklugerweise überträgt. (Aber es ist ja unmöglich, zu wissen, ob jemand für die Macht geeignet ist, bevor man ihm welche gewährt.) Er hatte nicht begriffen, daß die Tage der anarchischen Republik, da die Provinzstatthalter so wenig der Kontrolle unterworfen waren, daß sie häufig ohne Billigung des Senats Kriege führten, vorüber waren. So führte er einen Angriff gegen das Königreich Thrazien. Ich war verstimmt – nicht nur, weil er auf eigene Faust gehandelt hatte, sondern auch, weil ich nicht den Wunsch hatte, die Republik an dieser Grenze in einen Krieg zu verwickeln; in der Tat störte er mit seinem Unternehmen heikle diplomatische Erörterungen, die gerade im Gange waren. Natürlich war es zugleich ein Affront gegen die Würde des Senats. Primus wurde wegen Hochverrats angeklagt. Er besaß die Unverfrorenheit, zu behaupten, er handele auf meine Anweisung. Ich erschien persönlich im Zeugenstand, um das zu bestreiten, und der eitle Tropf wurde zum Tode verurteilt.

An dieser Stelle erhob mein Mitkonsul, Terentias Bruder, Protest. Primus sei sein Freund, teilte er mir mit, und er sei zutiefst beleidigt, weil ich das Verfahren überhaupt hatte stattfinden lassen. Überdies habe Primus kein Verbrechen begangen. Er handele zum höheren Ruhme des römischen Volkes.

»Wir können solche Privatinitiative nicht zulassen«, stellte ich fest. »Vor einer Generation hat derlei die Republik in die Knie gezwungen.«

Er lief rot an wie einer, der vom Wein berauscht ist, und schlug auf den Tisch.

»Du redest davon, die Republik wiederherzustellen, Caesar, aber das ist nicht mehr als scheinheiliges Geschwätz. Das sehe ich jetzt. Du läßt mich dieses leere Konsulsamt bekleiden, als repräsentiere es die Autorität der Republik, aber obwohl die beiden Konsuln nach allen römischen Traditionen von gleichem Status sind, stelle ich fest, daß ich eine Null bin, gut für gar nichts. Ein römischer General strebt nach Ruhm und Vergrößerung des Reiches, und du erklärst ihn zum Verräter...«

»Der Senat hat ihn zum Verräter erklärt...«

»Auch nur Geschwätz. Der Senat würde es nicht wagen, ein Mäuslein zum Dieb zu erklären, wenn du nicht mit dem Kopf dazu nickst...«

»Höre doch«, sagte ich, aber er war taub für alle Vernunft.

»Was du Autorität nennst, nenne ich Tyrannei«, rief er, und dann wandte er sich ab und marschierte aus dem Zimmer. Im Gehen hielt er den Kopf unnatürlich steif und hoch, wie ein Schauspieler, der würdevolle Empörung darzustellen wünscht. Ich war natürlich beunruhigt, und ich fragte Maecenas, was er von seinem Schwager wisse.

»Weniger, mein Freund, als du von meiner Frau weißt«, antwortete er.

»Könnte er gefährlich werden?«

Maecenas lächelte. »Ich hatte dich höher eingeschätzt, mein Lieber; solche Naivität hatte ich dir jedenfalls nicht zugetraut. Sie ist des Komödianten würdig, den du deinen Vater nennst. Denke nur an die Bande, die ihn ermordet hat, mein Entchen. Ich wage zu behaupten, daß er diese Frage selbst bei ihnen verschmähte, denn er verachtete Männer wie Casca und Decius Brutus. Aber im Verein waren sie gefährlich genug, um ihn zu Tode zu pieksen. Alle Menschen sind gefährlich, und die schwachen und dummen sind die gefährlichsten. Mein Schwager ist verschroben...«

»Verschroben?«

»Er liebt abstrakte Substantive.«

»Wie Freiheit.«

»Sein Lieblingswort. Sag ›Freiheit‹, und der arme Tölpel hat auf der Stelle einen Orgasmus...«

Ich ließ Timotheus kommen, den griechischen Jüngling, der uns in der Affäre um das im Tempel der Vesta verschlossene Testament des Augustus von Nutzen gewesen war. Er hatte inzwischen freilich die Mannesreife erlangt, war aber immer noch der gelockte und parfümierte Androgyn mit dem verführerischen Schulterschwung und den flatternden Wimpern. Gleichwohl hatte ich gelernt, ihn zu achten, denn bei mehreren Gelegenheiten hatte er sich als ungewöhnlich nützlich erwiesen. Tatsächlich war er in eine Vertrauensstellung in meinem persönlichen Sekretariat aufgestiegen, obwohl seine Aufgaben kaum die eines Sekretärs waren. Ich bin nicht stolz auf den Einsatz, dem ich Männer wie Timotheus zuführte (ich hatte vielleicht zwanzig von seiner Art in meinen Diensten), aber ich schäme mich auch nicht. In den alten Tagen der noch unverdorbenen Republik waren Spione und Geheimagenten natürlich unbekannt oder wurden doch allenfalls dazu verwendet, die ausländischen Feinde Roms auszuforschen. Aber seit mehr als einem Jahrhundert erachteten große Männer es inzwischen für notwendig, einen Nachrichtendienst zu unterhalten, und in meiner Position als Princeps hätte ich darauf nicht verzichten können. Es konnte mir ja kaum verborgen bleiben, daß viele, die mit der von mir wiederhergestellten Republik scheinbar zufrieden waren, in Wirklichkeit Groll hegten – einige aus familiären Gründen, andere, weil sie mit Eifersucht sahen, was ich erreicht hatte. Ich hätte meine Pflicht gegen die Republik vernachlässigt, hätte ich es mir nicht angelegen sein lassen, ein Auge auf subversive Elemente im Staat zu haben. Ich teilte Timotheus daher mit, daß ich einen umfassenden Bericht über meinen Mitkonsul zu erhalten wünschte, dazu eine Liste seiner Verbindungen und Notizen über diese, und das Ganze so schnell wie möglich.

»Das wird nicht schwer sein, Caesar«, sagte er. »Gleich, als du bekannt gemacht hattest, daß er dein Kollege sein solle, führte ich einen meiner Kontakte in seinen Haushalt ein. Offen gesagt, o Herr...«

»Ich habe dir gesagt, Timotheus, daß ich so nicht genannt zu werden wünsche...«

»Aber Caesar, ich bin nur ein armer griechischer Freigelassener«, versetzte er unter Windungen. »Ich betrachte dich als meinen Herrn, denn nur der edlen Großmut deines Charakters verdanke ich meine Manumission.«

»Laß es sein; ich finde es anstößig.«

»Verzeih, das tut mir leid. Wie gesagt, ich führte einen meiner Kontakte in seinen Haushalt ein. Du hast doch nichts dagegen, nicht wahr, daß ich in solchen Dingen auf eigene Initiative handele. Ich will gleich hinüberhuschen und mir einen Bericht von ihm geben lassen...«

»Sei auf der Hut, Timotheus. Es darf keinen Zusammenhang zwischen mir und diesen Ermittlungen geben.«

»Du kannst mir vertrauen. Ich bin so leise und vorsichtig wie eine Maus.«

Ich war beunruhigt. Meine Gesundheit ließ weiterhin zu wünschen übrig, und ich mußte in diesem Herbst mehrmals zur Ader gelassen werden, damit das fieberkranke Blut aus meinem Körper entfernt werde. In diesem zerrütteten Zustand war ich leichte Beute für bange Sorgen. Mir schien, daß die Stabilität, die ich für Rom angestrebt hatte, noch nicht erreicht sei. Livia sagte zu mir: »Sieh dich vor. Man tuschelt, Gemahl, und wo man tuschelt, blinken Dolche im Kerzenschein.« Über diese Bemerkung wunderte ich mich, denn Livia neigte sonst nicht zu melodramatischen Reden.

Ich brütete über den Tod, während ich auf den Bericht wartete, den Timotheus abfaßte. Julia kam zu mir und beschwerte sich über ihren Gatten. »Er ist so eingebildet, und er gibt sich keine Mühe, zu verbergen, daß er wenig Zeit für mich hat.« Ich bat sie, geduldig und pflichtbewußt zu sein. Ich hatte eine Gesetzesverordnung erlassen, die es Marcellus ermöglichen würde, noch in diesem Jahr zum Ädilen gewählt zu werden und zehn Jahre vor dem Erreichen des gesetzlich vorgeschriebenen Mindestalters für das Konsulat zu kandidieren (und selbstverständlich gewählt zu werden). Um Livia zu beschwichtigen, richtete ich es ein, daß auch Tiberius und Drusus fünf Jahre vor dem gesetzlichen Mindestalter in öffentliche Ämter gewählt werden konnten. Livia ließ sich damit kaum besänftigen, aber da Marcellus nun einmal mein erwählter Erbe war, konnte ich ja nicht gut zulassen, daß sie alle drei gleichrangig würden. Damit wäre der Zwist sicher gewesen.

Maecenas verriet mir, daß Agrippa sich über Marcellus' Beförderung ärgerte. »Er glaubt, der Junge wird ihm seinen Platz im Staat streitig machen«, warnte er mich. Ich stellte Agrippa zur Rede und versicherte ihm, daß er mein engster Gefährte sei und dies auch immer bleiben werde. »Aber Marcellus ist der Mann meiner Tochter«, sagte ich dann. »Es kann dich nicht wundern, daß ich ihn voranzubringen wünsche. Außerdem ist er auch dein Schwager.«

»Ja«, sagte er. »Und dein Mitkonsul steht im gleichen Verhältnis zu Maecenas.«

Die Beziehungen zwischen Agrippa und Maecenas hatten sich verschlechtert. Das große Abenteuer unserer Jugend hatten wir gemeinsam, aber die Erinnerung daran war nicht stark genug, um sie zu befähigen, ihr wachsendes Mißtrauen gegeneinander zu bewältigen. Beide Männer hatten sich charakterlich verhärtet, und jeder war dem anderen unsympathisch. Das war nicht der geringste Kummer in diesem schwierigen Jahr.

Report von Timotheus, Agent der Privatkanzlei: An Caesar Augustus. Vertraulich:

Der Konsul Terentius Varro Murena ist gewissenhaft in der Ausübung seiner offiziellen Funktionen. Niemand hat je gehört, daß er in der Öffentlichkeit ein Wort des Widerwillens auch nur gehaucht hätte. Er hat wenig Umgang mit seiner Schwester Terentia, und es ist nicht bekannt, daß er je im Hause seines Schwagers Maecenas gespeist hätte. Die Tatsache, daß er im vergangenen August eine Woche in der Villa des Maecenas in der Gegend von Cerveteri verbrachte, ist vielleicht von Bedeutung. Aber Maecenas war zu jener Zeit nicht anwesend, wiewohl er Berichten zufolge in der vorhergehenden wie auch in der folgenden Woche bei den Ahnengräbern seiner Familie in der Nachbarschaft geopfert hat.

Auf entsprechende Anweisung brachte ich in den Tagen nach meiner Unterredung mit dem Princeps einen Agenten im Haushalt Murenas unter. Das gleiche hatte ich natürlich bereits getan, als Murenas Konsulschaft verkündet worden war. Leider aber geriet mein erster Agent mit dem Majordomus des Konsuls in Streit und wurde wegen angeblicher

Trunkenheit und Insubordination entlassen. (N.N.: Ich habe inzwischen dafür gesorgt, daß dieser erste Agent auf die Galeeren transferiert wurde; es besteht somit keine Gefahr, daß er Anweisungen enthüllen könnte, die er über mich erhalten hat.) Sein Nachfolger war ein griechischer Knabe, da Murenas Geschmack, wie berichtet wird, eine entsprechende Neigung aufweist. (Es wird nicht außer acht gelassen, daß die Beschäftigung eines solchen Agenten ein gewisses Risiko birgt, und sei es nur, weil sich Umstände ergeben können, in denen er beginnt, eine gewisse Zuneigung zu dem Objekt seiner Beobachtung und nominellen Herrn zu empfinden und sich in der Folge zu unloyalem Verhalten versucht zu fühlen. In diesem Fall aber wurde das Risiko für gering erachtet, ein Urteil, das auf Erkenntnissen über den Charakter des fraglichen Agenten beruht.) Die Infiltration wurde erfolgreich vorgenommen. Der Agent erregte alsbald die Aufmerksamkeit seines Herrn und wurde zum Mundschenk bei privaten Speisefeierlichkeiten befördert. Dessen ungeachtet scheint es sich bei diesen Speisefeierlichkeiten um sittsame Veranstaltungen zu handeln. Es gibt keinen Grund, die Berichte des Agenten anzuzweifeln. In der Tat beklagte er sich in sichtbarem Maße pikiert über das laue Interesse der Zielperson, insofern als die Zielperson nichts weiter unternehme, als ihn nachlässig zu liebkosen...

»Welch ein Sumpf an Schändlichkeit«, sagte Agrippa. »Wie kannst du es ertragen, solche Leute zu beschäftigen?«

»Komm«, sagte ich. »Du selbst warst es doch, der mich auf Timotheus aufmerksam gemacht hat.«

»Deswegen stinkt er nicht weniger.«

»Und wenn schon. Lies weiter. Das Folgende wirst du interessanter finden, mehr nach deinem Geschmack und zur Sache.«

»Die verfluchten kleinen Arschficker. Ich würde die ganze Bande an die Rheingrenze schicken.«

»Ich bezweifle, daß wir dann vor den Germanen sicher wären. Jetzt lies schon weiter, und hör auf zu meckern.«

Der Agent berichtete, daß die Speisegesellschaften exklusive Männerveranstaltungen waren. Er stellte fest, daß es dabei ernsthaft zuging, und zunächst war er verwirrt über den Tenor der Gespräche. Bedauerlicherweise war er nicht restlos erfolgreich bei der Beschaffung einer vollständigen Liste mit den Namen derer, die bei den Parties dabei waren, obgleich er im Verlauf von zwei Wochen an sechsen teilnahm. Bei allen wurden er und die übrigen Bediensteten hinausgeschickt, wenn der Hauptteil der Mahlzeit vorüber war. Bei drei Gelegenheiten wartete er vor der Tür; zwischen seiner Entlassung und dem Aufbruch der Gäste vergingen jeweils mehr als drei Stunden.

Neben dem Konsul werden drei Männer als regelmäßig anwesend gemeldet. Sie wurden identifiziert als: Fannius Caepio, Lucius Primus und C. Aemilius Scaurus.

Anmerkungen zu den Obengenannten: Fannius Caepio ist ein Neffe des C. Fannius, der unter Sextus Pompejus in Sizilien diente und ihn nach seiner Niederlage dort nach Asien begleitete. Es ist nicht aktenkundig, wie er gestorben ist, aber es gibt nach Pompejus' Tod auch keine anderen Aufzeichnungen mehr über ihn. Fannius Caepio wurde von seiner Mutter großgezogen, deren Vater wiederum mit C. Cassius bei Philippi fiel. Infolge dessen gibt es auf beiden Seiten der Familie eine Geschichte der Unzuverlässigkeit. Der junge Fannius Caepio – er ist Anfang zwanzig – hat sich geringschätzig über diejenigen geäußert, die »in der Republik, wie sie jetzt konstituiert ist«, ein öffentliches Amt annehmen. Ist das nicht an sich schon ein Verratsvergehen oder doch wenigstens eine Beleidigung gegen Senat und Magistrat? Dem Charakter nach ist er gewalttätig, jähzornig und großsprecherisch, und er neigt zu Spiel und Trunk.

Lucius Primus ist ein Halbbruder des kürzlich in Ungnade gefallenen Konsuls von Mazedonien, M. Primus. Wenngleich L. Primus als ein Mann von schüchterner, ja, feiger Disposition geschildert wird, ist er doch erbost über die Verurteilung seines Halbbruders. Man hat ihn sagen hören, dies sei ein Beweis dafür, daß Rom unter einem orientalischen Despotismus zu leiden habe.

Q. Aemilius Scaurus ist ein Neffe des Stiefbruders von Sextus Pompejus, M. Aemilius Scaurus, dessen Leben geschont wurde und der nach der Schlacht bei Actium, in der er in Gefangenschaft geriet, seine Güter zurückerstattet bekam. Q. Aemilius Scaurus, der auch mit dem in Ungnade gefallenen ehemaligen Triumvir M. Aemilius Lepidus in Beziehung steht, ist als hochverschuldet bekannt. Von ihm hat man die Äußerung gehört, daß »nur eine echte Provinzstatthalterschaft im Stil der alten Republik mein Vermögen wiederherstellen kann...«

Agrippa blickte von seiner Lektüre auf. »Was für eine miese Bande.«

»Verräter sind sie offensichtlich alle. Aber sind sie gefährlich? Das ist die Frage.«

Schlußfolgerung: Es ist klar, daß diese vier unter ihren ausgedehnten Verbindungen und Bekanntschaften Sondierungen angestellt haben. Zwar gibt es vorläufig noch keinen *prima facie*-Beweis für eine Verschwörung, aber doch hinreichend stichhaltige Verdachtsgründe, die ein Eingreifen rechtfertigen. Alternativ wird empfohlen, einige von denen, die nur an einer der Speisegesellschaften des Konsuls teilgenommen und Angeboten, die ihnen dort gemacht wurden, abgelehnt haben, zu vernehmen. Eine entsprechende Liste ist in Anhang I beigefügt.

»Eine klägliche Mannschaft«, bemerkte Agrippa, als er die Liste überflog. »Kaum ein guter Mann dabei. Jedenfalls kein Marcus Brutus.«

Es ärgerte mich immer, daß Agrippa solchen Respekt vor Brutus hatte, aber ich ließ es hingehen.

»Anhang II ist als ›Streng vertraulich‹ gekennzeichnet«, sagte Agrippa.

»Lies, wenn du willst«, antwortete ich. »Ich bezweifle, daß wir daraufhin etwas unternehmen müssen. Er enthält Vorschläge für die Fabrikation von Beweismaterial. Wie alle Agenten liebt es Timotheus, Dinge zu provozieren, von denen er glaubt, daß sie nur schlummern. Du magst ihn nicht, aber er hat nicht nur Freude an diesem Spiel. Er zeigt auch bemerkenswerte Fähigkeiten. Aber wie gesagt, ich glaube nicht, daß so etwas nötig ist. Einer von denen auf der Liste wird singen. Es kommt nur darauf an, wen er versucht mit hineinzuziehen.«

»Du zweifelst also nicht daran, daß es sich um eine Verschwörung handelt?«

»Oh nein. Daran kann es doch keinen Zweifel geben, oder?«

»Könnte auch loses Schnapsgefasel sein, weiter nichts. Ich habe etwas dagegen, auf Berichte von Ratten wie Timotheus hin aktiv zu werden.«

»Aber leider liefern Ratten die besten Berichte.«

Agrippa nagte an seiner Lippe.

»Hör mal«, sagte ich, »das ist mir zuviel an Zufälligkeiten. Nichtsdestoweniger müssen wir behutsam zu Werke gehen. Deswegen habe ich Gnaeus Calpurnius Piso gebeten, herzukommen. Er müßte jeden Augenblick eintreffen.«

»Piso? Wieso den?«

»Ich werde doch einen neuen Konsularkollegen brauchen, oder?«

»Aber dieses alte Scheusal?«

Agrippas Verwunderung war an sich nicht verwunderlich. Piso war ein alter Feind. Ein massiger, dunkler Mann mit buschigen Brauen, hatte er sich Brutus und Cassius vor Philippi angeschlossen und tapfer dort gekämpft. Auch er war nachher ein Anhänger von Sextus Pompejus gewesen, hatte sich aber nach Pompejus' Niederlage in Sizilien mit dem Untergang der von ihm unterstützten Sache abgefunden und sich auf seine Ländereien in Latium zurückgezogen. Ich hatte ihn von meiner Senatssäuberung ausgenommen, weil ich seine Tugend bewunderte, aber meine Angebote hatte er zurückgewiesen, und er hatte es abgelehnt, ins öffentliche Leben zurückzukehren. Er hatte eine hohe Meinung von sich und ein ausgeprägtes Bewußtsein von seiner überlegenen Tugend. Kurz, er war ein Pinsel – und genau der Mann, den ich brauchte.

Als man ihn hereingeführt hatte, ließ ich ihm Wein vorsetzen. (Alle Pisos sind große Trinker und die meisten unfähig zu einem rationalen Diskurs ohne die Hilfe des Bacchus.) Er leerte ein Glas.

»Falerner«, stellte er fest. »Bißchen dünn. Mein eigener Wein ist besser.«

Er sah Agrippa an.

»Was macht der hier? Ich dachte, es handelt sich um eine vertrauliche Unterredung.«

»Vipsanius Agrippa ist mein engster Koadjutor«, erwiderte ich und verwandte ein altmodisches, ja, ein pedantisch altmodisches Wort, um ihn zu beschreiben. »Ich habe keine Geheimnisse vor ihm; er gehört zu meiner Privatsphäre.«

»Hmphm«, sagte er. »Na, niemand kann behaupten, daß er seinen Vater kennt.«

Bei einer solchen Bemerkung sträubten sich Agrippa noch immer die Nackenhaare. Ich legte ihm eine Hand auf den Ärmel.

»Seine Taten verleihen ihm den Ruhm, mit dem andere von ihren Ahnen bespiegelt werden«, sagte ich.

»Hmphm«, wiederholte er. »Ich weiß gern, wer die Ahnen eines Mannes sind, wenn ich mit ihm zu tun habe. Na, nun hast du mich einmal herschleifen lassen, Caesar, just da der neue Wein fertig ist. Ich hoffe, du hast einen guten Grund. Nämlich?«

Ich winkte Agrippa, sich zu setzen, und setzte mich auch selbst.

»Gefällt mir nicht«, grollte Piso. »Hier liegt ein Hauch von Triumvirat in der Luft.«

»Diese Zeiten sind vorbei«, versetzte ich. »Nichts würde mich mehr bestürzen als ihre Wiederkehr.«

Piso trank Wein. Sehr still war es; es ging auf Mittag zu, und die Sonne war heiß für die Jahreszeit.

»Hast du dich je gefragt«, begann ich, »weshalb du bei meiner Säuberung des Senats davongekommen bist?«

»Hmphm«, sagte er. »Was, wenn ich jetzt sage: ›Selbstverständlich nicht‹?«

»Ich wäre enttäuscht, weil ich deine Intelligenz falsch beurteilt hätte.«

»Ha!« sagte er. Diese Grunzer und Ausrufe gingen mir auf die Nerven, aber natürlich ließ ich mir davon nichts anmerken. Ich wartete, daß er weiterspreche, aber er schwieg und blickte starr auf sein Weinglas.

»Ich war nie darauf aus«, fuhr ich fort, »ehrliche Männer auszusondern – solche, die nach Grundsätzen handeln.«

»Süßholz, Caesar. Was willst du von mir?«

»Marcus Primus...« sagte ich.

»Was ist mit ihm?«

»Du hast seinen Fall verfolgt, nehme ich an. Was war dein Urteil?«

»Daß er ein Mann ist, dessen Urteilskraft... mangelhaft ist... ein Mann, der es nicht versteht, sich dem vorherrschenden Wind anzupassen.«

»Gut«, sagte ich. »Du sprichst, wie ich es von dir erwartet habe, Piso. Von einem Mann mit Verstand.«

»Schon wieder Süßholz.«

»Piso«, sagte ich, »wir sind alte Widersacher, aber ich achte dich. Ich werde dich nicht fragen, was du von mir hältst, denn dies hier und jetzt zu tun, wäre nicht anständig. Gleichwohl will ich dir doch eine Frage vorlegen, wenn es auch eine ist, die keine unmittelbare Antwort erfordert. Ich fordere dich auf, dir zu überlegen, ob der Zustand Roms und die Lage der Republik nicht heute glücklicher sind als damals, da wir oder gar unsere Väter jung waren. Wir haben Frieden, Recht und so viel Freiheit, wie es geben kann, ohne daß die Stabilität des Staats gefährdet wird. Ich fordere dich auf, nur dieses in deinem Herzen zu erwägen.«

Piso sagte nichts. Es war, als hätte ich nicht gesprochen. Er saß da, als wäre er taub für meine Worte. Natürlich war es möglich, daß er sie in seinen Gedanken bewegte, wie er jetzt den Wein in seinem Becher kreisen ließ.

Agrippa verlagerte sein Gewicht auf den Hinterbacken.

»Es gibt eine einfache Frage«, sagte er. »Wenn einige deiner alten... Bundesgenossen... an dich heranträten und die Absicht äußerten, den gegenwärtigen Zustand der Dinge umzustürzen, und sei es auf die Gefahr eines neuerlichen Bürgerkriegs – was würdest du sagen?«

Piso schenkte sich Wein nach.

»Hmphm«, sagte er. »Was für eine Frage in dieser Gesellschaft.«

»Also gut«, sagte Agrippa. »Ist man in dieser Weise an dich herangetreten?«

»Nein«, unterbrach ich, »nein, Agrippa, diese Frage ist nicht in Ordnung. Wäre ein solcher Antrag ergangen, könnten wir nicht erwarten, daß unser Gast als ehrenwerter Mann dir Antwort gibt, denn einerseits besitzt er den wohlverdienten Ruf der Ehrlichkeit, und andererseits würde kein Ehrenmann das Vertrauen verraten, das ein früherer Bekannter ihm hat zuteilwerden lassen.«

Agrippa stand auf. »Piso hat meine Abkunft in Zweifel gezogen«, sagte er. »Schön, dann wird er nicht überrascht sein, wenn ich jetzt erkläre, daß dieses Gespräch in Bahnen geführt wird, die für meinen Geschmack allzu vornehm verlaufen. Wir wissen, daß eine solche Verschwörung existiert...« Piso schenkte sich wiederum Wein ein; seine Hand bewegte sich so unerschütterlich sicher wie eine Legion bei einer Parade. »Du, Augustus, hast ihm einen Vorschlag zu machen. Bevor du das tust, scheint mir, haben wir das Recht, eine Antwort auf meine Frage zu verlangen. Um es anders zu formulieren und in eine Form zu bringen, die du vielleicht akzeptabler findest, Piso: Wo stehst du politisch?«

Piso runzelte die Stirn; dann sagte er in brutalem Gebrumm, das dem edlen Rhythmus der Verse nicht gerecht wurde:

»›Überglücklich die Bauern, wenn sie ihrer eigensten
Güter inne würden! Denn ihnen läßt fern vom Lärm
der Waffen Leben in Fülle gedeihen die allgerechte, die
Erde...‹

Als Sextus Pompejus zum Wolf wurde, empfand ich Abscheu. Als er nach Asien floh, weigerte ich mich, ihm zu folgen. Ich kehrte bereitwillig auf die Güter meiner Vorfahren zurück und lebe dort seither in Ruhe und Frieden. Ich habe das öffentliche Leben gemieden, denn, Caesar, bei allem Respekt vor dem, was du erreicht hast, bin ich doch zu tief verwurzelt in den Traditionen meiner Väter, als daß ich in deiner Neuen Ordnung einen Platz fände. Meiner Meinung nach macht sich der Mann, der zwei Weizenkörner wachsen läßt, wo vorher eines wuchs, ›der seinen Ölbaum hegt und seinen Ertrag noch verbessert‹, der einen besseren Wein keltert – und dieser Falerner, den du hier hast, ist in der Tat ein schändlich dünnes Stöffchen – um die Menschheit verdienter als Rechtsanwälte, Politiker, Rhetoriker und die ganze Bande von Intriganten und nobel klingende Platitüden hervorsprudelnden Schwätzern, die du noch in deinem gesäuberten Senat findest. Ich beackere meine Felder, baue meine Früchte an, pflege meine Weinberge und Olivenbäume. Ist diese Antwort zufriedenstellend? Und ich weiß nicht, weshalb man mich damit behelligt, sie zu verlangen. Hmphm.«

»Sie stellt mich zufrieden«, sagte ich. »Du sprichst wie der Mann, für den ich dich hielt. Du hast gefragt, was ich von dir will. Ich will, daß du mein Kollege als Konsul wirst...«

»Das ist absurd«, erwiderte er. »Zum einen habe ich dir gesagt, wo ich stehe. Ich bin heute ein simpler Bauer, nichts weiter. Und wenn du noch mehr von der Wahrheit hören willst: Ich verachte mittlerweile das ganze politische Spiel und halte es für einen selbstsüchtigen Schwindel. Zum anderen hast du bereits einen Konsul, und ich möchte annehmen, für die nächsten paar Jahre stehen sie schon Schlange – wie diese Dinge heutzutage, soweit ich es übersehen kann, gehandhabt werden...«

»Ich habe dir doch gesagt«, beharrte Agrippa, »wir verschwenden unsere Zeit...«

»Warte«, sagte ich. »Du hast natürlich recht. Ich habe einen Kollegen. Leider aber hat er sich als eine Enttäuschung erwiesen. Ja, er plant einen Staatsstreich. Deshalb wende ich mich an dich.«

»Ist das wahr? Und wenn – weshalb an mich?«

»Es ist wahr«, bekräftigte Agrippa. »Wenn Terentius seinen Willen bekommt, wird Rom wieder in das alte Chaos von Meuchelmord, Proskriptionen und Bürgerkrieg gestürzt werden.«

»Proskription ist ein Wort, das aus deinem Munde nicht gut klingt, Vipsanius«, bemerkte Piso.

Ich winkte ihm, mit mir zu kommen, und führte ihn aus dem Haus und auf die Terrasse, wo sich uns ein Blick über die Stadt bot. »Siehe«, sagte ich, »das wohlgeordnete, betriebsame, friedliche Leben Roms. Hör zu«, fuhr ich fort und begann ausführlich zu reden. Ich erzählte ihm, was mir wertvoll war: Friede, Ordnung, ein anständiges Leben. Ich erinnerte ihn daran, wie ich die Republik wiederhergestellt hatte. Er zog die Stirn kraus, und ich sagte: »Ja, Piso, ich habe tatsächlich die Republik wiederhergestellt. Es ist vielleicht nicht genau die gleiche Republik, die unsere Väter kannten. Das gebe ich zu. Ein gewisses Maß an Freiheit ist beschnitten worden. Das bestreite ich nicht. Kein großer Staat kann absolute Freiheit zulassen, denn solche Freiheit ist in Wahrheit eine Bedrohung der Freiheit. In ihrem Schutz gedeiht Angst, Zwietracht, ungezügelter Ehrgeiz. Vor zwanzig Jahren war die Republik krank an einem Fieber, das manche für tödlich hielten. Mit Hilfe der Götter ist ihre Gesundheit wiederhergestellt worden.«

Er fuhr fort, mit finsterer Miene über die Stadt hin zu blicken. Ich faßte ihn beim Ellbogen.

»Höre weiter«, sagte ich. »Ich appelliere an deinen Patriotismus. Ich weiß, du bist frei von Ehrgeiz. Wie Agrippa sagte, man brütet eine Verschwörung aus. Um dir zu zeigen, daß ich dir vertraue, will ich dir offenbaren, daß ihre Anführer alte Gefährten oder Bekannte von dir sind. Terentius selbst, Scaurus, Lucius Primus und Fannius Caepio. Sie oder ihre Familien sind Sextus Pompejus gefolgt wie du selbst. Ich wende mich an dich, weil ich bei dir am ehesten hoffe, alte Feindseligkeiten zum Verstummen bringen zu können. Es gibt viele, denen ich das Konsulat anbieten könnte und die dieses Amtes nicht minder würdig wären. Aber viele von denen sind Caesarianer. Mein Ziel indessen ist seit langem die Versöhnung. Die Verschwörer sind Wirrköpfe voller Groll. Ihre Urteilskraft ist kläglich. Aber Unzufriedenheit gibt es in jedem Staat. Niemals würde ich eine rechtmäßige Opposition zerschlagen. Im Senat ermuntere ich jeden, offen zu sagen, was er denkt, und wenn du an den Versammlungen des Senats teilnehmen wolltest – dem du damit eine Ehre erwiesest und dessen Debatten aus deinem Rat großen Nutzen ziehen würden – wenn du, sage ich, daran teilnehmen wolltest, dann würdest du sehen, daß die Freiheit dort noch lebendig ist. Erst letzte Woche, als ich eine Rede hielt, rief jemand: ›Es ist nur gut, daß du diesen Absatz so schnell heruntersprichst. Denn sonst würden sogar die Harthörigen und Begriffsstutzigen merken, was für ein Unfug das ist.‹ Spricht man aber so zu einem Tyrannen? Ich wehre niemandem sein freies Wort. Jedoch, Piso, eine Verschwörung, die Mord und Aufstand plant, kann nicht toleriert werden.«

»Hmphm«, sagte er.

»Ich freue mich, daß du mir zustimmst. Nun, einfach weil diese Verschwörer alte Pompejaner sind, ist die Sicherheit Roms am besten dadurch gewährleistet, daß ich einen vornehmen und geachteten Pompejaner neben mir im Amt des Konsuls habe. Dann wird Rom sehen, daß Terentius und seine Freunde nicht für eine würdige Sache stehen, und man wird sie als aufrührerische Clique erkennen. In deiner Macht, Piso, steht es, Rom vor der Erneuerung des Bürgerzwistes zu bewahren, der die Republik so nah an den Rand der Zerstörung brachte. Denn erwäge dies wohl: Ist das Schwert des Mars einmal aus der Scheide gefahren, kann niemand das Ende vorhersagen.«

Ich ließ eine Pause eintreten.

»Was meinst du?«

»Hmphm. Ich möchte einen Beweis für diese Verschwörung sehen.«

»Den kann ich dir natürlich beschaffen, aber ich möchte dir zuvor doch eine Frage stellen. Hätte ich einen Grund, jemandem, den ich so lange als ehrenwerten Feind betrachtet habe, dieses Angebot zu machen, wenn die Lage Roms und der Republik es nicht verlangten...?«

Er brummte und räusperte sich, zappelte und zierte sich, knurrte etwas von alten Verpflichtungen, nickte, als ich bemerkte, daß die Verpflichtung gegenüber der Republik alle anderen unwirksam mache, und willigte natürlich ein. Ich war sicher gewesen, daß er es tun würde. Piso war steinhart in seinem Stolz. Niemand, der eine so hohe Meinung von sich hatte, hätte mir widerstehen können.

Livia zollte meiner Auswahl Beifall; es hat ihr immer gefallen, wenn ich mich in meiner Arbeit mit jemandem vom alten Adel zusammengetan habe. Trotz allem, was sie erlebt hat, glaubt sie immer noch, die Regierung des Reiches verbleibe am besten in den Händen einiger weniger Familien, obgleich sie sehr wohl weiß, wie degeneriert viele der Sprößlinge solcher Familien sind.

Immerhin, diesmal hatte sie recht, und obwohl ich bemüht bin, mich aller Selbstbewunderung zu entsagen, konnte ich nicht umhin, mit meinem Scharfsinn sehr zufrieden zu sein. Was Piso meine »Neue Ordnung« zu nennen beliebte – eine Bezeichnung, die späterhin populär wurde –, wurde durch seine Anhängerschaft kräftig bestärkt. Von unmittelbarer Bedeutung war aber vor allem, daß man die Verschwörung, als sie entdeckt wurde, genauso einschätzte, wie ich es Piso beschrieben hatte: Als das Werk einiger weniger Unzufriedener. Sie wurden verhaftet, verhört, vor Gericht gestellt und hingerichtet. Die Exekution eines Konsuls verursachte mir einiges Bangen; aber sie rief kaum ein leises Beben hervor.

Paradoxerweise bekümmerte mich das. Mein Fieber kam zurück. An dem Abend, da es wieder erwachte, speisten Livia und ich allein (ich konnte kaum etwas essen). Ich weiß, daß ich wilde Reden führte. Ich sagte ihr, daß ich befürchtete, meine Feinde könnten recht haben; vielleicht hatte ich wirklich eine Despotie errichtet, unter der die Menschen Angst hatten, in wichtigen Dingen frei von der Leber weg zu sprechen. »Es muß so sein«, sagte ich. »Sonst hätte die Hinrichtung des Terentius Murena Proteste hervorgerufen.«

»Du redest Unsinn«, sagte sie. »Das Volk wußte, was getan werden mußte.«

»Catilina war kein Konsul. Sein Verbrechen war noch unverschämter, denn seine Verschwörung drang viel weiter vor. Und schau, wie Cicero unter seinem Sieg über Catilina zu leiden hatte.«

»Cicero hatte darunter zu leiden, daß er das Gesetz brach. Er ließ römische Bürger hinrichten, ohne sie vor Gericht zu stellen und ohne vom Senat dazu befugt worden zu sein. Du warst sorgfältig darauf bedacht, diese Befugnis zu bekommen. Die beiden Fälle sind ganz und gar unterschiedlich.«

»Ach, Livia«, sagte ich. »Wie müde ich dessen bin.« Ich ging zu ihr, kniete neben ihr nieder und legte den Kopf an ihre Brust.

Ich erinnere mich an wenig von dem, was in den nächsten Wochen geschah. Mein Fieber raste. Mein Körper fror und war dann wieder in Schweiß gebadet. Alles Essen war mir widerlich; meine einzige Nahrung bestand in etwas Wein, in Schnee gekühlt und mit einem Schwamm zwischen meine rissigen Lippen geträufelt. Schlimmer aber als der Schmerz und das Unbehagen meines Körpers war die Verstörung in meinem Geist. Ich lebte zwischen Schlaf und Wachen, und meine Phantasie, fiebrig wie mein Blut, beschwor greuliche, verzerrte, furchterregende Bilder herauf. Ich war unfähig zu unterscheiden, was Erinnerung und was Phantasmagorie war. Dinge, die ich in die Tiefen meiner Seele hinuntergestoßen und aus meinem Bewußtsein verbannt hatte, erhoben sich, grausiger als die eigentlichen Taten, die sie imitierten, und bedrängten mich. Ich sah Antonius wieder, wie ich ihn anfangs in Spanien gesehen hatte, als er, wirr vom Wein, in mein Zelt gestolpert kam, derweil ich lesend darniederlag. Ich fühlte wieder, wie sein riechender Körper sich an mich drängte, spürte, wie seine Zähne sich in meinen Nacken gruben, hörte sein Gelächter und sein Wutgebrüll ob meines Widerstandes, und durchlebte noch einmal mit durchbohrendem Grauen, das seit damals tief in mir gelauert hatte und das die Zeit niemals wird einschlafen lassen, jene letzte Demütigung, als er mich unter Aufbietung all seiner Kraft quer durch den Zeltraum schleuderte, so daß ich über einen Tisch gestreckt zur Ruhe kam und litt, daß er mich dort festhielt (und mir den Kopf auf den Holztisch schlug) und mit mir tat, wonach ihn gelüstete. Vielleicht ließen Schmerz und Demütigung mich ohnmächtig werden. Ich weiß es nicht. Als ich erwachte, war es noch dunkel, und ich hörte das Rufen des Centurio bei der Wachablösung, doch ich konnte mich nicht rühren, denn noch immer war ich in seiner betrunkenen, klammernden Umarmung gefangen. Dann wachte auch er auf, tief seufzend wie in der Fülle des Behagens, und rieb sein schwitzendes Gesicht an meinem. Ich spürte die Wärme seines Atems, der nach Schweinefleisch und schalem Wein roch, und ich hörte seine gemurmelten Zärtlichkeiten, und ich fühlte, wie seine Finger sich bewegten, und ich... aber noch jetzt, so viele Jahre danach, bringe ich es nicht über mich, tiefer in diese Erinnerung einzudringen. Sie bedrängte mich in jenem Fieber, und schreiend wachte ich auf, aber ich habe nie davon gesprochen und wundere mich auch jetzt, daß ich es über mich bringe, davon zu schreiben... Doch die Realität jener Nacht des Grauens und der Erniedrigung ist nie von mir gewichen. Nie habe ich mich von dieser Besudelung reinigen können. Sie wiederholte sich nie, denn ich achtete sorgfältig darauf, für den Rest meiner Zeit in Spanien nicht wieder zur Verfügung zu stehen, und Antonius brachte es niemals zur Sprache – obschon ich, als er mich höhnisch bezichtigte, Caesars Lustknabe gewesen zu sein (was ich niemals war), genau wußte, was er dabei dachte und was er würde sagen können, wenn... Warum schwieg er? Das habe ich nie verstanden, denn er war, so hätte ich denken mögen, ein Mann ohne Scham.

Diese Frage erhob sich in meinem Herzen, als ich in der reichgezierten Düsternis Ägyptens auf seinen Leichnam niederblickte.

Wie hatte ich mit dieser Erinnerung zulassen können, daß Octavia sich mit Antonius vermählte? Wunderlicherweise störte es mich im Augenblick der Hochzeit überhaupt nicht. War meine Zärtlichkeit gegen Marcellus ein Akt der Wiedergutmachung? Ich glaube es nicht.

In der Krankheit überfielen mich auch Bilder von Kriegsgreueln. Ich erinnerte mich an eine Schlacht in Sizilien, wo einige unserer Hilfstruppen zurückgeschlagen worden waren und in Panik gerieten. Sie versuchten, durch die Reihen der Legionen zu fliehen, deren Befehlshaber indessen, dem bewußt war, wie leicht die Panik sich ausbreiten und zu heilloser Flucht führen konnte, den Legionen befahl, sie nicht durchzulassen. Die Elenden – balearische Schleuderträger großenteils – sahen sich somit zwischen zwei entschlossenen Feinden eingekeilt. Ganz plötzlich fing einer von ihnen an zu schreien, hoch und gespenstisch schrill. Die anderen ließen sich anstecken und stimmten ein, und die Luft war erfüllt vom Schwerterklirren und diesem unirdischen Schreien. Niemand von den Hilfstruppen überlebte, nur ihr Schreien hallte durch die Jahre hernieder.

In meiner Erinnerung vermischen sie sich heute mit den Schreien von Varus' Legionen, gefangen in den widerlichen Dämpfen des germanischen Dickichts, des Teutoburger Waldes.

Eines Nachmittags verließ mich das Fieber für ein paar Stunden, wenn auch meine Hände zitterten, mein Körper fröstelte und ich noch immer seltsame Gestalten sah, die sich vor meinen Augen formten und neu formten; mein Verstand war klar: Ich wußte, es waren Phantasiegestalten. Aber meine Klarheit war die Klarheit der Verzweiflung. Ich verspürte das Gefühl, nun über alles hinaus zu sein, und ich erkannte es als eine Vorahnung des Todes. Ich trank einen Becher sabinischen Weins und sandte nach Livia. Sie war nicht zu finden. Man sagte, sie sei im Tempel der Vesta, um dort Gebete und Opfer für mein Leben darzubringen. Ich schickte Sklaven, sie zu holen, und ließ auch meinen Mitkonsul Piso und Agrippa rufen. Die beiden kamen zuerst, und ich war beunruhigt über Livias fortgesetzte Abwesenheit.

Ich stützte mich auf einen Ellbogen, konnte aber diese Stellung nicht aufrechterhalten; ich merkte, daß ich schwach wie ein neugeborenes Kätzchen war.

»Piso«, sagte ich, und meine Stimme klang dünn in meinen Ohren, wie aus großer Ferne, »du siehst mich, wie ich glaube, am Ende meines Lebens. Ich habe mit Agrippas Hilfe eine detaillierte Darstellung des militärischen und finanziellen Zustandes der Republik verfaßt. Ich vertraue sie dir als meinem Kollegen an und bitte dich, sie dem Senat vorzulegen. Das ist die letzte Pflicht, die ich für Rom erfüllen kann.«

Piso erwiderte darauf nichts; er streckte die Hand nach dem Dokument aus, das mein Sekretär bereithielt, setzte sich auf eine Bank in einem Alkoven und begann, es durchzulesen. Fliegen summten in der Nachmittagsstille; mag sein, daß ich einschlummerte.

»Umfassend«, erklärte Piso schließlich. »Nun, Caesar, ich werde tun, was du verlangst, aber mir fällt auf, daß du dem Senat keinerlei Empfehlung zur künftigen Regierung des Reiches gibst.«

Ich vermochte kaum den Blick auf ihn zu richten; er schien im Halbschatten vor mir zu schwanken.

»Wie kann ich das?« fragte ich. »Was würde es nützen? Ich bin kein König, der seine Nachfolge bestimmt.«

»Nun gut«, sagte er. »In diesem Punkt hast du dich um Rom verdient gemacht. Lebewohl, Caesar; ich fürchte, man wird dir einen kühlen Empfang bereiten im Reich der Schatten...«

Als ich sicher war, daß er gegangen war, winkte ich Agrippa und streckte ihm meine linke Hand entgegen.

»Nimm meinen Ring«, sagte ich und fühlte, wie er ihn mir vom Finger zog. »Mit diesem Ring...« seufzte ich.

»Ich weiß schon«, sagte er. »Mach dir nicht die Mühe, zu sprechen. Ich kann die Legionen und Provinzstatthalter kommandieren. Brief und Siegel darauf.«

Er hielt meine Hand...

»Du wirst nicht sterben«, sagte er. »Dein Werk ist erst halb vollendet. Nichtsdestoweniger...«

Livia trat ein. Obwohl mein Blick nebelhaft war, sah ich, daß sie sofort begriff, was vor sich ging. Ich wußte, daß sie meinen Ring anstarrte. Ich hörte, wie sie scharf Luft holte.

»Verwahre ihn, Agrippa«, sagte sie. »Mein Mann verzweifelt gar zu schnell. Er wird nicht sterben. Ich habe einen neuen Arzt gefunden...«

Sie war gleichwohl erleichtert, Agrippa bei mir zu finden, nicht Marcellus, denn auch wenn Agrippa, den sie infolge ihrer Herkunft und ihrer Einstellung mit Vorurteilen betrachtete, nie ihre volle Billigung fand, vertraute sie ihm doch. »Ein loyaler alter Hund« – so beschrieb sie ihn, und mit diesen Worten glaubte sie ihn zur Zufriedenheit eingeordnet zu haben. Solches Vertrauen auf das eigene Urteil war Livias Stärke und ihre Schwäche. Einerseits bedeutete es, daß es ihr leichtfiel, Entscheidungen zu treffen und zu handeln; da sie niemals zweifelte, fiel sie kaum einmal jener Unentschlossenheit zum Opfer, die den Menschen befallen kann, wenn er die Feinheiten und die Dualität der Welt erkannt hat. Andererseits war es ihr durch die Schnelligkeit ihres Urteils und ihr vorbehaltloses Selbstvertrauen unmöglich, jemals über die ungefähre Einschätzung eines Charakters hinauszugelangen. Sie war keine Politikerin, denn sie sah alles (und alle) nur in Schwarz und Weiß. So glaubte sie beispielsweise, daß Agrippa, weil er sich anscheinend immer damit begnügt hatte, mir zu dienen, den Gipfel seiner Ambitionen erreicht habe. Das sichere Wissen um seine eigenen Verdienste sah sie nicht, ein

Wissen, das in den Jahren seit Actium eifersüchtig in ihm glomm. Ich kannte es, schon bevor er mir, ohne einen Augenblick zu zögern, ohne ein Wort des Einwandes, den Ring vom Finger zog und sich selbst ansteckte, ja, noch als er mir sagte, ich würde nicht sterben.

Der neue Arzt war ein griechischer Freigelassener namens Antonius Musa, und tatsächlich war es Timotheus gewesen, der ihn ausgesucht und Livia empfohlen hatte. Empfand Timotheus, so habe ich mich immer gefragt, Zuneigung zu mir, oder suchte er lediglich seine Position abzusichern? Wahrscheinlich das letztere, denn ein Mann wie Timotheus schafft sich mächtige Feinde, die ihm den Wechsel von einem toten Herrn zu einem lebenden einigermaßen schwierig gestalten können.

»Dein Fieber«, sagte der Mann, »ist falsch behandelt worden. Man hat dich in Umschläge gewickelt und geschröpft. Beides aber schwächt den Körper, statt ihn zu kräftigen.«

Er verschrieb mir kalte Bäder (viermal am Tag) und eine Diät von Rindfleisch und Oliven. Ich habe für Rindfleisch nie viel übrig gehabt, doch schon bald verspeiste ich täglich zwei beträchtliche Steaks.

»Das Blut braucht Stärkung«, stellte er fest, und ich mußte Rotwein trinken anstelle des weißen, den ich immer bevorzugt habe.

»Du hast seit Jahren nicht mehr auf deine Ernährung und deine Verdauung geachtet, Augustus«, sagte er. »Kein Wunder, daß jede Infektion, die dich ereilt, schlimmer trifft, als sie einen anderen treffen mag. Du bist nicht nur überarbeitet. Du bist auch unterernährt. Es ist mir unerklärlich, wie deine Frau dich in diesen Zustand hat geraten lassen können. Regelmäßige Ernährung und ein kaltes Bad, das sind die Grundlagen der Gesundheit.«

»Ich habe die Kälte immer gehaßt und unter ihr gelitten«, protestierte ich.

»Just. Darum ist ein kaltes Bad so gut für dich. Es bringt dein Blut in Bewegung. Fisch solltest du auch essen.«

»Gut«, sagte ich. »Fisch mag ich wenigstens.«

Seine Behandlung mag exzentrisch gewesen sein, aber sie war erfolgreich. Meine Gesundheit, die in meiner Jugend beklagenswert gewesen war, besserte sich enorm, als er die Aufsicht darüber in seine Hände nahm. Seine Anordnung, kalt zu baden, befolge ich seitdem, und stets beginne ich den Tag damit, aber seine Ernährungsvorschriften einzuhalten, hat mir größere Mühe gemacht. Meine Arbeit hat mir – wie ich ihm gegenüber oftmals beteuert habe – einfach nicht gestattet, regelmäßig zu essen. An vielen Tagen habe ich mich mit kleinen Imbissen auf den Beinen gehalten. »Wenn du keine richtige Mahlzeit zu dir nehmen kannst, iß wenigstens irgend etwas«, pflegte Musa zu sagen. Brot, Pecorino-Käse, gedörrte Feigen oder Datteln und ein saurer Apfel: Derlei brachte mich über die Runden. »Das ist in Ordnung«, sagte er dann wohl und nickte mit dem Kopf. »Die meisten römischen Edlen essen viel zu viel. All dies Geschlemme ist ebenso schlecht für die Gesundheit wie die langen Hungerperioden, die du dir aufzuerlegen pflegtest. Regelmäßigkeit, darauf kommt es an, Caesar. Entleerst du jeden Morgen deinen Darm? Das solltest du, weißt du; es ist nicht nur der Gesundheit förderlich, es schärft auch das Urteilsvermögen...«

Ich verdanke Antonius Musa viel – Gesundheit und ein langes Leben –, und ich lohnte es ihn mit einem kleinen Anwesen in den Sabiner Bergen. Als Timotheus wegen nachlassender Sehschärfe um den Abschied aus meinem Dienst eingekommen war, zog er dorthin und lebte mit Antonius zusammen. Ihr Verhalten gab einigen Anlaß zu Skandalen, denn in den Sabiner Bergen wohnen überwiegend konservative und achtbare Leute, die wenig Erfahrung mit syrischen Tanzjünglingen und gar keine Zeit für sie haben. Aber wie gesagt, ich hatte sowohl Antonius als auch Timotheus viel zu verdanken, und deshalb ignorierte ich alle Proteste. Ihre Vergnügungen schadeten niemandem, denn ihre Lustknäblein waren längst unrettbar verdorben.

Als ich genesen war, steckte ich nicht nur meinen Ring wieder an (den Agrippa mir selbstverständlich zurückgab, ohne abzuwarten, bis ich ihn dazu aufforderte), sondern nahm auch einige Änderungen an meinen konstitutionellen Funktionen vor. Ich würde nicht länger eines der beiden Konsulate innehaben. Es gab drei Gründe für diesen Entschluß. Erstens hatte die Erfahrung der gemeinsamen Konsulschaft mit Terentius Murena mich davon überzeugt, daß dieses Amt mich in potentiell heikle Situationen bringen konnte. Beide Konsuln waren nominell gleichgestellt, und wäre Murena in seiner Opposition intelligenter und umsichtiger gewesen, hätte er eine durchaus bestechende verfassungsmäßige Rechtfertigung für seine Bockbeinigkeit finden können. Ich sah keinen Wert darin, mich in eine Lage zu bringen, in der ich den Anschein erweckte, mir mit einem nominell Gleichgestellten in den Haaren zu liegen, und in der Tat sprach nichts dafür, überhaupt jemanden in einer solchen Position zu haben. Zum zweiten fand ich die offiziellen und zeremoniellen Pflichten, die mit dem Posten verbunden waren, verdrießlich und zeitraubend. Drittens sah ich in anbetracht der vielen Adeligen, die das ehrenvolle Amt immer noch schätzten, obgleich es seiner Macht entkleidet war, daß es vorteilhaft wäre, mehr Konsulate anbieten zu können. Außerdem war es nützlich, die Zahl der Männer im konsularen Rang zu vergrößern. Dementsprechend habe ich seitdem nur noch das Amt eines Konsul innegehabt, wenn es mein Wunsch war, die gleiche Ehre einem Mitglied meiner eigenen Familie zu erweisen, und wenn es mir Freude machte, mit dieser Person im Amte vereint zu sein.

Die Aufgabe meines Konsulats beraubte mich meiner rechtmäßigen Autorität in Rom und in den Provinzen, deren Regierung ich dem Senat zugewiesen hatte. Eine solche Position war nicht akzeptabel, aber Plancus mit seinem fruchtbaren Verstand machte einen Vorschlag zur Lösung des Problems: Er regte im Senat an, man möge mir ein *maius imperium* übertragen, das heißt, eine legal konstituierte Autorität, die jede andere Autorität in der Republik ausschaltete. Folglich besaß ich jetzt die oberste Macht im Staat. Ich war militärischer Oberbefehlshaber, der Truppen anwarb, Offizierspatente verlieh und Beförderungen beaufsichtigte; alle Soldaten leisteten mir ihren Gefolgschaftseid. Ich allein war verantwortlich für die Verteilung staatlichen Landes und für die Ansiedlung der Veteranenkolonien. Auch die Verantwortung für das Ausrufen eines Krieges und das Abschließen von Friedensverträgen und Abkommen ruhte bei mir. Überdies konnte ich in Fällen von Fehlregierung oder Inkompetenz auch in den Senatsprovinzen einschreiten, und der Senat hatte die Gnade, mir die zum Konsulat gehörigen Privilegien zurückzugeben, deren ich mich mit meinem Rücktritt von diesem Amt begeben hatte: Das heißt, ich durfte im Senat Anträge stellen, ich konnte die erhabene Versammlung einberufen, ich konnte die Tagesordnung für jede Sitzung festlegen, und ich konnte Senatsverfügungen herausgeben.

Zur selben Zeit gefiel es dem Volk, mir die Tribunsgewalt auf Lebenszeit zu verleihen; zum Zwecke der Datierung indessen bat ich, diese Verleihung alljährlich formell zu erneuern. Ich habe bereits von der Bedeutung gesprochen, die ich dem Amte zuschrieb. Als Tribun sprach ich unmittelbar – und in seinem Namen – zum Volk. Und meine Person war sakrosankt.

Diese Reformen taten ihren Dienst in wunderbarer Weise; ich habe seitdem keinen Anlaß gehabt, meine Macht zu vergrößern oder die Struktur der Republik zu rekonstituieren. Man nehme indessen zur Kenntnis: All meine Macht ruhte fest auf regulären, vom Senat beschlossenen Gesetzen. Sie verstieß in keiner Weise gegen die Prinzipien der Republik. Und wie ich bereits bemerkte, habe ich bei mehreren darauf folgenden Gelegenheiten das Amt des Diktators abgelehnt.

IV

Niemand ist vor seinem Tode glücklich zu nennen. Aber in jenem Jahr, als wir in den letzten Strahlen der Septembersonne in einem alten Landhaus an der Bucht von Neapel, das ich dort erworben hatte, als Familie unsere Ferien verbrachten, da schien es, als sei nach zwanzig Jahren des Kampfes endlich Ruhe eingekehrt. Ich war glücklich über die Reformen, die ich vollbracht hatte. Mit wiedergewonnener Gesundheit war mir, als hätten sich die Zweifel und Depressionen, die mich seit Actium heimgesucht hatten, verflüchtigt, wie der Meeresdunst über der Bucht in der Morgensonne verfliegt. Livia und ich hatten uns versöhnt. Meine neue Kraft machte unsere Liebe warm und eifrig; das Herz eines Mannes findet wahre Ruhe nirgends so wie im Ehebett. Keine andere Liebesaffäre kommt dem Glücke gleich, das dort sich findet; und Livia, die nunmehr ihr achtunddreißigstes Jahr erreicht hatte, stand in der vollen Sommerblüte ihrer Schönheit. Ihre Zurückhaltung in der Öffentlichkeit hatte nie verfehlt, mich entbrennen zu lassen. Das im Laufe der Jahre gewachsene Wissen um ihre Verwundbarkeit und um die Selbstzweifel, welche sie hinter einer auf jedermann wie forsche Entschlossenheit wirkenden Haltung verbarg, verlieh meiner Liebe eine Zärtlichkeit, die sie früher nicht besessen hatte. Ich sah sie in der Tat wie eine Rose, eine Rose, die nimmermehr aufhören würde zu blühen; doch eines jeden Sommers Blüte war schnell blessiert vom kalten Wind, und Regen zur Unzeit ließ sie faulen. In diesem Jahr indes, lag es nun daran, daß meine Krankheit sie erschreckt hatte, oder daran, daß meine neue Gesundheit, die mich in meinem Glück freier und offener sein ließ, die Hemmungen zwischen uns aufhob, vor allem jene Abneigung, der sie mitunter schon Ausdruck verliehen hatte – ich weiß es nicht: Jedenfalls erschien mir unsere Verbundenheit vollkommen und absolut. Ich erinnere mich an lange Nachmittage der Liebe, während die Welt wie betäubt schlief im reichsten aller September; und wenn ich ihre Nacktheit vor mir sehe, wie sie sich unserem Sofa naht, hochbeinig, mit kleinen Brüsten (wie ich sie immer bevorzugt habe) und kräftigen, wohlbemuskelten, aber stets anmutig geformten Schenkeln, dann juckt mich das Verlangen noch heute, und das Herz tut mir weh im Wrack des Alters. Unter allen Dichtern hat nur mein geliebter Vergil wenigstens eine Andeutung vom ehelichen Glück gegeben, das er ja nie selbst erfuhr, gleichwohl aber erkennen konnte. Meine Kenntnis von der Realität ehelicher Liebe ist es, was mich bösartige und triviale Schwätzer wie Ovid so sehr verachten läßt. Seine »Kunst der Liebe« ist ein abscheuliches, hohles und vulgäres Buch. Er reduziert die Liebe nur auf Künstlichkeit, Täuschung und Manipulation, eine Frage von Eroberung und eine erniedrigende Suche nach neuen Reizen. Natürlich erleben wir alle hin und wieder ein solches Verlangen, und die meisten von uns geben ihm nach; das Nachgeben schadet auch dem Charakter nicht, solange uns klar ist, wie wenig es auf diese Liebesspiele ankommt, und solange wir die Erregung des Fleisches, ja, die Erhebung des Herzens, nicht mit der Wirklichkeit der Liebe verwechseln. Die Liebe, auf die es ankommt, die das Herz bereichert und ihm Trost spendet, gehört zu einer anderen Ordnung. Sie hängt stets von der Zeit und von gemeinsamer Erfahrung ab. Die Zeit verändert ihren Ausdruck; wir schreiten sogar über die Reife der Liebe hinaus, wenn wir den Gipfelpunkt ihrer Freude erreichen. Aber noch im Abstieg, der mit den Gebrechen des Alters und der Abstumpfung des Herzens beginnt, gewinnt lang andauernde Liebe eine Zärtlichkeit, eine Abneigung dagegen, Schmerz zu bereiten, die von ganz eigener Schönheit ist. Die eheliche Liebe, was immer hohlköpfige Narren wie Ovid glauben mögen, ist immerfort im Wandel. Sie hat ihr eigenes Mysterium; sie ist haltbar wie eine Landschaft, die immer da ist, immer vertraut und doch immer anders. Sie ist gleichzeitig neu und vertraut.

Die Kinder, Livias Söhne, waren in diesem September bei uns. Wie verschieden sie waren: Tiberius, kühl, hochmütig, und doch voller Selbstzweifel und zurückgezogen; er nahm kaum teil an unseren Spielen und Picknicks, sondern vergrub sich in seine Bücher und mathematischen Studien, ungesellig bis zur Grobheit, vor der ihn nur eine natürliche Würde in seinem Benehmen bewahrte. Drusus, warm, freundlich, hübsch in der Glut der Jugend und des Lachens, freundlich und großzügig, niemals selbstsüchtig. Auf Drusus einzugehen, an dessen Zuneigung ich niemals zweifelte, fiel mir ebenso leicht, wie es mir in jenen Tagen schwerfiel, Tiberius gerecht zu behandeln. Geschah es aus diesem Grund, daß Livia ihren älteren Sohn bevorzugte? Oder bestimmt der Instinkt eine Mutter immer, dasjenige Kind am meisten zu lieben, dessen Gang durchs Leben am mühseligsten werden wird? Oder lag es einfach daran, daß er der ältere war und sie sich daran erinnerte, wie er sie in ihrer unglücklichen ersten Ehe getröstet hatte, während ihre Freude an Drusus' Kindheit, wiewohl ich sie sehr real in Erinnerung hatte, von der entzückten Erregung unseres ersten gemeinsam verbrachten Jahres aufgesogen worden war?

Bei allen Vorbehalten, die ich Tiberius in jenen Tagen entgegenbrachte, und trotz meiner Vorliebe für Drusus, die ich nur schwer verbergen konnte, erkannte ich doch die Qualitäten, die der ältere Knabe besaß. Ich weiß noch, daß ich zu Livia sagte, sie ziehe zwei Jungen groß, die einmal Helden der Republik sein würden; wie gut erinnere ich mich auch an ihr ernstes, stolzes Lächeln und daran, wie sie Holz berührte, als sie meine Worte hörte.

Julia und Marcellus gesellten sich gegen Ende des Monats zu uns; sie kamen aus dem Landhaus auf Capri, das ich ihnen zur Hochzeit geschenkt hatte. Vor ihrer Ankunft war ich ein wenig nervös, nicht nur aus Sorge, die Schwierigkeiten zwischen ihnen könnten fortbestehen, sondern auch, weil ich wußte, wie beunruhigt Livia sie beobachtete, und ich fürchtete, das vollkommene Glück dieses Septembers könnte gestört werden. Aber Livia war geborgen in meiner Liebe und in meinem Lob für ihre Söhne, und sie hieß die beiden lächelnd willkommen. Auch die beiden strahlten vor Gesundheit und Stolz und Glück und schienen ganz einig zu sein; und am zweiten Morgen machte Julia meine Freude vollkommen, indem sie mir sagte, daß sie ein Kind erwarte. Ich war natürlich auch nervös, wie man es in solchen Fällen ja sein muß. Jede Schwangerschaft kann sich als schwierig erweisen, und die erste ganz besonders. Aber Julia war von strahlender Gesundheit, und sie versicherte mir, sie habe in den ersten Wochen der Schwangerschaft nicht unter Mißhelligkeiten zu leiden gehabt.

Dann: »Du erinnerst dich doch, wie ich dir erzählt habe, daß wir uns nicht vertragen. Wie dumm ich doch war. Marcellus ist ein absoluter Schatz; er könnte gar nicht süßer sein. Wirklich, Papa, ich bin glücklich wie... oh, ich weiß nicht, was, ich kann mir nicht vorstellen, wie irgend jemand oder etwas so glücklich sein sollte wie ich, ich bin so glücklich wie die Blumen wären, wenn sie wüßten, was Glück ist. Die armen Blumen, daß sie es nicht wissen...«

Blumen... Als junger Mann bemerkte ich sie kaum, und auch an jenem Tag hielt ich es für eine konventionelle Ausdrucksweise, was Julia da sagte. Das kurze Leben einer Blume ist schließlich schon lange ein Gemeinplatz der Poeten, wenngleich wenige den Gedanken so treffend zum Ausdruck gebracht haben wie Horaz. Aber Livias Begeisterung für die Gartenarbeit und für die Blumen war mir unbegreiflich, und ich sah nicht, daß ein Garten als kostbar gelten muß, weil er alles zurückweist, was einen Mißton im Leben hervorbrächte, und zugleich die Sterblichkeit bekräftigt. Heute entsinne ich mich mit melancholischer Ironie an Julias Worte.

Der Oktober brachte Wind und Regen und einen jähen Temperatursturz, und Böen ließen die Meeresgischt auf den Klippen unterhalb der Villa aufschäumen. Marcellus bekam eine Erkältung. Ich sah ihn fröstelnd über ein Würfelspiel gebeugt und schickte ihn, verärgert über seine Sorglosigkeit, mit scharfen Worten zu Bett. Sein Zustand verschlimmerte sich im Laufe der Nacht. Julia ließ mich wecken, und ich fand sie an seiner Bettstatt kauernd, das Gesicht verquollen von angstvollem Weinen. Ich schickte dringend nach Antonius Musa, aber noch während wir warteten, durchbohrte Verzweiflung mein Herz. Marcellus rang würgend nach Atem, schwitzte, warf sich umher und lallte. Ich befahl, Julia hinauszuführen, denn ihr Schmerz verstärkte nur die Not ihres Gatten. Ich wußte, er würde sterben, und doch konnte ich es nicht glauben. Seine Augen öffneten sich in einem Moment der Klarheit, und ich las Grauen in seinem

Blick. Ich drückte seine Hand; ob er mich erkannte, oder ob er Trost daraus zog, weiß ich nicht. In der Stunde vor der Abenddämmerung sah ich, wie er schwächer wurde, und als es dunkel war, überquerte er den Styx.

Später hörte ich Julia bei ihren Jungfern heulen. Ich flehte Livia an, sie zu trösten, doch sie konnte es nicht.

Zwischen Wachen und Schlafen war unsere Welt entzweigerissen.

Am nächsten Tag verlor Julia ihr Kind.

Es gibt viele, die sagen, ich hätte Marcellus überschätzt. Ich weiß, Tiberius ist sicher, daß er mich enttäuscht haben würde. Vielleicht ist es wahr. Vielleicht wäre sein Charme gestorben, wenn er erst die Leidenschaft der Jugend verloren hätte, und dann wäre er weniger bemerkenswert erschienen. Vielleicht hat Livia recht, und er war überhaupt nie wirklich bemerkenswert. Ich kann es nicht sagen, und es ist schon so lange her. Aber ich stand nicht allein mit dem, was ich dachte. In Buch VI der »Aeneis« ehrte Vergil meinen Neffen, indem er ihn von Aeneas im Reich der Schatten empfangen läßt: Noch heute kann ich dieser Verse nicht ohne Tränen und Qual im Herzen gedenken.

Wen die Götter lieben, den lassen sie jung sterben, und ich bin alt. Glück und Unglück klappern mein ganzes Leben hindurch aneinander wie Würfel in einer Schachtel, und ebenso launisch fallen sie auf den Tisch. Marcellus starb, aber das Werk der Republik nahm kein Ende. Ich hatte Agrippa in den Osten geschickt. Jetzt verbreitete man die Geschichte, er sei im Groll gegangen, verärgert wegen Marcellus. Was für ein Unsinn! Ich brauchte seinen Bericht über Administration und Moral in den Ostprovinzen, vor allem in Syrien und Judäa. In beiden gab es Schwierigkeiten, wenn auch aus unterschiedlichen Gründen: Syrien, weil es schlecht verwaltet worden war, und Judäa, weil es nicht zu verwalten war. Seine Bewohner, die Juden, sind eine Nation von engstirnigen, streitsüchtigen Monotheisten, denen es widerstrebt, römische Steuern zu zahlen und römische Götter zu verehren. Es war nötig, daß Agrippa ihnen mit seinem Spazierstock eins aufs Haupt gab. Es ist schwierig, herauszufinden, wie man die Juden am besten regiert. Ich habe es mit reichsunmittelbarer Herrschaft versucht, und ich habe versucht, sie durch einen Klientenkönig, Herodes mit Namen, zu regieren. Ihnen paßt weder das eine noch das andere. Dauernd brodelt Revolte unter der Oberfläche, denn sie sind religiöse Fanatiker, die sich absurderweise für das auserwählte Volk des einen wahren Gottes halten. Ich nenne das aus zwei Gründen absurd. Erstens haben wir keinen Grund zu glauben, daß es nur einen Gott gibt; in der Tat lassen alle rationalen Erkundungen und die Betrachtung der menschlichen Geschichte vermuten, daß es Unfug ist, daran zu glauben. Wieso tanzen allein die Juden aus der Reihe? Zweitens, wären sie wirklich das auserwählte Volk, sollte man meinen, daß sie aus Gottes Gunst mehr hätten machen können. Tatsächlich aber leben sie eingeklemmt zwischen Meer und Wüste und zanken sich untereinander wie die Affen. Man kommt unweigerlich zu dem Schluß, daß ihr Glaube an Gottes besondere Gunst der lächerlichste Beweis für die grenzenlose Eitelkeit des Menschen und für seine Fähigkeit zur Selbsttäuschung ist.

Was sollte mit Julia geschehen? Ich sah ohne Verwunderung, daß ihre Trauer um Marcellus kürzer war als meine. Sie war jung – in einem Alter noch, da sechs Monate wie eine Ewigkeit erscheinen können. Aber ich war verstimmt, als Timotheus mich zitternd warnte: Sie frequentiere anrüchige Mitternachtsparties in den Häusern liederlicher junger

Aristokraten. Ein solches Benehmen war ebenso unziemlich wie gefährlich. Ich tadelte sie.

»Du bespitzelst mich also?« sagte sie. »Na, das ist ja köstlich.«

»Ich brauche dich nicht zu bespitzeln; dein Benehmen ist offenbar allgemein bekannt, auch wenn ich der letzte bin, der es zu Gehör bekommt.«

»Dann Livia.«

Das Blut strömte ihr in die Wangen, und ihre Augen funkelten. Nie hatte sie hübscher ausgesehen.

»Wirklich, Papa, deine Frau ist eine alte Katze.« Sie kicherte. Eine ihrer bezauberndsten Eigenschaften war die Unfähigkeit, eine verdrossene oder zornige Stimmung aufrechtzuerhalten.

»Livia weiß nichts von der Angelegenheit.«

»Sei nicht naiv, Papa. Deine Frau weiß alles, was im Palast vor sich geht, vor allem, wenn es mich betrifft. Sie war nie mit mir einverstanden, und sie ist ständig auf dem Posten, um zu sehen, ob ich nichts falsch mache.«

»So darfst du nicht reden«, sagte ich, aber ich wußte natürlich, daß ich sie nicht zum Schweigen bringen konnte. »Marcellus ist noch kein halbes Jahr tot. Denkst du jemals daran?«

»Ach, Papa, daß ich auf Parties gehe, bedeutet doch noch nicht, daß ich Marcellus nicht vermisse. Aber ich würde ihn schlimmer vermissen, wenn ich nicht gehen, sondern zu Hause herumliegen würde. Begreifst du das nicht?«

»Es ist eine Frage des anständigen Benehmens.«

»Also wirklich – anständiges Benehmen! Alle meine Freunde finden diese altmodische Trauerei schrecklich spießig. Das macht man heutzutage einfach nicht mehr. Ich wette, wenn ich gestorben wäre, würde Marcellus heute auch nicht düster zu Hause hocken. Nein, und wahrscheinlich würdest du ihm auch nicht den Kopf waschen, weil er sich herumtreibt. Also.«

Ich würde sie mit einem neuen Gemahl versorgen müssen. Es war, wie ich zu Livia sagte (die daraufhin verächtlich die Nase rümpfte), unnatürlich, von einem so lebenslustigen Mädchen wie Julia zu erwarten, daß sie allem entsagte; außerdem mußten wir bedenken, welche Wirkung der Verlust des Kindes auf sie hatte, und schließlich befürchtete ich, daß sie in Schwierigkeiten geraten werde, wenn sie nicht bald heirate. Ein Skandal sei das letzte, was wir uns wünschen könnten.

»Ja«, sagte Livia, »da hast du jedenfalls recht. Hast du jemanden im Auge?«

»Es darf keiner der jungen Männer sein, mit denen sie jetzt verkehrt«, sagte ich. »Keiner von denen ist politisch zuverlässig... Ich hatte daran gedacht... vielleicht...«

Ich hielt inne. Livia nähte. Ihre Nadel bewegte sich hin und her, schnell, sicher, exakt. Sie blickte nicht auf, um den Grund meines Verstummens zu erkunden, sondern wartete, daß ich weiterspräche. Es war kalt draußen, und die Sklaven hatten das Feuer in den Öfen, die unsere Heizung versorgten, herunterbrennen lassen. Mich fröstelte trotz der dicken Leibweste, die ich trug – klimatische Extreme waren mir immer verhaßt, und der Nordwind, der über die Berge fegte, brachte Schnee bis an den Rand der Stadt. Am Nachmittag hatte ich gesehen, daß die Albaner Berge weiß waren.

»Tiberius«, sagte ich.

Livia antwortete nicht.

»Du hast oft bemerkt«, sagte ich, »daß Julia ihn gern habe, und du hast auch gesagt, daß es seine Stabilität sei, was sie braucht.«

»Du zitierst mich falsch.« Livia blickte von ihrer Handarbeit auf. »Ich habe nie gesagt, daß sie ihn gern hat. Ich habe gesagt, sie läuft dem Jungen nach. Das ist nicht ganz das gleiche. Es kommt nicht in Frage...«

Sie muß sich versucht gefühlt haben. Dessen war ich mir immer sicher. Was bot ich ihr schließlich an? Meine einzige Tochter, und somit für Tiberius die Position in der Republik, die ich bis dahin, wie sie wußte, Marcellus vorbehalten hatte; gewiß muß sie sich da versucht gefühlt haben. Und dennoch – nicht nur da, sondern auch ein paar Tage später, »nach vielen Stunden des Bedenkens«, lehnte sie meinen Vorschlag glatt ab. »Es kommt nicht in Frage« – zu mehr ließ sie sich nicht herab, eine Erklärung gab sie mir nicht. Ich verstand es nicht. Ich hatte geglaubt, ihr eine Freude zu machen. Ich habe Jahre gebraucht, Jahre voller Schmerz und Ratlosigkeit, um zu einer Einsicht zu gelangen. Sie wußte natürlich, was sie ablehnte, und es war ihr teuer. Einmal, ein paar Jahre danach, deutete sie halb an, sie sei nicht willens gewesen, Tiberius dem Neid seiner Zeitgenossen auszusetzen, aber das war nicht der wahre Grund. Es war eher der, daß sie meiner Tochter nicht traute, daß sie sicher war, sie werde Tiberius unglücklich machen, seinen Claudier-Stolz verletzen und ihn in der Entwicklung seines Charakters hemmen. Sie fürchtete, er werde sich in der Geheimwelt seines Brütens verschließen, die dichten Brauen zusammenziehen, den breiten Mund zu einem mürrischen, widerspenstigen Strich erstarren lassen. Wenn das geschähe, würde seine Karriere leiden. Livia hatte kein Verlangen danach, Tiberius als Einsiedler zu sehen. Sie war ehrgeizig mit ihren Söhnen. Auf ihren Ehrgeiz hatte ich gezählt, um mich ihrer Zustimmung zu versichern, aber ihrer Intelligenz hatte ich nicht genug Wert beigemessen. Ich hatte nicht bedacht, wie gut sie Tiberius kannte und wie sie seine Natur fürchtete. Mir selbst konnte ich daraus kaum einen Vorwurf machen, denn ich kannte ihn nicht gut genug; also machte ich den Vorwurf seiner Mutter. Sie hatte mich im Stich gelassen. Sie hatte nichts getan, um mein Problem zu lösen. Und was noch verdrießlicher war, ich hatte geglaubt, ihr mit meinem Vorschlag eine Freude zu machen, und das hatte ich nicht getan. Es ärgerte mich, daß sie sich weigerte, sich zu freuen.

Es war Maecenas, der mich auf eine Lösung für Julia aufmerksam machte. In den vergangenen zwei Jahren hatte ich ihn immer seltener gesehen, teils, weil Murenas Verschwörung und die Hinrichtung seines Schwagers eine gewisse Abkühlung zwischen uns bewirkt hatte, mehr aber, weil Maecenas sich nur in Krisenzeiten für Politik interessierte. Verwaltung reizte ihn nicht, und so war er in eine andere Welt entglitten. Sein Vergnügen bestand jetzt in einem Dasein als Patron der Kunst, nicht in der Politik, und er pflog einer neuen und viel zu unverhohlenen Liebesaffäre mit dem Schauspieler Bathyllus. Ich mißbilligte die öffentliche Zurschaustellung seiner Zuneigung zu jenem, und das hatte ich ihm auch gesagt. Ich nehme an, er ärgerte sich über meinen Tadel. Denn Maecenas hatte sich wirklich verliebt, so umfassend, wie ein Mann in mittleren Jahren, der sein Leben lang mit seinen Gefühlen nur getändelt hatte, dies noch vermag. Hätte ich ihn vor die Wahl zwischen einem Leben in Rom ohne Bathyllus und dem Exil in seiner Gesellschaft gestellt (und der Gedanke kam mir in den Sinn), er hätte sich für das letztere entschieden. Dementsprechend herrschte einige Zurückhaltung zwischen uns. Ich glaube auch, daß er eifersüchtig war, weil Vergil mich schätzte, denn er betrachtete den Dichter als seinen Protegé.

Gleichwohl bestand bei ihm noch genug von der alten Zuneigung, daß er offen mit mir sprechen konnte, und genug auch von der meinen, um es unwahrscheinlich zu machen, daß ich ihn je vor diese Wahl stellen würde, denn damit hätte ich mich selbst des einzigen Mannes beraubt, der mir nie einen schlechten Rat gegeben hatte und der mich, auch wenn er mich oft gelangweilt hatte, noch immer zum Lachen bringen konnte. Des einzigen auch, der noch immer unverändert als Freund meiner Jugend sprach...

»Es ist schwierig«, sagte er nun, »Leute loszuwerden, nicht?«

»Ein Vater«, sagte ich, »hat die Pflicht, seine Tochter zu versorgen...«

»Stell dich nicht so an, mein Lieber. Du und ich und ein tauber Sklave – da können wir das Gewäsch sicher mal beiseite lassen. Ich weiß genau, was dein Problem ist, und du hast auch ganz recht. Weißt du, mein Lieber, ich kenne diese... Typen... mit denen Julia, nun, sagen wir, Umgang pflegt. Sie sind Gesindel, altes Republikanergesindel. Sie schwingen große Reden und haben die Moral von Straßenkatern. Und ich spreche als jemand, der Bescheid weiß.«

»Ich kann jedenfalls nicht zulassen, daß Julia einen von denen heiratet. Die Konsequenzen...«

»Du kannst nicht mal zulassen, daß einer von ihnen sie vögelt...« Maecenas wedelte mit einer beringten Hand vor meinem Gesicht und spielte mit seinen Juwelen. »Es kommt nur ein einziger Mann in Frage«, stellte er fest. »Agrippa.«

»Agrippa? An den habe ich überhaupt noch nicht gedacht. Ich bin nicht auf den Gedanken gekommen...«

»Natürlich nicht. Für dich ist Agrippa immer noch dein Busenfreund, deine absolut zuverlässige rechte Hand. Es ist schon sehr komisch, mein Lieber, wie du es schaffst, deine Unschuld zu behalten und noch immer nicht zu begreifen, was Macht ist. Du glaubst wirklich an Zuneigung, nicht wahr? O ja, ich bin sicher, Agrippa hat dich gern, aber hast du dich je gefragt, was in dem Holzklotz, den er Kopf nennt, wirklich vor sich geht? Hast du dich gefragt, wie man sich fühlen muß, wenn man weiß, daß man der größte Soldat der Welt und der kunstreichste Administrator ist, daß einem die Legionen Liebe, Furcht und Vertrauen entgegenbringen, und daß man dennoch, jetzt und immerdar, gezwungen sein wird, einen halben Schritt hinter seinem ältesten Freund zu stehen, den man mit all seinen Schwächen kennt und dem man sich in so vielen wichtigen Dingen überlegen fühlt...«

»Du hast mir immer die Wahrheit gesagt, Maecenas... warum sagst du mir das jetzt?«

Er lächelte und gab keine Antwort.

»Natürlich haßt du Agrippa.«

»Natürlich. Er hat mir nie verziehen, daß ich intelligenter bin als er. Agrippa ist ein Löwe. Kannst du einen Löwen als Schoßtier halten? Kannst du einem Löwen je wirklich vertrauen? Mein Lieber, die Macht erlegt dir ihre eigenen Imperative auf, und du stehst vor einer Wahl. Du kannst Agrippa töten und seine Macht so zügeln, oder du kannst ihn noch enger an dich binden. Laß ihn deine Tochter heiraten. Füttere ihn mit Ehre, Vertrauen und Ruhm, und der Löwe findet sich vielleicht bereit, zu schnurren, zahm wie ein Hauskätzchen...«

Julia war entsetzt. Sie schürzte die Lippen, und ihre Augen füllten sich mit Tränen und wurden gleichzeitig schmal. Ich sah, wie sie im mittleren Alter aussehen würde: schweinchenhaft, die Schönheit dahin. Ich empfand Zärtlichkeit für sie, aber natürlich konnte ich nicht nachgeben, und so versuchte ich statt dessen, sie zu überreden.

Ich wies sie darauf hin, daß ich nicht ewig leben könne, daß ich im Jahr zuvor beinahe gestorben wäre, und daß Agrippa, wenn es einmal geschähe, der mächtigste Mann der Welt sein werde.

»Was interessiert mich das?« fragte sie. »Ich will Spaß, nicht Macht…«

Ein unangemessenes Verlangen! Arme Julia, die so wenig vom Leben wußte! Ich versuchte, es ihr zu erklären, doch ohne Erfolg. Livia indessen versicherte mir, sie werde sie zur Vernunft bringen. Ärger werde es jedenfalls nicht geben. Dabei war ich unsicher gewesen, wie sie selbst auf den geplanten Ehebund reagieren würde. Ich war einigermaßen überrascht, daß er ihren Beifall fand. Glaubte sie, so fragte ich mich, daß Agrippa für das vornehme Rom niemals akzeptabel sein und daß diese Ehe den Weg für Tiberius freihalten werde? Doch dann verblüffte sie mich noch mehr, indem sie mir den Vorschlag unterbreitete, Tiberius solle Agrippas Tochter Vipsania heiraten. Ich hatte nichts dagegen, aber daß ich überrascht war, sah sie.

»Natürlich ist es keine großartige Verbindung, was die Herkunft angeht«, sagte sie. »Aber ein Claudier adelt jede Beziehung. Außerdem ist sie ein liebes, wohlerzogenes Mädchen. Freundlich und vernünftig. Ich bin recht von ihr eingenommen.«

Nach einigem Nachdenken begriff ich, daß sie glaubte, diese Heirat werde Tiberius' Position sichern, falls Agrippa mich überlebte. Er würde sich verpflichtet fühlen, den Gatten seiner Tochter zu fördern. Damals glaubte auch Livia, daß Julia keine Kinder mehr bekommen könne.

Heute kam ein langer Brief von Tiberius vom Ufer des Rheins:

Alles ist ruhig, Vater. Die Germanen haben letzte Woche einen Überfall unternommen. Wir haben ihnen blutige Nasen verpaßt und sie in den ungeordneten Rückzug getrieben. Einige unserer jungen Offiziere waren darauf erpicht, ihnen nachzusetzen, und zwei zeigten sich recht aufsässig, als ich ihnen befahl, dies unter keinen Umständen zu tun. Ich zweifle nicht daran, daß sie schlecht von mir denken, mich wahrscheinlich gar für ein altes Weib halten. (Es haben ja wenige viel Erfahrung darin, wie zäh ein altes Weib sein kann.) Ich habe jedoch absolut unmißverständliche Befehle gegeben. Ich erlaube nicht, daß irgendwelche Einheiten mehr als fünf Meilen weit über unsere Linien hinaus vordringen.

Ich habe die Gespräche, die wir bei meinem letzten Aufenthalt in Rom führten, gründlich bedacht. Ich bin froh über unsere vollständige Einigkeit in der Auffassung, daß das Reich groß genug ist, und daß wir nun in eine Periode der Konsolidierung gelangt sind, die durchaus zwei Generationen dauern kann. Aus der Annektion der finsteren, unproduktiven Wälder Germaniens ist kein Gewinn zu schlagen, und ich muß sagen, daß die Beobachtungen, die ich in jahrelangen Einsätzen an unseren Grenzen habe machen können, mich davon überzeugt haben, daß die Germanen, anders als die Bewohner Illyriens oder Thraziens, für das zivilisierte Leben fundamental ungeeignet sind. Es ist daher nichts damit zu gewinnen, daß man versucht, sie dem Reich einzuverleiben. Sie sind von Natur aus Wilde. Sie verehren Götter von erdenklicher Gräßlichkeit, und sie haben weder die Begabung für ein urbanes Leben, noch sind sie daran interessiert. Zudem treiben sie kaum Ackerbau. Ließe es sich durchführen, ich würde im Süden Germaniens eine breite Schneise veröden, die Wälder bis auf hundert Meilen jenseits der Grenze niederbrennen und so eine entvölkerte Zone schaffen, die sich als hygienischer Kordon zwischen dem Reich und der Barbarei erstrecken würde...

Ich wiederhole: Es ist mein wohlerwogenes Urteil, daß mit Abenteuern an der Nordgrenze nichts zu gewinnen ist. Wer hier für eine expansionistische Politik eintritt, ist befeuert von der Hitzigkeit ignoranter Jugend ohne Augenmaß...

(Er meint natürlich seinen Neffen. Der Junge hat seinen Charme, und ich liebe ihn, aber diesmal bin ich auf Tiberius' Seite. Wenn ich noch Zweifel hätte, würde der letzte Absatz sie verstummen lassen...)

Gestern ist etwas Bemerkenswertes geschehen. Es erhob sich der Ruf, man habe einen Trupp Männer entdeckt, der aus dem Walde hervorbreche. Natürlich wurde Alarm geschlagen, aber man erkannte bald, daß es nur ein kleiner Haufe war. Versprengte, so nahmen wir an, oder vielleicht ein zersplitterter Stamm, der in einem der Kleinkriege, wie sie zwischen den germanischen Stämmen unablässig ausbrechen, Federn gelassen hatte und der sich nun zufluchtsuchend unseren Verteidigunglinien nahte. Ich beschloß sogleich, ihnen keinen Einlaß zu gewähren, denn frühere Erfahrungen haben gezeigt, daß die Germanen sich in der Zivilisation unweigerlich nach kurzer Zeit langweilen und dann zu einer lästigen Störung werden. Ich entsandte daher eine Kohorte mit dem Befehl, sie in den Wald zurückzutreiben. Stelle dir meine Überraschung vor, als ich hörte, daß man sie im Gegenteil hereinbrachte. Ich begab mich ins Lager, um die für die Mißachtung meines Befehls Verantwortlichen zur Rechenschaft zu ziehen, sah mich indessen einem Anblick ausgesetzt, der Mitleid und Entsetzen hervorrief, denn diese Flüchtlinge waren keine Germanen, sondern eine Handvoll Überlebende von den Legionen des Varus. Es waren Gefangene, denen die Flucht gelungen war, und ein so elendes Häuflein hat man nie gesehen noch solche Greuel gehört. Ihr Bericht über die Behandlung, die ihnen widerfahren war, ließ einem das Blut gefrieren. Ich sage Behandlung, aber Mißhandlung wäre das passende Wort dafür. Einem Dutzend von ihnen war die Zunge herausgerissen worden – nur zum Vergnügen, wie die anderen sagten; ein Legionär allerdings, ein Italiener aus Kalabrien, erzählte eine entsetzliche Geschichte: Ein paar ihrer barbarischen Bezwinger hätten verkündet, sie wollten Latein lernen, und sie glaubten, daß sie dies tun könnten, indem sie unseren Soldaten die Zungen herausschnitten und verspeisten. Hast du je etwas so Abscheuliches vernommen? Aber sie haben es tatsächlich getan. Und immer noch behaupten manche Leute, man könne die Germanen zivilisieren. Ich frage dich.

Du wirst erfreut sein, zu hören, daß die armen Männer von uns ehrenvoll behandelt und mit aller Bequemlichkeit versehen worden sind. Ich habe indessen befohlen, sie mit einer Eskorte vom Heer zu entfernen, sobald sie reisefähig sind. Man soll sie in einer Veteranenkolonie ansiedeln. Es ist nicht wünschenswert, sie in der Nähe der Grenze zu behalten; zwar will man einerseits, daß unsere Männer eine Abneigung, ja, auch leise Furcht vor den Germanen verspüren, andererseits aber sollen sie keine ungesunde Angst vor dem Feind entwickeln. Mir fällt jedoch ein, daß du womöglich den Wunsch hast, sie in Rom zu empfangen, um sie für die Leiden zu ehren, die sie für die Republik auf sich genommen haben. Ich wäre dir dankbar, wenn du mich so bald wie möglich wissen lassen könntest, ob dies der Fall ist.

Ich hoffe, du erfreust dich guter Gesundheit. Bitte übermittle meiner Mutter meine gehorsamsten Grüße.

Tiberius.

Ich schrak vor seinem Vorschlag zurück. Zwerge und physische Mißgeburten waren mir von jeher verhaßt, und bei dem Gedanken, diesen unglückseligen Verstümmelten zu begegnen, wurde mir übel. Sogleich schrieb ich Tiberius und wies ihn an, sie in einer Kolonie in der Nähe von Mantua anzusiedeln, und ich versprach ihm, mit Geld aus meiner Privatschatulle für sämtliche Kosten aufzukommen und sie in ihrem neuen Leben mit großzügigen Pensionen auszustatten. Ich beschloß meinen Brief mit den Worten:

Deine Feldzüge vom letzten Sommer, lieber Tiberius, verdienen alles Lob, das ich aufbringen kann. Niemand unter den Lebenden hätte sie so erfolgreich durchführen können, bedenkt man die vielen Schwierigkeiten, die Kriegsmüdigkeit und die schlechte Moral der Truppen unter deinem Kommando. Jedermann preist dich, und was Ennius von Quintus Fabius Cunctator sagte, jenem Mann, der Rom vor Hannibal bewahrte, kann auch für dich gelten: »Allein errettete er uns mit seinem wachsamen Auge...« Vernachlässige nicht deine Gesundheit, mein Sohn; ich kann nicht sagen, wie die Nachricht, du seiest erkrankt, sich auf deine Mutter und mich auswirken würde; von höchster politischer Bedeutung ist auch, daß das ganze Vaterland durch eine Ungewißheit der Führung in Gefahr gebracht werden würde. Du erkundigst dich freundlich nach meiner Gesundheit. Sie zählt jetzt wenig im Vergleich mit der deinen. Ich bete täglich, daß die Götter dich bewahren mögen, sofern sie unser teures Rom nicht ganz und gar verabscheuen...

Was könnte ich mehr schreiben, um Tiberius davon zu überzeugen, daß ich ihn brauche, daß Rom ihn braucht? Und doch hätte ich einst kaum geglaubt, daß ich einmal solche Worte an Livias Sohn schreiben würde...

Aber die Nachricht von diesen Überlebenden hat mich beunruhigt. Ich ließ daher nachfragen, ob es Kunde von dem kleinen Mädchen gebe, das neben der Marschkolonne einhergetanzt war. Hält man denn meine Bitte, sie zu suchen, nur für eine senile Grille? Ich habe mich nicht auf die Arbeit konzentrieren können, seit ich den Brief an Tiberius diktierte und die letzten Worte mit eigener Hand hinzukritzelte.

Agrippa hielt sich noch im Osten auf, als ich beschloß, ihn mit Julia zu verheiraten. Ich teilte ihm meine Absichten schriftlich mit. Natürlich würde es notwendig sein, daß er sich von Attica scheiden ließe, aber ihr Vater war seit langem tot, und Agrippa hatte seine Millionen sicher. Er konnte sich mühelos leisten, eine beträchtliche Abfindung zu zahlen, und es war durchaus möglich, daß Attica, wie so manche Dame in mittleren Jahren, froh sein würde, von den ehelichen Banden befreit zu sein. Ich habe oft beobachtet, wie leicht sie sich an den Ledigenstatus gewöhnen können, vorausgesetzt, daß die finanziellen Arrangements zufriedenstellend ausgefallen sind. Und warum auch nicht? Wer möchte nicht lieber nur für das eigene Vergnügen sorgen? Außerdem war ich sicher, daß Attica sich durch die Ehre, die ihrer Tochter Vipsania zuteil werden sollte, würde beschwichtigen lassen. Für die Enkelin eines bloßen Bankiers (wie groß die Zahl seiner Millionen auch sein mag) bedeutet es immer noch etwas, einen Claudier zu heiraten. Es gibt ja Obskurantisten, die eine solche gesellschaftliche Erhöhung verächtlich belächeln; nichts ist jedoch notwendiger, als daß sie stattfindet und daß der sozialen Ordnung eine gewisse Fluidität eignet.

Man sagt, Agrippa habe meine Einladung mit großer Verblüffung vernommen; er sei sogar so weit gegangen, seinen Stab zu fragen, ob dies womöglich ein Komplott sein könne. Er ließ meinen Brief von seinen Sekretären untersuchen, um festzustellen, ob es sich um eine Fälschung handelte, obwohl ich ihm eigenhändig geschrieben hatte und er meine Schrift seit Jahren kannte. Als er schließlich überzeugt war, daß es sich um ein echtes Angebot handelte, war er natürlich entzückt. Julia war schließlich äußerst begehrenswert, und sie war meine Tochter.

Auch sie war intelligent genug, um zu begreifen, daß ihre Einwände gegen die Ehe fruchtlos bleiben würden, und so machte sie gute Miene und fügte sich. Obwohl Agrippa natürlich kaum ein junger Mann von der Art war, die ihr Entzücken erregte, war er doch ein Held. Er war beherrschend, tapfer und würdevoll, wie Livia anmerkte. Wir kamen überein, daß es Julia gut tun werde, der Gesellschaft jener androgynen jungen Männer beraubt zu werden, die sich scharenweise in ihren Gemächern einfanden; und jedenfalls ergriffen sie vor Agrippa für eine Weile die Flucht.

Was mich betrifft, so sonnte ich mich im Erfolg dieser Hochzeit. Ich verdankte Agrippa viel, und ich war froh, meine Schuld auf diese Weise abtragen zu können. Zu wissen, daß er zur Familie gehörte, bestärkte meine Sicherheit, und mit Freude sah ich, wie unter seinem Einfluß Charakter und Benehmen meiner geliebten Tochter an

Stabilität gewannen. Und was das beste war: Schon bald bewies sie, daß die Befürchtung, sie könnte keine Kinder mehr bekommen, unbegründet war. In den Jahren der Ehe kamen vier zur Welt, und ein fünftes, der unglückliche Agrippa Postumus, noch sechs Monate nach dem Tode seines Vaters. Die beiden ältesten, Gajus und Lucius, sollten die Freude meines Lebens werden.

Ebenso erfreulich war es, zu sehen, wie Vipsania es zuwegebrachte, Tiberius umgänglicher werden zu lassen und seine steife, zurückgezogene Art zu mildern.

V

Die Sicherheit des Reiches ist von zwei Dingen abhängig: von geordneter Freiheit im Lande und von der Unverletzlichkeit der Grenzen. Mein Lebenswerk war es, beides zu sichern und zu erhalten. Tatsächlich sind auch nur zwei Grenzen unsicher: die im Norden, und die im Osten, wo das Partherreich beginnt. In Mitteleuropa haben meine Generäle, Tiberius vor allem, die Donau endlich zu einer sicheren Verteidigungslinie machen können. In Germanien haben wir weniger Erfolg gehabt, und wie der Briefwechsel mit Tiberius, den ich im vorigen Kapitel zitiert habe, erweist, bin ich zum dem Schluß gekommen, daß wenig damit zu gewinnen ist, wenn wir weiter in Richtung auf die Elbe vorstoßen, wie es einmal meine Absicht war. Ich gestehe, daß dies eine Fehleinschätzung war, und obgleich ich Tiberius' düstere Verachtung für die Germanen nicht restlos teile (denn ich bin der Meinung, daß selbst diese wilden Stämme nicht gänzlich unempfänglich für den geordneten Charme des zivilisierten Lebens sind), ist doch folgender Rat mein Vermächtnis an die, welche in der Republik die Macht haben werden: Rom ist eine Mittelmeermacht, und jede weitere Expansion nach Norden ist gefährlich, unprofitabel und ohne Bedeutung für unsere wahren Interessen.

Mit dem Osten hingegen ist es eine andere Sache. Dort stehen wir nicht Horden von Barbaren gegenüber, lose organisiert in Stammesverbänden, die so unbeständig sind wie das Wasser, sondern einem großen Reich. Wenn wir den Historikern Glauben schenken, so sind die Täler des Tigris und des Euphrat geradezu das Saatbeet des zivilisierten Lebens, älter noch als Ägypten. Städte kannte man dort schon, ehe Troja gegründet wurde. Sogar die Juden führen ihre Abstammung auf einen gewissen Abraham zurück, der, wie sie sagen, aus Ur in Chaldäa kam. Eine Folge von Imperien hat in diesen Flußtälern regiert, die so reich und fruchtbar sind. Jeder Schulknabe weiß vom Reich der Perser, das versucht hat, Griechenland zu erobern, und dessen Unterwerfung schließlich eines genialen Alexander bedurfte.

An die Stelle dieses Reiches sind die Parther getreten, und deren Politik ist eine komplizierte Angelegenheit. Ich weiß mir hier kein besseres Verfahren, als mit Tränen in den Augen ein Memorandum wiederzugeben, das ich für meinen geliebten Gajus verfaßte, als ich ihn auf einen Kommandoposten in den Osten entsandte:

Mein lieber Junge, mit einer großen Aufgabe habe ich dich betraut, denn ich habe dich beauftragt, mit Völkern umzugehen, deren Lebensweise ganz anders ist als die unsere, und wie du sie überhaupt noch nie gesehen hast. Ich will dich deshalb mit möglichst vielen Hintergrundinformationen ausstatten. Denke immer daran: Wissen ist Macht. Es ist notwendig, daß man alles und jeden aufmerksam studiert, bevor man damit umgeht. Vom alten Perserreich hast du natürlich gelesen. Die Parther, die es eroberten, waren ursprünglich wilde Nomaden, ein Reitervolk, das aus den winddurchfegten

Ebenen des fernsten Asien auf die reichen Städte herniederstieß. Sie fanden dort eine großartige Bürokratie vor; sie verstanden sie zwar kaum, waren aber klug genug, sie nicht zu zerstören. Was ihre Art der Kriegführung betrifft, sind sie geblieben, was ihre Vorfahren waren, aber ihren barbarischen Prunk haben sie mit orientalischer Verfeinerung ausgestattet, und die Kombination ist ehrfurchtgebietend. Sogar von der griechischen Zivilisation haben sie etwas übernommen – jenes machtvolle Gebräu, das zerstört und vergiftet, noch während es erhellt und kräftigt. Unterschätze sie daher nicht.

Ihr Reich ist nie an das herangekommen, was wir Römer unter einem Bürgerstaat verstehen, denn Freiheit ist dort unbekannt, der Wille des Herrschers aber allmächtig. Die einzige Hemmnis für ihn ist die Notwendigkeit, den Adel günstig zu stimmen, auf daß er nicht in seiner Unzufriedenheit zu Mitteln des Mordes oder der Rebellion greife. Es handelt sich daher um eine Tyrannenherrschaft; auf eine Weise nämlich kannst du eine Tyrannei erkennen: Indem du fragst, ob der Herrscher durch Gesetz oder durch Sitte aus undenklicher Vergangenheit gebunden ist, oder ob irgendeine rechtmäßige Autorität existiert, die von der seinen unabhängig ist. Wir in Rom haben natürlich eine solche Autorität, denn unsere Regierung ist abhängig vom Willen des Senats und des römischen Volkes. Wie du weißt, entspringt dort auch meine eigene Autorität. Als ich die Republik wiederherstellte, betrauten meine Senatskollegen mich damit, sie zu hegen und zu führen. Im Partherreich gibt es eine solche unabhängige Autorität nicht, und daher haben wir das Recht, es als bloße Tyrannei zu bezeichnen. Behalte diesen Unterschied im Gedächtnis, und erwäge, was er bedeutet, mein lieber Junge.

Vergiß indessen nicht, daß dieses Reich furchterregend ist. Es stellt eine große Militärmacht dar. Zum Glück ist es über weite Strecken der Grenze hinweg durch die glühende Einöde einer gewaltigen Wüste von uns getrennt; es ist jene Wüste, durch die der prahlerische Millionär Marcus Crassus, der so erpicht darauf war, seine Mit-Triumvirn Pompejus und Caesar nachzuahmen, seine Legionen marschieren ließ, mit bleischweren Füßen und kraftlos vor Durst, bis zum Gemetzel von Carrhae. Crassus sollte allen römischen Feldherrn zur Warnung dienen. »Was für ein Narr!« wirst du sagen, und du wirst recht haben... Glaubte er, sein Vermögen sei der Beweis dafür, daß die Götter ihn liebten? Dabei lehren uns Legenden und Geschichte, daß die Götter eifersüchtig sind. Hybris und Nemesis – jeder, der Macht hat, sollte bei diesen Worten verweilen –, aber der elende Crassus war zu sehr mit seinen Kontobüchern beschäftigt, als daß er die Dichter hätte lesen können.

Das Vorhandensein dieser Wüste bedeutet, daß die Parther (die klüger sind als Crassus) kaum eine Bedrohung für die südlichen Grenzmarken unseres Reiches darstellen; zwischen uns liegt die Wüste, schreckliche, lebensfeindliche, weglose Sandflächen und gottlose Einöde – mich schaudert bei dem Gedanken daran. Mit dem nördlichen Rand ist es eine andere Sache. Dort ragt Armenien in das parthische Reich wie eine Halbinsel und lädt zum Angriff ein. Eine Invasion dort, wäre sie erfolgreich, würde ihnen den Weg ins asiatische Herzland eröffnen, das für uns von so lebenswichtiger Bedeutung ist: Kappadokien, Bithynien, Lykien lägen entblößt vor ihnen, und die Parther würden sich an den Gestaden des Schwarzen Meeres festsetzen, ja, sogar das Mittelmeer bedrohen.

Rom muß deshalb Armenien kontrollieren. Das ist die oberste Regel unserer Politik im Osten. Doch es ist leichter gesagt als getan! Die Armenier sind schwierig, unbotmäßig, verräterisch und xenophobisch. Es sind größtenteils Hochlandbewohner, und sie neigen zu Streitereien untereinander, die nur im Angesicht einer Invasion von außen für einen Augenblick zur Ruhe kommen. Das Land ist gebirgig, im Winter ist es bitterkalt (achte darauf, stets in Schafspelz gehüllt zu gehen), und schneeträchtige Winde fegen darüber hin; die trockenen Sommer sind nicht minder hart und ungastlich. Kaum ein Römer ist dort glücklich, denn es ist uns alles ganz und gar fremd. Kein Land aber ist von größerer strategischer Bedeutung, und überdies ist es auch von wichtigen Handelsrouten durchkreuzt.

Ich habe es für das beste gehalten, es mehr oder weniger unabhängig bleiben zu lassen, dabei aber dafür zu sorgen, daß der König uns freundlich gesonnen ist. Antonius erwählte es sich zur Basis für seinen Parther-Krieg, und auch wenn er damit die Katastrophe vermied, der Crassus zum Opfer fiel, war sein Rückzug doch immer noch schmählich genug. Seine Soldaten litten fürchterlich beim Überschreiten des Tabriz-Gebirges. Die Armenier schnappten genüßlich nach seinen Flanken und seiner Nachhut, täglich waren Scharmützel auszufechten, gräßliche Katzbalgereien, und Versprengten wurde der Weg abgeschnitten und sie wurden getötet oder verstümmelt. Wie du weißt, besaß er die Unverschämtheit, nach seinem Armenien-Feldzug in Alexandria einen (durchaus illegalen) Triumph zu feiern; in Wahrheit aber hatte er mit seinem Krieg nichts gewonnen und nur unserem Ansehen großen Schaden zugefügt.

Von Anfang an war ich davon überzeugt, daß es Torheit sei, Crassus oder Antonius nachzuahmen; gleichwohl aber wußte ich, daß es notwendig war, unseren alten Einfluß in Armenien zurückzugewinnen und die Schande auszulöschen, mit der diese beiden unbedachten Idioten uns bedeckt hatten. Die Frage war: Wie sollte man das anfangen? Und du kannst dir vorstellen, daß ich mir eine Zeitlang keinen Rat wußte. Ich beschloß, mich in Geduld zu fassen. Dann sah ich meine Chance.

Artaxes, der armenische König, war ein Fuchs, ein akrobatischer Fuchs, wie ich vielleicht sagen darf, denn seine Politik war es, die beiden Reiche, die ihn zu beherrschen drohten, gegeneinander auszuspielen. Ich erfuhr indessen, daß seine eigene Autorität auf schwankenden Füßen stand, und da er dies selbst erkannte, entschied er sich dafür, zu versuchen, sie dadurch zu stützen, daß er eine förmliche Allianz mit den Parthern einging. Die Stärke unserer Position nun liegt schlicht darin: Viele Armenier fürchten und hassen Parthien weit mehr als uns. Der Grund dafür ist einfach: Parthien ist nah und vertraut, Rom selbst aber fern und fremd für sie.

Ich war zum Überwintern auf Samos – du warst auch schon dort und kennst Annehmlichkeiten der Insel –, als ich von seinen Plänen erfuhr. Sofort entsandte ich Agenten nach Armenien, die den Auftrag hatten, die Stärke der Opposition gegen Artaxes festzustellen und ihr unsere Hilfe anzubieten.

Von da an gerieten die Ereignisse rasch in Bewegung. Artaxes wandte sich hilfesuchend an die Parther. Sie sandten ihm eine Armee, geführt vom Sohn des Kaisers Phraates (ebenfalls Phraates mit Namen), und ein Stamm armenischer Rebellen nahm den jungen Phraates gefangen.

Ihrem Instinkt folgend, wollten sie den Jüngling blenden und verstümmeln, wie es bei ihnen bezaubernder Brauch ist, aber zum Glück erfuhr einer meiner Agenten, ein Grieche namens Philipp, von seiner Gefangennahme und übernahm es, den Hochländern eine große Summe Goldes anzubieten, wenn sie ihm den Jungen dafür übergäben. Damit überschritt er selbstverständlich seine Befugnisse, aber ich will dir doch eindringlich zu bedenken geben, wie notwendig es ist, Agenten zu haben, die bereit sind, auch auf eigene Initiative zu handeln. Natürlich verlangten die Hochländer, das Gold zuvor zu besichtigen, aber als man es ihnen vorlegte, waren sie entzückt über den Handel. (Philipp erzählte mir, einer von ihnen habe um die Erlaubnis gefleht, »ihn bloß ein klein bißchen zu verstümmeln. Wenigstens ein Ohr.«) Der arme Junge, in der Schlacht tapfer genug, aber von der ungewöhnlichen Natur dieses Erlebnisses denn doch völlig überwältigt, sank uns erleichtert in die Arme.

Während diese Verhandlungen noch im Gange waren, traf ein anderer Parther-Fürst auf Samos ein. Es war Tiridates, ein Halbbruder des Kaisers, der seiner eigenen Meinung nach einen berechtigten Anspruch auf den Thron hatte. Die parthischen Thronfolgegesetze habe ich nie begriffen, und ich kenne keinen Römer, dem es anders geht. Tiridates war jünger als Phraates (der Kaiser), aber seinen Anspruch gründete er auf die Tatsache, daß sein Vater bei seiner Geburt regierender Monarch gewesen war, der des Phraates hingegen nicht. »Ich wurde im Purpur geboren, verstehst du, im Purpur«, wiederholte er unablässig in einem winselnden, heuchlerischen Tonfall, der mir in hohem Maße auf die Nerven ging. Anscheinend aber hatte sein Anspruch bei den Parthern einiges Gewicht; vielleicht ist Unfug dieser Art eine Eigentümlichkeit des

Erbkönigtums, wo Fähigkeit weniger gilt als Geburt. Uns Römern kommt es freilich bemerkenswert töricht vor. Dazu kommt, daß ich Tiridates nicht mochte – ein schmaler, blinzelnder Bursche, der dazu neigte, sittenlose Gespräche in abstoßendem Griechisch zu führen. Dennoch konnte er offensichtlich nützlich sein; man darf sich sein Urteil nicht von persönlichen Animositäten vernebeln lassen. Ich befahl also, ihn mit all den Ehren zu behandeln, die man einem König gegenüber für geboten hielt. Den jungen Phraates hingegen mochte ich recht gern. Als er sich von seiner durch die Gefangenschaft herbeigeführten Nervenkrise einmal erholt hatte, war er ein angenehmer Jüngling; er hatte, wie mir einfällt, etwas vom Charme des teuren Lucius, wenn auch nicht seinen Verstand. Weder Phraates noch Tiridates konnte ich mir als zufriedenstellenden Regenten vorstellen, aber das war meine Sache ja nur insofern, als ich der parthischen Außenpolitik meinen Willen aufzuprägen gedachte.

Unterdessen wartete ich auf Nachricht von Philipp. Du wunderst dich vielleicht, daß ich einen Freigelassenen mit einer so delikaten diplomatischen Angelegenheit betraute, obwohl du ja frei von vielen Vorurteilen unserer Klasse erzogen worden bist; aber ich habe festgestellt, daß Griechen für heimliche oder getarnte Unternehmungen aller Art gut geeignet sind, und überdies war er mir von einem anderen Agenten meines Vertrauens empfohlen worden. Aber ich hatte noch einen anderen Grund, mich für ihn zu entscheiden. Die Situation in Armenien war so sehr in Bewegung geraten und ein so fruchtbarer Boden für allerlei Unheilstifterei, daß es wenige römische Adelige gab, denen ich hätte trauen mögen. Sie hätten dort vielleicht Gelegenheit gefunden, weniger genehme republikanische Ideen zu verkünden – aus einer Position der Stärke. Wie ich dir schon oft gesagt habe, ich war stets auf der Hut vor dem verführerischen Ruf der Freiheit – womit im allgemeinen die Freiheit gemeint ist, das Nest des Rufenden zu polstern. Ein Freigelassener, der mir alles zu verdanken hatte und ohne meine Unterstützung gar nichts war, eignete sich als Mittler da besser. Ich kann dir diese Politik nur empfehlen. Außerdem kann ein Grieche Handlungen vornehmen, zu denen ein römischer Edelmann sich nicht herablassen sollte.

Ich habe den Mord an Artaxes, zu dem es dann kam, nicht geplant. Es war nicht meine Sache, was die Armenier mit ihrem König taten. Tatsächlich hätte es mir in mancher Hinsicht gut gepaßt, ihn im Exil zu empfangen – es spricht im Umgang mit Klientenstaaten einiges dafür, einen alternativen König in petto zu haben. Philipp brachte mir indessen zur Kenntnis, daß Artaxes mit Parthien tief verbunden sei und sogar Pläne gemacht habe, sich dort zur Ruhe zu setzen (denn wie alle klugen Tyrannen hatte er für den Fall, daß das Schicksal sich wenden sollte, vorgesorgt). Er sagte mir auch, daß die Stimmung gegen den König beträchtlich sei. Sein Regime war blutig und heimtückisch gewesen, und überall im Tardiz-Gebirge fanden sich Männer, die für den Mord an ihren Freunden oder Verwandten Rache geschworen hatten. Daher schien es das beste zu sein, ihn der Gnade seiner Landsleute zu überlassen. Armenier neigen nicht zur Zimperlichkeit; seine Todesqualen waren lang und schmerzhaft. Und sie waren dem Volk eine Freude; als der Leichnam des Königs den Bewohnern von Erzerum gezeigt wurde, fielen sie frohlockend darüber her und rissen ihn in Stücke.
Etliche Clans blieben der Erinnerung des toten Königs gegenüber loyal und riefen seinen Sohn zum Nachfolger aus. Unsere Verbündeten baten mich, Truppen zur

Aufrechterhaltung der Ordnung zu entsenden. Ich hielt es für das beste, sie deinem Stiefvater Tiberius zu unterstellen, der damals ein junger Mann war (wenn du das glauben kannst), denn ich hatte immer noch die Befürchtung, der schwere Wein Armeniens könnte einem General zu Kopfe steigen. Allerdings achtete ich sorgfältig darauf, daß ihm ein erfahrener Kreis von Beratern zur Seite stand, wie ich jetzt auch für dich einen beschafft habe. Wir sicherten die Lage und setzten Tigranes, den Bruder des verstorbenen Königs, auf den Thron. Er hatte lange in Rom gelebt und schien ein Mann von anständigem Mittelmaß zu sein, auch wenn wir, wie du weißt, inzwischen Schwierigkeiten mit ihm bekommen haben. Die Königswürde steigt manchem tatsächlich zu Kopfe. Du hast wissen wollen, weshalb ich Armenien nicht zu einer römischen Provinz gemacht habe. Ich habe daran gedacht, aber aus zwei Gründen habe ich davon abgelassen. Erstens war mir nicht daran gelegen, die anderen Klientenkönige im Osten zu verunsichern (auch wenn ich fand, daß es keinem von ihnen schaden würde, das Schicksal des Artaxes einmal wohl zu bedenken). Zweitens hatte ich den Charakter Armeniens betrachtet, und ich konnte nicht glauben, daß die Armenier sich ruhig unserer direkten Herrschaft unterwerfen würden. Für deren Vorteile würden sie blind sein, für den Verlust ihrer Freiheit aber ein waches Empfinden haben. Sie sind stolz, widerspenstig, unzuverlässig und gerissen. Sie würden unbequeme Untertanen abgeben. Besser, fand ich, war es, sie in einem Zustand der Dankbarkeit und Abhängigkeit sich selbst regieren zu lassen. Sie sollten die Freiheit behalten, sich von einem einheimischen König beherrschen zu lassen, solange sie diese Freiheit nicht mißbrauchten und loyal gegen Rom blieben. Das Schicksal des Artaxes würde den nachfolgenden Königen zur Warnung dienen. Das ist immer noch meine Meinung.

Nachdem ich in Armenien eine freundlich gesonnene Regierung etabliert hatte, konnte ich meine Aufmerksamkeit den Parthern widmen. Ich versicherte Phraates, daß ich nichts anderes ersehnte als gute Beziehungen zu seinem großen Reich. Die Anwesenheit seines Sohnes in meinem Haushalt, teilte ich ihm mit, sei mir eine Ehre, und ich hoffte, der Knabe werde sich einer glorreichen Zukunft erfreuen. Ich fügte hinzu, daß sein Halbbruder Tiridates auf eine Handlungsrichtung dränge, die im Augenblick weder für Rom noch für Parthien irgendwelche Vorteile zu bringen scheine; freilich könnten die Dinge sich ändern. Ich ließ ihn wissen, daß ich eine Gesandtschaft unter der Leitung meines Stiefsohnes Tiberius Claudius Nero zu schicken gedächte, auf daß zwistige Fragen zwischen den beiden größten Reichen der Welt erörtert werden könnten.

»Es gibt jedoch«, fügte ich hinzu, »ein Ärgernis, das es Rom schwierig macht, die freundschaftlichen Beziehungen zu Parthien wiederaufzunehmen. Ihr habt Standarten und Trophäen, die den von Crassus und Antonius geführten Armeen abgenommen wurden, in eurem Besitz. Ihr Verlust war eine Schmach, und Rom brennt darauf, sie zu rächen. Ich halte es für möglich, daß ihr auch noch römische Soldaten festhaltet, die bei diesen Feldzügen in Gefangenschaft geraten sind. Rom kann nicht ruhig sein, solange römische Bürger in der Fremde schmachten.«

Ich endete mit einem Schnörkel jener pfauenhaften Komplimente, wie sie die Orientalen entzücken und deren Verwendung ich dir stets anraten würde.

Phraates erschrak ob der Verschiebung im Gleichgewicht der Macht und meiner verhüllten Drohungen mit Tiridates. Er hieß die Gesandtschaft willkommen, ganz besonders, weil sich erwies, daß sein Bruder im Reich über mehr Unterstützung verfügte, als wir geglaubt hatten. Phraates war deshalb erpicht darauf, einen Vertrag zu schließen, und willigte in meine Bedingungen ein, ohne die übliche, langgezogene Auseinandersetzung zu führen. Die Standarten wurden Tiberius überreicht, und dieser hielt eine würdevolle Rede. (Man berichtete mir allerdings, er habe so viele altmodische Ausdrücke benutzt, daß sein Dolmetscher hilflos war; das wird dich nicht überraschen, denn wir hatten ja immer Spaß an der archaischen Pedanterie deines Stiefvaters, nicht wahr...?)

Die Wiederbeschaffung der Standarten war ein großer Erfolg. Kein Tropfen römischen Blutes wurde vergossen. Aber die Standarten selbst waren getränkt von dem Blut, das Crassus und Antonius mit ihrer Torheit über sie gebracht hatten.

Ich hoffe, dieser Bericht wird wertvoll für dich sein, mein geliebter Junge. Er wird dich mit vielen der notwendigen Hintergrundinformationen versorgen. Im Umgang mit den Orientalen mußt du Stärke, Feingefühl, Vorsicht und Phantasie vereinen, und du mußt dich bemühen, den natürlichen Abscheu zu verbergen, den wir für sie empfinden. Ich zweifle nicht daran, daß es dir gelingen wird...

Wenn ich diesen Brief jetzt lese, versinke ich erneut in die Trauer um Gajus, der in seiner vollen Blüte so grausam von mir gerissen wurde. Und ich entsinne mich auch der Rückkehr der Gefangenen. Es waren sogar ein Dutzend Überlebende aus Crassus' Armee dabei, alte Männer, die fast vierzig Jahre in der Skaverei gelitten und alle Hoffnung verloren hatten, den Himmel Italiens noch einmal wiederzusehen. Drei, mit denen ich sprach, hatten das Lateinische fast vergessen...

Ihre Gesichter steigen spukhaft vor mir auf, während ich über Tiberius' Brief aus Germanien brüte. Damals war ich robust genug, meinen natürlichen Widerwillen zu überwinden und sie willkommen zu heißen. Heute kann ich es nicht mehr. Ist es das Gewissen – denn schließlich war ich es ja, der Varus entsandt hat? Oder ist es bloß das Herz, das im Alter weicher wird? Die Soldaten von Crassus und Antonius waren des Lebens vollständiger beraubt, als der Tod in der Schlacht es vermocht hätte, denn in den langen Jahren der Sklaverei hatten sie zwangsläufig immer wieder bedenken müssen, was sie verloren hatten. Wie, so fragte ich mich gleich, würden sie ihre Generäle im Reich der Schatten begrüßen? Und was werden die Soldaten des Varus mir zu sagen haben?

Niemand stellt die Moralität des Krieges in Frage – oder doch fast niemand. Ich habe niemals an Roms Mission gezweifelt. Und selbst wenn ich es getan hätte, Vergils Worte hätten meine Zweifel zerstreut. Aber ich habe zuviel vom Krieg gesehen, als daß ich seine Grausamkeit nicht fühlen oder noch irgendeinen Rest von Glauben an militärische Glorie bewahrt haben könnte. Ein verfluchter Begriff! Inzwischen sind mir Generäle, die Vergnügen am Krieg finden, ein Greuel. Tiberius, meinen lieben, ernsten Tiberius, ziehe ich dem Julius Caesar vor, der Freude an der Schlacht fand, weil sie ihm Gelegenheit bot, Ruhm zu erringen und sein Genie zur Schau zu stellen. Ich schulde Caesar manches, aber mein Lebenswerk hat darin bestanden, die Zerstörungen zu beheben, die dieses Genie angerichtet hat.

VI

Ich blieb auf Samos, bis der Frühling kam, denn ich habe Inseln immer geliebt. Die Einigung mit den Parthern gab mir Seelenfrieden, und es gab jetzt Interessantes und Vergnügliches, um mich zu zerstreuen. Ich empfing eine Gesandtschaft aus Indien. Sie machten mir eine gestreifte Katze zum Geschenk, die sie »Tiger« nannten – etwa so groß wie ein Löwe, aber anmutiger und, wie sie sagten, gefährlicher. Es war die erste, die man in Europa zu Gesicht bekam, und ich ergötzte mich an ihrer Schönheit. Die Waldungen ihres Landes, erzählte mir der Gesandte, sind reich an Tigern; die Dörfler fürchten sie, denn sie reißen ihre Rinder und Ziegen, und manchmal werden sie zu Menschenfressern. Einige aus meiner Gesellschaft brannten darauf, den Tiger im Kampf in der Arena vorzuführen, aber ich weigerte mich, diesen Vorschlag zu erwägen. Die eingepferchte Schönheit war ebenso beunruhigend wie entzückend, aber ich wollte nicht erlauben, daß sie zum Spaß des Pöbels verkäme.

Im Frühling setzte ich nach Athen über. Das Wetter war freundlich; Blumen blühten, Glyzinien und Jasmin wogten über die Mauern herab und mischten sich mit Rosen, und – das Allerbeste – Vergil erwartete mich. Er war abgespannt und krank, sein Gesicht war durchfurcht von der Erfahrung des Schmerzes, aber wir aßen junges Lamm und Zicklein und tranken den harzduftenden Wein Griechenlands, und mir schien es, als bessere sich mit den wiederkehrenden Wärme auch seine Gesundheit. Es war eine Erleichterung für mich, die Sorgen der Staatsgeschäfte für eine kurze Zeit beiseitewerfen zu können und über Dichtung und Philosophie zu sprechen.

Ich fragte, ob die »Aeneis« vollendet sei.

»Man weiß nie genug«, antwortete er.

Es war die Suche nach Wissen – ein Streben, welches allein den Mensch von der Bestie unterscheidet –, daß wir nach Eleusis reisten, um Zugang zu den Mysterien zu erheischen. Es widerstrebte mir. Alle guten Römer sind nervös im Angesicht ausländischer Götter und Göttinnen, und wenn man auch nicht gern die Gottheiten Griechenlands mit den abscheulichen Kulten Syriens und Ägyptens vergleichen möchte, fand ich doch alles, was ich über die Verehrung der Großen Göttin gehört hatte, beunruhigend. Unsere römischen Götter sind uns entweder vertraut, weil sie bestimmte Orte bewohnen und auf eine lange Geschichte zurückblicken, oder sie sind einleuchtend, wenn man sie im klaren Licht der Vernunft betrachtet. Natürlich haben wir uns einige Aspekte unserer uralten Religion bewahrt, deren Ursprünge ebenso unbekannt sind wie ihre genauen Ziele, aber diese sind uns heilig wegen ihrer langwährenden Verbindung mit unseren Ahnen, selbst wilde Zeremonien wie das Lupercalische Fest, bei dem sich die Männer in Wolfs- und Ziegenhäute hüllen und dann um den Palatin herumrennen und jede Frau peitschen, der sie begegnen, um sie so von der Unfruchtbarkeit zu kurieren; dieses Fest ist natürlich ehrwürdig wegen seines Alters. Es würde unseren Abscheu erregen, wüßten wir nicht, daß unsere Ahnen es schon lange praktizierten. Dennoch glauben wir nicht mehr, daß es Wirkung hat. Es ist auf seltsame Weise zu einer Art Volksvergnügen geworden. Unser Mangel an Glauben zeigt sich an der Tatsache, daß Livia und ich nicht einmal damals, als wir noch auf ein eigenes Kind hofften, in Betracht zogen, an der Zeremonie teilzunehmen und die Probe aufs Exempel zu machen. Wir pflegen es aber weiterhin, weil es gut ist, wenn Menschen tun, wie ihre Väter getan haben.

Unsere Religion ist eine Sache von Pflicht und gegenseitiger Schuldigkeit. Sie ist beseelt von Licht. Das sind auch die olympischen Götter Griechenlands, die größtenteils unsere eigenen Götter mit anderen Namen sind. So wird unser Jupiter zu ihrem Zeus, unsere Juno zu ihrer Hera, aus unserer Diana wird ihre Artemis, aus unserem Mars ihr Ares. Aber die griechische Religion ist auch reich an Mysterienkulten, die nicht maskulin und vernünftig sind wie unsere römischen, sondern feminin und emotional. Sie sprechen durch eine seltsame Musik mit Teilen der Natur, die wir nicht kennen und nicht kennen können. Jeder Römer fürchtet sie in seinem Herzen, und ohne Vergil, so glaube ich, wäre ich nicht nach Eleusis gegangen.

Wir näherten uns dem Tal am späten Nachmittag. Es war überraschend klein und grün, und hohe Pinien leuchteten tiefgrün im goldenen Licht des westwärts wandelnden Apollo. Bald würde er hinter den Bergen hinabsteigen und die Erde der Göttin überlassen. Die Schönheit der Landschaft ergriff mein Herz, und ich war beeindruckt von der stillen Ehrfurcht der andächtigen Scharen. Meine Zweifel zerstreuten sich; hier herrschte keine angstvolle Hast.

»Was sucht ihr?« fragte ein Priester am Tor des Kapitelhauses, zu dem man uns geführt hatte.

»Wir suchen die Wahrheit«, antwortete Vergil.

»Tretet ein.«

Man nahm uns die Kleider ab, und wir badeten, und dann salbte man uns mit süß duftenden Ölen und gab uns safrangelbe Gewänder. Alles das geschah wortlos; obwohl die Räume voller Menschen waren, hörte man nur das Scharren der Füße und das Rascheln der Kleider.

»Ihr müßt eure Gedanken von der Vergangenheit befreien, wenn ihr eine Vision der Zukunft haben wollt«, sagte der Priester, als wir fertig waren.

Wir beteten und fasteten zwei Tage lang und tranken nur das reine Wasser der Quellen, und wir wahrten weiter das Schweigen, das uns auferlegt war. Ich beobachtete Vergil aufmerksam, und dabei begann ich ein wenig vom Geheimnis des poetischen Geistes zu verstehen. Er entleerte sich völlig, bewahrte nur den einen Wunsch, Wissen aufzunehmen.

Am dritten Abend, als es dunkel geworden war, führte man uns hinaus. Zwischen Fackelreihen, gehalten von singenden Jüngern, gingen wir einher. Der Mond war aufgegangen, und der Tempel der Göttin der Mysterien schimmerte hell in seinem reinen Licht. Schatten sprenkelten den Boden, der noch warm war unter unseren bloßen Füßen. Der Gesang hallte volltönender, je weiter wir kamen: Seltsamer, wilder, als komme er aus weiter Ferne und erinnere an Dinge, die wir nie und anscheinend doch schon immer gekannt hatten.

Eine Priesterin stand im Portikus des Tempels, das Zeichen ihres Amtes in der erhobenen Rechten.

Sie sprach mit leiser, zischelnder Stimme.

»Seit ihr bereit?«

Ein Ruf der Zustimmung erhob sich.

»Hier«, wisperte sie, »ist weder Leben noch Tod, weder Vergangenheit noch Zukunft, sondern ewige Gegenwart. Hier gibt es weder Reiche noch Arme, weder Gefangene noch Freie, sondern nur die unsterbliche Seele. Hier bieten wir euch für eine gewisse Zeit, die aller Zeit angehört, die Gelegenheit, den Fesseln eures Körpers zu entrinnen, bieten euch Einheit mit der Göttin, die der Urquell alles Lebens ist, aus dem alles wächst und ohne den Not und Tod regieren.«

Dann wurden die Fackeln ausgelöscht. Nur vom Mond beschienen, stiegen wir die Stufen empor, und wir betraten den Tempel und wurden zum Heiligtum geleitet.

Es ist verboten, zu berichten, was dort geschah, zu welchen Riten wir uns bereitfanden, und welche Verheißungen gemacht wurden. Und doch – wenn ich auch nicht offenbaren kann, was wir erlebten, kann ich die Sache doch nicht auf sich beruhen lassen, denn wollte ich es tun, verwehrte ich damit denen, für die ich schreibe, meinen... Kindern, Roms Kindern (wenn auch nicht, ach, den Kindern meines Leibes) die Erleuchtung, die ich empfangen habe. Natürlich gibt es manche, die sagen, Weisheit, die man aus zweiter Hand empfängt, sei keine wahre Weisheit. Ich weiß das nicht. Ich schreibe darüber, weil ich fühle, daß ich darüber schreiben muß.

Erst am nächsten Tag – wir waren beide müde, und ich schlief lange – sprach ich über die Mysterien mit Vergil. Erschöpfung zeigte sich in seinem Antlitz; seine Augen waren dunkle, entlegene Seen. Ich wußte nicht, wie ich die Sache am besten angehen sollte, und tat es daher täppisch. Aber er nahm keine Notiz davon, sondern lächelte...

»Es hat mir bestätigt«, sagte er, »wessen ich versichert werden mußte... Ich habe nicht geschlafen, sondern gearbeitet, denn ich weiß jetzt, daß mir nur noch wenig Leben bleibt und daß ich bald in die Unterwelt hinabsteigen muß. Ich fürchte, es kann geschehen, bevor ich mein Gedicht überarbeitet habe, und wenn das der Fall ist, muß ich dich bitten, es zu vernichten, weil es unvollkommen ist. Wirst du das tun?«

Ich schwieg, denn ich kannte mich. Er aber bedrängte mich, und um ihn zu beruhigen, versprach ich ihm schließlich, ihm seinen Willen zu tun.

»Aber«, fuhr er dann fort, »vielleicht werde ich verschont. Ich muß daran glauben, und so habe ich den ganzen Vormittag an einer Passage des Sechsten Buches gearbeitet, weil ich wußte, daß sie nicht ausdrückte, was sie ausdrücken sollte, obwohl sie doch, bevor ich nach Griechenland kam, alles sagte, was ich wußte. Jetzt, glaube ich, ist mir der Durchbruch gelungen. Caesar«, sagte er, »wir sterben nicht für immer. Höre: Alles, Himmel, Land, See, Sonne, Mond und Sterne, ist gestärkt vom Geist und belebt vom Verstand.«

»Aber was ist der Unterschied?« fragte ich.

»Geist ist die Lebenskraft, Verstand die bewußte Intelligenz. Alles Geschaffene – Menschen, Tiere, Fische – beziehen ihr Leben aus Geist und Verstand. Die Kraft, die sie haben, ist die Kraft des Feuers und kommt wie Feuer vom Himmel. Ihre Schwäche wohnt im Bösen des Körpers und in jenen irdischen Teilen, die im Tode vergehen. Der Körper selbst ist nicht böse, aber er enthält Böses. Es ist die Ursache von Angst und Sehnsucht und von Trauer und Freude. Weil wir an den Körper gefesselt sind, können wir nicht offenen Auges die freie Luft sehen, wie die Götter es können. Selbst wenn wir diese Erde verlassen, wenn wir sterben, wie wir sagen, weicht all das Böse und Kranke des Körpers nicht von der Seele, denn lange Gewohnheit hat es dort eingepfropft. Deshalb müssen die Seelen Sühne ertragen und für alte Vergehen bestraft werden. Die Strafen aber sind zahlreich und vielfältig – sie müssen es sein, denn auch die Sünden sind es. Jeder von uns findet eine Welt des Todes, die ihm zugemessen ist. Feuer, Wind oder Wasser reinigt uns im Reich der Schatten. Endlich werden wir freigelassen und können die Elysischen Felder durchstreifen, bis die letzte Verderbnis geläutert und unser Auge klar ist, und wir werden zu einem Funken des elementaren Feuers. Und dann schließlich ruft uns der Göttliche Geist in langer Prozession zum Fluß Lethe, auf daß wir von aller Erinnerung geläutert das Gewölbe des Himmels besuchen und beizeiten vielleicht das Verlangen verspüren, von neuem in körperliches Leben einzutreten. Denn daß wir dies tun, kann ich nicht bezweifeln. All dies habe ich schon einmal gefühlt, und jetzt weiß ich es...«

In diesem Augenblick sah ich, was ich für Rom als nächstes zu tun hatte. Vergil erzählte mir, wie Anchises (dem er diese Offenbarung des Lebenssinnes zuschrieb) dem Aeneas sodann sein ganzes Schicksal zeigte, wie er ihm wies, »welcher Art sind die Menschen, die Nachfolger dein vom italischen Stamme, die Seelen von Rang, die des Lebens jetzt harren im Gefolg deines Namens...« In diesen edlen Versen wird auch berichtet, wie ich selbst, »Caesar Augustus, der Sohn eines Gottes, ein Goldenes Zeitalter bringt nach Italien, in Lande, regiert von Saturn«; und diese Verse sind es, die schließen mit der Beschwörung meines geliebten und allzu früh geschiedenen Marcellus. Und, wie gesagt, während ich ihm lauschte, sproß in mir die Absicht, wieder die Jahrhundertspiele abzuhalten, die im Gründungsjahr der Republik eingerichtet worden waren und jedes Jahrhundert wiederholt wurden. Die fünfte Wiederkehr hätte unter dem Unglücksstern jenes Jahres begangen werden sollen, in dem Caesar seine Truppen zur Musik eines Pfeifers vor den Toren eines kalten Morgens über den Rubikon führte und unser teures Italien dem Grauen des Bürgerkriegs aussetzte. Es würde mit Schwierigkeiten verbunden sein, sie schon bald abzuhalten, das sah ich schon, aber ich hatte keinen Zweifel daran, daß wir Mittel finden würden, diese Schwierigkeiten zu überwinden, denn während ich Vergil zuhörte, wußte ich, daß es nötig war, unsere wiederhergestellte Republik, die Neue Ordnung Roms, durch eine Zeremonie zu heiligen, die ihre Zukunft mit unserer Vergangenheit verbinden würde. (Und in der Tat erwies es sich, daß das Datum mühelos zu korrigieren war, denn mein Rechtsanwalt Ateius Capito entsann sich, daß ein etruskisches Jahrhundert einhundertzehn Jahre betrug und daß die Spiele deshalb in zwei Jahren fällig waren; er grub eine sibyllinische Prophezeiung aus, um diese Ansicht zu untermauern.)

Die Zeit war reif. Die Sibylle hatte die bevorstehende Herrschaft des Apollo angekündigt. Vergil selbst versprach, göttlich inspiriert, ein Goldenes Zeitalter, begründet von mir. Einige Philosophen aus der Schule des Pythagoras lehren, daß nach vierhundertundvierzig Jahren Leib und Seele in ihrem früheren Zustand leben und die Gesellschaft wieder zu ihrer früheren Beschaffenheit zurückkehren. Die Zeremonie sollte das Wiedererstehen der Welt verkünden und beweisen, genau wie die Mysterien von Eleusis das Wiedererstehen der Seele verheißen hatten.

Die nächsten Wochen waren mit Details der Provinzverwaltung ausgefüllt, und ich sah wenig von Vergil, der ähnlich vertieft an der Überarbeitung des Sechsten Buches der »Aeneis« feilte... Briefe von Livia waren liebevoll und friedlich – mehrmals erkundigte sie sich, ob ich das Datum meiner Heimkehr schon festgesetzt hätte. Julia war mit ihrem Mann in Spanien, und ich war überglücklich und zugleich besorgt, als ich hörte, daß sie ein Kind erwartete. Tiberius hatte sich in Armenien zu meiner Zufriedenheit benommen; es war klar, daß er wie sein Bruder Drusus für Rom von großem Nutzen sein würde. Mehr denn je hatte ich das Gefühl, daß die langen Jahre meiner Mühen nun Früchte trugen.

Gegen Ende der ersten Septemberwoche war ich bereit, nach Italien zurückzufahren. Vergil wollte mich begleiten. Am Abend, bevor wir in See stechen wollten, sah er furchtbar krank aus. Seine ohnedies hagere Gestalt war vom Fleische gefallen, sein Gesicht war von Schmerz durchfurcht, und seine Augen waren große schwarze Höhlen. Er bat mich, die Abreise um einen Tag zu verschieben.

»Ich werde Athen nicht wiedersehen«, erklärte er. »Es würde mir gefallen, wenn wir noch einen Tag an den Hängen des Hymettus verbringen könnten.«

Die Luft war voll Honig, und der Duft von Thymian mischte sich mit dem von Myrte und Oregano. Bienen summten um uns herum, und eine Lerche flatterte hoch am Himmel und trillerte ihr Loblied. Der Wiesenhang, auf dem wir lagerten, war reich an Blumen, und unsere Gefährten ruhten in einigem Abstand in der warmen Sonne. Ich sagte Vergil, er habe zu schwer gearbeitet, zu lange im Haus gesessen. Er habe Sonne nötig.

Er lächelte und schüttelte den Kopf, aber seine makellosen Manieren verwehrten ihm, über seine Gesundheit zu sprechen. Wir blickten auf die Stadt hinunter.

»Dieser letzte Aufenthalt in Athen war mir teuer«, sagte er. »Nirgendwo in der Welt hat man die Wahrheit mit solcher Gewissenhaftigkeit gesucht; nirgendwo wußte man die Schönheit besser zu schätzen und zu erschaffen; nirgendwo hat menschlicher Geist so prächtige Blüten getrieben.«

»Und doch«, wandte ich ein, »bei all ihren Spekulationen über Kunst und Zweck der Politik – wie unbedeutend ist ihr Erfolg. Warum haben es die Griechen bei all ihrem Genius nicht vermocht, sich ein Staatswesen zu schaffen, das von Dauer war?«

»Der griechische Geist«, antwortete er, »war stets ein forschender. Fragen zu stellen war wichtiger, als sie zu beantworten. Wir sind ihre Erben, und Rom wäre ein minderer Ort, ein minderes Ding ohne die Leistungen Athens. Wer bezweifelt, daß ein göttlicher Plan vorhanden ist, muß bedenken, wie Rom und Griechenland miteinander verflochten sind, seit die Achäer die dachlosen Türme von Troja niederbrannten und unseren Vater Aeneas auf seine Reisen trieben. Das ist so viele Generationen her, und heute beherrscht Rom, der Sproß Griechenlands wie des Aeneas, ein unvorstellbares Reich, und Mykene ist ein kleines Dorf, wo die Schweine durch das Löwentor rennen.«

Die Überfahrt war scheußlich. Die Äquinoktialstürme begannen früh und schüttelten unser Schiff. Eine Woche lang lagen wir bei Korfu vor Anker und wagten nicht, aus dem Windschatten der Insel hervorzustoßen. Dann drehte sich der Wind, und wir flogen über das Tyrrhenische Meer, aber noch immer ging es manchmal arg hinauf und hinunter. Es war das übelste Wetter für einen Kranken, und Vergil lag festgeschnallt auf einer Pritsche, ein elender Gefangener von Neptuns Zorn und seiner eigenen Schwäche. Ich tat das wenige, das ich zur Linderung seiner Leiden beitragen konnte, aber nicht einmal die Hühnerbrühe, mit der ich ihn löffelweise fütterte, konnte er bei sich behalten. Er war im Delirium, als wir Brindisi erreichten.

In der Villa vor der Stadt, in die ich ihn bringen ließ, kam er noch einmal für kurze Zeit zu sich, aber seine Stirn war immer noch feucht, seine Kehle angegriffen, und er war jämmerlich matt. Ich wußte, das Ende würde sich nicht mehr lange hinausschieben lassen. Am letzten Abend stammelte er wieder etwas vom Scheitern und machte den Göttern Vorwürfe, weil sie ihm nicht genug Zeit gewährt hätten, sein Gedicht zu verfeinern. Er wiederholte seinen Wunsch an mich, es zu vernichten, da es seines eigenen

Genius und dessen Roms unwürdig sei, und er wollte nicht Ruhe geben, ehe ich einwilligte.

Er starb kurz vor dem Morgengrauen, als der Hahn seine vulgäre Botschaft in die Welt hinauskrähte. Er starb in meinen Armen, und seine letzten Worte waren »Frieden, Sehnsucht, Bestimmung, die Schatten schimmern vor mir...«

So starb der beste und ungewöhnlichste Mann, den ich gekannt habe. Ich kann nicht so tun, als hätte ich Zutritt zu jener geheimen Welt poetischer Magie, wo er mit den Geistern kommunizierte, welche die Welt geboren haben und ihren Lauf gestalten. Es gab Halb-Lichter in seiner Seele und seinem Werk, die ich nur dunkel verstehe. Kein Dichter hat seinen Rang je erreicht, und keiner konnte auf so vielen Instrumenten spielen, die das Herz berühren. Keiner hatte eine so wahre, vornehme Bewunderung für das, was gut und edel ist im Menschen. Von der exquisiten Kunstfertigkeit der Eklogen gelangte er über die selbstverleugnende Ehrlichkeit der Georgica zu der Erhabenheit seines Epos von Rom. Er zeichnete uns unser Italien in einer Gestalt, die das Vertraute fremd und magisch erscheinen ließ; er machte uns die Pflichten des Reiches ebenso bewußt wie unsere Größe. Ich bin nur ein unbedeutender Literaturkritiker, und ich will es denen überlassen, die sich besser auf die Schreibkunst verstehen, auf die Schönheiten seines Werks hinzuweisen und sich als Erklärer seines Genius zu versuchen. Ich kann jetzt nur noch einmal wiederholen, was mir wieder und wieder durch den Kopf ging, als ich mit Tränen in den Augen an seiner Bahre kniete: Von allen Menschen, die ich gekannt habe, war Vergil das vollständigste Beispiel für das, was wir mit »Tugend« meinen; er war alles, was sich für einen Mann zu sein schickt.

Die Vollstrecker seines Testaments waren entsetzt, als sie auf seine Anweisung stießen, das Manuskript des Epos zu vernichten, und da sie mein langwährendes Interesse an diesem Werk kannten, traten sie an mich heran und fragten, ob sie gehorchen sollten. Es ist natürlich unrecht, sich an testamentarischen Verfügungen zu schaffen zu machen oder sie beiseitezuschieben, aber obwohl ich Vergil zweimal selbst mein Versprechen gegeben hatte, zögerte ich nicht, es gleichwohl zu tun. Seine Anweisung war zum Teil auf das finale Delirium zurückzuführen, zum Teil auch ein Ausdruck seines angeborenen Perfektionismus. Zweifellos war das Gedicht im Detail unvollendet. Zweifellos hätte er es mit weiteren Glücksgriffen vollendet. Ich achtete seinen Wunsch, aber ich konnte ihn nicht gewähren. Die »Aeneis« war aus Vergils Besitz hinausgewachsen und gehörte Rom, der Stadt und der Welt. So gab ich die Anweisung, sie zu veröffentlichen, und wenn es unrecht war, den Wunsch des Dichters zu übergehen, wollte ich diese Verantwortung auf mich nehmen. Das Staunen, mit dem sie aufgenommen wurde, rechtfertigte mein Tun.

Ich war sicher, daß ich recht tat. Ich bin es immer noch. Aber ich tat auch unrecht, und dieses Unrecht ist nicht ungestraft geblieben. Göttliches Geheiß vertrieb Aeneas aus Karthago und den liebenden Armen der Dido, auf daß er die Segel setze und nach Italien reise, um dort zum Vater unseres Volkes zu werden. In der Ausübung dieses Gottesbefehls vernichtete er die unglückliche Dido, und als er ihr in der Unterwelt begegnete, wich sie vor ihm zurück, und seine Worte bewegten sie so wenig, als wäre sie »Feuerstein, oder ein Block von parischem Marmor«. Aeneas, der Dido liebte und den Göttern gehorchte, vernichtete die Königin, um seine Bestimmung zu erfüllen. Ich, der ich Vergil liebte und ebenfalls dem Gotteswort gehorsam bin, brach das Versprechen, das ich ihm gegeben, um mein Versprechen gegen Rom zu halten und alle Römer sehen zu lassen, wie ihre Bestimmung sich entfaltet hatte. Es war unrecht, mein Gelöbnis zu brechen, aber es wäre auch unrecht gewesen, das Gedicht zu vernichten. Hätte ich aber meinem Freunde mein Wort vorenthalten, ihm meinen Trost in der Stunde seines Todes verweigern sollen? Und man glaube nicht, daß Aeneas nicht litt. Wird nun Vergil vor mir zurückweichen, wenn wir einander im Schattenreich wiederbegegnen?

Ich habe gelitten für Rom. Grausames Schicksal entriß mir meine Söhne Gajus und Lucius. War das der furchtbare Preis für meinen Eidbruch gegen Vergil? Oder kann noch Schlimmeres bevorstehen? Ach, Varus...

Genug. In langsamen, traurigen Schritten reiste ich von Brindisi nach Neapel, wo der Dichter in sein einfaches Grab gelegt wurde:

> Mantua gab mir Leben, Kalabrien den Tod. Ich liege
> zu Neapel – Dichter der Hirten, Bauern und Helden.

Im Oktober erreichte ich Rom. Bei den Konsularwahlen hatte es Unruhe in der Stadt gegeben. Meiner Ansicht nach erwuchs diese Unruhe aus der schlechten Verwaltung der Lebensmittelversorgung, aber einige Senatoren waren besorgt. Eine Abordnung erwartete mich in Kampanien und drängte mich zu einem öffentlichen Einzug in die Stadt, um das Volk zu beeindrucken. Ich lehnte das ab und weigerte mich auch, den Triumph zu feiern, den sie mir außerdem aufdrängen wollten. Ich war kein heimkehrender Monarch, sondern nur der erste Bürger, und ohnedies stand mir der Sinn kaum nach pompösen Zeremonien. Öffentliches

Geschmeichel wird mit den Jahren immer verdrießlicher, sofern man nicht der Eitelsten einer ist.

Agrippa und Julia kehrten aus Spanien zurück und brachten mir zu meiner Freude mein erstes Enkelkind. Da Agrippa jetzt mein Schwiegersohn und der Vater eines Kindes von meinem Blute war, hielt ich es für angemessen, ihn noch enger mit der Regierung der Republik zu verbinden. Er bekam deshalb nun ebenfalls die Tribunsgewalt und das höchste Imperium verliehen. Meine persönliche Autorität stellte sicher, daß ich immer noch die Führungsposition innehatte, aber mehr Machtbefugnis als Agrippa hatte ich nicht. Im Falle meines Todes würde sein Imperium und seine Autorität dafür sorgen, daß Rom nicht in die selbstsüchtigen Machtkämpfe zurückfiele, die die Jahre vor den Bürgerkriegen so sehr verunstaltet hatten. Überdies würde Agrippa sich Gajus beizeiten in gleicher Weise zur Seite stellen.

Die Geschäfte ließen nicht nach, aber Geschäfte ergeben keine Geschichte. Details der Administration können den Leser kaum unterhalten. Was kümmert es ihn, daß ich wieder die Vollmachten eines Zensors übernahm und den Senat von unbefriedigenden Mitgliedern säuberte?

Ungefähr um diese Zeit aber begann ich meine Kampagne zur Reform von Sitte und Moral unseres Zeitalters. Livia war eine begeisterte Anhängerin dieses notwendigen, aber unpopulären Unterfangens. Wir waren uns beide einig in der Auffassung, daß verwahrloste und unmoralische Sitten für das öffentliche Leben ebenso verderblich seien wie für das private. Es wurden Maßnahmen ergriffen, Ehebruch und Unzucht zu bestrafen, die Rede zu beaufsichtigen, Minderjährige zu schützen, die Ehescheidung zu erschweren, den Ehefrauen mehr Macht über ihr eigenes Vermögen zu verleihen und so ihre Stellung zu verbessern.

Ich erkannte, daß die Ehe eine Institution ist, die gesund sein muß, wenn die Gesellschaft stabil bleiben soll, und so belegte ich unverheiratete Männer mit härteren Steuern als verheiratete und räumte den Eltern großer Familien beträchtliche Privilegien ein.

Viele opponierten gegen diese Maßnahmen; andere waren skeptisch. Der alte, böse Plancus, der sich durch seine Dienste ein Maß an Toleranz erworben hatte, das er mit seinem allgemeinen Verhalten kaum verdiente, lachte offen über mich und erklärte, man könne die Menschen nicht durch legislative Maßnahmen in die Moralität treiben. Ich fragte ihn, ob es aber nicht vielleicht möglich sei, sie durch legislative Maßnahmen aus der Immoralität zu treiben. Nein, sagte er; dann treibst du sie nur in dunkle Ecken. Besser dorthin als mitten auf das Forum, versetzte ich.

Zwar lag es mir am Herzen, die Stellung der Frauen zu verbessern, aber ich hielt es immer noch für angemessen, daß sie der Aufsicht ihres Mannes unterworfen blieben, und ich hielt den Senatoren vor, es sei ihre Pflicht, ihre Frauen zu tadeln und auf den rechten Weg zu weisen, wenn sie sich schlecht benahmen. »Hör schon auf, Augustus«, rief jemand dazwischen, »wann hast du deine Livia denn zuletzt getadelt?« »Ich würde zu gern mal sehen, wie du das versuchst«, rief ein zweiter Komiker. »Zum Glück«, erwiderte ich, »verdient meine Frau keinen Tadel. Ich wünschte, ihr könntet alle von so viel Glück sagen.«

Unterdessen schritten die Vorbereitungen für die Jahrhundertspiele voran. Der Senat billigte das Fest; mit der Organisation betraute er den priesterlichen Orden vom Kollegium der Fünfzehn, der Agrippa und mich zu seinen Vertretern erwählte. Bei früheren Festen waren die Schirmgötter (wie wir herausfanden) die Götter der Unterwelt gewesen, Dis und Proserpina. Ich erkannte ihre Macht an, aber ich konnte nicht glauben, daß der düstere Dis die Gottheit sei, welche Rom bei dieser Gelegenheit am meisten verehren solle. Vergil hatte mir beigepflichtet. Die Götter der Oberwelt sollten die Schirmherrschaft über die großen Feiern ausüben: Apollo und Diana. Wir feierten ja Licht und Vernunft ebenso wie das Altertum und die historische Mission Roms.

Ich habe eine Notiz gefunden, die ich während jener fernen Feiern gemacht habe. Sie gibt die Stimmung, die mich damals erfüllte, besser wieder als alles, was ich heute schreiben könnte:

Es wird heute nacht nicht dunkel. Schon könnte ich, wenn ich aus dem Hause träte und gen Osten schaute, die Albaner Berge sehen, gesäumt vom Rosenhauch eines neuen Tages. Es ist erst drei Stunden her, daß wir vom Marsfeld zurückkehrten, und ich kann nicht schlafen. Eben habe ich den Burschen geschickt, mir Brot zu holen; ich habe ein Stück davon in den Krug mit Wein aus meiner Gemeinde Velletri getunkt und an die Lippen gedrückt. Der Wein ist in der Erwartung, daß die Feier zum festgesetzten Zeitpunkt zu Ende sein werde, ein wenig früh ausgeschenkt worden, und so hat er schon die Schärfe leicht muffiger Essigsäure. Dünn und gelb ist er immer. Dennoch sauge ich ihn dankbar aus dem Brot.

Unten in der Ebene habe ich heute nacht mit Agrippa an meiner Seite vor dem Altar auf dem Marsfeld mit einem einzigen Schwung der gekrümmten Klinge einer trächtigen Sau die Kehle durchtrennt. Das Schweineblut sprudelte hervor – der Ärmel meiner Toga stank danach, so daß ich froh war, als wir heimkamen und ich das Gewand gegen diesen Hausmantel auswechseln konnte; es rieselte die

Stufen des Altars hinunter, sickerte durch die Risse im Marmor und tränkte die Erde. Aber ein einzelner Spritzer hatte eine Pfütze gebildet, die über den Marmor hinausgelangt war und sich auf der kahlen Erde gesammelt hatte, und diese, ausgedörrt von unserem langen, heißen Mai, weigerte sich zunächst, sie aufzunehmen. So lag das Blut auf der Erde wie ein klebriger Tümpel. Ich glaube nicht, daß es außer mir noch jemand bemerkt hat, und ich bin froh darüber; man würde sicher als böses Omen betrachtet haben, was doch nur das langsame Walten der Natur war.

Müde bin ich und kann doch nicht schlafen. Ich kenne diese Stimmung. Sie hat mich schon öfter überkommen, am Vorabend großer Ereignisse, und ich habe gelernt, sie als Ausdruck göttlicher Andeutungen zu erkennen. Der kommende Tag ist Apollo und Diana geweiht – ihr Wagen schwebt jetzt hoch über dem Tiber, ich sehe ihren Schimmer auf dem Marmor des Forums, das fast zu meinen Füßen schlummert, und bald schon wird der Sonnengott mit seinen Rosenfingern den Palatin und ihren Tempel hier auf meinem Hügel berühren, berühren mit dem neuen Licht, das ich als Werkzeug Rom gegeben habe. Ich sage, der kommende Tag, aber er ist schon seit einigen Stunden da, der erste aller noch kommenden Tage. Und es wird kein Blut fließen, wenn wir Sonne und Mond unser Opfer darbringen. Die Kinder werden das neue »Carmen Saeculare« singen, um die Feiern zum Abschluß zu bringen: Ich habe Weisung gegeben, jeden Gedanken unseres viertägigen Rituals in dieses Lied zu verweben: Die uralten Zeremonien der ersten Nacht, mit ihren Gebeten in einem Latein, das niemand mehr versteht; dann die Anerkenntnis unserer Abhängigkeit vom Reichtum unserer Mutter Erde; unsere Gebete zu den alten Schutzgöttern Roms, die wir am Tage sprechen, und unseren Willkommensgruß an die Götter des

Lichts. Wie wünschte ich mir, Vergil wäre noch am Leben, um dieses Stück zu schreiben, denn sein Geist brütet über diesen Zeremonien, die dazu gedacht sind und denen hoffentlich auch bestimmt ist, zu erfüllen, was er verhieß: »Caesar Augustus, Sohn eines Gottes, wird errichten in Latium das Goldene Zeitalter über Gefilden, in denen Saturn einst geherrscht.« Aber Horaz hat ordentliche Arbeit geleistet; er hat Geschmack, wenn er auch kein Visionär ist...

Ich schaue nach Osten, wie ich einst am Fuße der illyrischen Berge an einem kalten Märzmorgen nach Westen geschaut habe...

Eine seltsam nachdenkliche Notiz, niedergeschrieben im Zustande starker Bewegtheit. Ich hatte recht, als ich diese Spiele und Zeremonien mit jener schlaflosen Nacht assoziierte, da ich über der Frage brütete, was der Mord an Caesar für mich und für Rom bedeuten würde. Die Jahrhundertspiele waren Sinnbild – das sehe ich jetzt noch klarer – für die Erfüllung der Aufgabe, die ich mir selbst gestellt hatte; sie waren das Apogäeum meines Lebens. Freilich muß ich zugeben, daß der junge Student, der sich unverhofft als Erbe Caesars sah, kaum darüber nachdachte, was er für Rom tun könnte. Die Stadt war für ihn lediglich ein Feld voller Gelegenheiten. Dieser junge Mann kommt mir heute unglaublich fern vor. Wenn ich versuche, mich zu erinnern, wie er fühlte, ist es, als wollte ich eine historische Gestalt verstehen. Ich wundere mich über seine Frechheit. Wenn ich die Argumente bedenke, die sein Stiefvater Philippus ihm entgegenhielt, staune ich über die Tollkühnheit, mit der er sie zurückwies. Verblüfft betrachte ich, wie er sich daranmachte, Cicero zu überlisten, und vollends sprachlos sehe ich, daß er Erfolg dabei hatte. Aber eines schwärt noch immer: Ciceros boshafte Bemerkung: »Der junge Mann muß gelobt werden, geehrt... und beseitigt.« Das hätte er nicht sagen sollen.

Und immer ersteht in meinen träumerischen Erinnerungen an jene Tage (und mein Schlaf ist jetzt immer leicht und von Träumen gestört) die Gestalt des Antonius vor mir in all ihrer Schöhnheit, ihrem Prunk und ihrer Vulgarität. Wie habe ich ihn beneidet... Wie habe ich mir gewünscht, wie er die Macht zu haben, mit einem beiläufigen Wort Hingabe zu erwecken, mit einem Lächeln, das aus seinem finsteren Gesicht hervorbrach wie die Sonne hinter den Wolken. Aber wie wenig Augenmaß hatte er gehabt. »Du, Knabe, der du alles nur einem Namen verdankst.« Wäre er großzügig gegen mich gewesen, hätte er sich wenigstens versagt, mich zu beschwindeln – wie bereitwillig hätte ich mich ihm zu Füßen geworfen. Selbst das Grauen, das er mir in Spanien eingeflößt hatte, war zu einer Art Glanz geworden.

Als ich damals zum erstenmal nach der Mordtat mit ihm zusammentraf, eines späten Vormittags im Mai in einem Hause, das Pompejus gehört hatte, da war er unverschämt und lächelte nicht, und ich saß stumm da. Warum verschmähte er es, seinen Charme gegen mich zu verwenden? Ich war noch so jung und im Herzen voller Angst. Ich sehnte mich danach, daß er mich in die Arme nähme und mir verspräche... ja, was? Daß er mich auf den rechten Weg bringen würde? Daß er Caesar rächen würde? Ich weiß es nicht. Ich erinnere mich an die flackernde Stimmung, da das Licht auf seiner juwelenfunkelnden Hand blitzte. Ich sehe, wie er sich zurücklehnt, lohbraun und aus vollem Halse lachend, den breiten, großzügigen Mund höhnisch abwärtsgekrümmt. Eine Gänsehaut überlief mich, als ich an die Nacht in Spanien dachte; und doch – wenn er sich mir genaht hätte... Die Wahrheit ist, ich war mindestens halb verliebt in ihn. Man bedenke, ich war erst achtzehn, ein Knabe noch, und sechs Monate lang von Maecenas in der Liebe unterwiesen. Hatte meine spanische Ablehnung ihn abgeschreckt?

Dies ist das Gefasel der Senilität. Liebe hätte uns ebenso wenig zusammenhalten können, wie es Liebe war, was Antonius veranlaßte, sich Kleopatra zuzuwenden. Noch war es bloßer Ehrgeiz, was mich zum Bruch mit Antonius trieb. Uns trennten verschiedene Visionen von Rom. Für Antonius existierte der Staat, damit man ihn ausplünderte. Was meine Ansicht immer war, habe ich, glaube ich, gezeigt. Und doch, wenn ich zurückblicke – wie sehr ist meine Erinnerung an Antonius von Bedauern erfüllt. Was wir im Leben am meisten bereuen, sind nicht die Verbrechen, die wir begangen haben, sondern die verstrichenen Gelegenheiten, jemand anders zu sein als der, der wir geworden sind. In einem kleinen, geheimen, versteckten Teil meiner Natur habe ich mich immer danach gesehnt, Antonius' Geliebter zu sein und als solcher ohne alle Verantwortung zu leben.

Natürlich war es dazu zu spät, als wir wieder zusammenkamen. Ich war herangewachsen, hatte Maecenas ins Hinterland meiner Zuneigung abgedrängt, mir andere Vorlieben gebildet. Überdies begingen Antonius und ich sodann gemeinsam etwas, das alle Intimität unmöglich machte. Die Proskriptionen waren ein Verbrechen. Mein Name ist befleckt vom Blute derer, die wir zur Ader ließen. Sie waren notwendig, eine Erfordernis, die der Bürgerkrieg uns auferlegte. Das habe ich nie bezweifelt. Aber ich habe auch nie die Kinder vergessen können, die wir vaterlos machten, die Söhne, die wir töteten, obgleich sie Freude und Halt für ihre Väter hätten sein sollen. Antonius und mich trennte die Tat, die uns verband. Auf der einen Seite waren wir Partner in einer rachsüchtigen Welt. Auf der anderen Seite konnte ich ihm nicht in die Augen sehen.

Und die Parzen, die so viel geben, die einen langen Faden von Verheißung und Erfüllung spinnen, verfehlen doch nie, mit wilder Ironie zu handeln. Die Schere zerschneidet den Faden, die Verheißung wird begraben, die Erfüllung verwandelt sich im Mund zu rauchender Asche. Die Verbrechen, die ich gegen andere, unbekannte Väter verübt habe, sind nicht ungesühnt geblieben. Die spöttischen Parzen haben mir meine eigenen Hoffnungen und meine Lebensfreude zerstört.

Wie wenig davon sah ich voraus, als ich zu den Albaner Bergen hinüberschaute und das Morgengrauen seine Rosen in den Himmel trieb, der auf unsere unblutigen Opfern an die Gottheiten des Lichtes herabschauen würde.

VII

och die nächsten Jahre waren die glücklichsten meines Lebens. Heute schaue ich auf sie zurück wie ein Mann, der im Januarwind zittert und sich nach dem gütigen Junihimmel sehnt, an dessen Wirklichkeit er kaum glauben kann. Zu recht sagt man: Wen die Götter vernichten wollen, den schlagen sie zunächst mit Wahnsinn. Meine Euphorie in jenen Jahren kommt mir heute vor wie die Freude eines Geistesschwachen. Es war, als vertraute ich darauf, daß die Gesetze der Welt, das unausweichliche Walten von Aktion und Konsequenz, für mich aufgehoben seien. Es war, als sei das Glück der Lohn für meine Mühen, und ich kam nicht auf den Gedanken, daß man für sein Glück niemals im voraus bezahlen darf.

In der Republik herrschten Ruhe und Ordnung. Gut, die Germanen drohten am Rhein; sie besiegten sogar Marcus Lollius und eroberten einen Adler der V. Legion, aber diese Niederlage war eher demütigend als schwerwiegend. Im folgenden Jahr traf ich persönlich in der Provinz ein, begleitet von meinen Stiefsöhnen Tiberius und Drusus, und erteilte den Barbaren eine schmerzhafte Lektion. Dieser kurze Feldzug machte mir Freude, denn er zeigte mir, daß die Jungen beide bereit waren, ihre Rolle in der Regierung des Reiches vollends zu übernehmen. Beide zeigten militärisches Talent. Tiberius war ein strenger Disziplinarier, aber anders als viele solche besaß er die Bewunderung und das Vertrauen der Soldaten; sie wußten, er würde mit ihrem Leben nicht verschwenderisch umgehen, und er hat es auch nie getan. Jedes Vorrücken wurde auf das sorgfältigste geplant. Aber obgleich seine Umsicht die Grenze zur Vorsicht erreichte, war er doch niemals unentschlossen; er nahm sich nur Zeit, um über einer Entscheidung zu brüten. War sie einmal gefallen, sorgte er dafür, daß sie schnell und effizient ausgeführt wurde. Rom hatte nie einen Feldherrn, nicht einmal Agrippa, dem ich meine Soldaten lieber und mit größerer Zuversicht anvertraut hätte. Drusus' Vorzüge erregten mehr Aufsehen, und sein Benehmen war von einem Charme, der seinem Bruder mangelte (wenngleich es wiederum einer von Tiberius' Vorzügen ist, daß ihm dieser Mangel nie spürbar geworden ist; er war sich seiner natürlich bewußt, aber das hat ihm nichts ausgemacht, und er war niemals eifersüchtig auf seinen kleinen Bruder).

Ich war so beeindruckt von ihrer Leistung in Gallien, daß ich ihnen beiden das Kommando über den nordöstlichen Abschnitt unserer europäischen Grenze übertrug. Die Unruhe war dort anscheinend zuhause, vor allem bei den Bergstämmen in Tyrol und Bavaria. Das Territorium war von strategischer Bedeutung, denn nur wenn wir es beherrschten, konnten wir auf zufriedenstellende Weise zu Lande nach Illyrien und Mazedonien gelangen. Meine Stiefsöhne ersannen und verwirklichten eine brillante Zangenbewegung, besiegten die Rhaeti und die Vindelicae und verfolgten sie in die Alpen. Sie stießen vor bis zur Donau und errangen Territorium für Rom und Ruhm für sich selbst. Ich bat Horaz, ihren Erfolg zu feiern, und er tat es mit edlen Versen. Es war ein unübertreffliches Beispiel für die alte Tugend Roms. Livia brannte vor berechtigtem Stolz auf das, was ihre Söhne vollbracht hatten, und mir war sie dankbar für das Vertrauen, das ich in die Jungen gesetzt hatte.

Ich selbst verbrachte zwei Jahre in Gallien. Ich legte den Grundstein zu mehr als zwanzig Städten und siedelte die rauhen Bewohner der alten Bergfestungen Bibracte und Gergovia (die Julius Caesar beide hartnäckigen Widerstand geleistet hatten) in neue Städte um, die sie dann stolz nach mir benannten: Augustodonum[1] und Augustonemetum[2]. Ich machte Lugdonum[3] zum Zentrum der Finanzverwaltung für ganz Gallien und richtete dort eine Münzprägeanstalt ein. Ich förderte den Gebrauch des Lateinischen, baute Straßen und Brücken und machte meine Bereitschaft bekannt, jederzeit persönlich als Appellationsrichter tätig zu werden. Ich bewunderte die edle Tapferkeit der Gallier, und ich fand ihre Rede ehrlich und offen. Keine Provinz hatte Bewohner, die mir besser gefielen. Es bereitete mir eine tiefe Freude, hier die Ausbreitung der Zivilisation zu befördern. Ich hatte aber noch einen Grund, dieser Provinz meine zärtliche Fürsorge angedeihen zu lassen. Niemand kann Julius Caesars Bericht über seine gallischen Kriege lesen, ohne daß der Stolz auf die römischen Großtaten von der Scham zerfressen wird, die man bei der Lektüre von Caesars Grausamkeit verspüren muß. In den Annalen des Krieges kenne ich nichts, das so schrecklich wäre wie seine lapidare Darstellung von Massakern, und ich konnte nie vergessen, daß Cato den Vorschlag gemacht hatte, Caesar den Galliern auszuliefern, damit sie ihm als Kriegsverbrecher den Prozeß machten. Als Caesars Erbe hatte ich die Pflicht, diese Erinnerungen auszulöschen und dafür

1 Autun
2 Clermont
3 Lyon

zu sorgen, daß das Leiden der Gallier sich auf irgendeine Weise gelohnt hatte. Das gelang mir. Ich versuchte nicht, heimische Sitten zu unterdrücken, und wäre es nur die Druidenreligion gewesen, vor der alle zivilisierten Menschen erschauern; statt dessen bot ich ihnen alle Reichtümer Griechenlands und Roms. Und weil ich dies in großzügigem und bewunderndem Geiste tat, hießen die Gallier meine Gaben willkommen. Die Behandlung, die ich Gallien zuteilwerden ließ, steht in meiner Einschätzung im Katalog dessen, was ich für Rom und die Menschheit getan habe, an zweiter Stelle hinter der Beendigung der Bürgerkriege und der Restauration der Republik.

Unterdessen war Agrippa im Osten. Er gründete Kolonien für Veteranen in Syrien. Ich darf vielleicht beiläufig sagen, daß diese Art der Kolonisation das beste Mittel ist, Länder von ungewisser Loyalität zu stabilisieren. Sie schafft einen Brennpunkt für das, was ich – um einen Ausdruck zu prägen – vielleicht als »Romanisierung« bezeichnen darf. Danach besuchte er Judäa und schrieb mir von dort:

Du hast ganz recht, was die Wunderlichkeit der Juden betrifft. Anscheinend stimmt es, daß sie nur einen Gott anbeten. Ich konnte kaum glauben, daß es möglich ist, und habe mich deshalb erkundigt; aber nein, es ist anscheinend der Fall. Es widerspricht jedermanns Erfahrung und auch dem gesunden Menschenverstand. Mehr noch, es kommt dabei nicht mal das eine zustande, was man vielleicht für nützlich halten möchte. Ich meine natürlich, etwas könnte schon dafür sprechen, zu behaupten, es gebe nur einen Gott – Monotheismus ist, wie Julia mir in Erinnerung ruft, das griechische Wort dafür, und es ist typisch für die Griechen, daß sie für jede exotische Vorstellung ein Wort haben –: Wenn damit nämlich eine Art Stammeseinigkeit zuwegegebracht würde. Ich meine, wir haben unsere Nationalgötter, nicht wahr, und ich könnte mir schon vorstellen, daß etwas dran wäre, eine einzige Gottheit für Rom zu haben. Aber so läuft's nicht. Keine Angst, nicht bei den Juden. Sie zanken sich unaufhörlich untereinander, als wären sie allesamt Anhänger von verschiedenen, einander feindlichen Göttern. Sie sind in Sekten aufgespalten, und eines habe ich sehr schnell begriffen: Es ist besser für uns, sie in diesem Zustand zu belassen – »teile und herrsche«, wie Julia es ausdrückt.

Ich denke aber, ich habe mir einen gewissen Kredit verschafft, indem ich mich erboten habe, ihrem »einen wahren Gott« zu opfern. In ihren Tempel wollten sie mich dafür nicht lassen. Anscheinend bewahren sie da eine heilige Reliquie auf, die sie Bundeslade nennen, und Nicht-Juden dürfen die nicht zu Gesicht kriegen. Das Opfern spielt in ihrer Religion keine große Rolle, und auch das ist komisch. Aber es hat ihnen gefallen, was ich tat, obwohl man mir sagte, daß ein paar Extremisten, die Zeloten genannt werden, es für einen Akt dessen hielten, was sie als Gotteslästerung bezeichnen. Die Zeloten sind ein wüster Haufen, die überhaupt alles ablehnen, was Rom zu bieten hat. Zum Glück fürchtet die beherrschende Sekte, die Pharisäer – klingt irgendwie ägyptisch, nicht? Und wir wissen ja beide, wohin man sich die Gyppos stecken kann – zum Glück fürchten die selber die Zeloten, und so sehen sie mit großer Freude, wie wir ihnen eins aufs Dach geben.

Wir waren hier bei König Herodes eingeladen. Ich weiß nicht mehr, wie gut du ihn kennst. Ich habe ihn schon vor Jahren kennengelernt. Er ist über die Maßen charmant, aber ziemlich schleimig, und das wird mit den Jahren oder mit der Gewohnheit nicht besser. Mit gefällt nicht, wie er um Julia herumscharwenzelt. Zum Glück ist seine Frau (seine zweite Frau, und außerdem seine Cousine) das, was die Soldaten als »Keifzange« oder »Gewitterhexe« bezeichnen, und so traut sich Seine Jüdische Majestät nicht mehr, als ein bißchen zu scharwenzeln. Versteht sich von selbst, daß Julia seine Aufmerksamkeiten widerlich findet, aber es wäre undiplomatisch, sie allzu abrupt abzuwürgen. Julia ist wunderbar in Form; sie gewinnt alle Herzen, wohin sie auch geht. Zu allem Überfluß ist sie ihrem nicht mehr ganz jungen Gatten eine liebevolle und treue Frau. Denn das sind wir leider – nicht mehr ganz jung, du und ich. (Vermutlich malt Maecenas sich immer noch das Gesicht an, damit er jung aussieht?) Die Jungs machen sich prächtig. Der kleine Lucius hatte vorige Woche ein leichtes Fieber, aber es geht ihm schon wieder besser. Er fragt dauernd, wann er zum Opa fährt. Aber das täten wir alle gern, alter Freund. Was mich angeht: Meine Gicht ist höllisch schmerzhaft. Manchmal wache ich schreiend vor Schmerzen auf. Ich habe versucht, Vergils Gedicht zu lesen – ist mir aber zu hoch; immerhin gab es im Sechsten Buch ein Stück über die Schrecken der Unterwelt; Julia hat es mir herausgesucht: Klang ein bißchen wie Zipperlein. Nicht übel, das Stück.

Zum Schluß die guten Nachrichten. Julia ist schwanger. Das Kind ist in sechs Monaten fällig, und jetzt, wo sie die morgendliche Übelkeit hinter sich hat, haben wir entschieden, daß sie mit den Jungs nach Rom zurückfahren soll.

Vielleicht kannst du dich irgendwann im Sommer mit ihnen treffen. Sie hat vor, die heißen Tage in einem meiner Landhäuser an der Bucht von Neapel zu verbringen... Paß auf dich auf. Mich könnte Rom entbehren, aber dich nicht, alter Freund. M. Agrippa.

Ich antwortete folgendermaßen:

Mein lieber Grippa, natürlich bin ich entzückt von deinen Neuigkeiten, wenngleich meine Freude, wie gewöhnlich, überlagert ist von der Sorge, daß Julia es auch unbeschadet hinter sich bringe. Wie froh es mich macht, wenn du so liebevoll von meinem Kinde schreibst, und wie glücklich ich bin, daß diese Ehe (die dich anfangs, wie ich mich belustigt entsinne, so nervös sein ließ) unsere alte Freundschaft so nachhaltig gehärtet hat, daß nichts außer dem Tod das Band noch zerreißen könnte. Ich würde mich beunruhigt fragen, ob sie in ihrem Zustande denn reisefähig ist, wäre ich nicht ganz sicher, daß du es niemals zugelassen hättest, ohne dich nicht zuvor bester Beratung und jeglicher Vorsichtsmaßnahme versichert zu haben. In der Tat werde ich diesen Sommer in Italien weilen, und ich sehne mich danach, sie und die Knaben wiederzusehen. Sie müssen natürlich herkommen und bei uns wohnen.
Was deine Gicht betrifft, so fühle ich mit dir und habe meinen Arzt Antonius Musa konsultiert. Er sagt, daß es keine sichere Kur gebe, daß du deinen Zustand aber mildern könnest, indem du dich roten Weines und roten Fleisches enthältst. Weißwein und Käse ist seine Empfehlung. Er ist wirklich ein Hampelmann und Springteufel: Mir verbietet er den weißen Wein und setzt mich auf roten, obwohl mir der weiße stets lieber war (und, ehrlich gesagt, verstohlen trinke ich ihn noch), und jetzt will er, daß du das Umgekehrte tust. Mir scheint, daß unsere natürlichen Vorlieben immer falsch sind, wo es die Ärzte angeht.

Selbstverständlich kenne ich Herodes gut, sogar sehr gut. Er war im Jahr vor den Jahrhundertspielen in Rom, und ich habe ihn damals oft zu sehen bekommen. Wo warst du in jenem Jahr? Ich hätte meinen mögen, daß er sich vor dir seines vertrauten Umgangs mit mir brüsten würde, aber natürlich würdest du ihm nicht glauben. Und du tätest recht. Er ist mir äußerst unsympathisch. Er ist ein sich windender Heuchler, und ursprünglich war er, was du vielleicht vergessen hast, ein Klient des Gajus Crassus. Dann versuchte er es bei Antonius und gewann dessen Gunst, indem er seinen Lastern willfahrte. Er ist, glaube ich, ein haltloser Mensch von der Sorte, welche den geraden Weg scheut und keinen Gürtel sehen kann, ohne darunter zu schlagen. Er ist freilich kein echter Jude – seine Mutter war so etwas wie eine degenerierte Griechin –, aber er ist leider ein Werkzeug von der Art, wie wir sie brauchen, und du tust recht, wenn du ihm schmeichelst und ihn versöhnlich stimmst. Man sagt, er bringe täglich ein Opfer mir zu Ehren dar, was einigermaßen widerlich ist, und lasse seine Untertanen in meinem Namen schwören. In Wirklichkeit gibt er keinen Pfifferling für mich. Aber all seinen Fehlern zum Trotz – und sie sind Legion – sind er und Rom miteinander verkettet. Kein guter Jude würde für unser Reich eintreten oder seine Religionsbrüder in unsere Zivilisation ziehen. Herodes ist ein Hellenist und sympathisiert mit der breiten Kultur der mediterranen Welt. Für die Extreme der judaischen Kultur – wie die Zeloten, von denen du sprichst – hat er nichts übrig. Ich habe seit einer Weile Agenten in ihrer Mitte. Du hast ganz recht. Sie lehnen uns unbedingt ab und warten auf einen Führer, den sie den Messias nennen. Ihr Gott hat ihnen versprochen, er werde der neue König der Juden sein. Sie erwarten sogar, daß er uns hinauswirft. Natürlich können sich die Zeloten, die Herodes hassen und verachten, nicht vorstellen, daß er ihr Messias sein könnte, obgleich er so verschlagen ist, daß er auch diese Rolle spielen würde, wenn er nur halbwegs Gelegenheit bekäme. Aber er ist intelligent genug, um zu wissen, daß es dazu nie kommen wird, obgleich es ihn, seinem Charakter gemäß, ärgert, daß die Juden seine Ansprüche zurückweisen, denn er ist zerfressen von Eitelkeit, und nur seine angeborene Umsicht verhindert, daß diese seine Urteilskraft verblendet. Er weiß daher, daß er von Rom abhängig ist, wenn er seine Macht behalten will, und so sind wir, wie gesagt, und wie du sicher auch weißt, aneinander gefesselt. Trotzdem tust du in Anbetracht seiner Unpopularität ganz recht, wenn du dir alle erdenkliche Mühe gibst, die Juden zufriedenzustellen. Sie sind aber so zänkisch, daß ich selbst in deinem Fall bezweifle, ob es möglich ist, sie sonderlich lange zufriedenzustellen.

Ich wäre bestürzt, wenn du Herodes gegenüber freundlichere Gefühle hegen wolltest, denn alles in allem ist er eigentlich ein widerlicher Kerl. Ich sage dir, mein teurer Freund, ich wäre lieber sein Schwein als sein Sohn. Das ist übrigens ein Wortspiel, wenn man es ins Griechische übersetzt.

Gib acht auf dich. Rom ist auf seinen größten General angewiesen, und ich auf meinen liebsten und ältesten Freund...

Die Sonne schien auf das tiefblaue Wasser und sank blutrot hinter den Inseln, und am Himmel blieb ein Streifen von prachtvoller Farbe, der hinschwand wie das Leben eines Menschen. Jener Sommer war eine Zeit des Müßiggangs und der Picknickausflüge. Livia war heiter und mild wie das Wetter. Nichts konnte ihr die gute Laune verderben: Eines Tages begegnete sie einer Horde Nudisten, keine zwei Meilen vor den Toren unserer Villa. Ihr entsetztes Gefolge hätte die Leute niedergehauen oder ins Gefängnis geschleppt. Meine Frau indessen forderte sie ohne die Andeutung eines Lächelns auf, nichts zu unternehmen. »Für eine Frau wie mich«, erklärte sie, »ist ein nackter Mann nichts anderes als eine Statue.« Sie wahrte ihre Würde an Ort und Stelle, aber als sie mir die Geschichte erzählte, kicherte sie doch. »Die armen Kerle«, sagte sie. »Denen wären fast die Augen aus dem Kopf gesprungen, als sie erkannten, wer ich war. Jedenfalls sind sie mit knapper Not davongekommen. Trotzdem solltest du jemanden hinschicken, der ihnen sagt, daß sie sich etwas anziehen sollen. Nicht jeder kann die Sache so ungerührt betrachten wie ich. Vermutlich sind sie ein wenig verwirrt; ich weiß zwar, daß man sich üblicherweise entweder über Verrückte lustigmacht oder sie als eine Art Vorzeichen betrachtet, aber ich für meinen Teil halte sie für bedeutungslos, wo sie nicht Gegenstand des Mitleids sind. Sieh zu, daß jemand sie bekleidet, mein Lieber. Es würde mich betrüben, wenn ihnen etwas zustieße.«

Es war dennoch ein seltsames Familienfest, und sei es nur, weil außer mir alle Ehemänner fehlten und außer Livia alle Frauen schwanger waren. Agrippa war selbstverständlich noch im Osten, Tiberius an der Donau und Drusus jetzt am Rhein... Unter den Ehefrauen war Julia natürlicherweise die strahlende Gestalt. Sie stand im Zenit ihres Liebreizes, und die Schwangerschaft ließ sie wie ein reifer, saftiger Pfirsich erscheinen. Sie spiegelte die Sonne wieder, und mit ihren Söhnen Gajus und Lucius zur Seite und der kleinen Tochter Julia auf dem Arm hätte sie für eine Statue Modell stehen können, die den fruchtbaren Reichtum der Mutter Erde versinnbildlichte. Ihr Glück hatte ihre flinke Zunge nicht erlahmen, ihr spöttisches Benehmen nicht verschwinden lassen; vor allem Tiberius' Frau Vipsania war nie vor ihren Neckereien sicher. Die Tatsache, daß Vipsania ihre

Stieftochter war, gab ihr Anlaß zu großer Heiterkeit, und besonderes Vergnügen machte es ihr, sich als Wächterin deren keuscher Moral aufzuspielen. Die andere Gattin war meine Nichte Antonia, Tochter meiner lieben Schwester Octavia und Marcus Antonius', die Livia zur großen Freude meiner Schwester als geeignete Braut für ihren geliebten, prächtigen Drusus auserkoren hatte. Eine klügere Wahl hätte sie nicht treffen können. Antonia hatte von ihrem Vater nichts als Schönheit und Charme geerbt. Sie war völlig frei von jenen moralischen Verirrungen, die seinen Charakter entstellt hatten; in ihrer sittsamen Tugend und Bescheidenheit geriet sie ihrer Mutter nach. Livia und ich liebten und verehrten sie und tun es tatsächlich immer noch. Für mich ist Antonia eine der Stützen meines Alters, und sie hat sich als Mutter ebenso bewundernswert gezeigt, wie sie es als Ehefrau und Tochter war.

Aber die größte Freude dieses Sommers fand ich in meinen beiden kleinen Enkeln... Ich schreibe diese Worte und weiß, ich kann mich niemals damit abfinden, daß ich sie verloren habe. Jedesmal wenn ich versuche, sie zu beschreiben, versagt mir das Herz. Auch jetzt kann ich nur sagen, daß dieser Sommer mir einen Garten der vollkommenen Glückseligkeit zu eröffnen schien. Die Jungen waren lebhaft, liebevoll und natürlich wie Blumen. »Opa«, sagten sie wohl und zogen mich an den Händen oder kletterten mir auf die Knie, »komm ballspielen, komm würfeln, erzähle uns eine Geschichte...« »Opa«, sagte Gajus oft, »kennst du den Witz von dem Elefanten und dem Mäuslein...?« Ich war derjenige, zu dem der kleine Lucius tränenüberströmt gelaufen kam, wenn er hingefallen war und sich das Knie aufgeschrammt hatte...

Ich fühlte mich als Patriarch in jenem Sommer, und die Sorgen der Staatsgeschäfte schob ich beiseite. Wir picknickten in den Hügeln oberhalb von Sorrento und lagen auf Wiesen voller Blumen, deren Namen nur Livia wußte. Unten funkelte das Meer, Wiesenvögel zwitscherten fröhlich ringsumher, und wir speisten schlicht und verschmähten die raffinierten Gerichte der römischen Tafel. Derbe Landkost: Luftgetrocknete Schinken, rote Meeräschen und Sardinen, die am Morgen in schneegefüllten Körben eilends von der Küste heraufgebracht wurden, bestreut mit Oregano, Fenchel oder Thymian, den wir auf der Wiese pflückten, und über dem Holzkohlenfeuer geröstet, hartes Brot und Salami, den weißen, scharfschmeckenden Käse, den die Hirten aus Schafsmilch bereiten, und den taufeuchten, tröpfelnden Mozzarella von den Mädchen, die im Sumpf die Büffel hüten. Livia nahm stets einen Korb mit getrockneten Feigen und Aprikosen mit, die wir beide mit Leidenschaft verzehrten, und in den Wäldern, rings um die Wiesen gab es Erdbeeren zu pflücken. Wie klar und lebendig – als sei die Zeit in diesem Augenblick erstarrt – steht das Bild der drei Mädchen vor meinem Auge, alle drei mit mächtigem Leib, wie sie aus dem Wald spaziert kommen durch knietiefes Wiesengras; an ihren Armen baumeln Körbe, die überquellen von den süßen Beeren aus diesen Wäldern, Beeren, die immer einen leichten Nachgeschmack zurückließen, frisch und herb. Und auch den kleinen Lucius sehe ich, nackt wie eine Putte, das Gesicht rosig und weiß von zerdrückten Erdbeeren und Mozzarella.

Wenn die Zeit doch wirklich hätte stehenbleiben können.

VIII

Agrippa kehrte krank in sein kampanisches Landhaus zurück. Sein Gesicht war streifig grau, und tiefe Schmerzfalten zogen sich von seinem Mund nach unten. Ich beschwor Julia, die vor der fünften Niederkunft stand, dem Helden, der ihr Mann war, äußerste Fürsorge zukommen zu lassen. »Agrippa ist für mich wichtiger als alle anderen Römer«, sagte ich, und meine Übertreibung war verzeihlich. Stundenlang saß ich an seinem Lager und sah, wie sein Lebenslicht flackerte. Livia, die jetzt auch gelernt hatte, ihn zu lieben, und die auf Grund ihrer eigenen unbestechlichen Tugend über seine Treue, seine moralische Würde und seine Vernunft frohlockt hatte, pflegte ihn zärtlich selbst. Sie war erbost, weil Julia sich offenbar weniger um ihn kümmerte, und weder Schwangerschaft noch Jugend ließ sie als Entschuldigung gelten. »Sie ist kein Mädchen mehr, sondern eine Frau von achtundzwanzig Jahren«, fauchte sie.

Ich versprach Agrippa, daß ich liebevoll für seine Kinder sorgen würde, obgleich ich wußte, daß er dieser Versicherung nicht bedurfte. Ich würde meine Enkel adoptieren. »Sie werden das Reich regieren, das wir zusammen errungen haben«, versprach ich.

»Gib acht, Caesar«, murmelte er durch rissige Lippen mit einer Stimme, die jeden Hall des Paradeplatzes verloren hatte, »gib acht, daß du sie nicht zu Prinzen erziehst. Vergiß nicht, wir sind alle nur Bürger der Republik.«

Das war Agrippas Stärke. Die Zweifel, die mich geplagt hatten, wir könnten die Republik durch die Methoden unserer Restauration verdorben haben, beunruhigten ihn nie. Er war kein Historiker, und er glaubte, daß der große Scipio Africanus in unserem Rom glücklich gewesen wäre, zufrieden mit seiner Beschaffenheit; es war ihm nicht klar, daß er es nur als Agrippa oder Augustus hätte tun können. Kein großer Mann hat seine eigenen Verdienste je so bescheiden empfunden, und doch habe ich auch keinen gekannt, der stolzer gewesen wäre. Vielleicht bleibt uns am Ende jeder Charakter rätselhaft. Je besser man einen Menschen kennt, desto weniger klar ist das Bild, das man von ihm hat. Und wiederum, vielleicht soll auch das so sein. Wem könnte daran gelegen sein, daß die Welt ihn kenne, wie er sich selber kennt? Wenn ich auf diese Autobiographie zurückschaue, sehe ich mit Schaudern, was sie der Welt offenbart. Ich sollte die Sklaven töten, denen ich sie diktiere. (Nein, wenn du dies niedergeschrieben hast, streiche es wieder durch; ich habe mir einen Scherz mit dir gemacht. Er schmeckt dir sauer? Das tun die besten Scherze oft.)

Agrippa starb friedlich in der Stunde vor Tagesanbruch, wenn der Tod am gierigsten ist. Ich erwies ihm die posthume Ehre der Bestattung in unserem Familienmausoleum. Da ich im Jahr zuvor, nachdem der elende Lepidus eines späten Todes gestorben war, das Amt des Pontifex Maximus übernommen hatte, leitete ich den Totengottesdienst und hielt auch selbst die Lobrede. Aus diesem Grund konnte ich im Augenblick des Todes nicht mehr zugegen sein, denn es steht geschrieben, daß der Pontifex Maximus die Toten nicht schauen darf. Der Natur der Dinge nach ist dies freilich ein

Verbot, das sich unmöglich durchsetzen läßt, denn üblicherweise ist der Hohepriester auch Militärkommandant. (Man erinnere sich, daß Julius Pontifex Maximus war, als er Gallier und Bürger abschlachtete.) Aber ich war entschlossen, bei allem die korrekte Form walten zu lassen, auf daß ich nicht durch achtlose Vernachlässigung dessen, was recht war, bei den Göttern Anstoß erregte und Agrippa im Reich der Schatten etwa einen sauren Empfang bereitete.

In meiner Grabrede faßte ich die Bedeutung von Agrippas Leben zusammen, nachdem ich zuvor die vielen Großtaten aufzählte, die er vollbracht hatte.

»Von Geburt war er, wie ich schon sagte, unbedeutend; aber niemand hat mehr für Rom getan. Und mehr noch – anders als viele, die von vergleichsweise bescheidener Herkunft sind, hat er nicht zugelassen, daß dieser Schicksalszufall ihn neidisch werden ließ auf solche, die von edler Geburt waren. Statt dessen übernahm er es, zu zeigen, daß, während manch einer seine Verdienste von den Vorfahren erworben hat, ein einzelner Mann von Tugend und großen Eigenschaften ebenso viel Ehre und Adel auf seine Nachkommen bringen kann. Was immer in den letzten drei Jahrzehnten für Rom erreicht worden ist, verdankt sich zu einem großen Teil Agrippa. Er war ein großer General, ein großer Prokonsul, ein großer Administrator und ein großer Bauherr. Niemals ließ er sich durch Ehrgeiz oder Reichtümer korrumpieren. Viele Male wies er Ehren und Triumphe zurück. Selbstlos arbeitete er für das öffentliche Wohl, und seinen Lohn fand er in seinen Werken. Er selbst pflegte zu sagen: ›In der Eintracht wachsen aus kleinen Samenkörnern mächtige Bäume, in der Zwietracht aber wurzeln große Katastrophen.‹

Meine rechte Hand verbrennt hier auf dem Scheiterhaufen. Ich habe meinen edelsten Freund verloren, meine Tochter den treuesten und zärtlichsten aller Ehegatten, und

Rom seinen größten Sohn. Nur sein Werk bleibt übrig, uns die Trauer zu versüßen. Sein Denkmal finde sich im Glück der Republik.«

Was hätte ich noch sagen können? In solchen Augenblicken sind Worte unzulänglich. Agrippa war selbst kein Mann der Worte. Die Memoiren, die er hinterlassen hat, sind tödlich langweilig und werden ihm nicht gerecht. Ja, man könnte sie als das Werk eines ganz unbedeutenden Mannes lesen. Meine Trauer war heftig. Mit Agrippa verschwand das Gefühl, ich könnte noch etwas erbauen. Meine Jugend glitt hinüber in den Schatten, und ich fühlte mich alt. Und ich würde, wie sich zeigte, Italien nie wieder verlassen, denn ohne die Sicherheit seiner Unterstützung verstärkte sich meine Abneigung gegen das Reisen.

Agrippa hatte mich zu seinem Haupterben eingesetzt. Es macht mich natürlich immer stolz und froh, ein Legat in Empfang zu nehmen, denn nichts zeigt einem die Wertschätzung eines Freundes so klar. In diesem Fall allerdings sah ich mich als Treuhänder, der das Erbe für die Jungen bewahrte.

Julia brachte ihr Kind einen Monat nach dem Tod ihres Mannes zur Welt. Ob dies einen bösen Einfluß auf das Schicksal des Kindes hatte, weiß ich nicht, aber dieser Knabe, der den Namen Agrippa Postumus bekam, war ganz anders als seine Geschwister. Stumpf, ja, roh wuchs er heran, und er stellt uns alle auf eine harte Probe. Zu meiner großen Betrübnis hat er sich als unfähig erwiesen, im Staate den Platz einzunehmen, der ihm gebührt hätte. Aber er hat, mehr als Gajus und Lucius, das Aussehen seines Vaters (die beiden gleichen eher Julia und mir); es ist jedoch ein Agrippa ohne Einsicht oder Tüchtigkeit, ein Agrippa, gewissermaßen, der nie den häuslichen Acker verlassen hat, sondern hinter den Ochsen einherstapft und das Wetter verflucht.

Ich fühlte mit Julia, die nun zum zweitenmal verwitwet war und mit fünf Kindern zurückblieb, obgleich ich natürlich die älteren Knaben gleich in meine Obhut nahm. Ich dachte mit banger Sorge an meine eigene Sterblichkeit; in unserer Jugend war es gewesen, als spotte Agrippas robuste Gesundheit meiner eigenen Kränklichkeit. Ich war einundfünfzig, und Gajus erst acht. Was würde geschehen, wenn ich stürbe? Ich wußte, es gab viele verbitterte Edelleute, die nur allzu vergnügt an den unschuldigen Kindern rächen würden, was sie durch mich an Demütigungen erlitten zu haben glaubten. Es war unerläßlich, daß für ihre Sicherheit gesorgt wurde. Es war unerläßlich, daß Julia wieder heiratete, und zwar jemanden, bei dem man darauf vertrauen konnte, daß er die Interessen der Knaben schützen würde, sollte ich sterben.

Livia war auch dieser Ansicht.

»Ich respektiere deine Liebe zu Gajus und Lucius«, sagte sie, »und ich teile sie natürlich. Du kannst dich darauf verlassen, daß ich tun werde, was in meinen Kräften steht, um sie zu beschützen, aber ich bin natürlich nur ein Weib und kann deshalb kein konstitutionelles Amt übernehmen. Ich bin realistisch genug, zu wissen, daß ich jetzt nur so viel Einfluß habe, wie du mir einräumst, und auch den habe ich mir nur durch das Vertrauen verdient, das in den langen Jahren unserer Ehe zwischen uns gewachsen ist. Aber ich bin mir der Tatsache bewußt, mein Lieber, daß dieser Einfluß schwinden wird, wenn ich das Unglück haben sollte, dich zu überleben. Auf alle Fälle weiß ich nicht, ob ich überhaupt den Wunsch hätte, irgendeine Rolle im politischen Leben zu übernehmen, wenn das geschähe. Ich könnte mir vorstellen, daß meine Trauer allzu tief und langanhaltend sein würde. Du hast also recht: Es ist unerläßlich, daß Julia wieder heiratet.«

Ich drückte ihre Hand und berührte sie mit den Lippen.

Sie fuhr fort. »Es gibt noch ein Argument, welches vorzubringen ich mich genötigt sehe, wiewohl es dir nicht behagen wird. Selbst wenn die Kinder nicht da wären, würde Julia einen Gatten brauchen. Andernfalls würde sie uns, es tut mir leid, wahrscheinlich Schande machen. Sex ist kein Thema, das ich je mit Behagen erörtert hätte. Nichtsdestoweniger muß ich es nun. Julia hat Gelüste. Mehr zu sagen, bringe ich nicht über mich – nur dies. Ich habe mich immer bemüht, zu handeln, als wäre ich ihre Mutter, aber ich bin es natürlich nicht. Und du hast sie stets betrachtet, als wäre sie allein deine Tochter. Nun, das ist verständlich, aber tatsächlich ist sie Scribonias Tochter nicht minder, und wir alle wissen, was wir von der zu halten haben. Es wäre Unsinn, anzunehmen, daß die Kinder ihre Eigenschaften nicht von beiden Eltern erben, wenngleich ich zu meinem Glück sagen kann, daß ich in Tiberius und Drusus nichts von ihrem elenden Vater erkenne. Wir sind uns also einig: Julia braucht einen Ehemann. Die Frage ist: Wer soll es sein?«

Wir erörterten die Sache eine Zeitlang. Julia hatte eine Menge Freunde ihres Alters unter den Adeligen, und was die Herkunft anging, so gab es auch eine stattliche Anzahl geeigneter Kandidaten. Einige, wenn auch keineswegs alle, empfahlen sich überdies durch Charakter und Leistung. Aber sie litten allesamt unter einem irreparablen Manko: Keinem von ihnen konnte ich Gajus und Lucius als Schutzbefohlene anvertrauen.

Livia selbst wußte auch niemanden vorzuschlagen. Ich beschloß deshalb, Julia zu Rate zu ziehen. Ich wies sie darauf hin, wie wichtig es sei, daß sie um der Jungen willen wieder heirate. Ich redete mit ihr offener über diese Angelegenheit, als ich es je mit irgend jemandem sonst getan habe.

»Höre, Liebling«, sagte ich, »du bist mein einziges Kind, und dein Glück ist mir wichtiger als alles. Vergiß das nie... Mein innigster Wunsch ist es, daß dir und deinen Kinder ein dauerhaft glückliches Schicksal beschieden sei... Ich bin jetzt schon alt, und es liegt in der Natur der Dinge, daß ich jeden Augenblick sterben kann. Ich habe im Leben zwei Leidenschaften gehabt: Rom und meine Familie. Die beiden sind in meiner Liebe und in meinem Streben unentwirrbar verwoben. Ich habe, wie du weißt, die Republik wiederhergestellt...«

»Ich kenne welche«, unterbrach sie mich, »die halten das für einen Schwindel. Sie sagen, es ist nur eine Fassade. Und dahinter bist du König – in allem, nur nicht dem Namen nach.«

»Ich bin der Erste Bürger, weiter nichts«, erklärte ich. »Deine Freunde sind boshafte Schwätzer, meine Liebe. Bei Gelegenheit werde ich dich fragen, wie sie heißen.« (Das war natürlich kaum nötig; ich konnte sie mühelos namhaft machen.) »Ich habe nichts weiter getan«, sagte ich, »als Ordnung und Stabilität wiederherzustellen. Du kannst dich, dem Himmel sei Dank, kaum an die Bürgerkriege erinnern. Sie waren furchtbar, und ich habe es mir zur Mission gemacht, dafür zu sorgen, daß wir keine mehr erleben. Das hat, ich gebe es zu, die Beschneidung gewisser Freiheiten erfordert. Nun, Freiheit ist nur gut, wenn sie dem Gesetz gehorcht. Ich will dir keinen Vortrag über politische Philosophie halten; du würdest dir wohl bald den hübschen Kopf entzweigähnen. Aber was ich sage, stimmt. Kein Staat kann ohne eine ordnende Intelligenz existieren. Ich hoffe, Gajus und Lucius werden beizeiten dafür einstehen.«

»Sie sind bezaubernd«, sagte sie, »und ich bin vernarrt in die beiden, aber ihre Fähigkeiten können wir eigentlich nicht ermessen. Der arme Gajus ist ja nicht mal neun. Außerdem wären sie vielleicht als Privatbürger glücklicher. Keiner meiner Freunde muß so schwer arbeiten wie du – du erlaubst es ihnen freilich nicht, aber es stimmt doch, daß ihr größtes Vergnügen in der Muße liegt. Lebenskunst findet man bei denen, die müßiggehen, nicht bei den Arbeitsbienen. Ich will damit nur sagen, du irrst dich, wenn du annimmst, daß alle so schwer arbeiten möchten wie du. Oder daß harte Arbeit unbedingt etwas Gutes ist. Kann sein, daß du versuchst, die Jungen in eine Form zu zwingen, die ihnen nicht paßt.«

Sie irrte sich, sie irrte sich unbedingt. Ich wußte es sofort, und es ärgerte mich. Die Jungen sollten mit ihrem Leben beweisen, wie sehr sie sich irrte. Ich sah sie vor mir, Julia und ihre müßigen Freunde, wie sie alles verlachten, was mir teuer war. Ich hörte das Plätschern des Spottes in der Szene der smarten jungen Leute. Was hatte ich getan? Ich hatte meine Zeit überlebt und Rom entmannt. Das spürte ich in einem Augenblick des Grauens, spürte es wie die Leere, die kommt, wenn man in schwärzester Nacht aus dem Schlaf erwacht und nur Stille hört.

»Außerdem«, sagte sie und lachte, »mir kommt es so vor, als wäre ich dauernd verheiratet. Ich hätte wohl Lust, einmal frei von Ehemännern zu sein.«

Sie gab mir einen Kuß auf den Kopf und huschte davon, ohne etwas von meinem Ärger zu merken. Oder hatte sie es gemerkt, und es kümmerte sie nicht? Es konnte sogar sein, daß es ihr Spaß machte, mich zu ärgern.

Natürlich wandte ich mich wieder an Maecenas, um mir seinen Rat zu holen, wie ich es immer getan hatte. Obwohl unsere Beziehung eine gewisse Distanz angenommen hatte und Maecenas sich schlechter Gesundheit erfreute (eine Freude, die mit einiger Anstrengung verbunden war) und er unverhohlen erklärte, daß die Politik ihn heutzutage langweile, gab es doch einen zuverlässigen Rest von Loyalität, die wir einander entgegenbrachten. Doch während ich früher einfach zu seinem Haus auf dem Esquilin geschlendert wäre, schickte ich heute eine Botschaft voraus. So hätte er Gelegenheit, Bathyllus, den ich selbst bei seinen Bühnenauftritten widerwärtig fand, aus dem Weg zu schaffen.

Maecenas ließ mich in einem übermöblierten und mit Nippes vollgestopften Zimmer warten. Die Wandgemälde zeigten eine Reihe der verschiedenförmigsten Geschlechtsakte. Er wollte mich ärgern, indem er mich hier warten ließ; mein Freund hatte immer eine entschieden boshafte Ader.

»Natürlich bist du hier fehl am Platze«, erklärte er. »Diese Dekoration entspricht nicht mehr deinem Geschmack, oder? Du bist ja ganz spießig geworden. Aber es schadet nichts, dich einmal daran zu erinnern, mein guter Alter, daß das Leben noch andere Seiten hat.«

Er hatte eine schreckliche Gesichtsfarbe und bestand nur noch aus Haut und Knochen. Das ließ meinen Ärger verrauchen. Selbst sein Spott wurde jetzt von einem rasselnden Husten unterbrochen.

Er zog eine Grimasse. »Nicht, daß noch viel Leben in mir steckte, Entchen. Trotzdem – immer nur lächeln, immer nur lächeln, wie die Griechen sagen. Du willst etwas. Ein Knabe kann es nicht sein; den könnte ich dir vielleicht besorgen. Also muß es sich um einen Rat handeln. Julia?«

»Sehr clever.«

»Liegt auf der Hand, Schätzchen. Die arme Julia. Ich habe sie letzte Woche auf einer Dinnerparty gesehen. Sah hinreißend aus. Voller Eifer, und zugleich die reine Vergeudung. Ich sagte mir, du armer Schatz, viel hast du nicht vom Leben gehabt, wie? Nicht für ein Kerlchen, das gern seinen Spaß hat, wie du eins bist. Natürlich verbindet mich eine gewisse Empathie mit Julia. Sie ist ein Mädel von meiner Art, mein guter Alter.«

Es war viel zu heiß im Zimmer, und ein krankhafter Duft durchwehte es.

»Aber du bist genau wie immer, wenn ich auf eine Weise rede, die dir nicht gefällt.« Maecenas schenkte Wein ein und reichte mir ein Glas. Zu süß, wie immer. »Du sitzt da wie ein braves kleines Kätzchen und putzt dir mit den Pfötchen durchs Gesicht. Aber so lasse ich dich nicht davonkommen. Du verstehst Julia nicht, und ich werde dir jetzt ein paar unwillkommene Wahrheiten sagen. Es war ihr ein Greuel, mit Agrippa verheiratet zu sein. Sie mußte die Augen schließen und mit den Zähnen knirschen, wenn er mit ihr schlief. Frage mich nicht, woher ich das weiß. Ich weiß es einfach. Und glaube nicht, ich sage es nur aus Bosheit. Ich weiß, was Agrippa wert war, aber ich kenne auch Julia. Sie ist ein großes, starkes Mädchen, und sie mag Männer (oder Knaben), die weicher sind als sie. Sie ist androgyn genug, um mit niemandem glücklich zu sein als mit jemandem, der es ebenfalls ist. Du hast deine eigene Jugend vergessen; das ist das Problem bei dir, mein Alter. Die erste Ehe mit Marcellus hätte vielleicht geklappt, wäre da nicht der Umstand gewesen, daß sie wußte, du und Marcellus und sie, ihr wart ein Dreieck. Sie war damals vernarrt in dich, mein guter Alter, und du warst vernarrt in Marcellus, und der war leider, leider – ein bezauberndes Mädel, aber eines, das den Blick nicht vom Spiegel wenden konnte. Und so war eigentlich alles für die Katz. Nimm noch etwas Wein. Du ahnst nicht, wie ich danach gelechzt habe, dir das einmal zu sagen.«

Er streckte sich auf dem Sofa aus («Ich habe heutzutage kein großes Stehvermögen mehr, in keiner Hinsicht«, kicherte er) und ließ die juwelenbesetzte Hand baumeln.

»Und was hast du dann getan? Du hast sie mit dem alten Agrippa verheiratet, der nun eine Vaterfigur von der ganz falschen Sorte war und das arme Mädchen mit seiner Prahlerei vor lauter Langeweile fast den Verstand verlieren ließ. Außerdem war er ihr körperlich zuwider. Da wandte sie sich gegen dich. Es war eine Sache gewesen, mit Marcellus verheiratet zu werden, auf den sie zwar eifersüchtig war, der ihr aber gefiel; etwas ganz anderes war es, an diesen alten Preisboxer ausgeliefert zu werden. Doch sie ist keine Spielverderberin, deine Tochter, und sie tat ihr Bestes. Sie fügte sich. Und jetzt ist sie endlich frei.«

Maecenas konnte nie die Wahrheit über einen Menschen sagen. Diese Unfähigkeit hatte sich mit den Jahren immer stärker ausgeprägt. Er war ein Sklave von Tratsch und Andeutungen. Das meiste von dem, was er sagte, konnte man daher gleich abtun, aber den Kern niemals. Ich saß da, ohne auf den zu süßen Wein zu achten, bedrückt von den erstickenden Düften, die durch den Raum wehten, und wartete auf das, was ich ja schließlich erbeten hatte.

»Liebe«, sagte er und ließ das Wort in der Luft hängen. »Weißt du, mein guter Alter, bis Bathyllus daherkam, bin ich vor der Liebe immer zurückgescheut. O ja, ich war nie ohne meine Liebschaften; das weiß niemand besser als du. Aber ich bin, von einem Fall abgesehen, der Erniedrigung durch die Liebe aus dem Weg gegangen. Du kennst den Fall natürlich. Was ich mit Erniedrigung meine? Die Versklavung, was sonst? Zu wissen, du kannst niemals gefallen, zu wissen, du kannst niemals besitzen. Dich danach zu sehnen, ganz und gar und restlos zu besitzen, und dich doch gleichzeitig auch danach zu sehnen, daß der

Geliebte dich niedertrampelt. Ist es nicht seltsam, daß ich dies nach all den Jahren zu dir sage, und daß du es immer noch nicht verstehst? Du mußt immer noch die Zügel in der Hand haben. Du findest meine Verbindung – das ist doch das Wort, das du benutzt, nicht wahr? – meine Verbindung mit Bathyllus erniedrigend. Es ist verächtlich, nicht wahr, wie ich ihm ausgeliefert bin? Du hast dich nie jemandem ausgeliefert, nicht einmal Livia. Ich will sogar noch weiter gehen. Du hast dir eine Frau ausgesucht, der es peinlich wäre, wenn du dich ausliefertest. O ja, du unterwirfst dich ihr in Kleinigkeiten, und alle lachen darüber, weil es dich menschlich erscheinen läßt. Aber nicht in großen Dingen, eh? Dein ganzes Leben lang hat alles sich deinem monströsen Willen fügen müssen. Monströs.«

Ein Hustenanfall unterbrach ihn. Seine Haut glänzte gelb. Ich konnte mich nicht rühren, ja, ich wartete darauf, daß er weiterredete. Ich fühlte nichts als Ungeduld. Es war absolut still, als er aufhörte zu husten. Nichts rührte sich im Haus. Der Fächer, der das Parfüm durch den Raum getrieben hatte, mußte stehengeblieben sein. Wie Gefangene saßen wir in der erstickenden Stille des Zimmers.

»Was ist die Welt, Soldaten? Die Welt bin ich. Dahin ist es mit dir gekommen, Augustus. Arme, hübsche, verlorene Julia, Opfer deines Willens. Du konntest dir nicht erlauben, mit Marcellus zu tun, was du wolltest: ihn ficken und dich ficken lassen. So mußte die arme Julia dein Ersatz werden. Und dann wurde sie ein Opfer der Staatsräson, damit Agrippa keine Flausen bekam. O ja, dazu habe ich dir selbst geraten, willst du jetzt sagen. Ich habe dir gesagt, was du hören wolltest. Darauf habe ich mich immer verstanden, nicht wahr? Aber jetzt flehe ich dich an: Laß das Mädchen in Ruhe. Laß sie heiraten, wenn sie Lust hat. Wenn sie es tut, wird es ein hübscher Junge wie Jullus Antonius sein. Oh, ich gebe zu, das ist er, und er ist ein Enkel von Antonius und Fulvia, aber gefährlich ist er nicht; er ist ein hübscher Playboy. Sie wird ihren Spaß mit ihm haben. Opfere sie nicht noch einmal der Staatsräson.« Er hielt inne und hob die Hand. »Ich weiß, was du sagen willst. Du willst von Gajus und Lucius reden. Du willst einen Ehemann, der ihre Thronfolge sicherstellt. O ja, ich weiß schon, das Wort gefällt dir nicht: Thronfolge – aber sei ehrlich, mein lieber Alter, das ist es doch: Eine verhüllte Monarchie. Erinnerst du dich noch an unser Gespräch mit dem alten Agrippa, als er die Rückkehr der alten Republik wollte – eigentlich, weißt du, war er kein bißchen heller als Pompejus –, und ich sagte, was wir brauchten, sei ein Herrscher. Nun, und genau das bist du; das magst du verkleiden, wie du willst. Und du willst sicherstellen, daß deine Enkel dir nachfolgen... Um das zu schaffen, wirst du Julia noch einmal opfern. Und du wirst nichts dabei spüren, schon gar keine Gewissensbisse. Immer noch nichts zu sagen...?«

Ich zuckte die Achseln. »Reden ist leicht«, sagte ich. »Ich habe meine Pflicht getan, wie ich sie sehe. Und selbstverständlich versuche ich, Vorkehrungen für die Zukunft zu treffen...«

»Du tust mir leid, weißt du«, sagte er. »Meine Hände sind frei von aller Verantwortung für ein Verbrechen, und wäre es ein moralisches Verbrechen. Vergil wußte, was mit dir geschah, und er hatte Mitleid mit dir. Jawohl, du hast Großes zustandegebracht, und in gewisser Weise stehen wir alle in deiner Schuld, aber was hat es aus dir werden lassen? Es hat deine Phantasie und dein Mitgefühl abgetötet. Übrig ist nichts als der Wille. Vergil hat dich geliebt, wie ich es getan habe, und doch hast du ihn wie mich mit einer Art Grauen erfüllt...«

»Wenn ich wäre, wie du sagst, würdest du nicht so mit mir sprechen. Du würdest es nicht wagen.«

»Nicht wagen? Sieh doch, was für Worte du benutzt.«

»Oh«, sagte ich, »Maecenas, es liegt Wahrheit in dem, was du sagst. Natürlich. Ich gebe es zu. Teile meiner selbst sind tot. Sie fühlen nichts. Eine moralische Taubheit. Ja, manchmal mußte ich sie kultivieren. Aber wir alle töten einen Teil von uns. Tu nicht so, alter Freund, als hättest du es nicht auch getan. Du hast zum Beispiel mit Bedacht ein Gefühl von Anstand walten lassen. Und indem du dich nicht verliebt hast...«

»Aber das habe ich doch«, widersprach er.

»... und indem du es abgelehnt hast, dich an eine Familie zu binden, hast du viel von dem, was Gutes in dir war, verleugnet und erstickt. Aber ich habe die Liebe nicht abgelehnt. Ich will das Beste für die, die ich liebe...«

»Du willst das, was du für das Beste hältst...«

»Jedermann muß nach seinem eigenen Urteil handeln...«

»Wenn du Julia liebtest, würdest du sie in Ruhe lassen, du würdest sie ihren hübschen Playboy heiraten lassen...«

»Da ich Julia liebe, kann ich keine Heirat fördern, die sie schrumpfen läßt...«

»Schrumpfen? Bin ich denn geschrumpft?«

»Du bist geschrumpft, Maecenas, durch deine verblendete Zuneigung zu diesem Schauspieler. Es tut mir leid, dies zu sagen, aber wer achtet dich denn noch?«

»Und dennoch kommst du zu mir und willst meinen Rat...«

»Das habe ich immer getan. Aber ich höre, du kannst jetzt nicht mehr im Theater erscheinen, ohne Spott und Gezisch über dich ergehen zu lassen...«

Er lächelte.

»Laß uns nicht streiten«, sagte er. »Vielleicht sind wir ja beide geschrumpft. Vielleicht kann man es auch anders ausdrücken. Vielleicht besteht das Leben darin, daß man abstreift, was an der Seele Unwesentliches ist. Der schüchterne, hübsche Junge, den ich liebte, ist von einem Mann des Willens gefressen worden, und ich, ja, du hast recht, ich bin heute ein Sklave der Gefühle, der Schönheit und des Vergnügens. Meine Würde ist mir entrissen worden. Ich bin Gespött, eine alte Tunte, ganz absurd. Indem wir wurden, was wir geworden sind, indem wir manches Gute abwarfen, offenbaren wir unser wahres Selbst. Und deshalb, mein Lieber, kannst du meinem Rat nicht folgen, hm? Du kannst Julia nicht freilassen, ohne deinen Willen zu verraten, und das ist unmöglich. Was wir getan haben – ich denke, wir haben unsere Bestimmung erforscht, und am Ende sind wir Gefangene unseres eigenen Charakters. Ist dir das zu metaphysisch, zu versponnen? Betrachte es als das Geschwafel eines degenerierten Etruskers, wenn du willst. Aber es ist einer, der dich immer noch liebt. Außerdem weiß ich, was du tun wirst. Du wirst Tiberius drängen, sich von Vipsania scheiden zu lassen – sie hat keinen Wert mehr, nicht wahr, nachdem ihr Vater gestorben ist? Und daß sie miteinander glücklich sind, ist nicht wichtig –, und ihn mit Julia verheiraten. Er ist schließlich ein starker Mann und ein Mann von Ehre (wenn du mir erlauben willst, dieses Wort zu benutzen, da du ja weißt, daß ich dieses Ding nicht habe – nach deinen Maßstäben jedenfalls), und so wird er schon dafür sorgen, daß es den Jungen gutgeht. Ist das nicht, was du hören wolltest?«

»Tiberius?« sagte ich. »Natürlich. Julia war in ihn verschossen, als die beiden jünger waren. Livia klagte immer darüber, daß sie ihn nicht in Ruhe ließ.«

»Selbstverständlich nicht«, sagte er. »Er war eine Herausforderung für sie, eine starke, schweigsame Herausforderung. Aber... wie auch immer, das ist nicht mein Rat. Es ist meine Vorhersage. Du siehst, wie gut ich dich kenne. Nun...« Er griff nach seinem Weinglas. »Ich bin froh, daß wir dieses Gespräch geführt haben. Ich glaube nicht, daß es noch viele geben wird, oder? Nicht jetzt, nachdem wir alles gesagt haben, was so lange hat warten müssen. Jetzt wird es nicht mehr viel geben, worüber wir reden könnten. Ein letztes noch: Du weißt, du hast Horaz gebeten, dein Sekretär zu werden – natürlich weiß ich Bescheid; er hat mich ja gefragt, wie er am besten ablehnen kann – aber was ich sagen wollte: Weißt du, warum er abgelehnt hat?«

»Er wollte seinen sabinischen Gutshof nicht verlassen...«

»O ja, das Anwesen liebt er. Aber das wäre an sich nicht genug gewesen. Nein, er sagte: ›Ich bewundere den Princeps aus der Ferne, und ich bin stolz auf meine Bewunderung. Aber wollte ich ihm zu Diensten sein, würde mich das korrumpieren, und es würde den Abscheu meiner Muse erregen...‹«

Ich antwortete darauf nichts. Horaz hatte offensichtlich recht. Der Philosoph-König, der Dichter-Fürst, konnte die Ausübung der Macht nicht lange überleben. Die Diener der Macht sind befleckt von der Verantwortung für die Tat...

»So«, sagte Maecenas, »und jetzt sei ein Schatz und lauf zu. Bathyllus kommt bald zurück. Er wird nicht entzückt sein, zu hören, daß du hier warst, aber er wird wütend, wenn er uns noch zusammen antrifft. Und er ist so öde, wenn er schmollt.«

»Ah, ja...«

»Versuche nicht, weise und wissend zu schauen. Selbstverständlich wird der Sklave ihm erzählen, daß du hier warst.«

»Selbstverständlich. Das tun Sklaven immer.«

IX

Wie üblich hatte Maecenas sein großes Talent ausgeübt: Er hatte mir gesagt, was ich hören wollte, auch wenn ich es im voraus nicht gewußt hatte. Ein Ratgeber gleicht einem Redner, welcher der Menge, zu der er spricht, ihre unbewußten Wünsche und Leidenschaften offenbart. Ich war vor der Tiberius-Lösung meines Problems zurückgescheut, ohne sie auch nur in Betracht zu ziehen – vermutlich, weil Livia sie nach Marcellus' Tod abgelehnt hatte. Aber heute, sagte ich mir, lagen die Dinge anders. Tiberius war kein linkischer Jüngling mehr, sondern ein großer Feldherr und ein Mann mit umfangreichen Erfahrungen, der in seiner Laufbahn nur Erfolg gehabt hatte. Sein politischer Geist stand außer Frage, seine feste Moralität und seine Pflichttreue desgleichen. Wer könnte die Knaben besser beschützen, wenn ich nicht mehr da wäre?

Natürlich gab es abgesehen von irgendwelchen Einwänden, die Livia womöglich erheben würde, noch andere Fragen, um die ich mich zu kümmern hatte. Julia selbst würde vielleicht nicht entzückt sein; in den letzten Jahren hatte es wenige Anzeichen dafür gegeben, daß ihre alte Kinderleidenschaft für Tiberius noch bestand. Er war nicht gerade ein junger Mann von der Sorte, in deren Gesellschaft sie sich vergnügte. Und dann wiederum gab es das Problem Vipsania. Tiberius war zugegebenermaßen ein Mann von lauen Emotionen, aber es war doch klar, daß er seiner Frau beträchtliche Zuneigung entgegenbrachte. Freiwillig würde er in eine Scheidung nicht einwilligen. (Andererseits würde Julia es vielleicht amüsant finden, die Tochter ihres verstorbenen Gemahls zu ersetzen.) Zudem hatten Tiberius und Vipsania einen Sohn, der nach seinem Onkel Drusus hieß. Konnte ich sicher sein, daß Tiberius seinen eigenen Sohn nicht den beiden anderen, Gajus und Lucius, vorziehen würde? Doch, das konnte ich, dachte ich: Nicht nur war Gajus der älteste der folgenden Generation – und ich mußte annehmen, daß Julia seine Interessen beschützen würde –; auch würde sein unbeugsames Pflichtbewußtsein Tiberius nicht gestatten, sich über meinen Wunsch hinwegzusetzen. Damit blieb nur ein Vorbehalt bestehen. Tiberius war aller theoretischen Erörterung der Politik abhold; er liebte es, sich auf das zu konzentrieren, was getan werden mußte. Gleichwohl wußte ich, daß er im Grunde seines Herzens ein streng aristokratischer Konservativer war. Sein Vater – der verschlagene Kerl, dessen Angedenken Tiberius nichtsdestominder in störrischer Verehrung bewahrte – hatte Brutus und Cassius angehangen. Ich hatte den Verdacht, daß die Sache, die sie verkündet hatten, noch immer seine Billigung hatte. Im Herzen wußte er, daß die Tage republikanischer Libertinage vorüber waren und nie zurückkehren könnten, ohne daß die Folgen für Rom düster gewesen wären. Aber sein Eintreten für die neue Ordnung war nie mehr als intellektuell gewesen. Sein Herz war davon nicht berührt. Er verachtete den Senat und seine Mitglieder – »der Sklaverei, oh, zugeneigte Generation«, hatte ich ihn murmeln hören; aber noch hatte er sich eine Idealvorstellung von einer senatorialen Regierung bewahrt. Er wußte, daß derlei unmöglich war, und wünschte sich, es möchte nicht so sein.

Immerhin blieb Livia, die ich überzeugen mußte. Wenn sie entschiede, daß Tiberius und Julia heiraten sollten, dann würde er es tun, wenn auch noch so widerstrebend. Aber ich konnte nicht sicher sein, daß es mir gelingen würde, sie zu überreden.

»Ich fürchte, du hast recht«, sagte ich zu ihr. »Julia wird uns Schande machen. Es hat mich verletzt, als du mir ins Gedächtnis riefst, daß sie Scribonias Tochter ist, aber du hattest recht. Ich habe mit ihr über eine mögliche Ehe gesprochen, und sie sagte, sie habe mehr Lust, frei zu sein. Was soll geschehen? Das kann man doch gewiß nicht zulassen.«

»Ich habe dir bereits dargelegt, daß man das nicht kann. Schon, weil ihr Betragen unter solchen Umständen höchstwahrscheinlich unsere Moralgesetze zum Gespött machen würde.«

Ich spürte, wie ich errötete; es widerstrebte mir, eine solche Bemerkung über meine Tochter mitanhören zu müssen und zu wissen, daß ich nicht widersprechen konnte.

»Es ist klar, daß sie verheiratet werden muß«, sagte ich. »Das hast du schon selbst gesagt. Es ist auch klar, daß sämtliche Mitglieder der Gruppe, in der sie verkehrt, ungeeignet sind. Sie braucht einen Mann, der ihr Achtung gebietet wie Agrippa« – Maecenas' Worte huschten mir durch den Kopf, aber ich redete unbeirrbar weiter – »und deshalb muß er wie Agrippa ein großer Diener des Staates sein, und ein großer General zudem.«

Livia lächelte. »Bist du so sicher, daß sie Agrippa achtete? Bist du so sicher, daß sie ihn nicht betrog?«

»Hast du einen Grund, so etwas zu denken?«

Sie lächelte wieder, antwortete aber nicht.

Ich schwieg – in der Hoffnung, sie könnte selbst den Namen ihres Sohnes ins Gespräch bringen, doch sie fuhr fort, zu nähen: Das Inbild der demütigen und unterwürfigen römischen Matrone, abgesehen von diesem rätselhaften Lächeln, das ihre Mundwinkel umspielte.

»Komm, Livia«, sagte ich, »es schickt sich nicht, daß wir Katz und Maus miteinander spielen.« Ihr Lächeln war unbeirrbar. »Du weißt, was ich im Sinn habe, und du weißt, daß ich gehofft habe, du mögest die Möglichkeit selbst zur Sprache bringen.«

»Tiberius liebt Vipsania«, sagte sie.

»Das bestreite ich nicht.«

»Er war immer ein schwieriger, zurückgezogener Junge. Man könnte ihn als verschlossen bezeichnen – ein pflichtbewußter Sohn, aber niemals einer, der sich mir anvertraut hätte, wie Drusus es tut.«

»O ja. Drusus ist anders.«

»Und Vispania tut ihm gut. Ich glaube, er spricht vielleicht mit ihr wie sonst mit niemandem.«

»Und das macht dich nicht eifersüchtig?«

»Doch, natürlich. Zeige du mir die Mutter, die nicht eifersüchtig auf die Frau ihres Sohnes wäre. Aber ich unterdrücke dieses Gefühl. Ich wiederhole: Vipsania tut Tiberius gut.«

»Das bestreite ich nicht, aber ich will ein weiteres Argument vortragen oder, besser gesagt, dem gleichen Argument eine andere Grundlage geben. Wir sind keine Privatpersonen.«

»Willst du damit sagen, wie seien eine königliche Familie? Das könnte ich niemals billigen.«

»Natürlich nicht. Warum legst du mir Worte in den Mund? Nichts dergleichen. Aber wir sind eine große Familie. Wir haben Verpflichtungen, die über unser privates Glück hinausreichen. Wir haben Verpflichtungen gegen Rom. Tiberius als Claudier, als doppelter Claudier, wie du uns oft ins Gedächtnis gerufen hast, muß sich darüber im klaren sein...«

»Und Rom erfordert, daß er deine Tochter heiratet?«

»Du lachst über mich, Livia. Nun gut, es stimmt. Rom erfordert das, weil Rom Stabilität braucht, wenn ich nicht mehr lebe, und nur eine Ehe zwischen Julia und Tiberius kann diese sicherstellen. So. Was sagst du jetzt?«

»Was kann ich sagen? Du bezichtigst mich, deiner zu spotten, aber ich bin ein gutes römisches Eheweib. Ich werde deinen Worten nicht widersprechen, zumal da ich zu derselben Schlußfolgerung gelangt bin. Wohl teile ich deine Gewißheit, daß Gajus und Lucius dein Werk fortsetzen werden, nicht völlig – du vergißt immer, wie anders und wie nachsichtig du sie hast erziehen lassen –, aber mir ist durchaus klar, daß dynastische Heiraten unvermeidlich sind. Ich sehe ein, daß Vipsania nach Agrippas Tod bedeutungslos ist, und ich sehe ein, daß eine Ehe zwischen Tiberius und Julia für die Familie wie für Rom der beste Weg zur Sicherung der Zukunft ist. Aber erwarte nicht, daß ich darüber frohlocke. Im Gegenteil. Ich fühle mich wie Volumnia, und ich rechne durchaus damit, daß Tiberius mich mit den Worten Coriolans begrüßt: »Mutter, Rom hast du gerettet, doch vernichtet deinen Sohn...«

Livia hatte mich wieder ins Unrecht gesetzt. Sie ließ es aussehen, als verlangte ich ein Opfer von ihrem Sohn. Doch wenn er sich erst von dem Unbehagen erholt hätte, das die Beendigung seiner Ehe mit Vipsania ihm bereiten würde, müßte er doch die glänzenden Aussichten zu schätzen wissen, die ich ihm bot. Schließlich war es die Einladung, Agrippas Nachfolger als zweiter Mann der Republik zu werden, und um dies zu demonstrieren, sorgte ich dafür, daß er noch vor der Hochzeit mit Julia für einen Zeitraum von zehn Jahren mit der Tribunsgewalt ausgestattet werde. Außerdem mußte er unter allen Umständen dankbar für das

Vertrauen sein, das da in ihn gesetzt wurde – nicht nur von mir, sondern auch vom Senat und vom römischen Volk. Und schließlich: War Julia nicht die begehrenswerteste Braut in Rom, nicht nur schön, sondern auch brillant, Mutter von Kindern, deren Beschützer zu sein eine Ehre sein mußte?

Aber Tiberius war unwirsch. Zunächst versuchte er, die Ehre zurückzuweisen; er sei ihrer unwürdig. Das ärgerte mich, wie falsche Bescheidenheit es immer tut, und ich fuhr ihn an, damit aufzuhören. Als er fortfuhr, Einwände zu erheben, ließ ich ihn wissen, er beleidige meine Tochter, mich selbst und Rom. Das nicht, erwiderte er; er respektiere das alles, aber Vipsania sei seine Frau, und er liebe sie. Das sei schwülstiges Geschwätz, befand ich, und als er meinen Tadel stumm entgegennahm, verlor ich vollends die Geduld (ein seltenes Vorkommnis, dessen ich mich hernach schämte) und erklärte, er sei ein Haufen Mist, den man in eine Toga gestopft habe. Am Ende mußte ich seine Mutter veranlassen, mit ihm zu sprechen. »Sag ihm«, trug ich ihr auf, »entweder entspricht er meinem Willen, oder ich werde dafür sorgen, daß er seiner Ämter und Zuständigkeiten entkleidet und auf eine entlegene Insel im Mittelmeer verbannt wird.«

»Das würde ich ihm aber nicht sagen«, entgegnete sie. »Für Inseln hatte Tiberius schon immer etwas übrig. Er hat oft erklärt, er könne sich nichts Angenehmeres vorstellen als einen Ruhesitz auf einer Insel.«

»Ach ja? Du kannst ihm versichern, daß es da, wo ich ihn hinschicken werde, nichts Angenehmes geben wird.«

Die Wahrheit ist, daß Tiberius bei all seinen Tugenden immer störrisch wie ein Maultier war. Es gibt Zeiten, da benimmt er sich als wäre er mit der Intelligenz einer Runkelrübe ausgestattet, und ich wußte sehr wohl, daß es ihm ein perverses Vergnügen bereitete, mir zu trotzen. Zum Glück sah Livia, daß mein Entschluß feststand, und wirkte auf ihren Sohn ein. Ich weiß nicht, was sie sagte, denn ich hielt es für klüger, nicht nachzufragen, aber es tat seine Wirkung. Tiberius kehrte gezähmt zurück, bereit, mir – wenn auch mürrisch – meinen Willen zu tun.

Aber damit war die Angelegenheit noch nicht zu Ende. So unglaublich es klingen mag: Jetzt stemmte Julia die Fersen in den Boden und weigerte sich schlichtweg. Sie würde Tiberius nicht heiraten, wenn er der letzte Mann auf der Welt wäre, gab sie mir zu verstehen. Aber jetzt war mein Geduldsfaden verständlicherweise kurz vor dem Reißen. Ich sagte ihr, ich hätte niemanden so sehr geliebt wie sie und sei immer stolz auf sie gewesen; ob dies nun der Lohn sei. »Ein feiner Dank für meine Hingabe«, rief ich. »Gut, junge Frau: Wenn du denn entschlossen bist, dich als pflichtvergessene Tochter zu erweisen, kann ich daraus nur schließen, daß du eine gleichermaßen verantwortungslose Mutter bist. Ich schlage dir eine Ehe vor, die die Zukunft deiner Söhne gewährleisten wird, wenn ich tot bin – und dazu kann es jetzt jeden Tag kommen; in der Tat wundert mich, daß es im Angesicht solch obstinaten Trotzes nicht schon so weit ist –, und du lehnst es ab. Warum? Weil du frei sein willst, um mit jedem zügellosen jungen Dachs in Rom herumzuhuren? Ist das der Grund? Nun, die Knaben werden dabei nicht besudelt und verdorben werden – du hast eine klare Wahl, junge Frau. Du heiratest Tiberius, wie ich es sage, oder du bereitest dich darauf vor, dich von deinen Kindern zu trennen und an irgendeinen entlegenen Ort ins Exil zu gehen. Und sei sicher, daß ich ein Klima auswählen werde, in dem deine Glut sich abkühlen wird.« Darauf hin begann sie zu kreischen: Ich hätte sie nie geliebt, ich hätte immer nur so getan, ich machte sie zum Opfer meines wahnsinnigen Ehrgeizes, ich hätte mir ihre Ehemänner immer ausgesucht, um mich selbst an ihnen zu erfreuen, und sie wünschte, sie wäre tot. Es kam noch eine ganze Menge Unfug in dieser Art, aber ich sah doch, daß mein Ultimatum sie erschreckt hatte. Trotzdem kann ich nicht sicher sein, daß sie sich gefügt hätte, wenn sie nicht erfahren hatte, daß auch Tiberius sich sträubte. Das faßte sie natürlich als Herausforderung auf. Wie konnte er wagen, sie nicht heiraten zu wollen?

Und so willigten am Ende beide ein. Die notwendige Heirat fand statt. Es war alles in allem kein glückliches Ereignis, denn ich war betrübt über die Selbstsucht und Unvernunft, die sie beide an den Tag gelegt hatten. Mir hatte nur ihr Wohl am Herzen gelegen, und ich bedauerte, daß ich gezwungen gewesen war, solche Mittel der Überredung anzuwenden. Ich wußte, daß sie unwürdig gewesen waren, und infolgedessen verspürte ich den Groll, den man stets gegen jene hegt, die einen genötigt haben, sich schäbig zu benehmen. Als die Ehe geschlossen war, wußte ich nichtsdestoweniger, daß es richtig war, was ich getan hatte, für Rom wie für die Knaben.

Aber nicht einmal jetzt war die Angelegenheit zu Ende. Ein paar Monate nach der Hochzeit meldete man mir, daß Tiberius und Vipsania einander bei einem Empfang begegnet seien. Der General, so erfuhr ich, habe die Augen nicht von seiner ehemaligen Frau wenden können; mit pathetischer Glut habe sein Blick sie ringsum verfolgt. In jener Nacht und während der nächsten zwei Tage ergab sich Roms größter General bedingungslos dem Gott Bacchus. Schließlich mußte Livia befehlen, daß man allen Wein aus seinen Gemächern entfernte, und selbst übernahm sie die Aufsicht über seine Genesung. Er war bleich und zittrig, als ich ihn das nächstemal sah, er weigerte sich, mir in die Augen zu schauen (seine waren blutunterlaufen), er scharrte mit den Füßen und antwortete mürrisch murmelnd auf meine Fragen.

Es war klar, daß eine solche Begegnung nicht noch einmal stattfinden durfte. Ich ging selbst zu Vipsania und stellte zu meiner Freude fest, daß sie mich mit einem höchst angemessenen Sinn für ihre eigene Würde empfing. Sie beklagte sich nicht. Ich versicherte sie meiner fortgesetzten Hochachtung, wies aber darauf hin, daß ich aus Gründen, die im einzelnen zu erläutern unnötig sei, entschieden hätte, daß sie nicht länger in Rom bleiben könne. Ich fragte sie, welches der vielen Anwesen ihres Vaters ihr am besten gefalle. Sie nannte eines in den Sabiner Bergen, etwa fünfzig Meilen von Rom entfernt. Es lag vielleicht ein wenig zu nah an der Stadt, als daß es ideal gewesen wäre, aber wenigstens hatte Tiberius dort keinen Besitz. Agrippa hatte das Anwesen natürlich mir hinterlassen, und gern übereignete ich es seiner Tochter und gab ihr noch eines in Griechenland dazu. Es werde mich freuen, sagte ich, wenn sie sich auf das eine oder das andere dieser beiden Landgüter zurückziehen und ihr Leben fortan abwechselnd dort und dort verbringen wollte. Ich versprach, sie mit einem hübschen Einkommen auszustatten, und überschrieb ihr sogar einen Teil von Agrippas Kapital. Sie war eine vernünftige Frau – ich hatte ihren Verstand stets bewundert – und machte sich gleich daran, sich innerhalb dieser Einschränkungen ein angenehmes Leben zu schaffen.

Es waren heikle Verhandlungen gewesen. Ich war froh, als alles vorbei und erledigt war. Auf den Gedanken, ich könnte einen Fehler begangen haben, kam ich nicht. Gewiß, ich hatte auf eine Weise gehandelt, die für die drei Betroffenen bestürzend, ja schmerzlich gewesen war, aber ich war zuversichtlich, daß sie, wenn der Staub sich erst gelegt hätte, begreifen würden, daß ich in ihrem besten Interesse und im Interesse Roms gehandelt hatte. Sie sahen doch schließlich, daß ich keinen persönlichen Vorteil aus diesem Arrangement zog. Und sie waren alle drei verständige Menschen und dazu fähig, sich mit einer veränderten Situation abzufinden. Überdies war es tröstlich zu wissen, daß Livia und ich vereint gehandelt hatten. Sie war es gewesen, die Tiberius am Ende überredet hatte, sich meinen Plänen zu fügen.

Abgesehen von jener Gelegenheit, da er Vipsanias ansichtig wurde und die Beherrschung verlor, ließ er nicht erkennen, daß er noch Vorbehalte hatte oder Bedauern empfand. Er nahm seine Pflichten mit alter Effizienz wieder auf. Sein Bruder Drusus vollbrachte Großes im hohen Norden und erreichte im Jahr, da Agrippa starb, die Weser, nachdem er einen Kanal zwischen dem Rhein und der Zuyder Zee hatte anlegen lassen, um den Nachschub für seine Truppen zu organisieren. Das Aufgabengebiet für Tiberius lag immer noch in Dalmatien und an der Donau-Grenze. Es war anspruchsvolle Arbeit und harte Plackerei, und es erforderte große Aufmerksamkeit für Details – nichts Glamouröses, ganz seinem Temperament entsprechend. Keiner hätte es besser machen können. Ich will das klar sagen, denn es ist mir wohlbewußt, daß man mich der Ungerechtigkeit gegen Tiberius bezichtigt hat, und die Ereignisse sind in einer Weise mißdeutet worden, die vermuten läßt, daß Groll zwischen uns herrschte. Aber das war Unsinn. Der Beweis dafür ist, daß ich ihm meine Tochter zur Frau gab. Daran erkennt man, wie hoch ich ihn schätzte, und wer es bezweifelt, möge bedenken, was mir ihre beiden ersten Männer galten.

Julia begleitete ihn nach Dalmatien. Es tat ihr gut, die Frivolitäten der Stadt hinter sich zu lassen und an die Realität der unaufhörlichen Arbeit für das Reich erinnert zu werden. In einem Lager aufwachen, beim Rasseln der Geschirre und

Malmen der Pferde; spüren, wie einem die Kälte in die Finger beißt; die reifverkrusteten Zeltklappen in der Morgensonne glitzern sehen; fühlen, wie die Kälte der Flußnebel einem bis an die Knochen dringt; Fliegen in der Julihitze um die Pferde schwärmen sehen; meilenweit auf schwerfälligen Baggagewagen dahinschaukeln – das sind Erfahrungen, an sich nicht bemerkenswert, wie sie aber die Stadtstenze, die Julia zu ihren Freunden gemacht hatte, nicht kannten. Ich bin ein Mann, der genug vom Krieg gesehen hat, um die Segnungen des Friedens zu preisen, aber ich kann niemals vergessen, daß Roms Größe von seiner Armee abhängt. Sicher schmeckt man die Bedeutung des Reiches in der Einfachheit und Ordnung des ländlichen Italien, aber begreifen kann sie keiner, der von der rauhen Wirklichkeit der Grenzlager nichts weiß.

Nach achtzehn Monaten Ehe wurde ein Kind geboren, aber es lebte kaum länger als eine Woche. Es war der Wille der Götter, daß uns der Knabe genommen wurde, aber ich weinte doch, denn der Tod eines Kindes ist etwas Furchtbares, und ich fürchtete seine Wirkung auf Julia und ihren Mann.

Der Tod beanspruchte allmählich einen großen Teil meiner Gedanken. Ich war Mitte fünfzig; zwar war meine Gesundheit weiterhin gut, ja, in der Tat sogar – den Göttern und Antonius Musa sei es gedankt – besser als in meiner Jugend, aber es konnte mir doch kaum entgehen, daß ich nun alt war. Die Enthüllung des Friedensaltars schien mir meine Apotheose zu sein. Er versinnbildlichte die Summe meiner Erfolge und gab meiner Vision von Rom Gestalt. Der Fries, der sich um den Altar zieht, zeigt mich und meine Familie auf dem Weg zum Opfern auf dem Marsfeld. Heute sehe ich die Figuren mit Trauer und mit Stolz: So viele Erinnerungen, so vieles, was ich bereue. Ein anderes Bild zeigt Italien als Mutter Erde – Quell und Besorgerin, Bewahrerin und Zeugin der Wohlfahrt, die unser Volk mit meiner Hilfe hatte zurückerlangen können. Aeneas ist auch zu sehen, wie er eine trächtige Sau opfert, zu Alba Longa, der Mutterstadt Roms.

Zur Enthüllung rief ich die ganze Familie zusammen. Nur Drusus war abwesend; er war noch in Germanien im Felde. Der Himmel war tiefblau, die Sonne strahlte.

Zu Fuß schritten wir den Palatin hinunter, die Heilige Straße entlang, am Fuße des Kapitols herum, und der ganze Weg war von Scharen glücklicher, schwitzender Menschen gesäumt. Die lautesten Jubelrufe blieben meinen Jungen vorbehalten, Gajus und Lucius, deren Schwächen niemand kannte und die deshalb vor den liebevollen Respektlosigkeiten verschont blieben, mit denen Tiberius und ich von alten Veteranen überschüttet wurden, die unter uns gedient hatten. Aber es gab einen anderen Grund für den Jubel, mit dem sie die Jungen begrüßten: Alle erkannten in Gajus und Lucius die Hoffnung der Zukunft; sie selbst würden dafür sorgen und gewährleisten, daß Rom weiterhin siegreich und in dauerhaftem Frieden lebte. Ihre Augen strahlten hell wie die Sonne vor Freude über diesen Empfang; an jenem Tag, in jener Stunde schmeckten sie den Ruhm zum erstenmal.

Die Feiern in der Stadt dauerten mehrere Tage; unsere eigenen aber wurden jäh unterbrochen. Aus dem Norden kam die Nachricht, daß Drusus auf der Rückkehr von seinem Feldzug bei der Überquerung eines Flusses schwer gestürzt war. Er hatte ein Fieber bekommen und war ernstlich krank. Livias Trauer und Sorge waren schrecklich anzusehen; sie zog Drusus' Frau Antonia an ihren Busen, und ich sah, was ich in dreißig Jahren Ehe noch nicht gesehen hatte: Tränen stiegen ihr in die Augen und rannen, von keinem Stolz gestaut, über ihre Wangen hinab, die erbleicht waren. Entsetzt ob dieses Anblicks, wußte ich, daß ich nichts tun konnte, sie zu trösten; ich rief Tiberius zu mir. Ich befahl ihm, sogleich und ohne feierliche Umstände, zum Lager seines Bruders zu reiten.

»Sobald du dort bist, schreibe uns, damit wir zuverlässige Kunde haben. Noch nie habe ich deine Mutter so leiden sehen.«

Der Brief von Tiberius war sehr kurz:

Als ich hier eintraf, fand ich meinen Bruder kaum bei Bewußtsein. Er erkannte mich, empfahl mir seine Kinder, gab seiner Liebe und Dankbarkeit gegen seine Mutter und gegen dich Ausdruck und verstarb noch vor Einbruch der Nacht. Es war, als habe er mein Kommen erwartet, um dann zu sterben. Wie es scheint, ist sein Pferd in der Furt ausgeglitten und auf ihn gestürzt, wobei es ihm die Rippen zerquetschte und einen Schenkel brach. Menschen haben schlimmere Verletzungen überlebt, aber es ist der Wille der Götter. Ich werde den Leichnam nach Rom geleiten.

Ich sah Tiberius vor mir, wie er neben der Bahre einherstapfte, die staubigen Straßen Galliens hinunter, in die hohen Alpenpässe hinauf, dann beim Abstieg in die üppige Ebene des Po-Tales, am Rand des Appenin entlangmarschierend, schließlich am Horizont vor der Stadt. Ich hörte das Stampfen und Schlurfen des Marsches, das Knarren der Karren und das lange Schweigen in seinem Herzen. »Wir sind Spielbälle der Götter«, hatte ich Tiberius schon sagen hören. Würde er dies jetzt nicht noch inbrünstiger glauben?

Was mich betrifft, ich weinte um Drusus, aber keine Träne von mir konnte den Schmerz seiner Mutter lindern. Die Liebe einer Mutter zu ihrem Sohn ist tiefer als irgendeine andere Liebe zwischen Mann und Frau. In ihr wohnt nichts von Stolz oder Eroberung. Und Drusus war ein warmherziger und liebevoller Sohn gewesen.

Seine Asche wurde im Familienmausoleum zur Ruhe gebettet, und ich konnte nicht anders – ich mußte darüber nachsinnen, daß nun zwei der brillantesten Männer der jüngeren Generation, Drusus und Marcellus, nie erfüllen würden, was sie verheißen hatten. Das Herz tat mir weh bei dem Gedanken an diese traurige Vergeudung.

Zum Glück hatten Drusus und Antonia drei Kinder, und so blieb Antonia nicht ohne Trost. Ich versprach ihr, zu tun, was in meiner Macht stand, um für sie zu sorgen.

Viele ertrinken in der See, die das Wrack des Alters umtost. Maecenas starb im folgenden Jahr. Unsere Wege hatten sich getrennt, denn es kam mich schwer an, zu vergessen, was er zu mir gesagt hatte, als wir über Julias Heirat gesprochen hatten; zwar erbot ich mich, ihn an seinem Sterbebett zu besuchen, doch mein Ölzweig (wie ich es sah) wurde zurückgewiesen. Aber etwas von seinem alten Witz und Glanz steckte noch in der Formulierung seiner Antwort: »Maecenas, schwach vom Fieber, ausgezehrt von der Krankheit und jetzt auch noch inkontinent, hat nicht den Wunsch, Caesar unter noch ungleicheren Voraussetzungen als gewöhnlich zu empfangen. Laß uns die nächste Begegnung aufschieben, bis wir uns beide im Reiche Plutos befinden, wohin ich nunmehr eilen will, dir dein Lager zu bereiten.« Es paßte zu Maecenas, daß es ihm nicht gelang, die förmliche Anrede in der Dritten Person bis zum Ende seiner Botschaft durchzuhalten.

Mit seinem Hinscheiden ging der letzte Gefährte meiner großen Abenteuer dahin, denn selbst Livia hatte mich ja erst kennengelernt, als ich bereits etabliert gewesen war. Vielleicht war es die Erinnerung an diese grünen Jugendjahre, was Maecenas bewog, mich als seinen Erben zu benennen.

Der Dichter Horaz überlebte seinen Patron nur um wenige Wochen. Ich habe für Horaz nie empfunden, was ich für Vergil empfand; in ihm war kaum etwas vom Unheimlichen zu spüren, und man hatte kaum das Gefühl, daß er uns bloßen Sterblichen eine Ahnung von göttlichem Streben vermittelte. Aber ich mochte ihn; er war ein Mann, mit dem es sich gelassen sein ließ, mit wenig zufrieden – ein seltsamer Kontrast zu Maecenas: Und doch gründete die Freundschaft zwischen ihnen tief.

Vergil hatte das glückliche Anbrechen eines Goldenen Zeitalters verheißen.

Die Luft war kalt vom Tod.

X

Ich beaufsichtigte die Erziehung der Jungen persönlich. Ich sorgte dafür, daß sie Mathematik, Philosophie, Rhetorik und Literatur studierten, daß sie in kriegerischen Übungen und in der Reitkunst an Gewandtheit zunahmen. Ich übernahm persönlich ihren politischen Unterricht und entwarf eine Reihe von sokratischen Dialogen zu ihrer Unterweisung. Ich hatte mir selbst gegenüber inzwischen unumwunden zugegeben, was ich tat: Ich bildete die Beherrscher der Republik aus. Einige mögen darin eine vorzugsweise dynastische Beschäftigung erblicken. Ich wußte, daß es etliche gab, die murrten und meinten, ich behandelte meine Enkel wie Prinzen. Ich ignorierte solche Verleumdungen. Wer sie äußerte, wußte nichts von der Natur einer republikanischen Regierung. Gerade weil eine Republik mehr Freiheit gestattet, als eine Monarchie es kann, kommt es um so entscheidender darauf an, daß ihre Führer gründlich gebildet und in den Prinzipien der politischen Vernunft unterwiesen sind: Denn eine Republik ist durch Gefühle leichter ins Schwanken zu bringen als durch Vernunft.

Unter den Zweiflern war auch Tiberius. Er schrieb mir mehrere sorgfältig formulierte Briefe von seinem einsamen Grenzvorposten (wohin Julia, betrübt über den Tod ihres Kindes, nicht mehr das Herz hatte, ihm zu folgen, da der

Ort, wie sie mir sagte, voll jammervoller Erinnerungen sei). Daß seine Stiefsöhne mir am Herzen lagen, erkannte er an, aber, so gab er zu bedenken, ich solle nicht vergessen, daß sie noch unerprobt seien.

Das wußte ich selbstverständlich. Es war meine Absicht, daß sie bald einer Prüfung unterzogen werden sollten, denn es war mir wohlbewußt, wie sehr das Leben in der römischen Gesellschaft selbst einen heißblütigen Jüngling beeinträchtigen konnte, und ich war entschlossen, sie nicht in der Gesellschaft verkehren zu lassen, die sich um ihre Mutter scharte.

Viele waren eifrig darauf bedacht, ihnen zu schmeicheln, und der Senat erließ sogar eine Entschließung, derzufolge Gajus gestattet sein sollte, mit fünfzehn Jahren Konsulswürden zu übernehmen. Das war zu früh, und ich vereitelte das Vorhaben, wenngleich es mich freute, zu sehen, wie sehr man die Jungen schätzte.

In dem Jahr belohnte man Tiberius mit einem Triumph für seine Erfolge an der Nordgrenze, und seine Tribunsgewalt wurde für fünf Jahre erneuert. So sehr mich auch die ersichtliche Kühle zwischen ihm und Julia betrübte – man berichtete mir, daß sie privat niemals miteinander sprachen –, so wenig konnte ich doch meine Zufriedenheit angesichts der Entfaltung meiner Pläne unterdrücken.

»Ich mache mir Sorgen wegen Tiberius«, sagte Livia.

»Aber warum? Das verstehe ich nicht. Er ist zweifellos bemerkenswert erfolgreich. Unser größter General, zum zweitenmal Konsul, mein vertrauter Partner...«

Livia seufzte und wandte den Blick ab.

»Du wirst ihn nie verstehen«, sagte sie. »Ihr seid von Natur so verschieden.«

»Das mag so sein. Nichtsdestoweniger stehen Tiberius

und ich, wie du weißt, ständig miteinander in Verbindung, wenn er nicht in Rom ist, und ich habe mehrere lange Gespräche mit ihm geführt. Er zeigt sich stets klarblickend und verständig, eminent vernünftig. Ich wüßte nicht, weshalb du dir Sorgen machen solltest.«

»Du hast immer nur gesehen, was du sehen wolltest, und diese Angewohnheit wird mächtiger. Was Tiberius angeht – wenn du mit ihm sprichst, was offenbart er dir da von seinen Empfindungen, von dem, was er in seinem Herzen fühlt? Dort verweigert er ja sogar mir den Zugang. Ich liebe Tiberius, mein Gemahl, wie sonst nur dich, und in der Tat tiefer noch auf jene andere Art, mit jener eindringlichen Verantwortung, wie Mütter sie gegen ihre Söhne verspüren. Und er zieht sich vor mir zurück. Ich sehe nur, was an der Oberfläche des Wassers flimmert, nichts von den dunklen, wirbelnden Strömungen darunter. Drei Dinge aber weiß ich: Erstens, er hat nie verwunden, daß Drusus starb...«

»Ah, wer von uns hätte das?«

»... denn Drusus war sein einziger Vertrauter. Viel von dem, was ich im Laufe seines Lebens über Tiberius gewußt habe, erfuhr ich durch Drusus. Zweitens: Tiberius' Stolz ist ein furchtbares und geheimes Ding, das wir niemals werden ermessen können, denn du hast keinen Stolz von dieser Art und kein Verständnis dafür. Und drittens, verbunden mit diesem Stolz, erfüllt ihn tiefer Groll...«

»Groll?« rief ich. »Weswegen hätte Tiberius zu grollen...?«

Livia lächelte. »Groll«, sagte sie, »ist eine angeborene Eigenschaft.«

Wollte sie mich warnen, oder brachte sie nur ihre eigenen Zweifel und Befürchtungen zum Ausdruck?
Es kam wenig darauf an, überlegte ich. Es gab Arbeit für

Tiberius. Was immer uns unterscheiden mochte, eines hatten wir gemeinsam: Keiner von uns war je einer Aufgabe ausgewichen. Neuerliche Unruhen in Armenien erforderten die Anwesenheit eines starken Mannes im Osten. Tiberius stand dort in hohem Ansehen. Seine Ankunft würde den Legionen neue Zuversicht geben. Ich ließ ihn deshalb zu mir kommen und lud ihn ein, dieses Kommando zu übernehmen; dazu sollte ihm absolute Befehlsgewalt verliehen werden.

»Ich biete dir«, setzte ich hinzu, »genau das, was auch Agrippa hatte. Und die Aufgabe ist heute noch dringlicher und anspruchsvoller.«

Er stand vor mir, lang, schlaksig und schütterhaarig; seine Augen waren leicht blutunterlaufen, als habe er am Abend zuvor zu tief ins Glas geschaut. (Das war sein einziges Laster – zum Glück eines, das die Soldaten bewunderten; sie pflegten ihn »Biberius Caldius Mero«[1] zu nennen.) Er schien zu schwanken, und mir kam der Gedanke, daß er vielleicht immer noch ein wenig betrunken sein könne. Als er sprach, war ich sicher, daß er es war.

»Nein«, sagte er.

Nichts weiter. Nur die blanke Verweigerung.

Ich war verblüfft.

»Du kannst mich nicht recht verstanden haben«, sagte ich. »Was ich dir da anbiete, bestätigt deine Position als mein Partner in der Regierung der Republik. Ist das nichts? Oh, vielleicht findest du, dein Platz sei noch immer an der germanischen Grenze; und es widerstrebt mir in der Tat sehr, dich von dort zu entfernen, aber die Sache ist wirklich dringend. Es ist eine Aufgabe von äußerster Wichtigkeit und eine, die dir große Ehren eintragen wird.«

»Nein«, sagte er wieder. »Ich habe genug. Ich will 'raus.«

[1] Trinker unverdünnten heißen Weines

»Was soll das heißen?«

Was für ein Bubenstück mochte das sein, fragte ich mich. Er richtete den Blick starr auf eine Fliege, die den Rand eines Weinkruges umsummte, und stand da wie ein großer Stier in störrischem Stillschweigen.

»Ich verstehe dich nicht«, sagte ich noch einmal.

»Das ist schade, aber unverkennbar«, knurrte er, machte auf dem Absatz kehrt und ging schwankend hinaus.

Ich war ratlos; dann war ich wütend.

»Was«, rief ich, an seine Mutter gewandt, »was glaubt dein Sohn, was er da tut? Wie kann er es wagen, der Republik den Dienst zu verweigern? Wie kann er es wagen, mir mein Angebot vor die Füße zu werfen? Ist er wahnsinnig? War er betrunken?«

»Hör mir zu«, sagte sie, »und hör auf, mich anzuschreien. Ich habe dir von meiner Sorge um Tiberius berichtet. Ich habe dir gesagt, daß er mir Unruhe bereitet. Dies nun ist genau das, was ich befürchtet habe. Etwas in ihm ist zerfressen vom nagenden Wurm des Grolls.«

Ich warf die Hände in die Luft. »Er hat Grund, zu grollen! Und ich?«

»Ich werde die Angelegenheit mit ihm erörtern und sehen, ob ich ihn zur Vernunft bringen kann.«

Die Erörterung trug keine Früchte. Statt dessen bekam ich einen Brief von Tiberius:

Augustus: Ich schätze das Angebot, das du mir gemacht hast, und spreche dir meinen Dank für das Vertrauen aus, das du stets in meine Fähigkeiten gesetzt hast. Gleichwohl muß ich ablehnen. Ich diene Rom jetzt seit mehr als zwanzig Jahren...

(Als ich diese Zeile gelesen hatte, zerknüllte ich den Brief und schleuderte ihn in die Ecke; mit welchem Recht brüstete er sich wegen bloßer zwanzig Jahre! Während ich doch... aber dann befahl ich einem Sklaven, das Schriftstück zurückzuholen, und las weiter...)

Ich habe den Wunsch, mich auf eine Insel zurückzuziehen und Philosophie und Naturwissenschaft zu studieren. Die Republik wird sehr gut ohne mich zurechtkommen, denn es ist nicht wünschenswert, daß ein Einzelner das Monopol auf Ehren und Befehlsgewalt hat, wie du es mir freundlicherweise ermöglicht hast. Überdies finde ich, daß Gajus und Lucius, meine Stiefsöhne, die Möglichkeit haben sollten, ihre Laufbahn zu beginnen, ohne dabei im Schatten meiner Erfolge zu stehen... Als Ruhesitz habe ich mir Rhodos ausersehen. Ich habe Inseln immer geliebt, und das Klima dort soll angenehm sein...

Nie hatte ich einen Brief von größerer Unverschämtheit gelesen.

Livia sagte: »Es gelingt mir nicht, ihn anderen Sinnes werden zu lassen. Er lächelt halb, schüttelt den Kopf und sagt, es sei Zeit, daß die Jungen die Fackel weitertragen.«

»Lucius ist elf. Elf. Erwartet dein Holzkopf von Sohn, daß er den Befehl über die Truppen in Armenien übernimmt?«

»Ich weiß, ich weiß. Und dann spricht er in abwesendem Ton von den Freuden astronomischer Studien.«

»Das ist mir unbegreiflich.«

»Etwas in ihm zerbrach, als Drusus starb.«

»Haben wir nicht alle schon etwas verloren?«

Widerstrebend, und weil Livia darauf beharrte, fragte ich Julia um Rat.

»Du wolltest, daß ich ihn heirate«, schmollte sie. »Aber ich kann mit ihm nichts anfangen. Wenn er zu dir kaum höflich ist, so ist er zu mir so grob wie ein zorniger Bär. Ich denke, er ist ein bißchen verrückt, wenn du es denn unbedingt wissen willst. Und natürlich beobachtet er die Jungen so eifersüchtig wie ein Bär mit einem Topf Honig.«

»Aber sie sind doch noch Kinder.«

»Der Senat hat vorgeschlagen, Gajus zu deinem nächsten Mitkonsul zu machen.«

Tiberius zog sich in ein Landhaus in den Bergen zurück und gab bekannt, daß er in einen Hungerstreik getreten sei. Natürlich löste diese Neuigkeit unter den Tratschmäulern des Senats große Aufregung aus, denn hier war Tiberius wegen seiner durch die Feldzüge bedingten langen und häufigen Abwesenheiten eine überwiegend unbekannte Größe und eine rätselumwobene Gestalt.

Meine Agenten berichteten, daß einige Senatoren in seinem ausdrücklichen Wunsch nach Pensionierung in gewisser Weise eine Herausforderung an meine Autorität sahen; man sagte, er wolle mich auf diesem Wege davor warnen, die Karriere meiner Enkel weiter voranzutreiben. Tiberius wisse, daß er unentbehrlich sei, und benutze seine Ruhestandsdrohung lediglich als Faustpfand; er wolle offen mit mir auf eine Stufe gestellt werden. Diejenigen, die meine restaurierte Republik als verhüllte Monarchie betrachteten, meinten, er bewerbe sich um meine Nachfolge.

Andere hingegen hielten sein Verlangen für echt. Tiberius sei der Tugend müde, sagten sie. Sein Lebtag sein er ein Heuchler gewesen und habe geheimen Lastern gefrönt, derer er sich in der Öffentlichkeit geschämt habe. Nun aber habe ihn das Verlangen übermannt, und die Pensionierung solle ihm ermöglichen, sich seinen Gelüsten hinzugeben.

Niemand wagte, mir das eine Gerücht zu überbringen, das auf Wahrheit beruhte, und so dachte ich weiterhin nur verdrossen an Tiberius.

Ich sorgte dafür, daß man ihm bekannt machte, was geredet wurde. Ich hoffte, entweder Schrecken oder Beschämung würde ihn daraufhin anderen Sinnes werden lassen. Seine Antwort war unmißverständlich:

Augustus, wie könnte ich den Wunsch haben, eine Autorität herauszufordern, der ich zwanzig Jahre lang bereitwillig und nach besten, wenn auch kläglichen, Kräften gedient habe? Mir ist wohlbewußt, daß deine Autorität, die ich achte, auf den Verfügungen der Väter und Beigeordneten des Senats beruht, und kein guter Römer könnte den Wunsch haben, diese in Frage zu stellen.

Die Aufrichtigkeit meines Wunsches nach dem Ruhestande spricht mich vom Vorwurf des Ehrgeizes frei. Es wäre ein dummes Manöver, wollte ich mich in diese Position bringen, wenn ich wahrhaft ehrgeizig wäre, denn du brauchtest ja nur meinem Wunsch zu willfahren, und meine politische Karriere wäre beendet.

Der Vorwurf der Lasterhaftigkeit ist absurd. Ich wiederhole, daß es mein Wunsch ist, den Rest meines Lebens dem Studium zu widmen. Die Gefährten, die ich mir für den Ruhestand erwählt habe, sind Thrasyllus, der Astronom, sowie andere Mathematiker. Das ist kaum die Gesellschaft, die ich mir für eine Orgie zusammenstellen würde.

Ich bin zermürbt, verstört, habe den Tod meines Bruders nie verwunden, und jetzt ist eine neue Generation bereit, Rom zu dienen. Sie aber würde durch meine weitere

Anwesenheit an der Spitze des Heeres nur in Verlegenheit gebracht.

Heute schäme ich mich, zu berichten, daß dieser Brief, der so würdevoll, wahrheitsgetreu und doch zurückhaltend war, meinen Zorn in keiner Weise beruhigte. Im Gegenteil, ich war wütend und blieb es lange. In meiner Antwort fragte ich ihn, was für ein Vorbild er der neuen Generation, von der er spreche, mit seiner selbstsüchtigen Verleugnung seiner Pflicht zu sein glaube. »Ich arbeite länger für Rom als du, und ganz genauso hart«, fuhr ich fort. »Aber ich habe nie daran gedacht, mich dem Luxus des Ruhestandes hinzugeben. Das wären ja feine Zustände, wenn wir alle einfach unsere Pflicht von uns abstreifen könnten, wie du es tust. Ist dir klar, wie sehr du deine Mutter und mich verletzt?«

Auf diesen Brief antwortete er nicht mehr, und ich bat Livia, zu ihm zu gehen und ihn anzuflehen. In Tränen aufgelöst, kehrte sie zurück.

»Ich habe mich gedemütigt«, berichtete sie. »Ich bin vor ihm auf die Knie gefallen und habe gebettelt, er möge seine Pflicht nicht aufkündigen. Er ist sehr schwach vom Hungern und konnte kaum antworten, aber er schüttelte den Kopf. Mein Gemahl, wir müssen nachgeben. Ich glaube, er hat den Verstand verloren, das habe ich dir schon gesagt; es verletzt meinen Stolz, wenn ich dich jetzt anflehe, meinen Sohn von seinem Posten desertieren zu lassen, denn ich habe eine ebenso schlechte Meinung von seinem Benehmen wie du. Aber er ist jetzt mein einziger Sohn, und ich kann seinem Tod nicht zustimmen. Und er wird sterben. Sein Claudier-Stolz wird ihm nicht erlauben, klein beizugeben – und dann ist er für immer verloren, für Rom und für mich. Wenn wir aber nachgeben, kommt er vielleicht wieder zu sich. Bestimmt können doch astronomische Studien auf einer kleinen Insel ihn nicht für lange Zeit befriedigen?

Vielleicht sollten wir dies als Krankheit betrachten, von der er wieder genesen wird.«

Ich nahm sie ihn den Arm und küßte sie.

»Livia«, sagte ich, »in deinem innersten Herzen weißt du, daß ich nicht auf einem Weg beharren kann, der dir solchen Schmerz bereitet, wie du erleiden würdest, wenn Tiberius stirbt. Deshalb muß ich nachgeben. Laß ihn nach Rhodos gehen. Aber – das werde ich ihm klar und deutlich sagen – wenn er geht, kann er dort bleiben. Er mag dableiben und verrotten, denn ich werde ihm nie vergeben und ihm auch nicht wieder vertrauen. Soll er gehen und mit seinem Thrasyllus die Sterne studieren. Er wird finden, daß darin ein düsteres Geschick für ihn geschrieben steht.«

Und noch immer wollte nicht einmal Livia mir sagen, warum Tiberius aus Rom fortlief.

Nach seiner Abreise fand ich mich wunderlich isoliert. Ich vermißte ihn, denn er hatte so Großes vollbracht, daß ich ihn als meinen Partner in der Regierung betrachtete, wenn auch gewiß als linkischen Partner, mit dem ich niemals so offen und gelassen sprechen konnte, wie ich es mit Agrippa und Maecenas stets gekonnt hatte, aber als treuen Partner nichtsdestominder. Jetzt fehlte mir einer, der meines Ranges war. Das war eine neue Situation, und sie gefiel mir nicht.

Ich war, vielleicht zum erstenmal in meinem Leben, in mich gekehrt und begann, ab und zu in ein Tagebuch zu schreiben. Manch eine Eintragung offenbart mehr, als ich in Erinnerung habe, mehr auch vielleicht, als mir zu reminiszieren lieb ist:

»Wie seltsam ist das Leben, das ich geführt habe, und wie seltsam ist mir der Charakter, den ich habe. Jetzt, da ich den Tod mit finsterer Miene mir entgegenblicken sehe – hat er mich auch so lange noch verschont, nachdem er so viele meiner Freunde und Geliebten von mir nahm, –, jetzt frage ich mich, ob je ein Mann mit so wenig Talent so viel erreicht hat. Man bedenke: Meine Ausbildung wurde durch den Bürgerkrieg unterbrochen, und bei aller Großzügigkeit, mit der Vergil und Horaz mich behandelten, habe ich mich doch stets allenfalls als halbgebildet ansehen können. Ich bin nur ein schlechter Redner und habe nie darauf zählen können, daß es in meiner Macht stehe, eine Versammlung hierhin oder dorthin zu beeinflussen; in der Tat sind viele meiner Reden katastrophale Fehlschläge gewesen. Als Feldherr bin ich bestenfalls mittelmäßig. Wenn man militärisches Talent und die Güte einer Armee voneinander trennen kann, so muß ich mich als zweitrangig einstufen. Agrippa, Antonius, Sextus Pompejus, ja, auch Cassius, Tiberius und Drusus waren mir an Talent allesamt überlegen – ganz zu schweigen von Julius Caesar. Es kann gut sein, daß ich als Feldherr ebenso wenig bedeutend bin wie der elende Lepidus. Und dennoch bedenke man, was ich vollbracht habe. Ich habe dem Bürgerkrieg ein Ende gemacht – etwas, das großen Generälen wie Caesar und Sulla verwehrt geblieben ist –, und ich habe dem Reich mehr an Gebiet hinzugefügt als Caesar, Pompejus und Sulla zusammengenommen. Wenn man mich nach meinen Erfolgen beurteilt, müßte man mich mit Alexander auf eine Stufe stellen...

Was meinen Charakter betrifft, so verabscheue ich Grausamkeit, wie mir alles Mißgestaltete verhaßt ist. Ich finde kein Vergnügen in der Arena, weder an den Tierkämpfen noch am Wettstreit der Gladiatoren, und ich würde sie, wenn ich dächte, daß es sich machen ließe, abschaffen. Dennoch werden die Geschichtsschreiber, dessen bin ich ganz sicher, mich als unbarmherzig und grausam beurteilen, und wenn ich ins Reich der Schatten hinabsteige, werde ich dort nicht nur Agrippa und Vergil wiedersehen, sondern auch Cicero und jene anderen, die auf mein Geheiß gestorben sind.

Manchmal glaube ich, die Rechtfertigung für mein Leben war meine Ehe, und doch habe ich nie sicher sein können, daß Livia mich wenigstens mag. Sie mißbilligt viele meiner Taten und die meisten meiner Ansichten, und obschon viele mich für herrschsüchtig halten, kann Livia mich mit ihrem unversöhnlichen Schweigen doch in tiefe Hoffnungslosigkeit stürzen.

Ich ehre die Institution der Ehe, und doch habe ich mir angemaßt, die Ehen anderer nach meinem Belieben zu schließen und wieder aufzulösen. Warum weiß ich immer, daß ich es am besten weiß?«

»Es gibt Tage, da beneide ich Tiberius, da verbrächte ich auch gern den Nachmittag hingestreckt in einer weinumrankten Laube, während das Meer unten in der Bucht weißen Gischt an alte Klippen schleudert. Dann fühle ich noch größere Bitterkeit gegen ihn. Ich beneide ihn um die Fähigkeit, sich von den Regierungsgeschäften zu lösen.«

»Manchmal sprechen Livia und ich tagelang nicht miteinander. Die Leute reden von der Ruhe des Schweigens. Gibt es nicht. Schweigen ist Bedrohung.«

»›Weißt du‹, sagte Maecenas einmal zu mir, ›die Leute sagen Livia habe Marcellus vergiftet.‹«

(Dieser Eintrag steht ganz für sich, ohne Kommentar. Wie, so fragte ich mich, als ich es jetzt gerade las, kam ich nur auf den Gedanken, das mit so dürren Worten zu notieren, ohne etwas hinzuzufügen? Doch heute, was kann ich heute dazu sagen, außer daß es offenkundig absurd ist? Ebenso gut könnte man behaupten... oh, die Bereitschaft der Menschen, boshaften Tratsch zu verbreiten, kennt keine Grenzen.)

»Vielleicht zürne ich Tiberius nicht, weil er meinem Willen trotzt, sondern weil er glücklich ist.«

»Habe ich mich, wie viele andeuten, mit meinen Moralgesetzen lächerlich gemacht? Manche meinen, diese Dinge gingen die Regierung nichts an, andere behaupten, Regierungen seien machtlos gegen das, was sie den Zeitgeist nennen. Mich interessiert der Zeitgeist einen Kehricht, denn er ist eine bedeutungslose Phrase. Und ich wüßte auch nicht, wie eine väterliche Regierung den Versuch unterbleiben lassen könnte, gesellschaftliche Laster zu beheben. Und doch – wenn ich im Senat von diesen Dingen rede, fangen die jungen Mitglieder an zu kichern.«

»Neulich geriet mir eine wunderliche Flause in den Kopf. Ich hatte, wie ich es oft tue, an Vergil gedacht, und entsann mich eines Gespräches, in dessen Verlauf er zum einen von Cincinnatus und zum anderen vom Diana-Priester zu Nemi gesprochen hatte. Nun fiel mir ein, daß ich, obwohl ich ganz in der Nähe geboren bin, diesen Tempel der Diana nie gesehen habe, und auch den Priester nicht, der den Schrein bewacht und ›König des Waldes‹ genannt wird; da las ich noch einmal das Sechste Buch der ›Aeneis‹ mit jenen edlen Versen, da die Sibylle zu Aeneas sagt:

›Aus göttlichem Blute Gezeugter,
Troer! Anchises' Sohn! Leicht ist zum Avernus der Abstieg.

Tag und Nacht stehn offen die Pforten des finsteren Pluto‹, und ihm sodann bekanntgibt, daß er, bevor er die Unterwelt betreten könne, erst den Goldenen Zweig von dem Baume pflücken müsse, welcher der Juno der Tiefe heilig, denn Proserpina habe bestimmt, daß er ihr als Votivopfer müsse dargebracht werden. Nun ist der Avernus von priesterlichen Gelehrten an den Gestaden des Sees von Aricia, zu Nemi, ausfindig gemacht worden, und der heilige Baum ist dort im Heiligtum der Diana zu entdecken.

Und so, von Frömmigkeit und Neugier gedrängt, unternahm ich einen Ausflug dorthin und ließ mich von Aricia aus über den Berg tragen.

Es war ein fahler Herbsttag; gerade waren die Iden des Oktober verstrichen, und zwei Monate waren vergangen seit dem Fest der Diana, da ihr Hain von einer Vielzahl von Fackeln erstrahlt; vom Rande des Hügels düsterte der See stehend-schwarz und verschluckte das Tageslicht. Früh waren wir unterwegs, doch es bedrängten und belästigten uns Horden entstellter Bettler, welche die aricianischen Hänge unsicher machen und die Pilger dort um Almosen behelligen. Dies aber sind die Manii, für die jene Gegend berüchtigt ist. Ihr Elend und die Entartung ihrer Züge war mir schmerzlich und widerwärtig zugleich. Bald aber ließen wir sie hinter uns und gelangten in den Schatten von Bäumen, die ihre Blätter noch nicht abgeworfen hatten, und der See geriet außer Sicht. Über einen gewundenen Pfad stiegen wir in durchdringender Stille den Hang hinab. Kein Vogel sang, kein Windhauch raschelte in den Zweigen. Selbst das angestrengte Keuchen meiner Träger erschien wie eine Störung. Eichen und Kastanienbäume umgaben uns. Einmal sprang ein milchweißer Hirsch über den Weg, und einmal brach ein bronzegrauer Eber krachend durch das Unterholz; sonst aber gab es kein Lebenszeichen im tiefen Wald.

Als wir auf der Höhe des Sees angekommen waren, drang ein Klagen an unsere Ohren, und unversehens standen wir auf einer kleinen Lichtung vor einem rohbehauenen Tempel. Ich befahl den Trägern, anzuhalten, und schickte Maco[1], herauszurufen, wer immer sich darin befand. Das Klagen verwandelte sich in ein Fauchen und Keifen, und als er wieder auftauchte, trieb er drei Weiber vor sich her. Zwei waren sehr alt, das dritte ein Mädchen, das die Pubertät noch vor sich hatte. Alle trugen schwarze Gewänder, die an mehreren Stellen wie von Messerschnitten zerfetzt waren. Ich befragte sie nach der Gottheit, welcher sie dienten, aber sie antworteten schnatternd und in einem Dialekt oder einer antiken Sprache, die ich nicht verstand. So rief ich den Landmann herbei, der uns als Führer diente. Er nahte sich mit dem Zögern, das er schon die ganze Zeit an den Tag gelegt hatte.

›Komm, guter Mann‹, sagte ich, ›du dürftest kaum Angst haben vor zwei Vetteln und einem kleinen Mädchen.‹

Mein Spott vermochte nicht, ihn zu ermannen. Nach einer gemurmelten Unterredung mit den Weibern erklärte er mir, seiner Ansicht nach seien es Hexen.

›Aber was sagen sie denn selbst?‹

›Daß sie die Geister der Toten verehren.‹

Und die alten Weiber brachen in wildes Gelächter aus.

›Sie sagen, dieser See sei das Tor zur Wohnung der Toten, und daher diene ein toter Priester der Jägerin Diana.‹

›Aber der Priester ist lebendig – ein entlaufener Sklave und Mörder wohl, doch weder Leichnam noch Gespenst.‹

›Wer gemordet hat, der hat das Reich der Toten betreten und sich in den Dienst der Unterweltgötter gestellt‹, erwiderte er.

[1] Mein persönlicher Leibwächter, ein Enkel jenes Maco, der sich mir zu Brindisi angeschlossen hatte.

In diesem Augenblick zerriß das kleine Mädchen seine Lumpen und warf sich auf den Boden, krümmte sich rücklings über einem gestürzten Baum und bot sich an. Ich befahl den Trägern, sie mit einem Mantel zu bedecken und den alten Weibern Geld zu geben, denn das erschien mir ratsam.

Der Pfad schlängelte sich am Ufer des Sees dahin, von dem ein fauliger Verwesungsgeruch aufstieg. Die Träger stolperten und fluchten und ließen meine Sänfte entsetzlich schaukeln; ich wußte, sie brannten darauf, umzukehren, denn die Angst vor diesem Ort hatte sie gepackt. Aber ich fühlte ein Prickeln der Erregung, und ich wußte, mir stand eine Offenbarung bevor.

Dann verbreiterte sich der Pfad, und eine Wiese erstreckte sich vor uns, von kleinen weißen Blumen übersät, die einen stechenden Geruch absonderten. Obgleich die Nachmittagssonne immer noch schien, war keine Freude an diesem Ort, sondern nur geisterhafte Stille.

Wir überquerten die Wiese, folgten einer Allee von Bäumen und sahen den Hain sich vor uns öffnen. Er schmiegte sich unter überhängenden Klippen ans Ufer des Sees. In einem Winkel stand ein runder Tempel, und dort wird zu Ehren Dianas in ihrer vestalischen Eigenschaft ein Feuer unterhalten. Die Sonne war inzwischen am Himmel herabgestiegen und glänzte rot durch die Bäume, so daß die Blätter, die schon die Farbe wechselten, erstrahlten wie im Schein von eintausend Feuern. Wir hielten. Steif entstieg ich der Trage; mein Rheumatismus machte sich spürbar. Der Bauer lenkte meine Aufmerksamkeit mit zittermdem Finger in den rückwärtigen Winkel des Hains, wo der heilige Baum vereinzelt stand... Seine Äste leuchteten in tiefem Rotgold, aber ich wußte nicht zu sagen, ob es nicht an der untergehenden Sonne lag.

Dann erschien eine Gestalt aus dem Schatten, finster, mit glattem grauen Haar, schlank, aber grobknochig, in einem gelben Hemd. Er trug ein blankes Schwert in der linken Hand. Als er uns erblickte, blieb er stehen und wich dann gegen einen Baum zurück. Ich trat auf ihn zu, und er bellte mich herausfordernd an. Ich spreizte die Arme, um ihm zu zeigen, daß ich nicht bewaffnet war, und sagte ihm, ich käme in Frieden.

›Wer bist du?‹ Seine Stimme knarrte, als sei sie lange nicht benutzt worden, und die Art, wie er sprach, ließ Furcht und Zorn zugleich erkennen.

›Man nennt mich Augustus. Ich bin kein entlaufener Sklave, sondern einer, der gekommen ist, Diana die Ehre zu erweisen und mit ihrem Priester zu sprechen.‹

›Weiche zurück‹, sagte er. ›Dieser Baum ist heilig, und niemand darf sich ihm nahen. Wer einen Zweig von ihm trägt, gebietet Einlaß in die Welt des Todes.‹

›Bist du Gallier?‹ fragte ich, denn sein Akzent ließ mich vermuten, daß er aus dieser Provinz komme.

Er schüttelte den Kopf, als verstehe er nicht.

›Seit wann dienst du der Göttin schon?‹

›Seit vielen Jahren. Schau‹ – er riß sein Hemd beiseite – ›dreimal wurde ich herausgefordert, dreimal verwundet, und dreimal habe ich meine Herausforderer vorausgesandt, mir den Weg nach unten zu bereiten.‹

›Nimmst du Gaben an?‹ fragte ich.

Er schüttelte den Kopf.

›Wovon lebst du dann?‹

Er wies zum Tempel, und ich schloß daraus, daß die Priesterinnen ihm sein Essen bereiteten und es ihm hinstellten, so daß er es in den wenigen entspannten Augenblicken seiner rastlosen Wacht an sich raffen konnte.

Als ich fragte, wie er schlafe, huschte ein verschlagener Ausdruck über sein Gesicht, und wieder schüttelte er den Kopf, als trachtete ich nach Wissen, das ihn vernichten könnte.

Ich fragte ihn, weshalb er einen so grausigen und gefährlichen Posten übernommen habe, wo er jeden Augenblick um sein Leben fürchten müsse und wo er keine Behaglichkeit finden könne.

›Ich diene der Göttin und tue, was sie befiehlt. Sie ist eine eifersüchtige Göttin und würde mich bestrafen, wollte ich ihr Geheiß mißachten.‹

›Aber was erhoffst du dir?‹ fragte ich.

Er wies auf die schwarzen Wasser, über die sich ein einzelner tiefroter Streif zog. Dann ging der Mond hinter mir auf und legte sich über den See, und es war, als hätten sich die Wasser geöffnet und eine Treppe aus rauhem, nassem Stein offenbart, die hinunterführte in das, was nicht mehr und vielleicht nie wieder sichtbar war. Der Augenblick verstrich. Die Sonne versank vollends, und der Mond stieg höher. Der Priester lehnte sich an den Baum, und seine Hand, die er erhoben hatte, um den Goldenen Zweig zu liebkosen, sank herab...«

Und das ist alles. Der Bericht bricht hier ab, als wären meine Gefühle zu aufgebracht gewesen, als daß ich hätte fortfahren können, vielleicht auch, als wäre mein Begriffsvermögen so getrübt gewesen, daß ich einfach nicht wußte, was ich noch sagen sollte. Fünfzehn – nein, eher zwanzig Jahre später kann ich nicht einmal sicher sein, daß ich wirklich sah, was ich damals aufzeichnete, und daß es nicht irgendein Traum war. Traum, Vision, Offenbarung, Illusion, schattenhafte Darstellung irgendeiner letzten Realität – wer will das sagen? Warum, so frage ich mich in meiner ratlosen

Gebrechlichkeit, war ich so verzaubert von dem Diana-Kult in diesem heiligen Walde? Nur weil Vergil diesen Mythos benützt hatte, in den paar Zeilen der ›Aeneis‹? Oder weil ich, da ich wie immer ahnte, daß Vergil Realitäten sah, die mir verborgen waren, den Zwang verspürte, einen Nachweis zu suchen, auf Grund dessen meine Sinne den Mysterien des Göttlichen Glaubwürdigkeit zuerkennen könnten? Oder weil ich mich eines zukünftigen Lebens versichern oder aber seine Ableugnung finden wollte?

Ich weiß es nicht. Ich war ein eminent praktisch veranlagter Mann. Ich habe ein freundliches und geselliges Temperament. Ich habe mein Vertrauen in die sichtbare Welt und in das Walten meiner Vernunft gesetzt. Ich habe mehr erreicht, als ich für möglich hielt. Und doch hat da irgend etwas gefehlt.

Ich habe es mir angelegen sein lassen, zu ermitteln, was in Nemi geschehen ist. Die Verehrung der Diana dort wurde begründet von jenem Orestes, welcher Thoas erschlug, den König der Taurischen Chersones, und dann mit seiner Schwester nach Italien floh, wobei er ein Bildnis der taurischen Diana in einem Rutenbündel mit sich führte. Nun weiß man, daß diese taurische Göttin eine wilde und herrische Gottheit war; jeder Fremdling, der an jenen unwirtlichen nördlichen Gestaden landete, wurde auf ihrem Altar geopfert. Indem er ihr Bild stahl, beging Orestes ohne Zweifel ein großes Verbrechen, und vielleicht ist der Ritus dort als Sühne dafür gedacht. Nach seinem Tod wurden seine Gebeine von Aricia nach Rom gebracht und im Tor des Saturn-Tempels auf dem Kapitol bestattet. Man sagt, die Flucht des Sklaven sei Sinnbild für die Flucht des Orestes, und daß die Nachfolge des Priesters durch das Schwert geregelt sei, erinnere an die Menschenopfer, die an den taurischen Gestaden dargebracht wurden.

Aber ich für meinen Teil halte das für unbefriedigend und glaube, daß die Wahrheit tiefer gründet. Diese Erklärung nämlich übergeht das Vorhandensein des Goldenen Zweiges zu Nemi, und sie enthüllt nicht, weshalb der Priester auch den Abstieg zum Avernus bewacht. Ich bin kein Gelehrter, aber mir scheint, das grausame Ritual, das in Nemi inszeniert wird, spricht von der Verantwortlichkeit des Menschen für seine Taten und von der unversöhnlichen Gerechtigkeit der Götter, vor der es kein Entrinnen gibt und die sich nicht besänftigen läßt. Wir sind, wozu unsere Taten uns gemacht haben. Ich weiß, daß ich damit gegen das spreche, was die meisten Menschen von unserem Charakter glauben: Nämlich, daß er unwandelbar sei; daß wir zur Welt kommen als die Menschen, die wir werden; daß sich im Leben lediglich offenbart, was, wenn auch verborgen, schon vorhanden war. Ich zögere – denn ich bin ja weder Philosoph noch Wissenschaftler oder Weiser, sondern nur Soldat und Administrator –, denen zu widersprechen, die klüger sind als ich, aber ich bringe es nicht über mich, so etwas zu glauben. Ich bin, was ich fühle, und ich spüre in meinen Knochen, daß ich durch Erfahrung und durch meine eigenen Taten geformt worden bin. Gewiß, mein angeborener Genius hat mich vorangetrieben, aber gemacht habe ich mich durch das, was ich getan habe, und dafür bin ich verantwortlich.

Wenn ich die Angelegenheit jetzt bedenke, scheint mir, daß es Tiberius war, der mich auf seltsame Weise nach Nemi führte. Mein Zorn gegen ihn hatte nicht nachgelassen, aber meine Ratlosigkeit war gewachsen. Der Grund, den er für seinen Rückzug nach Rhodos angegeben hatte, war nicht glaubhaft, aber ich konnte auch nicht mehr glauben, daß er mich damit nur hatte ärgern wollen. Ebenso wenig glaubte ich, daß seinem Handeln – wie manche vermuteten –

republikanische Neigungen zugrundelagen. Oh, ich habe nie den geringsten Zweifel daran gehabt, daß es Tiberius in vieler Hinsicht mißfiel, in welcher Form ich die Republik wiederhergestellt hatte. Als altmodischer Aristokrat sehnte er sich danach, daß Rom zu den Tagen der Scipionen zurückkehren könne, wie Agrippa es auch tat, so verschieden sie ihrer Herkunft nach waren. Beide, vor allem Tiberius, litten an Heimweh nach einer versunkenen Welt. Aber beide waren auch Praktiker. Tiberius zeichnete sich – und er tut es noch heute – durch ein hartes Empfinden für politische Realität aus. Er wußte sehr wohl, daß das Römische Reich nur so zu führen war, wie ich es tat. Er wußte, daß es, gäbe man ihm mehr Freiheit, in die furchtbaren, mörderischen Kämpfe meiner Jugend zurückfallen würde. Er verachtete seine eigene Generation zu rückhaltlos, als daß er etwas anderes hätte glauben können, denn er sah, wie wenig Bürgerstolz oder altehrwürdige Tugend dort zu finden war.

Nein, daß er sich nach Rhodos zurückgezogen hatte, mußte tiefere Wurzeln haben, dachte ich. (Heute weiß ich natürlich, daß meine Erklärung zu metaphysisch war.) Es schien ein Zeichen für eine profunde Unzufriedenheit mit dem Zustand der Dinge zu sein, ein Dürsten nach handfester Gewißheit. Man bedenke nur, wie er sich in Rhodos beschäftigte: mit astronomischen Studien.

Wo er in die Himmel spähte und ich in den Schlund des Avernus – suchten wir da nicht beide dasselbe?

XI

In den vergangenen drei Wochen war ich schlaflos und unentschlossen. Meine Nerven sind wund. Hin und wieder, zwei oder dreimal täglich, genau gesagt, treibt mir ein Nebel vor die Augen. Ich habe Schmerzen in der linken Seite, und mein Appetit läßt sich nicht einmal von Anchovis, Käse oder Pfirsichen hervorlocken. Ich habe Livia dabei ertappt, wie sie mich mit prüfend abschätzenden Blicken maß, und ich kann nicht arbeiten. Sogar mit meiner Korrespondenz bin ich im Rückstand.

Ich habe mir gesagt, daß dies unvermeidliche Auswirkungen des Alters seien, und daß ich den staubigen Atemhauch des Todes spüre. Aber ich weiß, das ist nicht mehr als die halbe Wahrheit, und mein Leben lang habe ich mich bemüht, über halbe Wahrheiten hinauszugelangen – nicht aus irgendeinem moralischen Grund, sondern weil ein Politiker, was immer man in der Öffentlichkeit äußern mag, sich nicht mit der Kenntnis von Halbwahrheiten begnügen kann. Die Fähigkeit, die Dinge zu sehen, wie sie sind, ist eine Vorbedingung der Urteilskraft.

Und ich kann mich dem Schluß nicht entziehen, daß es diese Autobiographie ist, was mich krank gemacht hat.

Oh, Ärger habe ich genug. Wie immer macht mir die Familie Sorgen. Die nächste Generation – wie fern ist sie mir. Drusus' Sohn Germanicus ist ein prächtiger Junge mit der füllenhaften Zuversicht der Jugend, aber Tiberius ärgert sich über ihn und findet, er sei nur ein klägliches Abbild seines Vaters. Es steckt genug von Drusus in dem Jungen, um Tiberius an den Bruder zu erinnern, in dessen Gesellschaft er entspannt sein konnte wie sonst bei niemandem; und doch ist der Unterschied – Germanicus' unreifer Optimismus, der ihn seinem Vater unterlegen sein läßt – so groß, daß Tiberius ihn mit argwöhnischer Abneigung betrachtet, in die sich auch etwas wie Verachtung mischt. Ich sehe stürmische Zeiten für das Verhältnis zwischen den beiden voraus.

Dann ist auch Drusus' anderer Sohn, Claudius, ein betrübliches Problem. Er stottert und sabbert. (Es ist ekelhaft, beim Essen in seiner Nähe zu sein.) Seine eigene Mutter, Antonia, wiewohl die beste und edelste aller Frauen, beschreibt ihn als »ein Monstrum«. »Die Natur fing an, einen Menschen zu erschaffen, doch dann gab sie auf«, sagte sie einmal zu mir. Livia erträgt kaum seinen Anblick. Sie hat schon oft gesagt, sie könne nicht verstehen, wie Drusus und Antonia, beide doch herrliche Geschöpfe, die Eltern eines so... und dann schnippt sie mit den Fingern, weil ihr anscheinend die Worte fehlen, um den unglücklichen Knaben angemessen zu beschreiben.

Naturgemäß ist seine Anwesenheit peinlich, und es gibt allerlei Auseinandersetzungen in der Familie darüber. Kann man zum Beispiel zulassen, daß er in der Öffentlichkeit erscheint? »Die Frage ist«, sagte Tiberius einmal zu mir, »ob er überhaupt im Vollbesitz seiner fünf Sinne ist.« »Bis wir darüber zu einer Entscheidung kommen können«, antwortete ich, »hält man ihn besser im Hintergrund. Die Öffentlichkeit darf nicht erst Gelegenheit bekommen, über ihn zu lachen – und das, fürchte ich, würde sie tun.« Doch der Junge ist nicht ganz und gar töricht; er besitzt einen gewissen Verstand, aber er sieht aus wie eine Mißgeburt, die man auf dem Jahrmarkt zur Schau stellt. Ich fürchte, er hat überhaupt keine Zukunft, denn er ist offensichtlich nicht geeignet für ein öffentliches Leben.

Und dann ist da mein eigener Enkel Agrippa Postumus, der zu Anfällen unbeherrschbarer Gewalttätigkeit neigt...

Gleichviel, es ist ein Maienmorgen, und die Sonne scheint. Das Meer funkelt, als wäre die Welt noch jung...

Ich muß mich dazu überwinden. Ich habe das absurde Gefühl – nein, ich glaube nicht, daß es wirklich absurd ist –, daß es mir erst wieder gutgehen wird, wenn ich es getan habe. Und welchen Sinn hätte eine Autobiographie, wenn sie nicht die Wahrheit sagt? (Eine Frage, die mir Horaz, wie ich mich erinnere, einmal stellte – dergestalt lächelnd im vollen Bewußtsein seiner Unverschämtheit, daß es eigentlich auf eine Entschuldigung hinauslief –, als er mir erzählte, daß er wieder einmal in Caesars Memoiren gelesen habe und sie als unaufrichtig empfinde; ich war darüber so erfreut, daß ich ihm eine Sendung rhaetischen Weines zukommen ließ und ihm mitteilte, daß der sehr viel besser sei als der Falerner, den zu preisen er sich zur Gewohnheit gemacht hatte. Allerdings sagte ich ihm nicht ausdrücklich, weshalb ich ihm dieses Geschenk schickte. Ich frage mich, ob er es wohl erraten hat.)

Aber ich schweife ab. Ich schweife ab, weil ich es möchte. Es liegt stets Wahrheit in der Abschweifung – sie offenbart die Gedanken des Sprechenden. Und die meinen sind unbehaglich.

Es war genau so ein Morgen wie heute. Ich erinnere mich an die vogelhafte Leichtigkeit des Geistes, wenn die Sonnenstrahlen auf den Blättern tanzen und der Tag noch nicht heiß ist. Finken flatterten, rosig, golden und grün mit aufblitzendem Weiß zwischen den Obstbäumen umher, und eine Amsel sang im Ilexstrauch am Ende des Gartens. Ich hatte mich noch nicht in die Loggia zurückgezogen, sondern diktierte einen Brief an Lucius, der gerade in Spanien weilte. Während ich sprach, sah ich ihn deutlich vor mir, und es war, als hörte ich sein liebevolles Geplapper.

Und dann trat Livia aus dem Haus. Es würde ein heißer Tag werden, aber sie trug ein dunkles Gewand. Ich weiß noch, daß ich dachte: Wie abgespannt sie aussieht.

Sie setzte sich neben mich und befahl den Sklaven, sich zu entfernen. Sie hielt ein Schriftstück in der Hand, einen Brief möglicherweise; die Hand zitterte, und vielleicht, um es zu verbergen, hob sie das Papier vor das Gesicht und begann damit zu fächeln...

Ich glaube nicht, daß die Vögel wirklich aufhörten zu singen...

Sie sagte: »Ich weiß nicht, wie ich dir erzählen soll, was ich dir erzählen muß.«

»Welcher ist es?«

»Nein«, sagte sie. »Nicht die Jungen.«

Es war, als entlasse ein Krebs mein Herz aus dem Klammergriff seiner Scheren.

»Es ist schlimmer, denn es ist nicht nur traurig, sondern auch noch schändlich.«

Auf dem Bauernhof am anderen Ufer des Sees krähte ein Hahn laut und mehrere Male, während wir starr in der aufsteigenden Sonne saßen.

Endlich sagte sie: »Während ich durch den Garten ging, beschloß ich, dir einfach das hier zum Lesen zu geben. Es ist ein Polizeibericht. Aber ich merke jetzt, daß ich es nicht kann – es dir einfach so vorlegen. So feige kann ich nicht sein.«

Und dann erzählte sie es mir. Ihre Worte sind erstorben, wenn auch der Hahn noch immer seine höhnische Herausforderung in den Morgen kräht, und in meiner gebrochenen und wirren Erinerung kann ich sie nicht mehr zusammenfügen. Sie sprach so sanft und gleichsam liebevoll, wie sie es nur konnte. Dessen bin ich sicher.

Der Polizeibericht betraf meine Tochter Julia. Agenten hatten sie lange beobachtet, denn man hatte sie im Verdacht, gegen die Gesetze der Moral zu verstoßen. Schließlich hatte ihr Benehmen zum Himmel geschrien – Livia drückte mir das Dokument in die Hände, und die Finger, die meine berührten, waren eiskalt – »Nach Dinnerparty mit starkem Weinkonsum wankte Zielperson mit Begleitern zum Forum, erklomm dortselbst die Rostra und trachtete aus dieser Position zufällig Vorübergehende als Kunden zu werben; dies zur Erheiterung ihrer Begleiter, die dazu riefen: ›Anstellen, hier anstellen für den höchstgeborenen F--- in ganz Rom...‹«

»Hast du das gelesen?«

Livia nickte.

Ich mußte eine gründliche Untersuchung anordnen. In Sizilien gibt es den Ausdruck »eine Kröte schlucken«. Man benutzt ihn, wenn jemand eine unakzeptable Tatsache akzeptieren muß. Meine eigene Tochter war die monströse und schleimige Kröte, die ich nun zu schlucken hatte. Die Liste ihrer Liebhaber und Ausschweifungen war lang, detailliert und eregte mir Übelkeit. Während ich sie las, fühlte ich ihre liebevollen, verlogenen Arme um meinen Hals, ihre weichen Lippen, wie sie mir an meiner Wange von Liebe sprachen. Doch wo waren diese rubinroten Lippen sonst noch gewesen? Welch widerliche Verrichtungen hatte diese Zunge vollzogen?

Die Bilder in meinem Kopf... ich zwang die Kröte hinunter.

Der Katalog ihrer Liebhaber reichte von Angehörigen des alten Adels bis hinunter zu Lustsklaven und Freigelassenen.

»Augustus«, sagte mein Polizeichef, »wir haben Beweise für Schlimmeres als Immoralität. Es gibt da auch eine kriminelle Verschwörung. Schau dir diese Namen an: Jullus Antonius, Enkel des Triumvir, Sempronius Gracchus, Cornelius Scipio, Appius Claudius Pulcher – es ist ein Appellverzeichnis des unzufriedenen alten Adels. Wir haben Beweise, die darauf hindeuten, daß es einen Plan gab, Tiberius zu vergiften, damit Antonius seine Witwe heiraten und sich so in die Lage versetzen könnte, im Fall deines Todes ihre Söhne zu Prinzen zu machen. Wir haben auch einen Brief, dessen Inhalt nahelegt, daß das Gift, das für Tiberius verwendet werden würde, hernach auch dir verabreicht werden sollte. Ich bedaure, dir das sagen zu müssen, aber man hat dich lange im Dunkeln gelassen. Ich habe deine Gemahlin schon vor Monaten gedrängt...«

Maecenas hatte Jullus Antonius einen »hübschen Jungen« genannt.

»Wir haben Beweise dafür, daß die Affäre mit Gracchus bis in die Zeit ihrer Ehe mit Marcus Agrippa zurückdatiert...«

Agrippa trug also Hörner?

»Wir haben Beweise...«

»Wir haben Beweise...«

»Wir haben Beweise...«

Sie bat, mich sprechen zu dürfen. Ich sah ihre Augen tränennaß, ihren Körper schlaff vor Angst, und ich hörte sanfte Lügen, und ich wies sie ab.

»Wir haben Beweise...« Reihenweise Augenzeugenberichte, zu gräßlich, als ich darüber brüten könnte, Aussagen von Sklaven – einige hatte man foltern müssen, um die Wahrheit aus ihnen herauszuholen, andere hatten die Beweise wie Springbrunnen hervorsprudeln lassen, um der Tortur zu entgehen. (Sie waren aber trotzdem gefoltert worden, um den Wahrheitsgehalt ihrer Geschichten zu überprüfen.)

»Wir haben Beweise...« Laster und höhnischer Trotz krähten durch die Morgenluft.

»Wir haben Beweise...« Geheime Zusammenkünfte, Komplotte, aufrührerische Reden, Gelächter und Aufsässigkeit, der Hohn der weichen Männer, die sich niemals in die Lager an den Reichsgrenzen gewagt hatten, die Wut leerer Wichte, die sich an der Regierung rieben...

»Wir haben Beweise...«

»Erstellt eine Zusammenfassung für Lucius und Gajus, die Prinzen der Jugend« – doch als der Abriß, der die Laster ihrer Mutter in kargsten Worten verzeichnete, fertiggestellt war, brachte ich es nicht über mich, ihn abzuschicken.

Wie konnte ich ihnen sagen, was zu erfahren ich selbst gefürchtet hatte?

»Wir haben Beweise...« Der Hahn krähte, die Dokumente türmten sich, und in der Maiensonne entfaltete sich das Protokoll der lieblosen Paarungen, der Ausschweifung und des Verrats. Julia schrieb mir noch einmal; es war ein langer Brief, bald kriechend, bald winselnd, bald trotzig, bald verächtlich in seiner Selbstrechtfertigung: Meine Liebe sei immer selbstsüchtig und beherrschend gewesen; ich hätte sie nie gefragt, was sie eigentlich wolle; ich hätte sie zu meinem Werkzeug gemacht; ich hätte sie zu lieblosen Ehen gezwungen; ich hätte danach getrachtet, ihr die Liebe ihres ersten Mannes zu stehlen, und ich hätte ihr die Liebe ihrer

Söhne gestohlen. Sie zeigte sich reumütig, sie versprach, ihr Leben zu bessern; ihre Schande sei meine Schande, und jeder Schmerz, den sie leide, sei ausgeglichen durch den Schmerz, den sie mir bereite, denn ich hätte ihn verdient, hätte ihn auf mich gezogen, indem ich fühllos ihr Leben manipulierte, und es sei alles meine Schuld. Im nächsten Satz versprach sie mir dann wieder dauernde Liebe und schwor, fortan treu ihre Pflicht zu tun.

»Wir haben Beweise...« Nicht ein einziges Mal erinnerte Livia mich mit dem Wimpernzucken kalter Genugtuung daran, daß sie mich dreißig Jahre lang gewarnt hatte.

»Wir haben Beweise...« Julias Zofe, eine Griechin namens Phoebe, erschrak ob deren Gewichts, das auch auf ihre eigene Reputation drückte, und so stand sie vor dem Morgengrauen auf und erhängte sich am Torbalken vor dem Hause meiner Tochter. »Ich wünschte, ich wäre Phoebes Vater!« rief ich aus; aber Julia, meldeten mir meine Agenten, weinte, als sie vom Tod des Mädchens erfuhr. Waren auch sie ein Liebespaar gewesen? »Wir haben Beweise, daß...«

Tiberius schrieb mir von Rhodos. Sein Brief war ruhig, würdevoll und lakonisch...

Meine Frau – vielleicht leidet sie unter einer Verzweiflung derjenigen Sorte, die, wie meine Ärzte mir sagen, Frauen befallen kann, wenn sie sich der Lebensmitte nähern – hat sich auf eine Weise benommen, die mehr als töricht ist. Die merkwürdig öffentliche Natur ihres Betragens muß an die Grenzen der Nachsicht rühren, denn als Princeps kannst du es kaum anders deuten denn als eine öffentliche Herausforderung jener bewundernswerten Gesetze, die zu verfügen du Anlaß gegeben hast. Gleichwohl appelliere ich an dich in deinen öffentlichen wie privaten Eigenschaften mit der Bitte, Milde walten zu lassen. Milde würde dich zweifach zieren, als Vater unseres Vaterlandes und als Vater deiner unglückseligen Tochter. Ich möchte dich inständig bitten, zu bedenken, daß meine Abwesenheit, Resultat meiner intensiven Müdigkeit an Geist und Körper sowie meines Wunsches, Gajus und Lucius froh erblühen zu lassen, zu den Verirrungen meiner Frau beigetragen haben mag. Milde ist in sich gut. Der harsche Buchstabe des Gesetzes wird sein wie ein Messer, daß du dir selbst ins Herz stößest...

Als die Kunde von Tiberius' Bittbrief ruchbar wurde – wie es solche Dinge stets tun –, waren etliche schnell bei der Hand mit der Behauptung, er sei vor allem darauf erpicht, seine eigene Stellung als mein Schwiegersohn zu sichern; heute aber bin ich davon überzeugt, daß sein Bitten namens seiner Frau nur eine Illustration der wahren Vornehmheit seines Charakters war.

Damals empfand ich es anders. Es kam mir impertinent vor. Vielleicht pflichtete ich im Grunde meines Herzens den Vorwürfen bei, die er gegen sich selbst richtete. Wenn er seine Pflicht als Julias Ehemann getan hätte, wäre uns all das erspart geblieben. Mir wäre es erspart geblieben. Damals begriff ich nicht, welche Rolle Julia bei seiner Entscheidung gespielt hatte, sich nach Rhodos zurückzuziehen.

Wie die Dinge lagen, befahl ich unverzüglich, in seinem Namen eine Ehescheidungserklärung aufzusetzen. Ihn setzte ich davon schriftlich in Kenntnis. Als wolle er mir einen Verweis erteilen, erlaubte er Julia, die Geschenke zu behalten, die sie von ihm bekommen hatte. Das entspricht selbstverständlich nicht dem üblichen Brauch, und es ließ sich nur als Protest deuten.

Die Beweise überwältigten mich. Ich schrieb den Jungen in behutsamen Formulierungen und erzählte ihnen nur, daß ihre Mutter Schande über sich gebracht und die Zukunft der ganzen Familie gefährdet habe, indem sie sich freiwillig mit einer Gruppe von Dissidenten gemeingemacht habe; sie müsse daher die entsprechenden Strafen verbüßen. Sie waren entsetzt, zeigten sich indessen einsichtig – willkommener und beruhigender Beweis ihrer Bürgertugend, an der ich ja nie gezweifelt hatte. Andererseits – bis der Hahn seine Beweise in den Himmel gekräht hatte, hatte ich auch nie an Julias Liebe zu mir gezweifelt.

Ich hatte keine Wahl. Wäre ich ein privater Bürger gewesen, ich hätte meine Tochter für ihre Verbrechen immer noch bestrafen müssen. Ihre Natur und ihr ganzes Ausmaß ließen sich nicht verbergen. Ich legte das Beweismaterial daher dem Senat vor und forderte ihn auf, die entsprechenden Maßnahmen gegen ihre Liebhaber zu ergreifen, die ja sowohl gegen die Moralgesetze als auch gegen die Statuten des Hochverrats verstoßen hatten. Ihr Aufstand war manifest. Das Gericht zögerte nicht, Antonius, Gracchus, Appius Claudius Pulcher, Cornelius Scipio und den üblen T. Quinctius Crispinus, dessen Anwesenheit auf der Liste mich würgen und speien ließ, zum verdienten Tod zu verurteilen. Alle fünf wurden in das Mamertinische Gefängnis überstellt, wo sich die historische Richtkammer Roms befand. Das Urteil befreite die Herzen der Öffentlichkeit von der Angst vor einer Revolution; aber es vertiefte meine Depression. Zweiundvierzig Jahre waren seit dem Mord an Julius vergangen, vierzig seit Philippi, neunundzwanzig seit Actium – und jetzt offenbarte sich, daß eine große Zahl von Angehörigen der alten politischen Klasse noch immer nicht mit der Neuen Ordnung versöhnt waren, sondern nach der wilden Erregung des aufrührerischen Zwistes lechzten. Nach langem Studium des Beweismaterials empfahl ich, nur Jullus Antonius hinzurichten, die anderen aber für immer ins Exil zu schicken. Dieses Schicksal, so hoffte ich, würde anderen Dissidenten hinreichend als Warnung dienen. Indessen brachte ich es nicht über mich, darum zu bitten, daß diese Gnade auch auf Jullus Antonius ausgedehnt werde, denn ihn betrachtete ich als Urheber des Schicksals meiner Tochter. Der Sohn von Antonius und Fulvia hatte die Schönheit beider Eltern geerbt (wiewohl die seine von effeminierterer Prägung war als die seiner Mutter oder seines Vaters), und dazu Fulvias selbstsüchtiges und bösartiges Temperament; in ihm war nichts von jenem großzügigen Geist, der unter Antonius' Lastern gefunkelt hatte wie ein Edelstein auf einem Misthaufen. Mich schauderte bei dem Gedanken daran, wie er sich Gajus' und Lucius' entledigt hätte, wenn sein ehrgeiziges Ziel, Julia zu heiraten, erst erreicht gewesen wäre.

Ich brachte es nicht über mich, Julia zu empfangen, obgleich Livia mir berichtete, sie sei bußfertig. Sie hatte mich zu sehr verletzt. Livia schlug vor, man solle ihr auferlegen, auf einem meiner Landgüter zu leben, aber ich wußte, daß sie unter solchen Umständen bald ihr altes Leben wiederaufnehmen würde. Wenn eine Frau einmal zur Hure geworden ist, gibt es keine Besserung mehr; sie ist dann wie ein Hund, der sich angewöhnt hat, Schafe zu reißen. Ich bestimmte daher, daß ihr Exil vollständiger zu sein habe, und verbannte sie auf die Insel Pandataria. Ich befahl auch, ihr nicht mehr zu erlauben, Wein zu trinken; dieser Befehl indessen war weniger als Strafe gedacht: Julia war in Gefahr, zu einer gewohnheitsmäßigen Trinkerin zu werden, und ich glaubte, daß sie bei zwangsläufiger Enthaltung vom Weine mit der Zeit ihr Verhalten überdenken und zu einer korrekten Beurteilung ihres Benehmens kommen werde. Aus naheliegenden Gründen befahl ich überdies, ihr alle männliche Gesellschaft zu verwehren.

Ich habe sie seitdem nicht mehr gesehen; allerdings gestattete ich ihr vor einigen Jahren, nachdem ich gehört hatte, daß ihr stilles, eingeschränktes Leben tatsächlich einige der Folgen gezeitigt hatte, die ich erhofft hatte, fortan auf dem italienischen Festland zu leben, in Reggio Calabria.

Julias Schönheit und Charme haben sie beim römischen Volk stets beliebt sein lassen. Als die Nachricht von ihrer Verurteilung bekannt wurde, sandte es mir eine Abordnung, um mich zu bitten, ich möge das Urteil aufheben und ihr die Rückkehr nach Rom erlauben. In ihren Gesichtern las ich, daß sie verurteilten, was sie für meine Hartherzigkeit erachteten; sie hatten Mitleid mit Julia, und es kümmerte sie nicht, wie sie mich verletzt hatte.

Ich machte diesem Unfug zornig ein Ende.

»Wenn ihr diese Angelegenheit je wieder zur Sprache bringt«, sagte ich, »mögen die Götter euch mit Töchtern verfluchen, die so wollüstig sind wie die meine, und mit Ehefrauen, so unzüchtig wie Julia.«

XII

Es war schmerzlich, das Kapitel über Julias Schande zu schreiben, und als ich es endlich über mich gebracht hatte, war ich dieser Erinnerungen überdrüssig. Mir war, als habe sich die Galle, die jene Episode hinterlassen hat, zu einer Kugel gesammelt und mache es mir nun unmöglich, fortzufahren. Ich legte die Arbeit beiseite und nehme sie erst jetzt wieder auf, im siebenundsiebzigsten Jahr meines Lebens, weil es mir ein Greuel ist, wenn Dinge unvollständig sind, und weil mir jetzt der Tod ins Antlitz starrt. Es ist notwendig, so etwas wie eine Zusammenfassung zu erstellen und mich selbst beurteilen zu lassen, wie ich meine Rolle in dieser Komödie des Lebens gespielt habe.

Eine schmerzliche Komödie, wo Verheißungsvolles so oft stumpf wird und wo die Götter mit scharfer und grausamer Ironie zu Werke gehen.

Ich konnte nichts dazu, daß ich Tiberius die Schuld für seinen Anteil an Julias Schmach gab, obwohl ich im Grunde meines Herzens wußte, daß er nach Rhodos geflohen war, weil er von ihrem Benehmen ebenso angewidert war, wie ich es sein sollte, und weil er wußte, daß es außerhalb seiner Macht stand, sie an die Kandare zu nehmen. Gleichwohl kam es mir in meinem Jammer so vor, als sei er von seiner häuslichen Verantwortung ebenso vollständig zurückgetreten wie von seinen Pflichten als Diener des

Reiches, und so sah ich, als die Frist seiner Tribunsgewalt zu Ende ging, keinen Grund, sie zu erneuern. Sollte er auf Rhodos verrotten, sagte ich mir; sollte er nur schmecken, was Muße war.

Der Verfall seiner nominalen Autorität schreckte ihn selbst auf; vielleicht auch langweilte ihn mittlerweile das eingeschränkte Leben auf seiner Insel. Jedenfalls schrieb er mir jetzt und bat um die Erlaubnis, nach Rom zurückzukehren.

»Jetzt, da meiner Stiefsöhne Gajus und Lucius erwachsen sind und ihre Plätze in der Regierung des Reiches in ausgezeichneter Weise einnehmen«, schrieb er, »kann ich offen sagen, daß der Hauptgrund für meinen Rückzug aus dem politischen Leben, einmal abgesehen von der Müdigkeit und der Erschöpfung nach dem langen Dienst an den unwirtlichen Grenzen des Reiches, darin bestand, daß ich jedem Verdacht, mit ihnen zu rivalisieren, aus dem Weg gehen wollte. Aber da sie nun als Erben des Prinzipats anerkannt sind, hat dieser Grund keine Gültigkeit mehr, und ich brenne darauf, in die Stadt zurückzukehren, und wäre es nur, um meine Familie zu besuchen, die ich schmerzlich vermisse, und vor allem, um meiner geliebten Mutter und dir, mein gnädiger Stiefvater, nach Kräften Trost zu spenden in eurem Alter.«

Tiberius hatte kein Talent zum Briefeschreiben. Dieser hier kam mir ebenso unverschämt vor wie der, in dem er seinen Wunsch, sich auf Rhodos niederzulassen, bekanntgegeben hatte.

Meine Antwort war kurz:

»Es war deine eigene Entscheidung, dich gegen meinen Willen auf Rhodos niederzulassen und mich deiner Hilfe zu berauben. Jetzt wäre es besser, wenn du dort bliebest und alle Hoffnung aufgäbest, deine Familie wiederzusehen, die du einst so eilfertig im Stich ließest. Deine Mutter erfreut sich ausgezeichneter Gesundheit...«

Tatsächlich aber war auch Livia in dem Wunsche entbrannt, daß Tiberius zurückkehre.

»Jetzt, da seine Tribunsgewalt verfallen ist, sieht es aus, als wäre er in Ungnade. Das aber wirft ein unrechtes Licht auf Tiberius. Niemand hat dir und der Republik besser gedient. Und mehr noch, es ist ein Hieb gegen mich.«

Aber ich ließ mich weder von ihren Argumenten noch von ihren Tränen rühren. Tiberius hatte sich die Suppe eingebrockt, und jetzt mochte er sie auslöffeln. Allenfalls würde ich mich dazu herbeilassen, ihm den Status eines Botschafters zu verleihen, damit es nicht so aussähe, als sei er restlos zum alten Eisen geworfen.

»Als ich ihn brauchte«, sagte ich zu Livia, »da rannte er weg.«

»Und hat nicht vielleicht deine Tochter eine Rolle bei dieser Entscheidung gespielt?« fragte sie.

Darauf gab es nichts zu antworten, abgesehen von der Wiederholung meiner Bitte, man möge mich mit jeglicher Erwähnung Julias verschonen.

Ich verbringe jetzt viel Zeit auf Capri, der verzauberten Insel, von der manche sagen, daß Circe hier die Männer des Odysseus in Schweine verwandelte. Ich bezweifle das; wahrscheinlicher ist, daß es sich um die Insel der Lotosesser handelt, wenn ich nach dem Benehmen meines Personals urteilen soll. Die Atmosphäre der Insel hat meinem Freund Masgaba viel zu verdanken, einem Griechen, der sich hier niederließ, um Wein und Oliven zu pflanzen und sein Gut zu verschönern. Masgaba war es, der mich vor mehr Jahren, als ich Lust habe zu zählen, auf Capri aufmerksam machte, und so nannte ich ihn den »Gründer«. Er starb im vorigen

Jahr. Als ich sah, daß eine Schar von Fackelträgern seinem Grab die Ehre erwies, erfand ich aus dem Stegreif eine griechische Verszeile: »Ich seh' des Gründers Grab im Schein des Feuers.« Dann fragte ich Thrasyllus, den vielbewunderten Astrologen des Tiberius, wer diese treffende Zeile geschrieben habe? Er zögerte, denn nach Art der Intellektuellen scheute er sich, seine Ignoranz zu zeigen; also setzte ich noch eins drauf: »Mit Fackeln, schau, wird Masgaba geehrt.« Er argwöhnte einen Witz und gab eine diplomatische Antwort: »Beide Verse sind ausgezeichnet, wer immer der Dichter war.«

Capri ist ein Ort für solche Entspannung, ein Ort für Scherze wie für Schönheit. Es gibt viele Griechen hier, und in dieser Urlaubsatmosphäre empfinde ich ihr gutes Aussehen und ihre Munterkeit als erfrischend. Neulich ließ ich alle Römer sich als Griechen kleiden und umgekehrt; das gab Anlaß zur Heiterkeit, wenngleich es vermutlich meine eigene Freude an dieser Grille war, was die Inselbewohner eigentlich belustigte. Sie freuen sich an meiner Gegenwart und meiner glücklichen Stimmung.

Ein Quell meiner Freuden in den letzten Jahren war das kleine gallische Mädchen, Moragh, das ich inoffiziell adoptiert habe. Sie war es, die ich an der Seite ihres Vaters einher hatte springen sehen, als Varus' Legionen unter ihrem schlimmen Stern nach Germanien abmarschiert waren. Es dauerte lange, sie zu finden, und ich habe nie begriffen, weshalb ich dazu so fest entschlossen war. Ich gab sie als Zofe zu Livia, aber tatsächlich verbringt sie mehr Zeit damit, mich zu bedienen oder vor allem zu unterhalten. Wir spielen dann Würfel zusammen, und ihre Naivität ist entzückend. Wenn das Alter in mancher Hinsicht eine zweite Kindheit ist, so ist sein bester Gefährte ein Kind.

Der Tod ist nah. Vor zwei Monaten, bevor ich Rom verließ, nahm ich an einer Läuterungszeremonie auf dem Marsfeld teil. Dabei kreiste ein Adler mehrmals über meinen Kopf; dann strich er ab und ließ sich auf dem nahen Tempel nieder, und zwar über dem ersten A von Agrippas Namen. »Das muß ein Omen sein«, dachte ich mir. »Meine Zeit ist beinahe um.« Dementsprechend forderte ich Tiberius auf, das Gelübde für das nächste *Lustrum* abzulegen, denn ich war nicht bereit, die Verantwortung für Gelübde zu übernehmen, die nach meinem Tode einzulösen waren.

Am nächsten Tag gab es ein Gewitter, und ein Blitz schmolz den Anfangsbuchstaben meines Namens in der Inschrift unter einer meiner Statuen; das verursachte einige Unruhe in der Öffentlichkeit, denn alle betrachteten es als Zeichen meines nahen Todes. Das Fehlen des C von Caesar machte den Namen zu AESAR, und das ist das etruskische Wort für Gott: Werde ich also nur noch hundert (C) Tage leben?

Wie hätte Maecenas gelacht! Aber das Lachen hätte seinen tiefen Glauben an Vorzeichen kaum verborgen.

Das war, wie gesagt, vor ungefähr sechzig Tagen.

Nach Julias Schmach war meine einzige Freude, die Erfolge der Knaben mitanzusehen, die allem Anschein nach das Vertrauen rechtfertigten, das ich in sie gesetzt hatte. Sie waren in gleichem Maße fröhlich, schön, mutig und intelligent; in heiterer Gelassenheit konnte ich es erwarten, das Reich in ihrer fürsorglichen und kundigen Obhut zurückzulassen. »Licht meiner Augen«, schrieb ich einmal an Gajus, »ich vermisse dich verzweifelt, wenn du nicht bei mir bist, vor allem an einem Tag wie heute. Wo immer du sein magst, ich hoffe, du hast meinen vierundsechzigsten Geburtstag glücklich und gesund verbracht, denn ich habe nun, wie du sagst, das große Stufenjahr hinter mich gebracht, das dreiundsechzigste. Ich bin jetzt ein alter Mann, und ich habe zu den Göttern, die Rom bewahren, gebetet, daß ich die Zeit, die mir noch bleibt, im Glück verbringen möchte, während du den Mann spielst und lernst, mein Werk weiterzuführen...«

Die Götter haben mir das verwehrt.

Ich hatte Gajus mit jenem Kommando im Osten betraut, das sein Vater Agrippa in so ausgezeichneter Weise innehatte. Ich gab ihm Marcus Lollius als Stabschef. Zum Abschied wünschte ich dem lieben Jungen »die Integrität eines Pompejus, den Mut eines Alexander und dein eigenes Glück«. Er hätte wahrlich ein Alexander werden können.

Livia flehte mich immer noch an. Tiberius die Rückkehr nach Rom zu erlauben, und ich fand, daß diese Entscheidung gebührenderweise von Gajus getroffen werden müsse. Gajus antwortete scharfsinnig:

»Du weißt, ich hatte nie ein entspanntes Verhältnis zu meinem früheren Stiefvater, aber mich beunruhigt die Feindseligkeit, die er weckt. Neulich noch rief jemand an meinem Tisch: »Sag nur ein Wort, Gajus, und ich segle nach Rhodos und bringe dir den Kopf des Exilanten«. Ich denke, es liegt eine Gefahr in solchen Empfindungen, und selbstverständlich tadelte ich den Mann. Lollius weint, Tiberius solle bleiben, wo er ist, aber ich muß dir sagen, daß ich von Lollius enttäuscht bin und ihn im Verdacht habe, Schmiergelder angenommen zu haben; auch war sein Rat nicht immer gut. Andererseits gibt es Gerüchte, denen zufolge Tiberius selbst verräterische Pläne gehegt habe. Die Angelegenheit ist daher schwierig. Er hat mich auf eigenen Wunsch auf Samos besucht. Man sollte meinen, daß er sich dann auch bemüht, liebenswürdig zu sein, aber er war so kühl, sardonisch und schwierig wie eh und je. Er sagte mir, ich müsse darauf bestehen, daß meine Stabsoffiziere mich mit größerem Respekt anreden. Tatsächlich versteht er natürlich einfach nichts von modernen Manieren. Es erstaunt mich immer, daß er so viel weniger Berührung mit meiner Generation hat als du, wenn man bedenkt, daß er mindestens zwanzig Jahre jünger ist…«

Ich machte Tiberius sogleich mit den Gerüchten bekannt, die sich an seinen Namen knüpften. In seiner Antwort forderte er mich auf, »eine wohlbeleumdete und verantwortungsvolle Person« in seinen Haushalt zu entsenden, die mir dann über sein Reden und Handeln detailliert Bericht erstatten solle. Der Brief enthielt einen unangenehmen Unterton von falscher Demut, aber sein Ansinnen war jedenfalls darauf gerichtet, jeglichen Verdacht zu entwaffnen. Nicht, daß ich welchen gehegt hätte; ich kannte meinen Tiberius zu gut. Er würde sich niemals durch eine Verschwörung erniedrigen. Aber nachdem ich einmal entschieden hatte, daß es Gajus zukam, über das Schicksal seines Stiefvaters zu bestimmen, übermittelte ich ihm seine Bitte. Er aber kam sogleich zu dem Schluß, man müsse Tiberius erlauben, nach Rom zurückzukehren, »bevor er an seiner eigenen Würde erstickt«; er bat indes, ihm jegliche politische Aktivität zu verwehren. In Anbetracht der Umstände hätte es keine klügere Entscheidung geben können; ich bewunderte den Scharfsinn und das reife Urteilsvermögen des Jungen, denn eine bessere Entscheidung hätte es auch in Tiberius' Interesse nicht geben können. Tiberius selbst verneigte sich vor der Klugheit, die in Gajus' Urteil lag, durch die Geschwindigkeit, mit der er handelte, und durch die Umsicht, die er bei seiner Rückkehr zeigte. Tatsächlich fiel es ihm nicht schwer, sich der Politik zu enthalten. Sie war nie nach seinem Geschmack gewesen, und er verachtete Politiker zu sehr. Seine Rückkehr wärmte Livias Herz; es war rührend, Mutter und Sohn zusammen zu sehen, beide zu verschlossen, als daß sie ihre Gefühle offen zur Schau getragen hätten, aber doch vor Zufriedenheit strahlend. Gleichwohl gab es hier für mich auch Schmerzliches, denn es verschärfte mein Empfinden für das, was mir durch Julias Treiben geraubt worden war.

Geraubt... durch Julia, und auch durch ihre eigene Tochter Julia, die gleichfalls zur Hure geworden war und gleichfalls auf eine Insel überstellt werden mußte. (Der unmoralische Dichter Ovid war in ihre Eskapaden verwikkelt. Ich schickte ihn nach Tomi, das am Schwarzen Meer liegt, und von dort aus ermüdet er mich jetzt mit Briefen voller Selbstmitleid.) Aber das war rein privater Schmerz; seine Dolchklingen berührten nur mich.

Lucius starb plötzlich und ohne Vorwarnung in Marseille, auf dem Weg nach Spanien, an einem Fieber. Er hatte nie Gelegenheit bekommen, seinem Leben eine Rechtfertigung zu geben oder seine Vorzüge zu demonstrieren. Nur ich wußte, was Rom verlor, als diese Blume im Mai ihres Daseins hingemäht wurde. Sanftmütiger als Gajus, liebevoller als Marcellus, so ehrenwert wie Agrippa, ein Junge von grenzenlosen Möglichkeiten.

Sein Tod lastete schwer auf Gajus, wie Drusus' Tod auf Tiberius gelastet hatte. Ja, schwerer noch, denn Gajus war es bestimmt, eine Macht zu übernehmen, wie ich sie für meinen Stiefsohn nie ins Auge gefaßt hatte; auch war er jünger und deshalb weniger gut in der Lage, die Last zu tragen.

Als Lucius starb, war er in die endlos wiederkehrenden Gärungen der armenischen Politik verwickelt. Phraates von Parthien war in der Folge einer von seinem Sohn Phraataces geförderten Verschwörung ermordet worden; der Vatermörder hatte die Thronfolge angetreten und sogleich eine Revolution in Armenien entfacht, wo der schleimige und, wie sich herausstellte, völlig unzuverlässige Tigranes als König eingesetzt worden war. Es sah aus, als werde Armenien der römischen Einflußsphäre entgleiten, aber mein lieber Gajus handelte mit vorbildlicher Entschlußkraft und Behendigkeit. Zuerst schloß er einen Vertrag mit Phraataces. Er war nicht ideal, erfüllte aber seinen unmittelbaren Zweck, denn die bedrohliche Macht Roms, die Gajus hier zur Schau stellte, bewog den Orientalenkönig, seine armenische Marionette fallenzulassen. Gajus marschierte darauf gegen Tigranes, der auf der Flucht nach einer verlorenen Schlacht getötet wurde, und setzte Artabazanes von Medien auf den Thron. Nach wenigen Wochen hatte er den alten Zustand wiederhergestellt und unsere Interessen gewahrt. Keiner hätte es besser gekonnt, und von seinem Erfolg befeuert, plante er einen Marsch nach Arabien. Leider wurde er in einem Grenzscharmützel verwundet. Ich bat ihn, nach Italien zurückzukehren und sich auszuruhen. Er starb zu Limrya in Lykien.

Es gibt nichts weiter zu sagen, der nackten Tatsache nichts hinzuzufügen. Ich habe seit jenem Tag nur noch einmal geweint, als ich nämlich von Varus' Torheit erfuhr.

Nur Livia tröstete mich in meinem Gram. Aber welchen Trost gab es noch? Im Osten verehren sie mich als Gott; das ist Narretei. Aber was waren meine Gebete zu Apollo und Jupiter anderes als Narretei, wenn sie mich auf diese Weise dafür entlohnen?

Seit Gajus' Tod habe ich das Interesse an religiösen Spekulationen verloren. Neulich dachte ich sogar: Vielleicht ist Vergil bloß der Dichter unserer eitlen, edlen Träume? Vielleicht ist ja tatsächlich der triviale und hohle Ovid derjenige, der uns die Wahrheit über das Leben sagt?

In solchen Stimmungen bin ich der Verzweiflung nah. Warum mich plagen, wie ich mich immer geplagt habe, wenn das Ende trockenes Brot und fauliges Wasser ist?

Ich habe mich dabei ertappt, daß ich wieder und wieder sagte: »Ich habe ein Rom aus sonnengetrockneten Ziegeln vorgefunden, und ich hinterlasse eines aus Marmor.« Ohne Zweifel wird der Marmor überdauern; er ist etwas, womit sich prahlen läßt. Ich habe gehört, daß Antonius im Angesicht der Niederlage nach »einer einz'gen bunten Nacht noch« geschrien und »all seine traurigen Leutnants« herbeigerufen habe, »zu spotten der Mitternachtsglocke«. Ich beneide ihn; ich kann nicht so prunkvoll einherstolzierend ins Reich der Schatten gehen...

Ich war sechsundsechzig, als man mir die Nachricht von Gajus' Tod brachte. Es ist zehn Jahre her. Zehn Jahre voller Arbeit, die immer notwendiger, immer sinnloser erschien. Aber das ist natürlich nur eine Laune. Am Ende kann ich mein Lebenswerk nicht verleugnen: Ich habe Rom seine Stabilität zurückgegeben. Wenn ich mich im Reich umschaue... nun, vorige Woche zum Beispiel fuhr ich zu Schiff durch den Golf von Puteoli, und wir begegneten einem Getreidefrachter aus Alexandria. Als die Besatzung erfuhr, daß ich anwesend war, schmückte sie sich mit weißen Girlanden und zündete Weihrauch an. Und sie erklärten, daß sie dies täten und mir dazu immerwährendes Glück wünschten, weil sie mir ihr Leben und die Freiheit, die Meere zu befahren, verdankten. Ohne meine Mühen, sagten sie, wären sie gewiß längst Opfer von Piraten geworden. Ich war so gerührt von ihrer Dankbarkeit, daß ich jedem Mitglied meiner eigenen Mannschaft und meiner Dienerschaft vierzig Goldstücke gab, mit denen sie sich alexandrische Waren kaufen sollten.

Der Augenblick erinnerte mich an den stolzesten meines Lebens, sechzehn Jahre zuvor, als der Senat mich als »Vater des Vaterlandes« bejubelte, nachdem der entsprechende Antrag von meinem alten Feind Messella Corvinus gestellt worden war, der bei Philippi gegen mich gekämpft hatte. Seine Rede lautete wie folgt: »Das Glück und die Gunst der Götter mögen dir und deinem Hause beistehen, Caesar Augustus; damit nämlich, so glauben wir, beten wir auch um dauerhaften Wohlstand für unser Vaterland und Glück für unsere geliebte Stadt. Der Senat und das römische Volk ernennen dich zum Vater deines Vaterlandes...«

Und darauf antwortete ich: »Väter und Beigeordnete, meine höchsten Hoffnungen haben sich erfüllt. Was könnte ich von den unsterblichen Göttern mehr erbitten, als daß sie mir diese eure einmütige Zustimmung erhalten bis zum letzten Tag meines Lebens...?«

Und das haben sie getan, selbst in den finsteren Tagen, da die Kunde von Varus' Torheit eintraf; aber die höhnischen Götter nahmen mich beim Wort und entzogen mir dafür ihre eigene Gunst.

Ich konnte mich durch die Trauer um Gajus nicht von den Staatsgeschäften abhalten lassen. Es war notwendig, neue Pläne für meine Nachfolge zu machen, damit Macht und Amt auf ordentliche Weise übergeben werden könnten und mein Lebenswerk nicht im Wiederaufflammen des Bürgerkriegs zugrundegehe. Ich gab daher meine Absicht bekannt, Tiberius zu adoptieren, und auch meinen noch lebenden Enkel Agrippa Postumus, denn es stand noch nicht fest, daß dieser ungeeignet sei.

Tiberius zögerte. Seine Abneigung gegen eine öffentliche Rolle, erklärte er, sei kaum geringer geworden. Überdies müsse er, wenn er die Adoption annähme, seine Stellung als

Oberhaupt der Familie der Claudier aufgeben und damit alle Privilegien verlieren, die zu dieser Stellung gehörten.

»Und wofür?« fragte er dann. »Werde ich in ein paar Jahren wieder beiseitegeschoben werden, wenn du beschlossen hast, die Interessen deines Enkels zu fördern?«

»Tiberius«, hob ich an und hielt dann inne. In diesem Augenblick empfand ich seinen verletzten Stolz zum erstenmal nicht als Ausdruck einer eifersüchtigen und eigensinnigen Natur, sondern als etwas Ehrliches. Mir kam plötzlich der Gedanke, die Behandlung, die ich Tiberius hatte angedeihen lassen, könnte alles andere als gerecht gewesen sein. Vielleicht lag es daran, daß ich nie gelassen mit ihm hatte umgehen können; erst jetzt sah ich, daß er im Grunde ein guter Mensch war, und erst jetzt begriff ich, daß sein Groll nicht von ungefähr kam. Andererseits – und dies ist die letzte schroffe Kritik an Tiberius, die diese Erinnerungen enthalten werden – war ich zu Recht der Meinung gewesen, daß er alles andere als geeignet war, Herr des ganzen Reiches zu werden. Es mangelt ihm an der Herzlichkeit und Umgänglichkeit, wie die Rolle des Princeps sie erfordert; er kann mit den Senatoren nicht sprechen, als wären sie seinesgleichen. Erst wenige Monate zuvor hatte ich unversehens gemurmelt: »Armes Rom, daß du zwischen diesen trägen Kiefern zermahlen wirst...«

Aber jetzt bot ich seinen Einwänden die Stirn. Ich tat, was nötig war, und lenkte seine Aufmerksamkeit auf praktische Dinge. Ich breitete eine Karte der Nordgrenze vor ihm aus.

»Schau«, sagte ich, »dein Bruder Drusus ist hier vorgerückt. Sein Ruhm ist unvergänglich« – das waren edle Reden von der Art, für die Tiberius sich erwärmen konnte, und ich wußte, daß er Lobpreisungen seines Bruders noch nie hatte widerstehen können – »aber seine Errungenschaft ist weniger sicher. Unsere Armeen werden von deinem alten

Feind Marboduus, dem Häuptling der Markomannen, unter Druck gesetzt, und obgleich unser General L. Domitius Ahenobarbus im letzten Jahr bis zur sagenumwobenen Elbe hat vordringen können, ist er diesen Sommer mit den Cheruskern aneinandergeraten, und unsere Grenzlinie gerät ins Wanken. Ich möchte, daß du als der größte Feldherr Roms, erfrischt von deiner Ruhepause, nunmehr den Oberbefehl über alle unsere Armeen im Norden übernimmst. Es gibt sonst niemanden, den ich darum bitten könnte – erstens, weil wir weiter keinen General mit deinen Fähigkeiten haben, und zweitens, weil es keinen General gibt, der sich von einem großen Erfolg nicht womöglich dazu bewegen lassen möchte, die Stabilität des Reiches zu untergraben. Kurz, es gibt niemandem außer dir, dem ich trauen kann, Tiberius.«

Was blieb ihm angesichts dieses Appells übrig, als zu akzeptieren?

Die Adoption wurde vollzogen. Wie ich höre, mißfiel Tiberius die Form meiner Rede: »Nachdem grausames Schicksal«, sagte ich, »mich meiner Söhne Gajus und Lucius beraubt, verkünde ich nun um der Republik willen die Adoption meines Stiefsohnes Tiberius Claudius Nero und meines noch lebenden Enkels Agrippa Postumus...« Aber was hätte ich denn sagen können? Ich hätte Tiberius beleidigt, wenn ich den Anlaß seiner Adoption nicht beklagt hätte. Und er wußte, welche Pein der Tod der beiden Jungen mir bereitet hatte. Zu meiner Überraschung litt auch er darunter, denn er hatte selbst eine Elegie für Lucius gedichtet. (Die Verse waren gestelzt und altmodisch, aber das wurde durch ihre Aufrichtigkeit wettgemacht.)

Dann zog Tiberius nach Norden, und seine lange Abwesenheit während seines Feldzugs erhärtete unsere Beziehung. Umgänglich habe ich ihn nie gefunden; im

Gegenteil, ich will gern zugeben, daß ich mich in seiner Gesellschaft gehemmt fühle. Livia fragte mich einmal, weshalb ich mich immer im Gespräch unterbräche, wenn Tiberius hereinkomme. Ich war mir dessen nicht bewußt gewesen, und das sagte ich ihr.

»Nun, du tust es aber«, sagte sie, »und Tiberius denkt natürlich, du habest ihn kritisiert...«

»Nichts dergleichen«, versetzte ich. »Ich sage ja, ich war mir dessen nicht bewußt, aber da du es mir sagst, muß es ja so sein, und die einzige Erklärung, die ich dafür hätte, ist meine beständige Erwartung, Tiberius möchte meine Gespräche als frivol empfinden, so daß ich die Notwendigkeit verspüre, das Thema zu wechseln, sobald er hereinkommt. Die Wahrheit ist, meine Liebe, daß dein Sohn ein wenig unwirsch ist.«

Aber über den Abstand sind unsere Freundschaft und das Vertrauen zwischen uns stärker geworden. Und wenn seine Briefe mich mit ihrer pedantischen Phraseologie oft zum Lachen bringen, habe ich seinen Rat doch schätzen gelernt. Tatsächlich schrieb ich ihm einmal: »Wann immer ein Problem auftaucht, welches ungewöhnlich sorgfältige Überlegung erfordert oder aber ärgerlich ist, dann – ich schwöre es beim Munde der Wahrheit – fehlst du, mein lieber Tiberius, mir mehr, als ich sagen kann. Und dann kommen mir Homers Verse in den Sinn:

›Wenn er mit mir käme – er ist so klug,
wir entkämen sogar noch dem Wüten des Feuers.‹«

Vielleicht kann ich auch noch aus zwei anderen Briefen zitieren, denn ich möchte ein für allemal die Vermutung widerlegen, ich hätte Tiberius nicht geschätzt:

»Wenn man mir erzählt oder wenn ich lese, daß dieses

andauernde Leben im Felde dich ermüde, dann, muß ich dir sagen, bekomme ich Gänsehaut vor Mitgefühl. Nimm die Dinge doch leichter. Wenn du krank würdest, wäre diese Neuigkeit für deine Mutter und mich der Tod, und das ganze Land würde erbeben unter den Zweifeln um meine Nachfolge. Bedenke das stets, mein hochgeschätzter Tiberius...«

»Mein Gesundheitszustand ist jetzt von geringer Bedeutung, verglichen mit dem deinen. Mögen die Götter dich wohlbehalten und gesund bleiben lassen, denn tun sie es nicht, muß ich fürchten, daß eine tiefe Abneigung gegen unsere geliebte Stadt sie ergriffen hat...«

Fairer, um einen merkwürdigen Ausdruck zu benutzen, den ich von Moragh aufgeschnappt habe, kann ich es auch nicht sagen...

Ich habe mein Testament noch einmal geändert. Mein gesamtes Vermögen soll im Verhältnis zwei zu eins zwischen Tiberius und Livia aufgeteilt werden. Ich habe verfügt, daß er den Namen Augustus und sie den Namen Augusta annehme. Mein Vermögen ist nicht groß. Tatsächlich beläuft es sich auf nicht mehr als eine Million fünfhunderttausend Goldstücke. Davon sollen sie vierhunderttausend an die Bürger von Rom zahlen, jeweils zehn Goldstücke an jeden Angehörigen der Prätorianergarde und drei an jeden Legionär. Mein Besitz ist natürlich beträchtlich. Das knappe Bargeld mag manchen überraschen, denn es ist bekannt, daß ich im Laufe der letzten zwanzig Jahre an die vierzehn Millionen Goldstücke an Legaten übereignet bekommen habe. Aber fast die gesamte Summe, dazu das, was ich von meinem Vater, meinem Adoptivvater und anderen geerbt habe, ist zur Stützung der nationalen Ökonomie verwandt worden. Wie ich es in meinem Rechenschaftsbericht, in den

Res gestae, vermerkt habe: Niemand hat Rom mehr von seinem Privatvermögen gegeben als ich...

Wieviel Tiberius' Rückkehr wert war, zeigte sich bald, als bei den Pannoniern an der Donau-Grenze eine Revolte ausbrach; heute ist der Zwischenfall bekannt als der Batonische Krieg, denn die zwei Anführer der Revolte hießen beide Bato. Einer von ihnen beschämte mich, denn er sagte zu Tiberius: »Es ist kein Wunder, daß wir rebellieren, denn ihr Römer schickt Wölfe, keine Hirten und keine Schäferhunde, um eure Schafe zu bewachen.« Diese Klage machte Eindruck auf Tiberius und war, wie gesagt, auch mir peinlich. Ich befahl ihm, die Sache zu untersuchen, um festzustellen, ob die Bemerkung auf Tatsachen beruhte, denn besonders eines hatte ich mir immer zugutegehalten: Daß unter meiner Herrschaft die Ausplünderung der Provinzbewohner geächtet war, die doch ein so beklagenswertes Merkmal der alten Republik gewesen war; man erinnere sich an den tugendsamen Marcus Brutus und seine achtundvierzigprozentige Zinsrate.

Nichtsdestoweniger war dieser Batonische Krieg eine grimmige Angelegenheit, so grimmig, daß ich sogar selbst noch einmal ins Feld zog und eine Armee an die Nordostgrenze Italiens führte, für den Fall, daß der Feind an dieser Front durchbrechen oder Verstärkungstruppen dringend gebraucht werden sollten. Zum Glück war Tiberius der Lage gewachsen. Mit Hilfe des jungen Germanicus und des Konsularen M. Aemilius Lepidus warf er den Aufstand nieder. Ein Batos tötete den anderen und ergab sich Tiberius im Jahr darauf. Er wurde in Ravenna eingekerkert, aber wir kamen überein, sein Leben zu schonen.

Nichts konnte des Lobes würdiger sein als die Art und Weise, wie Tiberius diesen schwierigen Feldzug führte. Er zeigte sich als ebenbürtiger Nachfolger von Pompejus und Agrippa. Endlich war ganz Illyrien, jenes riesige Land, im Umkreis begrenzt durch Norditalien, die Donau, Thrazien, Mazedonien und die Adria, völlig in unsere Gewalt gebracht. Im Senat wurde vorgeschlagen, Tiberius den Beinamen Pannonicus zu verleihen, aber ich legte mein Veto ein und erklärte, er werde mit dem Titel »Augustus« zufrieden sein, den ich ihm zu vermachen gedächte.

Ich tat dies selbstverständlich nicht, um ihn der Ehre seines Sieges zu berauben, sondern um klarzumachen, daß er mein Nachfolger sein würde. Überdies mußte ich die Tatsache anerkennen, daß die Diskussion über meine Nachfolge unvermeidlich war. Das Reich braucht einen Princeps, und in den letzten Jahren habe ich mich immer wieder zu Nachfolgediskussionen verleitet gefunden. Erst vor wenigen Monaten trat wieder jemand an mich heran und fragte mich nach meiner Meinung zu verschiedenen Kandidaten. Ich antwortete, daß Marcus Aemilieus Lepidus wohl in mancher Hinsicht geeignet sein könnte, sicher aber zu stolz sei; Gajus Asinius Gallus sei freilich eifrig, aber vorschnell in seinem Urteil und daher ungeeignet; Lucius Arruntius sei ohne Zweifel fähig, das Wagnis einzugehen, wenn sich Gelegenheit dazu böte, aber meiner Ansicht nach disqualifiziere ihn... Was sagt man dazu: Ich weiß nicht mehr, was mir zu seiner Disqualifikation einfiel. Jedenfalls – wann immer die Sache zur Sprache kommt, lasse ich es mir angelegen sein, jeden Kandidaten, den einer erwähnt, zu preisen und dann irgendeine Eigenschaft an ihm zu entdekken, die ihn ungeeignet sein läßt; zum allermindesten verdamme ich sie durch die Mattigkeit meines Beifalls. Ich bin natürlich entschlossen, Tiberius in dieser Position zu sehen, und ich wünsche, daß sein Nachfolger Germanicus werde. Germanicus ist ein überaus fähiger Jüngling, und in ihm steckt etwas von der Kühnheit seines Vaters Drusus. Er besitzt nicht den Charme und die liebreizende Natur des Lucius und die intellektuelle Kapazität des Gajus, aber er hat Qualitäten. Dazu kommt, daß er mit meiner Enkelin Agrippina verheiratet ist, die anscheinend von der Verderbnis verschont geblieben ist, die ihre Mutter und ihre Schwester befallen hat. Infolgedessen wird mein Blut sich beizeiten durch die Kinder aus dieser Ehe vererben. Ich habe darüber mit Tiberius gesprochen, und er stimmt zu; Germanicus ist schließlich der Sohn seines geliebten Bruders Drusus. Nur in einer Hinsicht zweifle ich an ihm. Tiberius und ich sind übereingekommen, daß eine weitere Expansion des Reiches nicht erstrebenswert ist. Das Grauen des Teutoburger Waldes hat uns davon überzeugt, und Tiberius selbst hat die Donau-Grenze stabilisiert; aber Germanicus ist ein hitziger Jüngling. Tiberius wird vielleicht noch alle Mühe haben, seinen Ehrgeiz im Zaum zu halten.

Ich hatte gehofft, daß mein letzter Enkel, Agrippa Postumus, in der Lage sein möchte, die Lasten des Reiches mitzutragen. Doch ach, es sollte nicht sein. Wie ich schon sagte, dumpf und dumm wuchs er auf und interessierte sich für nichts außer Sport und den Spektakeln der Arena. Ich beobachtete einmal, wie er sich die sabbernden Lippen leckte, während er zusah, wie dort draußen der Tod wütete, und ich erschrak vor ihm. Die abstoßenden Schauspiele in der Arena sind notwendig, um das Volk bei Laune zu halten, aber es ist unerträglich, wenn ein Edelmann sich daran ergötzt. Zudem hat der Junge ein hinterhältiges Temperament, bemüht sich aber überhaupt nicht, es zu zügeln. Einmal hat er sogar seine Großmutter geschlagen. Damit war die Sache für mich entschieden: Er war ungeeignet für das zivilisierte Leben.

Dies ist die kurze Stunde der Abenddämmerung. Das Meer hat eine tiefe Purpurfarbe angenommen, und die Olivenbäume stehen schwarz vor dem schwindenden Licht. Der Sommermond steigt hinter dem Minerva-Tempel auf. Eben habe ich den Vogel der Minerva, die Jagdeule, zum erstenmal schreien hören. Wie weit ist mein Weg gewesen. Jetzt, in meinem geheimen Sinnen und im Begriff, zu sterben, verneige ich mich vor den Göttern, die – wer immer sie sein mögen – die Welt und die Menschen darin regieren, und ich kann mir selbst gestehen, daß ich in der Tat nach dem Reich getrachtet habe, das ich auch geschaffen habe. Aber während man seinem Wunsch folgt, versteht man doch nie, was dieser Wunsch bedeutet. Im Besitz der Macht – was habe ich gefunden? Gewiß gibt es Freuden, es gibt das Bewußtsein von erfüllter Pflicht, das immer eine gewisse Befriedigung verschaffen muß, aber stets ist das alles begleitet, überschattet und durchsäuert von endlos furchtbaren bangen Sorgen, immer neuen Beunruhigungen, Tausenden von heimlichen Feinden; seit Agrippa und Maecenas starben, habe ich kein Gespräch mit einem gleichgestellten Menschen mehr geführt. Seit mehr als zwanzig Jahren! Zwanzig Jahre eisiger Isolation. Vergil hat es vorausgesehen; daher der Blick voll tiefen Mitleids, mit dem er mich anzuschauen pflegte. Nur Livia lebt, um mich daran zu erinnern, daß ich nur ein Mensch bin... Nur Livia, und ich. Nie hat es eine Freude gegeben, die frei war von einem Schmerz, der sie begleitete, und nie habe ich rasten können. In nunmehr fast sechzig Jahren habe ich nicht einen einzigen Augenblick erlebt, in dem ich wahrhaft Ruhe gefunden hätte.

Neulich tat ich in der Nacht etwas, das ich seit zwanzig Jahren nicht mehr getan habe: Ich suchte Livias Schlafgemach auf. Erschrocken blickte sie auf, als ich eintrat; sie fürchtete, ich sei krank oder bringe schlechte Neuigkeiten. Aber ich lächelte und legte meinen Finger erst auf meine, dann auf ihre Lippen und kroch zu ihr ins Bett. Lange lagen wir schweigend aneinandergeschmiegt; die letzte Wirklichkeit.

Als der Morgen grauen wollte, wachten wir auf und sprachen geruhsam ungefähr zwei Stunden lang miteinander, aber was wir redeten, eignet sich nicht zum Aufzeichnen, nicht einmal für die Nachwelt. Ich will hier nur wiederholen, daß ich in meinem Leben nichts erlebt habe, das so tief und so geheimnisvoll wie meine Ehe gewesen wäre. Sie hat mich getragen und gestärkt in all meinen Unternehmungen, und allen, die ich liebe, wünsche ich aus ganzem Herzen eine solche Ehe.

Als ich ihr Zimmer verließ, sagte ich: »Lebe, meine Liebe, eingedenk unserer Ehe und dessen, was sie für uns beide bedeutet hat.«

Ohne Livia hätte ich nicht überleben können.

Antonius erschien mir letzte Nacht im Traum. Er lag an meiner Seite und sprach Worte des Lobes, und als er verschwand, wie es Traumgestalten tun können, war es, als erlösche eine brennende Fackel: ich erwachte und verspürte Leere, Angst und ein hohles Gefühl des Verlustes.

Man bereut, was man nicht getan hat, eher als irgendeine Tat, die man begangen hat.

Wird Vergil mich durch das Reich der Schatten führen, wird Cicero dort Reden halten, werde ich blutigen, anklagenden Augen gegenüberstehen?

In langsamen Etappen reisten wir nach Benevento, um Tiberius zu begrüßen; er war auf dem Weg nach Brindisi, um von dort zu Schiff zu unseren Truppen in Illyrien zu reisen. Ich glaubte, ich würde ihn nie wiedersehen, und so dankte ich ihm zuerst für die Unterstützung, die er mir gegeben hatte.

»Ich hätte diese letzten Jahre ohne dich nicht durchstehen können«, sagte ich. »Vor allem Varus mit seiner Torheit hätte mich vernichtet. Nun höre: Ich habe Berichte von meinen Agenten über die Meinungslage in der Stadt. Kurz gesagt, manche begrüßen die Aussicht meines Todes und schwatzen, wie ich höre, bereits von den Segnungen der Freiheit – ah, welche Verbrechen wurden nicht im Namen der Freiheit begangen! Andere indessen sind besorgt und äußern murmelnd die Befürchtung, es könne neuen Bürgerkrieg geben. Ich kenne dich gut, Tiberius, und ich weiß, daß du zur Sympathie mit denen neigst, die von Freiheit schwatzen. Aber ich weiß auch, daß du zu vernünftig bist, als daß du ihnen freie Bahn geben könntest. Du kannst dich nicht an das erinnern, was sie immer den Freien Staat nannten – wie lange ist es her, wie unvorstellbar kommt mir jener Frühling vor, da ich Cicero diesen Ausdruck wie eine reife, saftige Pflaume im Munde umherrollen hörte. Der Freie Staat – er kann nicht wiederkehren, ohne daß das Reich zerstört wird. Ich habe lange gebraucht, mein Sohn, um meinen Erfolg zuzugeben, obgleich Maecenas mir schon vor vierzig Jahren genau sagte, was ich da tat. Mit einem Wort: Ich habe Rom und sein Imperium gerettet, und zwar auf Kosten der Privilegien der Klasse, in die du hineingeboren bist. Dafür hassen sie mich und sind blind für den Gewinn, den ich damit gleichzeitig gesichert habe. Auch dich werden sie hassen, aber wie mich wird dich das wenig kümmern.

Was nun die Gefahr eines neuerlichen Bürgerkriegs angeht, so habe ich Vorsichtsmaßnahmen ergriffen, wie sie in meiner Macht stehen. Du hast den unmittelbaren Oberbefehl über die Armee; zahle den Soldaten eine Schenkung aus, wenn mein Tod verkündet wird. Bemühe dich um eine Partnerschaft mit dem Senat, aber denke daran, daß er immer an zweiter Stelle stehen muß...

Eines noch habe ich für dich getan. Vor zwei Monaten habe ich die Insel besucht, auf der mein letzter Enkel, Agrippa Postumus, im Arrest lebt. Ich hatte gehofft, ihn gebessert zu finden. Ich hatte gehofft, daß es möglich sein könnte, dir die Möglichkeit anzudeuten, daß sein Fall doch nicht hoffnungslos sei und daß er vielleicht sogar einmal in der Lage sein möchte, dir bei der Führung des Reiches zu helfen, wie du mir geholfen hast. Doch ach, der Besuch war nutzlos und schmerzlich. Ich fand den jungen Mann so viehisch und gewalttätig und dumm wie eh und je. Schlimmer noch. In friedfertigen Augenblicken angelt er fröhlich, aber der Hauptmann der Garde sagte mir, diese Augenblicke werden immer weniger. Einen großen Teil seiner Zeit verbringt er mit rasenden Tobsuchtsanfällen. Ich bin deshalb zu dem Schluß gekommen, daß er unheilbar ist, und so habe ich dem Hauptmann eine versiegelte Anweisung hinterlassen, die er im Fall meines Todes zu öffnen hat. Es ist die Anweisung, meinen Enkel zu töten. Eine Abschrift davon wirst du hier in diesem Reiseschreibkasten finden...

Was noch? Sie werden mich Gott nennen. Die Narren! Sind denn wir beide die letzten verständigen Menschen in einer geisteskranken Welt? Fragst du dich das nicht auch im Angesicht des Niedergangs unserer Art? Man wäre doch nie darauf gekommen, Cincinnatus oder Scipio als Gott zu bezeichnen.

Ich bin müde. Siehst du, wie verwelkt die Lorbeerkränze über meiner Statue sind...?

Denke an Bato: Schäferhunde, nicht Wölfe... ehre deine Mutter, liebe und beschütze sie... und die Kinder, Agrippinas Kinder, die meine Saat in sich tragen... erlaube nicht, daß sie sich über den armen verkrüppelten Claudius lustig machen; er ist nicht ganz und gar blöde...«

Am nächsten Tag machten wir uns auf den Rückweg nach Rom; das war gestern. Mir war schwindlig vom Schwanken der Sänfte, und wir haben hier in Nola haltgemacht, immer noch achtzehn Meilen vor Neapel. Es ist ein altes Landhaus der Familie. Tatsächlich ist mein Vater hier gestorben, vielleicht sogar in diesem Zimmer. Ich muß jemanden beauftragen, es herauszufinden...

Man bringt mir Neuigkeiten: Meine Katze ist gestern gestorben. Herodot sagt, die alten Ägypter hätten Trauer getragen, wenn ihre Katzen gestorben seien: Das einzig Gute, was ich je über sie gehört habe.

Das Museum, das ich auf Capri gegründet habe, mit den Riesenknochen, wie seltsam...

Ich habe dafür gesorgt, daß die kleine Moragh meinen Freigelassenen Pithias heiratet. Damit dürfte ihre Zukunft gesichert sein. Er ist sehr begabt.

So viele Erinnerungen, so vieles, was ich bereue... Es war nicht meine Schuld, daß Cicero getötet wurde, ich nehme die Verantwortung auf mich, aber nicht die Schuld... Verantwortung...

›νὺξ δ' ηδη τέλέθει ἀγαθὸν και νυκτὶ πιθέσθαι‹
(»Die Nacht steht bevor, und gut ist's, der Nacht sich zu fügen« – Homer, Ilias, VII, 282)

Mich träumte letzte Nacht, daß vierzig junge Männer mich davontrügen, und ich schrak entsetzt aus dem Schlaf. Töricht; vermutlich waren es die Prätorianer, und ich habe einen Blick auf meine Begräbnisfeierlichkeiten erhascht...

Es ist heute siebenundfünfzig Jahre her, daß ich zum erstenmal Konsul wurde... Ich werde Gajus und Lucius im Schattenreich sehen, Marcellus wird mir entgegenlächeln, Agrippa und Maecenas, Vergil und Horaz... und... mit Julius will ich nicht reden... Antonius wird auch da sein... der August, mein Monat, und die Ernte ist reif... ich habe mir immer einen leichten Tod gewünscht... sie sagen, meine Enkelin Livilla sei krank gewesen, genese aber schon wieder; Tiberius kommt eilends von Brindisi zurück... Livia, vergiß nicht, wessen Frau du warst... erinnere dich. Die Pferde beim Olivenhain, und Marcus Agrippa, der mich zwingt, Brot und Käse zu essen... Glühend heiße Walnußschalen sind... so wenige bunte Nächte... so viel Arbeit... Varus, gib mir... sie spuckten auf den Boden, als sie... Komödie, Komödie... Livia.

Diese letzten Worten wurden von Kammersklaven niedergeschrieben und von einem unbekannten Herausgeber dem Manuskript hinzugefügt. Augustus starb am 19. August gegen drei Uhr nachmittags in dem Jahr, da Sextus Pompejus und Sextus Apulejus Konsuln waren. Er starb in demselben Zimmer, in dem auch sein Vater gestorben war. Sein Leichnam wurde in langsamen Etappen nach Rom befördert; wegen des heißen Wetters reiste man nur nachts. Seine Grabprozession nahm die Route der Triumphzüge auf der Via Sacra, und er wurde in dem Mausoleum bestattet, das er selbst erbaut hatte und in dem bereits die Leichname seiner Adoptivsöhne Gajus und Lucius ruhten. Ein paar Tage später sah Numerius Atticus, ein Senator von Prätorianerrang, den verstorbenen Princeps in den Himmel auffahren, und der Senat dekretierte, nun sei er ein Gott.

Thirladean House
Selkirk
Oktober 1984 – März 1986

Bitte lesen Sie weiter …

Margaret George

HEINRICH VIII.
MEIN LEBEN
Mit Anmerkungen des Hofnarren
Will Somers

Roman · 1336 Seiten · Leinen · im Schuber · DM 68,–

»Ein einzigartiges Werk über den König, der vor mehr als vier Jahrhunderten regierte, ist jetzt erschienen: ›Heinrich VIII. – Mein Leben‹ ... So mischen sich in diesem Buch historisch gesicherte Fakten, die ganz außerordentliche Phantasie der Verfasserin und ihr Einfühlungsvermögen ... zu einer wahrhaft eindrucksvollen, spannenden und ungemein farbigen Schilderung einer Persönlichkeit und zugleich eines ganzen Zeitalters.« *Welt am Sonntag*

»Mit einem interessanten Kunstgriff hat Margaret George das voluminöse Werk zu einer fast abenteuerlichen Lektüre geformt ... Es ist ihr dabei gelungen, zeitgeschichtliche Wahrheit und schriftstellerische Phantasie zu einem mächtigen Zeitgemälde zu mischen. Herrscher-Wahn und monströse Gewalt über Tod und Leben gewinnen in der schillernden Person Heinrichs erschreckende, aber auch menschliche Gestalt.« *Westfalenpost*

»Margaret George schreibt einen lebendigen, packenden, atmosphärisch dichten Erzählstil. Ihre Dialoge sind scharf pointiert, ihre Sprache ist (auch in der ausgezeichneten Übersetzung) glasklar, nuancen- und metaphernreich ... Dieser Roman, nein, dieses Romanepos ist auf seinen

1300 Seiten so brillant und unterhaltsam geschrieben, so geistreich und dramatisch erzählt, daß es ein wahres Lesevergnügen ist.« *Die Presse, Wien*

»Für Frauen, die wissen wollen, wozu Ehemänner fähig sind. Heinrich VIII. erzählt sein Leben, das aus seiner Sicht viel prachtvoller und weit weniger blutig ablief, als die böse Nachwelt immer behauptet. Kommentiert wird der Bericht des Killerkönigs kritisch und respektlos von seinem Hofnarren Will Somers. Und aufgeschrieben hat beides Margaret George. Brillant aufbereitete Historie, geistreich und dramatisch.« *Petra*

»Theoretisch wäre es möglich, denn der Monarch war – im Gegensatz zu vielen seiner ›Kollegen‹ – des Lesens und des Schreibens kundig. Aber es ist Fiktion.
Kommentiert vom Hofnarren Will Somers, erzählt der König, von dem man meist nur den Frauenkonsum kennt, ausführlich sein Leben. Wer bereit ist, sich durch mehr als 1300 Seiten hindurchzuarbeiten, um ein prächtiges Bild des großen Tudors, der England mit Verstand und Gewalt den Weg in die Moderne gebahnt hat, zu bekommen, der ist mit diesem Wälzer gut bedient.« *Die Welt*

Preisänderung vorbehalten

SCHNEEKLUTH